Dans Le Livre de Poche

« *Lettres gothiques* »

LA CHANSON DE LA CROISADE ALBIGEOISE.
TRISTAN ET ISEUT (Les poèmes français - La saga norroise).
JOURNAL D'UN BOURGEOIS DE PARIS.
LAIS DE MARIE DE FRANCE.
LA CHANSON DE ROLAND.
LE LIVRE DE L'ÉCHELLE DE MAHOMET.
LANCELOT DU LAC.
François Villon : POÉSIES COMPLÈTES.
Chrétien de Troyes : LE CONTE DU GRAAL
Chrétien de Troyes : LE CHEVALIER DE LA CHARRETTE

LETTRES GOTHIQUES

Collection dirigée par Michel Zink

Charles d'Orléans

BALLADES ET RONDEAUX

Édition du manuscrit 25458 du fonds français
de la Bibliothèque Nationale de Paris,
traduction, présentation et notes
de Jean-Claude Mühlethaler.

LE LIVRE DE POCHE

JEAN-CLAUDE MÜHLETHALER est né en 1951. Docteur ès lettres et privat-docent, il enseigne les littératures française et italienne du Moyen Âge et de la Renaissance. Il collabore à différents dictionnaires et a publié des articles portant sur des textes du XIIᵉ au XVᵉ siècle. Ses études principales témoignent d'un intérêt marqué pour la poésie lyrique et la satire : *Poétiques du quinzième siècle : situation de François Villon et de Michault Taillevent*, Paris, Nizet, 1983 ; *Fauvel au pouvoir : lire la satire médiévale* (à paraître aux éditions Slatkine).

PRÉFACE

Le premier troubadour, Guillaume IX d'Aquitaine, était comte de Poitiers : sa *vida* ne manque pas de souligner son appartenance à la haute noblesse. Aux yeux de Dante, Thibaut de Champagne était l'un des maîtres de la langue d'*oïl* : lorsqu'il cite ses poésies dans le *De Vulgari Eloquentia*, il donne à l'auteur son titre de *rex Navarrae*, roi de Navarre. Et voici qu'à la fin du moyen âge, Charles, duc d'Orléans, vient prendre sa place dans cette lignée de grands seigneurs qui se sont illustrés dans la lyrique d'amour. Petit-fils du roi Charles V, père du futur Louis XII, Charles d'Orléans est un prince à la fleur de lis[1] : par ses origines, par ses mariages aussi, il est proche parent des familles dont dépendent, au XVe siècle, à la fois les foyers les plus importants de la vie artistique et le sort de la France[2] :

De par sa naissance Charles d'Orléans était appelé à jouer un rôle de première importance dans une France déchirée par la guerre de Cent Ans. Il n'en fut rien : il n'a jamais fait le poids dans le destin du royaume. C'est à l'œuvre du poète que restera lié le nom du duc, et non pas à l'action politique du prince.

---

1. Voir René d'Anjou, *Livre du cuer d'amours espris*, qui donne une description du blason d'Orléans, *escartelé de France et de Millan* (éd. S. Wharton, Paris, 1980, p. 135).
2. Le tableau généalogique ci-après n'offre que les données les plus importantes pour situer Charles d'Orléans. Les noms des rois de France sont imprimés en caractères gras.

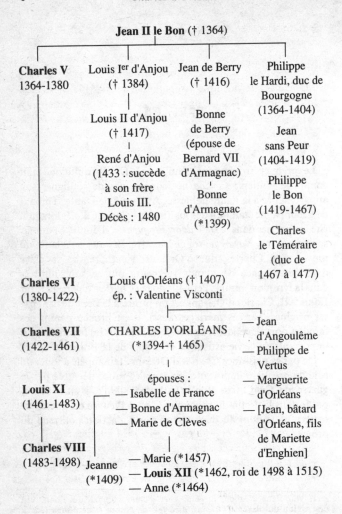

Jean II le Bon († 1364)

Charles V
1364-1380

Louis Ier d'Anjou
(† 1384)

Louis II d'Anjou
(† 1417)

René d'Anjou
(1433 : succède
à son frère
Louis III.
Décès : 1480

Jean de Berry
(† 1416)

Bonne
de Berry
(épouse de
Bernard VII
d'Armagnac)

Bonne
d'Armagnac
(*1399)

Philippe
le Hardi, duc de
Bourgogne
(1364-1404)

Jean
sans Peur
(1404-1419)

Philippe
le Bon
(1419-1467)

Charles
le Téméraire
(duc de
1467 à 1477)

Charles VI
(1380-1422)

Louis d'Orléans († 1407)
ép. : Valentine Visconti

Charles VII
(1422-1461)

CHARLES D'ORLÉANS
(*1394-† 1465)

— Jean
d'Angoulême
— Philippe de
Vertus
— Marguerite
d'Orléans
— [Jean, bâtard
d'Orléans, fils
de Mariette
d'Enghien]

Louis XI
(1461-1483)

épouses :
— Isabelle de France
— Bonne d'Armagnac
— Marie de Clèves

Charles VIII
(1483-1498)

Jeanne
(*1409)

— Marie (*1457)
— **Louis XII** (*1462, roi de 1498 à 1515)
— Anne (*1464)

Le prince : la vie.

Charles d'Orléans est né le 24 novembre 1394 à l'hôtel royal de Saint-Pol à Paris, cinq ans après le mariage de Louis d'Orléans et de Valentine Visconti, fille de Gian Galeazzo (1347-1401), duc de Milan. Le tournant du XIVe au XVe siècle est marqué par les accès de folie du roi Charles VI et la rivalité entre les ducs d'Orléans et de Bourgogne pour imposer au royaume une politique dictée par leurs intérêts personnels. Dès 1396 Louis d'Orléans est contraint d'éloigner sa femme de la cour : accusée d'être à l'origine de la folie du roi, Valentine résidera dorénavant dans le duché, veillant à l'éducation de ses enfants. Mais le 23 novembre 1407 Jean sans Peur fait assassiner Louis d'Orléans, alors qu'il rentre chez lui, à l'hôtel de Saint-Pol. Pour justifier ce meurtre, il charge en 1408 le légiste Jean Petit de tenir un discours où celui-ci présente le duc d'Orléans comme un tyran que l'on devait abattre au nom des lois humaines et divines. Valentine Visconti semble avoir été brisée par cette suite d'épreuves : elle meurt à la fin de la même année. L'année suivante, un nouveau deuil touche la cour de Blois : Isabelle de France[1], que Charles d'Orléans a épousée en 1404, décède peu après avoir accouché d'une fille, Jeanne. En 1410, dans le but de contrebalancer l'influence de la maison de Bourgogne, Charles d'Orléans épouse Bonne, petite-fille du duc de Berry et fille de Bernard VII, comte d'Armagnac. Les années suivantes sont marquées par des hostilités ouvertes entre les deux partis qu'on appelle désormais, du nom de leur chef respectif, les Armagnacs et les Bourguignons. En 1414 les ducs d'Orléans et de Bourgogne acceptent les clauses d'un nouveau traité de paix — le cinquième en sept ans ! — en présence du dauphin. La même année Charles VI confirme la condamnation des thèses défendues par Jean Petit, l'Empereur accorde à Charles d'Orléans l'investiture d'Asti au Piémont... La fortune semble

---

1. Fille de Charles VI et d'Isabeau de Bavière. Malgré son jeune âge (15 ans) elle est déjà veuve : son premier mari, le roi Richard II d'Angleterre, est mort en 1400, probablement assassiné.

enfin sourire au jeune duc, lorsque la bataille d'Azincourt vient l'écarter définitivement de la course au pouvoir.

Avec la défaite d'Azincourt, le 25 octobre 1415, commence la deuxième partie de la vie de Charles d'Orléans, âgé alors de 21 ans. Un grand nombre de chevaliers français y trouve la mort, d'autres tombent aux mains des Anglais : avec Jean Ier, duc de Bourbon, Charles d'Orléans est le prisonnier le plus illustre. Il va rester 25 ans en Angleterre, une captivité qui sera plus ou moins sévère selon l'évolution que connaîtront les affaires anglaises sur le continent. Cette longue captivité a frappé les contemporains au point de laisser des traces même en dehors des chroniques : dans le *Temple de Bocace* (1465) du poète et historiographe bourguignon George Chastelain[1], Charles d'Orléans est présenté comme une victime de Fortune, incapable de faire face dans l'adversité. Le narrateur du soixante-deuxième récit des *Cent Nouvelles Nouvelles*[2] (vers 1466) date très précisément son histoire, en se référant aux pourparlers qui ont eu lieu en juillet 1439 près de Calais pour traiter de la rançon de Charles d'Orléans. Libéré enfin en 1440, celui-ci s'engage à payer une somme de 220 000 écus au roi Henry VI ; le Bourgeois de Paris se plaindra dans son *Journal*[3] que, lors de son passage dans la capitale, le duc a fait lever une taille (un impôt) pour payer sa rançon. La libération du duc est encore évoquée par Martin Le Franc, prévôt de Lausanne : il rappelle dans le *Champion des Dames*[4] (1442) qu'elle est l'œuvre de Philippe le Bon, duc de Bourgogne. Pour mieux sceller la paix entre les deux maisons, le grand duc d'Occident accueille Charles d'Orléans parmi les chevaliers de l'ordre de la Toison d'Or, accepte de son

    1. *Le Temple de Boccace*, éd. p. S. Bliggenstorfer, Berne, 1988, pp. 119-121.
    2. *Les Cent Nouvelles Nouvelles*, éd. p. F.P. Sweetser, Genève et Paris, 1966.
    3. *Journal d'un Bourgeois de Paris*, éd. p. C. Beaune, Paris, 1990, pp. 400-401 (année 1441).
    4. Le passage est cité par G. Paris, « Un poème inédit de Martin Le Franc », *Romania* 16 (1887) 417-419.

côté de porter l'ordre du Camail[1], et lui donne sa jeune nièce, Marie de Clèves[2], en mariage. La seconde épouse de l'ancien prisonnier, Bonne d'Armagnac, était morte entre 1430 et 1435, alors qu'il était en Angleterre.

De retour en France, Charles d'Orléans s'emploie à ramener la paix entre les deux royaumes, conformément aux engagements pris vis-à-vis du roi Henry VI. En mars 1444 une trêve est conclue : le traité de Tours met non seulement fin à la guerre de Cent Ans, mais va permettre, l'année suivante, la libération du frère du duc, Jean d'Angoulême, prisonnier des Anglais depuis 1412. Ensuite, Charles d'Orléans tourne ses regards vers l'Italie : il réclame à Filippo Maria Visconti l'Astesan qui lui revient de par sa mère. Celui-ci promet au duc de respecter ses droits, mais, lorsqu'il meurt en 1447, il désigne le roi d'Aragon comme son successeur. En Italie les troupes de Charles d'Orléans se heurtent au nouvel homme fort, Francesco Sforza, qui les bat devant Bosco le 18 octobre 1448. C'est la fin de la parenthèse active dans la vie du duc : désormais il vivra retiré à Blois, entouré d'amis et de poètes, ne se mêlant guère de la politique du royaume. Sans que la cour de Blois déploie le faste de la cour de Bourgogne ou que Charles d'Orléans fasse figure d'un grand mécène comme Jean de Berry, son grand-oncle, il réussit néanmoins à faire de Blois un centre littéraire vivant (voir la partie suivante). C'est à Blois que Marie de Clèves donne le jour aux trois enfants de Charles d'Orléans qui a alors plus de soixante ans : Marie d'Orléans (1457) dont François Villon salue la naissance comme celle d'un nouveau Christ[3] ; le futur Louis XII (1462) à qui son père lègue ses prétentions sur l'Astesan, origine première des guerres d'Italie ; Anne (1464) qui deviendra abbesse de Fontevrault. Au cours de ces années la santé de Charles d'Orléans s'altère, et il meurt dans la nuit du 4 au

---

1. L'ordre du Camail semble dériver de l'ordre du Porc-Epic (emblème de la famille) que Louis d'Orléans a créé vers 1393.
2. Fille d'Adolphe de Clèves et de Marie de Bourgogne. Quand elle épouse Charles d'Orléans, le 26 novembre 1440, elle a 14 ans.
3. *Le Lais Villon et les Poèmes variés*, éd. p. J. Rychner et A. Henry, Genève, 1977, poème varié I.

5 janvier 1465 à Amboise. Le corps, transporté à Blois, y est enterré dans l'église du Saint-Sauveur.

Le poète : l'œuvre.

L'assassinat de son père, la défaite d'Azincourt, une longue captivité, l'échec de sa politique italienne : les drames et les revers n'ont pas manqué dans la vie de Charles d'Orléans. Le lecteur moderne s'attendra à retrouver dans l'œuvre du poète le reflet de la douloureuse expérience du prince. S'il part ainsi à la recherche des traces du vécu dans la poésie, s'il espère y retrouver le patriote dont Michelet a brossé le portrait dans son *Histoire de France*, il sera déçu : dans l'œuvre les effets référentiels sont rares, et rares sont les textes que l'on peut rattacher à une date, à un événement précis. Fidèle à la conception de la poésie qu'a défendue Guillaume de Machaut, faisant écho à ce que disent de la création poétique Oton de Grandson ou Alain Chartier[1], Charles d'Orléans lie étroitement l'écriture à l'expression du sentiment amoureux :

> *Loué soit cellui qui trouva*
> *Premier la maniere d'escrire ;*
> *En ce grant confort ordonna*
> *Pour amans qui sont en martire.*

(ball. 21, vv. 1-4 ; voir aussi les ball. 40, 72)

Pour s'exprimer, le poète se sert d'un modèle d'écriture largement exploité avant lui : héritiers des troubadours et des trouvères, Oton de Grandson et Charles d'Orléans chantent la dame lointaine et inaccessible. Sous la situation conventionnelle peut toutefois affleurer la nostalgie du prisonnier exilé en Angleterre. Ainsi dans la ballade 28 où il espère que la *nef de bonne nouvelle* trouvera :

1. Machaut, *Prologue*, ds : *Œuvres*, éd. p. E. Hoepffner, Paris, 1908, vol. I, pp. 1-12 ; A. Piaget (éd.), *Oton de Grandson, sa vie et ses poésies,* Lausanne, 1941, p. 295 ; Chartier *La Belle Dame sans Mercy*, strophe IV, ds : *Poèmes*, éd. p. J. Laidlaw, Paris, 1988, p. 159.

Un plaisant vent venant de France
Ou est a present ma maistresse
(vv. 8-9)

De tels indices (cf. ball. 33, str. 2) ont incité certains critiques à lire l'œuvre de Charles d'Orléans en clé autobiographique : sa seconde épouse, Bonne d'Armagnac, serait la dame chantée. De la *Retenue d'Amours* au *Songe en Complainte*, il est possible de retracer les étapes d'un amour, de la naissance du sentiment à la maladie et à la mort de la dame. Mais il est difficile de faire la part du vécu dans une œuvre où l'expérience se fond dans un moule littéraire : textes narratifs, la *Retenue* et le *Songe* sont marqués par l'influence du *Roman de la Rose* ; dans la ballade 103, le regard jeté sur le passé du *moi* s'exprime à travers des métaphores, et l'expérience individuelle du prisonnier rejoint l'expérience générale du vieillissement, de sorte que chacun peut se sentir concerné par le poème. Pour trouver un ancrage univoque dans la réalité historique, il faut se pencher sur les poésies dont la thématique n'est pas amoureuse : la célèbre ballade de Douvres, *En regardant vers le pais de France*, suivie de la *Prière pour la paix* (nos 98-99) ; la ballade 76, écrite à l'occasion de la libération de la Guyenne et de la Normandie en 1453 ; les ballades (nos 106-108) adressées au duc de Bourbon, lui aussi prisonnier, ou encore l'échange de ballades avec Philippe le Bon de Bourgogne (nos 110-112, 116-117) en vue de sa propre libération. Alors que le poids de l'histoire se fait sentir dans plusieurs ballades, les rondeaux y échappent presque complètement : l'annonce du retour en France (no 71), un texte écrit à l'occasion des trêves conclues à Tours en 1444 (no 59), quelques rondeaux évoquant la vie que mène le duc dans ses terres ou au cours de ses voyages (nos 43, 181, 193 ; voir aussi la ball. 121).

Le poids des traditions littéraires dans l'œuvre de Charles d'Orléans n'a pas de quoi étonner : il sort d'un milieu de mécènes, où les manuscrits, les arts comptent pour beaucoup. Le duc possède une riche bibliothèque qu'il ne cesse d'enrichir

tout au long de sa vie[1], même pendant la captivité anglaise.
Parmi les œuvres françaises en vers on retrouve les principaux
auteurs de l'époque : des recueils de ballades, des textes de
Guillaume de Machaut, Alain Chartier, Christine de Pizan,
Eustache Deschamps, Jean Froissart et le *Roman de la Rose*.
Plusieurs de ces poètes étaient en contact avec la cour de Louis
d'Orléans : en 1393, Froissart avait vendu au duc le *Dit Royal* ;
l'exemplaire des œuvres de Deschamps a appartenu à Valentine
Visconti. Le poète champenois (1346-1407) avait trouvé en
Louis d'Orléans son meilleur protecteur et il avait écrit une
ballade[2] en l'honneur de la duchesse, également louée par
Christine de Pizan[3] dans la *Cité des Dames*. Comme beaucoup
de chevaliers de son entourage, Louis d'Orléans, conservateur
de la cour amoureuse[4] de Charles VI, ne dédaignait pas de
prendre lui-même la plume : il a répondu par une ballade à la
question soulevée par les *Cent Ballades*[5] (1389), à savoir s'il faut
rester fidèle à sa dame. La conception de la poésie comme jeu
de société se retrouve dans l'œuvre de Charles d'Orléans : écrire
pour être un passe-temps agréable (ro. 281), quand on n'a rien
d'autre à faire (ball. 40) ; le duc accepte un rondeau en
remerciement de son hospitalité (ro. 297), demande qu'on lui
donne des nouvelles en forme de chanson ou de ballade (ball.
107). Il écrit plusieurs poésies à l'occasion de la Saint-Valentin,
fête traditionnelle des amoureux : c'est là un souvenir de son
séjour en Angleterre, bien qu'Oton de Grandson ait introduit
avant lui la Saint-Valentin dans la littérature française et que
cette fête soit aussi évoquée chez Christine de Pizan ou Jean de
Garencières. Avant sa mort à Azincourt, ce chevalier-poète[6] a
échangé plusieurs poésies avec le jeune Charles d'Orléans : elles

---

1. L'inventaire de la bibliothèque de Blois a été dressé vers 1442.
2. *Œuvres complètes*, éd. p. Queux de Saint-Hilaire et G. Raynaud, vol.
IV, Paris, 1884, ballade DCLXXI.
3. *The Livre de la Cité des Dames*, éd. p. M. C. Curnow, Ann Arbor, 1975,
chap. II/68 : « Des princepces et dames de Frances ».
4. Voir le commentaire au vers 172 de la *Retenue d'Amours*.
5. *Les Cent Ballades*, éd. p. G. Raynaud, Paris, 1905, p. 205.
6. *Les Poésies complètes de Jean de Garencières*, éd. p. Y. A. Neal, Paris,
1952-1953.

figurent dans le manuscrit personnel du duc, l'actuel 25458 du fonds français de la Bibliothèque Nationale de Paris. L'habitude d'inviter ses amis et les poètes, les nobles de passage à transcrire un rondeau ou une ballade dans son recueil, Charles d'Orléans la gardera tout au long de sa vie : souvent le thème est fourni par le vers initial ou le refrain d'une de ses propres compositions. C'est là l'origine du célèbre « concours de Blois » (*Je meurs de soif en couste la fontaine*, ball. 75) auquel ont participé François Villon et Jean Robertet, poète au service du duc de Bourbon. On trouve ainsi dans le manuscrit les traces de plusieurs écrivains appréciés à l'époque : Olivier de La Marche et George Chastelain, de la cour de Bourgogne ; Jean Meschinot, au service du duc de Bretagne ; le bon roi René et Vaillant, un poète originaire de Tours.

Fils de son époque, Charles d'Orléans ne manque pourtant pas d'originalité : son œuvre est caractérisée par la richesse des métaphores, la variété du ton. S'il recourt, à l'instar de ses prédécesseurs, à l'allégorie, il renouvelle ce mode d'expression par l'emploi qu'il en fait. Parmi les multiples personnifications qui interviennent dans les situations changeantes de l'amour, on distinguera deux groupes :

a) les forces extérieures, parmi lequelles certaines renvoient aux puissances qui régissent le sort des hommes (Fortune, Amour, Nature, etc.), les autres à l'attitude de la société (Danger, Malebouche) face à l'amant ;

b) les forces intérieures (Nonchaloir, Mélancolie, Désir, Souci) à caractère psychologique, qui représentent les sentiments, les états d'âme du *moi* du poète ou l'attitude de la dame à son égard (Pitié, Mercy).

A travers les jeux d'alliance et d'hostilité entre les personnifications, Charles d'Orléans crée une sorte de théâtre d'ombres dont l'enjeu est son *moi* amoureux. En passant des ballades aux rondeaux, des compositions du temps de la captivité à celles postérieures à 1440, on est frappé par l'apparition de nouvelles personnifications qui, presque toutes, renvoient au monde intérieur du poète, au même titre que *Mélancolie* dont les

interventions se multiplient dans les rondeaux. Au contraire, les
personnifications traditionnelles, celles héritées du *Roman de la
Rose* (Amour, Danger, Malebouche, etc.), perdent beaucoup de
leur importance. Cette évolution à l'intérieur de l'œuvre est
l'expression d'une subjectivité qui distingue la poésie de Charles
d'Orléans de la lyrique de son époque : le *jardin de ma pensee* (ro.
253), l'*escript de ma pensee* (ro. 343) et ce *livre de pensee* (ro. 107)
où écrit son cœur, sont les images métapoétiques de ce processus
d'intériorisation.

Ce n'est pas là la seule évolution qu'on observe dans l'œuvre
de Charles d'Orléans. Lorsque le lecteur passe des ballades aux
rondeaux, il voit les métaphores courtoises s'effacer au profit
des métaphores non courtoises, empruntées au monde de la
justice (ro. 197, 238), de l'école (ro. 322) ou de l'économie (ro.
156, 188, 195, 208, 235, etc.). Les activités plus humbles — le
mendiant (ro. 260), le meunier (ro. 279), le *petit mercier* (ro. 33,
34) — gagnent en importance, alors que les images empruntées
aux activités nobles — la guerre, la chasse, le tournoi —
reculent. Certains rondeaux, certaines ballades, sont ironiques
(ro. 156, 169, 231, 291 ; ball. 85, 114) ou même franchement
grivois (ro. 58, 83, 190 ; ball. 108, 123), d'autres textes sont farcis
de mots latins (ball. 123 ; ro. 82, 88, 90) ou italiens (ro. 252) ; le
poète l'avoue lui-même, il « jangle trop » (ro. 234).

Dans les rondeaux s'exprime de plus en plus souvent le
détachement du monde et de l'amour, le poète désirant
désormais *en paix faire* [*s*]*on recueil* (ro. 301). Ce renoncement
désabusé, fruit d'une sagesse acquise avec l'âge (ro. 120, 289,
302, etc.), est le meilleur remède aux revers de Fortune.
Nonchaloir est un médecin (ro. 50 ; ball. 65) au chevet du *moi* :
il n'est plus une allégorie de l'insouciance de l'enfant ou de
l'homme qui dort en paix ; il représente l'ataraxie du vieillard
revenu de tout, et dont la sagesse débouche soit sur le *memento
mori* (ro. 74) du moraliste, soit sur le *carpe diem* (ro. 281, 283,
295) de l'épicurien. Mais que ce soit à cause de la prison, de l'exil,
ou que l'âge en soit rendu responsable, le *moi* du poète fait
souvent figure d'exclu. Dans différents rondeaux sa mélancolie
s'oppose à la joie qui règne par ailleurs. Elle le conduit à se

replier sur soi, refusant de participer aux fêtes que la société consacre traditionnellement à l'amour : le Nouvel An, la Saint-Valentin, le 1er mai. Le retour de ces dates dans les ballades et les rondeaux crée un rythme à l'intérieur de l'œuvre, marquée d'un côté par le temps cyclique des fêtes, de l'autre par le temps linéaire du vieillissement. La poésie de Charles d'Orléans est placée sous le signe de la fuite du temps : dès la *Retenue d'Amours* et le *Songe en Complainte*, le *moi* du poète est soumis aux caprices d'Age, Enfance, Jeunesse et Vieillesse. Et on remarquera combien les apparitions de Vieillesse se multiplient dans les derniers rondeaux qui ont été transcrits dans le manuscrit personnel du duc d'Orléans ...

L'œuvre : la réception.

Sans la longue captivité en Angleterre, la poésie n'aurait probablement pas été pour Charles d'Orléans beaucoup plus qu'un agréable passe-temps. Certains contemporains ne s'y sont pas trompés : pour Martin Le Franc et le roi René d'Anjou, l'œuvre du poète est étroitement liée à l'expérience de l'exil. *En prison il aprint ce* : juste après la libération du duc, Martin Le Franc[1] évoque la *Retenue d'Amours* que celui-ci *fit en Inglant* et où l'on trouve une image du parfait amour courtois. C'est le même texte que loue René d'Anjou au vers 10 de l'épitaphe de Charles d'Orléans, enterré parmi d'autres nobles dans le cimetière de l'hôpital d'Amour. Le prisonnier serait entré au service du dieu d'Amour à cause d'une dame anglaise, celle qu'il célèbre dans ses poésies :

> *Car prins fuz des Anglois et mené en servaige,*
> *Et tant y demouray qu'en aprins le langaige,*
> *Par lequel fus acoint de dame belle et saige*
> *Et d'elle si espris qu'a Amours fis hommaige,*

1. Voir l'extrait du *Champion de Dames* cité par G. Paris, « Un poème inédit de Martin Le Franc », *Romania* 16 (1887) 418-419.

Dont mains beaux dictz dictié bien prisez davantage[1].

René d'Anjou, ami de Charles d'Orléans, a été l'un des hôtes accueillis à Blois. Deux autres poètes qui y ont passé, portent, eux aussi, un jugement favorable sur l'œuvre du prince : dans ses *Mémoires* (année 1457), Olivier de La Marche[2] juge qu'il *estoit moult grand rhetoricien* ; Jean Robertet, écrivant un rondeau[3] en l'honneur du puissant prince, n'oublie pas les *haulx escriptz* du poète pour les opposer à ses propres *petiz vers*. Quand François Villon par contre adresse une requête au *prince redoubté*, il n'évoque pas le poète. Sa ballade n'en est pas moins un hommage à l'œuvre de Charles d'Orléans : il lui emprunte des tournures, les pastiche et se sert du jeu intertextuel[4] pour mettre en évidence le contraste entre son propre monde et celui du prince-poète de Blois. Une louange hyperbolique est due à la plume de l'humaniste Antonio d'Asti, secrétaire du duc qui l'avait ramené d'Italie en 1448. Lorsqu'il entreprend de traduire les poésies de son maître en latin, il fait précéder la traduction d'une préface en hexamètres : les *carmina plena joci* (les poésies enjouées), riches aussi en *moralia*[5] (enseignements), font de Charles d'Orléans un nouvel Ovide, égal sinon supérieur aux poètes antiques. Cette traduction est un premier indice que les poésies de Charles d'Orléans ont circulé. L'œuvre du duc est conservée dans douze manuscrits : il s'agit de transcriptions plus ou moins complètes de ses poésies ou alors d'un choix de textes intégrés à des recueils. De tels recueils ont été imprimés : quatre pièces de Charles d'Orléans, ainsi que plusieurs poésies de son cercle et de ses imitateurs, figurent dans le *Jardin de Plaisance*

1. *Le Livre du cuer d'amours espris,* éd. p. S. Wharton, Paris, 1980, p. 136, vv. 7-11. Date : 1457.
2. *Mémoires*, éd. p. H. Beaune et J. d'Arbaumont, Paris, 1883-1888, vol. II, p. 115.
3. *Œuvres*, éd. p. M. Zsuppàn, Paris/Genève, 1970, pp. 87-88.
4. Voir L. Rossi, « François Villon et son prince redoubté », ds : *Romania ingeniosa. Festschrift (...) Gerold Hilty*, éd. p. G. Lüdi, H. Stricker, J. Wüest, Berne, 1988, pp. 201-220.
5. La préface, transcrite du ms. 873 de la Bibliothèque de Grenoble, est citée par P. Champion, « Du succès de l'œuvre de Charles d'Orléans et de ses imitateurs jusqu'au XVIᵉ siècle », ds : *Mélanges Emile Picot*, Paris, 1913, vol. I, pp. 412-414.

qu'Antoine Vérard publie en 1501 sans indiquer le nom des auteurs. C'est comme textes anonymes que 72 ballades et 191 chansons et rondeaux[1] de Charles d'Orléans entrent dans *La Chasse et le départ d'Amours* (Paris : Vérard, 1509), attribuée à Octovien de Saint-Gelais, et que 18 rondeaux du cercle de Blois se trouvent dans l'édition du *Triomphe de l'Amant vert* (Paris : D. et J. Janot, 1535) de Jean Lemaire des Belges. Ce sont là les sources où puiseront les autres recueils du xvie siècle[2], et le nom de Charles d'Orléans sombre dans l'oubli : il ne figure dans aucune liste des bons *facteurs* (poètes) de l'époque, et Estienne Pasquier ne le mentionne pas dans le chapitre[3] qu'il consacre aux chants royaux, ballades et rondeaux de la fin du moyen âge.

C'est à l'abbé Sallier qu'on doit la redécouverte de Charles d'Orléans. Il avait trouvé, parmi les manuscrits du roi, l'actuel B.N. fr. 1104, une copie des œuvres exécutée au xve siècle et qui avait appartenu à Catherine de Médicis. En 1740 il publie[4] quelques-unes de ces poésies dont il apprécie la *délicatesse* : à l'origine d'une opposition qui va devenir un lieu commun des manuels d'histoire littéraire, il déclare préférer Charles d'Orléans, un des vrais *fondateurs du Parnasse français*, à François Villon, pourtant loué par Boileau dans son *Art poétique*. Dans le sillage de l'abbé Sallier, l'abbé Goujet consacre une assez longue notice[5] à notre poète : il trouve dans son œuvre un *je ne sçai quoi d'agréable*, se divertissant aux *sujets de pure galanterie* qui ne *demandent qu'une imagination douce et tranquille*. Avec

1. Voir A. Piaget, « Une édition gothique de Charles d'Orléans », *Romania* 21 (1892) 581-596.
2. Des poésies du cercle de Blois sont encore copiées vers le milieu du siècle : voir F. Lachèvre, *Bibliographie des recueils collectifs de poésies du xvie siècle*, Genève, 1967.
3. *Les Recherches sur la France*, Paris, L. Sonnius, 1607, livre VI, chap. 5.
4. *Mémoires de l'Académie Royale des Inscriptions et Belles Lettres*, vol. XIII, 1740, pp. 580-592.
5. L'abbé Goujet, *Bibliothèque françoise ou Histoire de la littérature françoise*, Paris, 1745, vol. IX, pp. 230-287.

une préface inspirée de l'abbé Sallier, Barthélémy Imbert[1] publie 25 poésies de Charles d'Orléans en 1778. Deux ans plus tard paraît une étude qui semble avoir échappé à l'attention des historiens de la littérature : dans son *Essai sur la musique ancienne et moderne*, Jean-Benjamin de La Borde, ancien protégé de Louis XV, consacre une notice[2] biographique au prince-poète, suivie d'un choix de ses textes, et fournit des indications sur les poètes du cercle de Blois. Dans son *Choix de Chansons* figurent aussi des textes de Charles d'Orléans et Clément Marot, pour lesquels il a écrit la musique. Son étude et son travail de compositeur ouvrent de nouvelles perspectives : aux XIXe et XXe siècles la survie de Charles d'Orléans sera tout autant, sinon plus, liée à la mise en musique de ses poésies qu'à leurs répercussions dans le monde des lettres.

La survie littéraire.

Le XIXe siècle est d'abord le siècle des éditions de Charles d'Orléans. En 1803 paraît à Grenoble l'édition de Chalvet, en 1842, à Paris, celle d'Aimé Champollion-Figeac ; ces deux éditions sont basées sur le manuscrit de Grenoble, choix que critique Sainte-Beuve[3] qui connaît les manuscrits de la Bibliothèque Nationale et apprécie l'*urbanité* des poésies du prince. La même année, J. Marie Guichard publie, toujours à Paris, une édition pour laquelle il combine les leçons de six manuscrits différents. Celle de Charles d'Héricault (Paris, 1874) et celle de Pierre Champion (Paris, 1923-1927) ont pour manuscrit de base le manuscrit personnel du duc, le B.N. fr. 25458. Seulement, Charles d'Héricault suit l'ordre des poésies tel qu'il se présente dans le manuscrit, ce qui le conduit à

---

1. *Annales poétiques ou Almanach des Muses*, vol. I, Paris, 1778.
2. *Essai sur la musique*, Paris, 1780, vol. II, pp. 380-388.
3. *Les grands écrivains de France : Moyen Age*, éd. p. M. Allem, Paris : Garnier, 1932, pp. 154-156. L'article, paru en 1842, se réfère aux remarques de Michelet (*Histoire de France*) et de Villemain (*Tableau de la littérature française au Moyen Age*) sur Charles d'Orléans.

confondre chansons et rondeaux, là où ils sont transcrits sur la même page (voir *infra*); Pierre Champion par contre tente de rétablir l'ordre chronologique des textes. Son édition fera désormais loi. Parmi les éditions plus récentes, on retiendra surtout les *Poèmes de Charles d'Orléans*, manuscrits et illustrés par Henri Matisse (Paris, 1950). Deux anthologies méritent également une mention: la *Poésie involontaire et poésie intentionnelle* de Paul Eluard (1942) et l'*Anthologie de la Poésie française* (1961) de Georges Pompidou. Le nombre de pages concédées à Charles d'Orléans par le futur président de la République est plus élevé que celui auquel ont droit bien des poètes modernes; avec Eustache Deschamps et François Villon, le duc est le seul représentant du moyen âge. Entre un fragment du *Roman d'Eustache le Moine* et un fragment du *Testament Villon*, Paul Eluard place la première strophe du rondeau 89, où Charles d'Orléans se sert du jargon dans lequel les adultes parlent aux nouveaux-nés. A travers l'enchaînement des citations, Eluard défend cette poésie *impersonnelle*, à la portée de chacun, qui naît des choses les plus quotidiennes et traverse les siècles: *Si l'on voulait, il n'y aurait que des merveilles*[1]!

Vu les dates des premières éditions, il n'est pas étonnant qu'on doive attendre la seconde moitié du XIXᵉ siècle pour rencontrer les témoignages de l'intérêt des poètes pour l'œuvre du prince de Blois. En 1870 Arthur Rimbaud écrit une lettre de *Charles d'Orléans à Louis XI*, dans laquelle le duc demande au roi d'accorder sa grâce à François Villon: Rimbaud truffe la lettre de citations empruntées au poète parisien, dont il connaît bien l'œuvre, alors que seules quelques rares poésies de Charles d'Orléans sont mises à contribution. *Sire, le temps a laissé son manteau de pluie*: la lettre s'ouvre sur une citation tirée du rondeau 103, dont on trouve aussi des échos dans le premier quatrain d'un sonnet célèbre, le *Dormeur du Val* (octobre 1870). On y retrouve l'image d'un monde idyllique baigné de lumière, et les *haillons d'argent* de la rivière font à la fois pendant et

---

1. *Œuvres complètes*, éd. p. M. Dumas et L. Scheler, Paris, 1968, vol. I, p. 1133.

contraste[1] à la livrée aristocratique, décorée de *gouttes d'argent d'orfaverie*, que portent rivière, fontaine et ruisseau chez Charles d'Orléans. Quelques années plus tard, Théodore de Banville tâche de redonner vie — après l'avoir fait pour la ballade et le triolet — au rondeau dans les *Rondels composés à la manière de Charles d'Orléans* (1875). Son intérêt va à la forme, au rythme des compositions ; il n'est guère sensible aux thèmes et motifs du prince, sur qui il projette pourtant la conception romantique du poète maudit, *malheureux comme tous ses confrères* (préface à Armand Sylvestre). Confronté à une réalité trop dure, le duc d'Orléans aurait trouvé dans la poésie le réconfort, l'oubli : c'est l'image qu'en donne aussi Gabriele d'Annunzio dans le sonnet *Le fils de Valentine* (vers 1890). Fasciné par les expériences parnassiennes, le poète italien a pratiqué les anciennes formes poétiques, le *rondò*, le *lai*. Il écrit le sonnet en français et intègre aux tercets des vers tirés de différentes poésies de Charles d'Orléans (ball. 4 ; ro. 65 et 103) :

> *Des durs ceps oublieux, le fils de Valentine,*
> *au pays fluvial appelant l'églantine,*
> *chantait, chantait Le temps a laissié son manteau,*
> *chantait Comment se peut un povre cueur deffendre,*
> *ou bien Mieulx vaut mentir pour paix avoir. Et, tendre,*
> *la fleur à son appel s'ouvrait sur le coteau*[2].

Des échos de l'œuvre du prince de Blois ne se rencontrent pas seulement en Italie, mais aussi en Angleterre. En 1827 déjà, Watson Taylor avait publié les *Poems written in English by Charles, duke of Orleans* pour le Roxburgue Club. Mais quand R. L. Stevenson, l'auteur de l'*Ile au Trésor*, publie un article (1882) sur Charles d'Orléans[3], c'est à l'œuvre française que va son intérêt, et il se réfère aux travaux d'Aimé Champollion-Figeac et de Charles d'Héricault. Son jugement sur le prince est

---

1. Voir notre article : *Arthur Rimbaud et Charles d'Orléans : réécriture et rupture dans le Dormeur du Val* (en préparation).
2. G. d'Annunzio, *Primo Vere, Canto Novo (...)*, Milano, Mondadori, 1968, p. 1006.
3. Publié dans : *Virginibus puerisque & Familiar Studies of Men & Books*, London/Toronto, Dent & Sons, s.d., pp. 252-279.

sévère : *The futility of Charles's public life was of a piece throughout* (p. 275). Il n'est guère plus tendre avec le poète qui lui semble mièvre et chez qui il retrouve les lieux communs de la lyrique d'amour médiévale ; heureusement, il décèle dans son œuvre une *inimitable lightness and delicacy of touch* (p. 277), une musicalité qui la sauve. Sa préférence va toutefois à François Villon, qu'il juge bien plus moderne, plus moderne même que Théodore de Banville, l'imitateur du duc d'Orléans.

La survie musicale.

Le manuscrit 25458 témoigne du désir qu'avait Charles d'Orléans de faire mettre en musique ses chansons : la place au-dessus des textes a été laissée libre pour la notation. Mais, par la suite, le duc et son cercle ont employé l'espace vide pour y transcrire des rondeaux. Malgré les liens assurés entre Guillaume Dufay et le cercle de Blois[1], nous ne connaissons aujourd'hui que peu de textes de Charles d'Orléans mis en musique au xve siècle : *Ma seule, plaisant, doulce joye*[2] et *Je ne prise point* (anonymes) ; *Mon cuer chante* de Gilles Binche et *Va tost, mon amoureux desir*[3], probablement du même musicien. Le vrai succès musical, Charles d'Orléans le connaît à partir du xixe siècle : pour la vogue de ses œuvres, Claude Debussy a joué un rôle déterminant. De 1904 à 1910 se manifeste chez ce compositeur un profond intérêt pour la musique de la fin du moyen âge et de la Renaissance : c'est l'époque des *Trois chansons de France* (textes de Tristan Lhermite, Charles d'Orléans), des *Trois chansons de Charles d'Orléans* (ro. 37, 103, 104) et des *Trois ballades de François Villon*. L'influence du

1. D. Fallows, « Two more Dufay songs reconstructed », *Early Music* 3 (1975) 358-360.

2. Cf. D. Fallows, « Words and music in two English songs of the mid-15th century : Charles d'Orléans and John Lydgate », *Early Music* 5 (1977) 38-43.

3. Voir les chansons XVI, XXXVII, XLV de l'édition P. Champion, et celle citée dans les notes, p. 573.

maître est manifeste chez plusieurs compositeurs qui ont mis en
musique des textes de Charles d'Orléans : Jan Ingenhoven
(1875-1951), un des premiers à faire connaître Debussy en
Allemagne ; André Caplet (1878-1925), son ami ; Charles
Koechlin qui écrit le prélude de *Khamna* (1913) à la requête de
Debussy ; Maxime Jacob, élève de Koechlin, qui met en musique
Deux Poèmes de Charles d'Orléans en 1937 ; Làszlo Lajtha qui
séjourne à Paris entre 1911 et 1913 et dont la musique est
influencée par Bartók et Debussy. Plusieurs auteurs du groupe
des Six (Auric, Durey, Honegger, Milhaud, Poulenc, Tailleferre)
se réclament aussi de Debussy : c'est le cas de Louis Durey qui
écrit *Deux Chœurs* en 1914 (textes de Charles d'Orléans et Henri
de Régnier). Quant à Darius Milhaud, il a souvent affirmé son
admiration pour Debussy ; en 1961 il met en musique des *caroles*
(op. 402) de Charles d'Orléans. Son ami Francis Poulenc était
l'élève de Koechlin : en 1938, juste avant la guerre, il écrit la
musique pour la *Prière pour la paix* (ball. 99) qui retrouve alors
une nouvelle actualité[1]. Poulenc, de son côté, influence Jean-
René Françaix, compositeur et pianiste, à qui l'on doit la
musique pour *Cinq poésies* (1946) de Charles d'Orléans et pour
une chanson, *Levez ces cuevrechiefs*[2]. Deux élèves de César
Franck ont aussi puisé dans l'œuvre du duc : Arthur Coquart
pour *Cinq Duos* (op. 69, 1910), et Guy Ropartz (le ro. 37, en
1927) dont toute l'œuvre est marquée par un profond intérêt
pour les musiques anciennes. Limitons-nous à ces quelques
repères[3] ! La vogue des poésies de Charles d'Orléans chez les
compositeurs de notre époque est un vaste champ à peine
défriché : il attend d'être étudié.

1. Le même texte a été mis en musique par le père José Antonio de
Donostia (1886-1956).
2. Chanson LIX de l'édition P. Champion.
3. La *Musik in Geschichte und Gegenwart* et le *New Grove Dictionary of
Music and Musicians* donnent encore les noms suivants en relation avec
Charles d'Orléans : Ella Adaiewsky (1846-1926) ; Pierre Bretagne, *Deux
Rondels* (1937), *Deux Choeurs* (1949). — Là aussi, les indications du
dictionnaire, peu précises, ne permettent pas d'identifier les textes : il y a un
énorme travail à faire.

LA PRÉSENTE ÉDITION

Notre édition est fondée sur une relecture du manuscrit personnel de Charles d'Orléans, le ms. 25458 de la Bibliothèque Nationale de Paris. Pour permettre au lecteur de se faire une idée de la structure et de la nature de ce manuscrit exceptionnel, de découvrir le cercle de Blois et de situer Charles d'Orléans dans son contexte historico-littéraire, nous avons :

— édité les ballades et les rondeaux en suivant l'ordre dans lequel ils se présentent dans le manuscrit. Entre crochets nous indiquons le numéro correspondant de l'édition de Pierre Champion, ce qui permet de rétablir l'ordre chronologique (en partie hypothétique) des poésies.

— observé le plus fidèlement possible la disposition du texte dans le manuscrit : les refrains des rondeaux sont rentrés, et nous transcrivons le *etc.* qui suit la reprise des premiers mots du refrain sans indiquer — détail controversé ! — s'il faut reprendre le refrain en entier ou seulement en partie.

— indiqué les erreurs du rubricateur et signalé certaines particularités du manuscrit (espaces libres, corrections, etc.) en note. On remarquera la tendance de faire coïncider l'unité de la ballade avec l'unité de la page.

— placé entre crochets les parties du texte, et notamment des titres des poésies, qu'il a fallu compléter.

— signalé l'emplacement des *caroles*, *chansons* et *complaintes* de Charles d'Orléans, afin que le lecteur puisse se rendre compte de la tendance de réunir les poésies en groupes d'après des critères formels. Nous signalons aussi l'emplacement des poésies des amis et collaborateurs, indiquant chaque fois qui en est l'auteur et, le cas échéant, quels liens rattachent la poésie à l'œuvre de Charles d'Orléans.

— suggéré des rapprochements avec d'autres poètes de l'époque (Oton de Grandson, Alain Chartier, etc.), dont on trouve des échos dans l'œuvre de Charles d'Orléans.

Au XVIIIe siècle le B.N. fr. 25458 appartenait au duc de La Vallière : c'est de la même époque que datent la reliure et la

pagination du manuscrit de 1 à 537. Il s'agit d'un petit in-octo
de 271 feuillets. Les cahiers qui le composent sont en général de
quatre feuilles de vélin, pliées en deux, qui font huit feuillets de
16 pages. Les poésies du recueil ont été transcrites par plusieurs
mains, certains textes sont autographes. Les différentes écritures
se laissent déchiffrer sans difficultés majeures. Les problèmes-
clés sont des problèmes d'interprétation : la ponctuation et
l'emploi de l'allégorie[1]. Dans ces domaines il n'est guère utile de
recourir aux autres manuscrits qui, en général, ne sont pas d'une
grande aide. Ils sont incomplets, d'habitude plus tardifs et
découlent en partie directement du B.N. fr. 25458. A côté des
rares variantes provenant des manuscrits, le lecteur trouvera des
renvois :

a) à la traduction latine du ms. de Grenoble, utile pour
éclairer le sens de certains passages ;

b) aux imprimés, parmi lesquels *La Chasse et le depart
d'Amours* occupe une place à part. Les poésies de Charles
d'Orléans y font l'objet d'un véritable travail de réécriture : pour
saisir les transformations qu'elles subissent, il ne suffit pas
d'offrir un inventaire des variantes, il faudrait publier les deux
textes côte à côte. Un tel projet ne pouvait pas être envisagé dans
le cadre de la présente édition.

— *Manuscrits :*

A   Arsenal, ms. 2070. Recueil collectif sur papier, xve siècle.

B   B.N. fr. 19139. Recueil collectif sur papier. Milieu xve.

C   British Museum, Reg. 16 F.ij, sur vélin. Date de 1500-1502,
      scribe et miniaturiste sont flamands. Les poésies trans-
      crites sont antérieures à 1441.

G   Grenoble, ms. 873, sur vélin, terminé vers 1461. Il contient
      les poésies antérieures à 1453 (le dernier texte transcrit est
      la ball. 76) et la traduction latine d'Antonio d'Asti.

---

1. Sur ce problème, voir l'index des personnifications en fin du volume :
y sont indiqués les critères observés pour décider s'il s'agit d'une figure
allégorique ou d'une simple métaphore.

M Carpentras, ms. 375, sur vélin. Aux armes de Marie de Clèves, troisième épouse de Charles d'Orléans.

O B.N. fr. 25458, notre ms. de base. Sur vélin. Aux armes de Charles d'Orléans qui l'a rapporté d'Angleterre et complété ensuite par des additions au fonds primitif.

O2 B.N. fr. 1104, sur vélin, au chiffre de Catherine de Médicis. Une copie de O.

H British Museum, ms. Harley 6916, sur papier. Copie presque complète et peu postérieure à O.

P Arsenal, ms. 3457, sur parchemin. Extrait réalisé du temps de Louis XI, non terminé, dans un assez grand désordre.

L British Museum, ms. Lansdowne 380, sur papier. Fin xve.

R B.N. fr. 9223, recueil sur vélin, xve siècle. — Edition : *Rondeaux et autres poésies du xve siècle*, éd. p. G. Raynaud, Paris, 1889.

S B.N. fr. 1719, recueil poétique comparable à R, fin xve.

S2 B.N. nouv. acq. fr. 15771, recueil sur parchemin, inconnu de P. Champion. Apparenté à R, du milieu du xve siècle, il contient des poésies du cercle de Blois, dont cinq compositions (nos 141, 194, 198, 211, 229) du duc d'Orléans — Édition : *Le manuscrit B.N. nouv. acq. fr. 15771*, éd. p. Barbara L.S. Inglis, Paris : Champion, 1985.

— *Imprimés :*

J *Le Jardin de Plaisance et Fleur de Rhétorique,* Paris : Antoine Vérard, vers 1501. — Edition fac-similé par E. Droz et A. Piaget, Paris, 1910.

T Jean Lemaire des Belges, *Le Triomphe de l'Amant Vert*, Paris : Denys et Simon Janot, 1535.

Ch *La Chasse et le Depart d'Amours faict et composé par (...) Octovien de Sainct Gelais evesque d'Angoulesme et par noble homme Blaise d'Auriol*, Paris : Antoine Vérard, 1509 (B.N. Rés. vélins 583). — Edition partielle : *La Chasse d'Amours*, éd.p. M.B. Winn, Paris/Genève, 1984.

INDICATIONS BIBLIOGRAPHIQUES

Nous ne signalons pas ici les éditions, études et articles mentionnés dans les notes de la préface.

— *Editions :*

Poésies, 2 vol., éd. p. P. Champion, Paris, H. Champion, 1923-1927.

The English Poems of Charles of Orleans, éd. p. R. Steele et M. Day, Oxford University Press, 1970[3].

— *Vocabulaire :*

C. GALDERISI, *Le lexique de Charles d'Orléans dans les rondeaux*, (à paraître).

D. POIRION, *Le lexique de Charles d'Orléans dans les ballades*, Genève, Droz, 1967.

— *Etudes littéraires :*

W. CALIN, « The Density of Text », ds : *Mélanges Alice Planche*, Paris, Nizet, 1984, pp. 97-104.

P. CHAMPION, *Le manuscrit autographe des poésies de Charles d'Orléans*, Genève, Slatkine Reprints, 1975 [= Paris, 1907].

R. C. CHOLAKIAN, *Deflection/Reflection in the Lyric Poetry of Charles d'Orléans*, Potomac, 1985.

A. CLASSEN, *Die autobiographische Lyrik des europäischen Spätmittelalters,* Amsterdam, Rodopi, 1991.

G. FÄSSLER-CACCIA, « La poésie de circonstance chez Charles d'Orléans », *Studi Francesi e Provenzali* 84/85 [= *Romanica Vulgaria Quaderni* 8/9 (1986)] 93-115.

D. KELLY, *Medieval Imagination. Rhetoric and the Poetry of Court*, Madison, Wisconsin University Press, 1978 (chap. IX).

D. R. MARKS, *The English Poems of Charles of Orleans,* Ann Arbor, University Microfilms International, 1984.

J.-C. PAYEN, « Charles d'Orléans et la poétique de l'essentiel », ds : *Mélanges Alice Planche*, Paris, Nizet, 1984, pp. 363-370.

A. PLANCHE, *Charles d'Orléans ou la Recherche d'un langage,*

Paris, H. Champion, 1975 (à consulter aussi pour la bibliographie antérieure).

D. Poirion, *Le poète et le prince. L'évolution du lyrisme courtois de Guillaume de Machaut à Charles d'Orléans*, Paris, Presses Universitaires de France, 1965.

S. Sasaki, *Sur le thème de nonchaloir dans la poésie de Charles d'Orléans*, Paris, Nizet, 1974.

M. Tietz, « Die französische Lyrik des 14. und 15. Jahrhunderts », ds : *Die französische Lyrik*, éd. p. D. Janik, Darmstadt, Wissenschaftliche Buchgesellschaft, 1987, pp. 109-177.

J. Wathelet-Willem, « Charles d'Orléans et la critique contemporaine », *Marche Romane* 32 (1982) 102-105.

— *L'écriture allégorique :*

A. Strubel, « *En la foret de longue actente* : Réflexions sur le style allégorique de Charles d'Orléans », ds : *Styles & valeurs. Pour une histoire de l'art littéraire au moyen âge*, éd. p. D. Poirion, Paris : SEDES, 1990, pp. 167-186.

S. Sturm-Maddox, Charles d'Orléans devant la critique. Vers une poétique de l'allégorie », *Œuvres et critique* V/1 (1980) 9-24. (L'auteur présente et discute les travaux antérieurs).

— *Biographie :*

P. Champion, *Vie de Charles d'Orléans (1394-1465)*, Paris, H. Champion, 1911.

P. Champion, *La librairie de Charles d'Orléans*, Genève, Slatkine Reprints, 1975 [= Paris, 1910].

Hella S. Haasse, *En la forêt de Longue Attente : Le roman de Charles d'Orléans,* traduit du néerlandais par A.-M. de Both-Diez, Paris, Seuil, 1991. (Il s'agit d'une biographie romancée datant de 1949).

E. McLeod, *Charles of Orleans, Prince and Poet*, London, Chatto & Windus, 1969.

— *Textes médiévaux souvent cités dans le commentaire :*

Alain Chartier, *Poèmes*, éd. p. J. Laidlaw, Paris : 10/18, 1988.

Guillaume DE LORRIS, Jean DE MEUN, *Le Roman de la Rose,* 3 vol., éd. p. F. Lecoy, Paris, H. Champion, 1966-1970.

Jean DE GARENCIÈRES, *Les poésies complètes*, éd. p. Y. A. Neal, Paris, Tournier & Constans, 1952/1953.

Oton DE GRANDSON, *Oton de Grandson, sa vie et ses poèmes*, éd. p. A. Piaget, Lausanne, 1941.

François VILLON, *Le Testament Villon*; *Le Lais Villon et les poèmes variés*, 5 vol., éd. p. J. Rychner et A. Henry, Genève, Droz, 1974-1985. Une édition maniable, riche en notes, vient de paraître, *Poésies complètes*, éd. p. C. Thiry, Paris, Le Livre de Poche (coll. « Lettres Gothiques »), 1991.

Ballades et rondeaux

[La Retenue d'Amours]

Ou¹ temps passé, quant Nature me fist   [p. 1]
En ce monde venir, elle me mist
Premierement tout en la gouvernance
4 D'une dame qu'on appelloit Enfance,
En lui faisant estroit commandement
Dĕ me nourrir et garder tendrement,
Sans point souffrir Soing ou Merencolie
8 Aucunement me tenir compaignie,
Dont elle fist loyaument son devoir :
Remercier l'en doy, pour dire voir.

En cest estat par un temps me nourry
12 Et apres ce, quant je fu enforcy,
Ung messagier, qui Aage s'appella,
Une lettre de creance bailla
A Enfance de par dame Nature.
16 Et si lui dist que plus la nourriture
De moy n'auroit et que dame Jennesse
Me nourriroit et seroit ma maistresse.
Ainsi du tout Enfance delaissay
20 Et avecques Jennesse m'en alay.

Quant Jennesse me tint en sa maison,
Un peu avant la nouvelle saison,
En ma chambre s'en vint un bien matin
24 Et m'esveilla, le jour saint Valentin,
En me disant : « Tu dors trop longuement,
Esveille toy et aprestes briefment,
Car je te vueil avecques moy mener
28 Vers un seigneur dont te fault acointer,
Lequel me tient sa servante treschiere :
Il nous fera sans faillir bonne chiere. »

L'hommage à Amour[1]

1 Jadis[2] temps passé, lorsque Nature me fit venir
   en ce monde, elle me confia
   tout d'abord aux seuls soins
4 d'une dame qu'on appelait Enfance.
   et elle lui donna l'ordre strict
   de m'élever et de me surveiller avec tendresse
   et aussi de ne pas tolérer que Peine ou Mélancolie
8 ne me tiennent jamais compagnie.
   en cela Enfance a fait loyalement son devoir
   et, en vérité, je me sens tenu à l'en remercier.

   C'est ainsi qu'Enfance m'éleva un certain temps.
12 Ensuite, quand je fus plus fort,
   un messager — il s'appelait[3] Age —
   remit une lettre de créance
   à Enfance de par dame Nature.
16 Et il lui dit qu'elle n'aurait plus la charge
   de mon éducation, que dame Jeunesse
   allait être ma maîtresse et qu'elle m'élèverait.
   Ainsi je quittai définitivement Enfance
20 et je m'en allai avec Jeunesse[4].

   Alors que Jeunesse me gardait en sa maison,
   à l'approche du printemps,
   un matin très tôt elle entra dans ma chambre
24 et me réveilla en ce jour de la saint Valentine :

   Réveille-toi et prépare-toi vite,
   car je veux t'emmener avec moi
28 chez un seigneur qu'il te faudra fréquenter.
   Il me considère comme sa très chère servante :
   il nous fera, sans faute, bon accueil.

Ie respondy : « Maistresse gracieuse,   [p. 2]
32 De lyé cueur et voulenté joyeuse
    Vostre vouloir suy content d'acomplir.
    Mais humblement je vous vueil requerir
    Qu'il vous plaise le nom de moy nommer
36 De ce seigneur dont je vous oy parler.
    Car s'ainsi est que sienne vous tenés,
    Sien estre vueil, se le me commandés,
    Et en tous fais vous savez que desire
40 Vous ensuïr, sans en riens contredire. »

    « Puis qu'ainsi est », dist elle, « mon enfant,
    Que de savoir son nom desirez tant,
    Sachiez de vray que c'est le dieu d'Amours
44 Que j'ay servy et serviray tousjours,
    Car de pieça suy de sa retenue,
    Et de ses gens et de lui bien congneue.
    Oncques ne vis maison, jour de ta vie,
48 De plaisans gens si largement remplie.
    Je te feray avoir d'eulx accointance,
    La trouverons de tous biens habondance. »

    Du dieu d'Amours quant parler je l'oÿ,
52 Aucunement me trouvay esbahy.
    Pour ce lui dis : « Maistresse, je vous prie
    Pour le present que je n'y voise mie,
    Car j'ay oÿ a plusieurs raconter
56 Les maulx qu'Amour leur a fait endurer.
    En son dangier bouter ne m'oseroye,
    Car ses tourmens endurer ne pourroye :
    Trop jenne suy pour porter si grant fais,
60 Il vault trop mieulx que je me tiengne en pais. »

32 Joyeux de cœur et d'esprit
je veux bien accomplir votre désir.
Mais j'aimerais humblement vous demander
que vous veuilliez bien me révéler le nom
36 de ce seigneur dont je vous entends parler.
Car, si vous vous considérez vraiment comme sienne,
je veux [aussi] être sien, si vous me l'ordonnez.
Vous savez qu'en toutes choses je désire
40 suivre votre exemple sans faire la moindre objection.

Sachez, en vérité, que c'est le dieu d'Amour
44 que j'ai servi et que je servirai toujours ;
(car) voilà longtemps que je fais partie de sa suite,
et que ses gens et lui-même me connaissent bien.
De toute ta vie tu n'as jamais vu une telle demeure
48 où l'on rencontre en si grand nombre des gens séduisants.
Je t'introduirai au sein leur compagnie,
là nous trouverons tous les biens en abondance.

Quand je l'entendis parler du dieu d'Amour,
52 je fus quelque peu frappé de stupeur.
Je lui dis donc : Maîtresse, je vous prie
que, pour le moment, je ne doive en aucun cas y aller.
J'ai entendu plusieurs parler
56 des maux qu'ils ont enduré à cause d'Amour.
Je n'oserais pas me soumettre à son pouvoir,
car je ne pourrais pas en supporter les tourments :
je suis trop jeune pour porter un si grand fardeau,
60 il vaut bien mieux que je reste tranquille.

« **F**y », dist elle, « par Dieu, tu ne vaulx riens !   [p. 3]
Tu ne congnois l'onneur et les grans biens
Que peus avoir se tu es amoureux.
64 Tu as oÿ parler les maleureux,
Non pas amans qui congnoissent qu'est joye,
Car raconter au long ne te sauroye
Les biens qu'Amours scet aux siens departir.
68 Essaye les, puis tu pourras choisir
Se tu les veulx ou avoir ou laissier !
Contre vouloir nul n'est contraint d'amer. »

Bien me revint son gracieux langage
72 Et tost muay mon propos et courage
Quant j'entendy que nul ne contraindroit
Mon cueur d'amer, fors ainsi qu'il vouldroit.
Si lui ay dit : « Se vous me promettés,
76 Ma maistresse, que point n'obligerés
Mon cueur ne moy contre nostre plaisir,
Pour ceste fois je vous vueil obeir.
Et a present vous suivray ceste voye ;
80 Je prie a Dieu qu'a honneur m'y convoye ! »

« **N**e te doubtes », se dist elle, « de moy.
Je te prometz et jure, par ma foy,
Par moy ton cueur ja forcé ne sera.
84 Mais garde soy qui garder se pourra !
Car je pense que ja n'aura povoir
De se garder, mais changera vouloir
Quant Plaisance lui monstrera a l'ueil
88 Gente Beaulté plaine de doulx acueil,
Jenne, sachant et de maniere lye,
Et de tous biens a droit souhait garnie. »

tu ne connais ni l'honneur, ni les grands avantages
que tu peux avoir, si tu es amoureux.
64 Tu as entendu parler les malheureux,
et non pas les amants qui savent ce que c'est que la joie.
Je ne saurais te raconter en détail
les biens qu'Amour peut distribuer aux siens.
68 Essaie-les! Ensuite tu pourras choisir
si tu entends en jouir ou les laisser tomber.
Nul n'est contraint d'aimer contre sa volonté.

Son gracieux langage me plut beaucoup
72 et aussitôt je changeai de propos et d'avis,
quand j'entendis que personne ne contraindrait
mon cœur d'aimer, à moins qu'il n'y consente.
Alors je lui ai dit: Si vous me promettez,
76 ma maîtresse, que vous ne nous contraindrez pas
mon cœur et moi contre notre volonté,
je veux [bien] vous obéir cette fois.
Et à présent je vous suivrai dans cette voie:
80 je prie Dieu qu'il m'y accompagne en [tout] honneur.

N'aie pas peur de moi, voilà ce qu'elle me dit [alors]:
Je te promets et te jure, par ma foi,
que jamais je ne ferai violence à ton cœur.
84 Mais que se garde celui qui saura se défendre[1]!
Je pense qu'il [s.e.: le cœur] ne sera pas en mesure
de résister. Bien au contraire! il changera d'avis
quand Plaisir lui fera voir
88 Beauté la séduisante, qui est d'un accueil si doux,
jeune, sachant [vivre] et aux manières joyeuses:
elle est à souhait garnie de tous les biens qu'on pourrait
[désirer.

Sans plus parler sailli hors de mon lit,   [p. 4]
92 Quant promis m'eut ce que devant est dit.
Et m'aprestay le plus joliement
Que peu faire, par son commandement :
Car jennes gens qui desirent honneur,
96 Quant veoir vont aucun royal seigneur,
Ilz se doivent mettre de leur puissance
En bon array, car cela les avance
Et si les fait estre prisiez des gens,
100 Quant on les voit netz, gracieux et gens.

Tantost aprés tous deux nous en alasmes
Et si long temps ensemble cheminasmes
Que venismes au plus pres d'un manoir
104 Trop bel assis et plaisant a veoir.
Lors Jennesse me dist : « Cy est la place
Ou Amour tient sa court et se soulace.
Que t'en semble ? n'est elle pas tresbelle ? »
108 Je respondy : « Oncque mais ne vi telle. »
Ainsi parlant approchasmes la porte
Qui a veoir fu tresplaisant et forte.

Lors Jennesse si hucha le portier
112 Et lui a dit : « J'ay cy un estrangier
Avecques moy. Entrer nous fault leans :
On l'appelle *Charles, duc d'Orlians*. »
Sans nul delay le portier nous ouvry,
116 Dedens nous mist et puis nous respondy :
« Tous deux estes cyens les bien venus.
Aler m'en vueil, s'il vous plaist, vers Venus
Et Cupido. Si leur raconteray
120 Qu'estes venuz et ceans mis vous ay. »

sailli : je sautai

92 *ce que* [cas sujet] : ce qui vient d'être raconté.
Suivant ses désirs, je m'apprêtai
le plus élégamment que je sus le faire :
Ainsi les jeunes gens désirant [acquérir] honneur,

96 quand ils vont voir quelque seigneur royal,
doivent mettre leur soin
à bien s'habiller, parce que cela leur donne des avantages
et fait qu'ils sont appréciés des gens,

100 quand ceux-ci les voient propres, gracieux et beaux[1].

Aussitôt après nous partîmes tous les deux
et nous cheminâmes jusqu'à ce que
nous soyons arrivés tout près d'un château[2]

104 très bien situé et plaisant à regarder.
Alors Jeunesse me dit : Voici la place
où Amour tient sa cour et se distrait.
Que t'en semble ? n'est-elle pas très belle ?

108 Je répondis : Jamais je n'en vis de pareille.
En devisant ainsi nous nous approchâmes de la porte
Qui était très plaisante et forte à regarder.

si hucha : appela ainsi

112 et elle lui a dit : Voici un étranger
en ma compagnie. Il nous faut entrer là-dedans :
Charles : le nom du duc est souligné dans le manuscrit.

116 Il nous fit entrer
cyens : céans [< *ecce hac intus* : ici (dedans)]
Je désire me rendre, s'il vous plaît, auprès de Vénus
Et Cupidon[3]. Je leur ferai savoir

120 que vous êtes venus et que je vous ai fait entrer céans.

Ce portier fu appellé Compaignie [p. 5]
Qui nous receu de maniere si lye.
De nous party, a Amour s'en ala.
124 Briefment aprés devers nous retourna
Et amena Bel Acueil et Plaisance
Qui de l'ostel avoient l'ordonnance.
Lors, quant de nous approuchier je les vy,
128 Couleur changay et de cueur tressailly.
Jennesse dist : « De riens ne t'esbahys,
Soies courtois et en faiz et en dis. »

Ieunesse tost se tira devers eulx,
132 Apres elle m'en alay tout honteux,
Car jennes gens perdent tost contenance
Quant en lieu sont ou n'ont point d'acointance.
Si lui ont dit : « Bien soiez vous venue. »
136 Puis par la main l'ont liement tenue.
Elle leur dit : « De cueur vous en mercy.
J'ay amené ceans cest enfant cy
Pour lui moustrer le tresroyal estat
140 Du dieu d'Amours et son joyeux esbat. »

Vers moy vindrent me prenant par la main
Et me dirent : « Nostre roy souverain,
Le dieu d'Amours vous prie que venés
144 Par devers lui, et bien venu serés. »
Je respondy humblement : « Je mercie
Amour et vous de vostre courtoisie.
De bon vouloir iray par devers luy,
148 Pour ce je suy venu cy au jour d'uy,
Car Jennesse m'a dit que le verray
En son estat et gracieux array. »

fu : était [passé simple descriptif de plus en plus rare à la
    fin du moyen âge]
Qui nous reçut si gaiement.
Il nous quitta et il se rendit auprès d'Amour.
124 Peu après il revint vers nous et amena
Bel Acueil : personnification provenant du *Roman de la Rose*.
Qui étaient chargés de l'administration de l'hôtel.
128 Je changeai de couleur et mon cœur tressaillit.
Jeunesse me dit : « Ne t'étonne de rien
130 *en faiz et en dis* : syntagme figé inspiré des *Factorum ac
    Dictorum Memorabilium* de Valère Maxime[1].
Jeunesse se dirigea aussitôt vers eux,
132 et je la suivis tout honteux,
car les jeunes gens perdent vite contenance
quand ils sont en un lieu qui ne leur est pas familier.

136 *liement* : joyeusement
Elle leur dit : Je vous en remercie de [tout] cœur.
J'ai amené céans cet enfant que voici
pour lui montrer l'état très royal
140 du dieu d'Amour ainsi que ses joyeux divertissements.

Ils vinrent vers moi et me prirent par la main
en me disant : Notre roi souverain,
le dieu d'Amour vous prie de venir auprès de lui,
144 et [il vous assure que] vous serez le bienvenu.
je mercie : je remercie

Je me rendrai bien volontiers auprès de lui ;
148 c'est pour cela que je suis venu ici aujourd'hui,
car Jeunesse m'a promis que je le verrai
en son état [de roi], entouré de sa gracieuse suite.

Bel Acueil print Jennesse par le bras,   [p. 6]
152 Et Plaisance si ne m'oublia pas,
     Mais me pria qu'avec elle venisse
     Et tout le jour pres d'elle me tenisse.
     Si alasmes en ce point jusqu'au lieu
156 La ou estoit des amoureux le dieu.
     Entour de lui son peuple s'esbatoit,
     Dançant, chantant, et maint esbat faisoit.
     Tous a genoulz nous meismes humblement,
160 Et Jennesse parla premierement

Disant : « Treshault et noble, puissant prince,
     A qui subgiet est chascune province,
     Et que je doy servir et honnorer
164 De mon povair, je vous vien presenter
     Ce jenne filz qui en moy a fiance
     — Qui est sailly de la maison de France,
     Creu ou jardin semé de fleur de lis —,
168 Combien que j'ay loyaument lui promis
     Qu'en riens qui soit je ne le lyeray,
     Mais a son gré son cueur gouverneray. »

Amour respond : « Il est le bien venu ;
172 Ou temps passé j'ay son pere congneu.
     Plusieurs autres aussi de son lignage
     Ont maintes foiz esté en mon servage,
     Par quoy tenu suy plus de lui bien faire,
176 S'il veult aprés son lignage retraire. »
     « Vien ça », dist il, « mon filz, que penses tu ?
     Fus tu oncques de ma darde feru ?
     Je croy que non, car ainsi le me semble.
180 Vien pres de moy, si parlerons ensemble. »

Bel Accueil prit Jeunesse par le bras et,
152 de son côté, Plaisir ne m'oublia pas ;
Il me pria au contraire que je vinsse avec lui
et que tout[1] le jour je restasse auprès de lui.
Et alors nous allâmes jusqu'au lieu
156 où se trouvait le dieu des amoureux.
Autour de lui se divertissait son peuple,
dansant, chantant, et s'ébattant de mainte manière.
Humblement nous nous mîmes tous à genoux,
160 et Jeunesse prit d'abord la parole :

Très haut, noble et puissant prince,
à qui chaque province est soumise,
et que je dois servir et honorer
164 à mon pouvoir, je viens vous présenter
ce jeune fils qui a confiance en moi
— il est issu de la maison [royale] de France
et a grandi dans le jardin semé[2] de la fleur de lis — ;
168 je lui ai toutefois sincèrement promis
que je ne le contraindrai en rien,
gouvernant au contraire son cœur selon son désir.

172 Autrefois j'ai connu son père[3],
et aussi plusieurs autres de son lignage
ont souvent été à mon service
de sorte que je me sens d'autant plus tenu à lui faire du
176 s'il veut suivre l'exemple de son lignage.   [bien,
Viens çà, dit-il, mon fils, qu'en penses-tu ?
As-tu jamais été blessé de ma flèche ?
Je crois que non, car telle est mon impression.
180 Viens près de moi, et nous parlerons ensemble.

De cueur tremblant pres de lui m'aprochay,   [p. 7]
Si lui ay dit : « Sire, quant j'acorday
A Jennesse de venir devers vous,
184 Elle me dist que vous estïez sur tous
Si trescourtois que chacun desiroit
De vous hanter, qui bien vous congnoissoit :
Je vous suply que je vous treuve tel.
188 Estrangier suy venu en vostre hostel :
Honte seroit a vostre grant noblesse
Se fait m'estoit ceans mal ou rudesse. »

« Par moy contraint », dist Amour, « ne seras,
192 Mais de ceans jamais ne partiras
Que ne soies es las amoureux pris :
Je m'en fais fort, se bien l'ay entrepris.
Souvent mercy me vendras demander
196 Et humblement ton fait recommander ;
Mais lors sera ma grace de toy loing,
Car a bon droit te fauldray au besoing.
Et si feray vers toy le dangereux
200 Comme tu fais d'estre vray amoureux. »

« Venez avant », dist il, « Plaisant Beauté !
Je vous requier que, sur la loyauté
Que me devez, le venez assaillir,
204 Ne le laissiez reposer ne dormir
Ne nuit ne jour, s'il ne me fait hommage !
Aprivoisiez ce compaignon sauvage !
Ou temps passé vous conquestes Sampson
208 Le fort, aussi le sage Sal[e]mon :
Se cest enfant surmonter ne savez,
Vostre renon du tout perdu avez[1]. »

Je m'approchai de lui, le cœur tremblant,
et je lui ai dit : Sire, quand je suis tombé d'accord
avec Jeunesse de venir en votre présence,
184 elle m'a dit que vous[1] étiez, plus que tout autre,
un modèle de courtoisie et que chacun, [parmi ceux]
qui vous connaissaient bien, désirait vous fréquenter :
je vous supplie que je vous trouve tel [qu'on vous décrit].
188 Je suis venu en étranger à votre château :
si chez vous on me traitait mal ou avec brutalité,
ce serait une honte [qui porterait préjudice] à votre
[grande noblesse.

Jamais, dit Amour, je ne te contraindrai,
192 mais tu ne saurais quitter ces lieux
sans être pris aux lacs (filets) amoureux :
je m'en fais fort, si je l'ai bien pris en main.
Tu viendras souvent me crier merci
196 et humblement me recommander ton affaire ;
mais alors ma grâce ne te sera pas accordée,
car à bon droit je te ferai défaut au besoin.
Et ainsi je te dédaignerai,
200 tandis que tu te donneras l'air d'être un vrai amoureux.

Avancez, dit-il, Beauté séduisante !
202 Je vous demande, au nom de la loyauté
que vous me devez, que vous veniez l'assaillir
204 et que vous ne le laissiez pas reposer et dormir
ni de nuit ni de jour, s'il ne me rend pas hommage.
Apprivoisez ce caractère sauvage !
Autrefois vous avez conquis Samson
208 le fort [et] aussi le sage Salomon[2] :
Si vous ne savez pas vaincre cet enfant,
vous aurez complètement perdu votre renommée.

Beauté lors vint, decoste moy s'assist.
212 Un peu se teut, puis doulcement m'a dit :   [p. 8]
« Amy, certes, je me donne merveille
Que tu ne veulx pas que l'en te conseille.
Au fort saches que tu ne peuz choisir :
216 Il te couvient a Amour obeir[1]. »
Mes yeulx prindrent fort a la regarder,
Plus longuement ne les en peu garder.
Quant Beauté vit que je la regardoye,
220 Tost par mes yeulx un dard au cueur m'envoye.

Quant dedens fu, mon cueur vint esveillier
Et tellement le print a catoillier
Que je senti que trop rioit de joye.
224 Il me despleut qu'en ce point le sentoye ;
Si commençay mes yeulx fort a tenser
Et envoyay vers mon cueur un penser
En lui priant qu'il gettast hors ce dard.
228 Helas ! helas ! g'y envoiay trop tard,
Car, quant Penser arriva vers mon cueur,
Il le trouva ja pasmé de doulceur.

Quant je le sceu, je dis par desconfort :
232 « Je hé ma vie et desire ma mort[2],
Je hé mes yeulx, car par eulx suy deceu,
Je hé mon cueur qu'ay nicement perdu,
Je hé ce dard qui ainsi mon cueur blesse !
236 Venez avant, partués moy, Destresse,
Car mieulx me vault tout a un cop morir
Que longuement en desaise languir !
Je congnois bien, mon cueur est pris es las
240 Du dieu d'Amours par vous, Beauté, helas !

Beauté alors s'approcha, elle s'assit à mes côtés.
212 Elle resta un moment silencieuse, puis m'a dit doucement :
Ami, certes, je m'étonne
que tu ne veuilles pas qu'on te conseille.
Sache, en fin de compte, que tu ne peux pas choisir :
216 Il te faut obéir à Amour.
Mes yeux se mirent à la contempler intensément,
je fus incapable de les en empêcher plus longtemps.
Quand Beauté remarqua que je la regardais,
220 elle me lança aussitôt par les yeux une flèche au cœur.

Quand elle y fut arrivée, elle vint réveiller mon cœur
et elle se mit si bien à le chatouiller
que je sentis combien il riait de joie.
224 Il me déplut de le savoir en cette situation ;
Je commençai alors à réprimander sévèrement mes yeux
et j'envoyai une pensée à mon cœur
pour le prier d'arracher cette flèche.
228 Hélas ! hélas ! je l'envoyai trop tard,
car, quand Pensée arriva vers mon cœur,
elle le trouva déjà pâmé de douceur.

Quand je le sus, découragé, je dis :
232 Je hais ma vie et désire ma mort,
je hais mes yeux, car ils m'ont trompé,
je hais mon cœur que j'ai sottement perdu,
je hais cette flèche qui blesse ainsi mon cœur !
236 Avancez, Détresse, achevez de me tuer,
car il vaut mieux mourir sur le coup
que languir longtemps en chagrin !
Je le sais bien, mon cœur est pris dans les filets
240 du dieu d'Amour par vous, Beauté, hélas !

Adonc je cheu aux piez d'Amours malade   [p. 9]
Et semblay mort tant euz la coleur fade.
Il m'apperceu, si commença a rire
244 Disant: « Enfant, tu as besoing d'un mire[1] !
Il semble bien par ta face palie
Que tu seuffres tresdure maladie.
Je cuidoye que tu fusses si fort,
248 Qu'il ne fust riens qui te peust faire tort.
Et maintenant, ainsi soudainement,
Tu es vaincu par Beauté seulement.

Ou est ton cueur pour le present alé ?
252 Ton grant orgueil est bien tost ravalé.
Il m'est advis tu deusses avoir honte,
Si de legier quant Beauté te surmonte[2]
Et a mes piez t'a abatu a terre.
256 Revenge toy, se tu vaulx riens pour guerre !
Ou a elle il vault mieulx de toy rendre,
Se tu ne scez autrement te deffendre :
Car de deux maulx, puis que tu peux eslire,
260 C'est le meillieur que preignes le moins pire. »

Ainsi de moy fort Amour se mocquoit.
Mais non pourtant de ce ne me challoit,
Car de doleur je estoie si enclos
264 Que je ne tins compte de tous ses mos.
Quant Jennesse vit que point ne parloye —
Car tout advis et sens perdu avoye —,
Pour moy parla et au dieu d'Amours dist :
268 « Sire, vueilliez qu'il ait aucun respit ! »
Amour respont : « Jamais respit n'aura
Jusques a tant que rendu se sera ! »

Je tombai alors, malade, aux pieds d'Amour
et je semblais mort, ayant perdu toute couleur.
Il m'aperçut et se mit à rire
244 tout en disant : Enfant, il te faut un médecin !
A voir ta face pâle il semble bien
que tu souffres d'une maladie très grave.
Je croyais que tu étais si fort,
248 que rien au monde ne pouvait te faire tort.
Et voilà que, si soudainement,
Beauté te vainc à elle seule.

252 Ton grand orgueil est bien vite abaissé.
A mon avis tu devrais avoir honte,
quand Beauté te vainc si facilement
et t'a abattu à terre à mes pieds.
256 Venge-toi d'elle, si tu vaux quelque chose à la guerre !
Ou alors il vaut mieux te rendre à elle,
si tu ne sais pas te défendre autrement :
de deux maux, puisque tu peux choisir,
260 mieux vaut prendre le moindre.

Ainsi Amour se moquait bien de moi.
Je n'y accordais toutefois aucune importance,
car je m'étais tellement renfermé dans ma douleur
264 que je restais sourd à toutes ses paroles.
Quand Jeunesse vit que je ne disais mot —
j'avais perdu toute force de décision et toute sagesse —,
elle parla à ma place et dit au dieu d'Amour :
268 Sire, accordez-lui un peu de répit !
Amour répondit : Il n'aura jamais de répit
avant qu'il ne se soit soumis !

Beauté mist lors en son giron ma teste   [p. 10]
272 Et si m'a dit : « De main mise t'arreste,
Rens toy a moy, et tu feras que sage,
Et a Amours va faire ton hommage ! »
Je respondy : « Ma dame, je le vueil :
276 Je me soubzmetz du tout a vostre vueil,
Au dieu d'Amours et a vous je me rens.
Mon povre cueur a mort feru je sens.
Vueilliez avoir pitié de ma tristesse
280 Jeune, gente, nompareille princesse ! »

Quant je me fu ainsi rendu a elle :
« Je maintendray », dist elle, « ta querelle[1]
Envers Amour et tant pourchasseray
284 Qu'en sa grace recevoir te feray. »
A brief parler et sans faire long compte,
Au dieu d'Amours mon fait au vray raconte
Et lui a dit : « Sire, je l'ay conquis ;
288 Il s'est a vous et a moy tout soubzmis.
Vueilliez avoir de sa doleur mercy,
Puisque vostre se tient et mien aussi.

S'il a meffait vers vous, il s'en repent
292 Et se soubzmet en vostre jugement.
Puis qu'il se veult a vous abandonner,
Legierement[2] lui devez pardonner :
Chascun seigneur qui est plain de noblesse
296 Doit departir mercy a grant largesse.
De vous servir sera plus obligié,
Se franchement son mal est allegié.
Et si mettra paine de desservir
300 Voz grans biensfais par loyaument servir. »

Beauté plaça alors ma tête en son giron
272 *de main mise* : en te saisissant au collet
Rends-toi à moi, et tu agiras avec sagesse,
et va faire ton hommage à Amour !
Je répondis : Ma dame, je le désire :
276 Je me soumets en tout à votre volonté,
Je me rends à vous et au dieu d'Amour.
Je sens que mon pauvre cœur est blessé à mort.
Veuillez avoir pitié de ma souffrance,
280 jeune et gracieuse princesse sans pareille !

Dès que je me fus de cette manière soumis à elle :
Je soutiendrai, dit-elle, ta cause
devant Amour et je m'engagerai
284 jusqu'à ce qu'il t'accorde sa grâce.
En peu de mots et sans tirer le récit en longueur,
elle fit au dieu d'Amour un rapport véridique de mon
[affaire
288 *tout soubzmis* : complètement soumis
Veuillez avoir pitié de sa douleur,
puisqu'il se considère vôtre et mien aussi.

S'il a mal agi à votre égard, il s'en repent
292 et se soumet à votre arbitrage.
Puisqu'il veut [bien] se soumettre à vous,
vous devez lui pardonner sans [faire de] difficultés :
Chaque seigneur plein de noblesse doit
296 accorder sa grâce de la manière la plus libérale.
Il sera plus tenu à vous servir,
Si, d'un geste noble, vous allégez son mal.
Et il se donnera alors la peine de mériter
300 Vos grands bienfaits en vous servant loyalement.

Amours repont : « Beauté, si sagement[1]   [p. 11]
    Avez parlé et raisonnablement
    Que pardonner lui vueil la malvueillance
304 Qu'ay eu vers lui. Car par oultrecuidance
    Me courroussa quant, comme foul et nice,
    Il refusa d'entrer en mon service.
    Faictes de lui ainsi que vous vouldrés !
308 Content me tiens de ce que vous ferés :
    Tout le soubzmetz a vostre voulenté
    Sauve, sans plus, ma souveraineté. »

    Beauté respond : « Sire, c'est bien raison
312 Par dessus tous et sans comparaison
    Que pour seigneur et souverain vous tiengne
    Et ligement vostre subgiet deviengne.
    Premierement devant vous jurera
316 Que loyaument de cueur vous servira,
    Sans espargnier, soit de jours ou de nuis,
    Paine, soussy, dueil, courroux ou ennuis,
    Et souffrera, sans point se repentir,
320 Les maulx qu'amans ont souvent a souffrir[2].

    Il jurera aussi secondement
    Qu'en ung seul lieu amera fermement[3]
    Sans point querir ou desirer le change,
324 Car, sans faillir, ce seroit trop estrange
    Que servir peust un cueur en mains lieux,
    Combien qu'aucuns cueurs ne demandent mieulx
    Que de servir du tout a la volée,
328 Et qu'ilz ayent d'amer la renommée.
    Mais au derrain ilz s'en truevent punis
    Par Loyauté dont ilz sont ennemis.

Je veux lui faire grâce de la malveillance
304 que j'ai eue à son égard. Avec son arrogance
il m'a tellement courroucé quand, comme un fou et un sot,
il a refusé d'entrer à mon service.
Faites de lui ce qui vous plaira !
308 Je donne mon accord à [tout] ce que vous en ferez :
Je le soumets en tout à votre volonté
avec, pour seule réserve, de respecter ma suzeraineté.

Beauté répondit : Sire, il est bien juste
312 qu'il vous considère comme seigneur et suzerain
incomparable, placé au-dessus de tous [les autres],
et qu'il devienne votre homme lige[1].
Pour commencer il jurera en votre présence
316 qu'il vous servira loyalement et sincèrement,
sans craindre — que ce soit de jour ou de nuit —
peine, tracas, tristesse, courroux ou douleur

322 qu'il aimera avec constance une seule personne
sans jamais rechercher ou désirer de changement,
car, sans faute, il serait trop étonnant
qu'un cœur puisse aimer en de nombreux lieux,
quoique certains cœurs ne demandent pas mieux
que de servir seulement à la volée[2]
328 de manière à obtenir le renom d'amoureux.
Mais en fin de compte ils en sont punis
par Loyauté dont ils sont les ennemis.

    En oultre plus promettra tiercement   [p. 12]
332 Que voz conseulx tendra secrettement
    Et gardera de mal parler sa bouche[1].
    Noble prince, ce point cy fort vous touche,
    Car mains amans, par leurs nices paroles,
336 Par sotz regars et contenances folles,
    Ont fait parler souvent les mesdisans,
    Par quoy grevez ont esté voz servans
    Et ont receu souventesfoiz grant perte
340 Contre raison et sans nulle desserte.

    Avecques ce il vous fera serment
    Que, s'il reçoit aucun avancement
    En vous servant, qu'il n'en fera ventance.
344 Cestui meffait dessert trop grant vengeance !
    Car quant dames veulent avoir pitié
    De leurs servans, leur moustrant amitié,
    Et de bon cueur aucun reconfort donnent,
348 En ce faisant leurs honneurs abandonnent
    Soubz fiance de trouver leurs amans
    Secrez, ainsi qu'en font les convenans[2].

    Ces quatre poins qu'ay cy devant nommez
352 De tous amans doivent estre gardez,
    Qui a honneur et avancement tirent
    Et leurs amours a fin mener desirent.
    Six autres pointz aussi accordera,
356 Mais par serement point ne les promettra,
    Car nul amant estre contraint ne doit
    De les garder, se son prouffit n'y voit.
    Mais se faire veult, aprés bon conseil,
360 A les garder doit mettre son traveil.

Troisièmement, il promettra encore
332 qu'il ne révélera pas vos conseils
et empêchera sa bouche de médire.

car beaucoup d'amants, par leurs stupides paroles,
336 par de sots regards et un comportement irréfléchi
les mesdisans : les médisants [les *lauzengiers*, ennemis de la
dame et de l'amant déjà dans la lyrique occitane]
qui ont importuné vos serviteurs
et leur ont souvent causé des pertes importantes
340 contre raison et sans que ceux-ci l'aient mérité en rien.
En même temps il vous jurera
que, s'il obtient quelque avantage
à votre service, il ne s'en vantera pas.
344 Ce méfait mérite une très grande vengeance !
Car, quand les dames veulent bien avoir pitié
de leurs serviteurs, leur accordant leur amitié,
et les réconfortant de bon cœur,
348 elles abandonnent ainsi leur honneur,
confiantes que leurs amants
seront discrets, ainsi que cela a été convenu.

Les quatre points que j'ai énumérés ci-dessus
352 doivent être observés par tous les amants
qui recherchent honneur et avancement

il donnera aussi son accord à six autres points,
356 mais il ne les promettra pas par serment,
car aucun amant ne doit être contraint
de les observer, s'il n'y voit pas d'avantage.
Mais s'il désire le faire après mûre réflexion,
360 il ne doit pas épargner sa peine à les observer.

Le premier est qu'il se tiengne jolis[1],   [p. 13]
Car les dames le tiennent a grant pris.
Le second est que trescourtoisement
364 Soy maintendra et gracieusement.
Li tiers point est que selon sa puissance
Querra honneur et poursuivra vaillance.
Le quatriesme qu'il soit plain de largesse,
368 Car c'est chose qui avance noblesse.
Le cinquiesme qu'il suivra compaignie
Amant honneur et fuiant villenie.

Le siziesme point et le derrenier
372 Est qu'il sera diligent escolier,
En aprenant tous les gracieux tours,
A son povair, qui servent en amours[2] :
C'est assavoir chanter et dansser,
376 Faire chançons et balades rimer,
Et tous autres joyeux esbatemens.
Ce sont ycy les dix commandemens,
Vray dieu d'Amours, que je feray jurer
380 A cest enfant s'il vous plaist l'apeller. »

Lors m'appella et me fist les mains mettre
Sur ung livre en me faisant promettre
Que feroye loyaument mon devoir
384 Des poins d'amours garder a mon povair ;
Ce que je fis de bon vueil, lyement.
Adonc Amour a fait commandement
A Bonne Foy, d'Amours chief secretaire,
388 De ma lettre de retenue faire.
Quant faicte fut, Loyaulté la seella
Du seel d'Amours et la me delivra.

Le premier point est qu'il prenne soin de sa personne,
car les dames l'apprécient beaucoup.
Le second est que ses manières
364 seront à la fois très courtoises et gracieuses.
selon sa puissance : selon ses capacités
il cherchera à acquérir honneur et vaillance.
largesse : la générosité, valeur clé de la noblesse[1].
368 *qui avance* : qui met en valeur.

villenie : désigne l'être rustre, discourtois.

372 *escolier* : métaphore reprise dans la ballade 91 et le
rondeau 322.
tours : les stratagèmes pour séduire les dames.
a son povair : selon son pouvoir, ses capacités
c'est assavoir : c'est-à-dire
376 *chançons, balades* : genres pratiqués par Charles d'Orléans.
joyeux esbatemens : joyeux passe-temps, divertissements.
dix commandemens : allusion au Décalogue. En même temps
le discours de Beauté s'inspire des commandements
d'Amour dans le *Roman de la Rose* (vv. 2075-2220).

que je remplirais loyalement mon obligation
384 d'observer de mon mieux les points d'amour ;
je le promis de bonne grâce et avec joie.
Là-dessus Amour ordonna
à Bonne Foi, sa secrétaire principale,
388 de rédiger ma lettre d'hommage.
Quand elle fut faite, Loyauté la scella
du sceau d'Amour et me la remit.

Ainsi Amour me mist en son servage,   [p. 14]
392 Mais pour seurté retint mon cueur en gage ;
Pour quoy lui dis que vivre ne pourroye
En cest estat, s'un autre cueur n'avoye.
Il respondit : « Espoir, mon medicin,
396 Te gardera de mort soir et matin
Jusques a tant qu'auras en lieu du tien
Le cueur d'une qui te tendra pour sien.
Gardes tousjours ce que t'ay commandé,
400 Et je t'auray pour bien recommandé ! »

Copie de la lettre de retenue

Dieu Cupido et Venus la deesse,
Ayans povair sur mondaine liesse,
Salus de cueur, par nostre grant humblesse[1],
404 A tous amans.
Savoir faisons que le duc d'Orlians,
Nommé Charles, a present jenne d'ans[2],
Nous retenons pour l'un de noz servans
408 Par ces presentez.
Et lui avons assigné sur noz rentes
Sa pension en joyeuses attentes
Pour en joïr, par noz lettres patentes,
412 Tant que vouldrons,
En esperant que nous le trouverons
Loyal vers nous, ainsi que fait avons
Ses devanciers dont contens nous tenons
416 Tresgrandement.
Pour ce donnons estroit commandement
Aux officiers de nostre parlement[3]
Qu'ilz le traittent et aident doulcement   [p. 15]
420 En tout affaire
A son besoing, sans venir au contraire —
Si chier qu'ilz ont nous obeir et plaire,

Ainsi Amour me prit à son service,
392 Mais comme garantie il retint mon cœur en gage ;
c'est pourquoi je lui dis que je ne pourrais vivre
en cet état, à moins que je n'obtienne un autre cœur.
Il répondit : Espoir, mon médecin,
396 te préservera de la mort soir et matin
jusqu'à ce que tu aies, à la place du tien,
le cœur d'une dame qui te considérera comme sien.
Observe toujours ce que je t'ai ordonné,
400 et je te considérerai comme bien recommandé !

Copie de la lettre d'hommage

Nous, le dieu Cupidon et la déesse Vénus,
402 qui régnons sur la joie mondaine,
humblesse : l'humilité figure chez Oton de Grandson et
Alain Chartier en tant qu'attribut d'un personnage noble
et puissant[1]. C'est une valeur courtoise.
406 Charles de nom, encore jeune d'âge,
nous le retenons à gages comme l'un de nos serviteurs
408 par la présente lettre[2].
Nous lui avons assigné sur nos rentes
une pension de joyeuses attentes
par ces lettres patentes[3], afin qu'il en jouisse
412 aussi longtemps que nous le voudrons,
et nous espérons qu'il sera
loyal à notre égard, ainsi que nous avons trouvé
ses ancêtres dont nous nous jugeons satisfaits
416 outre mesure.
Pour cette raison nous donnons l'ordre strict
officier : désigne au moyen âge toute personne exerçant une
fonction (*officium*) au service d'un seigneur.
qu'ils le traitent et aident avec douceur
421 selon son besoin, sans s'y opposer —
pour autant qu'il leur importe de nous plaire et obéir

Et qu'ilz doubtent envers nous de forfaire
424 En corps et biens —,
Le soustenant, sans y espargnier riens,
Contre Dangier avecques tous les siens,
Malle Bouche, plaine de faulx maintiens,
428 Et Jalousie[1].
Car chascun d'eulx de grever estudie
Les vrais subgietz de nostre seigneurie
Dont il est l'un et sera a vie.
432 Car son serment
De nous servir devant tous, ligement,
Avons receu. Et pour plus fermement
Nous asseurer qu'il fera loyaument
436 Entier devoir,
Avons voulu en gage recevoir
Le cueur de lui, lequel de bon vouloir
A tout soubzmis en noz mains et povoir;
440 Pour quoy tenus
Sommes a lui par ce de plus en plus.
Si ne seront pas ses biens fais perdus
Ne ses travaulx pour neant despendus;
444 Mais, pour moustrer
A toutes gens bon exemple d'amer,
Nous le voulons richement guerdonner,
Et de noz biens a largesse donner.
448 Tesmoing nos seaulx

C y atachiez, devant tous noz feaulx,   [p. 16]
Gens de conseil et serviteurs loyaulx,
Venus vers nous par mandemens royaulx,
452 Pour nous servir.
Donné le jour saint Valentin martir,
En la cité de graçïeux desir[2],
Ou avons fait nostre conseil tenir.

456 Par Cupido et Venus souverains,
A ce presens plusieurs plaisirs mondains[3].

et qu'ils redoutent de nous faire du tort
424 en corps et en biens —,
le soutenant, sans compter,
Dangier : personnification d'un pouvoir hostile à l'amant.
Evoque l'idée de soupçon, ainsi que le suggère la traduction
   habituelle du ms. de Grenoble : *mala suspicio*.
   Malebouche : personnification de la médisance, reprise du
   Roman de la Rose.
429 Chacun d'eux cherche à nuire
aux vrais sujets soumis à notre autorité
dont il fait partie, et pour toute la vie.
432 Son serment
de nous servir avant tout autre seigneur, en homme lige,
nous l'avons reçu. Et pour mieux
nous assurer qu'il accomplira loyalement
436 son devoir en entier,
nous avons voulu recevoir en gage
son cœur qu'il a de bonne grâce
remis complètement entre nos mains et en notre pouvoir,
440 de sorte que, de plus en plus, nous sommes
engagés envers lui par ceci [s.e. : son serment].
Ainsi ses bienfaits ne seront pas perdus
ni ses peines dépensées pour rien ;
444 au contraire, pour présenter
à tous les gens un bon exemple d'amour,
nous voulons le récompenser à profusion
et lui accorder largement de nos biens.
448 Témoin les sceaux
attachés à la lettre en présence de tous nos fidèles,
des membres du conseil et serviteurs loyaux
mandemens royaulx : voir la note au vers 411.
452 pour nous servir[1].
martir : les deux saints Valentin (l'un évêque de Terni,
   l'autre prêtre à Rome) ont été martyrisés. Mais le contexte
   suggère d'y voir un martyr d'amour, comme le sera l'amant
   dans certains poèmes (*cf.* les ballades 10, 26, 40, 46, 48,
   112).

[Ballade 1 (I)]

1 **B**elle, bonne, nompareille, plaisant,   [p. 17]
  Je vous suppli, vueilliez me pardonner,
  Se moy, qui sui vostre grace actendant,
4 Viens devers vous pour mon fait raconter.
  Plus longuement je ne le puis celer
  Qu'il ne faille que sachiés ma destresse,
  Comme celle qui me peut conforter,
8 Car je vous tiens pour ma seule maistresse.

  Se si a plain vous vois mes maulx disant,
  Force d'amours me fait ainsi parler,
  Car je devins vostre loyal servant
12 Le premier jour que je peuz regarder
  La grant beauté que vous avez sans per,
  Qui me feroit avoir toute liesse,
  Se serviteur vous plaisoit me nommer,
16 Car je vous tiens pour ma seule maistresse.

  Que me donnez en octroy don si grant,
  Je ne l'ose dire ne demander.
  Mais s'il vous plaist que, de cy en avant,
20 En vous servant puisse ma vie user,
  Je vous supply que, sans me refuser,
  Vueilliez souffrir qu'y mette ma jeunesse.
  Nul autre bien je ne vueil souhaidier,
24 Car je vous tiens pour ma seule maistresse.

Ballade 1

1 *belle* : début auquel recourent volontiers Oton de Grandson
et Jean de Garencières, ami de Charles d'Orléans.

1 *nonpareille* : sans pareille, sans égale
je vous supplie, veuillez me pardonner,
Si moi, qui attends votre grâce,

4 je viens au-devant de vous pour vous raconter mon affaire.
Je ne puis le cacher plus longtemps
qu'il faut que vous connaissiez ma détresse,
étant celle qui peut me réconforter,

8 car je vous considère comme ma seule maîtresse.

Si je vous raconte mes maux de façon si détaillée,
C'est que la force d'amour me fait parler ainsi,
car je suis devenu votre loyal serviteur

12 dès le premier jour, quand j'ai pu voir
votre grande beauté sans égale,
laquelle me ferait avoir toute joie,
si vous vouliez bien m'appeler votre serviteur.

Que vous m'accordiez un tel don,
je n'ose ni le dire ni le demander.
Mais s'il vous plaît que, dorénavant,

20 je puisse consommer ma vie en vous servant,
je vous supplie que, sans m'opposer de refus,
vous souffriez que j'y emploie ma jeunesse.
Je ne veux souhaiter nul autre bienfait

[Ballade 2 (II)]

[p. 18]

1 Vueilliez voz yeulx emprisonner
   Et sur moy plus ne les giettés !
   Car, quant vous plaist me regarder,
4 Par Dieu, belle, vous me tués
   Et en tel point mon cueur mettés
   Que je ne sçay que faire doye.
   Je suis mort, se vous ne m'aidiés,
8 Ma seule, souveraine joye.

   Ie ne vous ose demander
   Que vostre cueur vous me donnés.
   Mais se droit me voulés garder,
12 Puis que le cueur de moy avés,
   Le vostre fault que me laissiés,
   Car sans cueur vivre ne pourroye.
   Faictes en comme vous vouldrés,
16 Ma seule, souveraine joye.

   Trop hardy suy d'ainsi parler,
   Mais pardonner le me devés
   Et n'en devés autruy blasmer
20 Que le gent corps que vous portés,
   Qui m'a mis, comme vous veés,
   Si fort en l'amoureuse voye
   Qu'en vostre prison me tenés,
24 Ma seule, souveraine joye.

L'envoy

   Ma dame, plus que ne savés,
   Amour si tresfort me guerroye
   Qu'a vous me rens. Or me prenés,
28 Ma seule, souveraine joye.

Ballade 2

1 Veuillez mettre vos yeux en prison
  et ne me lancez plus de regards !

5 vous mettez mon cœur en un tel état
  que je ne sais plus ce que je dois faire.

8 *souveraine* : valeur hyperbolique : ma joie suprême.

  Je n'ose exiger de vous
  que vous me donniez votre cœur.
  Mais si vous voulez me rendre justice,
12 puisque vous avez mon cœur,
  il vous faut m'abandonner le vôtre.

15 Agissez comme vous voudrez
9-16 : pour le motif du don et contredon du cœur, voir *La Retenue*
     d'Amours, vv. 391-400.
  Je suis bien téméraire de [vous] parler ainsi,
  mais vous devez me le pardonner
  et ne pas en accuser quelqu'un d'autre,
20 si ce n'est votre beau corps. — *gent*, chez Charles d'Orléans,
     qualifie la seule beauté du corps, jamais celle du visage.
  vous veés : vous voyez

L'envoi

26 Amour me combat si durement
  que je me rends à vous. Prenez-moi donc !

[Ballade 3 (III)]

[p. 19]

1   **C**'est grant peril de regarder
    Chose dont peut venir la mort,
    Combien qu'on ne s'en scet garder
4   Aucunes fois, soit droit ou tort.
    Quant Plaisance si est d'accort
    Avecques un jeune desir,
    Nul ne pourroit son cueur tenir
8   D'envoyer les yeulx en messaige.
    On le voit souvent avenir
    Aussi bien au foul com au sage.

    Lesquelz yeulx viennent raporter
12 Ung si tresgracieux raport
    Au cueur, quant le veult escouter,
    Que, s'il a eu d'amer l'effort,
    Encores l'aura il plus fort.
16 Et le font du tout retenir
    Ou service, sans departir,
    D'Amours, a son tresgrant dommage.
    On le voit souvent avenir
20 Aussi bien au foul com au sage.

    Car mains maulx lui fault endurer
    Et de soussy passer le port,
    Avant qu'il puisse recouvrer
24 L'acointance de Reconfort
    Qui plusieurs fois au besoing dort,
    Quant on se veult de lui servir.
    Et lors il est plus que martir
28 Car son mal vault trop pis que rage.
    On le voit souvent avenir
    Aussi bien au foul comme au sage.

Ballade 3

1 C'est un grand danger que de regarder
une chose dont peut venir la mort,
même si on ne sait pas s'en garder
4 en certaines occasions, que ce soit à droit ou à tort.
Quand Plaisir s'accorde
à un jeune désir,
nul ne serait capable d'empêcher son cœur
8 qu'il n'envoie les yeux en messager.
avenir: arriver
10 *au foul*: au fou

lesquelz (adjectif relatif): et ces yeux
12 *tresgracieux*: très aimable, très séduisant

que, s'il était déjà disposé à aimer,
il y succombera encore plus.
16 Et ils [les yeux] l'engagent entièrement
au service d'Amour, à son grand dommage
et sans qu'il puisse désormais le quitter.

21 Car il lui faut endurer un grand nombre de maux
et passer par le col d'inquiétude,
avant qu'il ne puisse retrouver
24 la compagnie de Réconfort
qui dort souvent, alors qu'on aurait besoin de lui
et qu'on voudrait recourir à son aide.
Alors il [le coeur] est plus qu'un martyr,
28 car son mal est pire que rage. — *Rage*: tourment causé par
une maladie. Voir le proverbe[1]: *Pire est rage de cul que
de dent dolur.*

[p. 20]

L'envoy

   Amour, ne prenés desplaisir,
32 S'ay dit le mal que fault souffrir
   Demourant en vostre servage.
   On le voit souvent avenir
   Aussi bien au foul comme au sage.

Balade [4 (IV)][1]

1 Comment se peut un povre cueur deffendre,
   Quant deux beaulx yeulx le viennent assaillir?
   Le cueur est seul, desarmé, nu et tendre,
4 Et les yeulx sont bien armez de plaisir;
   Contre tous deux ne pourroit pié tenir.
   Amour aussi est de leur aliance:
   Nul ne tendroit contre telle puissance.

8 Il lui convient ou mourir ou se rendre:
   Trop grant honte lui seroit de fuir.
   Plus baudement les oseroit attendre,
   S'il eust pavais dont il se peust couvrir.
12 Mais point n'en a, si lui vault mieulx souffrir
   Et se mettre tout en leur gouvernance:
   Nul ne tendroit contre telle puissance.

   Qu'il soit ainsi, bien le me fist aprandre
16 Ma maistresse, mon souverain desir,
   Quant il lui pleut pieça entreprandre
   De me vouloir de ses doulx yeulx ferir.
   Oncques depuis mon cueur ne peut guerir,
20 Car lors fut il desconfit a oultrance:
   Nul ne tendroit contre telle puissance.

L'envoi

Amour, ne soyez pas contrarié,
32 si j'ai raconté le mal qu'il faut endurer,
quand on est à votre service.

Ballade 4

1 Comment un pauvre cœur peut-il se défendre,
quand deux beaux yeux viennent l'assaillir?

5 *Tenir pié* (pied) au sens de *résister* est courant à l'époque[1].

7 Personne ne résisterait à une telle puissance.

8 Le cœur doit ou mourir ou se rendre:
ce serait une trop grande honte, s'il devait fuir.
Il oserait les attendre plus hardiment,
s'il disposait d'un grand bouclier pour se protéger.
12 Mais il n'en a pas, il vaut donc mieux qu'il se soumette
et qu'il se mette complètement à leur discrétion.

Qu'il en soit ainsi, ma maîtresse —
16 mon suprême désir — me le fit bien comprendre,
quand il lui vint jadis à l'esprit
d'essayer de me blesser de ses doux yeux.
Depuis, mon cœur ne s'en est jamais remis,
20 car il fut en cette occasion complètement vaincu:
Personne ne résisterait à une telle puissance.

Balade [5 (V)] [p. 21]

1 Espargniez vostre doulx actrait
   Et vostre gracïeux parler,
   Car Dieu scet les maulx qu'ilz ont fait
4 A mon povre cueur endurer !
   Puis que ne voulés m'acorder
   Ce qui pourroit mes maulx guerir,
   Laissiez moy passer ma meschance
8 Sans plus me vouloir assaillir
   Par vostre plaisant accointance !

   Vers Amours faictes grant forfait —
   Je l'ose pour vray advouer —,
12 Quant me ferez d'amoureux trait
   Et ne me voulez conforter :
   Je croy que me voulez tuer.
   Pleust a Dieu que peussiez sentir
16 Une fois la dure grevance
   Que m'avez fait long temps souffrir
   Par vostre plaisant accointance !

   Helas ! que vous ay je meffait
20 Par quoy me doyez tourmenter ?
   Quant mon cueur d'amer se retrait,
   Tantost le venez rappeller.
   Plaise vous en paix le laissier
24 Ou lui accordez son desir !
   Honte vous est, non pas vaillance,
   D'un loyal cueur ainsi meurdrir
   Par vostre plaisant accointance !

Ballade 5

1 Dépensez avec mesure vos doux attraits
   et vos discours agréables,
   car Dieu sait quels maux ils ont fait
4 endurer à mon pauvre cœur !
   Puisque vous ne voulez pas m'accorder
   ce qui pourrait guérir mes maux,
   laissez-moi vivre avec ma malchance
8 sans chercher à m'assaillir de nouveau
   par votre aimable accueil !

   Vous commettez un grand forfait envers Amour —
   je ne crains pas de l'affirmer —,
12 quand vous me blessez d'une flèche amoureuse
   et que vous ne voulez pas me réconforter :

16 *la dure grevance* : la grande douleur. — La *grevance* est ce qui
   accable, ce qui fatigue. *Cf.* le verbe *grever*, du latin
   gravare, charger, aggraver, faire peser.
   souffrir : endurer
   Hélas ! en quoi vous ai-je fait tort
20 pour que vous deviez me tourmenter ?
   Quand mon cœur renonce à aimer,
   aussitôt vous venez le rappeler.
   Veuillez donc le laisser en paix,
24 ou accédez alors à son désir !

26 *meurdrir* : meurtrir

Balade [6 (VI)]   [p. 22]

1 N'a pas long temps qu'alay parler
   A mon cueur tout secrettement
   Et lui conseillay de s'oster
4 Hors de l'amoureux pensement.
   Mais me dist bïen fellement :
   « Ne m'en parlez plus, je vous prie.
   J'ameray tousjours, se m'aist Dieux,
8 Car j'ay la plus belle choisie :
   Ainsi m'ont raporté mes yeulx. »

   Lors dis : « Vueilliez me pardonner,
   Car je vous jure mon serement
12 Que conseil vous cuide donner
   A mon povair, tresloyaument.
   Voulez vous sans allegement
   En doleur finer vostre vie ? »
16 — « Nennil dya ! dist il, j'auray mieulx.
   Ma dame ma fait chiere lie :
   Ainsi m'ont raporté mes yeulx. »

   — « Cuidez vous savoir, sans doubter,
20 Par un regart tant seulement,
   Se dis je, du tout son penser,
   Ou par un doulx acointement ? »
   — « Taisiez vous ! » dist il : « Vraiement,
24 Je ne croiray chose qu'on die,
   Mais la serviray en tous lieux,
   Car de tous biens est enrichie :
   Ainsi m'ont raporté mes yeulx. »

Ballade 6

1 Il n'y a pas longtemps je suis allé parler
   en grand secret à mon cœur
   et je lui ai conseillé de laisser tomber
4 toute pensée amoureuse.
   Mais il m'a répondu fort perfidement :

7 *se m'aist Dieux* : avec l'aide de Dieu

9 voilà ce que m'ont fait savoir mes yeux.

   Alors j'ai dit : Veuillez m'excuser,
   car je vous en fais mon serment[1],
12 je pense vous donner un conseil
   très loyal, pour autant que je puisse en juger.
   Voulez-vous sans [aucun] soulagement
   terminer vos jours en douleur ?
16 — Certes non ! a-t-il dit, j'aurai mieux.
   Ma dame m'a fait bon accueil

   — Croyez-vous connaître sans faute,
20 par un seul regard,
   — voilà ce que j'ai dit — toute sa pensée ?
   ou par un doux accueil ?
   vraiement : en vérité
24 *chose qu'on die* : chose qu'on dise, prétende

26 car elle est comblée de tous les biens

Balade [7 (VII)]

[p. 23]

1 De jamais n'amer par amours
   J'ay aucune fois le vouloir
   Pour les ennuieuses dolours
4 Qu'il me fault souvent recevoir.
   Mais en la fin, pour dire voir,
   Quelque mal que doye porter,
   Je vous asseure, par ma foy,
8 Que je n'en sauroye garder
   Mon cueur qui est maistre de moy.

   Combien qu'ay eu d'estranges tours,
   Mais j'ay tout mis a nonchaloir,
12 Pensant de recouvrer secours
   De confort ou d'un doulx espoir.
   Helas ! se j'eusse le povoir
   D'aucunement hors m'en bouter —
16 Par le serement qu'a Amours doy —,
   Jamais n'y lairoye rentrer
   Mon cueur qui est maistre de moy.

   Car je sçay bien que par doulçours
20 Amour le scet si bien avoir,
   Qu'il vouldroit ainsi tous les jours
   Demourer sans ja s'en mouvoir.
   N'il ne veult oïr ne savoir
24 Le mal qu'il me fait endurer.
   Plaisance l'a mis en ce ploy,
   Elle fait mal de le m'oster,
   Mon cueur qui est maistre de moy.

Ballade 7

1 J'éprouve parfois le désir
    de ne plus jamais aimer d'amour
    à cause des pénibles souffrances
4 qu'il me faut souvent endurer.
    Mais en fin de compte et en toute sincérité —
    quelle que soit la peine que j'aie à supporter —,
    je vous assure, par ma foi,
8 que je ne saurais en empêcher
    mon cœur qui est maître de moi.

    Je me suis pourtant servi de ruses surprenantes,
    mais je n'en fais plus guère de cas,
12 croyant être secouru
    par un réconfort ou par un doux espoir.
    Hélas ! si j'avais la force
    de m'en retirer d'une manière quelconque —
16 par le serment qui me lie à Amour —,
    jamais je n'y laisserais entrer
    mon cœur qui est maître de moi.

    Je sais bien que c'est par des douceurs
20 qu'Amour sait si bien l'attraper
    de sorte qu'il [le cœur] voudrait toujours
    rester là, sans jamais s'en aller.
    Et il ne veut ni en entendre parler ni connaître
24 la souffrance qu'il me fait endurer.
    Plaisir l'a mis en cet état,
    il agit mal en me l'enlevant

L'envoy[1]

28 Il me desplaist d'en tant parler,
  Mais, par le Dieu en qui je croy,
  Ce fait desir de recouvrer
  Mon cueur etc.

Balade [8 (VIII)]   [p. 24]

1 Quant je suy couschié en mon lit,
  Je ne puis en paix reposer ;
  Car toute la nuit mon cueur lit
4 Ou rommant de plaisant penser
  Et me prie de l'escouter.
  Si ne l'ose desobeir
  Pour doubte de le courroucer :
8 Ainsi je laisse le dormir.

  Ce livre si est tout escript
  Des fais de ma dame sans per.
  Souvent mon cueur de joye rit,
12 Quant il les list ou oyt compter ;
  Car certes tant sont a louer
  Qu'il y prent souverain plaisir.
  Moy mesmes ne m'en puis lasser :
16 Ainsi je laisse le dormir.

  Se mes yeulx demandent respit
  Par sommeil qui les vient grever,
  Il les tense par grant despit
20 Et si ne les peut surmonter.
  Il ne cesse de soupirer
  A part soy ; j'ay lors, sans mentir,
  Grant paine de le rapaiser :
24 Ainsi je laisse le dormir.

L'envoi[1]

30 Le désir de retrouver mon cœur en est la cause
   mon cueur etc. : le refrain, abrégé, est transcrit dans la marge
      droite où il fait suite au vers 30. Ainsi le poème en entier
      a pu être transcrit sur une seule page.

Ballade 8

6 et je n'ose lui désobéir
   par crainte de le mettre en colère :
8 ainsi je renonce à dormir.

   Ce livre est de bout en bout rempli
   des faits de ma dame sans pareille.
   Souvent mon cœur en rit de joie,
12 quand il les lit ou les entend réciter,
   car ils sont tellement remarquables
   qu'il y prend un plaisir suprême.

17 Si mes yeux demandent un répit
   à cause du sommeil qui alourdit les paupières,
   il les réprimande, fort dépité,
20 et ne peut pourtant pas avoir raison de leur résistance.
   Il ne cesse de soupirer
   dans son coin ; j'ai alors, sans mentir,
   grand-peine à le calmer

L'envoy

Amour, je ne puis gouverner
Mon cueur, car tant vous veult servir
Qu'il ne scet jour ne nuit cesser :
28 Ainsi je laisse le dormir.

Balade [9 (IX)]   [p. 25]

1 **F**resche beauté, tresriche de jeunesse,
Riant regard trait amoureusement,
Plaisant parler gouverné par sagesse,
4 Port femenin en corps bien fait et gent,
Haultain maintien demené doulcement,
Acueil humble, plain de maniere lye,
Sans nul dangier bonne chiere faisant,
8 Et de chascun pris et los emportant :
De ces grans biens est ma dame garnie.

Tant bien lui siet a la noble princesse
Chanter, dancer et tout esbatement,
12 Qu'on la nomme de ce faire maistresse.
Elle fait tout si gracieusement
Que nul n'y scet trouver amendement.
L'escolle peut tenir de courtoisie :
16 En la voyant aprent qui est sachant,
Et en ses fais qui va garde prenant :
De ces grans biens est ma dame garnie.

L'envoi

25 Amour, je ne suis pas en mesure de gouverner
   mon cœur, car il désire tellement vous servir
   qu'il ne sait y renoncer ni le jour ni la nuit

Ballade 9[1]

1 Fraîche beauté, très riche de jeunesse,
   regard riant décoché avec amour,
   discours plaisants gouvernés par sagesse,
4 corps gracieux et bien fait, au port féminin,
   noble maintien qui se manifeste avec douceur,
   accueil affable et si joyeux,
   faisant bonne mine sans la moindre coquetterie
8 et remportant la louange et le prix à l'avis de tous :
   voilà les grands biens dont ma dame est garnie.

   Le chant, la danse et tout divertissement
   s'accordent si bien à la noble princesse
12 qu'on la nomme maîtresse de ces occupations.
   Elle fait tout avec une telle grâce
   que personne n'y trouve à redire.
   Elle peut enseigner à l'école de courtoisie :
16 en la voyant, celui qui est savant y trouve son profit
   ainsi que celui qui prête attention à ses actions.

Bonté, Honneur avecques Gentillesse
20 Tiennent son cueur en leur gouvernement,
Et Loyaulté nuit et jour ne la laisse.
Nature mist tout son entendement
A la fourmer et faire proprement :
24 De point en point c'est la mieulx acomplie
Qui au jour d'uy soit ou monde vivant.
Je ne dy riens que tous ne vont disant :
De ces grans biens est ma dame garnie.

28 Elle semble, mieulx que femme, deesse.
Si croy que Dieu l'envoya seulement
En ce monde pour moustrer la largesse
De ces haultz dons qu'il a entierement   [p. 26]
32 En elle mis abandonneement.
Elle n'a per : plus ne sçay que je dye,
Pour foul me tiens de l'aler devisant,
Car moy ne nul n'est a ce souffisant :
36 De ces grans biens est ma dame garnie.

S'il est aucun qui soit prins de tristesse,
Voise veoir son doulx maintenement !
Je me fais fort que le mal qui le blesse
40 Le laissera pour lors soudainnement,
Et en oubly sera mis plainement.
C'est paradis que de sa compaignie,
A tous complaist, a nul n'est ennuiant,
44 Qui plus la voit, plus en est desirant :
De ces grans biens est ma dame garnie.

avecques : avec

20 exercent leur autorité sur son cœur,
   et Loyauté ne la quitte ni de nuit ni de jour.
   Nature a mis toute son attention
   à la former et la faire comme il convient :
24 elle est en tout point la plus accomplie
   qui de nos jours vive sur terre.
   Je n'avance rien qui ne soit confirmé par la voix publique

28 Plutôt qu'une femme elle semble être une déesse,
   Et je crois que Dieu l'a envoyée en ce monde
   seulement pour faire voir la profusion
   des dons de choix qu'il a complètement placés
32 en elle sans lésiner.
   Elle n'a son égale : je ne sais ce que je pourrais ajouter,
   et je me tiens pour un fou de continuer à la décrire,
   car ni moi ni nul autre n'en est capable

37 Si quelqu'un est pris de tristesse,
   qu'il aille voir son doux maintien[1] !
   Je me fais fort que le mal qui le blesse
40 le quittera alors sans tarder
   et qu'il l'oubliera complètement.

   Elle plaît à tous, elle ne déplaît à personne,
44 plus on la voit, plus on désire sa présence

L'envoy

Toutes dames qui oyez cy comment
Prise celle que j'ayme loyaument,
48 Ne m'en sachiez maugré, je vous en prie !
Je n'en parle pas en vous desprisant,
Mais, comme sien, je dy en m'acquittant :
De ces grans biens est ma dame garnie.

Balade [10 (X)]   [p. 27]

1 A ma dame je ne sçay que je dye,
Ne par quel bout je doye commencer
Pour vous mander la doloreuse vie
4 Qu'Amour me fait chascun jour endurer.
Trop mieulx vaulsist me taire que parler,
Car proufiter ne me pevent mes plains
Ne je ne puis guerison recouvrer,
8 Puis qu'ainsi est que de vous suis loingtains.

Quanque je voy me desplaist et ennuye,
Et n'en ose contenance moustrer.
Mais ma bouche fait semblant qu'elle rie,
12 Quant maintefoiz je sens mon cueur plourer.
Au fort, martir on me devra nommer,
Se dieu d'Amours fait nulz amoureux saints[1],
Car j'ay des maulx plus que ne sçay compter,
16 Puis qu'ainsi est que de vous suy loingtains.

Et non pourtant humblement vous mercie,
Car par escript vous a pleu me donner
Ung doulx confort que j'ay a chiere lie
20 Receu de cueur et de joyeux penser,
Vous suppliant que ne vueilliez changier,
Car en vous sont tous mes plaisirs mondains,
Desquelz me fault a present deporter,
24 Puis qu'ainsi est que de vous suy loingtains.

L'envoi

Dames, vous qui toutes entendez ici comment
je loue celle que j'aime loyalement,
48 ne m'en voulez pas, je vous en prie !
Je n'en parle pas en vous méprisant,
mais, étant à son service, je dis pour m'acquitter envers elle :
voilà les grands biens dont ma dame est garnie.

Ballade 10

1 Je ne sais quoi dire à ma dame
ni par quel bout commencer
pour vous faire connaître la douloureuse vie
4 qu'Amour me fait mener chaque jour.
Il vaudrait beaucoup mieux me taire que parler,
car mes plaintes ne peuvent m'être d'aucun profit,
et je ne peux pas recouvrer la santé,
8 puisque me voilà loin de vous.

Tout ce que je vois me déplaît et me lasse,
et je n'ose le manifester par mon attitude.
Et ma bouche fait semblant de rire,
12 alors que je sens souvent mon cœur pleurer.
En fin de compte on devra me nommer martyr,
si le dieu d'Amour fait des saints d'amour

17 Et malgré tout je vous remercie humblement
vous a pleu : il vous a plu, vous avez bien voulu
un doux réconfort que j'ai accueilli avec un visage gai,
20 le cœur ému et l'esprit joyeux,
en vous suppliant de ne plus changer [d'attitude],
car en vous sont pour moi toutes les joies de ce monde
dont il faut à présent m'abstenir

Balade [11 (XI)]   [p. 28]

1 Loingtain de vous, ma tresbelle maistresse —
   Fors que de cueur que laissié je vous ay —,
   Acompaignié de Dueil et de Tristesse,
4 Jusques a tant que reconfort auray
   D'un doulx plaisir, quant reveoir pourray
   Vostre gent corps, plaisant et gracieux :
   Car lors lairay tous mes maulx ennuieux
8 Et trouveray, se m'a dit Esperance,
   Par le pourchas du regard de mes yeulx,
   Autant de bien que j'ay de desplaisance.

   Car s'oncques nul sceut que c'est de destresse,
12 Je pense bien que j'en ay fait l'essay
   Si tresavant et a telle largesse
   Qu'en dueil pareil nulluy de moy ne sçay.
   Mais ne m'en chault ! Certes, j'endureray,
16 Au desplaisir des jaloux envieux,
   Et me tendray par semblance joyeux,
   Car, quant je suy en greveuse penance,
   Ilz reçoyvent — que mal jour leur doint Dieux ! —
20 Autant de bien que j'ay de desplaisance.

   Tout prens en gré, jenne, gente princesse —
   Mais qu'en sachiés tant seulement le vray —,
   En attendant le guerdon de liesse
24 Qu'a mon povair vers vous desserviray,
   Car le conseil de Loyauté feray,
   Que garderay pres de moy en tous lieux :
   Vostre tousjours soye, jennes ou vieulx,
28 Priant a Dieu, ma seule desirance,
   Qu'il vous envoit, s'avoir ne povez mieulx,
   Autant de bien que j'ay de desplaisance.

Ballade 11

1 Loin de vous, ma très belle maîtresse —
à l'exception du cœur que je vous ai laissé —,
en compagnie de Chagrin et de Tristesse,
4 jusqu'à ce qu'un doux plaisir
me réconforte, quand je pourrai revoir
votre beau corps, plaisant et gracieux :
alors je serai libre de tous mes pénibles maux
8 et je trouverai — Espérance me l'a promis —,
par la quête que fera le regard (de mes yeux),
autant de biens que j'ai d'affliction.

Si jamais quelqu'un a connu la détresse,
12 [c'est moi,] car je pense bien que j'en ai fait l'expérience
à un tel point et si profondément
que je ne sais personne qui souffre autant que moi.
Mais peu importe ! Certes, je prendrai mon mal en patience,
16 au grand mécontentement des jaloux envieux,
et je ferai semblant d'être joyeux,
car, quand je vis en dur tourment,
ils en ont — que Dieu les maudisse ! —
20 autant de bien que j'en ai d'affliction.

Je prends tout en gré, jeune et belle princesse —
pourvu que vous sachiez au moins la vérité —,
en attendant la récompense[1] de joie,
24 que je tâcherai de mériter de mon mieux en vous servant,
car je suivrai le conseil de Loyauté
que je garderai toujours auprès de moi :
que, jeune ou vieux, je vous appartienne à jamais
28 tout en priant Dieu, mon seul désir [= apostrophe à la
qu'il vous envoie, si vous ne pouvez mieux avoir   dame],

Balade [12 (XII)]   [p. 29]

1   Puis qu'ainsi est que loingtain de vous suis,
    Ma maistresse — dont Dieu scet s'il m'ennuie ! —,
    Si chierement vous requier que je puis
4   Qu'il vous plaise de vostre courtoisie,
    Quant vous estes seule sans compaignie,
    Me souhaidier un baisier amoureux,
    Venant du cueur et de pensee lie,
8   Pour alegier mes griefs maulx doloreux.

    Quant en mon lit doy reposer de nuis,
    Penser m'assault et Desir me guerrie[1],
    Et en pensant maintesfois m'est advis
12 Que je vous tiens entre mes bras, m'amye.
    Lors acolle mon oreillier et crie :
    « Mercy, Amours ! faictes moy si eureux
    Qu'avenir puist mon penser en ma vie
16 Pour alegier mes griefs maulx doloreux ! »

    Espoir m'a dit et par sa foy promis
    Qu'il m'aydera et que ne m'en soussie.
    Mais tant y met qu'un an me semble dix.
20 Et non pourtant, soit ou sens ou folie,
    Je m'y attens et en lui je m'afie
    Qu'il fera tant que Dangier, le crueux,
    N'aura briefment plus sur moy seigneurie,
24 Pour alegier mes griefs maulx doloreux.

    L'envoy

    A Loyauté de plus en plus m'alye,
    Et a Amours humblement je supplie
    Que de mon fait vueillent estre piteux,
28 En me donnant de mes vouloirs partie
    Pour alegier mes griefs maulx doloreux.

Ballade 12

1 Puisqu'il en est ainsi que je suis loin de vous,
   Ma maîtresse — et Dieu sait combien cela me contra-
                                                    [rie ! —,
   je vous demande en y accordant une grande importance
4 qu'il vous agrée, de par votre courtoisie,
   quand vous êtes seule, sans compagnie,
   de me souhaiter un baiser d'amour
   qui provienne du cœur et d'une pensée joyeuse
8 pour apaiser mes maux pénibles et douloureux.
   doy : je dois
   Pensée m'attaque et Désir me combat,
   et en songeant j'ai souvent l'impression
12 que je vous tiens entre mes bras, mon amie.
   Alors j'embrasse mon oreiller et je crie :
   Grâce, Amour ! rendez-moi assez heureux
   pour que ma pensée puisse se réaliser dans ma vie

   ne m'en soussie : que je ne me fasse pas de souci à ce sujet
   Mais il s'attarde tant[1] qu'un an me semble durer dix ans.
20 Et pourtant, que ce soit sens ou folie,
   je compte sur lui et je lui fais confiance
   qu'il réussira à faire que Danger[2], le cruel,
   sous peu n'aura plus de pouvoir sur moi

L'envoi

25 Je m'allie de plus en plus avec Loyauté
   et je supplie humblement Amour [pluriel dans le texte !]
   qu'il veuille avoir pitié de mon cas,
28 en m'accordant une partie de mes désirs

Balade [13 (XIII)]　　　　　　　　　[p. 30]

1 **P**our tant se souvent ne vous voy,
Pensez vous plus que vostre soye?
Par le serement que je vous doy,
4 Si suis autant que je souloye.
N'il n'est ne plaisance ne joye,
N'autre bien qu'on me puist donner
— Je le vous prometz loyaument —,
8 Qui me puist ce vouloir oster
Fors que la mort tant seulement.

Vous savés que je vous feis foy
Pieça de tout ce que j'avoye,
12 Et vous laissay, en lieu de moy,
Le gage que plus chier j'amoye:
C'estoit mon cueur que j'ordonnoye
Pour avecques vous demourer,
16 A qui je suis entierement.
Nul ne m'en pourroit destourber
Fors que la mort tant seulement.

Combien certes que je reçoy
20 Tel mal qui, se le vous disoye,
Vous auriés — comme je croy —
Pitié du mal que me guerroye;
Car de tout dueil suis en la voye
24 — Vous le povez assez penser —
Et ay esté si longuement
Que je ne doy riens desirer
Fors que la mort tant seulement.

Ballade 13

1 Même si je ne vous vois pas souvent,
ne croyez-vous plus que je sois vôtre?
Par le serment qui me lie à vous,
4 certes, je le suis autant que j'en avais l'habitude.
Et il n'y a ni plaisance ni joie,
ni aucun autre bien qu'on puisse me donner
— je vous le promets en toute loyauté —,
8 qui puisse m'enlever ce désir,
excepté la mort seulement.

Vous savez que je vous ai engagé,
il y a longtemps, tout ce que je possédais,
12 et que je vous ai laissé, à ma place,
le gage que j'aimais le plus:
c'était mon cœur que j'ai nommé à cet emploi
de rester avec vous
16 à qui j'appartiens entièrement.
Personne ne pourrait m'en détourner

Bien que je souffre, certes,
20 d'un mal tel que, si je vous le disais,
vous auriez — je le crois bien —
pitié du mal qui me combat;
Je suis en effet sur le chemin de toute douleur
24 — vous pouvez bien l'imaginer —
et j'y ai été si longtemps
que je ne dois rien désirer
excepté la mort seulement.

L'envoy

28 **B**elle, que tant veoir vouldroye,
Je prie a Dieu que brief vous voye;
Ou, s'il ne le veult accorder,   [p. 31]
Je lui suply treshumblement
32 Que riens ne me vueille donner
Fors que la mort tant seulement.

Balade [14 (XIV)]

1 **Q**uelles nouvelles, ma maistresse?
Comment se portent noz amours?
De ma part je vous fais promesse
4 Qu'en un propos me tiens tousjours,
Sans jamais penser le rebours:
C'est que seray toute ma vie
Vostre du tout entierement.
8 Et pour ce, de vostre partie,
Acquittez vous pareillement!

Combien que Dangier et Destresse
Ont fait longuement leurs seiours
12 Avec mon cueur, et par rudesse
Luy ont moustré d'estranges tours
— Helas! en amoureuses cours
C'est pitié qu'ilz ont seigneurie! —,
16 Si mettray paine que briefment
Loyaulté sur eulx ait maistrie:
Acquittés vous pareillement.

L'envoi

28 Belle que je voudrais tant voir,
   je prie Dieu que je vous voie bientôt.
   Ou, s'il ne veut l'accorder,
   je le supplie très humblement
32 qu'il ne veuille rien me donner
   si ce n'est la mort seulement.

Ballade 14

De mon côté je vous promets
4 que mon dessein est toujours le même
et que je ne pense jamais le contraire :
c'est que toute ma vie
je serai entièrement vôtre sans partage.
8 C'est pourquoi, de votre côté,
acquittez-vous également de vos obligations[1] !

Même si Danger et Douleur
ont longtemps séjourné
12 auprès de mon cœur et que, par leur conduite brutale,
ils lui ont fait connaître d'étranges ruses
— Hélas ! c'est un malheur qu'ils
règnent dans les cours amoureuses ! —,
16 je ferai un effort pour que, sous peu,
Loyauté les ait en son pouvoir

Quoy que la nue de tristesse
20 Par un long temps ait fait son cours,
Aprés le beau temps de lyesse
Vendra, qui donnera secours
A noz deux cueurs, car mon recours
24 J'ay en Espoir, en qui me fie,   [p. 32]
Et en vous, belle, seulement,
Car jamais je ne vous oublie :
Acquittés vous pareillement !

L'envoy

28 Soiés seure, ma doulce amie,
Que je vous ayme loyaument.
Or vous requier et vous supplie :
Acquittiez vous pareillement !

Balade [15 (XV)]

1 Belle que je tiens pour amye,
Pensés, quelque part que je soye,
Que jamais je ne vous oublie.
4 Et pour ce prier vous vouldroye,
Jusques a tant que vous revoye,
Qu'il vous souviengne de cellui
Qui a trouvé peu de mercy
8 En vous, se dire je l'osoye.

Combien que je ne dye mie
Que n'aye receu bien et joye
En vostre doulce compaignie,
12 Plus que desservir ne sauroye,
Non pourtant voulentiers j'auroye
Le guerdon de loyal amy,
Qu'oncques ne trouvay jusqu'a cy
16 En vous, se dire l'osoye.

Bien que le nuage de tristesse
20 longtemps soit resté [à l'horizon]
le beau temps de joie viendra,
qui portera secours
à nos deux cœurs, car j'ai mon refuge
24 chez Espoir en qui j'ai confiance

L'envoi

28 *soiés seure* [le *e* ne se prononce pas] : soyez certaine, sûre
ayme loyaument : j'aime loyalement
Maintenant je vous le demande et je vous en supplie :

Ballade 15

1 *Belle* : voir la remarque au vers 1 de la première ballade.
Songez que, où que je sois,
je ne vous oublie jamais.
4 Et c'est pourquoi j'aimerais vous prier que,
jusqu'à ce que je vous revoie,
vous vous souveniez de celui
qui a trouvé peu de pitié
8 auprès de vous, si j'osais le dire.

Bien que je ne prétende pas le moins du monde
avoir reçu ni bien ni joie
en votre agréable compagnie,
12 plus que je ne saurais en mériter,
néanmoins je recevrais volontiers
la récompense due à l'ami loyal,
que je n'ai jamais obtenue jusqu'à présent
16 de vous, si j'osais le dire.

Ie vous ay longuement servie,
Si m'est advis qu'avoir devroye
Le don que, de sa courtoisie,   [p. 33]
20 Amour a ses servans envoye.
Or faittes qu'estre content doye
Et m'accordez ce que je dy,
Car trop avez refus nourry
24 En vous, se dire je l'osoye.

Balade [16 (XVI)]

1 Ma dame, vous povez savoir
Les biens qu'ay euz a vous servir :
Car, par ma foy, pour dire voir,
4 Oncques je n'y peuz acquerir
Tant seulement un doulx plaissir
Que, sitost que je le tenoye,
Dangier le me venoit tolir,
8 Ce peu de plaisir que j'avoye.

Ie n'en savoye nul avoir
Qui peust contenter mon desir,
Se non quant vous povoye voir,
12 Ma joye, mon seul souvenir.
Or m'en a fait Dangier banir,
Tant qu'il fault que loing de vous soye,
Par quoy a fait de moy partir
16 Ce peu de plaisir que j'avoye.

Non pas peu, car de bon vouloir
Content m'en devoye tenir,
En esperant de recevoir
20 Un trop plus grant bien a venir.
Je n'y cuidoye point faillir
A la paine que g'y mettoye.   [p. 34]
Cela me faisoit enrichir
24 Le peu de plaisir que j'avoye.

et je suis d'avis que je devrais
recevoir le don que, au nom de sa courtoisie,
20 Amour envoie à ses serviteurs.
Faites donc que sois satisfait
et accordez-moi ce que je demande,
car vous vous avez trop longtemps persisté dans le refus

Ballade 16

1 Ma dame, vous avez la possibilité de connaître
les biens que j'ai reçus à votre service :
par ma foi et en toute sincérité,
4 jamais je n'ai pu avoir
le moindre doux plaisir
que — à peine l'avais-je obtenu —
Danger ne soit venu me l'enlever,
8 ce peu de plaisir que j'avais.

Je n'ai pas connu un seul plaisir
qui pût assouvir mon désir,
si ce n'est de pouvoir vous voir
12 ma joie, mon unique souvenir,
Maintenant Danger m'en a fait chasser
de sorte que je dois vivre loin de vous,
et ainsi il a fait disparaître
16 ce peu de plaisir que j'avais.

Non pas peu, car de bonne grâce [sans me plaindre]
je devais m'en juger satisfait,
espérant recevoir
20 un bien futur autrement plus important.
Je ne croyais pas manquer mon but
avec la peine que je me donnais [pour l'atteindre].
Cela me faisait accroître

L'envoy

Belle, je vous vueil requerir :
Pensés, quant serés de loisir,
Qu'en grant mal, qui trop me guerroye,
28 Est tourné, sans vous en mentir,
Ce peu de plaisir que j'avoye.

Balade [17 (XVII)]

1 **E**n ce joyeux temps du jour d'uy
Que le mois de may ce commence,
Et que l'en doit laissier ennuy
4 Pour prandre joyeuse plaisance,
Je me treuve, sans recouvrance,
Loingtain de joye conquester,
De tristesse si bien renté
8 Que j'ay — je m'en puis bien vanter —
Le rebours de ma voulenté.

Las ! Amours, je ne voy nulluy
Qui n'ait aucune souffisance,
12 Fors que moy seul qui suis celluy
Qui est le plus dolent de France.
J'ay failli a mon esperance,
Car, quant a vous me voulz donner
16 Pour estre vostre serementé,
Jamais ne cuidoye trouver
Le rebours de ma voulenté.

L'envoi

Belle, je veux vous adresser une prière :
Songez, quand vous aurez le temps,
que le peu de plaisir que j'avais
28 s'est tranformé, sans vous mentir,
en une grande souffrance, qui me combat durement.

Ballade 17

1 En ce jour de joie
quand commence [*ce* (adverbial ?) : intraduisible] le mois de
et qu'on doit se distraire [sortir d'ennui]   [mai
4 pour prendre un joyeux plaisir,
je suis, sans ressource,
bien loin de trouver joie [conquérir la joie] et
si bien pourvu de tristesse,
8 que j'ai — je peux bien m'en vanter —
le contraire de ce que je désire.

Hélas ! Amour, je ne vois personne
qui n'ait quelque satisfaction,
12 sauf moi seul qui suis celui
qui est le plus triste de France.
Mon espoir ne s'est pas réalisé,
car, quand j'ai décidé de me donner à vous
16 *serementé* (deux syllabes !) : personne engagée sous serment
je ne croyais jamais trouver

Au fort, puis qu'en ce point je suy,   [p. 35]
20 Je porteray ma grant penance
Ayant vers Loyauté refuy,
Ou j'ay mis toute ma fiance.
Ne Dangier, qui ainsi m'avance,
24 — Quelque mal que doye porter,
Combien que trop m'a tourmenté —,
Ne pourra ja en moy bouter
Le rebours de ma voulenté.

L'envoy

28 D'aucun reconfort accointer
Plusieurs foys m'en suy dementé,
Mais j'ay tousjours, au par aler,
Le rebours de ma voulenté.

Balade [18 (XX)]

1 Quant je party derrainnement
De ma souveraine sans per
— Que Dieu gard et lui doint briefment
4 Joye de son loyal penser ! —
Mon cueur lui laissay emporter :
Oncques puis ne le peuz ravoir.
Si m'esmerveille main et soir
8 Comment j'ay vesqu tant de jours
Depuis sans cueur. Mais, pour tout voir,
Ce n'est que miracle d'Amours.

En fin de compte, puisque j'en suis là,
20 je supporterai ma pénitence,
m'étant réfugié auprès de Loyauté
en qui j'ai placé toute ma confiance.
Et Danger, qui ainsi me pousse dans le mauvais sens,
24 — quelle que soit la souffrance que je doive supporter,
et bien qu'il m'ait beaucoup tourmenté —
ne pourra jamais me faire agir
à l'envers de mon désir.

L'envoi

28 Je me suis souvent ingénié
d'avoir quelque réconfort[1],
mais j'obtiens toujours, après tout,
31 *le rebours* : à rapprocher du *Livre messire Ode*, v. 114 : *J'ay
le rebours de ce que je desire* [refrain].

Ballade 18

1 La dernière fois que j'ai quitté
ma dame souveraine et sans égale
— que Dieu la garde et lui accorde sous peu
4 la joie en récompense de sa pensée loyale ! —,
je l'ai laissée emporter mon cœur :
jamais je n'ai pu le ravoir par la suite.
Et je m'étonne soir et matin
8 comment j'ai vécu depuis tant de jours
sans cœur. Mais, en fin de compte,
ce n'est là qu'un miracle d'Amour.

    Qui est cellui qui longuement
12 Peut vivre sans cueur ou durer
    Comme j'ay fait, en grief tourment?
    Certes nul, je m'en puis vanter.   [p. 36]
    Mais Amours ont voulu moustrer
16 En ce leur gracieux povair
    Pour donner aux amans vouloir
    D'eulx fier en leurs doulx secours,
    Car bien pevent appercevoir :
20 Ce n'est que miracle d'Amours.

    Quant Pitié vit que franchement
    Voulu mon cueur abandonner
    Envers ma dame, tellement
24 Traitta que lui fist me laisser
    Son cueur, me chargeant le garder,
    Dont j'ay fait mon loyal devoir,
    Maugré Dangier qui recevoir
28 M'a fait chascun jour de telz tours
    Que sans mort en ce point manoir,
    Ce n'est que miracle d'Amours.

Balade [19 (XVIII)]   [p. 37]

1 Douleur, Courroux, Desplaisir et Tristesse[1],
    Quelque tourment que j'aye main et soir,
    Ne pour doubte de mourir de destresse,
4 Ja ne sera en tout vostre povoir
    De me changier le tresloyal vouloir
    Qu'ay eu tousjours de la belle servir,
    Par qui je puis et pense recevoir
8 Le plus grant bien qui me puist avenir.

    longuement : longtemps
12 *durer* : tenir, résister
    comme je l'ai fait, en grand tourment ?
    Certes, personne, je peux m'en vanter.
    Amours (pluriel) : il a voulu faire voir
16 ainsi son aimable pouvoir
    pour éveiller chez les amants le désir
    de se fier en ses doux secours,
    car ils peuvent bien s'en rendre compte :

21 Quand Pitié a vu que
    je consentais à laisser [*envers* : au profit de] ma dame
    disposer librement de mon cœur,
24 elle a tant négocié qu'elle a obtenu
    qu'elle me laisse son cœur avec charge de le garder,
    en quoi j'ai loyalement fait mon devoir,
    malgré Danger qui chaque jour
28 m'a joué de tels tours
    que, vivre en cet état sans mourir,
    ce ne peut être qu'un miracle d'Amour.

Ballade 19

1 *Courroux* : une grande peine
    quel que soit le tourment que j'en aie matin et soir,
    ni par crainte de mourir de détresse,
4 il ne sera jamais complètement en votre puissance
    de me faire changer le désir très loyal
    que j'ai toujours eu de servir la belle

8 *qui me puist avenir* : qui puisse m'arriver.

Quant j'ay par vous aucun mal qui me blesse,
Je l'endure par le conseil d'Espoir
Qui m'a promis qu'a ma seule maistresse
12 Lui fera brief mon angoisse savoir,
En lui mandant qu'en faisant mon devoir
J'ay tous les maulx que nul pourroit souffrir.
Lors trouveray, je ne sçay s'il dit voir,
16 Le plus grant bien qui me puist avenir.

Ne m'espargniez donc en rien de rudesse !
Je vous feray bien brief appercevoir
Qu'auray secours d'un confort de Lyesse.
20 Longtemps ne puis en ce point remanoir :
Pour ce je metz du tout a nonchaloir
Les grans maulx que me faittes sentir.
Bien aurez dueil, se me voyez avoir
24 Le plus grant bien qui me puist avenir.

L'envoy

Ie suy cellui au cueur vestu de noir
Qui dy ainsi, qui que le vueille ouÿr :
J'auray biefment, Loyauté m'en fait hoir,
28 Le plus grant bien qui me puist avenir.

Balade [20 (XIX)]   [p. 38]

1 Ieune, gente, plaisant et debonnaire,
Par un prier, qui vault commandement,
Chargié m'avez d'une balade faire.
4 Si l'ay faicte de cueur joyeusement :
Or la vueilliez recevoir doulcement !
Vous y verrés, s'il vous plaist a la lire,
Le mal que j'ay, combien que vrayement
8 J'aymasse mieulx de bouche le vous dire.

aucun mal : quelque tourment
endure : je le supporte
Il m'a promis que, sous peu,
12 il fera part de ma souffrance à ma seule maîtresse,
en lui faisant savoir que je fais mon devoir
et en ai tous les maux que personne ne pourrait supporter.
Alors j'aurai, je ne sais s'il dit vrai,

17 Poursuivez-moi donc de toute votre cruauté !
Bientôt je vous ferai voir
que Joie viendra me réconforter.
20 Il n'est pas possible que je reste longtemps dans cet état :
c'est pourquoi je ne tiens pas du tout compte
des grands maux dont vous me faites souffrir.
dueil : chagrin, déplaisir

L'envoi

qui dit ainsi à qui veut bien l'écouter :
J'aurai bientôt, Loyauté m'a désigné comme héritier,
28 le plus grand bien qui me puisse arriver.

Ballade 20

1 Jeune, belle, plaisante et affable dame,
par une prière qui pour moi est un ordre :

4 *de cueur joyeusement* : avec une émotion joyeuse
veuillez la recevoir maintenant avec douceur !

le mal dont je souffre, bien que, en vérité,
8 je préférasse vous le dire de vive voix.

Vostre doulceur m'a sceu si bien atraire
Que tout vostre je suis entierement,
Tresdesirant de vous servir et plaire.
12 Mais je seuffre maint doloreux tourment,
Quant a mon gré je ne vous voy souvent,
Et me desplaist quant me fault vous escrire :
Car, se faire ce povoit autrement,
16 J'aymasse mieulx de bouche le vous dire.

C'est par Dangier, mon cruel adversaire,
Qui m'a tenu en ses mains longuement ;
En tous mes fais je le treuve contraire,
20 Et plus se rit quant plus me voit dolent.
Se vouloye raconter plainnement
En cest escript mon ennuieux martire,
Trop long seroit ; pour ce certainement
24 J'aymasse mieulx de bouche le vous dire.

Balade [21 (XXI)]　　　　　　　　　　　　　　[p. 39]

1 **L**oué soit cellui qui trouva
Premier la maniere d'escrire.
En ce grant confort ordonna
4 Pour amans qui sont en martire,
Car, quant ne pevent aler dire
A leurs dames leur grief tourment,
Ce leur est moult d'alegement
8 Quant par escript pevent mander
Les maulx qu'ilz portent humblement
Pour bien et loyaument amer[1].

Votre douceur a si bien su me séduire que
je vous appartiens en tout et vous suis entièrement dévoué
tresdesirant : désirant fort
12 *je seuffre* : je souffre
ne vous voy : je ne vous vois pas
et il me déplaît quand je dois vous écrire,
car, si cela pouvait se faire autrement,
16 je préférerais vous le dire de vive voix.

C'est à cause de Danger
longuement : longtemps
dans toutes mes affaires je le trouve hostile
20 et plus je suis affligé, plus il se moque de moi.
Si je voulais raconter en détail
dans cette ballade mon douloureux martyr,
ce serait trop long. Voilà pourquoi
24 je préférerais, certes, vous le dire de vive voix.

Ballade 21[1]

1 *trouva* : le poète au moyen âge est celui qui *trouve* — d'où le
    nom de *trouvère* (*troubadour*) pour le désigner.
premier : d'abord, le premier
    Ce faisant, il créa un grand confort
4 pour les amants qui souffrent le martyre,
car, quand ils ne peuvent aller dire
grief [<gravis] : leur grand tourment
ceci est un grand soulagement pour eux,
8 quand ils peuvent faire connaître par écrit
les souffrances qu'ils endurent avec humilité,
parce qu'ils aiment loyalement et comme il se doit.

Quant un amoureux escrira
12 Son dueil qui trop le tient de rire,
Au plus tost qu'envoyé l'aura
A celle qui est son seul mire,
— S'il lui plaist a la lectre lire —
16 Elle peut veoir clerement
Son doloreux gouvernement.
Et lors Pitié lui scet moustrer
Qu'il dessert bon guerdonnement
20 Pour bien et loyaument amer.

Par mon cueur je congnois pieça
Ce mestier, car, quant il souspire,
Jamais rapaisié ne sera
24 Tant qu'il ait envoyé de tire
Vers la belle que tant desire.
Et puis, s'il peut aucunement
Oïr nouvelles seulement
28 De sa doulce beauté sans per,
Il oublie l'ennuy qu'il sent
Pour bien et loyaument amer.

L'envoy [p. 40]

Ma dame, Dieu doint que briefment
32 Vous puisse de bouche compter
Ce que j'ay souffert longuement
Pour bien et loyaument amer.

12 *trop le tient* : l'empêche tellement
   dès qu'il l'aura envoyé
   mire : son seul médecin
   a la lectre lire : de lire la lettre. A la fonction de missive
      de la ballade se rattache l'*envoi*, commençant par une
      apostrophe à la dame (v. 31).
17 sa situation douloureuse.
   Et alors Pitié sait lui démontrer
   qu'il mérite une bonne récompense

21 Depuis longtemps mon cœur m'a fait connaître
   cette situation misérable, car, quand il soupire,
   il ne se calme pas
24 avant qu'il n'ait fait parvenir en toute hâte un envoi
   à la belle qu'il désire tellement.
   Et puis, s'il peut, d'une manière ou d'une autre,
   seulement entendre parler
28 de sa douce beauté sans pareille,
   il en oublie la douleur qu'il ressent

L'envoi

Ma dame, que Dieu m'accorde que bientôt
32 je puisse vous dire de bouche à oreille
   ce que j'ai longtemps souffert,
   parce que j'ai loyalement aimé comme il se doit.

Balade [22 (XXII)]

1 **B**elle — combien que de mon fait
   Je croy qu'avez peu souvenance —,
   Toutesfois se savoir vous plait
4 Mon estat et mon ordonnance,
   Sachiés que, loingtain de Plaisance,
   Je suis de tous maulx bien garny,
   Autant que nul qui soit en France,
8 Dieu scet en quel mauvais party.

   Helas! or n'ay je riens forfait
   Dont porter je doye penance,
   Car tousjours je me suis retrait
12 Vers Leauté et Esperance
   Pour acquerir leur bien vueillance.
   Mais au besoing ilz m'ont failly
   Et m'ont laissié sans recouvrance,
16 Dieu scet en quel mauvais party.

   Dangier m'a joué de ce trait,
   Mais — se je puis avoir puissance —
   Je feray, maugré qu'il en ait,
20 Encontre lui une aliance.
   Et si lui rendray la grevance,
   Le mal, le dueil et le soussy
   Ou il m'a mis jusqu'a oultrance,
24 Dieu scet etc.

L'envoy   [p. 41]

   Aydiez moy a l'outrecuidance
   Vengier, com en vous ay fiance,
   Ma maistresse, je vous supply,
28 De ce faulx Dangier qui m'avance
   Dieu scet en quel mauvais party!

Ballade 22

1 Belle — bien que je croie que
  vous ne vous souveniez guère de mon affaire —,
  s'il vous plaît toutefois de connaître
4 mon état et ma situation,
  sachez que, loin de Plaisance,
  je suis largement pourvu de toutes les souffrances,
  plus que personne d'autre vivant en France,
8 Dieu sait en quelle mauvaise situation !

  Hélas ! je n'ai pourtant commis aucun méfait
  dont je doive faire pénitence,
  car je me suis toujours retiré
12 auprès de Loyauté et d'Espérance
  pour obtenir leur bienveillance.
  Mais elles m'ont fait défaut au besoin
  et m'ont laissé sans secours

  Danger m'a joué ce [mauvais] tour,
  mais — si le pouvoir m'en est donné —
  je ferai — quel que soit le déplaisir qu'il en ressente —
20 une alliance contre lui.
  Et ainsi je lui rendrai la douleur,
  le tourment, la tristesse et l'inquiétude
  jusqu'a oultrance : jusqu'à la victoire totale
24 Dieu sait etc.[1]

L'envoi

  Aidez-moi à punir l'orgueil,
  puisque j'ai confiance en vous,
  ma maîtresse, je vous en supplie,
28 de ce faux Danger qui me met
  Dieu sait en quelle mauvaise situation !

Balade [23 (XXIII)]

1 Loyal Espoir, trop je vous voy dormir :
 Resveilliez vous, et joyeuse Pensee,
 Et envoyez un plaisant souvenir
4 Devers mon cueur, de la plus belle nee
 Dont au jourd'ui coure la renommee !
 Vous ferez bien d'un peu le resjoïr ;
 Tristesse s'est avecques lui logiee :
8 Ne lui vueilliez a son besoing faillir !

 Car Dangier l'a desrobé de plaisir,
 Et — que pis est — a de lui eslongnee
 Celle qui plus le povoit enrichir :
12 C'est sa dame tresloyaument amee.
 Oncques cueur n'eut si dure destinee ;
 Pour Dieu, Espoir, venez le secourir !
 Il a en vous sa fiance fermee :
16 Ne lui vueilliez a son besoing faillir !

 Par povreté lui fault son pain querir
 A l'uis d'Amours par chascune journee ;
 Or lui vueilliez l'aumosne departir
20 De lyesse, que tant a desiree !
 Avancés vous, sans faire demouree !
 Pensez de lui ! Vous savez son desir ;
 Par vous lui soit quelque grace donnee !   [p. 42]
24 Ne lui vueilliez a son besoing faillir !

L'envoy

 Seulle, sans per, de toutes gens louee,
 Et de tous biens entierement douee,
 Mon cueur ces maulx seuffre pour vous servir.
28 Sa loyauté vous soit recommandee :
 Ne lui vueilliez a son besoing faillir !

Ballade 23

4 auprès de mon cœur, de la part de la plus belle qui soit,
   et dont le renom se répand partout de nos jours !
   Vous ferez bien de le réjouir un peu ;
   Tristesse est allée habiter avec lui :
8 Ne veuillez pas lui manquer au besoin !

   Danger l'a privé de plaisir
   et — ce qui est pire — il a éloigné de lui
   celle qui pouvait le plus le combler de biens :
12 c'est la dame qu'il aime en toute loyauté
   oncques [< unquam] : jamais

15 *fermee* : de *fermer*, rendre ferme, attacher, fixer. — Il a en
                                              [vous une confiance absolue

   A cause de sa pauvreté il doit mendier son pain
   chaque jour à la porte d'Amour ;
   veuillez enfin lui faire l'aumône
20 de joie qu'il désire depuis si longtemps !
   Approchez sans tarder !
   Songez à lui ! Vous êtes au courant de son désir :
   Accordez-lui un bienfait quelconque !

L'envoi

25 Dame unique, sans égale, louée de tous,
   douee : de *douer*, donner une dot, faire don de. — dotée de
      tous les biens sans exception
   mon cœur souffre ces tourments en vous servant.
28 Que sa loyauté vous soit recommandée

Balade [24 (XXIV)]

1 **M**on cueur au derrain entrera
   Ou paradis des amoureux,
   Autrement tort fait lui sera;
4 Car il a de maulx doloreux
   Plus d'un cent — non pas un ou deux —
   Pour servir sa belle maistresse.
   Et le tient Dangier le crueulx
8 Ou purgatoire de tristesse.

   Ainsi l'a tenu, long temps a,
   Ce faulx traistre, vilain, hideux.
   Espoir dit que hors le mettra
12 Et que n'en soye ja doubteux.
   Mais trop y met, dont je me deulx:
   Dieu doint qu'il tiengne sa promesse
   Vers lui, tant est angoisseux
16 Ou purgatoire de tristesse!

   Amour grant aumosne fera
   En ce fait cy d'estre piteux,
   Et bon exemple moustrera   [p. 43]
20 A toutes celles et a ceulx
   Qui le servent, quant desireux
   Le verront par sa grant humblesse
   D'aidier ce povre soufreteux
24 Ou purgatoire de tristesse.

L'envoy

   Amour, faittes moy si eureux
   Que mettez mon cueur en liesse!
   Laissiez Dangier et Dueil tous seulx
28 Ou purgatoire de tristesse!

Ballade 24

1 *au derrain* : en fin de compte
  paradis des amoureux : image traditionnelle, voir le *Paradis d'Amour*, titre d'un dit de Jean Froissart.
  autrement : sinon il lui sera fait tort,
4 car il a plus d'une centaine
  de maux — non pas un ou deux —
  pour (valeur causale) : parce qu'il sert
  le crueulx : le cruel

  Ainsi l'a retenu, voilà déjà longtemps,
  ce faux traître et hideux rustre.
  Espoir dit qu'il le chassera
12 et que je ne dois pas avoir de doutes à ce sujet.
  Mais il tarde trop, ce dont je me plains :
  Dieu fasse qu'il tienne sa promesse
  envers mon cœur, tellement il souffre
16 au purgatoire de tristesse.

  en cette affaire-ci d'être compatissant
  exemple : au sens médiéval d'*exemplum*. Histoire, fait qui sert d'enseignement aux autres
  qui le servent, quand ils le verront
22 avoir le désir, dans sa grande humilité,
  d'aider ce pauvre malheureux

L'envoi

25 Amour, rendez-moi heureux
  et remplissez mon cœur de joie !
  tous seulx : tout seuls

Balade [25 (XXVII)]

1 **M**on cueur a envoyé querir
Tous ses bienvueillans et amis.
Il veult son grant conseil tenir
4 Avec eulx pour avoir advis
Comment pourra ses ennemis
— Soussy, Dueil et leur aliance —
Surmonter et tost desconfire,
8 Qui desirent de le destruire
En la prison de desplaisance.

En desert ont mis son plaisir
Et joye tenue en pastis.
12 Mais Confort lui a, sans faillir,
De nouvel loyaument promis
Qu'ilz seront deffais et bannis.
De ce se fait fort Esperance
16 Et plus avant que n'ose dire ;   [p. 44]
C'est ce qui estaint son martire
En la prison de desplaisance.

Briefment voye le temps venir,
20 J'en prie a Dieu de paradis,
Que chascun puist vers son desir
Aler sans avoir saufconduis !
Adonc Amour et ses nourris
24 Auront de Dangier moins doubtance,
Et lors sentiray mon cueur rire,
Qui a present souvent souspire
En la prison de desplaisance.

Ballade 25

1　Mon cœur a envoyé chercher
　　tous ses partisans et ses amis.
　　grant conseil : assemblée de personnes qui aident le seigneur
　　　　(notamment le roi) à gouverner.
4　Avec eux pour qu'ils lui conseillent
　　comment il pourra ses ennemis
　　— Souci, Douleur et leurs alliés —
　　vaincre et bientôt les battre,
8　[ces ennemis] qui désirent le tuer.

　　Ils ont placé son plaisir dans un désert
　　et tenu sa joie dans un maigre pâturage.
12　*sans faillir* : sans faute
　　récemment promis en toute loyauté
　　qu'ils seront vaincus et exilés.
　　Espérance s'engage à le faire,
16　et ceci de façon plus absolue que je n'ose le dire ;
　　c'est ce qui allège son martire

　　Que je voie bientôt arriver le temps
20　— j'en prie Dieu au paradis —
　　où chacun pourra aller vers l'objet de son désir
　　sans avoir besoin d'un sauf-conduit
　　nourris : disciples. Le ms. de Grenoble traduit par *alumnis*,
　　　　élèves, ce qui correspond bien au sens médiéval de
　　　　norreture, éducation.
24　*moins doubtance* : moins peur
　　et alors j'entendrai mon cœur rire

L'envoy

28 **P**our ce que veoir ne vous puis,
    Mon cueur se complaint jours et nuis,
    Belle, nompareille de France[1] !
    Et m'a chargié de vous escrire
32 Qu'il n'a pas tout ce qu'il desire
    En la prison de desplaisance.

Balade [26 (XXV)]

1 **D**esploiez vostre banniere,   [p. 45]
   Loyauté, je vous en prie,
   Et assailliez la frontiere
4 Ou Dueil et Merencolie
   A tort et par felonnie
   Tiennent Joye prisonniere.
   De moy la font estrangiere :
8 Je pri Dieu qu'il les maudie !

   Quant je deusse bonne chiere
   Demener en compaignie,
   Je n'en fais que la maniere,
12 Car, quoy que ma bouche rie
   Ou parle parolle lye,
   Dangier et Destresse fiere
   Boutent mon plaisir arriere :
16 Je pry Dieu qu'il les maudie !

   Helas ! tant avoye chiere
   Ja pieça joyeuse vie :
   Se Raison fust droicturiere,
20 J'en eusse quelque partie !
   Or est de mon cueur bannie
   Par Fortune losengiere
   Et Durté, sa conseilliere :
24 Je pry Dieu qu'il les maudie !

L'envoi

28 Parce que je ne peux pas vous voir,
   mon cœur se plaint jour et nuit.
   nompareille : sans pareille, sans égale
   Et il m'a chargé de vous écrire

Ballade 26

1 *banniere* : drapeau. Symbole de seigneurie. Image comparable chez Oton de Grandson : *point ne devez soubz le pannon*
   venir du dieu d'Amour (*Œuvres*, p. 362).
   assailliez : attaquez
4 où Dueil [Douleur par opposition à Joie] et Mélancolie
   felonnie : trahison, perfidie.
   ils l'éloignent de moi
8 *maudie* : maudisse

   Quand je me trouve en compagnie
   et que je devrais faire bonne mine,
   je ne le fais qu'en apparence ;
12 car, quoique ma bouche rie
   ou prononce des paroles joyeuses,
   Danger et Détresse[1] la farouche
15 refrènent mon plaisir.

   Hélas ! j'aimais tant mener,
   il n'y a pas si longtemps de cela, joyeuse vie :
   si Raison était équitable,
20 j'en aurais un morceau quelconque !
   bannie : exilée, expulsée [s.e. : la joyeuse vie]
   losengiere : trompeuse
   Durté : Dureté [de caractère]

L'envoy

Se j'avoye la maistrie
Sur ceste faulse mesgnie,
Je les meisse tous en biere.
28 Si est telle ma priere :
Je pry Dieu qu'il les maudie !

Balade [27 (XXVI)]

1 Ardant desir de veoir ma maistresse
A assailly de nouvel le logis
De mon las cueur qui languist en tristesse[1],
4 Et puis dedens par tout a le feu mis.
En grant doubte certainement je suis
Qu'il ne soit pas legierement estaint
Sans grant grace. Si vous pry, dieu d'Amours,
8 Sauvez mon cueur, ainsi qu'avez fait maint :
Je l'oy crier piteusement secours.

J'ay essayé par lermes a largesse
De l'estaindre, mais il n'en vault que pis.
12 C'est feu gregeois, ce croy je, qui ne cesse
D'ardre, s'il n'est estaint par bon avis.
Au feu ! au feu ! courez, tous mes amis[2] !
S'aucun de vous comme lasche remaint
16 Sans y aler, je le hé pour tousjours.
Avanciez vous, nul de vous ne soit faint[3] :
Je l'oy crier piteusement secours.

L'envoi

25 Si j'avais le pouvoir
  mesgnie [< *mansio*, maison] : la suite d'un seigneur féodal,
    ceux qui sont attachés à sa maison.
27 Je les mettrais tous en bière (en cercueil).

Ballade 27

1 Un désir brûlant de voir ma maîtresse
  a récemment attaqué le logis
  de mon cœur fatigué qui languit en tristesse,
4 et puis il y a mis partout le feu.
  doubte : crainte
  estaint : éteint
  grace ... dieu : vocabulaire chrétien appliqué au domaine
    de l'amour.
8 Sauvez mon cœur comme vous en avez sauvé beaucoup
                                            [d'autres :
  Je l'entends crier au secours de manière pitoyable.
  J'ai essayé de l'éteindre par des larmes
  en abondance, mais cela ne fait qu'empirer.
12 *feu gregeois* : mélange de soufre, poix, etc. employé surtout
    dans les combats navals.
  de brûler, s'il n'est pas éteint par une bonne ruse.
  Si l'un de vous reste en arrière comme un lâche,
  sans y aller, je le haïrai à jamais.
  Approchez, que personne parmi vous ne soit paresseux

S'il est ainsi mort par vostre peresse,
20 Je vous requier au moins, tant que je puis,
Chascun de vous: Donnez lui une messe!
Et j'ay espoir que brief ou paradis
Des amoureux sera moult hault assis
24 Comme martir et treshonnoré saint,
Qui a tenu de loyauté le cours.
Grant tourment a, puis que si fort se plaint:
Je l'oy crier piteusement secours.

Balade [28 (XXVIII)]   [p. 47]

1 En la nef de bonne nouvelle
Espoir a chargié reconfort
Pour l'amener, de par la belle,
4 Vers mon cueur qui l'ayme si fort.
A joye puist venir au port
De desir et, pour tost passer
La mer de Fortune, trouver
8 Un plaisant vent venant de France
Ou est a present ma maistresse
Qui est ma doulce souvenance
Et le tresor de ma lyesse.

12 Certes, moult suy tenu a elle,
Car j'ay sceu par loyal rapport
Que contre Dangier, le rebelle,
Qui maintesfois me nuist a tort,
16 Elle veult faire son effort
De tout son povair de m'aidier.
Et pource lui plaist m'envoyer
Ceste nef plaine de plaisance
20 Pour estoffer la forteresse
Ou mon cueur garde l'esperance
Et le tresor de ma liesse.

S'il est ainsi mort à cause de votre paresse,
20 je demande au moins, de toutes mes forces,
à chacun d'entre vous : Faites-lui dire une messe !
brief : sous peu — *paradis des amoureux* : *cf.* ballade 24,
v. 2.
23 *moult hault* : très haut [en un lieu privilégié]
martir, saint : *cf.* ballade 10, v. 14 et note.
qui a suivi le chemin de loyauté

Ballade 28

1 *nef* [< *navis*, bateau] : voilier de charge, rond et lourd.

de par la belle : au nom de la belle

Qu'avec joie il puisse arriver au port
6 de désir et, pour vite traverser
la mer de Fortune, trouver

10 *souvenance* : plus vague que *souvenir* (*cf.* bal. 16, v. 12)?
et le trésor de ma joie.

12 Je suis, certes, très attaché à elle,
car j'ai appris par un rapport loyal
que contre Danger, le rebelle,
qui me nuit souvent injustement,
16 elle veut faire un effort
et m'aider de toutes ses forces.
C'est pourquoi il lui plaît de m'envoyer

20 *estoffer* : fortifier, munir de

Pource ma voulenté est telle
24 Et sera jusques a la mort
De tousjours tenir la querelle
De Loyauté ou mon ressort
J'ay mis ; mon cueur en est d'accort.
28 Si vueil en ce point demourer
Et souvent Amour mercier,
Qui me fist avoir l'acointance
D'une si loyalle princesse,   [p. 48]
32 En qui puis mettre ma fiance
Et le tresor de ma liesse.

L'envoy

Dieu vueille celle nef garder
Des robeurs escumeurs de mer,
36 Qui ont a Dangier aliance ;
Car, s'ilz povoient, par rudesse
M'osteroient ma desirance
Et le tresor de ma liesse.

Balade [29 (XXIX)]

1 **J**e ne crains Dangier ne les siens,
Car j'ay garny la forteresse,
Ou mon cueur a retrait ses biens
4 De reconfort et de lyesse ;
Et ay fait Loyaulté maistresse,
Qui la place bien gardera.
Dangier deffy et sa rudesse,
8 Car le dieu d'Amours m'aydera.

Pour cette raison ma volenté est telle
24 et le restera jusqu'à ma mort,
de toujours prendre le parti
de Loyauté chez qui j'ai trouvé refuge[1]

28 Et je ne veux pas changer d'attitude
mercier : remercier
l'acointance : une liaison d'amour [avec]

32 en qui je peux placer ma confiance

L'envoi

Que Dieu protège ce navire
contre les brigands qui écument la mer
36 et qui ont fait alliance avec Danger ;
par rudesse : par cruauté
me voleraient l'objet de mon désir

Ballade 29

1 Je ne crains pas Danger et les siens
j'ay garny : j'ai fortifié
a retrait : a caché

et j'ai nommé Loyauté maîtresse [des lieux],
6 qui défendra bien la place.
Je défie Danger et sa cruauté

Raison est et sera des miens,
Car ainsi m'en a fait promesse.
Et Espoir mon chier amy tiens,
12 Qui a maintesfois par proesse
Bouté hors d'avec moy Destresse,
Dont Dangier dueil et despit a.
Mais ne me chault de sa tristesse,
16 Car le dieu d'Amours m'aidera.   [p. 49]

Pource requerir je vous viens,
Mon cueur, que prenez hardiesse :
Courez lui sus, sans craindre riens,
20 A Dangier qui souvent vous blesse !
Si tost que vous prandrez l'adresse
De l'assaillir, il se rendra.
Je vous secourray sans peresse,
24 Car le dieu d'Amours m'aidera.

L'envoy

Se vous m'aidiez, gente princesse,
Je croy que brief le temps vendra
Que j'auray des biens a largesse,
28 Car le dieu d'Amours m'aydera.

Balade [30 (XXX)]

1 **B**elle, bien avez souvenance
— Comme certainement je croy —
De la tresplaisant alïance
4 Qu'Amour fist entre vous et moy.
Son secretaire, Bonne Foy,
Escrist la lectre du traittié,
Et puis la seella Loyauté
8 Qui la chose tesmoingnera,
Quant temps et besoing en sera.

et je considère Espoir comme mon cher ami ;
12 courageux, il a souvent
   chassé de chez moi Peine,
   raison pour laquelle Danger est triste et dépité.
   ne me chault : il ne m'importe pas

17 Voilà pourquoi je viens vous demander,
   mon cœur, que vous preniez courage :
   attaquez-le, sans rien craindre,
20 ce Danger qui vous blesse souvent !
   Dès que vous choisirez
   de l'attaquer, il se rendra.
   sans peresse : sans paresse, lâcheté. La *paresse*, incompatible
      avec la noblesse, s'oppose à la *diligence*, nom de la IXe
      dame dans le *Breviaire des Nobles* d'Alain Chartier.

L'envoi

25 *gente* : noble
   brief : bientôt
   où j'aurai des biens en grande quantité

Ballade 30

   de la très agréable union
4 qu'Amour a réalisé entre vous et moi.
   Bonne Foi, sa secrétaire,
   écrivit la lettre du traité,
   et puis Loyauté y apposa son sceau,
8 laquelle portera témoignage de la chose,
   quand il sera temps et qu'il le faudra.

Ioyeux Desir fut en presence,
Qui alors ne se tint pas coy,
12 Mais mist le fait en ordonnance
De par Amour, le puissant roy.   [p. 50]
Et, selon l'amoureuse loy,
De noz deux vouloirs, pour seurté,
16 Fist une seule voulenté.
Bien m'en souvient et souvendra,
Quant temps et besoing en sera.

Mon cueur n'a en nullui fiance
20 De garder la lectre qu'en soy.
Et certes ce m'est grant plaisance,
Quant si tresloyal je le voy;
Et lui conseille, comme doy,
24 De tousjours haïr faulseté.
Car, quiconque l'a en chierté,
Amour chastier l'en fera,
Quant temps et besoing en sera.

L'envoy

28 Pensez en ce que j'ay compté,
Ma dame, car en verité
Mon cueur de foy vous requerra,
Quant temps et besoing sera.

Balade [31 (XXXI)]   [p. 51]

1 Venés vers moy, bonne Nouvelle,
Pour mon las cueur reconforter!
Contez moy comment fait la belle:
4 L'avez vous point oÿ parler
De moy et amy me nommer?
A elle point mis en oubly
Ce qu'il lui pleut de m'acorder,
8 Quant me donna le nom d'amy?

Joyeux Desir y fut présent,
qui ne se tut pas à cette occasion
12 *ordonnance* (au sens large) : acte législatif émanant d'un roi
de par Amour : au nom d'Amour
Et, selon la loi d'amour,
15 *vouloirs* : ici (quasi-)synonyme de *voulenté* (v. 16) — *pour*
seurté (ne pas prononcer le *e*) : comme garantie

17 Je m'en souviens et m'en souviendrai bien

Mon cœur ne fait confiance à personne
20 pour garder cette lettre, si ce n'est à lui-même.
Et cela me plaît, certes, bien,
quand je le vois si loyal
comme doy : comme je le dois, comme il est de mon devoir
24 *faulseté* : fausseté, trahison.
N'importe qui l'aime,
Amour le fera punir pour cette raison

L'envoi

28 Pensez à ce que j'ai raconté

30 *de foy* : au nom de la foi jurée
vous requerra : il vous citera en justice

Ballade 31

las : lassitude due aux maux d'amour
Racontez-moi comment se porte la belle :
4 Ne l'avez-vous pas entendue parler
de moi et m'appeler son ami ?
N'a-t-elle pas oublié
7 ce qu'elle a bien voulu m'accorder — *pleut* (le *e* ne se
prononce pas), passé simple de *plaire* : plut.

Combien que Dangier le rebelle
Me fait loing d'elle demourer,
Je congnois tant de bien en elle
12 Que je ne pourroye penser
Que tousjours ne vueille garder
Ce que me promist sans nul sy,
Faisant noz deux mains assembler,
16 Quant me donna le don d'amy.

Pitié seroit, se dame telle
— Qui doit tout honneur desirer —,
Failloit de tenir la querelle
20 De bien et loyaument amer.
Son sens lui scet bien remoustrer
Toutes les choses que je dy,
Et ce qu'Amour nous fist jurer,
24 Quant me donna le don d'amy.

L'envoy

Loyauté, vueilliez asseurer
Ma dame que sien suy, ainsy
Qu'elle me voulu commander,
28 Quant me donna le don d'amy.

Balade [32 (XXXII)]　　　　　　　[p. 52]

1 Belle, s'il vous plaist escouter
Comment j'ay gardé en chierté
Vostre cueur qu'il vous pleut laissier
4 Avec moy par vostre bonté,
Sachiés qu'il est enveloppé
En ung cueuvrechief de plaisance
Et enclos, pour plus grant seurté,
8 Ou coffre de ma souvenance.

Bien que Danger le rebelle
me fasse demeurer loin d'elle,
je lui connais tant de qualités
12 que je ne pourrais pas m'imaginer
qu'elle ne veuille pas toujours observer
ce qu'elle m'a promis sans nul « si » [= sans restrictions]
16 *don d'ami* : s'oppose au *nom d'ami* que donne le premier
    refrain, ainsi que le ms Harley 682.

17 Il serait triste qu'une telle dame
— qui se doit de désirer une bonne réputation —,
ne réussisse pas l'entreprise
20 d'aimer bien et loyalement.
Sa sagesse sait bien lui rappeler
je dy : je dis

L'envoi

25 Loyauté, veuillez certifier
à ma dame que je lui appartiens, ainsi
qu'elle a bien voulu me l'ordonner

Ballade 32

1 Belle, s'il vous plaît d'écouter
comment j'ai conservé en affection
votre cœur que vous avez bien voulu me laisser
4 *vostre bonté* : votre générosité
sachiés : sachez
cueuvrechief (couvre-chef) : foulard (léger tissu servant à
    se couvrir la tête).
et enfermé, pour plus de sûreté
8 dans le coffre de mon souvenir.

Et pour nettement le garder
Je l'ay souventesfois lavé
En larmes de piteux penser
12 Et, regrettant vostre beauté,
Aprés ce sans delay porté
Pour sechier au feu d'esperance,
Et puis doulcement rebouté
16 Ou coffre de ma souvenance.

Pource vueilliez vous acquittier
De mon cueur que vous ay donné
— Humblement vous en vueil prier —
20 En le gardant en loyauté,
Soubz clef de bonne voulenté,
Comme j'ay fait, de ma puissance,
Le vostre que tiens enfermé
24 Ou coffre de ma souvenance.

L'envoy

Ma dame, je vous ay compté
De vostre cueur la gouvernance,
Comment il est et a esté
28 Ou coffre de ma souvenance.

Balade [33 (XXXIII)]   [p. 53]

1 — Se je vous dy bonne nouvelle,   l'amant
Mon cueur, que voulez vous donner?
— Elle pourroit bien estre telle   le cueur
4 Que moult chier la vueil acheter.
— Nul guerdon n'en quier demander.   l'amant
— Dittes tost doncques, je vous prie;   le cueur
J'ay grant desir de la savoir.
8 — C'est de vostre dame et amye   l'amant
Qui loyaument fait son devoir.

nettement : proprement
souventesfois : souvent, fréquemment
dans les larmes [jaillies] d'une pensée pleine de compassion
12 et, regrettant votre beauté,
je l'ai immédiatement (après ceci)
porté au feu de l'espérance
et ensuite reposé avec douceur
16 dans le coffre de mon souvenir.

Pour cette raison veuillez satisfaire à vos obligations
envers mon cœur que je vous ai donné,

20 en le conservant loyalement
sous la clé de bonne volonté,
ainsi que je l'ai fait, selon mes possibilités,
23 avec le vôtre que je tiens enfermé

L'envoi

25 Ma dame, je vous ai raconté
la manière dont je traite votre cœur
a esté : a été

Ballade 33

1 *l'amant, le cueur* : les indications dans la marge signalent
le début des répliques respectives : à comparer au
rondeau 244 (débat entre Souci et le cœur).
telle : se réfère à la *nouvelle* du vers 1.
4 que je désire la payer très cher.
— Je ne veux pas demander pour cela la moindre
— Dites donc vite, je vous en prie, [récompense.
la savoir : la [= la nouvelle] connaître

  — **Q**ue me savez vous dire d'elle   le cueur
Dont me puisse reconforter?
12 — Je vous dy, sans que plus le celle,   l'amant
Qu'elle vient par deça la mer.
  — Dittes vous vray sans me moquer?   le cueur
  — Ouil, je le vous certiffie,   l'amant
16 Et dit que c'est pour vous veoir.
  — Amour humblement j'en mercie,   le cueur
Qui loyaument fait son devoir.

  — **Q**ue pourroit plus faire la belle   l'amant
20 Que de tant pour vous se pener?
  — Loyauté soustient ma querelle,   le cueur
Qui lui fait faire sans doubter.
  — Pensez doncques de bien l'amer!   l'amant
24 — Si feray je toute ma vie   le cueur
Sans changier, de tout mon povair.
  — Bien doit estre dame chierie,   l'amant
Qui loyaument fait son devoir.

Balade [34 (XXXIV)]   [p. 54]

1 **M**on cueur, ouvrez l'uis de pensee
Et recevez un doulx present
Que la tresloyaument amee
4 Vous envoye nouvellement!
Et vous tenez joyeusement,
Car bien devez avoir liesse,
Quant la trouvez sans changement
8 Tousjours tresloyalle maistresse.

— Que pouvez-vous me dire d'elle
qui puisse me réconforter?
12 — Je vous dis, sans le cacher plus longtemps,
par deça : de ce côté-ci
— Dites-vous vrai sans vous moquer de moi?
— Oui, je vous l'assure,
16 et elle affirme que c'est pour vous voir.
— J'en remercie humblement Amour

— Qu'est-ce que la belle pourrait [donc] faire d'autre
20 que de se donner tant de peine pour vous?
— Loyauté soutient ma cause,
qui la pousse sans doute à le faire.
— Veillez donc à bien l'aimer!
24 C'est ce que je ferai toute ma vie
sans changer, de toutes mes forces.
chierie : chérie, aimée.

Ballade 34

1 Mon cœur, ouvrez la porte de pensée
pour recevoir un doux présent
que la très loyalement aimée
4 vient de vous envoyer;
et soyez joyeux dans votre maintien
6 *liesse* : allégresse, joie . Le ms de Grenoble rend ce mot par
letitia.
sans changement : fidèle

Bien devez prisier la journee
Que fustes sien premierement,
Car sa grace vous a donnee
12 Sans faintise, tresloyaument.
Vous le povez veoir clerement,
Car elle vous tient sa promesse,
Soy moustrant vers vous fermement
16 Tousjours tresloyalle maistresse.

Par vous soit doncques honnouree
Et servie soingneusement,
Tant comme vous aurez duree,
20 Sans point faire departement !
Car vous aurez certainement
Par elle de biens a largesse,
Puis qu'elle est si entierement
24 Tousjours tresloyalle maistresse.

L'envoy

Grans mercis, des fois plus de cent,
Ma dame, ma seule princesse,
Car je vous treuve vrayement
28 Tousjours tresloyalle maistresse.

Balade [35 (XXXV)] [p. 55]

1 J'ay ou tresor de ma pensee
Un mirouer qu'ay acheté
— Amour en l'annee passee
4 Le me vendy de sa bonté —,
Ou quel voy tousjours la beauté
De celle que l'en doit nommer
Par droit la plus belle de France.
8 Grant bien me fait a m'y mirer
En attendant bonne esperance.

9 *prisier* : apprécier, estimer
   lorsque vous avez été sien pour la première fois
12 *sans faintise* : sans tromperie. Exprime la même idée que
   tresloyaument, en toute loyauté.
   Vous pouvez le voir clairement,
   car elle tient ses promesses
   en étant toujours envers vous, sans faiblir,
16 une maîtresse très loyale.

   Servez et honorez-la donc
   avec attention,
   aussi longtemps que vous vivrez,
20 sans jamais la quitter !
   Elle vous accordera certainement
   des biens en quantité.
   entierement : complètement

L'envoi

25 Grands mercis, plus de cent fois,
   ma dame, ma seule princesse,
   car vous m'êtes, en vérité,
28 toujours une maîtresse très loyale.

Ballade 35

2 *un mirouer* : un miroir.
   — Amour, dans sa bonté,
4 me l'a vendu l'année passée —
   dans lequel je vois toujours la beauté
   de celle que l'on doit appeler
   à raison la plus belle de France
8 *m'y mirer* : m'y regarder.

Ie n'ay chose qui tant m'agree
Ne dont tiengne si grant chierté,
12 Car en ma dure destinee
Maintesfoiz m'a reconforté;
Ne mon cueur n'a jamais santé,
Fors quant il y peut regarder
16 Des yeulx de joyeuse plaisance.
Il s'y esbat pour temps passer
En attendant bonne esperance.

Advis m'est, chascune journee
20 Que m'y mire, qu'en verité
Toute doleur si m'est ostee.
Pource de bonne voulenté,
Par le conseil de Leauté,
24 Mettre le vueil et enfermer
Ou coffre de ma souvenance,
Pour plus seurement le garder
En attendant bonne esperance.

Balade [36 (XXXVI)]   [p. 56]

1 Ie ne vous puis ne sçay amer,
Ma dame, tant que je vouldroye,
Car escript m'avez pour m'oster
4 Ennuy qui trop fort me guerroye :
« Mon seul amy, mon bien, ma joye,
Cellui que sur tous amer veulx,
Je vous pry que soyez joyeux
8 En esperant que brief vous voye. »

10 Je ne possède rien qui me plaise autant,
   ou à quoi j'accorde une aussi grande valeur,

   maintesfoiz : souvent
   et mon cœur n'est jamais en bonne santé,
   sinon quand il peut y regarder
16 avec les yeux de joyeux plaisir.
   s'y esbat : il s'y divertit

   J'ai l'impression, chaque jour
20 que je m'y regarde, qu'en vérité
   toute douleur disparaît.
   Voilà pourquoi je veux volontiers
   le déposer et l'enfermer
24 *coffre de ma souvenance* : voir le refrain de la ballade 32.
   seurement (3 syllabes) : sûrement

Ballade 36

1 Je ne peux et ne sais pas vous aimer,
  ma dame, autant que je le voudrais,
  car vous m'avez écrit pour apaiser
4 la douleur qui me fait tant souffrir :

  sur tous : au-dessus de tous [*sur* marque la suprématie]
  Je vous demande d'être joyeux
8 en espérant vous voir bientôt.

Ie sens ces motz mon cueur percer
Si doulcement que ne sauroye
Le confort au vray vous mander
12 Que vostre message m'envoye ;
Car vous dictes que querez voye
De venir vers moy. Se m'aid Dieux,
Demander ne vouldroye mieulx,
16 En esperant que brief vous voye !

Et quant il vous plaist souhaidier
D'estre emprés moy, ou que je soye,
Par Dieu, nompareille sans per,
20 C'est trop fait, se dire l'osoye.
Se suy ge qui plus le devroye
Souhaidier de cueur tressoingneux ;
C'est ce dont tant suis desireux,
En esperant que brief vous voye.

Balade [37 (XXXVII)]   [p. 57]

1 L'autr'ier alay mon cueur veoir
Pour savoir comment se portoit.
Si trouvay avec lui Espoir
4 Qui doulcement le confortoit
Et ces parolles lui disoit :
« Cueur, tenez vous joieusement !
Je vous fais loyalle promesse
8 Que je vous garde seurement
Tresor d'amoureuse richesse.

Je sens que ces mots transpercent mon cœur
avec une telle douceur que je ne saurais
vraiment vous décrire le confort
12 que m'apporte votre message ;
vous affirmez que vous cherchez un moyen
pour venir me voir. Que Dieu me protège,
je ne demanderais certes pas mieux

Et quand il vous plaît d'exprimer le désir
d'être auprès de moi, où que je sois,
par Dieu, dame sans pareille et sans égale,
20 vous en faites trop, si j'osais le dire.
C'est moi qui devrais le souhaiter
plus [que vous], d'un cœur débordant de désir ;
c'est ce que je désire tant,
24 espérant vous voir bientôt.

Ballade 37

1 *l'autr'ier* : l'autre jour, récemment. Début traditionnel[1] de
poèmes lyriques.
3 Et je trouvai Espoir auprès de lui,
qui le réconfortait avec douceur

Cœur, comportez-vous joyeusement !
Je vous promets loyalement
8 qu'en un lieu sûr je garde pour vous
un trésor d'amoureuse richesse.

Car je vous fais pour vray savoir
Que la plus tresbelle qui soit
12 Vous ayme de loyal vouloir;
Et voulentiers pour vous feroit
Tout ce qu'elle faire pourroit.
Et vous mande que vrayement,
16 Maugré Dangier et sa rudesse,
Departir vous veult largement
Tresor d'amoureuse richesse. »

Alors mon cueur, pour dire voir,
20 De joye souvent soupiroit
Et, combien qu'il portast le noir,
Toutesfoiz pour lors oublioit
Toute la doleur qu'il avoit,
24 Pensant de recouvrer briefment
Plaisance, confort et liesse,
Et d'avoir en gouvernement
Tresor [d'amoureuse richesse].

L'envoy[1]

28 A bon espoir mon cueur s'atent
Et a vous, ma belle maistresse,
Que lui espargniez loyaument
Tresor d'amoureuse richesse.

10 En effet je vous fais savoir qu'en vérité

12 *de loyal vouloir* : d'un désir loyal, sincère.
    Et elle ferait volontiers pour vous
    tout ce qui serait en son pouvoir.
    Et elle fait savoir qu'en vérité,
16 malgré la conduite brutale de Danger,
    elle veut vous distribuer généreusement

    Alors mon cœur, pour dire la vérité,
20 soupirait souvent de joie
    et, bien qu'il fût vêtu de noir[1],
    il en oubliait alors
    toute la douleur dont il souffrait,
24 pensant retrouver sous peu
    plaisir, réconfort et joie,
    et d'avoir à sa disposition

L'envoi

28 Mon cœur a bon espoir
    et compte sur vous, ma belle maîtresse,
    que pour lui vous économisiez loyalement
    un trésor d'amoureuse richesse.

Balade [38 (XXXVIII)] [p. 58]

1 Haa! doulx Penser, jamais je ne pourroye
  Vous desservir les biens que me donnez!
  Car, quant Ennuy mon povre cueur guerroye
4 Par Fortune, comme bien le savés,
  Toutes les fois qu'amener me voulés
  Un souvenir de ma belle maistresse,
  Tantost Doleur, Desplaisir et Tristesse
8 S'en vont fuiant. Ilz n'osent demourer
  Ne se trouver en vostre compaignie,
  Mais se meurent de courrous et d'envie,
  Quant il vous plaist d'ainsi me conforter.

12 L'aise que j'ay dire ne sauroye,
  Quant Souvenir et vous me racontés
  Les tresdoulx fais plaisans et plains de joye
  De ma dame, qui sont congneuz assés
16 En plusieurs lieux et si bien renommés
  Que d'en parler chascun a liesse.
  Pource, tous deulx, pour me tollir destresse,
  D'elle vueilliez nouvelles m'aporter
20 Le plus souvent que pourrés, je vous prie.
  Vous me sauvez et maintenez la vie,
  Quant il vous plaist d'ainsi me conforter.

  Car lors Amour par vous deux si m'envoye
24 Un doulx espoir que vous me presentés,
  Qui me donne conseil que joyeux soye.
  Et puis aprés tous trois me promectés
  Qu'a mon besoing jamais ne me fauldrés.
28 Ainsi m'atens tout en vostre promesse,
  Car par vous puis avoir a grant largesse
  Des biens d'Amours, plus que ne sçay nombrer,
  Maugré Dangier, Dueil et Merencolie   [p. 59]
32 Que je ne crains en riens, mais les deffie,
  Quant il vous plaist d'ainsi me conforter.

Ballade 38

1 Ah ! douce Pensée, jamais je ne pourrais
vous rendre les biens que vous me donnez !
Car, quand Douleur combat mon pauvre cœur
4 sur ordre de Fortune, comme vous le savez bien,
et qu'alors vous voulez m'apporter
un souvenir de ma belle maîtresse,
aussitôt Douleur, Souffrance et Tristesse
8 s'enfuient. Ils n'osent pas rester
ni se trouver en votre compagnie ;
au contraire, ils se meurent de courroux et de jalousie,
quand vous voulez bien me réconforter de cette manière.

12 Je ne saurais pas exprimer le bien-être que je ressens,
quand Souvenir et vous-même me racontez
les affaires de ma dame, si douces, plaisantes
et pleines de joie, lesquelles sont bien connues
16 en plusieurs lieux et tellement célèbres
que chacun éprouve du plaisir à en parler.
C'est pourquoi, tous les deux, pour me sortir de détresse,
veuillez me faire parvenir de ses nouvelles
20 le plus souvent que vous le pourrez, je vous en prie.

En ces moments Amour m'envoie par vous deux
24 un doux espoir que vous me présentez
et qui me rend joyeux.
Ensuite vous me promettez tous les trois
que vous ne me ferez jamais défaut au besoin.
28 Par conséquent j'attends tout de votre promesse,
car par vous je peux obtenir en grande quantité
des biens d'Amour, plus que je ne sais en énumérer,
[et ceci] malgré Danger, Douleur et Mélancolie

L'envoy

Ieune, gente, nompareille princesse,
Puis que ne puis veoir vostre jeunesse[1],
36 De m'escrire ne vous vueilliez lasser !
Car vous faictes, je le vous certiffie,
Grant aumosne dont je vous remercie,
Quant il vous plaist d'ainsi me conforter.

Balade [39 (XXXIX)]

1 **S**e je povoye mes souhais
Et mes soupirs faire voler
Si tost que mon cueur les a fais,
4 Passer leur feroye la mer
Et vers celle tout droit aler,
Que j'ayme du cueur si tresfort
Comme ma liesse mondaine,
8 Que je tendray jusqu'a la mort
Pour ma maistresse souveraine.

Helas ! la verrray je jamais ?
Qu'en dictes vous, tresdoulx Penser ?
12 Espoir m'a promis ouïl, mais
Trop long temps me fait endurer
Et, quant je luy viens demander
Secours a mon besoing, il dort.
16 Ainsi suis chascune sepmaine
En maint ennuy sans reconfort   [p. 60]
Pour ma maistresse souveraine.

L'envoi

34 *gente* : beau (pour le corps). Souvent associé à *jeune* : des
    exemples déjà dans le *Livre messire Ode* [de Grandson].
    Ne veuillez vous lasser de m'écrire !
    Car vous accordez, je vous en assure,
38 une grande aumône dont je vous remercie,
    quand vous voulez bien me réconforter de cette manière.

Ballade 39

1 Si je pouvais faire voler
    mes désirs et mes soupirs
    aussitôt que mon cœur les a faits
4 *passer la mer* : voir ball. 28, vv. 6-7 et ball. 33, v. 13.

    cf. ball. 28, v. 4 : *vers mon cueur qui l'ayme si fort.*
    comme [étant] ma joie en ce monde,
8 et que je considérerai jusqu'à la mort
    comme ma maîtresse souveraine.

12 Espoir m'a promis que oui, mais
    il me fait trop longtemps patienter

    a mon besoing : en cas de besoin, de nécessité.
16 Ainsi je connais chaque semaine
    mainte douleur sans être réconforté
    à cause de ma maîtresse souveraine.

Ie ne puis demourer en paix,
20 Fortune ne m'y veult laissier.
Au fort, a present je me tais
Et vueil laissier le temps passer,
Pensant d'avoir, au par aler,
24 Par Leauté, ou mon ressort
J'ay mis, de plaisance l'estraine
En guerdon des maulx qu'ay a tort
Pour ma maistresse souveraine.

Balade [40 (XL)]

1 Fortune, vueilliez moy laissier
En paix une fois, je vous prie.
Trop longuement, a vray compter,
4 Avés eu sur moy seigneurie.
Tousjours faictes la rencherie
Vers moy et ne voulez ouïr
Les maulx que m'avez fait souffrir
8 Il a ja plusieurs ans passez.
Doy je tousjours ainsi languir?
Helas! et n'est ce pas assés?

Plus ne puis en ce point durer
12 Et a Mercy mercy je crie.
Souspirs m'empeschent le parler;
Veoir le povez, sans mocquerie:
Il ne fault ja que je le dye.
16 Pource vous vueil je requerir
Qu'il vous plaise de me tollir
Les maulx que m'avez amassez,
Qui m'ont mis jusques au mourir.
20 Helas! et n'est ce pas assez?

[p. 61]

demourer : rester, vivre
20 *y* : se réfère à *en paix*
au fort : en fin de compte
vueil : je veux
pensant obtenir, après tout,
24 de Loyauté, chez qui j'ai trouvé
refuge[1], le cadeau de plaisance
en récompense des maux dont je souffre à tort

Ballade 40

1 Fortune, veuillez me laisser
une fois en paix, je vous en prie.
A dire le vrai, vous m'avez trop longtemps
4 eu en votre pouvoir.
Vous faites toujours la dédaigneuse
à mon égard et ne voulez pas entendre parler
des maux dont vous m'avez fait souffrir
8 voilà déjà plusieurs années (passées).
Dois-je toujours ainsi attendre et souffrir ?
Hélas ! n'est-ce donc pas assez ?

Je ne peux pas vivre plus longtemps en cet état
12 et je crie grâce à Merci[2].
Les soupirs m'empêchent de parler ;
vous pouvez le voir, sans raillerie :
désormais il n'est plus nécessaire que je le dise.
16 C'est pourquoi j'aimerais vous demander
qu'il vous plaise de me délivrer
des souffrances dont vous m'avez accablé
et qui m'ont mis en danger de mort.

Tous maulx suy contant de porter,
Fors un seul, qui trop fort m'ennuye ;
C'est qu'il faut loing demourer
24 De celle que tiens pour amye.
Car pieça en sa compaignie
Laissay mon cueur et mon desir ;
Vers moy ne veulent revenir,
28 D'elle ne sont jamais lassez.
Ainsi suy seul sans nul plaisir :
Helas ! et n'est ce pas assez ?

L'envoy

De balader j'ay beau loisir,
32 Autres deduis me sont cassez.
Prisonnier suis, d'Amour martir :
Helas ! et n'est ce pas assez ?

Balade [41 (XLI)]   [p. 62]

1 Espoir m'a apporté nouvelle
Qui trop me doit reconforter :
Il dit que Fortune la felle
4 A vouloir de soy raviser
Et toutes faultes amender
Qu'a faittes contre mon plaisir,
En faisant sa roe tourner.
8 Dieu doint qu'ainsi puist avenir !

21 J'accepte de supporter tous les maux
   à l'exception d'un seul, qui me fait trop souffrir ;
   c'est de vivre loin
24 de celle que je considère comme une amie.
   pieça : jadis
   laissay : je laissai

28 *lassez* : fatigués, ennuyés

L'envoi

31 J'ai bien le temps d'écrire des ballades,
   on m'a supprimé les autres plaisirs.

Ballade 41

1 Espoir m'a apporté une nouvelle
  qui doit bien me réconforter :
  il prétend que Fortune la cruelle[1]
4 a l'intention de revenir sur son opinion
  et de corriger toutes les fautes
  qu'elles a commises contre mon gré,
  en faisant tourner sa roue.
8 Que Dieu permette qu'il en soit ainsi !

Quoy que m'ait fait guerre mortelle,
Je suy content de l'esprouver,
Et le debat qu'ay et querelle
12 Vers elle je vueil delaissier
Et tout courrous lui pardonner.
Car d'elle me puis bien servir,
Se loyaument veult s'acquitter.
16 Dieu doint qu'ainsi puist avenir !

[S]e¹ la povoye trouver telle
Qu'elle me voulsist tant aidier
Qu'en mes bras je peusse la belle
20 Une fois a mon gré trouver,
Plus ne vouldroye demander ;
Car lors j'auroye mon desir
Et tout quanque doy souhaidier.
24 Dieu doint qu'ainsi puist avenir !

L'envoy

Amour, s'il vous plaist commander
A Fortune de me chierir,
Je pense joye recouvrer.
28 Dieu doint qu'ainsi puist avenir !

Bien qu'elle m'ait fait une guerre mortelle,
Je veux bien la mettre à l'épreuve
et oublier le différend et les sujets de plainte
12 qui m'opposent à elle,
lui pardonnant tous les soucis [qu'elle m'a causés].
Elle peut en effet m'être bien utile,
si elle veut loyalement faire son devoir.

17 Si je pouvais la trouver telle à mon égard
qu'elle veuille m'aider, de sorte
que je puisse à mon gré tenir
20 la belle une fois entre mes bras,
je n'en voudrais pas demander plus ;
car alors mon désir serait exaucé
et tout ce que je peux souhaiter.

L'envoi

25 Amour, s'il vous plaît d'ordonner
à Fortune de m'aimer,
j'espère retrouver la joie.

Balade [42 (XLII)]   [p. 63]

1   Ie ne me sçay en quel point maintenir
    Ce premier jour de may plain de liesse;
    Car d'une part puis dire sans faillir
4   Que, Dieu mercy, j'ay loyalle maistresse
    Qui de tous biens a trop plus qu'a largesse.
    Et si pense que, la sienne mercy,
    Elle me tient son servant et amy.
8   Ne doy je bien donques joye mener
    Et me tenir en joyeuse plaisance?
    Certes ouïl, et Amour mercïer
    Treshumblement, de toute ma puissance.

12 Mais d'autre part il me couvient souffrir
    Tant de douleur et de dure destresse
    Par Fortune qui me vient assaillir
    De tous costez, qui de maulx est princesse.
16 Passer m'a fait le plus de ma jeunesse,
    Dieu scet comment, en doloreux party;
    Et si me fait demourer en soussy
    Loings de celle par qui puis recouvrer
20 Le vray tresor de ma droitte esperance,
    Et que ie vueil obeir et amer
    Treshumblement, de toute ma puissance.

    Et pource, May, je vous viens requerir:
24 Pardonnez moy de vostre gentillesse,
    Se je ne puis a present vous servir
    Comme je doy, car je vous fais promesse!
    J'ay bon vouloir envers vous, mais Tristesse
28 M'a si long temps en son dangier nourry
    Que j'ay du tout joye mis en oubly.
    Si me vault mieulx seul de gens eslongier:
    Qui dolent est ne sert que d'encombrance.   [p. 64]
32 Pource reclus me tendray en penser,
    Treshumblement, de toute ma puissance.

Ballade 42

1 Je ne sais pas comment me comporter
en ce premier jour de mai plein de joie ;
car d'une part je peux dire, sans me tromper,
4 que, Dieu merci, j'ai une maîtresse loyale,
richement dotée de toutes les qualités.
Et je pense — qu'elle en soit louée ! —
qu'elle me considère comme son serviteur et ami.
8 Ne dois-je donc pas me livrer à la joie
et goûter un vif plaisir ?
Certes oui, et remercier Amour
en toute humilité, de tout mon pouvoir.

12 Mais d'autre part je dois souffrir
dure destresse : grande détresse [renforce *douleur*, souf-
france]
de tous les côtés, et qui est la princesse des tourments
16 *le plus de* : la plus grande partie de
party : situation
soussy : inquiétude et douleur morale
Loin de celle par qui je peux retrouver
20 le vrai trésor de mon juste espoir,
celle que je veux aimer et à qui je veux obéir

requerir : adresser une requête. A l'époque ce mot a un sens
juridique, il implique l'idée de demander justice.
24 *de vostre gentillesse* : au nom de votre noblesse d'âme.
comme je le dois, car je m'y engage !
Je suis bien disposé à vous servir, mais Souffrance
28 m'a si longtemps tenu en son pouvoir
que j'en ai oublié toute joie
de sorte qu'il vaut mieux, solitaire, m'éloigner des gens :
celui qui est triste ne fait que gêner [les autres].
32 Je resterai donc enfermé dans ma rêverie

L'envoy

Doulx Souvenir, chierement je vous pry,
Escrivez tost ceste balade cy !
36 De par mon cueur la feray presenter
A ma dame, ma seule desirance,
A qui pieça je le voulu donner
Treshumblement, de toute ma puissance.

Balade [43 (XLIII)]

1 **M**on cueur est devenu hermite
En l'ermitage de pensee,
Car Fortune, la tresdespite,
4 Qui l'a haÿ mainte journee,
S'est nouvellement alïee
Contre lui aveques Tristesse,
Et l'ont banny hors de lyesse.
8 Place n'a ou puist demourer
Fors ou boys de merencolie.
Il est content de s'i logier ;
Si lui dis je que c'est folie.

12 **M**ainte parolle lui ay ditte,
Mais il ne l'a point escoutee.
Mon parler riens ne lui proufite,
Sa voulenté y est fermee ;
16 De legier ne seroit changee.
Il se gouverne par Destresse[1]   [p. 65]
Qui, contre son prouffit, ne cesse
Nuit et jour de le conseillier.
20 De si pres lui tient compaignie
Qu'il ne peut ennuy delaissier ;
Si lui dis je que c'est folie.

L'envoi

chierement : en y attachant beaucoup de prix [fréquent dans les formules de requête ou de remerciement].
tost : vite
36 *de par mon cueur* : au nom de mon cœur
ma seule desirance : mon seul désir
pieça : jadis — *le* : se réfère au cœur, v. 36.

Ballade 43

2 *l'ermitage* : espace négatif. Il est situé dans la forêt (v. 9), lieu d'égarement et de dangers chez Charles d'Orléans comme dans la tradition romanesque.
la tresdespite : la très odieuse.
4 *mainte journee* : longtemps [un grand nombre de journées].
a récemment fait alliance
avec Souffrance contre mon cœur,
et elles l'ont exilé loin du pays de joie.
8 Il n'y a aucun lieu où il puisse vivre
si ce n'est au bois de mélancolie.
Il est d'accord d'y habiter,
et pourtant je lui dis que c'est de la folie.
12 Je lui ai dit bien des choses,
mais il ne les a point écoutées.
Mon discours ne lui profite en rien,
[car] son esprit y reste sourd ;
16 il ne serait pas facile de le faire changer d'avis.
Il suit Détresse
qui, nuit et jour, ne cesse
de le conseiller à son désavantage.
20 Elle lui tient si étroitement compagnie
qu'il est incapable de se délivrer de son tourment.

Pource sachiez — je m'en acquitte —,
24 Belle, tresloyaument amee,
Se lectre ne lui est escripte
Par vous ou nouvelle mandee
Dont sa doleur soit allegee,
28 Il a fait son veu et promesse
De renoncer a la richesse
De plaisir et de doulx penser
Et, aprés ce, toute sa vie
32 L'abit de desconfort porter;
Si lui dis je que c'est folie.

L'envoy

[S]e[1] par vous n'est, belle sans per,
Pour quelque chose que lui die,
36 Mon cueur ne se veult conforter;
Si lui dis je que c'est folie.

Balade [44 (XLIV)] [p. 66]

1 **D**angier, je vous giette mon gant,
Vous apellant de traïson
Devant le dieu d'Amours puissant
4 Qui me fera de vous raison;
Car vous m'avez mainte saison
Fait douleur a tort endurer,
Et me faittes loings demourer
8 De la nompareille de France.
Mais vous l'avez tousjours d'usance
De grever loyaulx amoureux
Et, pource que je sui l'un d'eulx,
12 Pour eulx et moy prens la querelle.
Par Dieu, vilain[2], vous y mourrés
Par mes mains, point ne le vous celle,
S'a Leauté ne vous rendés.

Sachez donc — je m'acquitte [de mon devoir d'infor-
mateur] —,
24 belle aimée en toute loyauté, que,
si vous ne lui écrivez aucune lettre
et ne lui faites parvenir aucune nouvelle
qui le soulage de son tourment,
28 il a promis et fait le vœu
de renoncer aux bienfaits
du plaisir et de la douce rêverie
et, ensuite, de porter toute sa vie
32 l'habit de déconfort.

L'envoi

Si ce n'est pas par vous, beauté sans égale,
mon cœur ne veut pas être réconforté,
36 quoi que je lui en dise ;
et pourtant je soutiens que c'est de la folie.

Ballade 44

1 *giette mon gant* : geste de défi dans le monde féodal.
et pour trahison je vous cite au tribunal
du puissant dieu d'Amour
4 qui me fera obtenir satisfaction.
mainte saison : longtemps.

Et vous me contraignez à vivre loin
8 de celle qui n'a pas sa pareille en France.
Mais c'est toujours votre habitude
d'importuner les loyaux amants
et, comme je suis l'un d'eux,
12 je prends parti pour eux et pour moi.
Au nom de Dieu, paysan, vous mourrez
de mes mains, je ne vous le cache pas,
si vous ne vous soumettez pas à Loyauté.

16 Comment avez vous d'orgueil tant
   Que vous osez sans achoison
   Tourmenter aucun vray amant
   Qui de cueur et d'entencion
20 Sert Amours sans condicion?
   Certes, moult estes a blasmer!
   Pensez doncques de l'amender
   En laissant vostre mal vueillance!
24 Et, par treshumble repentance,
   Alez crier mercy a ceulx
   Que vous avez fais douloreux,
   Et qui vous ont trouvé rebelle!
28 Autrement pour seur vous tenez
   Que de gage je vous appelle,
   S'a Leauté ne vous rendés.

   Vous estes tous temps mal pensant   [p. 67]
32 Et plain de faulse soupeçon;
   Ce vous vient de mauvais talant,
   Nourry en courage felon.
   Quel mal ou ennuy vous fait on,
36 Se par amours on veult amer
   Pour plus aise le temps passer
   En lyee, joyeuse plaisance?
   C'est gracieuse desirance.
40 Pource, faulx vilain orgueillieux,
   Changiez voz vouloirs oultragieux!
   Ou je vous feray guerre telle
   Que, sans faillir, vous trouverés
44 Qu'elle vaudra pis que mortelle,
   S'a Leauté ne vous rendés[1].

17 *sans achoison* : sans motif, sans cause.
  aucun (sens positif) : quelque.
  d'entencion : de bonne volonté.

21 Certes, on doit fort vous blâmer !
  Songez donc à vous corriger
  en abandonnant votre malveillance !
24 Et, en vous répentant très humblement,
  allez demander grâce à ceux
  que vous avez rendus malheureux !

28 Sinon, soyez sûr [= prononciation de *seur*]
  que je vous cite en tribunal pour vous demander un gage

  Vous pensez toujours à mal
32 et êtes plein de faux soupçons ;
  ceci vient de votre mauvais caractère,
  nourri de sentiments perfides.
  Quel tort ou quel tracas vous cause-t-on,
36 si l'on désire aimer d'amour
  pour passer le temps plus à son aise
  en gaîté, joie et plaisir ?
  C'est là un aimable désir.
40 Changez donc, faux paysan orgueilleux,
  vos insolentes intentions !
  Ou alors je mènerai contre vous un tel combat
  que, sans faute, vous trouverez
44 qu'il est plus terrible qu'une guerre mortelle

Balade [45 (XLV)]

[p. 68]

1 [S]e¹ Dieu plaist, briefment la nuee
De ma tristesse passera,
Belle tresloyaument amee,
4 Et le beau temps se moustrera.
Mais savez vous quant ce sera?
Quant le doulx souleil gracieux
De vostre beauté entrera
8 Par les fenestres de mes yeulx.

Lors la chambre de ma pensee
De grant plaisance reluira
Et sera de joye paree.
12 Adonc mon cueur s'esveillera,
Qui en dueil dormy long temps a.
Plus ne dormira, se m'aid Dieux,
Quant ceste clarté le ferra
16 Par les fenestres de mes yeulx.

Helas! quant vendra la journee
Qu'ainsi avenir me pourra?
Ma maistresse tresdesiree,
20 Pensez vous que brief avendra?
Car mon cueur tousjours languira
En ennuy, sans point avoir mieulx,
Jusqu'a tant que cecy verra
24 Par les fenestres de mes yeulx.

L'envoy

De reconfort mon cueur aura
Autant que nul dessoubz les cieulx,
Belle, quant vous regardera
28 Par les fenestres de mes yeulx.

Ballade 45

1 S'il plaît à Dieu, la nuée
de ma tristesse passera bientôt,

4 et le beau temps fera son apparition.

Quand le doux et séduisant soleil
de votre beauté entrera
8 par les fenêtres de mes yeux.

Alors la chambre de ma pensée
reluira de grand plaisir
et elle sera ornée de joie.
12 Alors mon cœur s'éveillera
qui a longtemps dormi en douleur.
se m'aid Dieux : avec l'aide de Dieu.
le ferra (de *ferir*) : le frappera.

17 Hélas ! quand viendra la journée
où ceci pourra m'arriver ?

20 Croyez-vous que cela se passera bientôt ?
Car mon cœur ne cessera de languir
en douleur, sans jamais aller mieux,
jusqu'à ce qu'il voie [tout] ceci

L'envoi

25 Mon cœur aura plus de réconfort
que nul autre qui vive sous le ciel,
belle, quand vous le regarderez
28 par les fenêtres de mes yeux.

Balade [46 (XLVI)] [p. 69]

1 **A**u court jeu de tables jouer
Amour me fait moult longuement,
Car tousjours me charge garder
4 Le point d'atentte seulement,
En me disant que, vrayement,
Se ce point lyé sçay tenir,
Qu'au derrain je doy, sans mentir,
8 Gaangnier le jeu entierement.

Ie suy pris et ne puis entrer
Ou point que desire souvent.
Dieu me doint une fois gietter
12 Chance qui soit aucunement
A mon propos ; car autrement
Mon cueur sera pis que martir,
Se ne puis, ainsi qu'ay desir,
16 Gaangnier le jeu entierement.

Fortune fait souvent tourner
Les dez contre moy mallement.
Mais Espoir, mon bon conseillier,
20 M'a dit et promis seurement
Que Loyauté prochainement
Fera Bon Eur vers moy venir,
Qui me fera a mon plaisir
24 Gaangnier le jeu entierement.

L'envoy

Ie vous supply treshumblement,
Amour, aprenez moy comment
J'asserray les dez sans faillir,
28 Par quoy puisse, sans plus languir,
Gaangnier le jeu entierement.

Ballade 46

1 *court jeu de tables* : jeu comparable au jacquet, au trictrac.
  moult longuement : très longtemps.
  Car il me donne toujours pour seule tâche
4 de rester au point d'attente[1]
  vrayement : en vérité
  si je sais tenir fermement ce point,
  qu'à la fin je dois, sans mentir,
8 remporter définitivement la partie.

  Je suis pris et ne peux pas entrer [mouvement au jeu de table]
  au point auquel je pense souvent.
  Que Dieu m'accorde de lancer une fois
12 un coup de dés heureux qui, de quelque manière,
  soit favorable à mon dessein ; sinon
  mon cœur sera plus qu'un martyr,
  si je ne peux pas, comme je le désire,
16 remporter définitivement la partie.

17 *tourner* : rouler
  mallement : d'une façon défavorable

20 *seurement* (se prononce *sûrement*) : avec certitude

22 *Bon Eur* : Bonne Chance. *Heur*, sans précision, s'emploie
  jusqu'au XVIIᵉ siècle dans le sens de chance bonne ou
  mauvaise. Voir ball. 94, v. 11.

L'envoi

  je jetterai les dés sans manquer mon coup
28 de sorte que je puisse, sans languir plus longtemps,
  remporter définitivement la partie.

Balade [47 (XLVII)] [p. 70]

1 Vous soiés la tresbien venue
  Vers mon cueur, joyeuse Nouvelle !
  Avez vous point ma dame veue ?
4 Contez moy quelque chose d'elle !
  Dittes moy, n'est elle pas telle
  Qu'estoit, quant derrenierement,
  Pour m'oster de merencolie,
8 M'escrivy amoureusement :
  « C'estes vous de qui suis amye. »

  Son vouloir jamais ne se mue,
  Ce croy je, mais tient la querelle
12 De Leauté qu'a retenue
  Sa plus prochainne damoiselle.
  Bien le moustre, sans que le celle,
  Qu'elle se maintient leaument,
16 Quant lui plaist — dont je la mercie —
  Me mander si tresdoulcement :
  « C'estes vous de qui suis amye. »

  Pour le plus eureux soubz la nue
20 Me tiens, quant m'amye s'appelle,
  Car en tous lieux ou est congneue
  Chascun la nomme la plus belle.
  Dieu doint que, maugré le rebelle
24 Dangier, je la voye briefment,
  Et que de sa bouche me die :
  « Amy, pensez que seulement
  C'estes vous de qui suis amye. »

L'envoy

28 I'ay en mon cueur joyeusement
  Escript, afin que ne l'oublie,
  Ce refrain qu'ayme chierement : [p. 71]
  « C'estes vous de qui suis amye. »

Ballade 47

1 La première strophe est à comparer au début de la ball. 31.
vers: auprès de
veue se prononce *vue*
4 *contez*: raconte-moi.
Dites-moi, n'est-elle pas telle
qu'elle l'était, quand, récemment,
pour me sortir de ma mélancolie,
8 elle m'écrivit amoureusement:
C'est vous dont je suis l'amie.

Ses intentions ne changent jamais,
et je le crois; elle a même pris parti
12 pour Loyauté qu'elle a gardée auprès d'elle
en qualité de première demoiselle [d'honneur].
Elle le montre bien, sans le cacher,
qu'elle se comporte loyalement,
16 quand il lui plaît — et je l'en remercie —
de me faire savoir avec une telle douceur:

Je me considère comme l'homme le plus heureux
20 sous le ciel, quand elle-même se nomme mon amie.
Car partout où on la connaît,
chacun la nomme la plus belle.
Que Dieu permette, malgré Danger
24 le rebelle, que je la voie bientôt,
et qu'elle me dise de sa bouche:
26 Ami, pensez que c'est de vous seul
que je suis l'amie.

L'envoi

28 En mon cœur j'ai écrit joyeusement,
afin que je ne l'oublie pas,
ce refrain que j'aime tendrement

Balade [48 (XLVIII)]

1 **T**rop long temps vous voy sommeillier,
   Mon cueur, en dueil et desplaisir :
   Vueilliez vous ce jour esveillier !
4 Alons au bois le may cueillir
   Pour la coustume maintenir !
   Nous orrons des oyseaulx le glay
   Dont ilz font les bois retentir
8 Ce premier jour du mois de may.

   Le dieu d'Amours est coustumier
   A ce jour de feste tenir
   Pour amoureux cueurs festier,
12 Qui desirent le servir.
   Pource fait les arbres couvrir
   De fleurs et les champs de vert gay
   Pour la feste plus embellir
16 Ce premier jour du mois de may.

   Bien sçay, mon cueur, que faulx Dangier
   Vous fait mainte paine souffrir,
   Car il vous fait trop eslongnier
20 Celle qui est vostre desir.
   Pour tant vous fault esbat querir ;
   Mieulx conseillier je ne vous sçay
   Pour vostre douleur amendrir
24 Ce premier jour du mois de may.

L'envoy

   Ma dame, mon seul souvenir,   [p. 72]
   En cent jours n'auroye loisir
   De vous raconter tout au vray
28 Le mal qui tient mon cueur martir
   Ce premier jour du mois de may.

Ballade 48

1 Je vous vois sommeiller depuis trop longtemps,
mon cœur, dans la douleur et la souffrance :
réveillez-vous donc en ce jour-ci !
4 *le may cueillir* : cueillir l'arbre de mai [= l'églantier :
   Le may que je luy porteray / Ne sera point ung
pour observer la coutume !   *esglantier*[1].]
Nous entendrons le ramage des oiseaux
8 en ce premier jour du mois de mai.

Le dieu d'Amour a l'habitude
en ce jour d'organiser une fête

12 pour faire fête aux cœurs amoureux
couvrir : recouvrir
de vert gay : de vert clair. Le vert est la couleur traditionnelle des amoureux. Voir ball., 61, v. 8.
plus embellir : rendre plus belle.

Je sais bien, mon cœur, que le perfide Danger
vous fait souffrir d'innombrables peines
car il vous force à trop éloigner[2]
20 celle qui est l'objet de votre désir.
Vous devez néanmoins chercher à vous distraire ;
je ne sais pas vous donner un meilleur conseil
pour apaiser votre douleur

L'envoi

26 en cent jours je n'aurais pas le temps
de vous raconter, sans omettre un détail,
le mal dont souffre mon cœur martyr

Balade [49 (XLIX)]

1 I'ay mis en escript mes souhais
    Ou plus parfont de mon penser
    Et, combien — quant je les ay fais —
4 Que peu me peuvent proufiter,
    Je ne les vouldroie donner
    Pour nul or qu'on me sceust offrir,
    En esperant qu'au paraler
8 De mille l'un puist avenir.

    Par la foy de mon corps! jamais
    Mon cueur ne se peut d'eulx lasser,
    Car si richement sont pourtrais
12 Que souvent les vient regarder
    Et s'i esbat pour temps passer
    En disant par ardant desir :
    « Dieu doint que, pour me conforter,
16 De mille l'un puist avenir ! »

    C'est merveille, quant je me tais,
    Que j'oy mon cueur ainsi parler.
    Et tient avec Amour ses plais,
20 Que tousjours veult acompaignier,
    Car il dit que des biens d'amer
    Cent mille lui veult departir.
    Plus ne quier, mais que sans tarder   [p. 73]
24 De mille l'un puist avenir.

L'envoy

    Vueilliez a mon cueur accorder
    Sans par parolles le mener,
    Amour, que, par vostre plaisir,
28 Des biens que lui voulez donner,
    De mille l'un puist avenir.

Ballade 49

1 J'ai mis en écrit mes souhaits
  au plus profond de ma pensée
  et, bien que — quand je les ai formulés —
4 ils ne puissent guère me servir,
  je ne voudrais pas les donner
  pour tout l'or qu'on pourrait m'offrir,
  espérant qu'après tout
8 un sur mille puisse se réaliser.

  De par mon corps! jamais
10 mon cœur ne pourra se lasser d'eux,
  car ils sont représentés avec une telle richesse

13 *s'i esbat* : il s'y distrait
  ardant desir : désir brûlant.
  Que Dieu permette, pour me réconforter,
16 que, sur mille, un puisse se réaliser!

  C'est une merveille que, quand je me tais,
18 j'entends ainsi parler mon cœur.
  tient ses plais : juge ses cas. Le *service de plaid* est le
    devoir du vassal d'assister son seigneur tenant cour de
    justice.
20 qu'il veut toujours accompagner[1]
22 *departir* : distribuer
  Je n'en demande pas plus, pourvu que, sans tarder,
  un sur mille, puisse, se réaliser.

L'envoi

26 sans l'abuser avec de [beaux] discours

Balade [50 (L)]

1 **P**ar le commandement d'Amours
Et de la plus belle de France
J'enforcis mon chastel tousjours
4 Appelé joyeuse plaisance,
Assis sur roche d'esperance.
Avitaillié l'ay de confort
Contre Dangier et sa puissance :
8 Je le tendray jusqu'a la mort.

En ce chastel y a trois tours,
Dont l'une se nomme fiance
D'avoir briefment loyal secours
12 Et la seconde souvenance,
La tierce ferme desirance.
Ainsi le chastel est si fort
Que nul n'y peut faire grevance :
16 Je le tendray jusqu'a la mort.

Combien que Dangier par faulx tours
De le m'oster souvent s'avance,
Mais il trouvera le rebours,   [p. 74]
20 Se Dieu plaist, de sa malvueillance.
Bon Droit est de mon alïance,
Loyauté et lui sont d'accort
De m'aidier ; pource, sans doubtance,
24 Je le tendray jusqu'a la mort.

L'envoy

Faisons bon guet sans decevance
Et assaillons par ordonnance,
Mon cueur, Dangier qui nous fait tort !
28 Se prandre le puis par vaillance,
Je le tendray jusqu'a la mort.

Ballade 50

1 Sur ordre d'Amour
  et de la plus belle de France
  je renforce sans arrêt mon château
4 appelé Joyeux Plaisir
  et placé sur le rocher d'espérance.
  Je l'ai pourvu de vivres de réconfort
  puissance : sa force militaire
8 *tendray* : tiendrai

  Dans ce château il y a trois tours,
  dont l'une se nomme Confiance
  d'avoir bientôt un secours loyal
12 et la seconde Souvenir,
  la troisième Desir Constant.
  Ainsi le château est si puissant
  que personne ne peut l'endommager :

17 Bien que Danger approche souvent
  pour me l'enlever par de fausses ruses,
  il aura, s'il plaît à Dieu,
20 l'opposé de ce qu'espère sa malveillance.
  Bon Droit est de mes alliés,
  Loyauté et lui sont d'accord
  de m'aider ; c'est pourquoi, sans aucun doute,
24 je le tiendrai jusqu'à la mort.

L'envoi

sans decevance : sans nous laisser tromper
26 *par ordonnance* : en bon ordre [avec méthode]

prandre : le faire prisonnier

Balade [51 (LI)]

1 La premiere fois, ma maistresse,
  Qu'en vostre presence vendray,
  Si ravy seray de liesse
4 Qu'a vous parler je ne pouray[1].
  Toute contenance perdray,
  Car, quant vostre beauté luira
  Sur moy, si fort esbloïra
8 Mes yeulx que je ne verray goutte.
  Mon cueur aussi se pasmera;
  C'est une chose que fort doubte.

  Pource, nompareille princesse,
12 Quant ainsi devant vous seray,
  Vueilliez par vostre grant humblesse
  Me pardonner, se je ne sçay   [p. 75]
  Parler a vous comme devray.
16 Mais tost aprés s'asseurera
  Mon cueur et puis vous contera
  Son fait, mais que nul ne l'escoute.
  Dangier grant guet sur lui fera;
20 C'est une chose que fort doubte.

  Et se mettra souvent en presse
  D'ouir tout ce que je diray.
  Mais je pense que par sagesse
24 Si tresbien me gouverneray
  Et telle maniere tendray
  Que faulx Dangier trompé sera,
  Ne nulle riens n'appercevra.
28 Si mettra il sa painne toute
  D'espier tout ce qu'il pourra;
  C'est une chose que fort doubte[2].

Ballade 51

1 La première fois, ma maîtresse,
que je serai en votre présence,
je serai tellement transporté de joie
4 que je serai incapable de vous adresser une parole.

6 *luira* : reluira
esbloïra : aveuglera

9 Mon cœur aussi s'évanouira ;
c'est une chose que je redoute fort.

11 C'est pourquoi, princesse sans pareille,
quand je serai ainsi devant vous,
humblesse : humilité. Attribut aussi de Cupidon et de Vénus
dans la *Lettre de Retenue*.
vous parler comme je devrais le faire.
16 Mais peu à peu mon cœur se ressaisira
et il vous racontera alors
son affaire, à condition que personne ne l'écoute.
Danger le guettera étroitement ;
20 C'est une chose qu'il redoute fort.

Et il s'efforcera souvent
d'entendre ce que je dirai.
Mais je pense que
24 je me conduirai si sagement
et me comporterai de telle manière
que le traître Danger sera abusé
et ne remarquera rien du tout.
28 Il se donnera pourtant toute la peine possible
pour épier tout ce qu'il pourra

Balade [52 (LII)]   [p. 76]

1 **M**e mocqués vous, joyeux Espoir?
  Par parolles trop me menés:
  Pensez vous de me decevoir?
4 Chascun jour vous me promettés
  Que briefment veoir me ferés
  Ma dame, la gente princesse,
  Qui a mon cueur entierement.
8 Pour Dieu, tenés vostre promesse,
  Car trop ennuie qui attent!

  Il a long temps, pour dire voir,
  Que tout mon estat congnoissés.
12 N'ay je fait mon loyal devoir
  D'endurer, comme bien savés?
  Ouil, ce croy je, plus qu'assés.
  Temps est que me donnez liesse;
16 Desservie l'ay loyaument.
  Pardonnez moy se je vous presse,
  Car trop ennuie qui attent.

  Ne me mettez a nonchaloir!
20 Honte sera se me failliés,
  Veu que me fie main et soir
  En tout ce que faire vouldrés.
  Se mieulx faire ne me povés,
24 Au moins moustrez moy ma maistresse
  Une fois, pour aucunement
  Allegier le mal qui me blesse:
  Car trop ennuie qui attent.

Ballade 52

1 Vous moquez-vous de moi, joyeux Espoir?
vous me servez trop de parolles:
avez-vous l'intention de me tromper?
4 Chaque jour vous me promettez
que bientôt vous me ferez voir
ma dame, la séduisante princesse,
qui possède mon cœur tout entier.
8 Au nom de Dieu, tenez votre promesse,
car celui qui attend souffre trop!

10 Voilà longtemps, en vérité,
que vous êtes au courant de mon état.

d'endurer: de prendre mon mal en patience
Oui, je le crois, et plus qu'assez.
Il est temps que vous me rendiez joyeux;
16 je l'ai loyalement mérité.
je vous presse: je vous hâte

Ne vous désintéressez pas de moi!
20 Il serait honteux que vous me laissiez tomber,
vu que, du matin au soir, j'ai confiance
en tout ce que vous faites.
Si vous ne pouvez pas faire mieux,
24 montrez-moi au moins une fois
ma maîtresse, afin de soulager
en quelque manière le mal qui me fait souffrir.

[L']envoy

28 Espoir tousjours vous m'asseurés
   Que bien mon fait ordonnerés.
   Bel me parlés, je le confesse,   [p. 77]
   Mais tant y mettés longuement
32 Que je languis en grant destresse;
   Car trop ennuie qui attent.

Balade [53 (LIII)]

1 Le premier jour du mois de may
  S'acquitte vers moy grandement,
  Car, ainsi qu'a present je n'ay
4 En mon cueur que dueil et tourment,
  Il est aussi pareillement
  Troublé, plain de vent et de pluie;
  Estre souloit tout autrement
8 Ou temps qu'ay congneu en ma vie.

  Ie croy qu'il se mect en essay
  De m'acompaignier loyaument.
  Content m'en tiens, pour dire vray,
12 Car meschans en leur pensement
   Reçoivent grant allegement,
   Quant en leurs maulx ont compaignie;
   Essayé l'ay certainement
16 Ou temps qu'ay congneu en ma vie.

   Las! j'ay veu May joyeux et gay
   Et si plaisant a toute gent,
   Que raconter au long ne sçay
20 Le plaisir et esbatement
   Qu'avoit en son commandement;
   Car Amour en son abbaye
   Le tenoit chief de son couvent
24 Ou temps [qu'ay congneu en ma vie.]¹

L'envoi

28 Espoir, vous me certifiez sans cesse
   que vous arrangerez bien mon affaire.
   Vous (me) parlez bien, je l'avoue,
   mais vous y mettez tellement de temps
32 que je languis en grande souffrance.

Balade 53

2 fait largement son devoir à mon égard,
  car, de même qu'en ce moment je n'ai
4 que douleur et tourment dans le cœur,
  il est, lui aussi, troublé
  de la même manière, plein de vent et de pluie.
  D'habitude il était tout différent
8 pendant la tranche de vie que je viens de traverser.

  Je crois qu'il tente
  de me tenir loyalement compagnie.
  En vérité, je m'en trouve satisfait,
12 car les malheureux éprouvent
   un grand soulagement en leur pensée,
   quand, dans leurs souffrances, ils ont une compagnie;
15 *essayé l'ay*: j'en ai fait l'expérience

18 *plaisant*: agréable
   que je ne sais pas raconter en détail
   esbatement: divertissement
   que j'avais sous ses ordres;

23 le tenait comme chef de son couvent

L'envoy   [p. 78]

Le temps va je ne sçay comment ;
Dieu l'amende prouchainnement !
Car Plaisance est endormie,
28 Qui souloit vivre lyement
Ou temps qu'ay congneu en ma vie.

Balade [54 (LIV)]

1 Pour Dieu, gardez bien souvenir
Enclos dedens vostre pensee,
Ne le laissiez dehors yssir,
4 Belle tresloyaument amee !
Faictes que chascune journee
Vous ramentoive bien souvent
La maniere, quoy et comment
8 Ja pieça me feistes promesse,
Quant vous retins premierement
Ma dame, ma seule maistresse.

Vous savez que par franc Desir
12 Et loyal Amour conseillee,
Me deistes que, sans departir,
De m'amer estiés fermee,
Tant comme j'auroye durée.
16 Je metz en vostre jugement,
Se ma bouche dit vray ou ment.
Si tiens que parler de princesse
Vient du cueur sans decevement,
20 Ma dame, ma seule maistresse.

L'envoi

25 Le temps fuit et je ne sais pas comment ;
   que Dieu le corrige bientôt !

28 qui avait l'habitude de vivre joyeusement

Ballade 54

2 *enclos dedens* : enfermé dans
   yssir : sortir

5 Faites en sorte que chaque journée
   vous rappelle bien souvent
   la manière, de quoi et comment
8 vous m'avez fait promesse il y a longtemps,
   alors que pour la première fois je vous ai choisie
   comme ma dame et seule maîtresse.

13 vous m'avez dit que, sans infidélité,
   vous étiez résolue à m'aimer
   aussi longtemps que je vivrai.
16 Je m'en remets à votre jugement
   [pour dire] si ma bouche dit vrai ou ment.
   Et je pense qu'une parole de princesse
   vient du cœur sans tromperie

Non pour tant me fault vous ouvrir
La doubte qu'en moy est entree;
C'est que j'ay paeur, sans vous mentir,   [p. 79]
24 Que ne m'ayez, tres belle nee,
Mis en oubly, car mainte annee
Suis loingtain de vous longuement,
Et n'oy de vous aucunement
28 Nouvelle pour avoir liesse;
Pour quoy vis doloreusement,
Ma dame, ma seule maistresse.

Nul remede ne sçay querir,
32 Dont ma doleur soit alegee,
Fors que souvent vous requerir
Que la foy que m'avez donnee,
Soit par vous loyaument gardee.
36 Car vous congnoissiez clerement
Que par vostre commandement
Ay despendu de ma jeunesse
Pour vous attendre seulement,
40 Ma dame, ma seule maistresse.

Plus ne vous convient esclarsir
La chose que vous ay comptee;
Vous la congnoissiez sans faillir.
44 Pource soyez bien advisee
Que je ne vous treuve muee;
Car, s'en vous treuve changement,
Je requerray tout haultement
48 Devant l'amoureuse deesse
Que j'aye de vous vengement,
Ma dame, ma seule maistresse.

21 Néanmoins, il faut que je m'ouvre à vous
  du doute qui m'a assailli ;
  paeur (le *a* ne se prononce pas) : peur

25 oublié, car voilà plusieurs longues
  années que je vis loin de vous,
  et vous ne me faites parvenir aucune
28 nouvelle qui me rende joyeux ;
  c'est pourquoi je vis en tourments

31 Je ne sais trouver aucun remède
  qui puisse calmer ma douleur,
  si ce n'est de vous demander souvent
34 que vous me gardiez loyalement
  la foi que vous m'avez jurée.
  Car vous savez, en toute évidence,
  que, sur votre ordre,
38 j'ai dépensé ma jeunesse
  dans le seul but d'attendre votre venue

41 Il ne me faut plus vous expliquer
  l'affaire que je vous ai racontée ;
  vous la connaissez sans faute.
44 Faites donc très attention
  que je ne vous trouve pas changée ;

  je demanderai en haut lieu
48 *l'amoureuse deesse* : Vénus
  vengement : vengeance

L'envoy

Se je puis veoir seurement
52 Que m'amés tousjours loyaument,   [p. 80]
Content suis de passer destresse
En vous servant joyeusement,
Ma dame, ma seule maistresse.

Balade [55 (LV)]

1 Helas! helas! qui a laissié entrer
Devers mon cueur doloreuse nouvelle?
Conté lui a plainement, sans celer,
4 Que sa dame, la tresplaisant et belle,
Qu'il a long temps tresloyaument servie,
Est a present en griefve maladie,
Dont il est cheu en desespoir si fort
8 Qu'il souhaide piteusement la mort
Et dit qu'il est ennuyé de sa vie.

Ie suis alé pour le reconforter
En lui priant qu'il n'ait nul soussy d'elle,
12 Car, se Dieu plaist, il orra brief conter
Que ce n'est pas maladie mortelle
Et que sera prochainement guerye.
Mais ne lui chault de chose que lui dye,
16 Ainçois en pleurs a tousjours son ressort
Par tristesse qui asprement le mort,
Et dit qu'il est ennuyé de sa vie.

L'envoi

Si je peux vraiment constater
52 que vous m'aimez encore loyalement,
je veux bien prendre en gré ma douleur
et vous servir avec joie

Ballade 55

1 Hélas ! hélas ! qui a laissé entrer
une triste nouvelle dans mon cœur ?
Elle lui a raconté en détail, sans [rien] cacher
4 *tresplaisant* : qualifie la beauté séduisante de la dame

griefve : grave
raison pour laquelle il a sombré en un désespoir tel
8 qu'il se lamente à faire pitié et désire mourir,
et il affirme qu'il en a assez de vivre.

en le priant qu'il ne se fasse pas de souci à son sujet
12 car, s'il plaît à Dieu, il entendra dire bientôt
qu'il ne s'agit pas d'une maladie mortelle
14 et qu'elle sera bientôt guérie.
Mais, quoi que je dise, il n'y accorde aucune importance
et se réfugie, au contraire, dans les pleurs
17 à cause de la tristesse qui le mord durement.

Quant je lui dy qu'il ne se doit doubter,
20 Car Fortune n'est pas si trescruelle
Qu'elle voulsist hors de ce monde oster
Celle qui est des princesses l'estoille,
Qui par tout luist des biens dont est garnie,
24 Il me respond qu'il est foul qui se fie   [p. 81]
En Fortune qui a fait a maint tort.
Ainsi ne voult recevoir reconfort
Et dit qu'il est ennuyé de sa vie.

L'envoy

28 Dieu tout puissant, par vostre courtoisie,
Guerissez la ! ou mon cueur vous supplie
Que vous souffrez que la mort son effort
Face sur lui, car il en est d'accord
32 Et dit qu'il est ennuyé de sa vie.

Balade [56 (LVI)]

1 Si tost que l'autre jour j'ouÿ
Que ma souveraine sans per
Estoit guerie, Dieu mercy,
4 Je m'en alay sans point tarder
Vers mon cueur pour le lui conter.
Mais, certes, tant le desiroit
Qu'a paine croire le povoit
8 Pour la grant amour qu'a en elle.
Et souvent a par soy disoit :
« Saint Gabriel, bonne nouvelle ! »

doubter : avoir des craintes,
20 car Fortune n'est pas cruelle au point
de vouloir enlever de ce monde
celle qui est l'étoile des princesses,
qui reluit partout par les qualités dont elle est ornée,
24 il me répond que celui-là est fou qui fait confiance
à Fortune, laquelle a causé des torts à beaucoup de gens.
voult : veut

L'envoi

28 Dieu tout puissant, au nom de votre bonté,
guérissez-la ! ou alors mon cœur vous supplie
que vous acceptiez que la mort s'en prenne
31 à lui, car il est d'accord [de mourir]

Ballade 56

1 Dès que l'autre jour j'appris
sans per : sans égale

4 *point* : renforce *sans*, à ne pas traduire.
conter : raconter

povoit : pouvait
8 à cause du grand amour qu'il a pour elle.
Et souvent il disait à part soi :
Saint Gabriel : l'ange de l'annonciation. — Il s'agit d'un
proverbe courant au xve siècle.

Ie lui dis : « Mon cueur, je vous pry,
12 Ne vueilliez croire ne penser
Que moy, qui vous suy vray amy,
Vous vueille mensonges trouver
Pour en vain vous reconforter ;
16 Car trop mieulx taire me vaudroit
Que le dire, se vray n'estoit.   [p. 82]
Mais la verité si est telle :
Soyez joyeulx, comment qu'il soit !
20 Saint Gabriel, bonne nouvelle ! »

Alors mon cueur me respondy :
« Croire vous vueil, sans plus doubter,
Et tout le courrous et soussy
24 Qu'il m'a convenu endurer,
En joye le vueil retourner. »
Puis aprés ses yeulx essuyoit
Que de plourer moilliez avoit,
28 Disant : « Il est temps que rappelle
Espoir qui delaissié m'avoit.
Saint Gabriel, bonne nouvelle ! »

L'envoy

Il me dist aussi qu'il feroit
32 Dedens l'amoure[use] chappelle
Chanter la messe qu'il nommoit :
« Saint Gabriel, bonne nouvelle. »

Je lui dis : Mon cœur, je vous en prie,
12 *ne* : ni
    que moi qui suis votre véritable ami
    trouver : inventer

16 Car il vaudrait bien mieux me taire
    que l'affirmer, si ce n'était pas vrai.
    Mais la vérité est telle [que je vous la présente] :
19 Soyez joyeux, quoi qu'il en soit !

21 *respondy* : il répondit
    doubter : avoir des doutes
    courrous : contrariété, peine. Forme une dittologie avec
       soussy, préoccupation mêlée d'inquiétude.
24 que j'ai dû supporter,
    je veux les convertir en joie.
27 *moilliez* : mouillés, humides

29 *delaissié* : abandonné

L'envoi

Il me dit encore qu'il ferait
32 chanter dans la chapelle des amoureux
    la messe qu'il appelait :

Balade [57 (LVII)]

1 Las, Mort ! qui t'a fait si hardie
   De prendre la noble princesse
   Qui estoit mon confort, ma vie,
4 Mon bien, mon plaisir, ma richesse ?
   Puis que tu as prins ma maistresse,
   Prens moy aussi, son serviteur,
   Car j'ayme mieulx prouchainnement   [p. 83]
8 Mourir que languir en tourment,
   En paine, soussi et doleur !

   [L]as¹ ! de tous biens estoit garnie
   Et en droitte fleur de jeunesse.
12 Je pry Dieu qu'il te maudie,
   Faulse Mort, plaine de rudesse !
   Se prise l'eusses en vieillesse,
   Ce ne fust pas si grant rigueur ;
16 Mais prise l'as hastivement
   Et m'as laissié piteusement
   En paine, soussi et doleur.

   Las ! je suy seul, sans compaignie !
20 Adieu ma dame, ma lyesse ;
   Or est nostre amour departie !
   Non pour tant je vous fais promesse
   Que de prieres a largesse,
24 Morte, vous serviray de cueur,
   Sans oublier aucunement.
   Et vous regretteray souvent
   En paine, soussi et doleur.

Ballade 57

1 **Hélas, Mort ! qui t'a rendue si hardie** : l'apostrophe à la mort
est un début fréquent dans les complaintes funèbres. —
Voir la *Complainte* d'Alain Chartier et la *Complainte de
l'amant trespassé de dueil* de Pierre de Hauteville, qui
évoquent la mort de la dame aimée[1]. C'est aussi la
partie du recueil qui rappelle d'un peu plus près le *Canzon-
niere* de Pétrarque : après sa mort, la dame apparaît en
rêve au poète (bal. 62), et il connaîtra la tentation d'un
nouvel amour (bal. 67 ; *Songe en Complainte*).

3 *confort* : mon réconfort

5 *as prins* : tu as pris

7 *prouchainnement* : bientôt
tourment : exprime, de même que *paine, soussi, doleur*, l'idée
de souffrance (morale).
droitte : parfaite, pleine

12 *maudie* : maudisse
Mort perfide et impitoyable !
Si tu l'avais prise en vieillesse,
ce n'aurait pas été un acte d'une telle cruauté ;

16 *hastivement* : hâtivement, trop tôt
piteusement : d'une manière propre à inspirer la pitié

20 *lyesse* : joie.
departie : ôtée, enlevée
non pour tant : néanmoins
a largesse : en abondance

24 *de cueur* : de tout cœur,
sans l'oublier en aucune manière.

L'envoy

28 **D**ieu, sur tout souverain Seigneur,
    Ordonnez par grace et doulceur
    De l'ame d'elle, tellement
    Qu'elle ne soit pas longuement
32 En painne, soussy et doleur.

Balade [58 (LVIII)]   [p. 84]

1 **J**'ay aux eschés joué devant Amours,
    Pour passer temps, avecques faulx Dangier,
    Et seurement me suy gardé tousjours,
4 Sans riens perdre jusques au derrenier
    Que Fortune lui est venu aidier
    Et par meschief — que maudite soit elle ! —
    A ma dame prise soudainnement ;
8 Par quoy suy mat, je le voy clerement,
    Se je ne fais une dame nouvelle.

    En ma dame j'avoye mon secours
    Plus qu'en autre, car souvent d'encombrier
12 Me delivroit, quant venoit a son cours
    Et en gardes faisoit mon jeu lier.
    Je n'avoye pion ne chevalier,
    Auffin ne rocq qui peussent ma querelle
16 Si bien aidier. Je y pert vrayement,
    Car j'ay perdu mon jeu entierement,
    Se je ne fais une dame nouvelle.

L'envoi

28 Dieu, souverain seigneur sur toute chose,
   ordonnez : prenez une décision
   doulceur [< dulcor] : douceur, bonté
30 en ce qui concerne son âme,
   de sorte qu'elle ne soit pas longtemps

Ballade 58

1 Pour tuer le temps j'ai joué aux échecs
  en présence d'Amour avec le traître Danger,
  et toujours je me suis bien défendu
4 sans jamais rien perdre jusqu'au dernier moment
  où Fortune est venue l'aider
  et par malheur — qu'elle soit maudite ! —
  a soudain pris ma dame ;
8 me voilà donc mat, je le vois bien

  plus qu'en une autre [pièce], car souvent elle m'a délivré
12 d'une situation fâcheuse, quand arrivait son tour
   et que par une parade elle me faisait tenir fermement le jeu.
   pion : fantassin ; *chevalier* : cavalier.
   auffin : fou ; *rocq* : tour.
16 si bien soutenir ma cause [= *querelle*].

Ie ne me sçay jamais garder des tours
20 De Fortune qui maintesfoiz changier
A fait mon jeu et tourner a rebours.
Mon dommage scet bien tost espier,
Elle m'assault sans point me deffier :
24 Par mon serement, oncques ne congneu telle !
En jeu party suy si estrangement
Que je me rens et n'y voy sauvement,
Se je ne fais une dame nouvelle.

Balade [59 (LIX)]   [p. 85]

1 Ie me souloye pourpenser,
Au commencement de l'annee,
Quel don je pourroye donner
4 A ma dame, la bien amee ;
Or suis hors de ceste pensee,
Car Mort l'a mise soubz la lame
Et l'a hors de ce monde ostee :
8 Je pry a Dieu qu'il en ait l'ame.

Non pourtant, pour tousjours garder
La coustume que j'ay usee,
Et pour a toutes gens moustrer
12 Que pas n'ay ma dame oubliee,
De messes je l'ay estrenee.
Car ce me seroit trop de blasme
De l'oublier ceste journee :
16 Je pry a Dieu[1] [qu'il en ait l'ame.]

tours: manœuvres

20 *maintesfoiz*: souvent, fréquemment

tourner a rebours: renverser [la situation de jeu].

Elle sait vite reconnaître une occasion pour me nuire,
et elle m'attaque sans me défier:

24 par ma foi, je n'ai jamais connu une telle [adversaire]!

Je suis si mal partagé avec mon jeu
que je capitule et ne vois aucune possibilité de salut

Ballade 59

1 J'avais l'habitude de me demander

3 *don*: le jour de l'an est une des fêtes amoureuses récurrentes
chez Charles d'Orléans. *Cf.* Jean de Garencières, ball. IV.

5 Désormais je n'ai plus ce souci,
car la Mort l'a couchée sous la pierre tombale
et l'a enlevée de ce monde:

8 je prie Dieu qu'il accueille son âme!

Néanmoins, pour ne pas déroger

10 à la coutume que j'ai toujours observée

moustrer: montrer, faire voir

13 *estrenee*: donner les étrennes du jour de l'an,
car ce serait un blâme trop grand
que de l'oublier en ce jour.

Tellement lui puist prouffiter
Ma priere que confortee
Soit son ame sans point tarder
20 Et de ses bienfais guerdonnee
En paradis et couronnee
Comme la plus loyalle dame
Qu'en son vivant j'aye trouvee ;
24 Je pry a Dieu qu'il en ait l'ame.

L'envoy

Quant je pense a la renommee
Des grans biens dont estoit paree,
Mon povre cueur de dueil se pasme ;
28 De lui souvent est regrettee.
Je pry a Dieu qu'il en ait l'ame.

Balade [60 (LX)]   [p. 86]

1 Quant Souvenir me ramentoit
La grant beauté dont estoit plaine
Celle que mon cueur appelloit
4 Sa seule dame souveraine,
De tous biens la vraye fontaine,
Qui est morte nouvellement,
Je dy en pleurant tendrement :
8 « Ce monde n'est que chose vaine. »

Ou vieil temps grant renom couroit
De Creseïde, Yseud, Elaine
Et maintes autres qu'on nommoit
12 Parfaittes en beaulté haultaine.
Mais au derrain en son demaine
La mort les prist piteusement,
Par quoy puis veoir clerement :
16 Ce monde n'est que chose vaine.

17 Que ma prière puisse lui profiter
    de sorte que son âme
    soit consolée sans plus tarder
20 et récompensée pour ses bienfaits

L'envoi

25 Quand je me souviens du renom
    paree : correspond au *garnie* de la ball. 57, v. 10.
    mon pauvre cœur se pâme de douleur ;
28 souvent il la regrette.

Ballade 60

 1 Quand Souvenir me rappelait
    la grande beauté dont était remplie
 5 *fontaine* : source
    nouvellement : récemment
 8 Ce monde n'est que vanité : écho du *vanitas vanitatum* de
    l'*Ecclésiaste*.
10 *Creseïde* : la fille du devin Calcas, qu'aime Troïlus.
    L'histoire, évoquée dans le *Roman de Troie*, est racontée
    dans le *Filostrato* de Boccace. Ce texte est adapté en
    français à la cour d'Anjou par Pierre de Beauvau (mort
    en 1436). — *Yseud* : Iseut, épouse du roi Marc et amante
    de Tristan. — *Elaine* : Hélène, épouse de Ménélas, ravie
    par Pâris.
12 *haultaine* : digne, noble
    Mais à la fin la mort les a entraînées
    dans son règne, les réduisant à une condition pitoyable,
15 et ainsi je peux voir clairement :

La mort a voulu et vouldroit
— Bien le congnois — mettre sa paine
De destruire, s'elle povoit,
20 Liesse et plaisance mondaine,
Quant tant de belles dames maine
Hors du monde; car vrayement
Sans elles, a mon jugement,
24 Ce monde n'est que chose vaine.

L'envoy

Amours, pour verité certaine,
Mort vous guerrie fellement;
Se n'y trouvez amendement,
28 Ce monde n'est que chose vaine.

Balade [61 (LXI)]   [p. 87]

1 Le premier jour du mois de may
Trouvé me suis en compaignie
Qui estoit, pour dire le vray,
4 De gracieuseté garnie;
Et pour oster merencolie
Fut ordonné qu'on choisiroit,
Comme Fortune donneroit,
8 La fueille plaine de verdure
Ou la fleur pour toute l'annee.
Si prins la fueille pour livree,
Comme lors fut mon aventure.

17 *vouldroit* : voudrait
   — je le sais bien — s'efforcer
   à détruire, si elle le pouvait,
20 la joie et le plaisir de ce monde,
   maine : mène, conduit

23 *a mon jugement* : à mon avis

L'envoi

Amour, en toute vérité,
26 Mort vous combat cruellement ;
   si vous ne pouvez pas y remédier

Ballade 61

2 je me suis trouvé en une compagnie
  qui était, en vérité,
4 pourvue de grâces ;
  et, pour chasser la mélancolie,
  on a ordonné de choisir

8 *verdure* : le vert est la couleur des amoureux. Voir ball. 48,
   v. 14.
10 J'ai pris la feuille comme livrée,
   aventure : ce qui arrive par hasard[1]

12 Tantost apres je m'avisay
   Qu'a bon droit je l'avoye choisie,
   Car, puis que par mort perdu ay
   La fleur de tous biens enrichie,
16 Qui estoit ma dame, m'amie,
   Et qui de sa grace m'amoit
   Et pour son amy me tenoit,
   Mon cueur d'autre flour n'a plus cure.
20 Adonc congneu que ma pensee
   Acordoit a ma destinee,
   Comme lors fut mon aventure.

   Pource la fueille porteray
24 Cest an, sans que point je l'oublie,
   Et a mon povair me tendray
   Entierement de sa partie.
   Je n'ay de nulle flour envie
28 — Porte la qui porter la doit ! —,
   Car la fleur que mon cueur amoit
   Plus que nulle autre creature
   Est hors de ce monde passee,   [p. 88]
32 Qui son amour m'avoit donnee,
   Comme lors fut mon aventure.

L'envoy

   Il n'est fueille ne fleur qui dure
   Que pour un temps, car esprouvee
36 J'ay la chose que j'ay contee,
   Comme lors fut mon adventure.

Aussitôt après je me suis rendu compte

15 *enrichie*: comblée. Employé comme *garnie, paree.*

17 et qui me faisait la faveur de m'aimer

   n'a plus cure: ne se soucie plus
20 *adonc congneu*: alors j'ai su
   acordoit a: était en accord avec

   C'est pourquoi je porterai la feuille
24 cette année, sans jamais l'oublier,
   et, autant que je le pourrai, je prendrai
   complètement parti pour elle.
   de nulle flour: d'aucune fleur
28 — qu'il la porte celui qui doit la porter! —

30 plus que n'importe quelle autre créature
   a quitté ce [bas] monde.

L'envoi

34 Il n'y a ni fleur ni feuille qui dure
   si ce n'est pour un instant, car j'ai
   l'épreuve fait de ce que j'ai raconté

Balade [62 (LXII)]

1 Le lendemain du premier jour de may,
  Dedens mon lit ainsi que je dormoye,
  Au point du jour m'avint que je songay
4 Que devant moy une fleur je veoye,
  Qui me disoit : « Amy, je me souloye
  En toy fier, car pieça mon party
  Tu tenoies ; mais mis l'as en oubly
8 En soustenant la fueille contre moy.
  J'ay merveille que tu veulx faire ainsi :
  Riens n'ay meffait, se pense je, vers toy. »

  Tout esbahy alors je me trouvay ;
12 Si respondy au mieulx que je savoye :
  « Tresbelle fleur, oncques ne pensay
  Faire chose qui desplaire te doye ;
  Se pour esbat aventure m'envoye
16 Que je serve la fueille cest an cy,
  Doy je pour tant estre de toy banny ?
  Nennil certes, je fais comme je doy.
  Et se je tiens le party qu'ay choisy,   [p. 89]
20 Riens n'ay meffait, ce pense, vers toy.

  Car non pour tant honneur te porteray
  De bon vouloir, quelque part que je soye,
  Tout pour l'amour d'une fleur que j'amay
24 Ou temps passé. Dieu doint que je la voye
  En paradis, aprés ma mort, en joye !
  Et pource, fleur, chierement je te pry :
  Ne te plains plus, car cause n'as pourquoy,
28 Puis que je le fais ainsi que tenu suy.
  Riens n'ay meffait, ce pense je, vers toy.

Ballade 62

2 *dormoye* : je dormais
au point du jour il m'arriva de rêver
4 *je veoye* : je voyais
laquelle me disait : Ami, j'avais l'habitude
d'avoir confiance en toi, car jadis
tu étais de mon parti ; mais tu l'as oublié
8 en défendant la feuille contre moi.
Je m'étonne que tu veuilles agir ainsi :
Je n'ai méfait en rien, me semble-t-il, à ton égard.

Je fus alors tout étonné,
12 et je répondis de mon mieux :
oncques : jamais
doye : doive
si le hasard veut que pour me divertir
16 je serve la feuille cette année-ci,
faut-il pour autant que tu me chasses hors de ta présence ?
Certes non, j'agis comme je dois le faire ;
et si je soutiens le parti que j'ai choisi

21 Malgré cela je t'honorerai en effet
de bonne volonté, où que je sois
j'amay : j'aimai, passé simple marquant qu'il y a rupture
entre le temps évoqué et le présent.
24 Autrefois. Que Dieu permette que je la revoie
au paradis de joie, après ma mort !
chierement : en y attachant beaucoup de prix
ne te plains plus, car tu n'as pas de raison de le faire,
28 puisque j'agis ainsi que je suis tenu de le faire

L'envoy

La verité est telle que je dy,
J'en fais juge Amour, le puissant roy.
32 Tresdoulce fleur, point ne te cry mercy :
Riens n'ay meffait, se pense je, vers toy. »

Balade [63 (LXIII)]

1 En la forest d'ennuyeuse tristesse
Un jour m'avint[1] qu'a par moy cheminoye[2] ;
Si rencontray l'amoureuse deesse
4 Qui m'appella, damandant ou j'aloye.
Je respondy que par Fortune estoye
Mis en exil en ce bois long temps a,
Et qu'a bon droit appeller me povoye
8 L'omme esgaré qui ne scet ou il va.

En sousriant, par sa tresgrant humblesse[3],
Me respondy : « Amy, se je savoye   [p. 90]
Pourquoy tu es mis en ceste destresse,
12 A mon povair voulentiers t'ayderoye,
Car ja pieça je mis ton cueur en voye
De tout plaisir ; ne sçay qui l'en osta.
Or me desplaist qu'a present je te voye
16 L'omme esgaré qui ne scet ou il va. »

« Helas ! », dis je, « souverainne princesse,
Mon fait savés, pourquoy le vous diroye ?
C'est par la mort qui fait a tous rudesse,
20 Qui m'a tollu celle que tant amoye,
En qui estoit tout l'espoir que j'avoye,
Qui me guidoit ; si bien m'acompaigna
En son vivant que point ne me trouvoye
24 L'omme esgaré qui ne scet ou il va. »

L'envoi

30 *je dy* : je dis

32 très douce fleur, je ne te demande pas grâce :

Ballade 63

1 Dans la forêt de douloureuse tristesse
   Il m'arriva un jour de cheminer tout seul ;
   Je rencontrai alors la déesse amoureuse [= Vénus]
4 qui m'appela et me demanda où j'allais.
   Je répondis que depuis longtemps
   Fortune m'avait exilé dans ce bois,
   et qu'à juste titre je pouvais m'appeler
8 l'homme égaré qui ne sait pas où il va.

   humblesse : voir *Retenue d'Amour*, v. 403 et ball. 51, v. 13.
   se je savoye : si je savais
   pourquoi on t'a mis dans une telle détresse,
12 je t'aiderais volontiers de tout mon pouvoir,
   car, il y a déjà longtemps, j'avais mis ton cœur sur
   de tout plaisir ; j'ignore qui l'en a sorti.   [le chemin
   or : en fait [la conjonction introduit une conclusion].

18 Vous connaissez mon affaire, pourquoi devrais-je vous
   rudesse : conduite brutale   [la raconter ?
   m'a tollu [tol(l)ir] : m'a enlevé, pris

22 qui me guidait ; de son vivant
   elle [= la dame] m'accompagnait de sorte que je
   l'homme égaré qui ne sait pas où il va.   [n'étais pas

L'envoy

Aveugle suy, ne sçay ou aler doye.
De mon baston, affin que ne forvoye,
Je vois tastant mon chemin ça et la ;
28 C'est grant pitié qu'il convient que je soye
L'omme esgaré qui ne scet ou il va.

Balade [64 (LXIV)] [p. 91]

1 J'ay esté de la compaignie
Des amoureux moult longuement,
Et m'a Amour, dont le mercie,
4 Donné de ses biens largement.
Mais au derrain — ne sçay comment —
Mon fait est venu au contraire
Et, a parler ouvertement,
8 Tout est rompu[1], c'est a refaire.

Certes, je ne cuidoye mye
Qu'en amer eust tel changement[2],
Car chascun dit que c'est la vie
12 Ou il a plus d'esbatement.
Helas ! j'ay trouvé autrement,
Car, quant en l'amoureux repaire
Cuidoye vivre seurement,
16 Tout est rompu, c'est a refaire.

Au fort, en Amour je m'affye
Qui m'aidera aucunement,
Pour l'amour de sa seigneurie
20 Que j'ay servie loyaument.
N'oncques ne fis, par mon serement,
Chose qui lui doye desplaire ;
Et non pourtant estrangement
24 Tout est rompu, c'est a refaire.

L'envoi

Je suis aveugle, je ne sais pas où aller.
De mon bâton, pour ne pas m'égarer,
je m'en vais tâtant le chemin par ci, par là ;
28　quelle pitié que je doive être
l'homme égaré qui ne sait pas où il va.

Ballade 64

1　J'ai très longtemps fait partie
de la compagnie des amoureux,
et Amour m'a généreusement, ce dont je le remercie,
4　distribué de ses biens.
au derrain : en fin de compte
mon affaire a brusquement passé à l'opposé

8　tout est brisé, c'est à recommencer.

Certes, je ne croyais pas du tout
qu'il y eût de tels changements en amour

12　*esbatement* : divertissement.
Hélas ! j'y ai trouvé une autre manière,
car, alors que je croyais vivre
en sûreté dans la demeure des amoureux,
16　tout s'est brisé, c'est à recommencer.

Au reste, je fais confiance à Amour
qui m'aidera de quelque manière,
seigneurie [titre honorifique] : Son Altesse
20　*loyaument* : loyalement
Et jamais je n'ai fait, je le jure,
quelque chose qui doive lui déplaire ;
et néanmoins, d'une manière surprenante,

L'envoy

Amour, ordonnez tellement
Que j'aye cause de me taire,
Sans plus dire de cueur dolent :
28 Tout est rompu, c'est a reffaire.

Balade [65 (LXV)]   [p. 92]

1 **P**laisant Beauté mon cueur nasvra
Ja pieça si tresdurement
Qu'en la fievre d'amours entra,
4 Qui l'a tenu moult asprement.
Mais de nouvel, presentement,
Un bon medecin qu'on appelle
Nonchaloir, que tiens pour amy,
8 M'a guery, la sienne mercy,
Se la playe ne renouvelle.

Quant mon cueur tout sain se trouva,
Il l'en mercia grandement
12 Et humblement lui demanda
S'en santé seroit longuement.
Il respondy tressagement :
« Mais que gardes bien ta fourcelle
16 Du vent d'amours qui te fery.
Tu es en bon point jusqu'a cy,
Se la playe ne renouvelle.

L'envoi

25 Amour, donnez des ordres de sorte
 que j'aie de bonnes raisons pour me taire,
 sans continuer à dire, le cœur triste :
28 Tout s'est brisé, c'est à refaire.

Ballade 65

1 *nasvra* : navra, blessa
 ja pieça : il y a déjà longtemps. Voir *Retenue d'Amours*,
  v. 211 ss.
 qu'il attrapa la fièvre d'amour
4 qui l'a tenu très durement.
 Mais voilà que récemment un bon médecin qu'on appelle
 Nonchaloir : désigne ici l'ataraxie d'un homme revenu de
  ses erreurs et non pas, comme dans d'autres contextes,
  l'insouciance de celui qui dort ou de celui qui est jeune.
8 m'a guéri, qu'il en soit loué,
 si la plaie ne se rouvre pas.
 Quand mon cœur se vit en bonne santé
 grandement : beaucoup
13 s'il resterait longtemps en bonne santé.
 Celui-ci répondit avec beaucoup de sagesse :
 A condition que tu protèges bien ta poitrine
16 contre le vent d'amour qui t'a blessé.
 jusqu'a cy : pour le moment

L'embusche de Plaisir entra
20 Parmy tes yeulx soutivement ;
Jennesse ce mal pourchassa,
Qui t'avoit en gouvernement,
Et puis bouta priveement
24 Dedens ton logis l'estincelle
D'ardant desir qui tout ardy.
Lors fus navrés, or t'ay guery,
Se la playe ne renouvelle.

Balade [66 (LXVI)]   [p. 93]

1 Le beau souleil, le jour saint Valentin,
Qui apportoit sa chandelle alumee,
N'a pas longtemps entra un bien matin
4 Priveement en ma chambre fermee.
Celle clarté qu'il avoit apportee,
Si m'esveilla du somme de soussy
Ou j'avoye toute la nuit dormy
8 Sur le dur lit d'ennuieuse pensee.

Ce jour aussi, pour partir leur butin
Des biens d'Amours, faisoient assemblee
Tous les oyseaulx qui, parlans leur latin,
12 Crioyent fort, demandans la livree
Que Nature leur avoit ordonnee :
C'estoit d'un per comme chascun choisy[1].
Si ne me peu rendormir, pour leur cry,
16 Sur le dur lit d'ennuieuse pensee.

l'embusche : la troupe en embuscade
20 soutivement : à la dérobée
pourchassa : rechercha
gouvernement : pouvoir, autorité
Puis, en secret, elle jeta
24 dans ton logis l'étincelle
de brûlant désir qui brûla tout.
Alors tu as été blessé, maintenant je t'ai guéri,
à moins que la plaie ne se rouvre.

Ballade 66

1 Le beau soleil, le jour de la saint Valentin,

entra, il n'y a pas longtemps, un matin de bonne heure,
4 en secret dans ma chambre fermée.
La clarté qu'il avait apportée,
m'éveilla du sommeil de souci
dont j'avais dormi toute la nuit
8 sur le dur lit de douloureuse pensée.

Ce même jour, pour partager leur butin
des biens d'Amour, s'assemblaient
tous les oiseaux qui, parlant leur jargon,
12 criaient fort, réclamant la livrée
que Nature avait décrétée pour eux :
c'était celle d'un compagnon, tel que chacun le choisissait.
Et je ne pus me rendormir à cause de leur ramage.

Lors en moillant de larmes mon coessin
Je regrettay ma dure destinee,
Disant : « Oyseaulx, je vous voy en chemin
20 De tout plaisir et joye desiree.
Chascun de vous a per qui lui agree,
Et point n'en ay, car Mort, qui m'a trahy,
A prins mon per dont en dueil je languy
24 Sur le dur lit d'ennuieuse pensee. »

L'envoy

Saint Valentin choisissent ceste annee
Ceulx et celles de l'amoureux party.
Seul me tendray, de confort desgarny,
28 Sur le dur lit d'ennuieuse pensee.

Balade [67 (LXVII)]   [p. 94]

1 Mon cueur dormant en nonchaloir,
Resveilliez vous joyeusement !
Je vous fais nouvelles savoir,
4 Qui vous doit plaire grandement.
Il est vray que presentement
Une dame treshonnoree,
En toute bonne renommee,
8 Desire de vous acheter,
Dont suy joyeux et d'accord.
Pour vous son cueur me veult donner
Sans departir, jusqu'a la mort.

12 Ce change doy je recevoir
En grant gré, tresjoyeusement.
Or vous charge d'entier povair —
Si chier et tant estroittement
16 Que je puis — plus que loyaument
Soit par vous cherie et amee !

17 Alors, mouillant mon coussin de mes larmes,
   je pleurai mon dur destin
   en chemin : sur la voie

21 *lui agree* : lui plaît
   et je n'en ai pas, car Mort, qui m'a trahi,
   a pris ma compagne, cause pour laquelle je languis en
                                                         [tristesse

L'envoi

25 Cette année ceux et celles qui sont
   du parti des amoureux choisissent la saint Valentin.
   Je resterai seul, sans consolation,
   sur le dur lit de douloureuse pensée.

Ballade 67

1 Mon cœur qui dormez en nonchalance,
  réveillez-vous en joie !
  Je vous apporte des nouvelles
4 qui doivent fort vous plaire.
  presentement : en ce moment

7 de très bon renom
  désire vous acheter,
  ce qui me rend joyeux de sorte que j'y donne mon accord.
  A votre place elle veut m'offrir son cœur,
  sans infidélité, jusqu'à la mort.

12 Cet échange, je dois l'accepter
   de bon gré et à grande joie.
   De tout mon pouvoir je vous donne donc pour charge —
   avec autant d'insistance et aussi expressément
16 que je le peux — que vous l'aimiez
   et adoriez plus que loyalement !

Et en tous lieux, nuit et journee,
L'acompaignez sans la laissier,
20 Tant que j'en aye bon rapport !
Il vous couvient sien demourer
Sans departir, jusqu'a la mort.

Alez vous logier ou manoir
24 De son tresgracieux corps gent
Pour y demourer main et soir
Et l'onnourer entierement,
Car, par son bon commandement,
28 . . . .
. . . .[1]
Lieutenant vous veult ordonner
De son cueur en joyeux deport.
32 Pensés de bien vous gouverner
Sans departir, jusqu'a la mort.   [p. 95]

L'envoy

34 . . . .

Balade [68 (LXVIII)]

1 **B**elle, se ne m'osez donner
De vos doulx baisiers amoureux
Pour paour de Dangier courroucer,
4 Qui tousjours est fel et crueux,
J'en embleray bien un ou deux,
Mais que n'y prenez desplaisir
Et que le vueilliez consentir
8 Maugré Dangier et ses conseulx.

19 que vous l'accompagniez sans [jamais] la quitter,
   jusqu'à ce que m'en parvienne de bonnes nouvelles !
   Il vous faut lui appartenir

   manoir : demeure. — Sens flottant à l'époque : peut désigner
       aussi bien un château situé dans un domaine qu'une
       maison à la campagne ou en ville.

24 *gent* : désigne la beauté du corps.
   pour y habiter soir et matin
   onnourer : honorer
   bon : avantageux, favorable

30 *lieutenant* [locum tenens] : suppléants que se donnent les
       baillis et sénéchaux, se reposant sur eux du soin de
       rendre justice. — *ordonner* : nommer
   de son cœur en joie et gaîté.
   Faites attention de bien vous conduire

   L'envoi

   Sur le manuscrit un espace de six lignes est resté vide.

   Ballade 68

1 Belle, si vous n'osez pas me donner
   quelque doux baiser amoureux
   par crainte de fâcher Danger,
4 qui est toujours cruel et perfide,
   j'en volerai bien un ou deux,
   à condition toutefois que vous n'y preniez pas déplaisir
   et que vous vouliez y consentir
8 malgré Danger et ses conseils.

De ce faulx vilain aveugler,
Dieu scet se j'en suy desireux !
Nul ne le peut aprivoiser,
12 Tous temps est si soupeçonneux
Qu'en penser languist doloreux,
Quant il voit Plaisance venir ;
Mais ele se scet bien chevir
16 Maugré Dangier et ses conseulx.

Quant estroit la cuide garder,
Hardy cueur, secret et eureux,
S'avecques lui scet amener
20 Avis, bon et aventureux,
Desguisé soubz maintien honteux,   [p. 96]
Bien pevent Dangier endormir ;
Lors Plaisance fait son desir
24 Maugré Dangier et ses conseulx.

L'envoy

Bien dessert guerdon plantureux
Advis qui scet si bien servir
Au besoing et trouver loisir
28 Maugré Dangier et ses conseulx !

Balade [69 (LXIX)]

1 **I**'ay fait l'obseque de ma dame
Dedens le moustier amoureux,
Et le service pour son ame
4 A chanté Penser doloreux.
Mains sierges de soupirs piteux
Ont esté en son luminaire ;
Aussi j'ay fait la tombe faire
8 De regrez, tous de lermes pains,
Et tout entour moult richement
Est escript : Cy gist vrayement
Le tresor de tous biens mondains.

Dieu sait combien je désire
aveugler ce traître rustre !
Personne ne peut l'apprivoiser,
12 il est tout le temps si soupçonneux
qu'il languit en douloureuses pensées,
quand il voit venir Plaisance ;
mais elle sait très bien se tirer d'affaire

17 Quand il croit la surveiller étroitement,
un cœur hardi, discret, qui a de la chance,
s'il sait amener avec lui
20 Avis, hardi et bienveillant,
déguisé sous un maintien timide,
peuvent bien endormir Danger

L'envoi

25 Il mérite bien une riche récompense,
Avis, qui sait si bien se rendre utile
en cas de besoin et trouver le temps

Ballade 69

1 *obseque* : la cérémonie funèbre
moustier : l'église
service : la messe
4 a été chantée par douloureuse Pensée.
Beaucoup de cierges [faits] de soupirs éveillant la pitié
luminaire : ensemble de cierges.

8 de regrets, tous peints avec des larmes
et tout autour est écrit
très richement : Ci-gît, en verité,

12 **D**essus elle gist une lame
   Faicte d'or et de saffirs bleux,
   Car saffir est nommé la jame
   De loyauté et l'or eureux.
16 Bien lui appartiennent ces deux,
   Car eur et loyauté pourtraire
   Voulu en la tresdebonnaire   [p. 97]
   Dieu qui la fist de ses deux mains
20 Et la fourma merveilleusement.
   C'estoit, a parler plainnement,
   Le tresor de tous biens mondains.

   N'en parlons plus ! Mon cueur se pasme,
24 Quant il oyt les fais vertueux
   D'elle qui estoit sans nul blasme,
   Comme jurent celles et ceulx
   Qui congnoissoyent ses conseulx.
28 Si croy que Dieu l'a voulu traire
   Vers lui pour parer son repaire
   De paradis ou sont les saints,
   Car c'est d'elle bel parement,
32 Que l'en nommoit communement
   Le tresor de tous biens mondains.

L'envoy

   De riens ne servent plours ne plains :
   Tous mourrons ou tart ou briefment.
36 Nul ne peut garder longuement
   Le tresor de tous biens mondains.

12 Au-dessus d'elle est posée une pierre tombale
   faite d'or et de saphirs bleus,
   car on appelle le saphir la pierre précieuse
   de loyauté et l'or [est considéré comme] signe de chance.
16 *lui appartiennent* : lui conviennent,
   car Dieu, qui la fit de ses deux mains
   et la forma de façon merveilleuse,
   voulut, en cette très noble dame,
20 représenter le bonheur et la loyauté.
   plainnement : clairement

   se pasme : défaille (d'émotion),
24 quand il entend parler des faits vertueux
   de celle qui était sans aucun blâme,
   ainsi que le jurent ceux et celles
   qui avaient connaissance des conseils qu'elle donnait.
28 Je crois que Dieu a voulu l'attirer
   chez lui pour en orner sa demeure,
   le paradis où sont les saints,
   car elle représente un bel ornement,
32 celle que l'on appelait d'habitude
   le trésor de tous les biens terrestres.

L'envoi

Pleurs et plaintes ne servent à rien :
Nous mourrons tous tôt ou tard.
36 *longuement* : longtemps

Balade [70 (LXX)]

1 **P**uis que Mort a prins ma maistresse
 Que sur toutes amer souloye,
 Mourir me convient en tristesse.
4 Certes, plus vivre ne pourroye;
 Pource, par deffautte de joye,   [p. 98]
 Tresmalade, mon testament
 J'ay mis en escript doloreux,
8 Lequel je presente humblement
 Devant tous loyaulx amoureux.

 Premierement, a la haultesse
 Du dieu d'Amours donne et envoye
12 Mon esperit, et en humblesse
 Lu[i] supplie qu'il le convoye
 En son paradis et pourvoye,
 Car je jure que loyaument
16 L'a servi de vueil desireux;
 Advouer le puis vrayement
 Devant tous [loyaux amoureux.]¹

 Oultre plus vueil que la richesse
20 Des biens d'Amours qu'avoir souloye
 Departie soit a largesse
 A vrais amans; et ne vouldroye
 Que faulx amans par nulle voye
24 En eussent part aucunement:
 Oncques n'euz amistié a eulx,
 Je le prans sur mon sauvement
 Devant tous loyaux amoureux.

Ballade 70

1 *a prins* : a pris
que j'avais l'habitude d'aimer plus que toute autre,
je dois mourir en tristesse.
4 *pourroye* : pourrais
C'est pourquoi, par manque de joie,
gravement malade, j'ai fait mon testament
dans un écrit douloureux.

D'abord je donne et envoie
à son Altesse le dieu d'Amour
12 *en humblesse* : humblement
le convoye : qu'il le conduise (accompagne)
pourvoye : veille au nécessaire,
car je jure qu'il l'a servi
16 loyalement et avec un ardent zèle ;
Je peux en vérité le reconnaître

En plus je désire que la richesse d'Amour
20 que j'avais l'habitude d'avoir,
soit généreusement distribuée
ne vouldroye : je ne voudrais pas
que les faux amants en reçoivent,
24 d'une façon ou d'une autre, une partie quelconque :
jamais je n'ai éprouvé de l'amitié pour eux,
je le garantis sur mon salut

L'envoy

28 **S**ans espargnier or ne monnoye,
Loyauté veult qu'enterré soye
En sa chappelle grandement,
Dont je me tiens pour bien eureux
32 Et l'en mercie chierement
Devant tous loyaux amoureux.

Balade [71 (LXXI)]   [p. 99]

1 **I**'oy estrangement
Plusieurs gens parler,
Qui trop mallement
4 Se plaingnent d'amer;
Car legierement,
Sans paine porter,
Vouldroyent briefment
8 A fin amener
Tout leur pensement.

C'est fait follement
D'ainsy desirer,
12 Car qui loyaument
Veulent acquester
Bon guerdonnement,
Maint mal endurer
16 Leur fault et souvent
A rebours trouver
Tout leur pensement.

L'envoi

28 *espargnier* : économiser
   soye : que je sois
   grandement : richement
   en quoi je me considère bienheureux
32 et je l'en remercie chaleureusement

Ballade 71

1 J'entends plusieurs personnes
   parler de façon étrange,
   lesquelles se plaignent
4 de l'amour d'une manière fâcheuse ;
   car facilement,
   sans devoir supporter aucun tourment,
   ils aimeraient vite
8 mener à bonne fin
   tous leurs projets.

   C'est une folie
   que de désirer ainsi,
12 car ceux qui loyalement
   veulent mériter
   une bonne récompense,
   il leur faut
16 supporter mainte souffrance et,
   souvent, trouver le contraire
   de toute leur pensée.

S'Amour humblement
20 Veulent honnourer
Et soingneusement
Servir sans fausser,
Des biens largement
24 Leur fera donner;
Mais premierement
Il veult esprouver
Tout leur pensement.

21 *soingneusement* : avec soin, avec attention
   sans fausser : loyalement, sans tricher
23 *Des biens (...)* : voir ball. 64, v. 4.

25 *premierement* : d'abord
   esprouver : mettre à l'épreuve

Songe en complainte　　　　　　　　　[p. 100]

1 **A**pres le jour qui est fait pour traveil
　Ensuit la nuit pour repos ordonnee.
　Pource m'avint que chargié de sommeil
4 Je me trouvay moult fort, une vespree,
　Pour la peine que j'avoye portee
　Le jour devant. Si fis mon appareil
　De me couschier, si tost que le souleil
8 Je vy retrait et sa clarté mussee.

　Quant couschié fu, de legier m'endormy
　Et, en dormant, ainsi que je songoye,
　Advis me fu que devant moy je vy
12 Ung vieil homme que point ne congnoissoye;
　Et non pour tant autresfoiz veu l'avoye,
　Ce me sembla. Si me trouvay marry
　Que j'avoye son nom mis en oubly,
16 Et, pour honte, parler a luy n'osoye.

　Un peu se teut et puis m'araisonna,
　Disant: « Amy, n'avez vous de moy cure?
　Je suis Aage qui lettres apporta
20 A Enfance de par dame Nature,
　Quant lui chargeay que plus la nourriture
　N'auroit de vous. Alors vous delivra
　A Jeunesse qui gouverné vous a
24 Moult longuement sans raison et mesure.

　Or est ainsi que Raison, qui sus tous
　Doit gouverner, a fait tresgrant complainte
　A Nature de Jeunesse et de vous,
28 Disant qu'avez tous deux fait faulte mainte.
　Avisez vous, ce n'est pas chose fainte,
　Car Vieillesse, la mere de Courrous,
　Qui tout abat et amaine au dessoubz,　　　[p. 101]
32 Vous donnera dedens brief une atainte.

Songe en complainte[1]

1 *traveil* : jeu de mots sur le double sens de travail, labeur et
souffrance (à rapprocher de *peine*, v. 5).
ensuit : suit, vient
C'est ainsi qu'il m'arriva d'être un soir
4 fort chargé de sommeil
à cause de la souffrance que j'avais endurée
le jour précédent. Je me préparai alors
à me coucher, dès que je vis que le soleil
8 s'était retiré et que sa clarté s'était cachée.
de legier : facilement
songoye : je rêvais. Depuis le *Roman de la Rose* le songe est
souvent employé comme cadre qui permet d'introduire
un récit[2].
j'eus l'impression de voir devant moi
12 un vieil homme que je ne connaissais pas ;
et néanmoins je l'avais vu autrefois,
comme il me semblait. J'étais chagriné
d'avoir oublié son nom
16 et, par honte, je n'osais pas lui parler.
Il se tut un moment, puis m'adressa la parole
en disant : Ami, ne vous souciez-vous pas de moi ?
Aage : voir la *Retenue d'Amour*, v. 11 et suivants.
20 quand je lui ordonnai qu'elle n'aurait plus à s'occuper
de votre éducation. Alors elle vous remit
à Jeunesse qui vous a longtemps gouverné

25 Or voilà que Raison, qui doit
gouverner tout le monde, s'est beaucoup plainte
de vous et de Jeunesse auprès de Nature,
28 *faulte mainte* : beaucoup de fautes
Prenez [-en] conscience, ce n'est pas une histoire inventée,
car Vieillesse, la mère de Peine,
qui abat tout et conduit tout à la mort,
32 va sous peu vous donner un coup.

Au derrenier, ne la povez fuir.
Si vous vault mieulx, tantdis qu'avez Jennesse,
A vostre honneur de Folie partir,
36 Vous eslongnant de l'amoureuse adresse ;
Car en descort sont Amours et Vieillesse,
Nul ne les peut a leur gré bien servir.
Amour vous doit pour escusé tenir,
40 Puis que la mort a prins vostre maistresse.

Et tout ainsi qu'assés est avenant
A jeunes gens en l'amoureuse voye
De temps passer, c'est aussi mal seant
44 Quant en amours un vieil homme folloye.
Chascun s'en rit, disant : « Dieu, quelle joye !
Ce foul vieillart veut devenir enfant ! »
Jeunes et vieulx du doy le vont moustrant,
48 Moquerie par tous lieux le convoye.

A vostre honneur povez Amours laissier
En jeune temps, comme par nonchalance.
Lors ne pourra nul de vous raconter
52 Que l'ayez fait par faulte de puissance ;
Et dira l'en que c'est par desplaisance
Que ne voulés en autre lieu amer,
Puisqu'est morte vostre dame sans per
56 Dont loyaument gardez la souvenance.

Au dieu d'Amours requerez humblement
Qu'il lui plaise de reprandre l'ommage
Que lui feistes par son commandement,
60 Vous rebaillant vostre cueur qu'a en gage.
Merciez le des biens qu'en son servage   [p. 102]
Avez receuz ! Lors gracieusement
Departirés de son gouvernement
64 A grant honneur, comme loyal et sage.

En fin de compte, vous ne pouvez pas lui échapper.
Il vaut donc mieux, alors que vous êtes encore jeune,
vous séparer en tout honneur de Folie
36 en quittant le chemin des amoureux ;
car Amour et Vieillesse sont en désaccord,
personne ne peut les servir bien et à leur satisfaction.
pour escusé tenir : vous tenir quitte

41 Et autant qu'il est convenable
pour de jeunes gens de passer leur temps
dans le chemin des amoureux, il est malséant
44 qu'un homme âgé fasse des folies en amour.
s'en rit : s'en moque

Jeunes et vieux le montrent du doigt,
48 la moquerie l'accompagne en tout lieu.

En tout honneur vous pouvez quitter Amour
en jeunesse, comme s'il ne vous en importait plus.

52 *par faulte de puissance* : par impuissance ;
et on dira que c'est par affliction
que vous ne voulez pas aimer une autre personne
sans per : votre dame sans pareille
56 dont vous conservez loyalement le souvenir.

requerez : demandez
qu'il lui plaise de reprendre l'hommage
que vous avez fait sur son ordre
60 et qu'il vous rende votre cœur qu'il tient en gage.
Remerciez-le des biens que vous avez reçus
à son service ! Alors vous quitterez
avec grâce et élégance sa maison
64 en tout honneur, comme un homme loyal et sage.

Puis requerés a tous les amoureux
Que chascun d'eulx tout ouvertement die
Se vous avez riens failly envers eulx,
68 Tant que suivy avez leur compaignie ;
Et que par eulx soit la faulte punie,
Leur requerant pardon de cueur piteux,
Car de servir estiés desireux
72 Amours et tous ceulx de sa seigneurie.

Ainsi pourrez departir du povair
Du dieu d'Amours, sans avoir charge aucune.
C'est mon conseil : faittes vostre vouloir !
76 Mais gardez vous que ne croyez Fortune
Qui de flater est a chascun commune,
Car tousjours dit qu'on doit avoir espoir
De mieulx avoir ; mais c'est pour decevoir.
80 Je ne congnois plus faulse soubz la lune !

Ie sçay trop bien, s'escouter la voulez
Et son conseil plus que le mien eslire,
Elle dira que, s'Amours delaissiez,
84 Vous ne povez mieulx vostre cueur destruire,
Car vous n'aurés lors a quoy vous deduire
Et tout plaisir a nonchaloir mettrés.
Ainsi le temps en grant ennuy perdrés,
88 Qui pis vauldra que l'amoureux martire.

Et puis aprés, pour vous donner confort,
Vous promettra que recevrez amende
De tous les maulx qu'avez souffers a tort,   [p. 103]
92 Et que c'est droit qu'aucun guerdon vous rende.
Mais il n'est nul qui a elle s'atende,
Qui tost ou tart ne soit — je m'en fais fort —
Deceu d'elle : a vous je m'en raport.
96 Si pry a Dieu que d'elle vous deffende. »

Puis vous demanderez à tous les amoureux
que chacun d'eux dise très franchement
si vous avez commis quelque faute à leur égard
68 pendant que vous avez fréquenté leur compagnie ;
qu'ils vous punissent de votre faute,
et vous demanderez pardon d'un cœur contrit
estiés : vous étiez désireux de servir
72 Amour et tous ceux qui vivent sous son autorité

Ainsi vous pourrez vous soustraire au pouvoir
du dieu d'Amour sans avoir aucune charge.
Voilà mon conseil : agissez à votre gré !
76 Mais faites attention de ne pas croire Fortune
qui a l'habitude de flatter un chacun

79 *decevoir* : tromper
80 Je ne connais personne de plus faux sous la lune ! —
   soubz la lune : pour le moyen âge le monde sublunaire
   est la partie de l'univers soumise aux changements.
   Je ne le sais que trop bien : si vous voulez l'écouter
   et suivre son conseil plutôt que le mien,
   elle prétendra que, si vous quittez Amour,
84 c'est le meilleur moyen de tuer votre cœur,
   car vous n'aurez alors plus rien pour vous distraire
   et vous ferez peu de cas de toutes les formes de plaisir.
   a grant ennuy : en grande tristesse mêlée de dégoût
88 qui sera pire que le martyre d'amour.
   Et ensuite, pour vous réconforter
   amende : réparation, satisfaction
   maulx : les maux, les souffrances
92 et qu'il est juste qu'elle vous offre quelque récompense.
   a elle s'atende : lui fasse confiance
   qui ne soit tôt ou tard — je m'en fais fort —
   déçu d'elle : je m'en rapporte à vous.
96 Et je prie Dieu qu'il vous défende d'elle.

En tressaillant sur ce point m'esveillay,
Tremblant ainsi que sur l'arbre la fueille,
Disant : « Helas ! oncques mais ne songay
100 Chose dont tant mon povre cueur se dueille.
Car, s'il est vray que Nature me vueille
Abandonner, je ne sçay que feray.
A Vieillesse tenir pié ne pourray,
104 Mais couvendra que tout ennuy m'açueille.

Et non pour tant le vieil homme qu'ay veu
En mon dormant, lequel Aage s'apelle,
Si m'a dit vray ; car j'ay bien aperceu
108 Que Vieillesse veult emprandre querelle
Encontre moy. Ce m'est dure nouvelle,
Et ja soit ce qu'a present suy pourveu
De jeunesse, sans me trouver recreu,
112 Ce n'est que sens de me pourvoir contr'elle

A celle fin que, quant vendra vers moy,
Je ne soye despourveu comme nice.
C'est pour le mieulx, s'avant je me pourvoy,
116 Et trouveray Vieillesse plus propice,
Quant congnoistra qu'ay laissié tout office
Pour la suir. Alors en bonne foy
Recommandé m'aura, comme je croy,
120 Et moins soussy auray en son service.

Si suis content sans changier desormais   [p. 104]
Et pour tousjours : entierement propose
De renoncer a tous amoureux fais,
124 Car il est temps que mon cueur se repose.
Mes yeulx cligniez et mon oreille close
Tendray, afin que n'y entrent jamais
Par plaisance les amoureux atrais ;
128 Tant les congnois qu'en eulx fier ne m'ose.

A ce moment-là je me réveillai en sursaut,
tremblant comme la feuille sur l'arbre,
oncques mais : au grand jamais
100 une chose dont mon pauvre cœur doive tellement se
S'il est vrai que Nature a l'intention de   [plaindre.
m'abandonner, je ne sais pas ce que je ferai.
tenir pié : résister
104 il faudra au contraire que je sois prêt à supporter toute
                  [sorte de] tristesse.
Néanmoins, le vieil homme que j'ai vu
en songe et qui s'appelle Age,
m'a dit la vérité, car j'ai bien remarqué
108 que Vieillesse veut engager une affaire [juridique]
contre moi. Ce m'est une nouvelle pénible,
et, bien que pour le moment je sois muni
de jeunesse, sans me sentir usé par l'âge,
112 ce n'est que bon sens de me protéger contre elle

dans le but que, quand elle viendra vers moi,
je ne sois démuni comme un sot.
Tout est pour le mieux, si je me prémunis à l'avance,
116 et je trouverai Vieillesse plus favorable,
quand elle saura que j'ai quitté toute charge
pour la suivre. Alors de bonne foi
elle me tiendra pour recommandé, comme je pense,
120 et j'aurai moins de préoccupations à son service.

Me voilà satisfait sans [aspirer à de] nouveaux changements
et pour toujours : j'ai l'intention de renoncer
complètement aux affaires d'amour,
124 car il est temps que mon cœur se repose.
Je garderai les paupières baissées et l'oreille bouchée,
afin que jamais n'y pénètrent
plaisance : plaisir, volupté
128 je les connais trop bien pour oser leur faire confiance.

Qui bien se veult garder d'amoureux tours,
Quant en repos sent que son cueur sommeille,
Garde les yeulx emprisonnez tousjours !
132 S'ilz eschappent, ilz crient en l'oreille
Du cueur qui dort, tant qu'il fault qu'il s'esveille.
Et ne cessent de lui parler d'Amours,
Disans qu'ilz ont souvent hanté ses cours
136 Ou ilz ont veu plaisance nompareille.

Ie sçay par cueur ce mestier bien a plain,
Et m'a long temps esté si agreable
Qu'il me sembloit qu'il n'estoit bien mondain
140 Fors en amours, ne riens si honnorable.
Je trouvoye par maint conte notable
Comment Amour, par son povair haultain,
A avancié, comme roy souverain,
144 Ses serviteurs en estat prouffitable.

Mais en ce temps ne congnoissoye pas
La grant doleur qu'il couvient que soustiengne
Un povre cueur pris es amoureux las.
148 Depuis l'ay sceu ; bien sçay a quoy m'en tiengne,
J'ay grant cause que tousjours m'en souviengne.
Or en suis hors, mon cueur en est tout las :
Il ne veult plus d'Amours passer le pas,   [p. 105]
152 Pour bien ou mal que jamais lui adviengne.

Pource tantost, sans plus prandre respit,
Escrire vueil en forme de requeste
Tout mon estat comme devant est dit.
156 Et quant j'auray fait ma cedule preste,
Porter la vueil a la premiere feste
Qu'Amours tendra, lui moustrant par escript
Les maulx qu'ay euz et le peu de prouffit
160 En poursuivant l'amoureuse conqueste.

Celui qui veut bien se garder des ruses amoureuses,
sent : il sent
garde : qu'il garde
132 S'ils s'échappent, ils crient si longtemps
dans l'oreille du cœur que celui-ci fatalement se réveille.
Et ils ne cessent de lui parler d'Amour
ilz ont hanté : ils ont fréquenté
136 *nompareille* : sans égale, incomparable

Je connais ce service par cœur et vraiment à fond,
et longtemps il m'a plu au point
que je croyais qu'il n'y avait pas d'avantages en ce monde
140 sinon en amour, ni rien d'aussi respectable.
Je trouvais dans beaucoup de récits mémorables
comment Amour, par sa noble puissance,
a permis, en roi tout-puissant,
144 à ses serviteurs d'accéder à une situation avantageuse.

Mais en ce temps-là je ne connaissais pas
la grande douleur que doit supporter
un pauvre cœur pris aux filets amoureux.
148 Je l'ai appris depuis ; je sais bien à quoi m'en tenir.
J'ai de bonnes raisons pour m'en souvenir à jamais.
M'en voici libéré et mon cœur en est tout las :
passer le pas : affronter le pas d'arme. — Il s'agit d'un
    tournoi où un chevalier s'engage à défendre un
    passage contre quiconque relève le défi.
152 quel que soit le bien ou le mal qui doive en résulter.
C'est pourquoi tantôt, sans attendre plus longtemps,
requeste [terme juridique] : demande
toute ma situation ainsi qu'elle est décrite ci-dessus.
156 *cedule* [terme juridique] : quand j'aurai terminé mon écrit
vueil : je veux
tendra : il tiendra
les douleurs et le maigre profit que j'ai eus
160 en m'engageant dans la conquête amoureuse.

Ainsi d'Amours, devant tous les amans
Prendray congié en honneste maniere,
En estoupant la bouche aux mesdisans
164 Qui ont langue pour mesdire legiere.
Et requerray, par treshumble priere,
Qu'il me quitte de tous les convenans
Que je luy fis, quant l'un de ses servans
168 Devins pieça de voulenté entiere.

Et reprendray hors de ses mains mon cueur
Que j'engagay par obligacïon
Pour plus seurté d'estre son serviteur
172 Sans faintise ou excusacïon.
Et puis, aprés recommandacïon,
Je delairay, a mon tresgrant honneur,
A jennes gens qui sont en leur verdeur
176 Tous fais d'amours par resignacïon. »

La Requeste

177 Aux excellens et puissans en noblesse,   [p. 106]
Dieu Cupido et Venus la deesse,

Supplie presentement
180 Humblement
Charles, le duc d'Orlians,
Qui a esté longuement,
Ligement,
184 L'un de voz obeïssans,
Et entre les vrais amans,
Voz servans,
A despendu largement
188 Le temps de ses jeunes ans
Treplaisans
A vous servir loyaument.

devant : en présence de

prendray : je prendrai congé

en fermant la bouche aux médisants

164 qui ont la langue bien pendue pour dire le mal.

requerrai [terme juridique] : je demanderai

qu'il me tienne quitte de toutes les promesses

que je lui ai faites

168 *pieça* : jadis, il y a longtemps

Et je reprendrai de ses mains mon cœur

obligacïon : acte d'engagement

pour avoir une meilleure garantie que je serai son serviteur

172 *sans faintise* : sans tromperie, loyalement

aprés recommandacïon : après m'être recommandé [à
    Amour]. Sens juridique : se placer sous la protection
    d'un puissant.

174 *delairay* [delaissier] : j'abandonnerai

176 *resignacïon* [terme juridique] : renonciation (d'un office) en
    faveur de quelqu'un [*resignatio in favorem alicujus*].

La Requête

177 Tout le début de la *Requête* fait pendant au début de la
    Lettre de Retenue (*Retenue d'Amour*, v. 401 ss.).

179 *presentement* : maintenant

ligement : fidèlement. L'homme *lige* est lié par serment à
    son seigneur.

184 un de vos sujets,

et parmi les vrais amants,

vos serviteurs,

il a dépensé sans compter

188 les années plaisantes

de sa jeunesse

pour vous servir loyalement.

Qu'il vous plaise regarder
192 Et passer
Ceste requeste presente
Sans la vouloir refuser;
Mais penser
196 Que d'umble vueil la presente
A vous par loyalle entente,
En attente
De vostre grace trouver;
200 Car sa fortune dolente
Le tourmente
Et le contraint de parler.

Comme ainsi soit que la mort,
204 A grant tort,
En droicte fleur de jeunesse
Lui ait osté son deport,
Son ressort,
208 Sa seule dame et liesse,
Dont a fait veu et promesse —   [p. 107]
Par destresse,
Desespoir et desconfort —
212 Que jamais n'aura princesse
Ne maistresse,
Car son cueur en est d'accort.

Et pource que ja pieça
216 Vous jura
De vous loyaument servir,
Et en gage vous laissa
Et donna
220 Son cueur par leal desir,
Il vient pour vous requerir
Que tenir
Le vueilliez, tant qu'il vivra,
224 Escusé, car, sans faillir,
Pour mourir
Plus amoureux ne sera.

192 *passer* : accepter, ratifier

Mais [qu'il vous plaise de] penser
196 que je vous la présente,
humble dans sa volonté et loyal dans son intention,
avec l'espoir
d'obtenir votre grâce ;
200 c'est que son triste sort
le tourmente,

203 Etant donné que la mort

205 *droicte* : parfaite. Même image au v. 11 de la ball. 57.
son deport : sa joie
son ressort : son refuge, secours
208 *liesse* : joie
il a fait le vœu et a promis —
par détresse,
désespoir et chagrin —
212 que jamais [plus] il n'aura de princesse

Et puisque jadis
216 il a juré
de vous servir loyalement,
et qu'il vous a laissé
et donné en gage
220 son cœur [poussé] par une loyale envie,
il vient pour vous demander
de bien vouloir
le considérer, aussi longtemps qu'il vivra,
224 comme exempté, car, sans faute,
il ne sera plus amoureux
même s'il devait en mourir.

Et lui vueilliez doulcement,
228 Franchement,
Rebaillier son povre cueur,
En lui quittant son serment,
Tellement
232 Qu'il se parte a son honneur
De vous, car bon serviteur
Sans couleur
Vous a esté vrayement.
236 Monstrez lui quelque faveur
En doulceur,
Au meins a son partement !

A Bonne Foy, que tenez   [p. 108]
240 Et nommez
Vostre principal notaire,
Estroittement ordonnez
Et mandez,
244 Sur peine de vous desplaire,
Qu'il vueille, sans delay traire,
Lettre faire,
En laquelle affermerez
248 Que congié de soy retraire,
Sans forfaire,
Audit cueur donné avez,

doulcement : avec douceur
228 *franchement* : librement
rebaillier : rendre
en le libérant de son serment
de manière à ce
232 qu'il se sépare de vous
à son honneur, car, en vérité,
il vous a bien servi
sans [chercher de] prétexte.

238 au moins à l'occasion de son départ.

tenez : vous considérez [comme]
240 et appelez
notaire : il a le pouvoir d'authentifier lui-même les actes
    par l'apposition de son seing manuel. Le notaire institué
    par le roi a droit d'instrumenter partout.
estroittement : expressément
mandez : commandez, ordonnez
244 sous peine de vous déplaire
qu'il veuille, sans tarder,
rédiger une lettre,
dans laquelle vous confirmerez
248 que vous avez autorisé ledit cœur
à se retirer
sans commettre pour autant une faute,

Afin que le suppliant,
252 Cy devant
Nommé, la puisse garder
Pour descharge et garant,
En moustrant
256 Que nul ne le doit blasmer,
S'Amours a voulu laissier;
Car d'amer
N'eut oncque puis son talant
260 Que Mort lui voulu oster
La nom per
Qui fust ou monde vivant.

Et s'il vous plaist faire ainsi
264 Que je dy,
Ledit suppliant sera
Allegié de son soussy,
Et ennuy
268 D'avec son cueur bannira.
Et aprés, tant que vivra,   [p. 109]
Priera
Pour vous, sans mettre en oubly
272 La grace qu'il recevra
Et aura
Par vostre bonne mercy.

suppliant : le requérant
252 nommé ci-dessus
puisse la garder
comme décharge et caution,
en faisant voir
256 que personne ne doit le blâmer,
s'il a voulu quitter Amour,
car jamais
il n'a connu le désir d'aimer depuis que
260 Mort a décidé de lui enlever
la femme la plus incomparable
qui ait jamais vécu sur terre.

Et s'il vous plaît d'agir ainsi
264 que je le propose,
ledit requérant sera
soulagé de ses préoccupations,
et il chassera
268 la douleur de son cœur.
Et après, aussi longtemps qu'il vivra,
il priera
pour vous, sans oublier
la grâce qu'il aura reçue

274 *bonne mercy* : grâce, pitié empreinte de bonté.

**La Departie d'Amours
en balades**

Balade [SEC.1 (I)]

275 Quant vint a la prochaine feste
    Qu'Amours tenoit son parlement,
    Je lui presentay ma requeste
    Laquelle leut tresdoulcement,
    Et puis me dist : « Je suy dolent
280 Du mal qui vous est avenu,
    Mais il n'a nul recouvrement,
    Quant la mort a son cop feru.

    Eslongnez hors de vostre teste
284 Vostre douloureux pensement !
    Moustrez vous homme, non pas beste !
    Faittes que, sans empeschement,
    Ait en vous le gouvernement
288 Raison qui souvent a pourveu
    En maint meschief tressagement,
    Quant la mort a son cop feru.

    Reprenez nouvelle conqueste !
292 Je vous aideray tellement
    Que vous trouverés dame preste   [p. 110]
    De vous amer tresloyaument,
    Qui de biens aura largement.
296 D'elle serez amy tenu :
    Je n'y voy autre amendement,
    Quant la mort a son cop feru. »

La séparation d'Amour en ballades[1]

Ballade 1

276 *parlement* : cour de justice suprême issue de la *Curia regis.*
    Voir la *Retenue d'Amour*, v. 418.
    qu'il lut avec une grande douceur
    dolent : triste, affligé
280 *est avenu* : est arrivé
    nul recouvrement : pas de remède
    quand la mort a frappé son coup.

    Chassez de votre tête
284 votre douloureuse pensée !
    Agissez en homme et non pas en bête !
    Faites en sorte que, sans obstacle,
    Raison puisse vous gouverner
288 *a pourveu* : a veillé au nécessaire
    meschief (m.) : malheur, infortune

    Entreprenez une nouvelle conquête !
292 Je vous aiderai de sorte
    que vous trouverez une dame disposée
    à vous aimer loyalement
    [et] qui sera riche de bonnes qualités.
296 Elle vous considérera comme son ami :
    je ne vois pas d'autre remède possible

Balade [SEC.2 (II)]

« Helas ! sire, pardonnez moy ! »
300 Se dis je : « Car toute ma vie —
Je vous asseure par ma foy —
Jamais n'auray dame n'amie.
Plaisance s'est de moy partie,
304 Qui m'a de liesse forclos.
N'en parlez plus, je vous supplie,
Je suis bien loings de ce pourpos.

Quant ces parolles de vous oy,
308 Vous m'essaiez. Ne faictes mye !
A vous dire vray, je le croy,
Ou ce n'est que dit qu'en moquerie.
Ce me seroit trop grant folie,
312 Quant demourer puis en repos,
De reprandre merencolie :
Je suis bien loings de ce pourpos.

Acquittié me sui, comme doy,
316 Vers vous et vostre seigneurie.
Desormais me vueil tenir coy.
Pource, de vostre courtoisie,
Accordez moy, je vous en prie,
320 Ma requeste ; car, a briefs mos,
De plus amer — quoy que nul dye —,   [p. 111]
Je suis bien loings de ce pourpos. »

Ballade 2

Hélas ! sire, pardonnez-moi !
300 dis-je alors : Jamais, de toute ma vie —
je vous l'assure par ma foi —
je n'aurai dame ou amie.
Plaisir m'a quitté,
304 qui m'a exclu de joie.
  N'en parlez plus : cf. Pétrarque, *Canzoniere*, chanson
     CCLXX, vv. 73-74 : *che giova, Amor, tuoi ingegni
     ritentare ? / Passata è la stagion, perduto aì l'arme.*
  un tel dessein m'est tout à fait étranger.
  Quand j'entends ce que vous dites, [je pense que]
308 vous voulez me tenter. Ne le faites pas !
En vérité, je vous crois
à moins que vous ne le disiez seulement pour vous moquer.
Ce serait une trop grande folie de ma part,
312 alors que je peux vivre en repos,
de retomber en mélancolie

Ainsi qu'il se doit, j'ai rempli mes obligations
316 envers vous et votre pouvoir.
Désormais je veux me tenir tranquille.
C'est pourquoi, au nom de votre courtoisie,
accordez-moi, s'il vous plaît, ma requête ;
320 *a briefs mos* : en peu de mots
aimer encore — quoi qu'on puisse dire —,
ce projet m'est complètement étranger.

Balade [SEC.3 (III)]

Amour congnu bien que j'estoye
324 En ce pourpos sans changement.
Pource respondy : « Je vouldroye
Que voulssiez faire autrement
Et me servir plus longuement.
328 Mais je voy bien que ne voulés,
Si vous accorde franchement
La requeste que faicte avés.

Escondire ne vous pourroye,
332 Car servy m'avez loyaument.
N'onques ne vous trouvay en voye
N'en voulenté aucunement
De rompre le loyal serement
336 Que me feistes, comme savés ;
Ainsi le compte largement
La requeste que faicte avés.

Et afin que tout chascun voye
340 Que de vous je suis trescontent,
Une quittance vous octroye,
Passee par mon parlement,
Qui relaissera plainement
344 L'ommage que vous me devés,
Comme contient ouvertement
La requeste que faicte avés. »

Ballade 3

Amour vit bien que j'étais inébranlable
324 et ferme dans mes résolutions.
Il répondit donc : Je préférerais
que vous vouliez agir autrement
longuement : longtemps

329 *franchement* : librement

Je ne saurais vous éconduire,
332 car vous m'avez loyalement servi.
Et jamais je ne vous ai trouvé tenté
ou désireux de rompre
en quelque manière le loyal serment
336 que vous m'avez juré, comme vous le savez [bien] ;
compte : raconte, rappelle

Et afin que tout le monde voie
340 que je suis fort satisfait de vous,
octroye : j'accorde
passee : terme juridique, *cf.* la *passation* d'un acte
qui vous tiendra complètement quitte
344 de l'hommage que vous me devez,
ouvertement : expressément

Balade [SEC.4 (IV)] [p. 112]

Tantost Amour en grant arroy
348 Fist assembler son parlement.
En plain conseil mon fait contay
Par congié et commandement.
La fut passee plainement
352 La quitance que demandoye,
Baillee me fut franchement
Pour en faire ce que vouldroye.

Oultre plus mon cueur demanday,
356 Qu'Amour avoit eu longuement,
Car en gage le lui baillay,
Quant je me mis premierement
En son service ligement.
360 Il me dist que je le rauroye,
Sans refuser aucunement,
Pour en faire ce que vouldroye.

A deux genoulz m'agenoillay,
364 Merciant Amour humblement,
Qui tira mon cueur sans delay
Hors d'un escrin priveement,
Le me baillant courtoisement,
368 Lyé en un noir drap de soye ;
En mon sain le mist doulcement,
Pour en faire ce que vouldroye.

Ballade 4

Aussitôt Amour fit rassembler
348 son parlement en grande pompe.
En plein conseil je racontai mon affaire,
comme Amour me l'avait permis et ordonné.
Là fut complètement acceptée
352 la quittance que je demandais.
On me la remit librement
pour en faire ce qui me plairait,

En plus je réclamai mon cœur
356 qu'Amour avait longtemps gardé

358 *premierement* : la première fois. — Pour le cœur laissé en
   gage, voir la *Retenue d'Amour*, vv. 432-439.
   ligement : comme son homme lige [= vassal qui a juré fidélité
   à son seigneur]
360 *le rauroye* : je l'aurais de nouveau
   aucunement : en aucune manière

364 *merciant* : remerciant Amour qui,
   familièrement et sans attendre,
   sortit mon cœur d'un écrin
   et me le donna avec courtoisie,
368 enveloppé dans un drap noir de soie ;
   avec douceur il le plaça sur ma poitrine

Copie de la
quittance dessusdicte

   Sachent presens et avenir
372 Que nous, Amours, par franc Desir
   Conseilliez, sans nulle contrainte,
   Aprés qu'avons oÿ la plainte   [p. 113]
   De Charles, le duc d'Orlians,
376 Qui a esté par plusieurs ans
   Nostre vray loyal serviteur,
   Rebaillié lui avons son cueur
   Qu'il nous bailla pieça en gage;
380 Et le serement, foy et hommage
   Qu'il nous devoit, quittié avons
   Et par ces presentes quittons.
   Oultre plus faisons assavoir
384 Et certiffions, pour tout voir,
   Pour estoupper aux mesdisans
   La bouche, qui trop sont nuisans,
   Qu'il ne part de nostre service
388 Par deffaulte, forfait ou vice.
   Mais seulement la cause est telle:
   Vray est que la mort trop cruelle
   A tort lui est venu oster
392 Celle que tant souloit amer,
   Qui estoit sa dame et maistresse,
   S'amie, son bien, sa leesse.
   Et, pour sa loyauté garder,
396 Il veult desormais ressembler
   A la loyalle turturelle
   Qui seule se tient a par elle,
   Aprés qu'elle a perdu son per.
400 Si lui avons voulu donner
   Congié du tout de soy retraire

Copie de la quittance mentionnée ci-dessus

Que le présent et le futur sachent
372 *nous*: nous de majesté

après avoir écouté la plainte
de Charles, duc d'Orléans,
376 qui a été pendant plusieurs années
notre sincère et loyal serviteur,
rebaillié: rendu
qu'il nous donna jadis en gage;
380 *serement* [deux syllabes!]: le serment
qu'il nous devait, nous le lui avons remis
et l'en tenons quitte par la présente [lettre].

384 *pour tout voir*: en toute vérité
estoupper: boucher, fermer. — *Cf.* les vers 161-163.
la bouche, qui font trop de mal,
ne part: ne quitte pas
388 à cause d'une faute, un méfait ou un défaut.
Seulement, l'affaire se présente comme suit:
Il est vrai que la mort trop cruelle
oster: enlever
392 *souloit amer*: qu'il aimait tant. — *souloit*: il avait
l'habitude de (intraduisible)
394 *sa leesse*: sa joie
Et, pour rester fidèle,
396 il veut désormais ressembler
turturelle: la tourterelle qui reste fidèle jusqu'à la mort.
Les *Bestiaires* médiévaux la caractérisent de la même
façon que Charles d'Orléans.
qui reste seule dans son coin
après qu'elle a perdu son compagnon.
400 Et nous avons voulu lui accorder
liberté complète de se retirer

Hors de nostre court sans forfaire.
Fait par bon conseil et advis404 De noz subgiez et vrais
amis   [p. 114]
En nostre present parlement
Que nous tenons nouvellement.
En tesmoing de ce avons mis
408   Nostre seel, plaqué et assis
En ceste presente quittance,
Escripte par nostre ordonnance,
Presens mains notables recors,
412   Le jour de la feste des mors,
L'an mil quatre cens trente et sept,
Ou chastel de plaisant recept.

Balade [SEC.5 (V)]

Quant j'euz mon cueur et ma quittance,
416   Ma voulenté fu assouvie.
Et non pour tant, pour l'acointance
Qu'avoye de la seigneurie
D'Amour et de sa compaignie,
420   Quant vins a congié demander,
Trop mal me fist la departie,
Et ne cessoye de pleurer.

Amour vit bien ma contenance,
424   Si me dist : « Amy, je vous prie,
S'il est riens desoubz ma puissance
Que vueilliez, ne l'espargniez mie. »
Tant plain fu de merencolie
428   Que je ne peuz a lui parler
Une parolle ne demye,
Et ne cessoye de pleurer.

de notre cour sans [pour autant] commettre une faute.
Fait en suivant le bon conseil et l'avis
404 *subgiez* : sujets
en présence de notre parlement
que nous avons convoqué récemment
en tesmoing : en témoignage
408 notre sceau, appliqué et apposé
sur la présente quittance,
écrite sur notre ordre
en la présence de beaucoup d'importants souvenirs
412 *feste des mors* : le 1er novembre 1437

au château de Plaisant Refuge

Ballade 5

Dès que j'eus [obtenu] mon cœur et ma quittance,
416 mon désir fut assouvi.
Mais malgré cela, à cause de l'amitié
qui me liait à (la noblesse d')
Amour et sa compagnie,
420 quand je vins pour prendre congé,
la séparation me fit beaucoup souffrir
ne cessoye : je n'arrêtais pas.

ma contenance : mon attitude
424 et il me dit : Ami, je vous en prie,
si vous désirez quelque chose
qui soit en ma puissance, ne le cachez pas !
J'étais si mélancolique
428 que je ne pus pas lui répondre
un seul mot, ni même un demi[-mot]

Ainsi party en desplaisance   [p. 115]
432 D'Amour, faisant chiere marrie
Et, comme tout ravy en transse,
Prins congié sans que plus mot dye.
A Confort dist qu'il me conduye,
436 Car je ne m'en savoye aler;
J'avoye la veue esbluye
Et ne cessoye de pleurer.

Balade [SEC.6 (VI)]

Confort, me prenant par la main,
440 Hors de la porte me convoye,
Car Amour, le roy souverain,
Luy chargea moy moustrer la voye
Pour aler ou je desiroye:
444 C'estoit vers l'ancien manoir
Ou en enffance demouroye,
Que l'en appelle nonchaloir.

A Confort dis: « Jusqu'a demain
448 Ne me laissiez ! car je pourroye
Me forvoier, pour tout certain,
Par desplaisir vers la saussoye
Ou est Vieillesse rabat joye.
452 Se nous travaillons fort ce soir,
Tost serons au lieu que vouldroye,
Que l'en appelle nonchaloir. »

Tant cheminasmes qu'au derrain
456 Veismes la place que queroye.
Quant de la porte fu prouchain,
Le portier qu'assez congnoissoye,   [p. 116]
Si tost comme je l'appelloye,
460 Nous receu, disant que, pour voir,
Ou dit lieu bien venu estoye,
Que l'en appelle nonchaloir.

Ainsi je quittai Amour avec
432 déplaisir, le visage tout affligé,
et je pris congé sans ajouter un seul mot,
comme si j'étais troublé par un délire.
conduye : il conduise
436 *ne savoye* : je ne savais pas
j'avais la vue troublée

Ballade 6

Confort : Réconfort
440 m'accompagna hors de la salle,
car Amour, le souverain roi,
l'avait chargé de me montrer le chemin
pour aller là où je désirais.
444 *manoir* : terme vague qui désigne aussi bien un château dans
   un domaine qu'une maison à la ville ou à la campagne.
demouroye : j'habitais, je vivais.
que l'on appelle Nonchaloir.

448 ne me quittez pas ! car la douleur
pourrait, à coup sûr, m'égarer
vers la saussaie[1]
où se cache Vieillesse rabat-joie.
452 Si ce soir nous faisons un grand effort,
nous arriverons bientôt au lieu où je voudrais [être]

Nous marchâmes si longtemps qu'enfin
456 nous aperçûmes l'endroit que je cherchais.
Quant je fus près de la porte
assez : bien
si tost comme : aussitôt que
460 *pour voir* : en vérité
estoye : j'étais

Balade [SEC.7 (VII)]

L̲e̲ gouverneur de la maison,
464 Qui Passe Temps se fait nommer,
Me dist : « Amy, ceste saison
Vous plaist il ceans sejourner ? »
Je respondy qu'a brief parler,
468 Se lui plaisoit ma compaignie,
Content estoie de passer
Avecques lui toute ma vie.

E̲t̲ lui racontay l'achoison
472 Qui me fist Amour delaissier.
Il me dist qu'avoye raison,
Quant eut veu ma quittance au cler
Que je lui baillay a garder ;
476 Aussi de ce me remercie
Que je vouloie demourer
Avecques lui toute ma vie.

L̲e̲ lendemain lettres foison
480 A Confort baillay a porter
D'umble recommandacïon ;
Et le renvoiay sans tarder
Vers Amour, pour lui raconter
484 Que Passe Temps a chiere lye
M'avoit receu pour reposer
Avecques luy toute ma vie.   [p. 117]

A̲ tresnoble, hault et puissant seigneur
488 Amour, prince de mondaine doulceur.

Ballade 7

464 *Passe Temps* : notion importante (personnifiée ou non) dans
la littérature de l'époque. — Elle peut impliquer (comme
ici) à la fois la fuite du temps (le temps évanoui à
envisager) et l'idée de jeu, de délassement, d'insouciance (d'où le nom du manoir : Nonchaloir)[1].

466 Vous plaît-il de séjourner ici ?
Je répondis que, pour le dire en peu de mots,

l'achoison : la cause, le motif
472 qui me fit quitter Amour.
avoye : j'avais
après qu'il eut pris connaissance de ma quittance
que je lui avais donnée à garder.

Le lendemain je donnai à Réconfort
480 un tas de lettres à porter,
par lesquelles je me recommandais humblement.

484 *a chiere lye* : joyeusement

Au très noble, haut et puissant seigneur
488 Amour, prince de la douceur mondaine.

Tresexcellent, treshault et noble prince,
Trespuissant roy en chascune province,
Si humblement que se peut serviteur
492 Recommander a son maistre et seigneur,
Me recommande a vous tant que je puis.
Et vous plaise savoir que tousjours suis
Tresdesirant oïr souvent nouvelles
496 De vostre estat, que Dieu doint estre telles
Et si bonnes comme je le desire,
Plus que ne sçay raconter ou escrire.
Dont vous supli que me faittes sentir
500 Par tous venans, s'il vous vient a plaisir,
Car d'en oïr en bien et en honneur,
Ce me sera parfaitte joye au cueur.
Et s'il plaisoit a vostre seigneurie
504 Vouloir oïr, par sa grant courtoisie,
De mon estat, je suis en tresbon point,
Joyeux de cueur, car soussy n'ay je point.
Et Passe Temps ou lieu de nonchaloir
508 M'a retenu pour avec lui manoir
Et sejourner tant comme me plaira,
Jusques atant que Vieillesse vendra,
Car lors fauldra qu'avec elle m'en voise
512 Finer mes jours. Ce penser fort me poise   [p. 118]
Dessus le cueur, quant j'en ay souvenance.
Mais, Dieu mercy, loing suis de sa puissance,
Presentement je ne la crains en riens,
516 N'en son dangier aucunement me tiens.
En oultre plus sachiés que vous renvoye
Confort qui m'a conduit la droite voye
Vers nonchaloir, dont je vous remercie
520 De sa bonne, joyeuse compaignie.
En ce fait a vostre commandement
De bon vouloir et tressoingneusement,
Auquel vueilliez donner foy et fiance
524 En ce que lui ay chargié en creance
De vous dire plus plainnement de bouche,

Aussi humblement qu'un serviteur peut se
492 recommander à son maître et seigneur,
je me recommande à vous comme je le peux.
Et sachez qu'en tout temps
je désire fort avoir souvent des nouvelles
496 de votre état, et que Dieu accorde qu'elles soient ainsi
et aussi bonnes que je les souhaite,
mieux que je ne sais le dire ou l'écrire.
Je vous supplie donc que vous m'en fassiez transmettre
500 par tous ceux qui passent, si vous le voulez bien

504 *oïr* : avoir des nouvelles
de mon état, je me porte très bien,
le cœur joyeux, car je n'ai pas de préoccupations.
Et Passe Temps m'a retenu au lieu nommé
508 Nonchaloir pour demeurer avec lui
et rester aussi longtemps qu'il me plaira
jusques atant que : jusqu'à ce que
m'en voise : je m'en aille [avec Vieillesse]
512 finir mes jours. Cette pensée me pèse fort
dans le cœur, quand il m'en souvient.
Mais, Dieu merci, je suis hors de son atteinte
presentement : pour le moment
516 *son dangier* [< *dominarium*, pouvoir, dér. de *dominus*,
    seigneur] : son pouvoir (politique)
D'autre part, sachez que je vous renvoie
Réconfort qui m'a conduit par le chemin le plus court
à Nonchaloir ; c'est pourquoi je vous remercie
Il a ainsi exécuté vos ordres
de bonne volonté et de manière très soigneuse.
Veuillez lui faire entièrement confiance
524 concernant le message que je lui ai confié, le chargeant
de vous le dire de vive voix et de manière plus détaillée,

Vous suppliant qu'en tout ce qui me touche
Bien a loisir le vueillez escouter.
528 Et vous plaise me vouloir pardonner
Se je n'escris devers vostre excellence
Comme je doy, en telle reverence
Qu'il appartient, car c'est par non savoir
532 Qui destourbe d'acomplir mon vouloir.
En oultre plus, vous requerant mercy,
Je congnois bien que grandement failly,
Quant me parti derrainement de vous ;
536 Car j'estoye si raempli de courrous
Que je ne peu un mot a vous parler,
Ne mon congié au partir demander.
Avecques ce humblement vous mercie
540 Des biens qu'ay euz soubz vostre seigneurie.
Autre chose n'escris quant a present,
Fors que je pry a Dieu le tout puissant   [p. 119]
Qu'il vous ottroit honneur et longue vie,
544 Et que puissiez tousjours la compaignie
De faulx Dangier surmonter et deffaire,
Qui en tous temps vous a esté contraire.
Escript ce jour troisiesme, vers le soir,
548 En novembre ou lieu de nonchaloir.

L e bien vostre Charles, duc d'Orlians,
550 Qui jadis fut l'un de voz vrais servans.

vous priant, en ce qui me concerne,
de prendre bien le temps de l'écouter.

Si je n'écris pas à Votre Excellence
comme je le dois, avec le respect
qui vous est dû, c'est mon ignorance
532 qui m'empêche d'accomplir mon désir.
D'autre part je vous demande merci ;
je sais bien que j'ai commis une grave faute
à l'occasion de mon récent départ ;
536 c'est que j'étais tellement peiné
que je fus incapable de vous dire le moindre mot
et de prendre congé en vous quittant.
Par la même occasion je vous remercie humblement
540 des avantages que j'ai obtenus sous votre autorité.
quant a present : pour le moment
fors que : sinon que
vous ottroit : qu'il vous octroie
544 et que vous puissiez toujours battre
et vaincre les gens du traître Danger
contraire : hostile
ce jour troisiesme : le 3 novembre (1437). *Cf.* vv. 412-414.
548 en novembre, à l'endroit appelé Nonchaloir.

Balade [72 (LXXII)]

1 **B**alades, chançons et complaintes
Sont pour moy mises en oubly[1],
Car ennuy et pensees maintes
4 M'ont tenu long temps endormy.
Non pour tant, pour passer soussy,
Essaier vueil se je sauroye
Rimer ainsi que je souloye.
8 Au meins j'en feray mon povoir,
Combien que je congnois et sçay
Que mon langage trouveray
Tout enroillié de nonchaloir.

12 **P**laisans parolles sont estaintes
En moy qui deviens rassoty;
Au fort, je vendray aux attaintes,
Quant beau parler m'aura failly;
16 Pour quoy pry ceulx qui m'ont oÿ
Langagier, quant pieça j'estoye
Jeune, nouvel et plain de joye,   [p. 120]
Que vueillent excusé m'avoir.
20 Oncques mais je ne me trouvay
Si rude, car je suis pour vray
Tout enroillié de nonchaloir.

Amoureux ont parolles paintes
24 Et langage frois et joly.
Plaisance, dont ilz sont accointes,
Parle pour eulx; en ce party
J'ay esté, or n'est plus ainsi.

Ballade 72

1 *Balades, chançons, complaintes* : ce sont les genres pratiqués
  par Charles d'Orléans. Les rondeaux manquent à l'appel.
3 *ennuy* : tracas, soucis

5 Néanmoins, pour chasser les soucis,
  je veux voir si je saurais encore
  rimer comme j'en avais l'habitude.
8 Je ferai au moins ce qui est en mon pouvoir
  combien que : bien que
  je trouverai mon langage
  tout enrouillé de négligence.

12 Les paroles plaisantes sont éteintes
   en moi qui deviens sot ;
   en fin de compte, je parviendrai à mes fins,
   alors que le beau discours me fera défaut ;
16 c'est pourquoi je prie ceux qui m'ont entendu
   bien parler, quand j'étais jadis jeune
   nouvel : frais
   qu'ils veuillent bien m'en excuser.
20 *oncques mais* : au grand jamais
   rude : lourd, maladroit. — De Rutebeuf («qui rudement
   oevre») — à Robertet («mon rude engien»), *rude* caractérise un style insuffisant, une inspiration défaillante[1].
   parolles paintes : des paroles séduisantes. *Paintes* renvoie
   à la conception des *colores rhetorici*, des figures du
   discours qui servent à «orner» la langue poétique.
24 *frois* : frais
   Plaisance, avec qui ils sont en relation amicale,
   parle pour eux ; j'ai été en cet état,
   maintenant il n'en est plus ainsi.

28 Alors de beau parler trouvoye
   A bon marchié tant que vouloye ;
   Si ay despendu mon savoir
   Et, s'un peu espargnié en ay,
32 Il est, quant vendra a l'essay,
   Tout enroillié de nonchaloir.

L'envoy

Mon jubilé faire devroye,
Mais on diroit que me rendroye
36 Sans coup ferir, car bon Espoir
   M'a dit que renouvelleray :
   Pour ce mon cueur fourbir feray
   Tout enroillié de nonchaloir.

Balade[1] [73 (LXXIII)]   [p. 121]

1 L'emplastre de nonchaloir
  Que sus mon cueur pieça mis,
  M'a guery, pour dire voir,
4 Si nettement que je suis
  En bon point ; ne je ne puis
  Plus avoir jour de ma vie
  L'amoureuse maladie.

8 Si font mes yeulx leur povoir
  D'espier par[my][2] le paÿs,
  S'ilz pourroient plus veoir
  Plaisant Beauté qui jadis
12 Fut l'un de mes ennemis
   Et mist en ma compaignie
   L'amoureuse maladie.

30 J'ai dépensé mon savoir
et, si j'en ai un peu économisé,
il est, [on le verra] quand il sera mis à l'épreuve,

L'envoi

34 *jubilé* : fête de la cinquantaine. Sens du vers : je devrais
prendre ma retraite.
me rendroye : que je me rends
renouvelleray : je rajeunirai
38 *fourbir* : frotter un métal pour le faire briller

Ballade 73

1 L'emplâtre de sage indifférence
pieça : il y a peu
m'a guéri, en vérité,
4 si complètement que me voilà
en bonne santé ; et je ne pourrai
plus jamais attraper la maladie d'amour.

8 Mes yeux font pourtant leur possible
pour guetter à travers le pays,
s'ils ne pourraient pas revoir
Beauté la plaisante, qui a été
12 jadis une de mes ennemies
mist : mit, plaça

·

Mes yeulx tense main et soir,
16 Mais ilz sont si treshastis
Et trop plains de leur vouloir.
Au fort, je les metz au pis :
Facent selon leur advis !
20 Plus ne crains, dont Dieu mercie,
L'amoureuse maladie.

L'envoy

Quant je voy en doleur pris
Les amoureux, je m'en ris,
24 Car je tiens pour grant folie
L'amoureuse maladie.

Balade [74 (LXXIV)]   [p. 122]

1 Mon cueur m'a fait commandement
De venir vers vostre jeunesse,
Belle que j'ayme loyaument,
4 Comme doy faire ma princesse.
Se vous demandés : « Pour quoy esse ? »
C'est pour savoir quant vous plaira
Alegier sa dure destresse :
8 Ma dame, le sauray je ja ?

Ditez le par vostre serment !
Je vous fais leale promesse :
Nul ne le saura, seulement
12 Fors que lui pour avoir leesse.
Or lui moustrés qu'estes maistresse
Et lui mandez qu'il guerira,
Ou s'il doit morir de destresse !
16 Ma dame, le sauray je ja ?

Matin et soir je fais des reproches à mes yeux
16 *si treshastis* : tellement impatients
et trop remplis de leur désir.
En fin de compte, je ne m'en occupe plus :
qu'ils en fassent à leur tête !
20 Je ne crains plus, Dieu merci,
la maladie d'amour.

L'envoi

Quand je vois souffrir
les amoureux, je m'en moque,
24 car à mes yeux la maladie d'amour
est une grande folie.

Ballade 74

1 Mon cœur m'a ordonné
de me rendre vers votre jeunesse,
beauté que j'aime loyalement,
4 comme je dois aimer ma princesse.
esse : est-ce ?

de soulager sa grande détresse :
8 ma dame, le saurai-je bientôt ?

Dites-le sous le sceau du serment !
Je vous le promets loyalement :
personne ne le saura, à la seule exception
12 de mon cœur pour qu'il retrouve la joie.
Montrez-lui donc que vous êtes maîtresse [de vos décisions]
et faites-lui dire qu'il guérira,
ou [dites-lui] s'il doit mourir de détresse !

Penser ne porroit nullement
Que la douleur, qui tant le blesse,
Ne vous desplaise aucunement.
20 Or faitez dont tant qu'elle cesse
Et le remettés en l'adresse
D'espoir, dont il party pieça !
Respondez sans que plus vous presse !
24 Ma dame le sauray je ja ?

Balade [75 (C)]   [p. 123]

1 Ie meurs de soif en couste la fontaine,
Tremblant de froit ou feu des amoureux ;
Aveugle suis et si les autres maine ;
4 Pouvre de sens, entre saichans l'un d'eulx ;
Trop negligent, en vain souvent songneux.
C'est de mon fait une chose faiee,
En bien et mal par Fortune menee.

8 Ie gaingne temps et pers mainte sepmaine ;
Je joue et ris quant me sens douloureux ;
Desplaisance j'ay d'esperance plaine ;
J'atens bon eur en regret engoisseux ;
12 Rien ne me plaist et si suis desireux ;
Je m'esjoïs et cource a ma pensee,
En bien et mal par Fortune menee.

Ie parle trop et me tais a grant paine ;
16 Je m'esbaÿs et si suis couraigeux ;
Tristesse tient mon confort en demaine :
Faillir ne puis au mains a l'un des deulx.
Bonne chiere je faiz quant je me deulx ;
20 Maladie m'est en santé donnee,
En bien et mal par Fortune menee.

17 Il ne saurait vraiment pas s'imaginer
   que la douleur, qui le blesse tellement,
   ne vous déplaise tant soit peu.
20 Agissez donc de manière qu'elle cesse
   et replacez-le dans le chemin qui conduit
   à Espoir qu'il a quitté il y a longtemps !
   Répondez sans que je vous harcèle plus longtemps !

Ballade 75

1 Je meurs de soif auprès de la fontaine — C'est le thème du
   concours de Blois, repris par les poètes dont les textes
   figurent aux pages 160-173 du manuscrit.
3 *et si* : et pourtant
   Pauvre de sens, savant entre les savants ;
   très négligent, souvent soigneux pour rien.
   Mes affaires, c'est comme si on leur avait jeté un sort[1] :
   en bien et en mal elles sont menées par Fortune.
8 Je gagne du temps et je perds mainte semaine ;
   me sens douloureux : quand je souffre ;
   au plus profond de mon affliction je continue à espérer ;
   tourmenté par le regret j'attends le bonheur ;
12 rien ne me plaît et pourtant je le désire ;
   je me réjouis et me chagrine de ma pensée

16 Je suis frappé de stupeur et pourtant courageux
   Tristesse retient mon réconfort en son pouvoir :
   je ne peux pas manquer d'en avoir au moins l'un des deux.
   Je fais joyeuse figure quand je me plains ;
20 Je suis malade et pourtant en bonne santé.

L'envoy

Prince, je dy que mon fait maleureux
Et mon prouffit aussi avantageux
24 Sur ung hasart j'asserray quelque annee,
En bien et mal par Fortune menee.

Balade [76 (CI)]   [p. 124]

1 Comment voy je ses Anglois esbaÿs!
Resjoÿs toy, franc royaume de France!
On apparçoit que de Dieu sont haÿs,
4 Puisqu'ilz n'ont plus couraige ne puissance.
Bien pensoient par leur oultrecuidance
Toy surmonter et tenir en servaige,
Et ont tenu a tort ton heritaige.
8 Mais a present Dieu pour toy se combat
Et se monstre du tout de ta partie;
Leur grant orgueil entierement abat,
Et t'a rendu Guyenne et Normandie.

12 Quant les Anglois as pieça envaÿs,
Rien n'y valoit ton sens ne ta vaillance.
Lors estoies ainsi que fut Taÿs
Pecheresse qui, pour faire penance,
16 Enclouse fut par divine ordonnance;
Ainsi as tu esté en reclusaige
De desconfort et douleur de couraige.
Et les Anglois menoient leur sabat
20 En grans pompes, baubans et tiranie.
Or a tourné Dieu ton dueil en esbat
Et t'a rendu Guyenne et Normandie.

L'envoi

Prince, je dis que ma malheureuse affaire
et mon profit tellement avantageux,
24 une année je les risquerai au jeu du hasard

Ballade 76

1 Que je vois ces Anglais frappés de stupeur !
Réjouis-toi, franc royaume de France !
On remarque que Dieu les déteste,
4 puisqu'ils n'ont plus ni bravoure ni puissance.
oultrecuidance : orgueil
te vaincre et te réduire en état de servitude
et ils ont retenu à tort ton héritage.
8 *se combat* : combat
et il montre qu'il est complètement de ton côté
entierement : complètement
Guyenne, Normandie : provinces reconquises en 1453 et 1449.

12 Quand tu as jadis attaqué les Anglais,
ton intelligence et ta vaillence ne servaient à rien ;
tu étais alors comme la pécheresse
Thaïs[1] qui, pour faire pénitence,
16 fut enfermée sur ordre de Dieu ;
de même tu as été dans la réclusion
de découragement et de douleur spirituelle.
Et les Anglais faisaient leur sabbat
20 en grande pompe, faste et tyrannie.
Maintenant Dieu a transformé ta tristesse en joie

N'ont pas Anglois souvent leurs roys traÿs?
24 Certes ouyl, tous en ont congnoissance,
　　Et encore le roy de leur paÿs
　　Est maintenant en doubteuse balance.
　　D'en parler mal chascun Anglois s'avance;
28 Assez monstrent par leur manvais langaige
　　Que voulentiers lui feroient oultraige.
　　Qui sera roy entr'eulx est grant debat;
　　Pource, France, que veulx tu que te dye[1]?　　　[p. 125]
32 De sa verge Dieu les pugnist et bat
　　Et t'a rendu Guyenne et Normandie.

Prince

Roy des Françoys, gangné as l'avantaige!
　　Parfaiz ton jeu comme vaillant et saige;
36 Maintenant l'as plus belle qu'au rabat.
　　De ton bon eur, France, Dieu remercie!
　　Fortune en bien avecques toy s'embat
　　Et t'a rendu Guyenne et Normandie.

Balade [77 (CII)]　　　　　　　　　　[p. 126]

1 On parle de religïon
　　Qui est d'estroicte gouvernance;
　　Et par ardant devocïon
4 Portent mainte dure penance.
　　Mais ainsi que j'ay congnoissance,
　　Et selon mon entencïon,
　　Entre tous j'ay compassion
8 Des amoureux de l'observance[2].

traÿs : trahis

24 Certes oui, tous le savent bien

le roy : Henry VI, roi de 1422 à 1461 et de 1470 à 1471.

doubteuse balance : situation incertaine. En 1453 Henry VI
perd une première fois la raison, et 1455 verra le début
de la guerre des Deux-Roses avec la bataille de Saint-
Albans.

Chaque Anglais se hâte d'en dire du mal

28 par leur mauvaise langue ils montrent bien
qu'ils lui feraient volontiers tort.

Il y a un grand débat parmi eux pour savoir qui sera roi

dye : que je dise

32 *pugnist* : punit

L'envoi

Roi des Français, tu as pris l'avantage !

Mène ton jeu à terme en homme vaillant et sage ;

36 maintenant tu as une balle plus facile à rattraper [image
empruntée au jeu de paume].

38 Fortune se met subitement de ton côté pour te favoriser

Ballade 77

1 *religïon* : ordre religieux
qui a une règle stricte ;
et, poussés par une brûlante dévotion,

4 ils font souvent de dures pénitences.
Mais, à ce que j'en sais,
et selon mon opinion,
entre tous j'ai pitié

8 *observance* : discipline religieuse à laquelle le poète compare
les rigueurs du service courtois. *Cf.* rondeau 211.

Tousjours par contemplacïon
Tiennent leurs cueurs raviz en transe
Pour venir par perfeccïon
12 Au hault paradis de plaisance.
Chault, froit, soif et fain d'esperance
Seuffrent en mainte nacïon ;
Telle est la conversacïon
16 Des amoureux de l'observance.

Piez nuz, de consolacïon
Quierent l'aumosne ; d'alegeance
Or ne veulent ne pensïon,
20 Fors de pitié povre pitance
En bissacs plains de souvenance
Pour leur simple provisïon.
N'est ce saincte condicïon
24 Des amoureux de l'observance ?

L'envoy

Des bigotz ne quiers l'acointance
Ne loue leur oppinïon ;
Mais me tiens par affeccïon
28 Des amoureux de l'observance.

contemplacīon : attention concentrée sur Dieu [ici sur la dame]

raviz : transportés

perfeccīon : perfection

12 *plaisance* : plaisir agréable, volupté

fain : faim

seuffrent : ils souffrent

conversacīon [< *conversatio*, fréquentation] : manière de vivre sens moderne seulement à partir du XVIᵉ siècle)

17 Les pieds nus, ils demandent

l'aumône de consolation ; pour alléger leur souffrance,

il ne veulent ni or ni pension,

20 si ce n'est la maigre nourriture de pitié

dans des besaces pleines de souvenirs

comme seule provision.

condicīon : situation, état

L'envoi

Je ne recherche pas la compagnie des dévots [sens péjoratif]

et je ne loue pas leur manière de juger ;

mais je me sens attaché à ceux

28 qui observent le service d'amour.

Obligation de Vaillant (CIII) [p. 127]

**Vidimus de la dite obligation
par le duc d'[Orlians] [bal. 78 (CIIIa)]** [p. 128]

1 **A** ceulx qui verront ces presentes,
   Le bailli d'amoureux Espoir,
   Salut plain de bonnes ententes
4 Mandons, et faisons assavoir
   Que le tabellion Devoir,
   Juré des contraux en amours,
   A veu nouvellement a Tours
8 De Vaillant l'obligacïon
   Entiere de bien vraye sorte,
   Dont en fait la relacïon,
   Ainsi que ce vidimus porte.

12 **A** double queue, par patentes,
   En cire vert, pour dire voir,
   S'oblige, soubzmectant ses rentes,
   Cuer, corps et biens, sans decevoir,
16 Dessoubz le seeau d'autruy vouloir
   pour recouvrer joyeux secours
   qu'il a desservy par mains jours.
   Faisant ratifficacïon,
20 Ledit notaire le rapporte
   Par sa certifficacïon,
   Ainsi que ce vidimus porte.

Obligation de Vaillant : Vaillant (Jehan ?), auteur en contact avec le roi René, a participé aux activités de la cour de Blois autour de 1455. Certaines de ses poésies ont été imprimées dans différents recueils des xvᵉ et xvıᵉ siècles[1].

Vidimus [ballade 78]

1 *ces presentes* : ces lettres
bailli : officier à poste fixe exerçant des fonctions judiciaires, etc., dans une circonscription délimitée.
ententes : pensées, dispositions
4 nous envoyons et faisons savoir
tabellion : personne habilitée à grossoyer les actes
contraux : contrats
Tours : lieu d'origine de Vaillant selon le ms. B.N.fr. 2230.
8 *obligacion* : acte d'engagement
sorte : espèce
relacion : copie d'un acte juridique
vidimus [latin : nous avons vu] : insertion intégrale d'un acte antérieur dans un acte délivré par une autorité publique.
12 Par lettres patentes avec double queue [= rubans de parchemin]
et sceaux en cire verte, en vérité,
il s'engage à soumettre ses rentes
sans decevoir : sans tromperie
16 sous le sceau [= la garantie] de la volonté d'autrui
pour retrouver joyeux secours
qu'il a mérité depuis longtemps.
ratifficacion : confirmation authentique
21 *certifficacion :* garantie écrite par un notaire

Et deust il mectre tout en ventes,
24 Des biens qu'il pourra recevoir
Veult paier ses debtes contentes,
Tant qu'on pourra apparcevoir
Qu'il fera trop plus que povoir,
28 Combien qu'ait eu d'estranges tours
Qui lui sont venuz a rebours.
En soit faicte informacïon :
Car a Leaulté se conforte,   [p. 129]
32 Qu'en fera la probacïon,
Ainsi que ce vidimus porte.

L'envoy

Pour plus abrevïacïon,
De l'an et jour je me deporte ;
36 On en voit declairacïon,
Ainsi que ce vidimus porte.

**Intendit de la dite obligation
par maistre J. Caillau (CIIIb)**

Balade [79 (CV)]   [p. 131]

1 En la forest de longue actente[1],
Chevauchant par divers sentiers,
M'en voys ceste annee presente
4 Ou voyage de desiriers.
Devant sont allez mes fourriers
Pour appareiller mon logeis
En la cité de destinee,
8 Et pour mon cueur et moy ont pris
L'ostellerie de pensee.

Et même s'il devait tout vendre,
24 il veut payer ses dettes au comptant
avec les biens qu'il pourra recevoir,
de manière qu'on pourra bien voir
qu'il fera tout son possible,
28 bien qu'il ait eu à souffrir d'étranges ruses
qui lui ont été contraires.

car il s'en remet à Loyauté
32 *probacīon* : confirmation, approbation

L'envoi

Pour abréger,
je me dispense de dire l'an et le jour ;
36 *declairacīon* : déclaration

Intendit : Maître Jean Cailleau était le médecin de Charles d'Orléans.

Ballade 79

en cette présente année je pars
4 pour le voyage de désir
fourriers : officiers chargés du logement du seigneur et de sa suite.
pour préparer mon logis
dans la ville de Destinée
9 *ostellerie* : auberge. La même métaphore se retrouve dans les rondeaux 15, 35 et 44.

Ie mayne des chevaulx quarente
Et autant pour mes officiers,
12 Voire, par Dieu, plus de soixante,
Sans les bagaiges et sommiers.
Loger nous fauldra par quartiers,
Se les hostelz sont trop petis.
16 Toutesfoiz pour une vespree
En gré prendray, soit mieulx ou pis,
L'ostellerie de pensee.

Ie despens chascun jour ma rente
20 En maintz travaulx avanturiers,
Dont est Fortune mal contente,
Qui soutient contre moy Dangiers.
Mais [d']espoirs — s'il sont droicturiers
24 Et tiennent ce qu'ilz m'ont promis —
Je pense faire telle armee,
Qu'auray, malgré mes ennemis,
L'ostellerie de pensee.

L'envoy

28 Prince, vray Dieu de paradis,
Vostre grace me soit donnee
Telle que treuve, a mon devis,
L'ostellerie de pensee.

Balade [80 (CVI)]   [p. 132]

1 Ie cuide que ce sont nouvelles,
J'oy nouveau bruit et — qu'est ce la?
Helas! pourray je savoir d'elles
4 Quelque chose qui me plaira?
Car j'ay desiré, long temps a,
Qu'Espoir m'estraynast de liesse;
Je ne sçay pas qu'il en fera,
8 Le beau menteur plain de promesse.

10 Je conduis avec moi quarante chevaux

sommiers : bêtes de somme
14 *par quartiers* : en campement militaire

Toutefois, pour l'espace d'un soir,
je me contenterai, que cela vaille mieux ou non,
18 de l'auberge de Pensée

Chaque jour je dépense mon revenu
20 en de multiples efforts téméraires,
chose dont Fortune est mécontente
qui soutient mon ennemi Danger.
Mais j'ai l'intention de constituer
24 une telle armée d'espoirs — s'ils sont
équitables et tiennent leurs promesses —,
que j'aurai, malgré mes ennemis

L'envoi

28 *Prince* : apostrophe à Dieu. — Comparer à l'envoi de la
Ballade pour prier Nostre Dame : « digne Vierge, princesse » (*Le Testament Villon*, v. 903).
30 de manière que je trouve, selon mon désir

Ballade 80

1 Je crois que voici des nouvelles,
j'entends une nouvelle rumeur et — qu'est-ce donc ?
Hélas ! pourront-elles me dire
4 quelque chose qui me plaira ?
Voilà bien longtemps que je désire
qu'Espoir me donne la joie en cadeau ;
qu'il : ce qu'il

S'il ne sont ou bonnes ou belles,
Auffort mon cueur endurera
— En actendant d'avoir de celles
12 Que Bon Eur lui apportera —
Et de l'endormÿe beuvra
De nonchaloir en sa destresse ;
Espoir plus ne l'esveillera,
16 Le beau menteur plain de promesse.

Pource, mon cueur, se tu me celles
Reconfort, quant vers toy vendra,
Tu feras mal, car tes querelles
20 J'ay gardees. Or y perra :
Adviengne qu'avenir pourra !
Je suis gouverné par Vieillesse
Qui de legier n'escoutera
24 Le beau menteur plain de promesse.

L'envoy

Ma bouche plus n'en parlera,
Raison sera d'elle maistresse ;
Mais au derrain blasmé sera
28 Le beau menteur plain de promesse.

Balade [81 (CVII)]　　　　　　[p. 133]

1 N'a pas long temps qu'escoutoye parler
Ung amoureux qui disoit a s'amye :
« De mon estat plaise vous ordonner
4 Sans me laissier ainsi finer ma vie !
Je meurs pour vous, je le vous certiffie ! »
Lors respondit la plaisante aux doulx yeulx :
« Assez le croy, dont je vous remercie,
8 Que m'aymez bien et vous encores mieulx !

9 *s'il* : si elles
mon cœur prendra somme toute son mal en patience
— en attendant d'avoir des nouvelles
12 que Bonheur lui apportera —
endormye : boisson soporifique à base de pavot
nonchaloir : indifférence
Espoir ne viendra plus le réveiller

C'est pourquoi, mon cœur, si tu me caches
que Réconfort est venu te voir,
tu feras mal, car j'ai soutenu
20 ta cause. Maintenant on le verra clairement :
advienne que pourra !
Me voici au pouvoir de Vieillesse
qui n'écoutera pas facilement
24 ce beau menteur et ses promesses.

L'envoi

26 Raison sera sa maîtresse ;
mais, en fin de compte, on blâmera

Ballade 81

1 Il n'y a pas longtemps j'écoutais
un amoureux qui disait à son amie :
Veuillez donc disposer de mon sort
4 sans me laisser finir ainsi ma vie !
certiffie : je vous l'assure
plaisante : séduisante
Je crois vraiment, et je vous en remercie,
8 que vous m'aimez bien et vous-même encore plus !

Il ne fault ja vostre pousse taster
— Fievre n'avez que de merencolie —,
Vostre orine ne aussi regarder :
12 Tost se garist legiere maladie.
Medecine devez prendre d'oublye ;
D'autres ay veu trop pis en plusieurs lieux
Que vous n'estes, et pource je vous prie
16 Que m'aymez bien et vous encores mieulx !

Ie ne vueil pas de ce vous destourber
Que ne m'amiez de vostre courtoysie ;
Mais que pour moy doyez mort endurer,
20 De le croire ce me seroit folye.
Pensez de vous et faictes chiere lye !
J'en ay ouÿ parler assez de tieulx
Qui sont tous sains, quoyque point ne desnye
24 Que m'aimez bien et vous encores mieulx !

L'envoy

Telz beaulx parlers ne sont en compaignie
Qu'esbatemens entre jeunes et vieulx ;
Contente suis, combien que je m'en rye,
28 Que m'aymez bien et vous encores mieulx ! »

Balade [82 (CVIII)]   [p. 134]

1 Portant harnoys rouillé de nonchaloir
Sus monture foulee de foiblesse,
Mal abillé de desireus vouloir,
4 On m'a croizé aux montres de Liesse
Comme cassé des gaiges de Jeunesse.
Je ne congnois ou je puisse servir ;
L'arriereban a fait crier Viellesse :
8 Las ! fauldra il son soudart devenir ?

Il ne faut [même] pas vous prendre le pouls
merencolie : mélancolie
ni regarder votre urine :
12 une maladie légère se guérit vite.
oublye : pâtisserie, gaufre (avec jeu de mots sur *oublier*)
J'en ai vu d'autres en différents lieux qui se portent
beaucoup plus mal que vous, et c'est pourquoi je vous prie

17 Je ne veux pas vous empêcher
de m'aimer avec des sentiments courtois ;
doyez : deviez
20 ce serait une folie de ma part de le croire.
Pensez à vous et soyez joyeux !
On m'a assez parlé de certains [amants]
qui sont en bonne santé, quoique je ne nie pas que

L'envoi

25 Ces belles paroles ne sont que des divertissements
pour jeunes et vieux qui se trouvent en société ;
cela ne me déplaît pas, quoique je m'en moque,
28 que vous m'aimiez bien et vous-même encore plus !

Ballade 82

1 Parce que je porte une armure rouillée par l'indifférence
et monte un cheval malade de faiblesse,
parce que je suis mal habillé de désir ardant,
4 on m'a croisé à la revue des troupes de Joie
comme étant renvoyé du service de Jeunesse.
J'ignore où je pourrais servir ;
l'arriereban : l'arrière-ban est le service dû au roi, en cas
de nécessité, par tout homme libre apte à combattre.
8 *soudart* : soldat

Le bien que puis avecques elle avoir
N'est que d'un peu d'atrempee sagesse.
En lieu de ce me fauldra recevoir
12 Ennuy, Soussy, Desplaisir et Destresse;
Par Dieu, Bon Temps, mal me tenez promesse!
Vous me deviez contre elle soustenir,
Et je voy bien qu'elle sera maistresse;
16 Las! fauldra il son soudart devenir?

Doibles jambes porteront bon Vouloir,
Puisqu'ainsi est endurant en humblesse,
Prenant confort d'un bien joyeux espoir
20 Quant, Dieu mercy, maladie ne presse,
Mais loing se tient et mon corps point ne blesse;
C'est ung tresor que doy bien chier tenir,
Veu que la fin de menasser ne cesse.
24 Las! fauldra il son soudart devenir?

L'envoy

Prince, je dy que c'est peu de richesse
De ce monde ne de tout son plaisir;
La mort depart ce qu'on tient a largesse —
28 Las! fauldra il son soudart devenir?

Balade [83 (CIX)]   [p. 135]

1 Dieu vueille sauver ma galee
Qu'ay chargee de marchandise
De mainte diverse pensee
4 En pris de loyaulté assise!
Destourbee ne soit ne prise
Des robeurs escumeurs de mer!
Vent ne maree ne lui nuyse
8 A bien aler et retourner!

Le seul bien que je puisse avoir avec elle,
c'est un peu de sagesse et de modération.
En échange il me faudra accueillir
12 Ennui, Inquiétude, Déplaisir et Détresse ;
au nom de Dieu, Bon Temps, vous tenez mal votre
Vous deviez me défendre d'elle   [promesse !

doibles [< *debilis,* faible] : la correction en *foibles*, proposée
    par Pierre Champion, ne s'impose pas.
puisqu'il prend humblement son mal en patience
et trouve réconfort en un bien joyeux espoir,
20 quand, Dieu merci, la maladie ne m'accable pas,
mais se tient au large et ne blesse pas mon corps ;
c'est un trésor qui doit m'être très cher,
vu que la mort ne cesse de me menacer.

L'envoi

25 Prince, j'affirme que ce monde et tout son plaisir
ne sont qu'une richesse méprisable ;
La mort enlève ce que nous possédons en abondance —

Ballade 83

1 *galee* : galère. Navire long, à rames, propre au transport de
    marchandises peu encombrantes et de prix.
que j'ai chargée d'une marchandise
composée d'un grand nombre de pensées différentes
4 et estimée en valeur de loyauté !
Qu'elle ne soit détournée ou prise
par les pillards qui écument la mer !
Que vent et marée ne l'empêchent pas
8 de bien aller et revenir !

   A Confort l'ay recommandee
   Qu'il en face tout a sa guise ;
   Et pencarte lui ay baillee,
12 Qui estranges pays devise,
   Affin que dedens il advise
   A quel port pourra arriver,
   Et le chemin a chois eslise
16 A bien aler et retourner.

   Pour acquitter joye empruntee
   L'envoye sans espargner mise ;
   Riche deviendray quelque annee,
20 Se mon entente n'est surprise.
   Conscience n'auray reprise
   De gaing a tort ; au paraler,
   En eur viengne mon entreprise
24 A bien aler et retourner !

L'envoy

   Prince, se maulx Fortune atise,
   Sagement s'i fault gouverner :
   Le droit chemin jamais ne brise
28 A bien aler et retourner !

Je l'ai recommandée à Réconfort
pour qu'il en fasse ce qui lui plaît;
et je lui ai donné une carte marine
12 qui parle de pays étrangers
il advise: il voie

et qu'il choisisse librement le chemin
16 pour bien aller et revenir.

Pour payer la joie que j'ai empruntée,
Je l'envoie sans prendre garde à la dépense;
une fois je serai riche,
20 si mon espoir n'est pas déçu.
Ma conscience ne sera pas accusée
d'un profit mal acquis; en fin de compte,
que mon entreprise ait du succès

L'envoi

25 Prince, si Fortune attise les maux,
il faut s'y prendre sagement:
que jamais ne s'interrompe le bon chemin
28 de l'aller et du retour!

Balade de Jacques,
bastart de la Tremoille (CIXa)   [p. 136]

Balade [84 (CX)]   [p. 137]

1 Ha! dieu d'Amours, ou m'avez vous logié?
   Tout droit ou trait de desir et plaisance
   Ou, de legier, je puis estre blecié
4 Par doulz Regart et plaisant Atraiance
   Jusqu'a la mort, dont trop suis en doubtance.
   Pour moy couvrir prestez moy ung pavaiz!
   Desarmé suis, car pieça mon harnaiz
8 Je le vendy par le conseil d'Oiseuse,
   Comme lassé de la guerre amoureuse.

   Vous savez bien que me suis esloingné,
   Des long temps a, d'amoureuse vaillance
12 Ou j'estoye moult fort embesoingné,
   Quant m'aviez en vostre gouvernance.
   Or en suis hors; Dieu me doint la puissance
   De me garder que n'y rentre jamais!
16 Car, quant congneu j'ay les amoureux faiz,
   Retrait me suis de vie si peneuse,
   Comme lassé de la guerre amoureuse.

   Et non pourtant j'ay esté advisé
20 Que Bel Acueil a fait grant aliance
   Encontre moy et qu'il est embuschié
   Pour me prendre, s'il peut, par decevance.
   Ung de ses gens, appelé Acointance,
24 M'assault tousjours; mais souvent je me taiz,
   Monstrant semblant que je ne quier que paiz
   Sans me bouter en paine dangereuse,
   Comme lassé de la guerre amoureuse.

Ballade de Jacques: fils de Georges de la Trémoille (1382-1446), favori de Charles VII. Jacques prit part à la bataille de Formigny (1450). — Refrain de la ballade : *En la forest de longue actente* (= incipit de la ballade 79).

Ballade 84

2 exactement à la portée de désir et plaisir
où je peux facilement être blessé
4 par doux Regard et plaisant Attrait
au point d'en mourir, ce que je crains beaucoup.
Prêtez-moi un grand bouclier pour me protéger !
Je suis désarmé, car j'ai jadis vendu mon armure
8 *Oiseuse* : l'Oisiveté personnifiée. — Dans le *Roman de la Rose*, c'est elle qui ouvre à l'amant la porte du jardin d'Amour.
lassé : fatigué
Vous savez que, depuis longtemps, je me suis
éloigné de la bravoure amoureuse
12 dans laquelle j'étais très engagé,
quand je vivais sous votre commandement.
M'en voilà libéré : que Dieu me donne la force
de rester sur mes gardes de sorte que je n'y retourne jamais !
16 Quand j'ai vu clair dans les affaires d'amour,
je me suis retiré d'une vie si pénible

Et malgré cela on m'a fait savoir
20 *Bel Acueil* : Bel Accueil provient du *Roman de la Rose* où il personnifie l'accueil favorable de la dame.
embuschié : il est embusqué
par decevance : par ruse
Acointance : Compagnie
24 m'attaque sans cesse ; mais je me tais souvent,
faisant comprendre que je ne demande que la paix
sans m'exposer à une dangereuse souffrance

L'envoy

28 **V**oisent faire jeunes gens leurs essaiz,
Car reposer je me vueil desormais !
Plus cure n'ay de pensee soingneuse,
Comme lassé de la guerre amoureuse.

Balade [85 (CXI)] [p. 138]

1 **Y**eulx rougis plains de piteux pleurs,
Fourcelle d'espoir reffroidie,
Teste enrumee de douleurs
4 Et troublee de frenesie,
Corps percus[1], sans plaisance lie,
Cueur du tout pausmé en rigueurs
Voy souvent avoir a plusieurs
8 Par le vent de merencolie.

Migraine de plaingnans ardeurs,
Transe de sommeil mipartie,
Fievres frissonnans de maleurs,
12 Chault ardant fort en reverie,
Soif que confort ne rassasie,
Dueil baigné en froides sueurs,
Begayant et changeant couleurs
16 Par le vent etc.

Goute[2] tourmentant en langueurs,
Colique de forcenerie,
Gravelle de soings assailleurs,
20 Rage de desirant folie,
Anuys enflans d'ydropisie,
Maulx ethiques aussi ailleurs,
Assourdissent les escouteurs
24 Par le vent etc.

L'envoi

28 Que les jeunes gens aillent faire leurs essais,
car je veux me reposer désormais !
Je ne m'intéresse plus aux pensées qui sont source de tracas

Ballade 85

1 Yeux rougis, remplis de pleurs amers,
poitrine où l'espoir s'est refroidi,
tête enrhumée de douleurs
4 et troublée par le délire,
corps percé de part en part, sans joyeux plaisir,
cœur complètement pâmé à cause des rigueurs [d'amour],
voilà ce dont souffrent beaucoup, à ce que je vois,
8 à cause du vent de mélancolie.

plaingnans ardeurs : brûlures qui font pousser des plaintes,
délire composé pour moitié de sommeil,
fièvres aux frissons de malheur,
12 fièvre chaude accompagnée de délire,
soif qu'aucun réconfort n'étanche,
tristesse baignée de sueurs froides

17 Goutte qui tourmente et fait souffrir,
colique de folie furieuse,
gravelle de peines qui vous assaillent souvent,
20 rage provoquée par un désir fou,
ennuis qui enflent pour cause d'hydropisie,
ailleurs aussi la fièvre amaigrissante,
rendent sourds les auditeurs

L'envoy

_Guerir ne se puet maladie
Par phisique ne cireurgie,
Astronomians n'enchanteurs,
28 Des maulx que seuffrent povres cueurs
Par le vent etc.

Balade [86 (CXII)]   [p. 139]

1 [C]e¹ que l'ueil despend en plaisir,
Le cuer l'achete chierement
Et, quant vient a compte tenir,
4 Raison, president sagement,
Demande pourquoy et comment
Est despendue la richesse
Dont Amours deppart largement
8 Sans grant espargne de liesse.

_Lors respond amoureux Desir :
« Amours me fist commandement
De joyeuse Vie servir
12 Et obeïr entierement.
Et s'ay failly aucunement,
on n'en doit blasmer que Jeunesse
Qui m'a fait ouvrer sotement,
16 Sans grant espargne etc.

_Pas ne mouray sans repentir,
Car je m'en repens grandement ;
Trouvé m'y suis pis que martir,
20 Souffrant maint douloureux tourment.
Desormais en gouvernement
Me metz et es mains de Vieillesse ;
Bien sçay qu'y vivray soubrement,
24 Sans grant etc. »

L'envoi

Ni la médecine ni la chirurgie,
ni les astrologues ni les magiciens,
ne peuvent guérir la maladie, cause
28 des maux dont souffrent les pauvres cœurs

Ballade 86

1 *despend* : dépense
le cœur l'achète au prix fort
et, quand vient le moment de faire les comptes,
4 Raison, qui préside avec sagesse,
veut savoir pourquoi et comment
despendue : dépensée
qu'Amour distribue avec largesse
8 sans faire grande économie de joie.

Alors Désir d'amour répond :
Amour m'a ordonné
de servir joyeuse Vie
12 et de lui obéir en tout.
Et si, d'une manière ou d'une autre, j'ai commis une faute,
blasmer : blâmer, critiquer Jeunesse
qui m'a fait agir comme un sot

17 Je ne mourrai pas sans repentir,
car je me repens fort ;
pis que martir : plus mal qu'un martyr. — *Cf.* ball. 3, v. 27.
20 souffrant de maints tourments douloureux.
Dorénavant je me soumets au gouvernement
de Vieillesse et me remets entre ses mains ;
soubrement : en homme sobre

L'envoy

Le temps passe comme le vent,
Il n'est si beau jeu qui ne cesse;
En tout fault avoir finement
28 Sans grant espargne etc.

Balade [87 (CXIII)]   [p. 140]

1 Ie, qui suis Fortune nommee,
Demande la raison pourquoy
On me donne la renommee
4 Qu'on ne se puet fier en moy
Et n'ay ne fermeté ne foy;
Car, quant aucuns en mes mains prens,
D'en bas je les monte en haultesse
8 Et d'en hault en bas les descens,
Monstrant que suis dame et maistresse.

En ce je suis a tort blasmee,
Tenant l'usage de ma loy
12 Que de long temps m'a ordonnee
Dieu, sur tous le souverain roy,
Pour donner au monde chastoy.
Et se de mes biens je despens
16 Souventeffoiz a grant largesse,
Quant bon me semble les suspens,
Monstrant que suis dame et maistresse.

C'est ma maniere acoustumee
20 — Chascun le scet, comme je croy —
Et n'est pas nouvelle trouvee,
Mais fays ainsi comme je doy.
Me mocquant, je les monstre au doy
24 Tous ceulx qui en sont malcontens:
En gré prengnent joye ou destresse!
Qu'ayent l'un des deux me conscens,
Monstrant que suis dame et maistresse.

L'envoi

25 *Le temps* : sentence qui fait écho aux versets bibliques
   reprenant le « vanitas vanitatum » de l'*Ecclésiaste* :
   cf. *Job* 8,9 ; *Psaumes* 101,12 et 143,4 ; *Sagesse* 2,5.
27 en toute chose il faut avoir une fin

Ballade 87

 1 Moi qui suis appelée Fortune,
   je demande pour quelle raison
   j'ai la [mauvaise] réputation
 4 qu'on ne peut pas avoir confiance en moi
   et que je n'ai ni constance ni foi ;
   aucuns : certains, plusieurs
   monte : je les élève. — Les vers 7-8 décrivent le mouvement
      de la roue, attribut traditionnel de Fortune au moyen
      âge.
 8 révélant [ainsi] que je suis dame et maîtresse [du monde].
   De tout ceci on me blâme à tort,
   car j'obéis à la loi naturelle
12 que depuis longtemps Dieu m'a
   prescrite, le roi souverain régnant sur tous,
   chastoy : enseignement, châtiment
   despens : je dépense
16 *souventeffoiz* : souvent
   suspens : j'interromps

   C'est ma manière habituelle
20 *scet* : sait
   et ce n'est pas une invention récente,
   au contraire, j'agis ainsi que je dois le faire.
   Je me moque et montre du doigt
24 tous ceux qui en sont mécontents :
   joie ou détresse, qu'il la prennent en bonne part !
   Je consens à ce qu'ils aient l'une ou l'autre

L'envoy

28 Sur ce s'advise qui a sens,
    Soit en jeunesse ou en vieillesse;
    Et qui ne m'entent, je m'entens,
    Monstrant que suis dame et maistresse.

Balade [88 (CXIV)]   [p. 141]

1 Fortune, je vous oy complaindre
   Qu'on vous donne renom a tort
   De savoir et aider et faindre,
4 Donnant plaisir et desconfort.
   C'est vray. Et, encore plus fort,
   Souventesfoiz contre raison
   Boutez de hault plusieurs en bas,
8 Et de bas en hault; telz debas
   Vous usez en vostre maison!

   Bien savez de plaisance paindre
   Et d'espoir, quant prenez depport
12 Aprés effacer et destaindre
   Toute joye sans nul support,
   Et mener a douloureux port,
   Ne vous chault en quelle saison.
16 Jamais vous n'ouvrez par compas;
   Beaucop pis que je ne dy pas
   Vous usez en vostre maison.

L'envoi

28 Que l'homme sensé — jeune ou vieux —
   prenne donc conscience ;
   Et si on ne me comprend pas, je me comprends,
32 et montrerai que je suis dame et maîtresse !

Ballade 88

1 Fortune, j'entends combien vous vous plaignez
   de ce que, auprès des gens, vous avez la fausse réputation
   de savoir aussi bien être secourable que vous dérober,
4 distribuant d'un côté le plaisir et de l'autre le chagrin.
   encore plus fort : ce qui est plus grave
   souventesfoiz : souvent
   boutez : vous lancez. — Le mouvement giratoire de la roue
      de Fortune : voir ballade 87, vv. 6-8.
8 *de telz debas* : voilà les ébats
   auxquels vous vous amusez dans votre maison !
   Vous savez bien peindre aux couleurs du plaisir
   et de l'espoir, quand vous vous amusez
12 par la suite à effacer et décolorer
   toute joie sans qu'on puisse y rémédier,
   et à [nous] conduire à un port de douleur.
   ne vous chault : il ne vous importe pas,
16 jamais vous ne travaillez de manière réglée ;
   dans votre maison vous vous comportez
   de façon bien plus terrible que je ne le dis.

Pour Dieu, vueillez vous en reffraindre,
20 Affin qu'on ne face rapport
Qui vouldra vostre fait actaindre,
Que vous soyez digne de mort.
Vostre maniere chascun mort
24 Plus qu'autre, sans comparaison,
Qui regarde par tous estas.
Anuy et meschief a grans tas
Vous usez en vostre maison.

L'envoy

28 Ne jouez plus de vostre sort,
Car trop le passez oultre bort !
Se gens ne laissez en pais, on
Appellera les advocas
32 Qui plaideront que tresfaulx cas
Vous usez etc.

[Balade 89 (CXV)] [p. 142]

1 Or ça, puisque il fault que responde,
Moy, Fortune, je parleray :
Sy grant n'est, ne puissant ou monde,
4 A qui bien parler n'oseray[1].
J'ay fait, faiz encores et feray
Ainsi que bon me semblera
De ceulx qui sont soubz ma puissance.
8 Parle qui parler en vouldra ;
Je n'en feray qu'a ma plaisance.

Au nom de Dieu, veuillez vous en abstenir,
20 afin qu'on ne fasse un rapport
pour se plaindre en justice[1] de votre affaire
et montrer que vous méritez la mort.
Votre manière d'agir — plus que tout autre —
24 fait souffrir chaque homme, sans comparaison possible,
si l'on considère toutes les conditions [sociales].
Douleur et malheur en grande quantité,
voilà ce que vous servez dans votre maison.

L'envoi

28 N'abusez plus du hasard,
car vous outrepassez vos droits !
Si vous ne laissez pas les gens en paix, on
fera appel aux avocats
32 qui plaideront que vous avez une conduite délictueuse
dans votre maison.

Ballade 89

1 Allons, puisqu'il faut que je réponde,
moi, Fortune, je parlerai :
Sur terre il n'y a homme si grand et si puissant
4 que je n'ose lui adresser la parole.
J'ai traité, traite encore et traiterai
comme il me plaira
ceux qui sont en mon pouvoir.
8 *vouldra* : voudra
Je n'en ferai qu'à ma tête.

Quant les biens, qui sont en la ronde
Sont miens, et je les donneray,
12 Par grant largesse dont j'abonde,
Et aprés je les reprandray;
Certes, a nul tort ne feray.
Qui esse qui m'en blamera?
16 Je l'ay ainsi d'acoustumance:
En gré le preigne qui poura!
Je n'en feray qu'a ma plaisance.

En raison jamais ne me fonde,
20 Mais mon vouloir acompliray;
Les aucuns convient que confonde,
Et les autres avanceray.
Mon propos souvent changeray
24 En plusieurs lieux, puis ça, puis la,
Sans regle ne sans ordonnance.
Ou est il qui m'en gardera?
Je n'en feray qu'a ma plaisance.

L'envoy

28 On escript: « Tant qu'il nous plaira »
Es lettres des seigneurs de France.
Pareillement de moy sera:
Je n'en feray qu'a ma plaisance.

Vu que les biens, qui sont alentour,
m'appartiennent, je les distribuerai
12 avec la générosité dont je fais largement preuve,
et ensuite je les reprendrai ;
certes, je ne ferai tort à personne.
Qui est-ce qui m'en blâmera ?
16 Je le fais ainsi par habitude :

preigne : prenne. — A rapprocher de la *Ballade de Fortune* de
Villon : *Par mon conseil prens tout en gré, Villon !*

20 *mon vouloir* : mon désir, ma volonté
Il faut que je confonde les uns
et que j'élève les autres.
Je changerai souvent d'intention

25 sans règle et sans ordre.
Où est-il celui qui m'en empêchera ?

L'envoi

28 Dans les lettres des seigneurs de France
on écrit : Aussi longtemps qu'il nous plaira.
Il en sera ainsi de moi :
Je n'en ferai qu'à ma tête.

[Balade 90 (CXVI)]   [p. 143]

1 Fortune, vray est vostre comte
  Que, quant voz biens donné avez,
  Vous les reprenés ; mais c'est honte
4 Et don d'enfant, bien le savez.
  Ainsi faire ne le devez !
  Voz faiz vous mectez a l'enchiere,
  Chascun ce qu'il en peut en a,
8 Et ne vous chault comment tout va.
  Pour Dieu, changez vostre maniere !

[B]alade [91 (CXVII)]   [p. 144]

1 [E]scollier[1] de Merencolie
  A l'estude je suis venu,
  Lettres de mondaine clergie
4 Espelant a tout ung festu,
  Et moult fort m'y treuve esperdu.
  Lire n'escripre ne sçay mye,
  Dez verges de soussy batu
8 Es derreniers jours de ma vie.

  [P]ieça, en jeunesse fleurie,
  Quant de vif entendement fu,
  J'eusse apris en heure et demye
12 Plus qu'a present. Tant ay vesqu
  Que d'engin je me sens vaincu ;
  On me deust bien, sans flaterie,
  Chastier, despoillié tout nu,
16 Es derreniers jours de ma vie.

Ballade 90

1 *vostre comte*: votre récit
   que, quand vous avez distribué vos biens,
   vous les reprenez; mais c'est une honte
4 et un don digne d'un enfant, vous le savez bien.
   Vous ne devez pas agir ainsi!
   Vous mettez vos actions à l'enchère,
   chacun en a ce qu'il peut obtenir,
8 et il ne vous importe pas [de savoir] comment tout cela va.
   Au nom de Dieu, changez votre manière d'agir!

La ballade comporte cette seule strophe: le reste de la page est blanc.

Ballade 91

1 *Ecollier*: voir le rondeau 322 où sont repris les vers 1 et 7.
   je suis venu à l'école,
   me servant d'une paille pour épeler
4 les lettres de l'instruction mondaine,
   et je me sens tout troublé.
   Je ne sais pas du tout lire ni écrire,
   battu avec les verges de douleur
8 aux derniers jours de ma vie.

   Jadis, en ma verte jeunesse,
   quand mon intelligence était alerte,
   j'aurais appris en une heure et demie
12 plus qu'à présent. J'ai tant vécu que
   je prends conscience d'être vaincu [par d'autres] en esprit.
   deust (1 syllabe): on devrait bien
   me punir, déshabillé tout nu,

[Q]ue voulez vous que je vous die?
Je suis pour ung asnyer tenu,
Banny de bonne Compaignie
20 Et de Nonchaloir retenu
Pour le servir. Il est conclu!
Qui vouldra, pour moy estudie!
Trop tart je m'y suis entendu
24 Es derreniers jours de ma vie.

L'envoy

[S]e j'ay mon temps mal despendu,
Fait l'ay par conseil de Follye;
Je m'en sens et m'en suis sentu
28 Es derreniers jours de ma vie.

[B]alade [92 (CXVIII)] [p. 145]

1 [L']autre jour tenoit son conseil,
En la chambre de ma pensee,
Mon cueur qui faisoit appareil
4 De deffence contre l'armee
De Fortune, mal advisee,
Qui guerryer vouloit Espoir,
Se sagement n'est reboutee
8 Par Bon Eur et loyal Vouloir.

[I]l n'est chose soubz le souleil
Qui tant doit estre desiree
Que paix; c'est le don non pareil
12 Dont Grace fait tousjours livree
A la gent qu'a recommandee.
Fol est qui ne la veult avoir,
Quant elle est offerte et donnee
16 Par Bon Eur et loyal Vouloir.

17 *die* : que je dise
on me tient pour un ânier,
exilé par bonne Compagnie
20 et retenu par Négligence
pour la servir. La preuve en est faite !
Que celui qui le désire étudie à ma place !
Je m'y suis pris trop tard

L'envoi

Si j'ai mal dépensé mon temps,
26 je l'ai fait en suivant le conseil de Folie ;
Je l'éprouve et l'ai éprouvé

Ballade 92

1 *conseil* : assemblée qui aide le suzerain à gouverner
et où il appelle qui bon lui semble.
3 mon cœur qui faisait ses préparatifs
de défense contre l'armée
de Fortune qui, mal intentionnée,
voulait combattre Espoir,
à moins qu'elle ne soit sagement repoussée
8 par Bonheur et Désir le loyal.

Il n'y a rien sous le soleil
qu'on doive désirer plus
que la paix ; c'est le don incomparable
12 que Grâce offre comme livrée
aux gens qu'elle a recommandés.
Fol est celui qui ne veut pas l'avoir

[P]our Dieu, laissons dormir Traveil :
Ce monde n'a gueres duree !
Et Paine, tant qu'elle a sommeil,
20 Souffrons que prengne reposee !
Qui une foiz l'a esprouvee
La doit fuyr de son povoir ;
Partout doit estre deboutee
24 Par Bon Eur et loyal Vouloir.

[L']envoy

[D]ieu nous doint bonne destinee,
Et chascun face son devoir !
Ainsi ne sera redoubtee
28 Par Bon Eur et loyal Vouloir.

[B]alade [93 (CXIX)]   [p. 146]

1 [E]n la chambre de ma pensee,
Quant j'ay visité mes tresors,
Mainteffois la treuve estoffee
4 Richement de plaisans confors.
A mon cueur je conseille lors
Qu'i prenons nostre demouree
Et que par nous soit bien gardee
8 Contre tous ennuyeux rappors.

[C]ar Desplaisance maleuree
Essaye souvent ses effors
Pour la conquester par emblee
12 Et nous bouter tous deux dehors.
Se Dieu plaist, assez sommes fors
Pour bien tost rompre son armee,
Se d'Espoir banyere est portee
16 Contre tous ennuyeux rappors.

17 *Traveil* : Tracas, Souci
    — ce monde ne dure pas longtemps ! —
    Paine : Tourment
20 Laissons-la se reposer !
    Celui qui en a fait une fois l'expérience,
    il doit la fuir de toutes ses forces ;
    partout elle doit être repoussée

L'envoi

25 Que Dieu nous accorde un bon sort,
    et que chacun fasse son devoir !
    Ainsi Bonheur et Désir loyal
28 ne la redouteront plus.

Ballade 93

1 *chambre* : voir ballade 92, v. 2.
    quand j'ai visité mes trésors,
    je la trouve souvent richement
4 tapissée de réconforts plaisants.
    lors : alors
    que nous nous y établissions
    et que nous la défendions bien
8 contre toutes les informations désagréables.

    C'est qu'Affliction la malheureuse
    fait de fréquents efforts
    pour la conquérir par surprise
12 et nous jeter tous les deux dehors.

14 pour bientôt défaire son armée,
    si Espoir porte l'étendard. — Pour le type d'image, *cf.*
      Oton de Grandson, *Recueil de Neuchâtel*, ballade 68 :
      « soubz le pannon du dieu d'Amours » (vv. 4-5).

[L']inventoire j'ay regardee
De noz meubles en biens et corps ;
De legier ne sera gastee,
20 Et si ne ferons a nulz tors.
Mieulx aymerions estre mors,
Mon cueur et moy, que courrocee
Fust Raison, sage et redoubtee,
24 Contre tous ennuyeux rappors.

[L']envoy

[D]emourons tous en bon accors
Pour parvenir a joyeux pors !
Ou monde qui a peu duree,
28 Soustenons paix la bien amee
Contre tous ennuyeux rappors !

[Balade 94 (CXX)]   [p. 147]

1 [J]e n'ay plus soif, tairie est la fontaine ;
Bien eschauffé, sans le feu amoureux,
Je voy bien cler, ja ne fault c'on me maine ;
4 Folie et Sens me gouvernent tous deux ;
En nonchaloir resveille sommeilleux :
C'est de mon fait une chose meslee,
Ne bien ne mal, d'aventure menee.

8 [J]e gaigne et pers, m'escontant par sepmaine ;
Ris, jeus, deduiz, je ne tiens conte d'eulx ;
Espoir et Dueil me mettent hors d'alaine :
Eur, me flatent, si m'est trop rigoreux.
12 Dont vient cela que je ris et me deulz ?
Esse par sens ou folie esprouvee,
Ne bien ne mal, d'aventure menee ?

17 *l'inventoire* : l'inventaire
   meubles : richesse mobilière (biens et personnes)
   La chambre ne sera pas facilement pillée,
20 et pourtant nous ne ferons tort à personne.
   Nous préférerions mourir,
   mon cœur et moi, qu'éveiller la colère
   de Raison, sage et redoutée,

L'envoi

25 Restons tous en bons termes
   pour arriver à joyeux port !
   ou monde : voir ballade 92, v. 18.
28 Soutenons la paix bien-aimée

Ballade 94

1 *tairie* : tarie. — La ballade est à mettre en relation avec
   la ballade 75.
   eschauffé : réchauffé
   j'y vois clair, désormais il ne faut pas qu'on me conduise ;
5 encore endormi, je me réveille détaché de tout ;
   mon affaire est un mélange [de contraires],
   ni bien ni mal, conduite au gré des événements.

8 Je gagne et je perds, m'endettant chaque semaine ;
   Rires, jeux, loisirs, je n'en tiens pas compte ;
   Espoir et Douleur me mettent hors d'haleine ;
   Bonheur, tout en m'étant favorable, m'est trop rigoureux.
12 D'où vient-il que je ris et me plains [en même temps] ?
   Est-ce par [bon] sens ou par folie prouvée ?

[G]uerdonné suis de malleureuse estraine;
16 En combatant je me rens couraigeux;
Joye et Soussy m'ont mis en leur demaine;
Tout desconfit, me tiens au ranc des preux:
Qui me saroit desnoer tous ses neux?
20 Teste d'assier y fauldroit, fort armee,
Ne bien ne mal, d'aventure menee.

Prince

[V]eillesse fait me jouer a telz jeux,
Perdre et gaingner, et tout par ses conseulx;
24 A la faille j'ay joué ceste annee,
Ne bien ne mal, d'aventure menee.

Orleans Balade [95 (CXXI)]   [p. 148]

1 [P]ourquoy m'as tu vendu, Jeunesse,
A grant marchié, comme pour rien,
Es mains de ma dame Viellesse
4 Qui ne me fait gueres de bien?
A elle peu tenu me tien,
Mais il convient que je l'endure,
Puis que (s)c'est le cours de nature.

8 [S]on hostel de noir de tristesse
Est tandu. Quant dedans je vien,
J'y voy l'istoire de Destresse
Qui me fait changer mon maintien,
12 Quant la ly et maint mal soustien:
Espargnee n'est creature,
Puis que c'est le cours de nature.

On m'offre des cadeaux de malchance ;
en combattant je me rends avec courage ;
Joie et Inquiétude m'ont pris en leur pouvoir ;
18 Battu et vaincu, je considère que je fais partie des preux :
qui saurait me défaire tous ces nœuds ?
Il y faudrait une tête d'acier, bien armée,

Prince[1]

23 *conseulx* : conseils
  a la faille : sorte de jeu quitte ou double décrit chez Chrétien
    de Troyes, *Le Chevalier de la Charrete*, vv. 2702-2709,
    (éd. p. M. Roques, Paris, 1972). — Voir rondeau 102.

Ballade 95

2 *a grant marchié* : bon marché
  es mains : entre les mains

5 Je me sens peu d'obligations envers elle
  je l'endure : que je la supporte

8 Son hôtel est tapissé de noir,
  couleur du dueil. Quand j'y entre,
  j'y vois l'histoire de Détresse [sur les tapisseries]
  mon maintien : mon attitude, mon comportement
12 quand je la lis et endure mainte souffrance :
  aucune créature n'y est épargnée

[P]renant en gré ceste rudesse,
16 Le mal d'aultruy compare au myen.
Lors me tance dame Sagesse;
Adoncques en moy je revien
Et croy de tout le conseil sien
20 Qui est plain de droiture,
Puis que c'est le cours de nature.

Prince

[D]ire ne saroye conbien
Dedans mon cueur mal je retien,
24 Serré d'une vielle sainture,
Puis que c'est le cours de nature.

Balade Orleans [96 (CXXII)]   [p. 149]

1 [M]on cueur vous adjourne, Viellesse,
Par Droit, huissier de parlement,
Devant Raison qui est maistresse
4 Et juge de vray jugement.
Depuis que le gouvernement
Avez eu de luy et de moy,
Vous nous avez par tirennye
8 Mis es mains de Merencolie
Sans savoir la cause pourquoy.

[P]ar avant nous tenoit Jennesse
Et nourrissoit si tendrement
12 En plaisir, confort et liesse[1]
Et tout joyeulx esbatement;
Or faictez vous tout autrement.
Se vous est honte, sur ma foy,
16 Car en douleur et maladie
Nous faictez user nostre vie
Sans savoir la cause pourquoy.

rudesse : cette cruauté
16 je compare ma souffrance à celle d'autrui.
  tance : me réprimande
  alors je reprends mes esprits
  et crois en tout son conseil
20 *droiture* : probité

Prince

22 *saroye* : je ne saurais pas
  retien : je garde
  sainture : ceinture

Ballade 96

1 *adjourne* : assigner quelqu'un en justice (à un jour fixé)
  parlement : cour de justice suprême
  devant Raison qui est maîtresse
4 et juge représentant une juridiction infaillible.
  Depuis que vous avez eu autorité
  sur moi et mon cœur,
  vous nous avez remis par tyrannie
8 entre les mains de Mélancolie
  sans en connaître la raison.

  Auparavant Jeunesse s'occupait de nous
  et tendrement nous élevait
12 en plaisir, réconfort et joie
  et toute sorte de joyeux passetemps ;
  maintenant vous agissez tout autrement.
  sur ma foy : par ma foi

17 *user* : consumer

[D]e quoy vous sert ceste destresse
20 A donner sans aleigement ?
   Cuidés vous pour telle rudesse
   Avoir honneur aucunement ?
   Nennil, certez, car vrayement
24 Chascun vous moustrera au doy,
   Disant : « La vielle rassoutie
   Tient tous maulx en sa compaignie
   Sans savoir la cause pourquoy. »

Prince [p. 150]

28 [C]e saint Martin presentement
   Qu'avocas font commencement
   De plaidier les faiz de la loy,
   Prenez bon conseil, je vous prie.
32 Ne faictez desbat ne partie
   Sans savoir la cause pourquoy[1] !

[Ballade de Jean Meschinot (CXXIIa)] [p. 151]

Orleans Balade [97 (CXXIII)] [p. 152]

1 [C]hascun s'ebat au myeulx mentir,
   Et voulentiers je l'aprend[r]oye ;
   Mais maint mal j'en voy advenir,
4 Parquoy savoir ne le vouldroye.
   De mantir par deduit ou joye
   Ou par passe temps ou plaisir,
   Ce n'est point mal fait, sans faillir,
8 Se faulceté ne s'y employe.

A quoi cela vous sert-il de donner
20 cette détresse sans accorder le moindre soulagement ?
Par une telle cruauté croyez-vous
acquérir en quelque manière de l'honneur ?
Certes non, car, en vérité,
24 chacun vous montrera du doigt
rassoutie : la vieille sotte
tous maulx : toutes les souffrances

Prince

28 *saint Martin* : le 11 novembre. C'est le terme des paiements
et une des fêtes de la Basoche parisienne où l'on
représentait des *causes grasses*[1].
alors que les avocats commencent à
plaidier : plaider
prenez bon conseil : faites-vous conseiller par un bon avocat
32 N'entamez ni querelle ni procès

Ballade de Jean Meschinot : Jean Meschinot (vers 1420-
1491), poète à la cour de Bretagne. Il a des contacts avec
les cours de Blois et de Bourgogne.

Ballade 97

1 Chacun se divertit à mieux mentir,
et je l'apprendrais volontiers ;
mais j'en vois venir beaucoup de maux,
4 cause pour laquelle je ne voudrais pas le savoir.
Mentir par divertissement ou par amusement,
par passetemps ou par plaisir,
ce n'est pas un méfait, en vérité,
8 si on n'a pas recours à la fausseté.

[F]aulx menteurs puisse l'en couvrir
Sur les montaignes de Savoye
De naige, tant que revenir
12 Ne puissent par chemin ne voye —
Jucques querir je les renvoye !
Pour Dieu, laissez les la dormir !
Ilz ne scevent de riens servir,
16 Se faulceté ne s'i employe.

[P]ourquoy se font il tant haïr ? [p. 153]
Vueulent il que l'en les guerroye ?
Cuident il du monde tenir
20 Tous les deulx boux de la courroye ?
C'est folie, que vous diroye ?
Leur prouffit puissent parfournir,
Et laissent les autres chevir,
24 Se faulceté ne s'y enploye !

[P]aix crie ; Dieu la nous octroye !
C'est ung tresor qu'on doit cherir :
Tous biens s'en povent ensuïr,
28 Se faulseté ne s'y enploye[1].

Que l'on recouvre les faux menteurs
de neige dans les montagnes
de Savoie, de sorte qu'ils ne puissent
12 revenir ni par un chemin ni par un sentier —
jusqu'à ce que je les fasse de nouveau chercher.

15 Ils ne sont bons à rien

18 Veulent-ils qu'on les combatte pour cela ?
Ont-ils l'illusion de tenir le monde
20 par les deux bouts de la courroie ?
diroye : dirais-je ?
Puissent-ils réaliser leur profit
et puissent-ils laisser les autres faire des affaires

25 Je crie : Paix ! Que Dieu nous l'accorde !
cherir : aimer
tous les biens peuvent en résulter

1   En regardant vers le païs de France,
    Un jour m'avint a Dovre sur la mer
    Qu'il me souvint de la doulce plaisance
4   Que souloye ou dit païs trouver.
    Si commençay de cueur a souspirer,
    Combien certes que grant bien me faisoit
    De voir France que mon cueur amer doit.

8   Ie m'avisay que c'estoit non savance
    De telz souspirs dedens mon cueur garder,
    Veu que je voy que la voye commence
    De bonne paix qui tous biens peut donner.
12 Pource tournay en confort mon penser,
    Mais non pourtant mon cueur ne se lassoit
    De voir France que mon cueur amer doit.

Iam nova: épigraphe (Virgile, *Bucoliques*, IV, v. 7) de la poésie écrite par François Villon à l'occasion de la naissance de Marie d'Orléans (19 décembre 1457).

Concours de Blois: 11 ballades de différents poètes, écrites probablement en 1457/1458 et ayant pour thème: *Je meurs de soif ampres de la fontaine*, repris de la ballade 75.

Complaintes: il s'agit de la complainte de Fredet (Guillaume?), licencié en lois de Bourges, et de la réponse du duc d'Orléans.

Complainte de France: apostrophe au *Trescrestien, franc royaume de France* (refrain), ruiné par la guerre.

Ballade 98

1 *vers*: du côté de
Dovre: Douvres où le duc d'Orléans et le duc de Bourbon, prisonniers des Anglais, séjournèrent en mai 1433.
que je me rappelai le doux plaisir
4 que j'avais l'habitude de trouver audit pays.
de cueur: profondément
bien que, certes, cela me fasse un grand bien

8 Je pris conscience que c'était une folie
de garder de tels soupirs au fond de mon cœur,
puisque je voyais s'ouvrir [devant moi] le chemin
de bonne paix, source de tous les biens.
12 Ainsi mon esprit trouva un peu de réconfort,
mais, malgré cela, mon cœur ne se lassait pas

Alors chargay en la nef d'esperance
16 Tous mes souhaitz, en les priant d'aler
Oultre la mer sans faire demourance
Et a France de me recommander.
Or nous doint Dieu bonne paix sans tarder !
20 Adonc auray loisir, mais qu'ainsi soit,
De voir France que mon cueur amer doit.

L'envoy

Paix est tresor qu'on ne peut trop loer.
Je hé guerre, point ne la doy prisier ;
24 Destourbé m'a long temps, soit tort ou droit,
De voir France que mon cueur amer doit.

Balade [99 (LXXVI)]   [p. 195]

1 Priés pour paix, doulce Vierge Marie,
Royne des cieulx et du monde maistresse !
Faictes prier par vostre courtoisie
4 Saints et saintes ! et prenés vostre adresse
Vers vostre filz, requerant sa haultesse
Qu'il lui plaise son peuple regarder,
Que de son sang a voulu racheter,
8 En deboutant guerre qui tout desvoye !
De prieres ne vous vueilliez lasser :
Priez pour paix, le vray tresor de joye !

Priez, prelas et gens de sainte vie !
12 Religieux, ne dormez en peresse !
Priez, maistres et tous suivans clergie,
Car par guerre fault que l'estude cesse ;
Moustiers destruis sont sans qu'on les redresse,
16 Le service de Dieu vous fault laissier,
Quant ne povez en repos demourer.
Priez si fort que briefment Dieu vous oye !
L'Eglise voult a ce vous ordonner :
20 Priez pour paix, le vray tresor de joye !

Alors je chargeai tous mes désirs
16 sur le bâteau d'espoir, en les priant de se rendre
sans tarder de l'autre côté de la mer
et de me recommander à la France.
doint: que Dieu nous donne
20 Alors j'aurai le temps, à condition qu'il en soit ainsi,

L'envoi

loer: louer
je déteste la guerre, je ne dois pas l'estimer;
24 à tort ou à raison, elle m'a longtemps empêché

Ballade 99[1]

1 *Priés pour paix*: le texte a été mis en musique par José
Antonio de Donostia et par Francis Poulenc (1938).
par courtoisie: s'il-vous-plaît
4 *prenés... adresse*: adressez-vous (à)
requerant: priant

8 en chassant la guerre qui dérange tout !
Ne cessez pas de prier

prelas: prélats
12 *peresse*: la paresse (ou accide, du latin *accidia*) fait partie
des sept péchés capitaux.
clergie: études, sagesse
car, à cause de la guerre, il faut que les études cessent;
moustiers: église, édifice religieux
16 *laissier*: abandonner, négliger,
quand vous ne pouvez pas vivre tranquillement.
Priez assez fort pour que Dieu vous entende bientôt !
C'est l'emploi que vous assigne l'Eglise:

Priez, princes qui avez seigneurie,
Roys, ducs, contes, barons plains de noblesse,
Gentilz hommes avec chevalerie,
24 Car meschans gens surmontent gentillesse !
En leurs mains ont toute vostre richesse ;
Debatz les font en hault estat monter
— Vous le povez chascun jour veoir au cler —
28 Et sont riches de vos biens et monnoye
Dont vous deussiez le peuple supporter :
Priez pour paix, le vray tresor de joye !

Priez, peuple qui souffrez tirannie,   [p. 196]
32 Car voz seigneurs sont en telle foiblesse
Qu'ilz ne pevent vous garder par maistrie,
Ne vous aidier en vostre grant destresse !
Loyaulx marchans, la selle si vous blesse
36 Fort sur le dox ; chascun vous vient presser,
Et ne povez marchandise mener,
Car vous n'avez seur passage ne voye,
Et maint peril vous convient il passer :
40 Priez pour paix, le vray tresor de joye !

Priez, galans joyeux en compaignie,
Qui despendre desirez a largesse :
Guerre vous tient la bourse desgarnie !
44 Priez, amans qui voulez en liesse
Servir Amours, car guerre par rudesse
Vous destourbe de voz dames hanter,
Qui mainteffoiz fait leurs vouloirs tourner !
48 Et quant tenez le bout de la couroye,
Un estrangier si le vous vient oster :
Priez pour paix, le vray tresor de joye !

21 Priez, princes qui détenez le pouvoir

23 *chevalerie* : qualité de chevalier,
car les mauvaises gens abaissent la noblesse !

26 les querelles leur permettent d'acccéder aux hautes positions
— vous pouvez le voir clairement chaque jour —
28 et ils sont riches de vos biens et de votre argent
avec lesquels vous devriez soutenir le peuple :

Priez, peuple qui souffrez de la tyrannie,
32 *foiblesse* : faiblesse
qu'ils n'ont pas le pouvoir de vous protéger
ne : ni
Honnêtes marchands, le bât vous blesse tellement
36 sur le dos ; chacun use de violence envers vous,
et vous ne pouvez pas transporter votre marchandise,
car vous n'avez pas de chemin, pas de passage sûr,
et vous devez surmonter beaucoup de dangers :

41 *galans* : amoureux
qui désirez dépenser généreusement
desgarnie : dégarnie, vide
44 *liesse* : en joie
servir Amour, car la guerre, en sa cruauté,
vous empêche de fréquenter vos dames,
et elle les fait souvent changer d'avis !
48 Et quand vous tenez la courroie par son extrémité [= vous
êtes le maître du jeu : *cf.* ball. 97, v. 20],
voilà qu'un étranger vient vous l'arracher :

L'envoy

Dieu tout puissant nous vueille conforter!
52 Toutes choses en terre, ciel et mer,
Priez vers lui que brief en tout pourvoye!
En lui seul est de tous maulx amender:
Priez pour paix, le vray tresor de joye!

Complainte　　　　　　　　[pp. 197-202]

Balades de plusieurs propos
Orlians contre Garencieres
[100 (LXXVII)]　　　　　　　[p. 203]

1 **I**e, qui suis dieu des amoureux,
Prince de joyeuse plaisance,
A toutes celles et a ceulx
4 Qui sont de mon obeissance,
Requier qu'a tout leur puissance
Me viengnent aidier et servir
Pour l'outrecuidance punir
8 D'aucuns qui par leur janglerie
Veulent par force conquerir
Des grans biens de ma seigneurie.

Car Garencieres, l'un d'entr'eulx,
12 Si dit en sa folle vantance,
Pour faire le chevalereux,
Qu'avant yer par sa grant vaillance
Luy et son cueur, d'une alïance,
16 Furent devant Beauté courir.
Je ne luy vy pas, sans faillir,
Mais croy qu'il soit en resverie,
Car si pres n'oseroit venir
20 Des grans biens de ma seigneurie.

L'envoi

Que Dieu le tout-puissant veuille nous réconforter !
52 Tous les éléments sur terre, au ciel et dans les mers,
adressez-lui une prière afin qu'il veille bientôt au
                                              [nécessaire !
Lui seul est en mesure de faire cesser tous les malheurs :

Complainte : le titre est suivi de 6 pages blanches (pp. 197
à 202 du manuscrit).

Ballade 100

2 prince de joyeux plaisir

5 je demande que, de tout leur pouvoir,
viengnent : qu'ils viennent
pour punir la prétention
8 de certains qui se vantent
de conquérir par la force
quelques grands biens qui sont en mon pouvoir.

Garencieres : voir la réponse qui suit
12 *vantance* : vantardise
le chevalereux : le brave (ironique)
avant yer : avant-hier
d'une aliance : d'un commun accord
16 *courir* : courir dans un tournoi, c'est-à-dire combattre un
adversaire à cheval.
Je ne l'ai pas vu — et je ne me trompe pas —,
je crois au contraire que cela s'est passé en rêve,
car il n'aurait pas le courage d'approcher de si près

Il dit qu'il est tant douloureux
Et qu'il est mort sans recouvrance ;
Mais bien seroit il maleureux
24 Qui donneroit en ce creance.
On peut veoir que celle penance,
Qu'il lui a convenu souffrir,
N'a fait son visage pallir
28 Ne amaigrir de maladie ;
Ainsi se moque pour chevir
Des grans biens de ma seigneurie.

L'envoy　　　　　　　　　　　　　　　　　[p. 204]

Sur tous me plaist le retenir
32 Roy des heraulx pour bien mentir ;
Cest office je luy ottrie.
C'est ce que lui vueil departir
Des grans biens de ma seigneurie.

Balade. Response de Garencieres.
(LXXVIIa)

Balade [101 (LXXVIII)]　　　　　　　　[p. 205]

1 En acquittant nostre temps vers jeunesse,
Le nouvel an et la saison jolie,
Plains de plaisir et de toute liesse
4 — Qui chascun d'eulx chierement nous en prie —,
Venuz sommes en ceste mommerie,
Belles, bonnes, plaisans et gracïeuses,
Prestz de dancer et faire chiere lie
8 Pour resveillier voz pensees joieuses.

21 Il prétend qu'il souffre tant
   sans recouvrance : s'il n'obtient pas de secours ;
   mais celui qui croirait cela,
24 il serait bien digne de pitié.
   On peut voir que cette peine,
   dont il a dû souffrir,
   n'a pas fait perdre ses couleurs au visage,
28 et que la maladie ne l'a pas fait maigrir ;
   chevir : profiter, jouir de quelque chose.

L'envoi

Plus que tout autre, il me plaît de le garder à mon service
32 comme roi des hérauts[1] [d'armes], puisqu'il sait bien
   cet emploi, je le lui accorde.   [mentir ;
   Voilà ce que je veux lui donner

Balade : Garencières (Jean de), chambellan de Louis
d'Orléans, mort à la bataille d'Azincourt (1415). Il s'agit
de la ballade XXVII-B dans les *Poésies complètes de Jean
de Garencières*.

Ballade 101

1 Pour payer le tribut en temps que nous devons à la jeunesse,
  au nouvel an et à la belle saison[2],
  toute liesse : toute sorte de joie
4 *chierement* : en y attachant un grand prix
  mommerie : mascarade, bal masqué
  plaisans : plaisantes [dames]
  faire chiere lie : être joyeux

Or bannissiez de vous toute peresse,
Ennuy, soussy avec merencolie,   [p. 206]
Car froit yver, qui ne veult que rudesse,
12 Est desconfit et couvient qu'il s'en fuye !
Avril et may amainent doulce vie
Avecques eulx ; pource soyez soingneuses
De recevoir leur plaisant compaignie
16 Pour resveillier voz pensees joieuses !

Venus aussi, la tresnoble deesse,
Qui sur femmes doit avoir la maistrie,
Vous envoye de confort a largesse
20 Et plaisance de grans biens enrichie,
En vous chargeant que de vostre partie
Vous acquittiés sans estre dangereuses ;
Aidier vous veult, sans que point ne vous oublie,
24 Pour resveillier voz pensees joyeuses.

Balade [102 (LXXIX)]

1 Bien moustrez, Printemps gracieux,
De quel mestier savez servir,
Car Yver fait cueurs ennuieux,
4 Et vous les faictes resjouir.
Si tost comme il vous voit venir,
Lui et sa meschant retenue
Sont contrains et prestz de fuir
8 A vostre joyeuse venue.

Yver fait champs et arbres vieulx,
Leurs barbes de neige blanchir,
Et est si froit, ort et pluieux
12 Qu'emprés le feu couvient croupir ;
On ne peut hors des huis yssir   [p. 207]
Comme un oisel qui est en mue.
Mais vous faittes tout rajeunir
16 A vostre joyeuse venue.

9 Chassez donc toute paresse,
   douleur, inquiétude et mélancolie,
   puisque le froid hiver, qui ne sait être que cruel,
12 est battu et doit s'enfuir !

14 avec eux ; préparez-vous donc
   à accueillir leur agréable compagnie

maistrie : pouvoir, domination
vous envoie du réconfort en grande quantité
20 et du plaisir enrichi de grands biens,
   en vous demandant que, de votre côté,
   vous satisfassiez à vos obligations sans être coquettes ;
   il veut vous aider, sans vous oublier,
   à éveiller vos joyeuses pensées.

Ballade 102

1 *moustrez* : montrez, faites voir
   de quel office vous savez vous acquitter,
   car Hiver rend les cœurs tristes,
4 et vous leur apportez la joie.
   Dès qu'il vous voit venir,
   lui et sa sa méchante suite
   sont obligés et disposés à s'enfuir
8 lors de votre joyeuse arrivée.

   et il est si froid, sale et pluvieux
12 qu'il faut rester accroupi auprès du feu ;
   on ne peut sortir de sa maison
   comme un oiseau qui est en train de muer.

Yver fait le souleil es cieulx
Du mantel des nues couvrir;
Or maintenant, loué soit Dieux,
20 Vous estes venu esclersir
Toutes choses et embellir.
Yver a sa peine perdue,
Car l'an nouvel l'a fait bannir
24 A vostre joyeuse venue.

Balade [103 (LXXX)]

1 Ie fu en fleur ou temps passé d'enfance
Et puis aprés devins fruit en jeunesse;
Lors m'abaty de l'arbre de plaisance,
4 Vert et non meur, Folïe ma maistresse.
Et pour cela Raison, qui tout redresse
A son plaisir, sans tort ou mesprison,
M'a a bon droit, par sa tresgrant sagesse,
8 Mis pour meurir ou feurre de prison.

En ce j'ay fait longue continuance,
Sans estre mis a l'essor de largesse;
J'en suy contant et tiens que, sans doubtance,
12 C'est pour le mieulx, combien que par peresse
Deviens fletry et tire vers vieillesse.
Assez estaint est en moy le tison
De sot desir, puis qu'ay esté en presse
16 Mis pour meurir ou feurre de prison.   [p. 208]

Dieu nous doint paix, car c'est ma desirance!
Adonc seray en l'eaue de liesse
Tost refreschi et, au souleil de France,
20 Bien nettié du moisy de tristesse.
J'attens bon temps, endurant en humblesse,
Car j'ay espoir que Dieu ma guerison
Ordonnera; pource m'a sa haultesse
24 Mis pour meurir ou feurre de prison.

L'hiver recouvre le soleil au ciel
du manteau des nuages ;
mais maintenant, Dieu merci,
20 *esclersir* : éclaircir
embellir : rendre plus belles

23 *bannir* : chasser

Ballade 103

1 *Ie fu* : je fus

alors Folie, ma maîtresse, me fit tomber,
4 vert et pas mûr, de l'arbre du plaisir.
redresse : répare, corrige
comme il lui plaît, sans faute ou injustice,
m'a mis, avec raison et pleine de bon sens,
8 pour mûrir sur la paille de la prison[1].

Cet état a duré longtemps
et jamais je n'ai été mis à l'air libre de largesse ;
j'en suis satisfait et considère que, sans aucun doute,
12 tout est pour le mieux, bien que, par paresse,
je devienne flasque et me rapproche de la vieillesse.
Le tison du sot désir est complètement éteint
en moi, puisque j'ai été enfermé

17 Que Dieu nous accorde la paix, voilà mon seul désir !
Alors je serai vite rafraîchi dans l'eau
de joie et bien nettoyé de la moisissure
20 de tristesse sous le soleil de France.
J'attends de meilleurs jours, prenant humblement mon mal
en patience, car j'espère que Dieu ordonnera
ma guérison ; c'est pourquoi Sa Gloire

L'envoy

Fruit suis d'yver qui a meins de tendresse
Que fruit d'esté ; si suis en garnison
Pour amolir ma trop verde duresse,
28 Mis pour meurir ou feurre prison.

Balade [104 (LXXXI)]

1 **C**ueur, trop es plain de folie !
Cuides tu de t'eslongnier
Hors de nostre compaignie
4 Et en repos te logier ?
Ton propos ferons changier.
Soing et Ennuy nous nommons ;
Avecques toy demourrons,
8 Car c'est le commandement
De Fortune qui en serre
T'a tenu moult longuement
Ou royaume d'Angleterre.

12 **D**y nous, ne congnois tu mie
Que l'estat de prisonnier   [p. 209]
Est que souvent lui ennuye
Et endure maint dangier
16 Dont il ne se peut vengier ?
Pource nous ne te faisons
Nul tort, se te gouvernons
Ainsi que communement
20 Sont prisonniers pris en guerre,
Dont es l'un presentement
Ou royaume d'Angleterre.

L'envoi

25 Je suis un fruit d'hiver qui est moins tendre
   qu'un fruit d'été ; et je suis en réserve
   pour que devienne plus tendre ma dureté de fruit trop vert,
28 lequel est mis sur la paille de la prison pour mûrir.

Ballade 104

1 *plain* : plein
   Crois-tu t'éloigner
   de notre compagnie
4 pour trouver un logis tranquille ?
   Nous te ferons changer de propos.
   Nous nous appelons Peine et Douleur ;
   nous resterons avec toi,
8 car tel est l'ordre
   de Fortune qui t'a
   très longtemps retenu en prison
   au royaume d'Angleterre.

12 Dis-nous, ne sais-tu donc pas
   que l'état d'un prisonnier,
   c'est d'être souvent tourmenté
   et de supporter bien des souffrances
16 sans pouvoir s'en venger ?
   pource : c'est pourquoi
   gouvernons : traitons
   comme on traite d'habitude
20 les prisonniers de guerre
   presentement : actuellement

En lieu de plaisance lye
24 Au lever et au couschier
Trouveras merencolie;
Souvent te fera veillier
La nuit et le jour songier.
28 Ainsi te guerdonnerons
Et es fers te garderons
De soussy et pensement.
Si tu peuz, si te defferre;
32 Par nous n'auras autrement
Ou royaume d'Angleterre.

Balade [105 (LXXXII)]

1 Nouvelles ont couru en France
Par mains lieux que j'estoye mort,
Dont avoient peu desplaisance
4 Aucuns qui me hayent a tort;
Autres en ont eu desconfort,
Qui m'ayment de loyal vouloir,
Comme mes bons et vrais amis.   [p. 210]
8 Si fais a toutes gens savoir
Qu'encore est vive la souris.

Ie n'ay eu ne mal ne grevance,
Dieu mercy, mais suis sain et fort
12 Et passe temps en esperance
Que paix, qui trop longuement dort,
S'esveillera et par accort
A tous fera liesse avoir.
16 Pource de Dieu soient maudis
Ceulx qui sont dolens de veoir
Qu'encore est vive la souris!

Au lieu de plaisir et joie
24 à ton lever et à ton coucher
tu trouveras la mélancolie ;
souvent, elle te fera veiller
et, nuit et jour, elle te plongera dans une rêverie.
28 Voilà le cadeau que nous te faisons,
et nous te garderons dans les fers
de peine et préoccupation.
Si tu le peux, libère-toi ;
32 De nous tu n'obtiendras rien d'autre

Ballade 105

2 *j'estoye* : j'étais
ce qui a peu déplu à
4 certains qui me haïssent à tort ;
d'autres en ont éprouvé du chagrin,
qui m'aiment loyalement
en bons et véritables amis.
8 Je fais savoir à tout le monde
que la souris est encore en vie.

Je n'ai souffert ni de mal ni de douleur
Dieu merci, mais je suis sain, fort,
12 et je passe le temps à espérer
que la paix, qui dort trop longtemps,
s'éveillera et que, grâce à un accord,
elle permettra à tous de retrouver la joie.

17 *dolens* : tristes

Ieunesse sur moy a puissance,
20 Mais Vieillesse fait son effort
De m'avoir en sa gouvernance.
A present faillira son sort:
Je suis assez loing de son port,
24 De pleurer vueil garder mon hoir.
Loué soit Dieu de paradis
Qui m'a donné force et povoir
Qu'encore est vive la souris!

L'envoy

28 Nul ne porte pour moy le noir;
On vent meillieur marchié drap gris!
Or tiengne chascun pour tout voir
Qu'encore est vive la souris!

Balade [106 (LXXXIII)] [p. 211]

1 Puis qu'ainsi est que vous alez en France,
Duc de Bourbon, mon compaignon treschier,
Ou Dieu vous doint — selon la desirance
4 Que tous avons — bien povoir besongnier,
Mon fait vous vueil descouvrir et chargier
Du tout en tout, en sens et en folie.
Trouver ne puis nul meillieur messagier:
8 Il ne fault ja que plus je vous en die.

Premierement, se c'est vostre plaisance,
Recommandez moy, sans point l'oublier,
A ma dame! Ayez en souvenance,
12 Et lui dictes, je vous pry et requier,
Les maulx que j'ay, quant me fault eslongnier,
Maugré mon vueil, sa doulce compaignie!
Vous savez bien que c'est de tel mestier,
16 Il ne fault ja que plus je vous en dye.

Jeunesse me gouverne,
20 mais Vieillesse s'efforce
de m'avoir en son pouvoir.
Maintenant sa chance va lui faire défaut :
je suis très éloigné de son port
et veux épargner les larmes à mon héritier.

L'envoi

28 *noir, gris* : selon le *Blason des couleurs* du Héraut Sicile, le
noir signifie *amertume* et le gris *espérance, confort*[1].
Que chacun sache en toute vérité
que la souris est encore en vie !

Ballade 106

2 *duc de Bourbon* : Jean Ier de Bourbon, fait prisonnier à
Azincourt, mort en 1434 en Angleterre. Il a passé en
France en 1420, 1430, 1433 — dates possibles pour la
ballade.
où Dieu vous accorde — selon le désir
4 que nous éprouvons tous — de bien travailler !
Je veux vous révéler mon affaire et m'en remettre
complètement à vous, que ce soit sens ou folie ;
8 Il ne faut pas que je vous en dise davantage.
D'abord, si vous le voulez bien,
recommandez-moi, sans l'oublier,
à ma dame ! Souvenez-vous-en
12 et racontez-lui, je vous en prie et vous le demande,
les maux dont je souffre, quand je dois m'éloigner,
malgré mon désir, de sa douce compagnie !
Vous savez bien ce qu'il en est d'une telle situation

Or y faictes comme j'ay la fiance,
Car un amy doit pour l'autre veillier!
Se vous dictes: « Je ne sçay sans doubtance
20 Qui est celle, vueilliez la ensaignier! »,
Je vous respons qu'il ne vous fault serchier,
Fors que celle qui est la mieulx garnie
De tous les biens qu'on sauroit souhaidier:
24 Il ne fault ja que plus je vous en dye.

L'envoy

Sy ay chargié a Guilleaume Cadier
Que par dela bien souvent vous supplie:
« Souviengne vous du fait du prisonnier! »
28 Il ne fault ja que plus je vous en dye.

Balade [107 (LXXIV)] [p. 212]

1 Mon gracïeux cousin, duc de Bourbon,
Je vous requier, quant vous aurez loisir,
Que me faittes, par balade ou chançon,
4 De vostre estat aucunement sentir;
Car, quant a moy, sachiez que sans mentir
Je sens mon cueur renouveller de joye,
En esperant le bon temps a venir
8 Par bonne paix que brief Dieu nous envoye.

Tout crestian qui est loyal et bon
Du bien de paix se doit fort resjoïr,
Veu les grans maulx et la destruccion
12 Que guerre fait par tous paÿs courir.
Dieu a voulu crestianté punir,
Qui a laissié de bien vivre la voye,
Mais puis aprés il la veult secourir
16 Par bonne paix que brief Dieu nous envoye.

17 Agissez donc ainsi que je crois que vous allez le faire,
   car un ami doit veiller pour l'autre !
   Si vous dites : Je ne sais pas avec certitude
20 qui est cette dame, veuillez me l'indiquer !
   je vous réponds que vous ne devez pas chercher
   [qui que ce soit], sinon celle qui est la plus riche
   souhaidier : souhaiter

L'envoi

25 *Guilleaume Cadier* : secrétaire du duc de Bourbon.
   que sur le continent il vous supplie :
   N'oubliez pas l'affaire du prisonnier !

Ballade 107

1 *duc de Bourbon* : voir la ballade précédente.
   je vous demande, quand vous en aurez le temps,
   que, par une ballade ou une chanson,
4 vous m'informiez en quelque façon de votre situation ;

   je sens mon cœur rajeunir de joie
   à l'espoir du temps heureux qui doit venir
8 par la bonne paix que Dieu veuille nous envoyer bientôt.

   crestian : chrétien
   resjoïr : réjouir
   étant donné les grands maux et la destruction
12 que la guerre cause dans tous les pays.
   crestianté : la chrétienté
   qui a quitté le droit chemin,
   mais ensuite il veut l'aider

Et pour cela, mon treschier compaignon,
Vueilliez de vous desplaisance bannir,
En oubliant vostre longue prison
20 Qui vous a fait mainte doleur souffrir !
Merciez Dieu, pensez de le servir ;
Il vous garde de tous biens grant montjoye
Et vous fera avoir vostre desir
24 Par bonne paix que brief Dieu nous envoye.

L'envoy

Resveilliez vous en joyeux souvenir,
Car j'ay espoir qu'encore je vous voye,
Et moy aussi, en confort et plaisir
28 Par bonne paix que brief Dieu nous envoye.

Balade [108 (LXXXV)]   [p. 213]

1 Mon chier cousin, de bon cueur vous mercie
Des blans connins que vous m'avez donnez ;
Et oultre plus pour vray vous certiffie,
4 Quant aux connins que dittes qu'ay amez,
Ilz sont pour moy, plusieurs ans a passez,
Mis en oubly. Aussi mon instrument
Qui les servoit a fait son testament
8 Et est retrait et devenu hermite.
Il dort tousjours, a parler vrayement,
Comme celui qui en riens ne prouffite.

Ne parlez plus de ce, je vous en prie !
12 Dieux ait l'ame de tous les trespassez !
Parler vault mieulx, pour faire chiere lie,
De bons morceaulx et de frians pastez,
Mais qu'ilz soient tout chaudement tastez !
16 Pour le present c'est bon esbatement,
Et qu'on ait vin pour nettier la dent ;
En char crue mon cueur ne se delitte.
Oublions tout le vieil gouvernement,
20 Comme celui qui en riens ne prouffite !

18 veuillez chasser toute peine de votre cœur
   longue prison : votre long emprisonnement

21 Remerciez Dieu, songez à bien le servir ;
   il vous réserve tous les biens en grande quantité,
   et il vous accordera ce que vous désirez

L'envoi

25 Trouvez au réveil les souvenirs joyeux,
   car j'espère que je vous verrai de nouveau,
   et moi aussi, réconfortés et heureux

Ballade 108

1 *chier cousin* : le duc de Bourbon, voir les ball. 106 et 107.
  connins : lapins
  et, d'autre part, je vous assure en toute vérité,
4 *connins* : métaphore traditionnelle pour désigner le sexe
    féminin.
  voilà déjà bien des années que je les ai oubliés
  mon instrument : métaphore désignant le sexe masculin.
8 il s'est retiré et est devenu hermite.
  En toute sincérité, il dort toujours
  comme quelqu'un qui ne tire profit de rien.

  Ne m'en parlez plus, je vous en prie !
12 Que Dieu ait l'âme de tous les trépassés !
   Pour se réjouir il vaut mieux parler
   de morceaux choisis et de délicieux pâtés,
   pourvu qu'on les goûte quand ils sont encore chauds !
16 *esbatement* : passetemps, distraction
   nettier : nettoyer
   mon cœur ne prend pas plaisir à la viande crue.
   Oublions entièrement notre ancien comportement !

Quant Jeunesse tient gens en seigneurie,
Les jeux d'amours sont grandement prisez;
Mais Fortune qui m'a en sa baillie,
24 Les a du tout de mon cueur deboutez.
Et desormais vous et moy excusez
De tels esbas serons legierement,
Car faiz avons noz devoirs grandement
28 Ou temps passé: vers Amours me tient quicte.
Je n'en vueil plus, mon cueur si s'en repent,
Comme celui qui en riens ne prouffite.

L'envoy   [p. 214]

Vieulx soudoiers avecques jeune gent
32 Ne sont prisiez la valeur d'une mitte;
Mon office resine plainement,
Comme celui qui en riens ne prouffite.

Balade [109 (LXXXVI)]

1 Dame qui cuidiez trop savoir
  — Mais vostre sens tourne en folie —,
Et cuidiez les gens decevoir
4 Par vostre cautelle jolie,
Qui croiroit vostre chiere lie
Tantost seroit pris en voz las.
Encore ne m'avez vous mie,
8 Encore ne m'avez vous pas!

Vous cuidiez bien qu'apercevoir
Ne sache vostre moquerie!
Si fais, pour vous dire le voir,
12 Et pource chierement vous prie:
Alez jouer de l'escremie
Autre part, car — quant en ce cas —
Encore ne m'avez vous mie,
16 Encore ne m'avez vous pas!

Quand Jeunesse gouverne les gens,
on estime beaucoup les jeux de l'amour ;
mais Fortune, qui m'a en son pouvoir,
24 les a entièrement chassés de mon cœur.
Et désormais on nous tiendra, vous et moi,
facilement quittes de tels divertissements
grandement : largement
28 au temps passé : je suis quitte avec Amour.
Je n'en veux plus, et mon cœur s'en repent

L'envoi

Quand ils sont en compagnie de jeunes gens,
32 on n'estime les vieux soldats même pas à la valeur d'un sou ;
je résigne définitivement ma charge,
étant celui qui ne tire profit de rien.

Ballade 109

1 *cuidiez* : croyez, vous imaginez
sens : intelligence, sagesse
decevoir : tromper
4 *cautelle* : ruse
si quelqu'un faisait confiance à votre bon accueil,
il serait aussitôt pris dans vos filets.
mie : pas du tout

9 Vous pensez probablement que je suis pas en mesure
de remarquer votre moquerie !
A vrai dire, je la remarque pourtant,
12 et c'est pourquoi je vous prie du fond du cœur :
Allez jouer de l'escrime [= allez ruser]
ailleurs, car — pour cette fois —

   Vous ferez bien vostre devoir,
   Se m'atrapés par tromperie,
   Car trop ay congneu, main et soir,
20 Les faulx tours dont estes garnie.
   On vous appelle : Foul s'i fie.
   Deportez vous de telz esbas :
   Encore ne m'avez vous mie,
24 Encore ne m'avez vous pas !

Balade [110 (LXXXVII)]   [p. 215]
Orlians a Bourgogne.

 1 Puis que je suis vostre voisin
   En ce païs presentement,
   Mon compaignon, frere et cousin,
 4 Je vous requier treschierement
   Que de vostre gouvernement
   Et estat me faictes savoir,
   Car j'en orroye bien souvent,
 8 S'il en estoit a mon vouloir.

   Il n'est jour, ne soir, ne matin,
   Que ne prie Dieu humblement
   Que la paix prengne telle fin
12 Que je puisse joyeusement,
   A mon desir, prouchainement
   Parler a vous et vous veoir ;
   Ce seroit treshastivement,
16 S'il en estoit a mon vouloir.

car j'ai trop éprouvé, soir et matin,
20 les fausses manœuvres qui sont les vôtres.
Foul s'i fie : fou est celui qui vous accorde sa confiance.
Amusez-vous en de tels passe-temps :

Ballade 110

Orlians a Bourgogne : cette ballade et les suivantes sont un
échange de lettres poétiques entre Charles d'Orléans et le
duc de Bourgogne, Philippe le Bon.
2 en ce pays pour le moment [en juin 1439 Charles d'Orléans,
encore prisonnier, séjourne à Calais].
4 je vous demande avec insistance
gouvernement : votre état, situation
estat : votre sort, situation
car j'en aurais bien souvent des nouvelles,
8 si cela dépendait de ma volonté.

que la paix aboutisse
12 de manière que je puisse, joyeux
et selon mon désir, bientôt
veoir : voir
treshativement : très bientôt

Chascun doit estre bien enclin
Vers la paix, car certainement
Elle departira butin
20 De grans biens a tous largement.
Guerre ne sert que de tourment :
Je la hé, pour dire le voir ;
Bannie seroit plainement,
24 S'il en estoit a mon vouloir.

                    L'envoy[1]

Va, ma balade, prestement
A Saint Omer, moustrant comment
Tu vas pour moy ramentevoir
28 Au duc a qui suis loyaument
Et tout a son commandement,
S'il en estoit a mon vouloir.

            Balade (LXXXVIIa)   [p. 216]
            Response de Bourgogne
                a Orlians.

            Balade [111 (LXXXVIII)]   [p. 217]
            Orlians a Bourgogne.

1 Pour le haste de mon passage
Qu'il me couvient faire oultre mer,
Tout ce que j'ay en mon courage
4 A present ne vous puis mander.
Mais non pourtant, a brief parler,
De la balade que m'avés
Envoyee, comme savés,
8 Touchant paix et ma delivrance,
Je vous mercie chierement,
Comme tout vostre entierement
De cueur, de corps et de puissance.

estre enclin : avoir un penchant pour
la paix, car, certainement,
elle distribuera généreusement à tout le monde
20 une quantité de grands biens [avantages]
La guerre n'apporte que des souffrances
hé : je la hais
plainement : définitivement

L'envoi

25 *prestement* : vite
Saint Omer : Philippe le Bon s'y trouvait en juin 1439.
ramentevoir : rappeler [au souvenir]
28 du duc à qui j'appartiens en toute loyauté
et à qui suis en tout à ses ordres

Ballade : Réponse du duc de Bourgogne

Ballade 111 : le duc d'Orléans au duc de Bourgogne

1 A cause de la brièveté du séjour
que je dois faire outremer,
courage : dans mon cœur, ma pensée
4 je ne peux pas vous le faire savoir à présent.
Néanmoins, en quelques mots,
pour la ballade que vous m'avez
envoyée, comme vous le savez,
8 et qui concerne la paix et ma délivrance,
je vous en remercie chaleureusement,
considérant que je suis entièrement vôtre
de cœur, de corps et de pouvoir.

12 Ie vous envoyeray message,
   Se Dieu plaist, briefment sans tarder,
   Loyal, secret et assez sage,
   Pour bien a plain vous infourmer
16 De tout ce que pourray trouver
   Sur ce que savoir desirés.
   Pareillement fault que mettés
   Et faictes, vers la part de France,
20 Diligence soingneusement;
   Je vous en requier humblement
   De cueur, de corps et de puissance.

   Et sans plus despendre langage,
24 A cours mots, plaise vous penser
   Que vous laisse mon cueur en gage
   Pour tousjours sans jamais faulser.
   Si me vueilliez recommander
28 A ma cousine! Car croyés
   Que en vous deux, tant que vivrés,
   J'ay mise toute ma fiance;
   Et vostre party loyaument   [p. 218]
32 Tendray, sans faire changement,
   De cueur, de corps et de puissance.

        [L']envoy¹

   Or y parra que vous ferés
   Et se point ne m'oublierés,
36 Ainsi que g'y ay esperance.
   Adieu vous dy presentement,
   Tout Bourgongnon sui vrayement
   De cueur, de corps et de puissance.

12 Je vous enverrai un messager
    briefment : sous peu, bientôt,
    loyal, sincère et très raisonnable,
    pour bien vous informer en détail

18 De même il faut que vous fassiez
    diligence et vous occupiez
    avec soin du parti de France ;
    je vous le demande humblement

    Et sans perdre plus de paroles,
24 en peu de mots, veuillez vous souvenir
    que je vous laisse mon cœur en gage
    pour toujours et en toute loyauté.
    Et veuillez me recommander
28 *ma cousine* : Isabelle de Portugal, duchesse de Bourgogne.

30 *ma fiance* : ma confiance
    et je défendrai loyalement
    et fidèlement votre cause

L'envoi

34 On verra maintenant ce que vous ferez
    et si vous ne m'oubliez pas,
    ainsi que je l'espère.
    presentement : pour le moment
38 en toute sincérité, je suis un vrai Bourguignon

Balade (LXXXVIIIa)
Response de Bourgogne a Orlians. [p. 219]

Balade [112 (LXXXIX)]
Orlians a Bourgogne.

1 Des nouvelles d'Albïon,
S'il vous en plaist escouter,
Mon frere et mon compaignon,
4 Sachiez qu'a mon retourner
J'ay esté deça la mer
Receu a joyeuse chiere,
Et a fait le roy passer
8 En bons termes ma matiere.

Ie doy estre une saison
Eslargi pour pourchasser
La paix, aussi ma raençon, [p. 220]
12 Se je puis seurté trouver
Pour aler et retourner.
Il fault qu'en haste la quiere,
Se je vueil brief achever
16 En bons termes ma matiere.

Or, gentil duc Bourgongnon,
A ce cop vueilliez m'aydier,
Comme mon entencïon
20 Est vous servir et amer
Tant que vif pourray durer.
En vous ay fiance entiere
Que m'ayderez a finer
24 En bons termes ma matiere.

Réponse du duc de Bourgogne au duc d'Orléans

Ballade 112 : Réponse du duc d'Orléans

1 *Albïon* : l'Angleterre

4 *retourner* : lors de mon retour
deça : de ce côté
reçu joyeusement,
et le roi a fait mener
8 à bonne fin mon affaire.

Je dois être libéré pendant une saison
afin de rechercher
raençon : selon la convention du 2 juillet 1440 la rançon du
duc s'élève à 240 000 écus[1].
12 *seurté* (2 syllabes !) : garantie (de sécurité)
14 il faut que je me la procure en [toute] hâte,
si j'entens bientôt mener
à bonne fin mon affaire.

18 *a ce cop* : pour cette fois,
puisque j'ai l'intention
de vous servir et de vous aimer
aussi longtemps que je vivrai.
22 *fiance* : confiance
finer : finir, terminer

L'envoy

Mes amis fault esprouver,
S'ilz vouldront a ma priere
Me secourir pour mener
28 En bons termes ma matiere.

Balade [113 (XC)]

1 J'ay tant joué avecques Aage
A la paulme que maintenant
J'ay quarante cinq ; sur bon gage
4 Nous jouons, non pas pour neant.
Assez me sens fort et puissant
De garder mon jeu jusqu'a cy,
Ne je ne crains riens que Soussy.

8 Car Soussy tant me descourage   [p. 221]
De jouer et va estouppant
Les cops que fiers a l'avantage.
Trop seurement est rachassant ;
12 Fortune si lui est aidant.
Mais Espoir est mon bon amy,
Ne je ne crains riens que Soussy.

Vieillesse de douleur enrage
16 De ce que le jeu dure tant,
Et dit en son felon langage
Que les chasses dorenavant
Merchera pour m'estre nuisant.
20 Mais ne m'en chault, je la deffy,
Ne je ne crains riens que Soussy.

L'envoi

25 Je dois mettre mes amis à l'épreuve
   pour savoir s'ils voudront répondre à ma prière
27 et m'aider pour mener
   à bien mon affaire.

Ballade 113

1 *Aage* : voir le début de la *Retenue d'Amours* où la même
   personnification joue le rôle de messager.
   paulme : le jeu de paume.
   quarante cinq [points ou ans] : nous serions donc en 1439.
   C'est l'âge (approximatif) de l'entrée en vieillesse[1].

4 *pour neant* : pour rien
   pour défendre mon jeu jusqu'à présent,
   et je ne crains personne si ce n'est Souci.

9 *va estouppant* : et il intercepte
   les balles que je lance à mon avantage[2].
   Il les attrape trop facilement[3] ;
12 c'est que Fortune le soutient.

17 et elle dit en son langage perfide
   que dorénavant elle marquera
   le point de chute de la balle pour me nuire.
20 Mais il ne m'en importe pas, je la défie,

L'envoy

Se Bon Eur me tient convenant,
Je ne doubte ne tant ne quant
24 Tout mon adversaire party;
Ne je ne crains riens que Soussy.

Balade [114 (XCI)]   [p. 222]

1 Visage de baffe venu,
Confit en composte de vin,
Menton rongneux et peu barbu,
4 Et dessiré comme un coquin,
Malade du mal saint Martin
Et aussi ront q'un tonnellet :
Dieu le me sauve ce varlet !

8 Il est enroué devenu,
Car une pouldre de raisin
L'a tellement en l'ueil feru
Qu'endormy l'a comme un touppin.
12 Il y pert un chascun matin,
Car il en a chault le touppet :
Dieu le me sauve ce varlet !

Rompre ne sauroit un festu,
16 Quant il a pincé un loppin
Saint Poursain, qui l'a retenu
Son chier compaignon et cousin,
Combien qu'ayent souvent hutin,
20 Quant ou cellier sont en secret :
Dieu le me sauve ce varlet !

L'envoi

22 Si Bonheur tient sa promesse,
je ne redoute pas le moins du monde
tout le parti adverse ;

Ballade 114[1]

1 Visage ahuri comme par une gifle,
imbibé d'un mélange de vin[2],
menton galeux et peu barbu,
4 et loqueteux comme un mendiant[3],
mal saint Martin : l'ivresse. Le 11 novembre on goûtait le vin
nouveau.
et aussi rond qu'un petit tonneau :
que Dieu me sauve ce valet !

9 car une poussière de raisin [= les fumées du vin]
l'a tellement aveuglé
qu'il s'est endormi comme une toupie.
12 On le remarque chaque matin,
car la tête en est encore chaude.

Il serait incapable de briser un brin de paille,
16 quand il a bu un petit coup de
Saint-Pourçain[4], qui l'a choisi
comme cher compagnon et cousin,
bien qu'ils se querellent souvent,
20 quand il sont en secret à la cave.

L'envoy

Prince, pour aler jusqu'au Rin
D'un baril a fait son ronssin,
24 Et ses esperons d'un foret :
Dieu le me sauve ce varlet !

Balade [115 (XCII)]   [p. 223]

1 Amour, qui tant a de puissance
Qu'il fait vieilles gens rassoter
Et jeunes plains d'oultrecuidance,
4 De tous estas se scet meller.
Je l'ay congneu pieça au cler ;
Il ne fault ja que je le nye,
Par quoy dis et puis advouer :
8 Ce n'est fors que plaisant folie.

A droit compter sans decevance,
Quant un amant vient demander
Confort de sa dure grevance,
12 Que vouldroit il faire ou trouver ?
Cela, je ne l'ose nommer.
Au fort, il faut que je le dye :
Ce qui fait le ventre lever,
16 Ce n'est fors que plaisant folie.

Bien sçay que je fais desplaisance
Aux amoureux d'ainsi parler,
Et que j'acquier leur malvueillance.
20 Mais, s'il leur plaist me pardonner,
Je leur prometz qu'au paraler,
Quant leur chaleur est refroidie,
Ilz trouveront que, sans doubter,
24 Ce n'est etc.

L'envoi

22 *Rin* : le Rhin
    il a fait d'un tonneau son cheval,
    et d'un foret [à tonneaux] ses éperons

Ballade 115

2 qu'il fait dire des bêtises aux vieilles gens
    et rend les jeunes prétentieux,
4 il sait se mêler de tous les états [sociaux].
    Jadis j'en ai fait l'expérience complète ;
    il ne faut pas que ne le nie,
    et c'est pourquoi je dis et reconnais :
8 Ce n'est qu'une folie agréable.

    En vérité et sans mensonge,
    qu'aimerait faire ou rencontrer
    un amant qui vient chercher
12 un réconfort à sa dure peine ?
    Cela, je n'ose pas le désigner [ouvertement].
    Il faut pourtant que je le dise :
    ventre lever : gonfler le ventre

17 Je sais bien que j'afflige
    les amoureux en parlant ainsi
    et que je m'attire leur malveillance.
20 Mais, s'ils veulent bien m'excuser,
21 Je leur promets qu'en fin de compte
    ils découvriront, quand leur chaleur sera refroidie,
    que, sans aucun doute,
24 *ce n'est* : le refrain, incomplet, est transcrit dans la
    marge droite, à côté du vers 23.

L'envoy

Prince, quant un prie d'amer,
Se l'autre s'i veult accorder,
Il n'y a plus, sans moquerie :
28 Laissiez les ensemble jouer,
Ce n'est fors que plaisant folie !

Balade [116 (XCIII)]   [p. 224]
Orlians a Bourgogne.

1 **B**eau frere, je vous remercie,
Car aidié m'avez grandement.
Et oultre plus vous certiffie
4 Que j'ay mon fait entierement ;
Il ne me fault plus riens qu'argent
Pour avancer tost mon passage.
Et pour en avoir prestement
8 Mettroye corps et ame en gage !

Il n'a marchant en Lombardie,
S'il m'en prestoit presentement,
Que ne fusse toute ma vie
12 Du cueur a son commandement.
Et tant que l'eusse fait content,
Demourer vouldroie en servage,
Sans espargnier aucunement
16 Pour mettre corps et ame en gage.

Car se je suis en ma partie
Et oultre la mer franchement,
Dieu mercy, point ne me soussie
20 Que n'aye des biens largement.
Et desserviray loyaument
A ceulx qui m'ont de bon courage
Aidié, sans faillir nullement
24 Pour mettre cueur et corps en gage.

L'envoi

Prince, quand quelqu'un fait une requête d'amour,
si l'autre veut donner son accord,
il n'y a — sans moquerie — rien d'autre à faire :
28 Laissez les s'amuser ensemble !

Ballade 116
Orléans à Bourgogne : voir ballade 110 et suivantes.

2 *grandement* : beaucoup
et en plus je vous assure
que je mène mon affaire comme il faut ;
il ne me manque plus que l'argent
6 pour hâter mon passage [en France : voir ballade 112].
prestement : bientôt, rapidement

Il n'y a pas de marchand en Lombardie,
s'il m'en prêtait maintenant,
que je ne serve toute ma vie
12 en toute loyauté ;
et je voudrais rester à son service
jusqu'à ce que je l'aie satisfait,
sans compter le moins du monde
16 même s'il fallait mettre corps et âme en gage[1].

Si je suis en mon pays
et libre de l'autre côté de la mer,
Dieu merci, je ne doute pas
20 que j'obtiendrai des subsides en grande quantité ;
et je m'acquitterai loyalement
envers ceux qui m'auront aidé
de bon cœur, sans [leur] faire défaut en rien

L'envoy

Qui m'ostera de ce tourment,
Il m'achetera plainement,
A tousjours mais, a heritage :
28 Tout sien seray, sans changement,
Pour mettre corps et ame en gage.

Balade [117 (XCIV)]   [p. 225]
Orlians a Bourgogne.

1 Pour ce que je suis a presant
Avec la gent vostre ennemie,
Il fault que je face semblant,
4 Faignant que ne vous ayme mye.
Non pour tant je vous certiffie
Et vous pri que vueillez penser
Que je seray toute ma vie
8 Vostre loyaument sans faulser.

Tous maulx de vous je voiz disant
Pour aveugler leur faulse envye.
Non pour tant je vous ayme tant
12 — Ainsi m'aid la Vierge Marie ! —
Que je pry Dieu qu'il me maudye,
Se ne trouvez au paraler
Que vueil estre, quoy que nul dye,
16 Vostre loyaument sans faulser.

Faignez envers moy maltalant
A celle fin que nul n'espye
Nostre amour, car, par ce faisant,
20 Sauldray hors du mal qui me anuye.
Mais faictes que bonne foy lye
Noz cuers, qu'ilz ne puissent muer,
Car mon vouloir vers vous se plye,
24 Vostre loyaument sans faulser.

L'envoi

25 Celui qui m'arrachera à cette peine,
   il m'achètera entièrement
   et pour toujours, comme part d'héritage;

Ballade[1] 117
Orléans à Bourgogne: voir la ballade 116.

1 Comme je me trouve à présent
  gent ennemie: les Français, adversaires des Bourguignons.
  je dois feindre et
4 faire semblant que je ne vous aime pas du tout;
  je vous assure pourtant
  et vous prie de bien vouloir penser
  que je serai vôtre pour toute la vie,
8 loyalement et sans tricherie.

  Je raconte tout le mal possible de vous
  afin de tromper leur jalousie;
  non pour tant: et pourtant
12 — que la Vierge me protège! —
  maudye: qu'il me maudisse,
  si vous ne constatez pas, en fin de compte,
  que je veux être, quoi qu'on en dise,
16 loyalement vôtre, sans tricherie.

  Faites semblant d'être irrité à mon égard
  afin que personne ne découvre
  notre amour, car, si vous agissez ainsi,
20 je sortirai du mal qui me tourmente.
  Mais faites en sorte que nos cœurs soient liés
  par une foi mutuelle de manière qu'ils ne puissent plus
  car mon désir me porte vers vous   [changer,

Vous et moy avons maint servant
Que Convoitise fort mestrie ;
Il ne fault pas, ne tant ne quant,
28 Qu'ilz saichent nostre compaignie !
Peu de nombre fault que manye
Noz fais secrez par bien celer,
Tant qu'il soit temps qu'on me publie   [p. 226]
32 Vostre loyaument sans faulser.

Tout mon fait saurez plus avant
Par le porteur en qui me fye ;
Il est leal et bien saichant
36 Et se garde de janglerye.
Creez le, de vostre partie,
En ce qu'il vous doit raconter,
Et me tenez, je vous en prie,
40 Vostre loyaument sans faulser.

L'envoy

Dieu me fiere d'espidimie,
Et ma par es cieulx je renye,
Se jamais vous povez trouver
44 Que me faigne par tromperie
Vostre loyaument sans faulser !

Balade [118 (XCV)]   [p. 227]

1 **P**ar les fenestres de mes yeulx,
Ou temps passé quant regardoie,
Avis m'estoit — ainsi m'ait Dieux ! —
4 Que de trop plus belles veoye
Qu'a present ne fais ; mais j'estoie
Ravy en plaisir et lyesse
Es mains de ma dame Jennesse.

25 *maint servant* : beaucoup de serviteurs
que Convoitise gouverne étroitement ;
il ne faut pas, en aucune manière,
28 qu'ils aient vent de notre relation !
Il faut qu'un petit nombre [de gens] seulement s'occupe de
nos affaires secrètes en les cachant bien,
jusqu'à ce que vienne le temps de dévoiler
32 que je suis loyalement de votre parti, sans tricherie.

Vous saurez plus tard toute mon affaire
par le messager en qui j'ai confiance ;
il est loyal et bien informé
36 et il se garde de dire des mensonges.
De votre côté, croyez-en
ce qu'il vous racontera
et considérez-moi, je vous en prie,

L'envoi

41 Que Dieu m'envoie une épidémie,
et que je renonce à ma place au ciel,
si jamais vous pouvez constater
44 que je vous trompe en faisant semblant
d'être loyalement vôtre, sans tricherie !

Ballade 118

2 au temps passé, quand je regardais,
il me semblait — que Dieu me vienne en aide ! —
que j'en voyais de bien plus belles
qu'à présent ; mais j'étais
6 transporté de plaisir et de joie
entre les mains de dame Jeunesse.

8 **O**r, maintenant que deviens vieulx,
　Quant je lys ou livre de joie,
　Les lunectes prens pour le mieulx,
　Par quoy la lettre me grossoye...
12 Et n'y voy ce que je souloie!
　Pas n'avoye ceste foiblesse
　Es mains de ma dame Jennesse!

　Iennes gens, vous deviendrez tieulx,
16 Se vivez et suivez ma voie,
　Car aujourd'uy n'a soubz les cieulx
　Qui en aucun temps ne fouloye.
　Puis faut que Raison son compte oye
20 Du trop despendu en simplesse
　Es mains de ma dame Jennesse.

L'envoy

　Dieu en tout par grace pourvoye!
　Et ce qui nicement forvoye,
24 A son plaisir en bien radresse
　Es mains de ma dame Jennesse.

Balade [119 (XCVI)]　　　　　　　[p. 228]

1 **P**ar les fenestres de mes yeulx
　Le chault d'amours souloit passer;
　Mais maintenant que deviens vieulx,
4 Pour la chambre de mon penser
　En esté freschement garder,
　Fermees les feray tenir,
　Laissant le chault du jour aler
8 Avant que je les face ouvrir.

9 quand je lis dans le livre de joie,
je prends les lunettes pour mieux lire,
afin que les lettres soient plus grandes à mes yeux ;
12 et pourtant je n'y vois pas ce que je voyais autrefois !
Je n'avais pas cette faiblesse

15 Jeunes gens, vous deviendrez ainsi,
si vous vivez et suivez mon chemin,
car aujourd'hui il n'y a personne
sous le ciel, qui ne fasse de temps à autre une folie ;
ensuite il faudra que Raison écoute le récit
20 de ce qu'il a dépensé de trop et de façon niaise

L'envoi

22 Que Dieu veille à tout par sa grâce !
Et ce qui s'égare niaisement,
24 qu'il le remette à son gré dans le droit chemin

Ballade 119

2 la chaleur amoureuse avait l'habitude de passer ;
mais maintenant que me voilà vieux
4 afin de conserver en été la fraîcheur
dans la chambre de ma pensée,
je laisserai les fenêtres fermées
aler : partir

Aussi en yver le pluieux,
Qui vens et broillars fait lever,
L'air d'amour epidimieux
12 Souvent par my se vient bouter;
Si fault les pertuiz estouper
Par ou pourroit mon cuer ferir.
Le temps verray plus net et cler
16 Avant que jes facë ouvrir.

Desormais en sains et seur lieux
Ordonne mon cueur demourer,
Et par Nonchaloir pour le mieulx
20 — Mon medicin — soy gouverner.
S'Amour a mes huiz vient hurter
Pour vouloir vers mon cuer venir,
Seurté lui fauldra me donner,
24 Avant que je les face ouvrir.

L'envoy

Amours, vous venistes frapper
Pieça mon cuer sans menacer;
Or ay fait mes logiz batir
28 Si fors que n'y pourrez entrer,
Avant que je les face ouvrir.

Balade [120 (XCVII)]   [p. 229]

1 Ung jour a mon cuer devisoye,
Qui en secret a moy parloit,
Et en parlant lui demendoye
4 Se point d'espargne fait avoit
D'aucuns biens, quant Amours servoit.
Il me dit que tresvoulentiers
La verité m'en compteroit,
8 Mais qu'eust visité ses papiers.

9 *pluieux* : pluvieux
  broillars : fait venir le brouillard
  epidimieux : porteur de maladies
12 vient souvent se jeter au milieu des gens ;
  il faut donc boucher les trous
  par lesquels il pourrait blesser mon cœur

16 *jes* : contraction archaïque de *je* et *les*.

J'ordonne à mon cœur de vivre désormais
dans des endroits sûrs et sains,
et qu'il se règle au mieux
20 d'après les conseils d'Indifférence — mon médecin.
Si Amour vient frapper à mes portes
pour se rendre chez mon cœur,
il lui faudra me donner une garantie de sécurité

L'envoi

25 Amour, vous êtes jadis venu frapper
  mon cœur sans crier gare ;
  maintenant j'ai si bien fait renforcer
28 mon logis que vous ne pourrez pas y pénétrez

Ballade[1] 120

1 Un jour je discutais avec mon cœur
  qui me parlait en secret.
  et en discutant je lui demandai
4 s'il n'avait pas mis de côté
  quelques richesses, pendant qu'il était au service d'Amour.
  tresvoulentiers : très volontiers
  compteroit : qu'il raconterait
8 à condition toutefois qu'il eût revu ses papiers.

Quant ce m'eust dit, il print sa voye
Et d'avecques moy se partoit.
Aprés entrer je le veoye
12 En ung comptouer qu'il avoit ;
La deça et dela queroit,
En cherchant plusieurs vieulx cayers,
Car le vray moustrer me vouloit,
16 Mais qu'eust visité ses papiers.

Ainsi par ung temps l'atendoye.
Tantost devers moy retournoit
Et me monstra — dont j'eux grant joye —
20 Ung livre qu'en sa main tenoit,
Ouquel dedens escript portoit
Ses faiz au long et bien entiers,
Desquelz informer me feroit,
24 Mais qu'eust visité ses papiers.

Lors demanday se g'y liroye
Ou se mieulx lire lui plaisoit.
Il dit que trop peine prendroye,
28 Pourtant a lire commançoit ;   [p. 230]
Et puis getoit et assommoit
Le conte des biens et dangiers ;
Tout a ung vy que revendro[it]¹,
32 Mais qu'eust visité ses papiers.

Lors dy : « Jamais je ne cuidoye,
Ne nul autre ne le croiroit,
Qu'en amer ou chascun s'employe,
36 De prouffit n'eust plus grand exploit.
Amours ainsi les gens deçoit :
Plus ne m'aura en tels santiers !
Mon cuer bien efacier pourroit,
40 Mais qu'eust visité ses papiers. »

Quand il m'eut dit cela, il se mit en route
et me quitta.
veoye : je le voyais
12 *comptouer* : un cabinet, bureau
queroit : il cherchait
cayers : cahiers
car il voulait me faire comprendre la vérité

17 Je l'attendis ainsi un certain temps.
Il revint bientôt vers moi
et me montra — ce dont j'éprouvai une grande joie —
20 un livre qu'il tenait à la main et
dans lequel étaient écrits
ses faits en détail et en entier
dont il allait m'informer

25 Je demandai alors si j'y lirais moi
ou s'il préférait lire lui-même.
Il dit que j'en aurais trop de peine,
28 et c'est pourquoi il commença à lire ;
ensuite il calcula et additionna
le compte des gains et des pertes ;
je vis qu'ils se trouvaient en équilibre

33 Alors je dis : Jamais je n'aurais cru,
et personne d'autre ne le croirait,
qu'en amour où chacun s'applique,
36 on ne trouve pas plus de profit.
deçoit : trompe
Il ne me conduira plus sur de tels chemins !
efacier : effacer [ses comptes]

L'envoy

Amours savoir ne me devroit
Mal gré, se blasme ses mestiers;
Il verroit mon gaing bien estroit,
44 Mais qu'eust visité ses papiers.

Balade [121 (XCVIII)]   [p. 231]

1 **E**n tirant d'Orleans a Blois,
L'autre jour par eaue venoye;
Si rencontré par plusieurs foiz
4 Vaisseaux, ainsi que je passoye,
Qui singloient leur droicte voye
Et aloient legierement,
Pour ce qu'eurent, comme veoye,
8 A plaisir et a gré le vent.

Mon cueur, Penser et moy, nous troys,
Les regardasmes a grant joye.
Et dit mon cueur a basse vois:
12 « Voulentiers en ce point feroye,
De confort la voile tendroye,
Se je cuidoye seurement
Avoir, ainsi que je vouldroye,
16 A plaisir et a gré le vent.

Mais je treuve le plus des mois
L'eaue de Fortune si quoye,
Quant au bateau du monde vois,
20 Que — s'avirons d'espoir n'avoye —
Souvent en chemin demouroye
En trop grant ennuy longuement;
Pour neant en vain actendroye
24 A plaisir et a gré le vent. »

L'envoi

41 Amour ne devrait pas m'en vouloir,
   si je critique son office ;
   il verrait que mon gain est bien mince,
44 s'il avait contrôlé ses papiers

Ballade 121

1 En allant d'Orléans à Blois,
   je m'en venais l'autre jour sur l'eau ;
   et j'ai rencontré, alors que je passais,
4 à plusieurs reprises des vaisseaux
   qui faisaient voile en suivant le chemin direct
   legierement : avec aisance
   parce qu'ils avaient, comme je pouvais le voir,
8 *A plaisir* : la référence à un fleuve réel (le Po, le Rhône)
      sert aussi chez Pétrarque (*Canzoniere*, CLXXX ;
      CCVIII) à exprimer l'état d'âme du sujet amoureux.
9 *troys* : nous trois
   a basse vois : à voix basse
12 Je ferais volontiers de même
   et je hisserais la voile de réconfort,
   si je pouvais avoir la certitude
   d'avoir, ainsi que je le désire,
16 le vent à mon gré et plaisir.

17 Mais la plupart du temps je trouve
   l'eau de Fortune si calme
   que, quand je navigue sur le bateau du monde,
20 — si je ne disposais pas des avirons d'espoir —
   je resterais souvent en chemin,
   longtemps et en trop grande douleur ;
   pour rien et en vain j'attendrais

L'envoy

Les nefz, dont cy devant parloye,
Montoient, et je descendoye
Contre les vagues de tourment ;
28 Quant il lui plaira, Dieu m'envoye
A plaisir et a gré le vent !

Balade [122 (XCIX)]   [p. 232]

1 L'autre jour je fis assembler
Le plus de conseil que povoye ;
Et vins bien au long raconter
4 Comment deffié me tenoye
— Comme par lectres monstreroye —
De Merencolie et Douleur,
Pourquoy conseiller me vouloye
8 Par les trois estas de mon cueur.

Mon advocat prist a parler,
Ainsi qu'anformé je l'avoye.
Lors vissiez mes amis pleurer,
12 Quant seurent le point ou j'estoye.
Non pourtant je les confortoye
Qu'a l'aide de Nostre Seigneur
Bon remede je trouveroye
16 Par les trois estas de mon cueur.

Espoir, Confort, loyal Penser,
Que mes chiefz conseillers nommoye,
Se firent fors, sens point doubter,
20 — Se par eulx je me gouvernoye —
De me trouver chemin et voye
D'avoir brief secours de Doulceur
Avecques l'aide que j'aroye
24 Par les trois estas de mon cueur.

L'envoi

Les bateaux, dont j'ai parlé ci-dessus,
remontaient le courant, et moi je descendais
contre les vagues de douleur ;
28 quand il lui plaira, que Dieu m'envoie
le vent à mon gré et plaisir.

Ballade 122

1 *assembler* : réunir
la plus grande assemblée que je pus ;
au long : en détail
4 comment je me tenais pour défié
monstreroye : je montrerais, ferais voir
par Mélancolie et Douleur ;
c'était pourquoi je voulais prendre conseil
8 auprès des trois états de mon cœur.

Mon avocat commença à parler
selon les informations que je lui avais données ;
alors vous auriez vu pleurer mes amis,
12 quand ils surent quel était mon état.
Je les réconfortais néanmoins en disant
qu'avec l'aide de Notre Seigneur
je trouverais un bon remède
16 grâce aux trois états de mon cœur.

qui étaient mes conseillers principaux,
se firent forts, à coup sûr,
20 — si je suivais leurs conseils —
de me trouver un chemin et une voie
pour obtenir bientôt le secours de Douceur
avec le soutien que m'apporteraient
les trois états de mon cœur.

L'envoy

Prince, Fortune me guerroye
Souvent a tort et par rigueur;
Raison veult que je me pourvoye
28 Par les trois estas de mon cueur.

Balade [123 (CIV)]   [p. 233]
Par le duc d'Orliens

1 **B**on regime sanitatis
Pro vobis neuf en mariage:
Ne de vouloirs effrenatis
4 Abusez nimis en mesnage;
Sagaciter menez l'ouvrage!
Ainsi fait homo sapiens,
Testibus de phisiciens.

Premierement caveatis
De coïtu trop a oultrage!
Car, se souvent hoc agatis,
Conjunx le vouldra par usage
12 Chalenger velud heritaige,
Aut erit quasi hors du sens,
Testibus les phisiciens.

Oultre plus non faciatis
16 Ut Philomena ou boucaige,
Se voz amours habeatis,
Qui siffle carens de courage
Cantendi, mais monstrés visage
20 Joyeux et sitis paciens,
Testibus les phisiciens.

L'envoi

25 *guerroye* : me combat
   rigueur : dureté, cruauté
   pourvoye : que je recoure à [terme juridique]

Ballade 123

1 Bon régime de santé[1]
   Pour vous autres nouveaux mariés :
   En ménage n'abusez pas trop
4 des désirs déchaînés ;
   menez l'ouvrage avec discernement !
   Ainsi agit l'homme sage
   selon le témoignage des médecins.

8 En premier lieu gardez vous
   du coït à l'excès !
   Car, si vous le faites souvent,
   poussée par l'habitude, l'épouse le réclamera
12 en justice comme héritage qui lui est dû.
   Ou elle sera presque hors de sens
   selon le témoignage des médecins.

   D'autre part, si vous avez vos amours,
16 n'agissez pas
   comme Philomèle[2] au bocage,
   qui siffle n'ayant pas le cœur
   à chanter, mais faites voir un visage
20 joyeux et soyez patient
   suivant les prescriptions des médecins.

L'envoy

Prince, miscui en potage
Latinum et françois langage,
24 Docens loiaulx advisemens
Testibus les phisiciens.

L'envoi

Prince, j'ai préparé un mélange
de latin et de langue française
24 pour donner de loyaux conseils
selon le témoignage des médecins.

Réponse de Fradet : réponse dans le même style à la ballade précédente. Fradet ou Fredet (Guillaume ?) : poète que Charles d'Orléans a connu en 1444 à Tours et qui est resté en contact avec la cour de Blois jusqu'en 1451.

Chansons I à XII : la partie supérieure de la page est restée libre pour la notation.

Chansons XIII à LXIII : dans la partie supérieure ont été transcrits les rondeaux plus tardifs : c'est pourquoi ceux-ci sont précédés de la rubrique *chan*son, placée en haut de la page. — La chanson XLV (p. 277 du ms. : *Va tost, mon amoureux desir*) a été mise en musique dès le xvᵉ siècle avec une mélodie que l'on peut attribuer à Gilles Binchois (1400-1460).

[Rondeau 1 (CCXCV)]   [p. 247]

1   Espoir, confort des maleureux,
    Tu m'estourdis trop les oreilles
    De tes promesses non pareilles,
4   Dont trompes les cueurs doloreux.

    En amusant les amoureux
    Et faisant baster aux corneilles,
         [E]spoir, confort etc.

12 Ne soiez plus si rygoreux!
    Mieulx vault qu'a Raison te conseilles,
    Car chascun se donne merveilles
    Que n'as pitié des langoreux,
16   Espoir, confort etc.

[Rondeau 2 (CCXCVI)]   [p. 248]

1   Paix ou treves je requier, Desplaisance!
    S'en toy ne tient, pas ne tendra a moy
    Que ne soyons desormais en requoy.
4   Acordon nous! chargeons en esperance!

    Que gaingne tu a me fere grevence?
    Assez me mects en devoir, sur ma foy!
         Paix ou etc.

8   Ou combatons tellement a oultrance
    Que l'ung die: « Je me rens ou ren toy! »
    Mieulx estre mort je veil, s'estre le doy,
    Qu'ainsi languir. D'offrir premier m'avance;
12   Paix ou etc.

Rondeau 1

1 *confort* : réconfort
tu me fatigues trop les oreilles
avec tes promesses sans pareilles
4 qui te servent à tromper les cœurs affligés.

En lanternant les amoureux
et les faisant bayer aux corneilles [= rester bouche bée. *Cf.*
ro. 68]

12 *rygoreux* : rigoureux, sévère
Il vaut mieux que tu cherches conseil auprès de Raison,
car chacun s'étonne
15 que tu n'aies pas pitié de ceux qui souffrent

Rondeau 2

1 Paix, Affliction, ou [au moins] une trêve !
Si cela ne tient pas à toi, il ne tiendra pas à moi
que nous ne vivions désormais en paix.
4 Mettons-nous d'accord ! embarquons sur [le navire d']
[espoir !

Quel avantage as-tu à me nuire ?
Par ma foi, tu me gouvernes trop !

8 *a oultrance* : à l'excès
jusqu'à ce que l'un dise : Je me rends ou rends-toi !
Je préfère mourir, s'il le faut,
11 que de souffrir ainsi. Je me hâte de faire une première
[proposition :

[**Rondeau 3 (CCXCVII)**]   [p. 249]

1 Se je fois lealle requeste,
   Soing et Soucy, et bon vous semble,
   Pour Dieu, acordons nous ensemble!
4 Qui a tort soit mis en enqueste!

   Quant vous ne moy bien n'y aqueste,
   Pour juger droit conseil asemble,
           Se je fois etc.

8 Ie ne requier autre conqueste
   Que d'Espoir, qui larron resemble
   Et sans cause de mon cuer s'emble.
   Dieu me secoure en ceste queste,
12   Se je fois, etc.!

[**Rondeau 4 (CCXCVIII)**]   [p. 250]

1 Ne hurtez plus a l'uis de ma pensee,
   Soing et Soussi, sans tant vous traveiller!
   Car elle dort et ne veult s'esveiller;
4 Toute la nuyt en paine a despensee.

   En dangier est, s'elle n'est bien pensee.
   Cessez! cessez! Laissez la sommeiller!
           Ne hurtez plus etc.
8 Pour la guerir bon Espoir a pensee
   Medecine qu'a fait apareiller;
   Lever ne peut son chief de l'oreiller,
   Tant qu'en repos se soit recompensee.
12   Ne hurtez plus etc.

Rondeau 3

1 Si je fais une requête loyale,
  Peine et Inquiétude, et que cela vous semble bon,
  au nom de Dieu, mettons-nous d'accord !
4 Que celui qui a tort fasse l'objet d'une enquête !

  Du moment que ni vous ni moi n'y trouvons avantage, ·
  je réunis un conseil juste pour en juger

8 Je ne demande pas d'autre conquête,
  si ce n'est d'attraper Espoir qui ressemble à un voleur
  et s'enfuit sans raison de mon cœur.
11 Que Dieu m'aide dans cette quête !

Rondeau 4

1 Ne frappez plus à la porte de ma pensée,
  Peine et Inquiétude, et ne vous fatiguez pas tant !
  Elle dort et ne veut pas se réveiller ;
4 elle a passé toute la nuit dans la souffrance.

  Elle est en danger, si on ne lui donne pas de soins.
  Cessez ! cessez laissez-la reposer !

8 Pour la guérir Espoir le gentil a imaginé
  un remède qu'il a fait préparer ;
  elle ne peut lever la tête de l'oreiller
11 avant qu'elle n'ait son lot de repos.

[Rondeau 5 (CCXCIX)] [p. 251]

1 L'un ou l'autre desconfira
De mon cueur et Merencolye ;
Auquel que Fortune s'alye,
4 L'autre : « Je me rens » lui dira.

D'estre juge me suffira
Pour mettre fin en leur folye.
        L'un ou l'autre etc.

8 Dieu scet comment mon cueur rira,
Se gangne, menant chiere lye,
Contre ceste saison jolye.
On verra commment en yra :
12   L'un ou l'autre etc.

[Rondeau 6 (CCC)] [p. 252]

1 Qui ? quoy ? comment ? a qui ? pourquoy ?
Passez, presens ou avenir,
Quant me viennent en souvenir,
4 Mon cueur en penser n'est pas coy.

Au fort, plus avant que ne doy
Jamais je ne pense enquerir :
        Qui ? quoy ? etc.

8 On s'en puet rapporter a moy
Qui de vivre ay eu beau loisir
Pour bien aprendre et retenir.
Assez ay congneu, je m'en croy :
12   Qui ? quoy ? etc.

Rondeau 5

1 *desconfira* : vaincra
Merencolye : Mélancolie
quel que soit celui avec qui Fortune s'allie,
4 l'autre lui dira : Je me rends.

Il me suffira d'être le juge
pour mettre fin à leur folie.

8 *scet* : sait
s'il gagne, en faisant bonne mine,
en cette jolie saison.
11 On verra comment cela se passera :

Rondeau 6

2 Passé, présent ou avenir,
quand ils viennent en ma mémoire,
4 *coy* : silencieux

Au reste, jamais je n'ai [eu] l'intention de pousser
l'enquête plus loin que je ne le dois.

8 On peut s'en rapporter à moi
qui ai eu assez de temps à ma disposition
pour bien apprendre et mémoriser.
11 J'ai beaucoup appris, et je me fais confiance :

[Rondeau 7 (CCCI)]   [p. 253]

1 Ie prens en mes mains voz debas
   Desormais, mon cuer et mes yeulx ;
   Se longuement vous seufre tieuls,
4 Moy mesmes de mon tour m'abas.

   Pour vostre prouffit me combas,
   Le desirant de bien en mieuls.
        Je prens en mes mains etc.

8 Quant voz desirs souvent rabas
   Desordonnés en aucuns lieus,
   Mon devoir fais, ainsi m'aid Dieus !
   Passons temps en plus beaus esbas :
12   Je prens etc.

[Rondeau 8 (CCCII)]   [p. 254]

1 Mon cuer se combat a mon eueil,
   Jamais ne les treuve d'acort ;
   Le cuer dit que l'oeil fait rapport
4 Que touzjours lui acroist son dueil.

   La verité savoir j'en veil :
   Que semble il qui en ait le tort ?
        Mon cuer [etc.]

8 Se je treuve que Bel Acueil
   Ayt gecté entre eulx aucun sort,
   Je la condampneray a mort.
   Doiz je souffrir ung tel orgueil ?
12   Mon cuer [etc.].

Rondeau 7[1]

1 *debas* : vos différends, querelles
  désormais, mon cœur et mes yeux ;
  si je tolère longtemps que vous restiez tels [que vous êtes],
4 je finirai par m'effondrer moi-même.

  Je me bats pour votre avantage,
  et désire que vous alliez de bien en mieux

8 Quand, souvent, je rabats vos désirs
  qui brûlent sans frein en plusieurs endroits,
  je fais mon devoir, Dieu m'en est témoin !
11 *esbas* : divertissements, amusements

Rondeau 8

1 Mon cœur se bat avec mon œil,
  jamais je ne les trouve d'accord ;
  le cœur prétend que l'œil l'informe
4 de manière que sa souffrance augmente toujours.

  Je veux savoir à quoi m'en tenir :
  de quel côté semble être le tort ?

8 Si je constate que Bel Accueil
  leur a jeté un sort,
  je le condamnerai à mort.
11 *souffrir* : tolérer

[Rondeau 9 (CCCIII)] [p. 255]

1 **T**ant que Pasques soient passees,
Se nous avons riens trespassé,
Prions mercy du temps passé,
4 Et pour les ames trespassees !

Chascun pas a pas ses passees
Face, avant que soit trespassé,
    Tant que Pasques etc.

8 **F**oleur a fait grandes passees,
Mains cueurs ont tout oultre passé ;
Pource par nous soit compassé
D'eschever faultes compassees,
12   **T**ant que Pasques etc.

[Rondeau 10 (CCCIV)] [p. 256]

1 — « **S**ans ce le demourant n'est rien. »
— « Qu'esse ? » — « Je le vous ay a dire ?
N'enquerez plus, il doit souffire ;
4 C'est conseil que tressegret tien.

Pour tant n'y entendez que bien,
Autrement je ne le desire ;
    Sans ce etc. »

8 **A**insy m'esbas ou penser myen,
Et mainte chose faiz escripre
En mon cueur pour le faire rire ;
Tout ung est mon fait et le sien.
12   **S**ans ce etc.

Rondeau 9

1 *tant que* : jusqu'à ce que
   si, d'une manière ou d'une autre, nous avons mal agi,
   demandons pardon pour le temps passé
4 *trespassees* : trépassées, défuntes

   Que chacun médite ses actions passées
   l'une après l'autre, avant qu'il ne meure

8 La folie a fait de grandes enjambées,
   beaucoup de cœurs ont perdu toute mesure ;
   disposons-nous donc
11 à mettre fin aux erreurs reconnues !

Rondeau 10

1 — Sans cela le reste ne vaut rien.
   — Qu'est-ce que c'est ? — Dois-je vous le dire ?
   Cessez de m'interroger, cela suffit ;
4 c'est un conseil que je garde secret.

   Néanmoins, n'y voyez que du bien,
   je ne désire pas autre chose ;

8 Voici comment je me divertis en pensée,
   et je fais écrire bien des choses
   dans mon cœur pour le faire rire ;
11 son affaire et la mienne, c'est une seule et même chose.

Rondel[1] [11 (CCCV)] [p. 257]

1 **A**ssez pourveu pour decy a grant piece,
  Et plus qu'assez, de penser et anuy,
  Je me treuve sans cognoistre nulluy
4 Qui se vente d'en avoir telle piece.

  Fortune dit, qui tout mon fait despiece,
  Que j'endure comme maint aujourd'uy,
        Assez pourveu etc.

8 **P**ourquoy souvent je metz soubz mon pié ce,
  Prenant confort d'Espoir, comme celluy
  Qui me fye parfaictement en lui;
  Ainsi remains — qui le croiroit? — em piece
12   **A**ssez pourveu, etc.

Rondel [12 (CCCVI)] [p. 258]

1 **Ç**a, venez avant, Esperance!
  Or y perra que respondrez
  Et comment vous vous deffendrez;
4 On se plaint de vous a oultrance.

  L'un dit que promectez de loing
  Et qu'en estes bonne maistresse.

  L'autre que faillez au besoing
8 En ne tenant gueres promesse.

  Quoy que tardez, c'est la fiance
  Qu'aux faiz de chascun entendrez
  Et au derrain guerdon rendrez.
12 Dy je bien ou se trop m'avance?
        [**Ç**]a, venez etc.

Rondeau 11

1 Bien pourvu, voilà déjà longtemps,
   et plus qu'assez, de douloureuses pensées,
   je vis sans connaître personne
4 qui se vante d'en avoir autant.

Fortune, qui ruine ma situation tout entière, prétend
que je souffre comme beaucoup d'autres aujourd'hui

8 C'est pourquoi je mets ceci souvent sous mon pied [= je
                                   l'oublie pour un moment],
   me réconfortant auprès d'Espoir, comme celui
   qui a parfaitement confiance en lui ;
11 ainsi je reste — qui le croirait ? — un certain temps

Rondeau 12

1 Allons, approchez, Espérance !
   Maintenant on verra ce que vous répondrez
   et comment vous vous défendrez ;
4 *a oultrance* : à l'excès

L'un affirme que vous promettez de loin
et que, pour cette raison, vous êtes une bonne maîtresse.

L'autre [affirme] que vous manquez au besoin,
8 parce que vous ne tenez guère vos promesses.

Bien que vous tardiez, la confiance règne
que vous vous occuperez des affaires de chacun
et qu'à la fin vous distribuerez vos récompenses.
12 Dis-je bien ou est-ce que je m'expose trop ?

[Rondeau 13 (CCCVII)] [p. 259]

1 Mon cuer, estouppe tes oreilles
    Pour le vent de merencolie !
    S'il y entre, ne doubte mye,
4 Il est dangereux a merveilles.

    Soit que tu dormes ou tu veilles,
    Fais ainsi que dy, je t'en prie ;
        Mon cuer etc.

8 Il cause doleurs nompareilles
    Dont s'engendre la maladie
    Qui n'est pas de legier guerie.
    Croy moy, s'a Raison te conseilles,
12   Mon cuer etc.

**[Rondeau] de Philippe
de Boulainvillier
(CCCVIII)** [p. 260]

**[Rondeau]
de Gilles des Ormes
(CCCIX)** [p. 261]

[Rondeau 14 (CCCX)] [p. 262]

1 Aidez ce povre caÿment,
    Souspir, je le vous recommende ;
    De vous, quant aumosne demande,
4 Ne se parte meschantement !

    Son cas montre piteusement,
    Il semble que la mort actende.
        Aidez etc.

Rondeau 13

1 Mon cœur, bouche-toi les oreilles
   à cause du vent de mélancolie !
   S'il entre, tu peux en être sûr,
4 il est étonnamment dangereux.

   Que tu dormes ou que tu veilles,
   agis comme je le dis, je t'en prie ;

8 Il provoque des souffrances sans pareilles
   dont naît la maladie
   qui ne se guérit pas facilement.
11 Crois-moi, si tu demandes conseil à Raison

Philippe de Boulainvillier : page de Charles de Bourbon et écuyer tranchant de son fils Pierre (1447) ; attaché à la maison de Beaujeu comme maître d'hôtel en 1455.

Gilles des Ormes : écuyer tranchant, capitaine de Chambord en 1457, un fidèle de la cour de Blois. Le duc l'apprécie en tant que poète et joueur d'échecs.

Rondeau 14

1 *caÿment* : mendiant [le mot compte aussi trois syllabes dans
    le *Testament Villon*, v. 1010]

4 qu'il ne vous quitte pas malheureux !

piteusement : de manière à éveiller la pitié
il semble attendre la mort

8   **D**onnez lui assez largement
     Qu'il ne meure — Dieu l'en deffende ! —,
     Affin que n'en faictes amende
     Au jour d'amoureux jugement !
12   **A**idez etc.

Rondel [15 (CCCXI)]   [p. 263]

1   **E**n faulte du logeis de joye,
     L'ostellerie de pensee
     M'est par les fourriers ordonnee;
4   Ne sçay combien fault que je y soye.

     Autre part ne me bouteroye;
     Content m'en tien et bien m'agree
          En faulte etc.

8   **I**e parle tout bas qu'on ne l'oye,
     Pensant de veoir quelque annee
     Quelle sera ma destinee
     Et en quel lieu demourer doye
12   **E**n faulte etc.

Rondel [16 (CCCXII)]   [p. 264]

1   **E**t bien, de par Dieu, Esperance,
     Esse doncques vostre plaisir?
     Me voulez vous ainsi tenir
4   Hors et ens tousjours en balance?

     Ung jour j'ay vostre bienveillance,
     L'autre ne la sçay ou querir.
          Et bien etc.

8 *largement* : généreusement
   de sorte qu'il ne meure pas — Dieu l'en garde ! —,
   afin que vous ne deviez reconnaître votre faute
11 le jour du Jugement amoureux.

Rondeau 15

1 *logeis de joye* : le logis de joie fait écho à l'*ostel de joye*
   (rime avec *soye*) dans le *Livre messire Ode* (v. 566).
   l'ostellerie : l'auberge. — Voir rondeau 35 et ballade 79.
   fourriers : officiers chargés du logement du prince et de sa
   suite.
4 je ne sais pas combien de temps je dois y rester.
   Je n'irais pas loger ailleurs ;
   je m'en contente et cela me plaît
   à défaut de, etc.
8 *oye* : qu'on ne l'entende
   pensant bien savoir un jour
   quel sera mon destin
11 et en quel endroit je devrai vivre

Rondeau 16

2 *esse* : est-ce donc
   Voulez-vous toujours me traiter ainsi,
4 une fois dehors, une fois dedans, en situation incertaine ?

   Un jour vous m'accordez votre bienveillance,
   un autre jour je ne sais pas où la chercher.

8 Au fort, puis que suis en la dance,
Bon gré, maugré, m'y fault fornir,
Et n'y sçay de quel pié saillir.
Je recule, puis je m'avance;
12   **Et** bien etc.

[Rondeau 17 (CCCXIII)] [p. 265]

1 **A**rmez vous de joyeux confort,
Je vous en pry, mon pouvre cueur,
Que Destresse par sa rigueur
4 Ne vous navre jusqu'a la mort.

Vous couvrant d'un paveis au fort,
Tant qu'arez passé sa chaleur,
    Armez etc.

8 **F**aictes bon guet tant qu'elle dort!
Espoir dit qu'il sera seigneur
Et fera vostre fait meilleur.
Contre Dangier, qui vous fait tort,
12   **A**rmez vous etc.

[Rondeau 18 (CCCXIV)] [p. 266]

1 **T**ousjours dictes : « Je vien, je vien ! »
Espoir, je vous congnois assez ;
De voz promesses me lassez,
4 Dont peu a vous tenu me tien.

Se vous requier au besoing mien,
Legierement vous en passez ;
    Tousjours etc.

8 *au fort* : en fin de compte
   bon gré, mal gré, je dois l'exécuter,
   et pourtant je ne sais pas de quel pied danser.

Rondeau 17

1 *joyeux confort* : d'un joyeux réconfort
   pry : je vous en prie
   rigueur : sa cruauté
4 ne vous blesse à mort.

paveis : grand bouclier. Même image dans la ballade 4.
chaleur : ardeur, humeur belliqueuse

8 *tant que* : tandis que
   Espoir prétend qu'il l'emportera
   et qu'il améliorera votre situation.

Rondeau 18

1 Toujours vous dites : Je viens, je viens !
   Espoir, je vous connais bien ;
   vous me fatiguez avec vos promesses,
4 et je ne me sens guère lié à vous pour autant.

Si je vous appelle en cas de nécessité,
vous vous en passez avec aisance ;

8   Vous ne vous acquictez pas bien
    Vers moy, quant ung peu ne cassez
    Les soussis que j'ay amassez,
    En me contentant d'un beau rien.
12   Tousjours etc.

[Rondeau 19 (CCCXV)]   [p. 267]

1   Vivre et mourir soubz son danger
    Me veult faire Merancolye;
    Jamais vers moy ne s'amolye,
4   Mais plaisir me fait estranger.

    D'ainsi demourer sans changer,
    Se me seroit trop grant folye;
        Vivre etc.

8   Pour d'elle plus tost me venger,
    Force m'est qu'a Confort m'alye,
    Acompaigné de Chere Lye.
    A le süyr me vueil ranger;
12   Vivre etc.

[Rondeau 20 (CCXVI)]   [p. 268]

1   Pourtant, s'avale soussiz mains
    Sans macher en peine confis,
    Si ne seront ja desconfis
4   Les pensees qui m'ont en leurs mains.

    En ce propos seurement mains
    Qu'il vendront a aucuns proffis,
        Pourtant etc.

Vous ne vous acquittez pas bien de vos devoirs
envers moi, si vous ne chassez pas un peu
les soucis que j'ai amassés
11 en me contentant d'un beau rien.

Rondeau 19

1 *danger* : en son pouvoir,
voilà ce que Mélancolie veut me faire faire ;
s'amolye : s'adoucit, s'attendrit
4 bien au contraire, elle m'éloigne du plaisir.

De vivre ainsi sans changer,
ce serait une très grande folie de ma part.

8 Pour me venger plus vite d'elle,
force est que je fasse alliance avec Réconfort
Chere Lye : Bon Accueil
11 Je veux me résoudre à le suivre

Rondeau 20

1 Même si j'avale beaucoup de soucis
imbibés de souffrance sans les mâcher,
les pensées qui m'ont en leurs mains
4 ne seront jamais vaincues.

Je reste ferme en cette idée
qu'ils m'apporteront des avantages,
c'est pourquoi, etc.

8 Travail mectray, et soirs et mains,
　Autant ou plus qu'onques je fis,
　S'a les achever ne souffis,
　D'en faire quelque chose au mains;
12　　　Pourtant etc.

[Rondeau 21 (CCCXVII)]　　　　　　　[p. 269]

1 Trop entré en la haulte game
　Mon cuer, d'ut, ré, mi, fa, sol, la,
　Fut ja pieça, quant l'afola
4 Le trait du regart de ma dame.

　Fors lui on n'en doit blasmer ame,
　Puis qu'ainsi fait comme fol l'a;
　　　Trop entré etc.

8 Mieulx l'eust valu estre soubz lame,
　Car sottement s'en afola.
　Si lui dis je : « Mon cuer, hola ! »
　Mais conte n'en tint, sur mon ame;
12　　　Trop entré [etc.]

[Rondeau 22 (CCCXVIII)]　　　　　　[p. 270]

1 Pour nous contenter, vous et moy,
　De bon cuer et entier povoir,
　Ne s'espargne leal Vouloir :
4 Viengne avant sans se tenir quoy !

　— « Comandez moy je ne sçay quoy,
　Vous verrez se feray devoir ! »
　　　Pour nous etc.

8 *Travail* : je me donnerai de la peine,
   autant ou même plus que je ne l'ai jamais fait,
   pour, si je n'arrive pas à les terminer,
11 en tirer au moins quelque chose ;
   c'est pourquoi, etc.

Rondeau 21

1 *haulte game* : sons hauts, donc joyeux
   ut ... la : l'hexacorde [= nombre maximum de notes
      ne comprenant qu'un demi-ton]
   mon cœur entra jadis, quand il fut blessé
   par la flèche du regard de ma dame.
   Lui excepté, on ne doit en blâmer personne,
   puisqu'il a agi ainsi comme un fou ;
   vous entrez trop, etc.

8 Il aurait mieux valu qu'il fût mort et enterré,
   car il en perdit le sens de façon stupide.
   Et pourtant je lui dis : Mon cœur, holà !
11 *sur mon ame* : par ma foi

Rondeau 22

1 *contenter* : satisfaire
   entier povoir : en faisant tout son possible
   que Désir [le] loyal n'économise pas ses forces :
4 qu'il approche sans se tenir coi !

   — Ordonnez-moi n'importe quoi
   et vous verrez si je fais mon devoir ;

8 — « Se faulz, par l'amoureuse loy
  Mis en fossé de nonchaloir
  Soye sans grace recevoir !
  Baillez la main, prenez ma foy ! »
12   Pour nous etc.

Rondel [23 (CCCXIX)]   [p. 271]

1 Tousjours dictes : « Actendez, actendez ! »
  Pas ne payez voz reconfors contens,
  Joyeux Espoir, dont maints sont malcontens,
4 Qui ne scevent comment vous l'entendez.

  De Fortune, pour Dieu, l'arc destendez !
  Ne souffrez plus qu'elle face contens !
      Tousjours etc.

8 Vostre grace tost sur moy estandez ;
  Vous cognoissez assez a quoy contens.
  Plus ne perdray ung tel tresor con temps,
  Ainsi que fait qui son eur met en dez.
12   Tousjours etc.

[Rondeau 24 (CCCXX)]   [p. 272]

1 Resjouissez plus ung peu ma pensee,
  Leal Espoir, et me donnez secours !
  Tousjours fuyez et aprés vous je cours,
4 Ou j'ay assez de peine despensee.

  La verray je jamais recompensee ?
  Quelque office luy donnent en voz cours !
      Resjouissez etc.

8 — Si je vous fais défaut, qu'au nom de la loi d'amour
je sois jeté dans la fosse d'indifférence
sans obtenir la moindre grâce !
11 Tendez-moi la main, prenez ma parole !

Rondeau 23

1 *Tousjours...* : voir rondeau 18.
Vous ne payez pas vos réconforts au comptant,
Espoir de joie, ce dont beaucoup sont mécontents
4 *scevent* : savent

Au nom de Dieu, détendez l'arc de Fortune !
contens : querelles, contestations

8 Accordez-moi bientôt votre grâce ;
vous savez fort bien à quoi j'aspire.
con temps [< cum tempore, latin ecclésiastique] : en cette
occasion
11 comme le fait celui qui joue son bonheur aux dés.

Rondeau 24

1 Procurez un peu plus de joie à ma pensée
donnez : secourez-moi !

4 en quoi j'ai dépensé beaucoup d'efforts.

Les verrai-je jamais récompensés ?
Qu'ils lui accordent une charge quelconque à votre cour !

8 La peneance soit par vous dispensee,
   Car desormais mes temps deviennent cours!
   Ne souffrez plus son plaisir en decours,
   Veu que vers vous n'a faulte pourpensee!
12   Resjouissez etc.

**[Rondeau 25
(CCCXXI)]**   [p. 273]

1 M'amye Esperance,
   Pourquoy ne s'avance
   Joyeux Reconfort?
4 Ay je droit ou tort,
   S'en luy j'ay fiance?

   Peu de desplaisance
   Prent en ma grevance;
8 Il semble qu'il dort.
        M'amye etc.

   Quoy qu'a lui je tence,
   Pour sa bien vueillance
12 Acquerir, au fort
   Je suis bien d'acort
   D'actendre allegence.
        M'amye etc.

Rondel [26 (CCCXXII)]   [p. 274]

1 D'Espoir? et que vous en diroye?
   C'est ung beau bailleur de parolles,
   Il ne parle qu'en parabolles
4 Dont ung grant livre j'escriroye.

8 Dispensez-nous de la pénitance,
  car il ne me reste désormais plus beaucoup de temps!
  en decours : en déclin
11 puisqu'il n'a pas médité de faute envers vous!

Rondeau 25

1 Espérance, mon amie,
  pourquoi Réconfort le joyeux
  n'approche-t-il pas?

5 *fiance* : confiance

  desplaisance : déplaisir
  grevance : douleur, souffrance

10 *tence* : je le réprimande,
  pour obtenir
  sa bienveillance,
  je suis en somme
14 bien d'accord
  d'attendre [encore] un soulagement.

Rondeau 26

1 Espoir? et que voulez-vous que je vous en dise?
  bailleur : donneur, vendeur
  parabolles : mensonges, récits feints
4 *escriroye* : je pourrais écrire

En le lisant je me riroye,
Tant auroit de choses frivolles.
      D'Espoir etc.

8 Par tout ung an ne le liroye;
Ce ne sont que promesses folles
Dont il tient chascun jour escolles.
Telles estudes n'esliroye;
12   D'Espoir etc.

[Rondeau 27 (CCCXXIII)]   [p. 275]

1 Passez oultre, decevant Vueil!
Ou portez vous cest estandart
De plaisant actrayant regart
4 Soubz l'emprise de Bel Acueil?

De ma maison n'entrez le sueil
Plus avant! Tirez autre part,
      Passez oultre etc.

8 Vous taschez acroistre mon dueil
Et gens enginer par vostre art.
A! a! maistre sebelin regnart,
On vous congnoist tout cler a l'ueil:
12   Passez oultre etc.

[Rondeau 28 (CCCXXIV)]   [p. 276]

1 Ma plus chier tenue richesse
Ou parfont tresor de pensee
Est soubz clef seurement gardee
4 Par Esperance, ma deesse.

me riroye : je me moquerais

8 Je n'arriverais pas à le lire en une année tout entière ;
ce ne sont que des promesses folles
qu'il enseigne chaque jour.
11 Jamais je ne choisirais de telles études ;

Rondeau 27

1 Allez plus loin, décevant Désir !
estandart : cette bannière. Voir ball. 25, 93 ; ro. 178.
faite d'un regard plaisant et attrayant
4 *emprise* : la devise, l'enseigne.

Ne pénétrez pas plus avant
dans ma maison ! Allez ailleurs

8 Vous essayez d'augmenter ma souffrance
et de tromper les gens par votre art.
sebelin : fourré de zibeline. Le sens de *trompeur* s'explique
t-il par la parenté phonique avec *sibyllin*, obscur, mysté-
rieux ?
11 on vous reconnaît à l'œil nu :

Rondeau 28

1 La richesse à laquelle je tiens le plus
est bien gardée sous clé,
dans le profond trésor de ma pensée,

Se vous demandez : « Et qu'esse ? »,
N'enquerez plus ; elle est mussee,
    Ma plus etc.

8 **A**vecques elle, seul, sans presse,
Je m'esbas soir et matinee ;
Ainsi passe temps et journee.
Au partir dy : « Adieu, maistresse,
12   **M**a plus etc. ! »

Chanson (XLV)   [p. 277]

[Rondeau 29 (CCCXXV)]   [p. 278]

1 **O**u puis parfont de ma merencolie
L'eaue d'espoir, que ne cesse tirer,
Soif de confort la me fait desirer,
4 Quoy que souvent je la treuve tarie.

Necte la voy ung temps et esclercie,
Et puis aprés troubler et empirer
    Ou puis etc.

8 **D**'elle trempe mon ancre d'estudie,
Quant j'en escrips, mais pour mon cuer irer
Fortune vient mon pappier dessirer,
Et tout gecte par sa grant felonnie
12   Ou puis etc.

[Rondeau 30 (CCCXXVI)]   [p. 279]

1 **M**onstrez les moy, ces povres yeulx
Tous batuz et deffigurez !
Certes, ils sont fort empirez
4 Depuis hier qu'ilz valloient mieulx.

5 Si vous demandez : Et qu'est-ce que c'est ?
　Ne cherchez pas plus longtemps ; elle est cachée

8 Seul avec elle, loin de la foule,
　je me divertis soir et matin ;
　ainsi passe le temps et la journée.
11 *dy* : je dis

Chanson : l'espace supérieur, réservé la notation musicale,
est resté libre.

Rondeau 29

1 La soif de réconfort me fait désirer
　l'eau d'espoir que je ne cesse de tirer
　du puits profond de ma mélancolie,
4 *tarie* : voir la ballade 94, v. 1 : *Je n'ay plus soif, tairie est
　　la fontaine.*
　Un moment je la vois propre et claire,
　et puis je la vois devenir trouble et mauvaise

8 Avec cette eau je dilue l'encre de mon étude
　quand j'écris, mais pour mettre mon cœur en colère
　Fortune vient déchirer mon papier
11 et jette tout par grande perfidie

Rondeau 30

1 *monstrez* : montrez, faites voir

　certes, leur état s'est fort détérioré
4 depuis hier, quand ils se portaient mieux.

Ne se congnoissent ilz pas tieulx?
Mal se sont au matin mirez;
    Monstrez [les] moy etc.

8 Ont ilz pleuré devant leurs dieux
Comme de leur grace inspirez?
Ou s'ilz ont mains travaulx tirez
Priveement en aucuns lieux?
12   Monstrez etc.

[Rondeau 31 (CCCXXVIII)]   [p. 280]

1 Traytre Regart, et que fais tu
Quant tu vas souvent in questu?
Tu fiers sans dire : « Garde toy ! »
4 Et ne sces la raison pourquoy,
N'il ne t'en chault pas ung festu.

Tu es de courage testu
Et de fureur trop in estu;
8 Change ton propos et me croy,
    Traytre etc.

On te deust batre devestu
Par my les rues cum mestu
12 Par l'ordonnance de la loy,
Car tu n'as leaulté ne foy;
On le voit in tuo gestu,
    Traytre etc.

tieulx : tels [qu'ils sont]
ce matin ils se sont mal regardés ;

9 comme inspirés par leur grâce ?
Ou auraient-ils enduré des peines
en secret dans certains lieux ?

Rondeau 31

1 Traître Regard, que fais-tu donc
quand tu pars souvent en quête ?
Tu frappes sans dire : Prends garde !
4 Et tu ignores la cause pour laquelle
il ne t'en importe pas plus que d'un brin de paille.

Dans tes sentiments tu es têtu
et trop bouillonnant en ta colère ;
8 change de propos et crois-moi,

On devrait te battre tout nu
dans les rues pour t'affliger
12 au nom de la loi,
leaulté : loyauté
on le voit à ton comportement

[Rondeau 32 (CCCXXVIII)] [p. 281]

1 Anuy, Soussy, Soing et Merancolye,
  Se vous prenez desplaisir a ma vie
  Et desirez tost avancer ma mort,
4 Tourmentés moy de plus fort en plus fort
  Pour en passer tout a coup vostre envye !

  Ay je bien dit ? Nennil, je le renye
  Et, par conseil de bon Espoir, vous prye
8 Que m'espargnez ou vous me ferez tort,
          Anuy, Soussy etc.

  Et qu'esse cy ? je suis en resverie,
  Il semble bien que ne sçay que je dye.
12 Je dy puis l'un, puis l'autre, sans accort :
  Suis je enchanté ? veille mon cueur ou dort ?
  Vuidez, vuidez de moy telle folye,
          Anuy, Soussy etc.

Chansons (XLIV et LIII) [pp. 282-283]

[Rondeau 33 (CCCXXIX)] [p. 284]

1 Riens ne valent ses mirlifiques
  Et ses menues oberliques :
  D'ou venez vous, petit mercier ?
4 Gueres ne vault vostre mestier,
  Se me semble, ne voz pratiques.

  Chier les tenez comme reliques.
  Les voulez vous mectre en croniques ?
8 Vous n'y gangnerez ja denier :
          Riens ne valent etc.

Rondeau 32

1 Douleur, Inquiétude, Peine et Mélancolie,
s'il vous déplaît que je sois en vie,
si vous désirez que je meure plus vite,
tourmentez-moi de plus en plus fort
pour vous en faire passer d'un coup l'envie.

6 Ai-je bien parlé? Que non, je le retire
et vous prie, en suivant le conseil de bon Espoir,
espargnez : épargniez

10 Et qu'est-ce que ceci? je suis en délire,
il semble bien que je ne sache plus ce que je dis.
sans accord : de manière incohérente
13 *enchanté* : m'a-t-on jeté un sort?
Délivrez, délivrez-moi d'une telle folie!

Chansons : l'espace supérieur, réservé à la notation musicale, est resté libre.

Rondeau 33

1 *mirlifiques* : ces merveilles, ces babioles,
ni ces bagatelles sans importance;
mercier : marchand
4 Votre métier ne vaut pas grand-chose,
me semble-t-il, ni votre façon de l'exercer.

Vous y tenez comme à des reliques.
Voulez-vous les inscrire dans les chroniques?
8 Vous n'y gagnerez même pas un denier

     En plusieurs lieux sont trop publiques
     Et pour ce, sans faire repliques,
12 Desploiés tout vostre pannier,
     Affin qu'on y puisse serchier
     Quelques bagues plus autentiques!
         Riens ne valent etc.

[Rondeau 34 (CCCXXX)]   [p. 285]

1 **P**etit mercier, petit pannier!
     Pour tant se je n'ay marchandise
     Qui soit du tout a vostre guise,
4 Ne blasmez pour ce mon mestier!

     Ie gangne denier a denier;
     C'est loings du tresor de Venise.
         Petit mercier etc.

8 **E**t tandiz qu'il est jour ouvrier,
     Le temps pers quant a vous devise.
     Je voys parfaire mon emprise
     Et parmy les rues crier:
12   **P**etit mercier etc.!

[Rondeau 35 (CCCXXXI)]   [p. 286]

1 **L**'ostellerie de pensee,
     Plaine de venans et alans
     Soussis, soient petis ou grans,
4 A chascun est habandonnee.

     Elle n'est a nul reffusee,
     Mais preste pour tous les passans,
         L'ostellerie etc.

publiques : connues
et pour ce : et pour cette raison
12 étalez tout le contenu de votre panier
serchier : chercher
quelques bagues plus authentiques

Rondeau 34

1 Petit marchand, petit panier !
Même si je n'ai pas de marchandise
qui vous plaise entièrement,
4 ne critiquez pas pour autant mon métier !

Je gagne denier après denier ;
il manque beaucoup pour que ce soit le trésor de Venise.

8 *jour ouvrier* : jour de travail
je perds mon temps à parler avec vous.
Je m'en vais mener à bien mon entreprise
11 et crier dans les rues :

Rondeau 35

1 *l'ostellerie* : l'auberge. Voir rondeau 15.
pleine de Soucis qui vont et
qui viennent, qu'ils soient petits ou grands,
4 est ouverte à tout le monde.

On n'en refuse l'entrée à personne,
mais on y est prêt à recevoir tous les gens de passage

8   **P**laisance chierement amee
     S'i loge souvent, mais nuisans
     Lui sont Anuis, gros et puissans,
     Quant ilz la tiennent empeschee,
12   **L**'ostellerie etc.

[Rondeau 36 (CCCXXXII)]   [p. 287]

1   **P**atron vous fays de ma galee
    Toute chargee de pensee,
    Confort, en qui j'ay ma fiance;
4   Droit ou pays de desirance
    Briefment puissiez faire arrivee,

    Affin que par vous soit gardee
    De la tempeste fortunee
8   Qui vient du vent de desplaisance.
          Patron etc.

    Au port de bonne destinee
    Descharger tost, sans demoree,
12 La marchandise d'esperance!
    Et m'a(r)portez quelque finance
    Pour paier ma joye empruntee.
          Patron etc.

[Rondeau 37 (CCCXXXIII)]   [p. 288]

1   **Y**ver, vous n'estes q'un villain!
    Esté est plaisant et gentil,
    En tesmoing de May et d'Avril
4   Qui l'acompaignent soir et main.

    Esté revest champs, bois et fleurs
    De sa livree de verdure
    Et de maintes autres couleurs
8   Par l'ordonnance de Nature.

8 Plaisir, qu'on aime beaucoup,
   va souvent y habiter, mais les Douleurs,
   grandes et puissantes, le font souffrir,
   quand ils l'occupent,
12 l'auberge etc.

Rondeau 36

1 *galee* : galère [navire long, à rames, propre au transport des
     marchandises de prix]
   Réconfort, en qui j'ai confiance ;
4 puissiez-vous arriver bientôt
   tout droit au pays du désir,

   de sorte que vous préserviez la galère
   de la tempête hasardeuse
8 qui vient du vent de déplaisir.

   Dépêchez-vous de décharger,
   sans tarder, la marchandise d'espoir
12 au port du bon destin !
   Et apportez-moi quelque argent
   pour payer la joie que j'ai empruntée.

Rondeau 37[1]

1 *villain* : paysan.
   Printemps est plaisant et noble,
   ainsi qu'en témoignent Mai et Avril,
4 qui l'accompagnent soir et matin.

5 *revest* : habille
   livree : vêtements aux armes du seigneur. — Le *vert* est la
     couleur de l'amour. Image récurrente chez Charles
     d'Orléans : voir bal. 61, 66, et ro. 103, 119, 274, 318, 343.
8 *ordonnance* : l'ordre, le décret

Mais vous, Yver, trop estes plain
De nege, vent, pluye et grezil;
On vous deust banir en essil!
12 Sans point flater je parle plain:
      Yver etc.

[Rondeau 38 (CCCXXXIV)] [p. 289]

1 **I**e le retiens pour ma plaisance,
Espoir, mais que leal me soit;
Et se jamais il me deçoit,
4 Je renie son acointance.

Nous deus avons fait aliance,
Tant que mon cueur tel l'aparçoit;
      Je le retiens etc.

8 **M**onstrer me puisse bien veuillance,
Ainsi que mon penser conçoit,
Dont mainte liesse reçoit!
Quant a moy j'ay en luy fiance;
12   Je le retiens etc.

[Rondeau 39 (CCCXXXV)] [p. 290]

1 **H**ors du propos si baille gaige;
Ce n'est que du jeu la maniere.
Nulle excusacïon n'y quiere,
4 Quoy que soit prouffit ou domage.

Tousjours parle plus fol que sage,
C'est une chose coustumiere;
      Hors du propos etc.

9 *plain* : plein, rempli
   de neige, vent, pluie et grésil ;
   on devrait vous faire exiler !
12 Je parle franchement sans flatter le moins du monde :

Rondeau 38

1 Espoir, je le retiens pour mon plaisir,
   à condition qu'il soit loyal à mon égard ;
   deçoit : il me trompe
4 *acointance* : sa compagnie

   deus : deux
   aussi longtemps que mon cœur le perçoit comme étant loyal ;

8 Puisse-t-il me témoigner de la bienveillance,
   telle que mon esprit la conçoit
   et dont il a bien des joies !
11 Quant à moi, je lui fais confiance ;

Rondeau 39

1 Je donne mon gage mal à propos ;
   ce n'est que la règle du jeu.
   Je ne cherche pas là d'excuse,
4 quel qu'en soit le profit ou le dommage.

6 *coustumiere* : habituelle

8 Se l'en me dit : « Vous contez rage »,
  Blamez ma langue trop legere ;
  Raison, de Secret tresoriere,
  La tance, quant despent lengage.
12   Hors du propos etc.

[Rondeau 40 (CCCXXXVI)]   [p. 291]

1 O tresdevotes creatures
  En ypocrisies d'amours,
  Que vous querez d'estranges tours
4 Pour venir a voz aventures !

  Vous cuidez bien par voz paintures
  Faire sotz, aveugles et sours,
        O tresdevotes [etc.]

8 On ne peut desservir deux cures,
  Ne prendre gaiges en deux cours ;
  Prenez les champs ou les faulbourgs,
  Ilz sont de diverses natures,
12   O tresdevotes [etc.]

Le duc d'Orleans
[Rondeau 41 (CCCXLIII)]   [p. 292]

1 [S]era elle point jamais trouvee
  Celle qui ayme loyauté
  Et qui a ferme voulenté
4 Sans avoir legiere pensee ?

  [I]l convient qu'elle soit criee
  Pour en savoir la verité :
        Sera elle point etc.

8 Si l'on me dit : Vos propos sont de la folie,
   accusez-en ma langue trop légère ;
   Raison, la trésorière de Secret,
11 la réprimande, quand elle sème [dépense] les paroles.

Rondeau 40

1 O créatures très dévotes
   en hypocrisies amoureuses,
   comme vous recherchez des ruses surprenantes
4 pour mener à bien vos aventures !

   Vous croyez bien, par vos discours trompeurs,
   rendre les gens sots, aveugles et sourds

9 *prendre gaiges* : avoir un emploi rétribué. — Les vers 8 et 9
   sont forgés sur le proverbe : *On ne puet servir a deux
   maistres*[1]. *Cf.* ro. 165.

10 Voyez la campagne et les faubourgs,
   ils sont de nature différente,

Rondeau 41

1 La trouvera-ton jamais
   celle qui aime la loyauté
   et qui est constante dans son désir
4 sans avoir un esprit volage ?

   Il faut que son nom soit proclamé
   pour qu'on en sache la vérité :

8 Je croy bien qu'elle est deffiee
 Des alïez de Faulceté,
 Dont il y a si grant planté
 Que de paour elle s'est mussiee.
12   Sera elle point etc.

**Le duc Jehan
de Bourbon
[Rondeau
(CCCXLIV)]**

**[Rondeau 42
(CCCXXXVII)]**   [p. 293]

1 **P**uis ça, puis la,
 Et sus et jus,
 De plus en plus
4 Tout vient et va.

 Fous on verra,
 Grans et menus,
      Puis ça etc.

8 [**V**]ieuls¹ temps desja
 S'en sont courus
 Et neufs venus,
 Que dea ! que dea !
12   Puis ça etc.

8 Je crois bien que les alliés
   de Fausseté l'ont défiée ;
   il y en a un si grand nombre
11 qu'elle s'est cachée par crainte d'eux.

Jehan de Bourbon : Jean II, duc de Bourbon à partir de 1456. Avec deux rondeaux, cette page est exceptionnelle dans cette partie du manuscrit consacrée aux chansons.

Rondeau 42

2 et en haut et en bas

5 On verra des fous
  grands et petits

8 Les anciens temps
  sont déjà passés
  et les nouveaux venus,
11 *dea* : interjection exprimant l'étonnement.

[Rondeau 43 (CCCXXXVIII)]

[p. 294]

1 Puis que par deça demourons,
   Nous, Saulongnois et Beausserons,
   En la maison de Savonnieres,
4 Souhaidez nous des bonnes cheres
   Des Bourbonnois et Bourguignons.

   Aux champs, par hayes et buissons,
   Perdriz et lyevres nous prendrons
8 Et yrons pescher sur rivieres,
        Puis que par deça etc.

   Vivres, tabliers, cartes aurons,
   Ou souvent estudirons
12 Vins, mangers de plusieurs manieres ;
   Galerons sans faire prieres
   Et de dormir ne nous faindrons,
        Puis que par deça etc.

[Rondeau 44 (CCCXXXIX)]

[p. 295]

1 Penser, qui te fait si hardy
   De mectre en ton hostellerie
   La tresdiverse compaignie
4 D'Anuy, Desplaisir et Soussy ?

   Se congié en as, si le dy,
   Ou se le fais par ta folie !
        Penser etc.

8 Nul ne repose pour leur cry ;
   Boute les hors, et je t'en prie !
   Ou il fault qu'on y remedie ;
   Veulx tu estre a tous ennemy,
12   Penser etc. ?

Rondeau 43

1 *par deça* : de ce côté-ci
  Saulongnois : les habitants de la Sologne et de la Beauce
  Savonnieres : Loir-et-Cher, canton Ouchamps. Jean de
    Saveuses, gouverneur de Blois et ami du duc, y avait une
    maison.
4 Souhaitez-nous la bonne chère
  hayes : les haies
  lyevres : les lièvres
8 *pescher* : pêcher

  tabliers : tables de jeu
  estudirons : nous étudierons
12 des vins, des repas apprêtés de différentes manières ;
  Nous nous régalerons sans faire de prières
  et nous n'hésiterons pas à dormir

Rondeau 44

1 Pensée, qui te rend si hardie
  de loger dans ton auberge
  tresdiverse : très différente [de la nôtre]
4 de Douleur, Déplaisir et Inquiétude ?

  Si tu en as la permission, dis-le donc,
  ou si c'est ta folie qui te pousse à le faire !

8 Personne ne peut se reposer à cause du bruit qu'ils font ;
  Mets-les à la porte, je t'en prie !
  Ou alors il faut qu'on y remédie ;
11 veux-tu être l'ennemi de tous ?

Fraigne
[Rondeau (CCCXL)]   [p. 296]

[Rondeau 45 (CCCXLI)]   [p. 297]

1 As tu ja fait, petit Souspir ?
   Est-il sur son trespassement
   Le cuer qu'as mis a sacquement ?
4 N'a il remede de guerir ?

   Tu as mal fait de le ferir
   En haste, si piteusement.
        As tu etc. ?

8 Amours, qui t'en doit bien pugnir,
   A fait de toy son jugement ;
   Pren franchise hastivement !
   Saufve toy, quant tu as loisir !
12   As tu etc. ?

[Rondeau 46 (CCCXLII)]   [p. 298]

1 Deux ou trois couples d'Ennuys
   J'ay tousjours en ma maison ;
3 Desencombrer ne m'en puis[1].

   Quoy qu'a mon povoir les fuis
   Par le conseil de Raison,
        Deux ou trois etc.

7 Je les chasse d'ou je suis,
   Mais en chascune saison
   Ilz rentrent par ung autre huis,
10   Deux ou trois etc.

Fraigne (Guillaume?, mort en 1468) : Bourbonnais de petite noblesse. Rondeau sur le thème du *petit Souspir* que reprend le rondeau suivant du duc.

Rondeau 45

1 L'as-tu déjà fait, petit Soupir ?
Est-il en train de mourir
le cœur que tu as dévasté ?

5 Tu as mal fait de le blesser
à la hâte, de manière si pitoyable.

10 Prends vite le large !
Sauve-toi, pendant qu'il en est encore temps !

Rondeau 46

1 *Ennuys* : Tourments

3 je ne peux pas m'en débarrasser.

4 Bien que je les évite autant que je peux,
suivant le conseil de Raison

8 mais en chaque saison
ils rentrent par une autre porte

1 **E**t ne cesserez vous jamais?
  Tousjours est a recommancer;
  C'est folie d'y plus penser,
4 Ne s'en soussier desormais.

  Plus avant j'en diroye mais;
  Rien n'y vault flacter ne tanser.
        Et ne cesserez etc.?

8 **P**assez a plusieurs mois des mays
  Qu'Amour vous vouldrent avanser;
  Mal les voulez recompanser
  En servant de telz entremais.
12   **E**t ne cesserez etc.?

Rondel d'Orleans
a Nevers [48 (I)]

1 **P**our paier vostre belle chiere,
  Laissez en gaige vostre cueur!
  Nous le garderons en doulceur
4 Tant que vous retournez arriere.

Complaintes : une première complainte se trouve à la p. 191 du manuscrit.

Six rondeaux et une ballade : œuvre du duc ou d'amis anglais comme le marquis de Suffolk, qui ont passé par Blois ? Certains textes sont connus par ce seul manuscrit ; aucun ne figure dans le ms. Harley 682 du Brit. Museum, où est transcrite l'œuvre anglaise attribuée au prisonnier[1].

Caroles : danses en rond. Certaines caroles ont été mises en musique (opus 402, 1963) par Darius Milhaud.

Rondeau 47

1 Ne cesserez-vous donc jamais ?

4 et de s'en soucier désormais.

  Je n'en dirai pas plus ;
  il ne sert à rien de flatter ou de réprimander.

8 A l'occasion de plusieurs mois de mai passés
  Amour a voulu vous avantager ;
  recompanser : récompenser
11 *entremais* : entremets, diversions

Rondeau 48

Nevers : Charles de Nevers, cousin de Philippe le Bon.

1 *belle chiere* : belle mine
  gaige : gage
  doulceur : douceur
4 jusqu'à ce que vous reveniez.

Contentez — car c'est la maniere —
Vostre hostesse pour vostre honneur,
  Pour paier [etc.]

8 Et se voiez nostre priere
Estre trop plaine de rigueur,
Changons de cuer, c'est le meilleur,
De voulenté bonne et entiere,
12 Pour paier vostre belle chiere etc.

Rondel
[49 (CXLIII)]

[p. 319]

1 Qu'il ne le me font
Pour voir que feroye
Et se je sauroye
4 Leur donner le bont!

Puis que telz ilz sont,
Affin qu'on les voye,
  Qu'il ne etc.

8 Droit a droit respont.
Payer les vouldroye
De telle monnoye
Qu'il desserviront;
  Qu'il ne le me font etc.

Response de Nevers
[Rondeau (II)]

5 *maniere* : l'usage

8 Et si vous trouvez notre requête
   trop rigoureuse,
   échangeons nos cœurs, cela vaut mieux,
11 de bonne volonté et sans hésiter,

Rondeau 49

1 Qu'il ne me le fasse pas
  pour voir ce que je ferais
  et si je saurais
4 *le bont* : renvoyer la balle [au jeu de paume]

  Puisqu'ils sont ainsi
  voye : voie [de voir]

8 *droit* : proverbe attesté : *Tousjours droit a droit revient* (*Ro-*
     man de Perceforest) ; *Tousjours revient droit en son droit*
     (*Cent Ballades*).
   vouldroye : je voudrais
11 *desserviront* : mériteront

Réponse : réponse au rondeau n° 48.

Par Orlians
[Rondeau 50 (III)]   [p. 320]

1 **A** ce jour de Saint Valentin
  Que chascun doit choisir son per,
  Amours, demourray je non per,
4 Sans partir a vostre butin?

  A mon resveillier au matin,
  Je n'y ay cessé de penser,
          A ce jour [etc.]

8 Mais Nonchaloir, mon medicin,
  M'est venu le pouse taster,
  Qui m'a conseillié reposer
  Et rendormir sur mon coussin,
12   A ce jour [etc.]

[Rondeau 51 (IV)]

1 **I**'ay esté poursuivant d'Amours,
  Mais maintenant je suis herault;
  Monter me fault en l'eschaffault
4 Pour jugier des amoureux tours.

  Quant je verray riens a rebours,
  Dieu scet se je crieray bien hault:
          J'ay esté [etc.]

8 Et s'amans vont faisans les lours,
  Tantost congnoistray leur deffault.
  Ja devant moy cloichier ne fault;
  D'amer sçay par cuer le droit cours:
12   J'ay esté [etc.]

Par Cecile (V)   [p. 321]

Rondeau 50

1 *Saint Valentin* : le 14 février, fête des amoureux.
 son per : son égal, son compagnon
 Amour, resterai-je sans compagnon,
4 sans avoir part à votre récolte ?

A mon réveil, le matin

8 *Nonchaloir* : personnification de l'attitude détachée du
    poète désormais résigné : Indifférence.
 pouse : il est venu me prendre le pouls
 reposer : de me reposer
11 *rendormir* : de me rendormir

Rondeau 51

1 *poursuivant* : chargé, lors d'un tournoi, de porter aux
    adversaires éventuels le défi.
 herault : le héraut annonce les rencontres et a une fonction
    d'arbitre. *Cf.* ball. 100, v. 32.
 l'eschaffault : sur l'estrade [où sont les spectateurs]
5 Si j'aperçois quelque chose qui ne va pas

8 *les lours* : les maladroits
 je connaîtrai aussitôt leur faiblesse.
 cloichier : boiter
11 le droit chemin d'amour, je le sais par cœur.

Cecile : le roi René d'Anjou (1409-1480), lui aussi prince et
poète, auteur du *Cuer d'amours espris* (1457).

[Rondeau 52 (VI)]

1 Ie suis desja d'amour tanné,
    Ma tresdoulce Valentinee,
    Car pour moy fustes trop tost nee
4 Et moy pour vous fus trop tart né.

    Dieu lui pardoint qui estrené
    M'a de vous pour toute l'annee !
        Je suis desja [etc.]

8 Bien m'estoie suspeçonné
    Qu'aroye telle destinee,
    Ains que passast ceste journee,
    Combien qu'Amours l'eust ordonné.
12   Je suis desja [etc.]

Par Orlians
[Rondeau 53 (VII)]   [p. 322]

1 Soubz parler couvert
    D'estrange devise
    Monstrez qu'avez prise
4 Douleur ; il y pert.

    Du tout en desert
    N'est pas vostre emprise
        Soubz parler [etc.]

8 Se confort ouvert
    N'est a vostre guise,
    Tost — s'Amour s'avise —
    Sera recouvert
12   Soubz parler [etc.]

Rondeau 52

1 *tanné* : brun. Selon le héraut Sicile, *Blason des couleurs*
   (première moitié du xvᵉ), le *tanné obscur* exprime la
   douleur et la tristesse. [*Cf.* ro. 119].
   Valentinee : Valentine

5 Que Dieu lui pardonne, à celui qui m'a fait cadeau
   de vous pour toute l'année !

8 Je m'étais bien douté
   que tel serait mon destin
   avant la fin de cette journée,
11 bien qu'Amour l'eût ordonné.

Rondeau 53

1 Par les paroles obscures
   d'une étrange devise [pour le tournoi],
   vous faites comprendre que vous avez choisi
4 [dame] Douleur ; cela se voit.

   Votre entreprise n'est pas
   complètement vaine

8 Si un franc réconfort
   ne vous agrée pas,
   bientôt — si Amour s'en aperçoit —
11 il sera caché

[Rondeau 54 (VIII)]

1 Laissez aler ces gorgïas
  Chascun yver a la pippee;
  Vous verrez comme la gelee
4 Reverdira leurs estomas.

  Dieu scet s'ilz auront froit aux bras
  Par leur manche deschiquetee!
       Laissez [etc.!]

8 Ilz portent petiz soulers gras
  A une poulaine embourree;
  Froidure fera son entree
  Par leurs talons nuz par embas.
12   Laissez aler etc.!

[R]ondel [55 (CXLIV)]   [p. 323]

1 Les en voulez vous garder
  Ces rivieres de courir?
  Et grues prendre et tenir
4 Quant hault les veez voler?

  A telles choses muser
  Voit on folz souvent servir:
     Les etc.

8 Laissez le temps tel passer
  Que Fortune veult souffrir,
  Et les choses avenir
  Que l'en ne scet destourber!
12   Les etc.

Rondeau 54

1 *gorgïas* : ces élégants, ces freluquets
 pippee : chasse aux oiseaux où on les trompe en imitant
   leur cri. Au sens figuré : tromper. [*Cf.* ro. 69].
4 *reverdira* : maltraitera, aigrira. Jeu sur le double sens
   de *reverdir*, désignant aussi le réveil printanier, temps
   des amours.
6 *deschiquetee* : manches découpées en languettes. Un témoignage tardif (début xvie) de cette mode se trouve
   dans une représentation de la danse aux torches (British
   Library, Add. MS. 24098, fol. 19b)
8 ils portent de petits souliers larges
 poulaine : les souliers à poulaine, avec leur longue pointe
   rembourrée, apparaissent vers 1350 et restent à la mode
   jusqu'à la fin du xve siècle.
11 par en bas, là où leurs talons sont nus.

Rondeau 55

1 Voulez-vous les empêcher
  de couler, ces rivières ?
 grues : oiseau que l'on chassait volontiers à l'époque.
4 *veez* : vous voyez

  On voit souvent les fous être occupés
  à perdre leur temps en de telles choses ;

8 Laissez passer le temps de la manière
  dont Fortune veut bien le laisser aller,
  de même que les choses futures
11 qu'on ne peut pas empêcher !

Rondel [56 (IX)]

1 Veu que j'ay tant Amour servy,
   Ne suis je pas mal guerdonné?
   Du plaisir qu'il m'avoit donné
4 Sans cause m'a tost desservy.

   Mon cueur loyaulment son serf vy;
   Mais a tort l'a habandonné,
        Veu que j'ay [etc.]

8 Plus ne lui sera asservy.
   Pour Dieu, qu'il me soit pardonné!
   Je croy que suis a ce don né
   D'avoir mal pour bien desservy,
12   Veu que j'ay [etc.]

Secile [Rondeaux (X et XI)]   [p. 324]

Response per Orlians [57 (XII)]   [p. 325]

1 Chascune vielle[1] son dueil plaint.
   Vous cuidez que vostre mal passe
   Tout aultre, mais ja ne parlasse
4 Du mien, se n'y feusse contraint.

   Saichez de voir qu'il n'est pas faint
   Le torment que mon cuer enlasse:
        Chascune vielle etc.

8 Ma paine pers, comme fait[2] maint,
   Et contre Fortune je chasse.
   Desespoir de pis me menasse,
   Je sens ou mon pourpoint m'estraint:
12   Chascune vielle etc.

Rondeau 56

1 *veu que* : étant donné que
   guerdonné : récompensé

4 il m'en a bientôt privé sans raison

   Je vis que mon cœur était son serviteur loyal

8 *asservy* : mis à son service

10 Je crois que je suis né avec ce don
    de mériter le mal pour le bien

Secile : le roi René d'Anjou, prince et poète (1409-1480).

Rondeau 57
Response : réponse au rondeau précédent (p. 324).

1 Chaque vielle se plaint de sa douleur ;
   vous croyez que votre souffrance dépasse
   toutes les autres, mais jamais je ne parlerais
4 de la mienne, si je n'y étais pas forcé.

   Apprenez, en vérité, que ce n'est pas une douleur
   feinte, la douleur que mon cœur embrasse.

8 Je perds ma peine, comme le font beaucoup,
   et je poursuis Fortune en justice ;
   Désespoir me menace de choses plus graves,
11 je sens où le pourpoint me serre [= variante de l'expression
    proverbiale : *où le bât blesse*, courante à l'époque].

Secile [Rondeau (XIII)]

Response per Orlians
[58 (XIV)]   [p. 326]

1 **B**ien assailly, bien deffendu :
  Quant assez auron debatu,
  Il fault assembler noz raisons
4 Et que les fons vouler faisons
  Du debat nouvel advenu.

  Treffort vous avez combatu,
  Et j'ay mon billart bien tenu.
8 C'est beau debat que de deux bons :
      Bien assailly [etc.]

  Vray est qu'estes d'Amour feru
  Et en ses fers estroit tenu.
12 Mais moy non ainsi l'entendons ;
  Il a passé maintes saisons
  Que me suis aux armes rendu :
      Bien assailly [etc.]

Secile [Rondeau (XV)]

Per Orlians [59 (XVI)]   [p. 327]

1 **D**urant les trieves d'Angleterre
  Qui ont esté faictes a Tours
  Par bon conseil, avec Amours
4 J'ay prins abstinence de guerre.

  S'autre que moy ne la desserre,
  Content suis que tiengne tousjours
      Durant [etc.]

Secile : le roi René d'Anjou (1409-1480). Début du rondeau :
Bien deffendu, bien assailly.

Rondeau 58

Response : réponse au rondeau du roi René.

1 *Bien assailly* : proverbe attesté tout au long du xvᵉ siècle.
Quand nous aurons assez disputé,
il faudra réunir nos arguments
4 *les fons vouler* : expression forgée sur *faire voler les faus*
[faucons]. Sens : faire connaître le fond de notre
pensée ?
du débat qui a récemment eu lieu.
7 *billart* : bâton pour jouer aux billes. Equivoque avec
billouart, membre viril.

Il est vrai que vous êtes blessé par Amour
et étroitement gardé dans sa prison.
12 Mais nous ne l'entendons pas de cette oreille :
il y a bien longtemps
que j'ai capitulé aux armes :

Secile : le roi René d'Anjou (1409-1480). Rondeau dont le
contenu se rattache au rondeau 57.

Rondeau 59

1 Pendant les trèves d'Angleterre
Tours : des trèves y ont été conclues en mai 1444.

4 j'ai suivi une cure d'abstinence de la guerre.

Si personne d'autre que moi ne lui porte un coup,
j'accepte qu'elle dure toujours.

8 Il n'est pas bon de trop enquerre
  Ne s'empeschier es fais des cours;
  S'on m'assault pour avoir secours,
  Vers Nonchaloir yray grant erre
12   Durant les trieves [etc.]

[Rondeau 60 (CXLV)]

1 **V**ous vistes que je le voye
  Ce que je ne vueil descouvrir,
  Et congnustes a l'ueil ouvrir
4 Plus avant que je ne vouloye.

  L'ueil d'embusche saillit en voye,
  De soy retraire n'eust lesir[1];
        Vous etc.

8 **T**rop est saige qui ne foloye,
  Quant on est es mains de Plaisir
  Qui lors vint vostre cueur saisir
  Et fist comme pieça souloye;
12   **V**ous etc.

Fredet [Rondeau (XVII)]   [p. 328]

Responce par Orlians
[61 (XVIII)]

1 **T**ant que Pasques soient passees,
  Sans resveillier le chat qui dort,
  Fredet, je suis de vostre accort
4 Que pensees soyent cassees

8 Il ne fait pas bon trop demander
   ni s'empêtrer dans les affaires des cours ;
   si on me poursuit pour avoir du secours,
11 je m'enfuirai bien vite chez Indifférence

Rondeau 60

1 Vous l'avez remarqué que je le voyais,
   ce que je ne veux pas révéler,
   et vous avez compris, en ouvrant l'œil,
4 plus que je ne voulais.

   Hors de son embuscade l'œil sauta sur le chemin,
   il n'eut pas le temps de se retirer ;

8 *foloye* : commet des folies
   es : entre les
   qui alors vint saisir votre cœur
11 et agit comme il en avait depuis longtemps l'habitude.

Fredet : Guillaume ? Licencié en lois de Bourges, en relation avec Blois de 1444 à 1451. Début du rondeau : *Jusques Pasques soient passees.* Voir rondeaux 9 et 61.

Rondeau 61
Response : réponse au rondeau précédent.

1 *tant que* : jusqu'à ce que
   chat : tournure proverbiale fréquente aux XIVᵉ et
      XVᵉ siècles.
   Fredet, je suis d'accord avec vous
4 que les pensées soient supprimées

    Et en aumaires entassees,
    Fermans a clef tresbien et fort,
            Tant que Pasques [etc.]

8 Quant aux miennes, ilz sont lassees ;
   Mais de les garder mon effort
   Feray, par l'avis de Confort,
   En fardeaus d'espoir amassees,
12   Tant que Pasques [etc.]

              Rondel [62 (CXLVI)]   [p. 329]

1 La veez vous la, la¹ lyme sourde
   Qui pense plus qu'elle ne dit ?
   Souventeffoiz s'esbat et rit
4 A planter une gente bourde.

   Contrefaisant la coquelourde
   Soubz ung malicieux abit,
          La veez vous etc. ?

8 Quelle part que malice sourde,
   Tost congnoist s'il y a prouffit.
   Benoist en soit le Saint Esprit
   Qui de si finete me hourde !
12   La veez vous la etc. ?

[Chançons (LXIV à LXXX)]   [pp. 329-345] *aumaires* : armoires [pouvant aussi servir de bibliothèque]

8 *ilz* : elles [féminin pluriel fréquent en moyen français]
  Mais je m'efforcerai de les garder,
  suivant l'avis de Réconfort,
11 réunies en paquets d'espoir.

Rondeau 62

1 La voyez-vous, la lime sourde
  qui pense plus qu'elle n'en dit ?
  Souvent elle rit et se divertit
4 à placer une blague plaisante.

  Faisant semblant d'être une personne niaise
  cachée sous un habit de malice

8 Où que surgisse la malice,
  elle remarque immédiatement s'il y a du profit.
  Béni soit le Saint Esprit
11 qui me prémunit contre une femme si rusée !

Chansons : en haut de ces pages figure la rubrique *chanson* qui se réfère aux textes transcrits dans la moitié inférieure de la page. — La rubrique *rondel*, placée entre le rondeau et la chanson, sert de titre au texte qui la précède.

Rondel [63 (CXLVII)]

[p. 330]

1 Helas ! et qui ne l'aymeroit
De Bourbon le droit heritier,
Qui a l'estomac de papier
4 Et aura la goute de droit ?

Se Lymosin ne lui aidoit,
Il mourroit, tesmoing Villequier.
    Helas etc. !

8 Iamais plus hault ne sailliroit,
S'elle lui monstroit ung dangier ;
Et pource, Fayete et Gouffier,
Aidiez chascun en vostre endroit !
12   Helas etc. !

Rondel [64 (CXLVIII)]

[p. 331]

1 Dieu vous envoye pascience,
Gentil conte Cleremondois !
Vous congnoissez a ceste fois
4 Qu'est d'amoureuse penitance.

Puis qu'estes hors de la presance
De celle que bien je congnois,
    Dieu vous etc.

8 Vouer vous povez alïance,
A la riche — comme je croys —
Ne vous trouverez de ce mois.
Las ! trop estes loing d'alegence !
12   Dieu vous etc.

Rondeau 63

1 Hélas ! qui ne l'aimerait donc pas
  Bourbon : Jean II, duc de Bourbon à partir de 1456.

4 et aura la goutte à bon droit.

  Si Limosin ne l'aidait pas,
  il mourrait, témoin Villequier.

8 Jamais plus il ne ferait de grands sauts,
  si elle lui montrait de la rigueur
10 *pource* : pour cette raison. — *Fayete* : nom propre.
   Diminutif de *faye*, brebis ? — *Gouffier* : nom propre.
   A rapprocher de *goffier*, forme ou coiffe du chaperon ?

Rondeau 64

2 *Cleremondois* : Jean II de Bourbon était comte de Clermont
  avant de succéder à son père, Charles de Bourbon.
  Cette fois vous savez ce que
  c'est que la pénitence d'amour.
  Comme vous êtes hors de la présence
  de celle que je connais bien

8 Vous pouvez appeler de vos vœux le mariage,
  mais vous ne serez pas — c'est mon avis —
  comblé de tout le mois.
11 Hélas ! vous êtes bien loin d'être soulagé !

Rondel [65 (CXLIX)]　　　　　[p. 332]

1 **S**auves toutes bonnes raisons,
　Mieulx vault mentir pour paix avoir
　Qu'estre batu pour dire voir ;
4 **P**ource, mon cuer, ainsi faisons !

　Riens ne perdons se nous taisons
　Et se jouons au plus savoir,
　　　　Sauves etc.

8 **P**arler boute feu en maisons
　Et destruit paix, ce riche avoir ;
　On aprent a taire et a veoir
　Selon les temps et les saisons,
12　　　**S**auves etc.

Rondel [66 (CL)]　　　　　[p. 333]

1 **I**l souffist bien que je le sache
　Sans en enquerir plus avant ;
　Car se tout aloye disant,
4 **O**n vous pourroit bien dire : « Actache ! »

　Nul de la langue ne m'arrache
　Ce qu'en mon cuer je voys pensant.
　　　Il souffist etc.

8 **A**insi qu'en blanc pert noire tache,
　Vostre fait est si apparant
　Que m'y treuve trop congnoissant :
　Qui est descouvert, mal se cache.
12　　　**I**l souffist etc.

Rondeau 65

1 Sous réserve de toutes les bonnes raisons [qu'on peut
avancer]
3 *voir* : parce qu'on dit la vérité
pource : c'est pourquoi

Nous n'y perdons rien, si nous nous taisons
et si nous faisons semblant d'en savoir plus

8 Parler met le feu aux maisons
et détruit la paix, ce riche don ;
On apprend à se taire et à voir
11 selon les époques et les saisons.

Rondeau 66

1 *souffist* : il suffit
sans que vous vouliez en savoir plus ;
car si je disais tout,
4 *actache* : [il] suffit !

Personne ne me fera dire
ce que je pense dans mon cœur ;

8 De même que sur un fond blanc une tache noire se voit bien
apparant : évident
que je ne le connais que trop bien :
11 celui qui est découvert, se cache mal.

**Rondel [67
(CLI)]**

[p. 334]

1 Pense de toy
Dorenavant ;
Du demourant
4 Te chaille poy !

Ce monde voy
En empirant ;
        Pense etc.

8 Regarde et oy,
Va peu parlant !
Dieu tout puissant
Fera de soy !
12   Pense etc.

Rondel [68 (CLII)]

[p. 335]

1 Ce n'est riens qui ne puist estre,
On voit de plus grans merveilles
Que de baster aux corneilles,
4 Lez maris et l'erbe pestre ;

Car de jouer tours de maistre
Femmes sont lez nonpareilles ;
        Ce n'est etc.

8 Tant aux huis comme aux fenestres,
En champs, jardins ou en trailles,
Par tout ont yeulx et oreilles,
Soit a destre ou a senestre ;
12   Ce n'est etc.

Rondeau 67

1 Pense à toi
dorénavant ;
que du reste
4 il t'importe peu !

Ce monde va
de mal en pis

8 Regarde et écoute,
parle peu !
Dieu le tout-puissant
11 fera ce qu'il voudra !

Rondeau 68

1 Rien n'est impossible
merveilles : sujets d'étonnement
baster : bayer aux corneilles [*cf.* ro. 1, v. 6]
pestre : mener les maris par le bout du nez. La locution *faire
pestre* est courante à la fin du moyen âge.
Car les femmes sont sans égales
pour faire un tour de maître.

8 *huis* : aux portes
trailles : berceaux de treillages, tonnelles de verdure

11 que ce soit à droite ou à gauche

Rondel [69 (CLIII)] [p. 336]

1 **O**r est de dire : « Laissez m'en paix ! »
Et tout plain de : « Rien ne m'est plus ! »
Mes propos sont en ce conclus
4 Qu'ainsi demourray desormais.

De s'entremettre de mez fais,
Je n'en requier nullez ne nuls.
      Or est etc.

8 **F**ortune par sez faulz atrais
En pipant a pris a la glus
Mon cueur ; et en soussi reclus
Se tient sans departir jamais.
12   **O**r est etc.

Rondel [70 (CLIV)] [p. 337]

1 **C**'est grant paine que de vivre en ce monde,
Encores esse plus paine de mourir ;
Si(l) convient il en vivant mal souffrir
4 Et au derrain de mort passer la bonde.

S'aucune foiz joye ou plaisir abonde,
On ne les peut longuement retenir ;
      C'est grant etc.

8 **P**ource je vueil comme fol qu'on me tonde,
Se plus pense — quoy que voye a venir —
Qu'a vivre bien et bonne fin querir.
Las ! il n'est rien que soussy ne confonde ;
12   **C**est grant etc.

Rondeau 69

1 Maintenant il est temps de dire : Laissez-moi en paix !
et de répéter souvent : Il ne m'importe plus de rien !
J'en suis arrivé à cette conclusion
4 que je vivrai désormais ainsi.

Je ne demande à personne, homme ou femme,
de s'occuper de mes affaires.

8 Fortune par ses faux attraits
pipant : trompant. Métaphore provenant, comme la *glu*, de
la chasse aux oiseaux [*cf.* ro. 54].
et il reste enfermé en inquiétude
11 sans jamais en sortir.

Rondeau 70

1 C'est une grande souffrance que de vivre en ce monde,
et c'est un tourment plus grand encore de mourir ;
au cours de sa vie il faut supporter des maux
4 et, enfin, passer le seuil de la mort.

s'aucune foiz : si parfois

8 C'est pourquoi je veux qu'on me rase les cheveux[1] comme
[à un fou,
si je pense à autre chose — quoi qu'il arrive —
qu'à vivre bien et à me préparer à une bonne fin.
11 Hélas ! tout est détruit par l'inquiétude.

Rondel [71 (CLV)]   [p. 338]

1 En vivant en bonne esperance,
   Sans avoir deplaisance ou dueil,
   Vous aurez brief a vostre vueil
4 Nouvelle plaine de plaisance.

   De guerre n'avons plus doubtance,
   Mais tousjours gracieux acueil
          En vivant etc.

8 Tous nouveaulx revendrons en France,
   Et quant me reverrés a l'ueil,
   Je suis tout autre que je sueil.
   Au moins j'en fais la contenance
12   En vivant etc.

Orlians a Cecille [72 (CLVI)]   [p. 339]

1 Vostre esclave et serf, ou que soye,
   Qui trop ne vous puis mercier,
   Quant vous a pleu de m'envoyer
4 Le don qu'ay receu a grant joye.

   Tel que dy et plus, se povoye,
   Me trouverés a l'essaier,
          Vostre esclave etc.

8 Paine mectray que brief vous voye,
   Et toust arez, sans delaier,
   Chose qui est sus le mestier,
   Qui vous plaira. Plus n'en diroye,
12   Vostre esclave etc.

Rondeau 71

1 *esperance* : espoir
 sans connaître ni affliction ni douleur,
 vous aurez bientôt, selon votre désir,
4 une nouvelle fort agréable.

 Nous ne redoutons plus la guerre

8 Tous reviendront de nouveau en France,
 et quand vous me reverrez face à face...
 je suis tout différent de ce que j'étais autrefois.
11 Mais j'en garde au moins l'attitude

Rondeau 72
Cecille : le roi René d'Anjou (1409-1480).

1 *soye* : où que je sois
 qui ne peut pas vous remercier assez,
 quand vous avez bien voulu m'envoyer
4 *receu* : reçu

 Si vous voulez me mettre à l'épreuve, vous verrez
 que je ferai ce que je dis et même plus, si je peux,

8 Je tâcherai de vous voir bientôt,
 et vous aurez sous peu, sans délai,
 quelque chose qui est en train de se faire.
11 *diroye* : je ne veux pas en dire plus

[Rondeau 73
(CLVII)] [p. 340]

1 Tellement quellement
   Me fault le temps passer,
   Et soucy amasser
4 Maintesfois mallement.

   Quant ne puis nullement
   Ma fortune casser,
         Tellement etc.

8 G'iray tout bellement
   — Pour paour de me lasser,
   Et sans trop m'en lasser —
   Ou monde follement ;
12   Tellement etc.

Rondel [74 (CLVIII)] [p. 341]

1 A tout bon compte revenir
   Convendra, qui qu'en rie ou pleure.
   Et ne scet on le jour ne l'eure :
4 Souvent en devroit souvenir !

   Prenez qu'on ait dueil ou plaisir
   En brief temps ou longue demeure ;
         A tout bon compte etc.

8 Las ! on ne pense qu'a süyr
   Le monde qui tousjours labeure ;
   Et quant on cuide qu'il sequeure,
   Au plus grant besoing vient faillir :
12   A tout bon compte etc.

Rondeau 73

1 Je dois passer ma vie
  comme ci, comme ça,
  et pour mon malheur avoir
4 souvent de l'inquiétude.

nullement : en aucune manière
casser : renvoyer, licencier, se débarasser

8 Je vivrai tout tranquille
  — par crainte de me fatiguer
  et sans en éprouver trop d'ennui —
11 dans ce monde en faisant des folies ;

Rondeau 74

1 En fin de compte il faudra faire
  un retour sur soi, qu'on en rie ou qu'on en pleure,
  et on ne connaît ni le jour ni l'heure [= paraphrase de *Matth.*
  24, 44 et *Luc* 12, 40] :
4 il faudrait y penser souvent !

6 pour peu de temps ou pendant longtemps

8 Hélas ! on ne pense qu'à suivre
  le monde qui s'agite sans cesse ;
  et quand on croit qu'il va vous secourir,
11 il vient à manquer au plus grand besoin.

[R]ondel [75 (CLIX)] [p. 342]

1 Vous estes paié pour ce jour,
Puis qu'avez eu ung doulx regart;
Devant ung ancien regnart
4 Tost est apparceu ung tel tour.

Quant on a esté a sejour,
Ce sont les gaiges de musart:
      Vous estes etc.

8 Il souffist pour vostre labour;
Et s'aprés on von sert de l'art,
Prenez en gré, maistre coquart!
Ce n'est qu'un restraintif d'amour:
12   Vous estes etc.

Rondel [76 (CLX)] [p. 343]

1 Puis qu'estes en chaleur d'amours,
Pour Dieu, laissez voir vostre orine!
On vous trouvera medecine
4 Qui briefment vous fera secours.

Trop tost, oultre le commun cours,
Vous bat le cuer en la poitrine,
      Puis qu'estes etc.

8 La fievre blanche ses sejours
A fait. Se voulez que termine
Et que plus ne vous soit voisine,
Repousez vous par aucuns jours,
12   Puis qu'estes etc.

Rondeau 75

1 Vous voilà payé pour aujourd'hui,
puisque vous avez obtenu un doux regard
en présence d'un vieux rusé
4 une telle ruse est vite découverte.

Quand on a eu du loisir,
ce sont là les gages d'un niais

8 Cela suffit pour votre peine ;
et si après on vous traite avec malice,
prenez-le en gré, maître sot !
11 Ce n'est qu'un astringent d'amour

Rondeau 76

2 *orine* : urine
medecine : médicament
4 *briefment* : sous peu, vite

Dans votre poitrine le cœur bat trop vite,
il dépasse la cadence habituelle,

8 *fievre blanche* : maladie provoquant la perte des couleurs
se : si
et qu'elle ne vous tienne plus [longtemps],
11 reposez-vous quelques jours

Rondel [77 (CLXI)] [p. 344]

1 **S**aint Valentin, quant vous venez
  En Karesme au commancement,
  Receu ne serez vrayement
4 Ainsi que acoustumé avez.

  Soussy et penance amenez:
  Qui vous recevroit lyement,
      Saint Valentin etc.?

8 **U**ne autresfoiz vous avancez
  Plus tost, et alors toute gent
  Vous recuilliront autrement;
  Et pers a choysir amenez,
12   **S**aint Valentin etc.!

Rondel [78 (CLXII)] [p. 345]

1 **S**aint Valentin dit: « Veez me ça! »
  Et apporte pers a choysir:
  « Viengne qui y devra venir,
4 C'est la coustume de pieça! »

  Quant le jour des Cendres: « Hola! »
  Respond, auquel doit on faillir?
      Saint Valentin etc.

8 **A**u fort, au matin convendra
  En devocïon se tenir;
  Et aprés disner a loisir
  Choisisse qui choisir vouldra.
12   **S**aint Valentin etc.

[Deux chansons en anglais
(LXXXVIII, LXXXIX)] [p. 346]

Rondeau 77

2 *Karesme* : Carême. La coïncidence entre la Saint Valentin et
   le mercredi des Cendres s'est vérifiée en 1453.
   vous ne serez pas vraiment reçu
4 comme vous en avez l'habitude.
   Vous apportez la préoccupation et la pénitence :
   qui donc pourrait vous accueillir avec joie ?

8 Venez une autre fois
   plus tôt, et alors tout le monde
   vous recevra autrement ;
11 et amenez des compagnons à choisir !

Rondeau 78

1 *veez* : voyez-moi ça !
   et amène des compagnons pour qu'on choisisse :
   Que viennent ceux qui doivent y venir,
4 c'est la coutume depuis longtemps !

   Cendres : voir le rondeau précédent, note au vers 2.
   auquel des deux doit-on manquer ?

8 Finalement, il faudra faire
   ses prières le matin ;
   et, après le déjeuner, que ceux qui désirent choisir
11 prennent le temps de choisir.

Chansons : autre écriture. Textes sans lien avec les rondeaux
qui précèdent : il n'y est pas question de la Saint Valentin,
pourtant fort populaire en Angleterre.

Carole en latin (IV) [p. 347]

Rondel [79 (CLXIII)] [p. 348]

1 **A** trompeur trompeur et demi ;
   Tel qu'on seme couvient cuillir.
   Se mestier voy par tout courir :
4 Chascun y joue et moy aussi.

   Dy je bien de ce que je dy ?
   De tel pain souppe fault servir :
      A trompeur etc.

8 **Et** qui n'a pas langaige en lui
   Pour parler selon son desir,
   Ung truchement lui fault querir ;
   Ainsi, ou par la, ou par cy
12   **A** trompeur etc.

Rondel [80 (CLXIV)]

1 **B**aillez lui la massue
   A celui qui cuide estre
   Plus soubtil que son maistre
4 Et sans raison l'argüe ;

   Ou il sera beste mue,
   Quant on l'envoira pestre :
      Baillez etc. !

8 **Q**uoy qu'il regibe ou rue,
   Si sault par la fenestre ;
   Comme s'il vint de nestre
   Sera chose esperdue.
12   **B**aillez etc. !

Carole : *Laudes Deo sint atque gloria* [refrain]

Rondeau 79

1 *A trompeur* : proverbe exceptionnel sous cette forme.
  Comparer à Villon, *Testament*, v. 695 : *Tousjours*
  trompeur autrui engautre.
  On récolte ce qu'on a semé.
  Voilà ce que je vois faire partout :
4 Chacun y joue et moi aussi.
  Ce que je dis est-il bien dit ?
  Voilà le pain dont il faut faire la soupe :

8 Et qui ne dispose pas des paroles,
  pour dire ce qu'il désire,
  doit faire appel à un interprète ;

Rondeau 80

1 Donnez-lui la massue[1],
  à celui qui se croit
  plus subtil que son maître
4 et qui le prétend sans raison ;

  Sinon il sera une bête muette,
  quand on l'enverra promener :

8 Bien qu'il regimbe ou rue,
  il sautera par la fenêtre ;
  il sera déconcerté
11 comme un nouveau-né.

**Rondel [81
(CLXV)]** [p. 349]

1 **U**bi supra
N'en parlons plus
Des tours cornulz
4 Et cetera.

Non est cura
De telz abuz;
   Ubi etc.

8 **M**alla jura
Sont suspendus
Ou deffendus,
Et reliqua;
12   **U**bi etc.

Chançon (LXXI)

**Rondel
[82 (CLXVI)]** [p. 350]

1 **N**oli me tangere,
Faulte de serviteurs;
Car bonté de seigneurs
4 Ne les scet frangere.

Il vous fault regere
En craintes et rigueurs:
   Noli me etc.

8 **N**e hault erigere
Trop tost en grans faveurs;
Se ne sont que foleurs.
Bien m'en puis plangere:
12   **N**oli me etc.

Rondeau 81

1 Comme ci-dessus
n'en parlons plus
des tours cornus,
4 et caetera.

Il ne faut pas se soucier
de tels abus ;

8 Les mauvaises lois
sont supendues
ou défendues,
11 et caetera ;

Chanson : la rubrique *chanson* figure au haut de la page —
exceptionnelle à l'intérieur des pages 348-353 où sont
toujours transcrits deux rondeaux avec les rubriques
correspondantes.

Rondeau 82

1 Ne me touche pas [= paroles du Christ à Madeleine, Jean
faute de serviteurs ;   20, 17],
c'est que la bonté du seigneur
4 ne peut pas les amadouer.

Vous devez régner
dans la crainte et la souffrance ;

8 N'élève pas trop vite
les gens à des postes de faveur :
ce ne sont là que des folies.
11 Ce n'est pas sans raison que je m'en plains :

Rondel [83 (XIX)]

1 Maistre Estienne Le Gout[1], nominatif,
  Nouvellement par maniere optative
  Si a voulu faire copulative;
4 Mais failli a en son cas genitif.

  Il avoit mis .VI. ducatz en datif
  Pour mieulx avoir s'amie vocative,
          Maistre Estienne etc.

8 Quant rencontré a un acusatif
  Qui sa robe lui a fait ablative,
  De fenestre assez superlative
  A fait un sault portant coups en passif,
12   Maistre Estienne etc.

Rondel. Response
de maistre Estienne Le Gout (XX)   [p. 351]

Rondel [84 (CLXVII)]

1 Pres la, briquet aus pendantes oreilles!
  Tu scez que c'est de deduit de gibier;
  Au derrenier tu auras ton loyer
4 Et puis seras viande pour corneilles.

  Tu ne fais pas miracles mais merveilles
  Et as ayde pour te bien ensaigner:
          Pres la etc.!

8 A toute heure diligemment traveilles
  Et en chasse vaulz autant qu'un limier;
  Tu amaines, au tiltre de levrier,
  Toutez bestes et noires et vermeilles.
12   Pres la etc.!

Rondeau 83

1 Maître Etienne Le Gout, au nominatif,
   a récemment voulu employer la copule[1]
   en se servant de l'optatif [= du désir];
4 mais il a manqué son cas génitif.

   Il avait mis six ducats en datif [= il avait donné]
6 pour que son amie soit plus sensible au vocatif [= réponde
                             à ses désirs]

8 *acusatif*: un accusatif; quelqu'un susceptible d'être accusé.
   qui lui a volé sa robe,
   d'une fenêtre au superlatif [= très haute]
11 il a fait un saut et supporté passivement des coups.

Estienne le Gout: secrétaire de Charles d'Orléans autour de 1450. Sa réponse reprend le jeu sur les termes de grammaire du rondeau précédent.

Rondeau 84

1 *briquet*: race de chiens aux oreilles pendantes
   tu connais les plaisirs de la chasse;   [caractéristiques.
   pour finir tu auras ta récompense
4 et puis tu seras viande à corneilles.

   merveilles: choses étonnantes, admirables
   et tu as de l'aide pour bien te diriger:
   Derriere, etc.!

8 *diligemment*: avec application
   limier: chien courant qui a reçu un dressage spécial.
   Tu rapportes, comme un lévrier [spécialement rapide],
11 *bestes noires*: le sanglier.
   bestes vermeilles [rouges]: cerf, daim, etc.

Rondel [85 (CLXVIII)]   [p. 352]

1 **O**r s'y joue qui vouldra!
   Qui me change, je le change;
   Nul ne tiengne chose estrange
4 D'avoir selonc qu'il fera!

   [**Q**]uant[1] par sa faulte sera,
   Gré ne dessert ne louange;
          Or s'y joue etc.!

8 **P**uis que advisé on l'en a
   Et a Raison ne se range,
   S'aprés selle se revange,
   Le tort a qui demourra?
12   **O**r s'y joue etc.!

Orleans a Alençon
[Rondeau 86 (XXI)]

1 **E**n la vigne jusqu'au peschier
   Estez bouté, mon filz treschier;
   Dont, par ma foy, suis tresjoieus
4 Quant de rimer vous voy songnieus
   Et vous en voulez empeschier.

   Soit au lever ou au couchier
   Ou quant vous devez chevauchier,
8 Esbatés vous y pour le mieuls;
          En la vigne etc.

   Se Desplaisir vous vient serchier,
   Pour de lui tost vous despeschier
12 Sans estre merencolieus,
   Grant bien vous fera, se m'aid Dieus;
   Passez y temps, sans plus preschier[2],
          En la vigne etc.

Rondeau 85

1 Y joue qui veut y jouer !
Celui qui me change, je le change[rai] ;
que personne ne s'étonne
4 d'être payé selon ce qu'il aura fait !

Quand ce sera de sa faute,
il ne méritera ni reconnaissance ni louange ;

8 Puisqu'on l'en a averti
et qu'il ne se rend pas à Raison,
si plus tard celle-ci prend sa revanche,
11 à qui en sera le tort ?

Rondeau 86

1 Vous êtes adonné au vin
au point de commettre un péché, mon très cher fils ;
c'est pourquoi, ma foi, je suis fort joyeux
4 quand je vous vois appliqué à rimer
et que vous voulez vous en détourner.

8 *esbatés* : divertissez-vous au mieux

Si Déplaisir vient vous chercher,
pour vous débarasser au plus vite de lui,
12 sans tomber en mélancolie,
il [= le fait de rimer] vous fera un grand bien ;
employez-y votre temps sans que je prêche plus longtemps

**Rondel. Response
de Alençon (XXI)** [p. 353]

[Rondeau 87 (XXIII)]

1 Quant je fus prins ou pavillon
De ma dame tresgente et belle,
Ie me brulé a la chandelle
4 Ainsi que fait le papillon.

Ie rougiz comme vermillon,
Aussi flambant que une estincelle,
     Quant je fuz etc.

8 Se j'eusse esté esmerillon
Ou que j'eusse eu aussi bonne aille,
Je me feusse gardé de celle
Qui me bailla de l'aguillon,
12   Quant je fuz etc.

**[Chansons
(LXXXVI, LXXXII,
LXXXVII, LXXXIII)]** [pp. 354-355]

Rondel [88 (CLXIX)] [p. 356]

1 Gardez vous de mergo,
Trompeurs faulz et rusés
Qui lez gens abusés
4 Mainteffois a tergo.

En tous lieus ou pergo,
Fort estes acusés;
     Gardez etc.

Alençon: Jean II, duc d'Alençon, ancien compagnon de Jeanne d'Arc. En 1458 il est condamné à mort pour crime de lèse-majesté malgré le plaidoyer[1] du duc d'Orléans, dont il avait épousé la fille Jeanne. — Il ne mourra qu'en 1476.

Rondeau 87

1 Quand je fus pris au filet [à perdrix]
de ma belle dame si séduisante,
je me brulai à la chandelle
4 *papillon*: pour la caractéristique du papillon d'être attiré
par la lumière, voir déjà Isidore de Séville[2].
vermillon: couleur d'un rouge vif tirant sur l'orangé,
aussi brûlant qu'une étincelle

8 *esmerillon*: l'émerillon est un faucon de petite taille.
ou si j'avais eu une aussi bonne aile,
je me serais bien gardé de celle
11 qui m'a piqué avec un aiguillon.

Chansons: deux d'entre elles (LXXXVI et LXXXVII) mélangent le français et le latin, comme le rondeau qui suit.

Rondeau 88

1 Prenez garde à : Je fais naufrage,
trompeurs faux et rusés
qui abusez souvent les gens
4 de derrière.

En chaque lieu où j'apparais,
vous êtes sévèrement accusés ;

8 **M**ercy dit : « Abstergo
Lez faultes dont usés,
Mais que lez refusés.
Avisez vous ergo :
12   **G**ardez etc. ! »

Chançon (LXXXIV)

Rondel [89 (CLXX)]   [p. 357]

1 **Q**uant n'ont assez fait dodo
Ces petiz enfanchonnés,
Il portent soubz les bonnés
4 Visages plains de bobo.

  C'est pitié s'il font jojo
Trop matin, les doulcinés,
    Quant etc.

8 [**M**]ieulx¹ amassent a gogo
Gesir sur molz coissinés,
Car il sont tant poupinés !
Helas ! che gnogno, gnogno,
12   **Q**uant etc.

**Chançon
(LXXXV)**

8 Pitié dit : J'efface
   les fautes que vous commettez,
   à condition toutefois que vous vous en détourniez.
11 Prenez-en donc conscience :

Chançon : transcrite dans la partie inférieure de la page.
Elle est antérieure au rondeau, comme en témoigne la
rubrique *chançon* en tête de la page.

Rondeau 89

2 *enfanchonnés* : petits enfants
   ils ont, sous les bonnets,

5 On en a pitié, s'ils se mettent à jouer
   trop tôt, les doux bambins

8 Ils préféreraient être couchés
   à gogo[1] sur de mols coussins,
   car ce sont de tels poupons !
11 *che* [italianisme ?] : quel. — *gnogno* : expression suggérant
   le bruit que font les petits enfants mécontents ; voir
   gnongnon, gronderie, et, en italien, *gnaulare*, geindre,
   pleurnicher.

Chançon : même remarque que pour la chanson à la page
356.

Rondel
[90 (CLXXI)]

[p. 358]

1 **P**rocul a nobis
   Soyent ces trompeurs !
   Dentur aus flateurs
4 Verba pro verbis,

   Sicut « pax vobis »,
   Et tendent ailleurs !
         Procul etc.

8 **N**on semel sed bis,
   Et dez fois plusieurs,
   Sont loups ravisseurs
   Soubz peauls de brebis :
12   **P**rocul etc.

Rondel [91 (XXIV)]

1 **I**'estraine de bien loing m'amie,
   De cueur, de corps et quanque j'ay ;
   En bon an lui souhaideray
4 Joye, santé et bonne vie.

   Mais que ne m'estraine d'oblie,
   Ne plus ne mains que la feray ;
         I'estraine etc.

8 **M**on cueur de chapel de soussie
   Ce jour de l'an estreneray ;
   Et a elle presanteray
   Dez fleurs de ne m'obliés mie.
12   **I**'estraine etc.

Rondeau 90

1 Loin de nous
  ces trompeurs !
  Qu'on donne aux flatteurs
4 des paroles en paiement de leurs paroles,

  comme [par exemple] : La paix soit avec vous,
  et qu'ils aillent ailleurs !

8 Pas une fois mais deux
  et parfois plus,
  ce sont des loups ravisseurs,
11 cachés sous la peau d'une brebis[1].

Rondeau 91

1 J'offre de bien loin à mon amie
  mon cœur, mon corps et tout ce que je possède[2] ;
  pour la bonne année je lui souhaiterai
4 joie, santé et bonne vie.

  Mais qu'elle ne me fasse pas cadeau de pâtisseries/d'oubli,
  pas plus que je ne le ferai de mon côté

8 A mon cœur j'offrirai cette année
  une couronne de fleurs de soucis [*cf.* le *soucier*, plante
                                        qui produit le souci]
11 des fleurs appelées : Ne m'oubliez pas [= le myosotis].

Rondel
[92 (CLXXII)]

[p. 359]

1 Faulcette confite
 En plaisant parler,
 Laissez la aler,
4 Car je la despite !

 Se n'est que redite
 De tant l'esprouver,
  Faulcete etc.

8 Et quant on s'aquitte
 Plus de l'amender,
 Pis la voy ouvrer ;
 C'est chose maudite,
12 Faulcete etc.

Rondel [93 (XXV)]

1 Parlant ouvertement
 Des faiz du dieu d'Amours,
 N'a il d'estranges tours
4 En son commandement ?

 Ouil, certainement.
 Qui dira le rebours,
  Parlant etc. ?

8 S'on faisoit loyaulment
 Enqueste par les cours,
 On orroit tous les jours
 Qu'on s'en plaint grandement,
12 Parlant etc.

Rondeau 92

1 La fausse femme imbibée
de paroles plaisantes,
laissez-la partir,
4 car je la méprise !

C'est une pure répétition
que de la mettre tellement à l'épreuve.

8 Et quand on fait son devoir
de la rendre encore meilleure,
je la vois faire pire ;
11 c'est une entreprise maudite

Rondeau 93

1 Pour parler ouvertement
des affaires du dieu d'Amour
tours : manœuvres, ruses
4 à ses ordres ?

Oui, certes.
Qui prétendra le contraire ?

8 Si l'on faisait une enquête
sincère dans les cours,
on entendrait chaque jour
11 qu'on s'en plaint beaucoup.

Rondel [94 (CLXXIII)]

[p. 360]

1 Il fauldroit faire l'arquemie,
   Qui vouldroit forger faulceté
   Tant qu'elle devint loyauté,
4 Quant en malice est endurcie.

   C'est rompre la teste en folie
   Et temps perdre en oysiveté;
       Il fauldroit etc.

8 Plus avant qu'on y estudie,
   Et meins y congnoit on seurté;
   Car de faire de mal bonté
   L'un a l'autre trop contrarie.
12   Il fauldroit etc.

Rondel[1] [95 (XXVI)]

1 Tant sont les yeulx de mon cuer endormis
   En nonchaloir, qu'ouvrir ne les pourroye;
   Pource parler de beaulté n'ozeroye
4 Pour le present comme j'ay fait jadiz.

   Par cuer retiens ce que j'en ay apris,
   Car plus ne sçay lire ou livre de joye,
       Tant sont etc.

8 Chascun diroit qu'entre les rassotiz
   Comme avugle des couleurs jugeroye;
   Taire m'en weil, rien n'y voy. Dieu y voye!
   Plaisans regars n'ont plus en moy logis,
12   Tant sont etc.

Rondeau 94

1 Il devrait faire de l'alchimie,
  celui qui voudrait forger la fausseté
  jusqu'à ce qu'elle se transforme en loyauté,
4 si elle est endurcie en méchanceté.

  Cela revient à se casser la tête par folie
  et perdre son temps à ne rien faire ;

8 Plus on approfondit son étude,
  moins on y rencontre de certitudes ;
  transformer le mal en bien,
11 ce sont là des choses par trop contraires.

Rondeau 95

1 Les yeux de mon cœur dorment si profondément dans
  l'indifférence, que je serais bien incapable de les ouvrir ;
  c'est pourquoi je n'oserais plus à présent parler
4 de la beauté comme je l'ai fait autrefois.

  Je sais par cœur ce que j'ai appris
  sçay : je ne sais plus

8 Tous diraient que je juge des couleurs
  comme un aveugle parmi les gâteux ;
  je veux m'en taire, je n'y vois rien.
11 Les regards séducteurs ne me hantent plus

Rondel [96 (CLXXIV)]

[p. 361]

1 En changeant mes appetiz,
  Je suis tout saoul de blanc pain,
  Et de menger meurs de fain
4 D'un fres et nouveau pain bis.

  A mon gré ce pain faitiz
  Est ung mourceau souverain,
      En changeant etc.

8 S'il en fust a mon devis,
  Plus tost anuyt que demain
  J'en eusse mon vouloir plain,
  Car grant desir m'en est pris
12   En changeant etc.

Rondel de maistre
Jehan Caillau (XXVII)

Rondel de Fredet
(CLXXV)

[p. 362]

[Rondeau 97 (XXVIII)]

1 Helas! me tuerés vous?
  Pour Dieu, retraiez cest euil
  Qui d'un amoureux acueil
4 M'occit, se ne suis rescous!

  Ie tiens vostre cuer si douls
  Que me rendz tout a son veuil.
      Helas! etc.

Rondeau 96

1 *appetiz* : désirs
  saoul : gavé
  et je meurs du désir de manger
4 un bout de pain bis et frais.

A mon avis ce pain bien fait
est un morceau souverain.

8 Si tout allait à mon gré,
  j'en aurais à volonté
10 plutôt ce soir que demain

Jehan Caillau : médecin, ami et conseiller de Charles
d'Orléans qui lui accorde une pension dès 1442. Son rondeau
reprend le refrain du rondeau 95.

Fredet : Guillaume ? En contact avec Blois de 1444 à 1451.

Rondeau 97

2 Au nom de Dieu, retirez cet œil
  qui me tue par un accueil amoureux,
4 si on ne vient pas à mon aide !

Je considère que votre cœur est si doux
que je me soumets à ses volontés.

8   **D**e quoy vous peut mon courrous
    Valoir ne servir mon deuil,
    Quant humblement, sans orgueil,
    Je requier mercy a tous?
12   Helas! etc.

Response de Orleans
[98 (CLXXVI)]   [p. 363]

1   **P**our mectre a fin vostre doleur
    Ou pour le present je vous voy,
    Descouvrez moy
4   Tout vostre fait, car, sur ma foy,
    Je vous secourray de bon cueur.

    Plus avant offrir ne vous puis,
    Fors que je suis
8   Prest de vous ayder a tout heure

    A vous bouter hors des ennuys
    Que, jours et nuys,
    Dictes qu'avec vous font demeure.

12 **Q**uant vous tenez mon serviteur
    Et vostre doleur apparçoy,
    Montrer au doy
    On me devroit, se tenir quoy
16 Vouloye, comme faynt seigneur,
            Pour mectre etc.

[Rondeau 99 (XXIX)]

1   **U**ng cueur, ung veuil, une plaisance,
    Ung desir, ung conscentement,
    Ung reconfort, ung pansement,
4   Fermez en loyale fiance:

8 A quoi peuvent vous servir ma peine
   ou ma tristesse,
   quand humblement, sans orgueil,
11 je demande merci à tous?

Rondeau 98
Response: réponse au rondeau de Fredet.

1 *Pour mectre*: fait écho au refrain de Fredet: *Pour mectre a
     fin la grant doleur.*
   pour le present: pour le moment
   révélez-moi
4 *fait*: toute votre affaire
   secourray: je viendrai à votre secours
   Je ne peux vous offrir plus,
   sinon que je suis
8 disposé à vous aider à toute heure

   pour vous sortir des douleurs
   dont vous dites que, jour et nuit,
   elles vous tiennent compagnie.

12 *tenez*: vous vous considérez
   et que je remarque votre souffrance
   doy: doigt
   quoy: rester tranquille, inactif
16 je voulais, comme un faux seigneur

Rondeau 99

1 *veuil*: une volonté, un désir
   conscentement: un consentement
   pansement: une pensée
4 stables en une confiance loyale:

Dieu que bonne en est l'acointance !
Tenir la doit on chierement :
    Ung cueur etc.

8 **C**ontre Dangier et sa puissance,
Qui les het trop mortelement,
Gardons les bien et sagement !
N'est ce toute nostre chevance,
12   **U**ng cueur etc. ?

Rondel
[100 (CLXXVII)]   [p. 364]

1 **A**prés l'escadre route
Mectons a sacquement
Annuyeulx Pensement
4 Et sa brigade toute !

  Il crye : « Volte route !
Ralions nostre gent,
    Aprés l'escadre etc ! »

8 [**S**]e Loyauté s'y boute
Par advis, saigement,
Crye gaillerdement :
« Da ly brusque, sans doubte,
12   **A**prés l'escadre etc. ! »

Rondel [101 (XXX)]

1 **L**es fourriers d'Esté sont venus
Pour appareillier son logis,
Et ont fait tendre ses tappis
4 De fleurs et verdure tissus.

l'acointance : la compagnie
On doit la préserver avec amour :

8 contre Rigueur et ses troupes,
qui les hait à mort,
défendons-les bien et avec sagesse !
11 *chevance* : notre profit

Rondeau 100

1 Après avoir défait la troupe,
mettons à sac
Préoccupation la douloureuse
4 et toute sa brigade !

Elle crie : Rebroussons chemin !

8 *boute* : se jette dans la mêlée,
avisée et sage,
gaillerdement : avec vigueur, entrain
11 *da ly* [< *dagli*, italianisme ?] : Frappe-la avec rudesse [brusque
vient de l'italien *brusco*, rude, âpre].

Rondeau 101

1 Les officiers de Printemps sont venus
pour préparer son logis
tapis : ses tapisseries [dont la description fait penser aux
tapisseries mille-fleurs appréciées à l'époque]

En estandant tappis velus
De vert herbe par le païs,
  Les fourriers etc.

8 Cueurs d'ennuy pieça morfondus,
Dieu mercy, sont sains et jolis ;
Alez vous ent, prenez païs,
Yver, vous ne demourrés plus !
12 Les fourriers etc.

Rondel [102 (CLXXVIII)]   [p. 365]

1 Se mois de may ne joyeux ne dolent
Estre ne puis ; auffort, vaille que vaille,
C'est le meilleur que de riens ne me chaille :
4 Soit bien ou mal, tenir m'en fault content.

Ie lesse tout courir a val le vent,
Sans regarder lequel bout devant aille ;
  Se mois de may etc.

8 Qui Soussy suyt au derrain s'en repent ;
C'est ung mestier qui ne vault une maille,
Aventureux comme le jeu de faille.
Que vous semble de mon gouvernement
12 Se mois de may etc. ?

Rondel [103 (XXXI)]

1 Le temps a laissié son manteau
De vent, de froidure et de pluye,
Et s'est vestu de brouderie
4 De soleil luyant cler et beau.

5 En étendant des tapis de velours

8 Les cœurs, depuis longtemps transis de douleur,
   sont, Dieu merci, sains et alertes;
   Allez-vous-en, au large,
11 Hiver, vous ne resterez pas plus longtemps!

Rondeau 102

1 Ce mois de mai je ne peux être
   ni joyeux ni triste; en fin de compte, vaille que vaille,
   il vaut mieux qu'il ne m'en importe pas:
4 bien ou mal, il faut m'en faire une raison.

   Je laisse tout s'en aller avec le vent,
   sans regarder quelle partie s'envole d'abord;

8 Celui qui suit Préoccupation finira par s'en repentir;
   c'est un métier qui ne vaut pas un sou,
   il est hasardeux comme le jeu de la faille[1].
11 Que pensez-vous de mon comportement?

Rondeau 103

1 *laissié*: laissé
  pluye: pluie
  brouderie: d'une broderie
4 de soleil qui reluit, clair et beau [emploi adverbial des
                                                    adjectifs].

Il n'y a beste ne oyseau
Qu'en son jargon ne chante ou crie:
          Le temps etc.

8 Riviere, fontaine et ruisseau
Portent, en livree jolie,
Gouttes d'argent d'orfaverie;
Chascun s'abille de nouveau.
12   Le temps etc.

Rondel [104 (CLXXIX)]   [p. 366]

1 Pource que Plaisance est morte,
Ce may suis vestu de noir;
C'est grant pitié de veoir
4 Mon cueur qui s'en desconforte.

Ie m'abille de la sorte
Que doy, pour faire devoir,
          Pource etc.

8 Le temps cez nouvelles porte,
Qui ne veult deduit avoir,
Mais par force de plouvoir
Fait dez champs clorre la porte,
12   Pource etc.

Rondel [105 (XXXII)]

1 Cueur, a qui prendrez vous conseil?
A nul ne povez descouvrir
Le tresangoisseus desplaisir
4 Qui vous tient en peinne et traveil.

9 *livree* : habits aux couleurs du seigneur
   des gouttes d'argent, œuvre de l'orfèvre
12 *Le temps* : le rondeau a été mis en musique par Claude
   Debussy et cité par Théodore de Banville en épigraphe
   à son recueil de *Rondels* (1875).

Rondeau 104

1 Puisque Plaisir est mort
  noir : cf. ball. 19, 37
  veoir : voir
4 *desconforte* : s'en plaint

  Je m'habille comme
  je le dois, par devoir

8 Le temps apporte ces nouvelles,
  lui qui ne veut pas avoir de plaisir,
  mais fait fermer la porte des champs
  par la pluie qui tombe sans cesse.
12 *pource etc.* : rondeau mis en musique par Claude Debussy.

Rondeau 105

1 Cœur, à qui demanderez-vous conseil ?
  Vous ne pouvez révéler à personne
  la douleur qui vous tourmente
4 et vous tient en peine et souffrance.

Je tiens qu'il n'a soubz le soleil
De vous plus parfait vray martir;
          Cueur etc.

8 **A**u meins faitez vostre apareil
De bien vous faire ensevelir;
Ce n'est que mort d'ainsi languir
En tel martire nonpareil!
12   Cueur etc.

Rondel [106 (CLXXX)]   [p. 367]

1 **A** Dieu! qu'il m'anuye!
Helas! qu'esse cy?
Demorray je ainsi
4 En merencolie?

Qui que chante ou rie,
J'ay tous jours soussi;
          A Dieu etc.!

8 **P**enser me guerrie,
Et Fortune aussi,
Tellement et si
Fort que hé ma vie.
12   A Dieu etc.!

Rondel [107 (XXXIII)]

1 **D**edens mon livre de pensee
J'ay trouvé escripvant mon cueur
La vraye histoire de douleur,
4 De larmes toute enluminee,

tiens : je pense ; *soubz* : sous
martir : le thème de l'amant (cœur) martyr apparaît dès
   la ball n° 3, *cf.* ro. 191

8 Prenez au moins vos dispositions
   pour vous faire enterrer dignement ;
   c'est être mort que de languir ainsi,
11 *non pareil* : sans pareil, sans égal

Rondeau 106

1 Mon Dieu ! que cela me pèse !
   Hélas ! qu'est-ce donc que ceci ?
   Vivrai-je toujours ainsi
4 en mélancolie ?

   Que l'on chante ou rie,
   moi, je ne connais que le tourment

8 Pensée me combat,
   ainsi que Fortune,
   avec une telle violence et une telle
11 force que j'en déteste ma vie.

Rondeau 107

1 Dans mon livre de pensée
   j'ai trouvé mon cœur qui écrivait
   la vraie histoire de la douleur,
4 tout illustrée de larmes,

En deffassant la tresamee
Ymage de plaisant doulceur
      Dedens etc.

8 Helas ! ou l'a mon cueur trouvee ?
Lez grossez gouttez de sueur
Lui saillent de peinne et labeur
Qu'il y prent et nuit et journee,
12   Dedens etc.

Rondel
[108 (CLXXXI)]   [p. 368]

1 Ci pris, ci mis ...
Trop fort me lie
Merencolie
4 De pis en pis.

Quant me tient pris
En sa baillie,
      Ci pris etc.

8 Se hors soussy
Je ne m'alie
A Chiere Lie,
Vivant languis,
12   Ci pris etc.

Rondel [109 (XXXIV)]

1 En regardant ces belles fleurs
Que le temps nouveau d'amours prie,
Chascune d'elles s'ajolie
4 Et farde de plaisans couleurs.

et qui effaçait l'image
adorée de l'agréable douceur

8 Hélas ! où mon cœur l'a-t-il trouvée ?
Les grosses gouttes de sueur
jaillissent à cause du travail et de la peine
11 qu'il se donne jour et nuit.

Rondeau 108

1 Tiré de ci, tiré de là ...
Mélancolie
me serre trop fort,
4 de mal en pis.

Quand elle me tient prisonnier
en son pouvoir

8 Si, en dehors du pays de Douleur,
je ne fais pas alliance
avec Bon Accueil,
11 je vis en languissant

Rondeau 109

1 *En regardant* : mis en musique (1914) par André Caplet, ami
et admirateur de Claude Debussy.
que le renouveau printanier requiert d'amour,
chacune d'entre elles se fait belle
4 et se farde avec des couleurs séduisantes.

[T]ant[1] enbasmees sont de odeurs
Qu'il n'est cueur qui ne rajeunie
  En regardant etc.

8 Lez oiseaus deviennent danseurs
Dessuz mainte branche flourie
Et font joyeuse chanterie
De contres, deschans et teneurs
12 En regardant etc.

Rondel
[110 (CLXXXII)]   [p. 369]

1 Et de cela, quoy?
Se Soussi m'assault,
A mon cueur n'en chault,
4 N'aussi peu a moy.

[C]omme j'aperçoy,
Courrous riens n'y vault.
  Et de etc.

8 Par lui je reçoy
Souvent froit et chault;
Puis qu'estre ainsi fault,
Remede n'y voy.
12 Et de etc.

Rondel [111 (XXXV)]

1 Onquez feu ne fut sans fumee,
Ne doloreus cueur sans pensee,
Ne reconfort sans esperance,
4 Ne joyeus regart sans plaisance,
Ne beau soleil qu'aprez nuee.

5 Elles répandent de telles odeurs
  qu'il n'y a pas de cœur qui ne rajeunisse

8 *dessuz* : sur

11 *contres* : contreteneur [*contratenor* ou *contra*], voix complé-
      mentaire de la teneur *deschans* : déchant [contrepoint
      note contre note] *teneurs* : la teneur [*tenor*], la voix
      la plus basse

Rondeau 110

1 Et de cela, qu'en est-il ?
  Si Préoccupation m'attaque,
  mon cœur ne s'en soucie pas,
4 ni moi non plus.

  La colère ne sert à rien,
  je m'en rends bien compte.

  puisqu'il faut vivre ainsi,
11 je n'y vois pas de remède.

Rondeau 111

1 Jamais feu ne fut sans fumée [proverbe courant à l'époque]
  doloreus : souffrant

  plaisance : plaisir
5 *nuee* : nuages.

I'ay tost ma sentence donnee ;
De plus sachant soit amendee !
8 J'en dy selonc ma congnoissance :
   Onquez etc.

Esbatement n'est sans risee,
Souspir sans chose regretee,
12 Souhait sans ardant desirance,
Doubte sans muer contenance —
C'est chose de vray esprouvee :
   Onques etc.

Rondel
[112 (CLXXXIII)]   [p. 370]

1 Et de cela, quoy ?
En ce temps nouveau,
Soit ou laid ou beau,
4 Il m'en chault bien poy.

Ie demorray quoy
En ma vielle peau ;
  Et de etc. ?

8 Plusieurs, comme voy,
Ont dez pois au veau ;
Je mettray mon seau
Qu'ainsi je le croy.
12   Et de etc. ?

J'ai vite fait de produire ma sentence ;
que quelqu'un de plus savant l'améliore !
8 J'en parle selon mon savoir :

esbatement : amusement, délassement
souspir : un soupir
12 un souhait sans désir brûlant,
un doute sans changement d'attitude —
c'est une chose vraiment reconnue :

Rondeau 112

1 *Et de cela* : même refrain que le rondeau 110.
En ce printemps,
qu'il soit laid ou beau,
4 il m'en importe bien peu.

Je resterai tranquille
dans ma vieille peau ;

9 *pois au veau* : gros pois verts,
j'y apposerai mon sceau,
car je crois qu'il en est ainsi.

[R]ondel [113 (XXXVI)]

1 Chantez ce que vous pensés,
  Moustrant joyeuse maniere !
  Ne la vendez pas si chiere,
4 Trop envis la despensés.

  Or sus ! tost vous avancés !
  Laissez coustume estrangiere !
      Chantez etc. !

8 [T]ous noz menus pourpensés
  Descouvrons, a lye chiere,
  L'un a l'autre sans priere !
  J'acheveray ; commencés !
12   Chantez etc. !

Rondel
[114 (CLXXXIV)]   [p. 371]

1 Le trouveray je jamais
  Un loyal cueur joint au mien ?
  A qui je soye tout sien
4 Sans departir desormais ?

  D'en deviser par souhais
  Souvent m'y esbas et bien ;
      Le etc. ?

8 Autant vault se je me tais,
  Car certainement je tien
  Qu'il ne s'en fera ja rien :
  En toute chose a un mais.
12   Le trouveray etc. ?

Rondeau 113

2 et comportez-vous de manière joyeuse !
chiere : chère
4 *envis* : à contre-cœur

Allez-y ! approchez vite !
Laissez tomber la coutume étrangère !

8 Toutes nos petites réflexions,
découvrons-les joyeusement
l'un à l'autre sans nous faire prier !
11 Je conclurai ; commencez !

Rondeau 114

1 Trouverai-je jamais
un cœur loyal associé au mien ?
Auquel j'appartienne en tout
4 sans m'en séparer plus jamais ?

Je me divertis souvent et bien
à en parler sous forme de souhaits

8 Je peux tout aussi bien me taire,
car je suis convaincu
que cela ne se réalisera jamais :
11 En toute chose il y a un « mais » [proverbe à comparer à celui
qui figure au vers 5 du rondeau 123]

Rondel [115 (XXXVII)]

1 **G**ens qui cuident estre si sages
 Qu'il pensent plusieurs abestir,
 Si bien ne se sauront couvrir
4 Qu'on n'aperçoive leurs courages.

 Payer leur fauldra lez usages
 De leurs becz jaunes sans faillir,
         Gens etc.

8 **O**n scet par anciens ouvrages
 De quel mestier scevent servir ;
 Melusine n'en peut mentir,
 Elle les congnoist aux visages,
12   Gens etc.

Rondel
[116 (CLXXXV)]   [p. 372]

1 **S**il me pleust bien
     — Se tour il a —,
 Quan me moustra
4 Que estoit tout mien.

 Par son maintien
 Tost me gaigna ;
         [**S**]il me etc.

8 Sens dire rien,
 Mon cueur pensa
 Et ordonna
 Qu'il seroit sien.
12   **S**il me pleust etc.

Rondeau 115

1 Les gens qui croient être si sages
et pensent pouvoir tromper la plupart des autres,
ils ne pourront pas se cacher de façon
4 qu'on ne s'aperçoive pas de leurs intentions.

usages : payer les usages, la bienvenue
becz jaunes : jeunes hommes inexpérimentés, béjaunes —
    sans faillir : sans faute

8 *scet* : on sait

Melusine : héroïne du roman de Jean d'Arras, qui porte son
    nom. Le duc en possédait un exemplaire qui a passé
    dans la bibliothèque de Dunois, le bâtard d'Orléans.
congnoist : elle les reconnaît

Rondeau 116

1 Celui-ci me plut bien
— si ruse il y a —,
quand il me fit voir
4 qu'il m'appartenait en tout.

Il me conquit vite
par son comportement

9 mon cœur pensa
et décida
qu'il lui appartiendrait.

Rondel [117 (XXXVIII)]

1 Quant j'ay ouÿ le tabourin
 Sonner pour s'en aler au may,
 En mon lit fait n'en ay effray
4 Ne levé mon chef du coissin,

 En disant : « Il est trop matin,
 Ung peu je me rendormiray »,
     Quant j'ay ouÿ etc.

8 Ieunes gens partent leur butin !
 De Nonchaloir m'acointeray,
 A lui je m'abutineray ;
 Trouvé l'ay plus prochain voisin,
12   Quant j'ay ouÿ etc.

Rondel [118 (CLXXXVI)]

[p. 373]

1 En mon cueur cheoit
 Et la devinoye,
 Comme je pensoye
4 Qu'ainsi avendroit.

 Fol, tant qu'il reçoit,
 Ne croit rien qu'il voye ;
     En mon etc.

8 Sotye seroit,
 Se plus y musoye ;
 Ma teste romperoye,
 Soit ou tort ou droit.
12   En mon etc.

Rondeau 117

1 Quand j'ai entendu le tambourin
  pour aller cueillir l'arbre de mai [l'églantier],
  je suis resté bien tranquille dans mon lit
4 et je n'ai pas levé la tête du coussin.

  matin : il est trop tôt

8 Que les jeunes gens se répartissent le profit !
  Moi, je tiendrai compagnie à Indifférence,
  c'est avec elle que je partagerai mon profit ;
11 j'ai découvert que c'est la voisine qui m'est la plus proche.

Rondeau 118

1 Elle tombait dans mon cœur,
  et je la devinais,
  au moment où je pensais
4 que cela allait se passer ainsi.

  Le fou, aussi longtemps qu'il reçoit quelque chose,
  ne croit rien, même s'il le voit ;

8 Ce serait une sottise,
  si je continuais à y perdre mon temps ;
  je me casserais la tête,
11 que ce soit à tort ou à raison.

Rondel [119 (XXXIX)]

1 Le premier jour du mois de may,
   De tanné et de vert perdu
   — Las ! — j'ay trouvé mon cuer vestu,
4 Dieu scet en quel piteux array !

   Tantost demandé je luy ay
   Dont estoit cest abit venu,
        Le premier jour etc.

8 Il m'a respondu : « Bien le sçay,
   Mais par moy ne sera congneu ;
   Desplaisance m'en a pourveu,
   Sa livree je porteray,
12   [L]e premier etc. »

Rondel [120 (CLXXXVII)]   [p. 374]

1 Le monde est ennuyé de moy,
   Et moy pareillement de lui ;
   Je ne congnois riens au jourd'uy
4 Dont il me chaille que bien poy.

   Dont, quanque devant mes yeulx voy,
   Puis nommer anuy sur anuy ;
        Le monde etc.

8 Cherement se vent bonne foy ;
   A bon marché n'en a nulluy.
   Et pource, se je suis cellui
   Qui m'en plains, j'ay raison pour quoy ;
12   Le monde etc.

Rondeau 119

2 *tanné* : brun [de la couleur du tan], symbole de tristesse
2 *vert perdu* : vert sombre tirant sur le noir   [*cf.* ro. 52].
3 *vestu* : habillé
  Dieu sait en quel pitoyable équipement !
5 Aussitôt je lui ai demandé
  d'où lui venait cet habit

8 Il m'a répondu : Je le sais bien,
  mais ce n'est pas moi qui le révélerai ;
  Affliction me l'a donné,
11 je porterai sa livrée [*cf.* Oton de Grandson, *Complainte de Saint Valentin*, b. IV, vv. 17-18 : *Le dieu d'Amours me soit garant / Qui m'a de sa livree mis.* — Mais il ne joue pas sur le contraste entre la fête et la livrée.]

Rondeau 120

1 Le monde est dégoûté de moi,
  et moi également de lui ;
  je ne connais rien de nos jours
4 dont il m'importe, ne serait-ce qu'un peu.

  Tout ce que mes yeux voient,
  je peux donc l'appeler douleur sur douleur ;

8 La bonne foi se vend cher ;
  personne n'en obtient à bon marché.
  Et ainsi, si je suis celui
11 qui s'en plaint, j'ai mes raisons pour le faire ;

Rondel [121 (XL)]

1   De riens ne sert a cueur en desplaisance
    Chanter, danser n'aucun esbatement ;
    Il lui souffit de povoir seulement
4   Tous jours penser a sa male meschance.

    Quant il congnoit qu'en hazart gist sa chance
    Et desir n'est a son commandement,
            De riens etc.

8   S'on rit, pleurer lui est d'acoustumance ;
    S'il peut, a part se met le plus souvent,
    Afin qu'a nul ne tiengne parlement.
    Pour le guerir ja mire ne s'avance ;
12   De riens etc.

Rondel
[122 (CLXXXVIII)]   [p. 375]

1   — « Hons, y fiez vous
    En mondain Espoir ?
    S'il scet decevoir,
4   Demande[z]¹ a tous ! »

    — « Mon atrait est doulx
    Pour gens mieulx avoir :
            Hons etc. ? »

8   — « De joye ou courroux
    Soing ou nonchaloir
    Veult a son vouloir
    Tenir les deux boux :
12   Hons etc. ? »

Rondeau 121

1 Chanter, danser ni aucun autre divertissement
  n'apportent quelque chose à un cœur affligé;
  il lui suffit de pouvoir penser
4 tous les jours à sa terrible malchance.

  Quand il sait que sa chance dépend du hasard
  et qu'il n'est pas en son pouvoir d'exprimer un désir,

8 Si l'on rit, il a l'habitude de pleurer;
  s'il le peut, il se retire le plus souvent dans un coin,
  afin de ne devoir parler à personne.
11 Jamais un médecin n'approche pour le guérir;

Rondeau 122

1 — Hommes, avez-vous confiance
  en Espoir mondain?
  S'il sait tromper,
4 demandez-le à tous!

  — Mes[1] attraits sont doux
  pour mieux attraper les gens

8 — Qu'il s'agisse de joie ou de peine,
  d'inquiétude ou d'indifférence,
  il veut, à son gré,
  être le maître de la situation.
12 *Hons*: Pierre Champion corrige en *vous*.

Rondeau
[123 (XLI)]

1 **F**iés vous y !
    A qui ?
    En quoy ?
4 Comme je voy,
    Riens n'est sans sy.

    Ce monde cy
    A sy
8 Pou foy ;
        Fiés etc. !

    Plus n'en dy
    N'escry.
12 Pour quoy ?
    Chascun j'en croy.
    S'il est ainsy,
        Fiés etc. !

Rondel
[124 (CLXXXIX)]   [p. 376]

1 **V**engence de mes yeulx
    Puisse mon cueur avoir !
    Ilz lui font recevoir
4 Trop de maulx en mains lieux.

    Amours, le roy des dieulx,
    Faictes vostre devoir :
        Vengence etc.

Rondeau 123

1 Fiez-vous-y ! — [On remarquera le parallélisme avec le
   premier vers du rondeau 122, bien que les deux textes
   ne soient pas contemporains.]
4 Comme je le vois,
   rien n'est sans « si »[1].

   Ce monde-ci
   a si
8 peu de foi ;

   Je n'en dis et n'écris
   pas plus.
12 Pourquoi ?
   J'en crois ce que chacun dit.
   Si c'est ainsi

Rondeau 124

1 Que mon cœur puisse obtenir
   vengeance de mes yeux !
   Il leur doit
4 trop de souffrances en différents lieux.

6 *faictes* : faites

8 [S]e jamais plus sont tieulx
   Encontre mon vouloir,
   Sur eulx, et main et soir,
   Crieray jusques aux cieulx :
12   **V**engence etc.

Rondel [125 (XLII)]

1 **D**e legier pleure a qui la lippe pent ;
   Ne demandés jamais comment lui va,
   Laissez l'en paix, il se confortera
4 Ou en son fait mettra apointement.

   A son umbre se combatra souvent
   Et puis son frein runger lui convendra :
        De legier etc.

8 S'on parle a lui, il en est malcontent.
   Cheminee au derrain trouvera
   Par ou passer sa fumee pourra ;
   Ainsi en avient le plus communement :
12   De legier etc.

Rondel [126 (CXC)]   [p. 377]

1 **E**spoir ne me fist oncques bien ;
   Souvent me ment pour me complaire
   Et assez promet sans rien faire,
4 Dont a lui peu tenu me tien.

   En ses dis ne me fie en rien.
   Se Dieu m'aist, je ne m'en puis taire :
        Espoir ne etc.

8 Si jamais ils se comportent encore ainsi
  contre ma volonté,
  matin et soir je crierai
11 contre eux d'une voix qui montera jusqu'au ciel :

Rondeau 125

1 Il pleure facilement, celui à qui la lèvre pend ;
  ne demandez jamais comment il va,
  laissez-le en paix, il se réconfortera
4 ou il trouvera un arrangement pour son affaire.

  umbre : son ombre
  et puis il devra ronger son frein :

8 Si on lui adresse la parole, il en est mécontent.
  Il finira bien par trouver une cheminée
  par où sa fumée/colère [mot à double sens !] pourra
11 c'est ce qui arrive d'habitude.   sortir ;

Rondeau 126

1 Espoir ne m'a jamais fait de bien,
  Il ment souvent pour me faire plaisir
  assez : beaucoup
4 c'est pourquoi je ne me sens guère lié à lui.

  Je n'ai aucune confiance en ses paroles.
  Au nom de Dieu, je ne peux pas le taire :

8   Quant Confort requerir lui vien
    Et cuide qu'il le doye faire,
    Tousjours me respont au contraire
    Et me hare Reffus, son chien.
12   Espoir ne etc.

Rondel [127 (XLIII)]

1   Dont viens tu maintenant, Souspir?
    Aportez tu nulles nouvelles?
    Dieu doint que puissent estre telles
4   Que voulentiers lez doye ouïr!

    S'il viennent de devers Desir,
    Il ne sont que bonnes et belles;
            Dont etc.?

8   Mais s'il sourdent de desplaisir,
    J'ayme mieulx que tu lez me celes.
    Assez et trop j'en ay de celles;
    Ne dy riens que pour m'esjouir!
12   Dont etc.?

Rondel [128 (CXCI)]   [p. 378]

1   C'est par vous seullement, Fiance,
    Qu'ainsi je me treuve deceu;
    Car se par avant l'eusse sceu,
4   Bien y eusse mis pourveance.

    Auffort, quant je suis en la dance,
    Puis qu'il est trait, il sera beu;
            C'est par vous etc.

8 Quand Réconfort vient l'appeler à l'aide,
   croyant qu'il devrait le faire,
   il me répond toujours le contraire
11 et lance Refus, son chien, sur moi.

Rondeau 127

1 *dont* : d'où
   Apportes-tu quelques nouvelles ?
   Que Dieu permette qu'elles soient ainsi conçues
4 que je puisse les écouter volontiers !

   Si elles viennent de chez Désir,
   il : elles

8 Mais si elles sourdent du déplaisir,
   je préfère que tu me les caches.
   celles : de cette sorte
11 Dis quelque chose seulement pour me réjouir !

Rondeau 128

1 *Fiance* : Confiance
   que je me vois trompé ainsi ;
   si je l'avais su auparavant,
4 j'aurais bien pris mes précautions.

   Du reste, comme je suis dans la danse,
   puisqu'il est tiré, je le boirai ;

8 **I**e doy bien haïr l'acointance
  Du premier jour que vous ay veu,
  Car prins m'avez au despourveu :
  Nul n'est trahy qu'en esperance.
12   **C**'est par vous etc.

Rondel [129 (XLIV)]

1 **O**u pis ou mieulx
  Mon cueur aura ;
  Plus ne sera
4 En soussis tieulx.

  Par Dieu dez cieulx,
  Chemin prendra
    Ou pis etc.,

8 En aucuns lieux,
  Fortune, or ça,
  Ou vous verra
  Plus cler aux yeulx ;
12   **O**u pis etc.

Rondel [130 (CXCII)]

[p. 379]

1 **P**ar vous, Regart, sergent d'Amours,
  Sont arrestez les povres cueurs,
  Souvent en plaisirs et doulceurs
4 Et maintesfoiz tout au rebours.

  Devant les amoureuses cours,
  Les officiers et gouverneurs,
    Par vous etc.,

8 Je dois bien détester l'accueil aimable
   que vous m'avez fait le jour de notre première rencontre,
   car vous m'avez pris au dépourvu :
11 On n'est trompé que par l'espoir.

Rondeau 129

1 Mon cœur aura
   ou pis ou mieux ;
   il n'aura plus
4 de tels tourments.

8 En plusieurs lieux,
   Fortune,
   on vous verra
11 plus clairement (avec les yeux) ;

Rondeau 130

1 *sergent* : agent subalterne chargé de la police et de l'exé-
     cution des sentences.
   arrestez : arrêtés
   souvent par des plaisirs et des douceurs,
4 mais c'est souvent tout le contraire.
   amoureuses cours : de telles cours existaient réellement. La
     plus célèbre est la cour amoureuse dite de Charles VI,
     fondée en 1400 et dont faisait partie Louis d'Orléans.

8   **E**t adjournez a trop briefz jours
     Pour leur porter plus de rigueurs ;
     Comme subgietz et serviteurs
     Endurent mains estranges tours
12   **P**ar vous etc.

Rondel [131 (XLV)]

1   **S**'en mez mains une fois vous tiens,
     Pas ne m'eschaperés, Plaisance !
     Ja Fortune n'aura puissance
4   Que n'aye ma part de voz biens,

     En despit de Deuil et dez siens
     Qui me tourmentent de penance,
          S'en mez etc.

8   **D**oy je tous jours sans avoir riens
     Languir en ma dure grevance ?
     Nennil ! Promis m'a Esperance
     Que serez de tous poins dez miens,
12   **S**'en mez etc.

Rondel [132 (CXCIII)]   [p. 380]

1   **P**ayés selon vostre desserte
     Puissés vous estre, faulz trompeurs !
     Au derrenier des cabuseurs
4   Sera la malice deserte !

     D'entre deus meurez une verte
     Vous fault servir pour voz labeurs ;
          Payez etc. !

8 Et cités en justice avec des délais trop brefs
   pour les faire souffrir encore plus ;
   en tant que sujets et serviteurs
   ils supportent maintes étranges manœuvres
12 de votre part etc.

Rondeau 131

1 Si une fois je vous tiens entre mes mains,
  vous ne m'échapperez pas, Plaisir !
  Fortune ne sera jamais assez puissante
4 pour m'empêcher d'avoir une partie de vos biens,

  malgré Douleur et les siens
  qui me tourmentent et font souffrir

8 Dois-je toujours languir sans rien obtenir
  en ma pénible souffrance ?
  Que non ! Espoir m'a promis
11 que vous m'appartiendrez en toute chose.

Rondeau 132

1 Puissiez-vous être payés
  selon votre mérite, faux trompeurs !
  A la fin la malice
4 des imposteurs sera sans effet !

  Entre deux mûres il faut choisir une verte[1]
  pour vous la donner en récompense de votre peine ;

8   **V**ostre besongne est trop ouverte,
Ce n'est pas jeu d'entrejetteurs !
Aux eschés, s'estes bons joueurs,
Gardés l'eschec a descouverte :
12   **P**ayez etc. !

Rondel [133 (XLVI)]

1   **P**lus penser que dire
Me convient souvent,
Sans moustrer comment
4   N'a quoy mon cueur tire.

Faignant de sousrire
Quant suis tresdolent,
          Plus etc.

8   **E**n toussant souspire
Pour secrettement
Musser mon tourment.
C'est privé martire :
12   **P**lus etc.

Rondel [134 (CXCIV)]   [p. 381]

1   **M**ort de moy ! vous y jouez vous
Avec dame Merencolye ?
Mon cueur, vous faictes grant folye :
4   C'est la nourrice de Courroux !

Un baston qui point a deux boutz
Porte, dont elle s'escremye ;
          Mort de moy etc. !

8 Vos procédés sont trop évidents,
 entrejetteurs : joueurs de dés rusés, escamoteurs.
 Aux échecs, si vous êtes de bons joueurs,
 gardés : prenez garde à — *eschec a descouverte* : se produit
   sous l'attaque d'une pièce par le déplacement d'une
   autre pièce qui s'interposait.

Rondeau 133

1 Souvent je dois penser
  plus que je n'en dis,
  sans faire voir comment
4 ni à quoi mon cœur aspire.

 Faisant semblant de sourire,
 quand je suis très affligé

8 Je soupire en toussant
  pour cacher
  au mieux mon tourment.
11 C'est un martyre privé

Rondeau 134

1 Mort de ma vie ! vous divertissez-vous
  avec dame Mélancolie ?
  Quelle folie, mon cœur :
4 *Courroux* : Peine

 Elle porte un bâton qui pique aux deux bouts
 et avec lequel elle s'escrime ;

8   Ie tiens saiges toutes et tous
    Qui eslongnent sa compagnie.
    Saint Jehan ! je ne m'y mectray mye,
    Que je m'y boutasse a quans coups ;
12   Mort de moy etc. !

Rondel [135 (XLVII)]

1   Ie ne suis pas de sez gens la
    A qui Fortune plaist et rit ;
    De reconfort trop m'escondit,
4   Veu que tant de mal donné m'a.

    S'on demande comment me va,
    Il est ainsi comme j'ay dit :
          Ie ne etc.

8   Quant je dy que bon temps vendra,
    Mon cueur me respont par despit :
    « Voire, s'Espoir ne vous mentit ;
    Plusieurs deçoit et decevra. »
12   Ie ne etc.

Rondel [136 (CXCV)]   [p. 382]

1   Allez ! allez ! vielle nourice
    De Courroux et de malle Vie,
    Rassoutee mere Ancolye !
4   Vous n'avez que deul et malice.

    Desormés plus n'aurez office
    Avec mon cueur ; je vous regnye.
          Allez ! Allez ! etc.

8 Je considère comme sages toutes et tous
ceux qui évitent sa compagnie.
Saint Jean ! je n'y irai pas,
11 si ce n'est pour distribuer tant de coups ;

Rondeau 135

1 Je ne fais pas partie de ces gens
à qui Fortune montre une face plaisante et souriante ;
elle me refuse trop souvent le réconfort,
4 vu le mal qu'elle m'a fait.

Si on me demande comment je vais,
c'est comme je l'ai dit :

8 Quand j'affirme que le bon temps viendra,
par despit : dépité :
Bien entendu, si Espoir ne vous a pas menti ;
11 il en trompe et trompera encore beaucoup.

Rondeau 136

1 *nourice* : voir rondeau 134, v. 4. Type d'image traditionnel,
   quand il s'agit de rattacher un vice à un autre.
de Peine et mauvaise Vie,
rassoutee : sotte — *mere Ancolye = Mer(e)ancolye*, Mélancolie
4 Vous n'êtes que peine et malice.
Désormais vous n'aurez plus affaire
à mon cœur ; je vous renvoie.

8 **P**our vous n'y a point lieu propice ;
Confort l'a prins, n'en doubtez mye !
Fuyez hors de la compaignie !
D'espoir faiz nouvel ediffice :
12   Allez ! Allez ! etc.

Rondel
[137 (XLVIII)]

1 **R**emede comment
Porray je querir
Du mal qu'a souffrir
4 J'ay trop longuement ?

Qu'en dit loyaument
Conseil ? Sans mentir,
          Remede etc. ?

8 **P**our abregement,
Guerir ou morir !
Plus ne puis fournir,
Se Sens ne m'aprent
12   **R**emede etc.

Rondel [138 (CXCVI)]   [p. 383]

1 **V**ous ne tenez compte de moy,
Beau sire, mais qui estez vous ?
Voulez vous estre seul seur tous
4 Et qu'on vous laisse tenir quoy ?

Merencolye suiz et doy
En tous faiz tenir l'un des boutz :
          Vous ne tenez etc.

8 Pour vous il n'y a pas de place propice ;
 Réconfort l'a prise, n'en doutez pas !
 hors de : loin de
11 Je fais un nouvel édifice d'espoir.

Rondeau 137

1 Comment pourrais-je
 trouver un remède
 pour guérir le mal
4 dont je souffre depuis très longtemps ?

 loyaument : loyalement

8 Guérir ou mourir
 pour en finir !
 Je ne peux pas supporter un plus long effort,
 si Sagesse ne m'enseigne pas
12 un remède, etc.

Rondeau 138

1 Vous ne tenez pas compte de moi,
 beau sire, mais qui êtes-vous ?
 Voulez-vous être seul au-dessus de tous
4 et qu'on vous laisse tranquille ?

 Je suis Mélancolie et je dois
 en toute chose tenir l'un des bouts [= rester maîtresse du
 jeu]

8   Se je vous pinsse par le doy,
    Ne me chault de vostre courroux.
    On verra ce serez rescours
    De mes mains, par qui et pourquoy :
12   Vous ne tenez etc.

Rondel [139 (XLIX)]

1   Quant je voy ce que ne veuil mie,
    Et n'ay ce dont suis desirant,
    Pensant ce qui m'est desplaisant,
4   Est ce merveille s'il m'anuye ?

    Nennil, force est que me soussie
    De mon cueur qui est languissant,
        Quant etc.

8   En douleur et merencolie
    Suis nuit et jour estudiant ;
    Lors me boute trop avant
    En une haulte theologie,
12   Quant etc.

Rondel [140 (CXCVII)]   [p. 384]

1   Ainsi que chassoye aux sangliers,
    Mon cueur chassoit aprés Dangiers
    En la forest de ma pensee,
4   Dont rencontra grant assemblee
    Trespassans par divers sentiers.

    Deux ou trois saillirent premiers
    Comme fors, orgueilleux et fiers :
8   N'estoit ce pas chose effroyee ?
        Ainsi etc.

8 Si je vous pince au doigt,
  votre courroux m'importe peu.
  On verra si vous serez délivré
11 de mes mains, par qui et pourquoi :

Rondeau 139

1 Quand je vois ce que je ne veux pas du tout voir,
  et que je n'ai pas ce que je désire,
  pensant à ce qui me déplaît,
4 est-ce étonnant que j'en sois lassé ?

Que non, il faut bien que je m'occupe
de mon cœur qui languit

8 Jour et nuit j'étudie
  en souffrance et mélancolie ;
  alors je me plonge bien profondément
11 dans une grande théologie.

Rondeau 140

1 Pendant que je chassais les sangliers,
  mon cœur chassait les Refus
  dans la forêt de ma pensée ;
4 en passant par divers sentiers
  il en rencontra un grand nombre.

Deux ou trois attaquèrent les premiers
comme des gens puissant, fiers et orgueilleux :
n'était-ce pas une chose effroyable ?

Lors mon cueur lascha ses levriers,
Lesquelz sont nommez Desiriers ;
12 Puis Esperance l'asseuree,
L'espieu ou poing, sainte l'espee,
Vint pour combatre voulentiers,
　　　　Ainsi etc.

Rondel [141 (L)]

1 Sot euil, raporteur de nouvelles,
Ou vas tu et ne sces pour quoy[1]?
Ne sans prendre congié de moy
4 En la compaignie dez belles?

Tu es trop tost acointé d'elles,
Il te vaulzit mieulx tenir quoy,
　　　Sot euil etc.

8 Se ne changez manieres telles,
Par rayson, ainsi que je doy,
Chastier te veuil, sur ma foy !
Contre toy j'ay assez querelles,
12　　　Sot euil etc.

Rondel [142 (CXCVIII)]　　　　　　　[p. 385]

1 — Mort de moy ! vous y jouez vous ?
— En quoy ? — Es fais de tromperie.
— Ce n'est que coustume jolie
4 Dont un peu ont toutez et tous.

— [R]enversés[2] sen dessus dessous ;
Est ce bien fait, je vous en prie ?
　　　Mort de moy etc.

Desiriers : Désirs
12 *asseuree* [3 syllabes] : pleine d'assurance
vint, l'épieu au poing, l'épée ceinte,
pour combattre de bon gré

Rondeau 141

1 Œil stupide, messager de nouvelles,
où vas-tu sans savoir pourquoi?
Et sans prendre congé de moi
4 chercher la compagnie des belles?

Tu t'es trop vite lié d'amitié avec elles,
il vaudrait mieux que tu restes tranquille

8 Si tu ne changes pas un tel comportement,
je veux, par ma foi, te punir
à bon droit, comme c'est mon devoir!
11 J'ai cu assez de sujets de plainte à cause de toi

Rondeau 142

1 *Mort de moy* : même refrain qu'au rondeau 134.
es : dans les faits

4 que tous et toutes pratiquent un peu.

Vous mettez tout sens dessus dessous ;
est-ce juste, je vous en prie?

8 — **L**aissez moy taster vostre pous ;
Vous tient point celle maladie ?
— Parlez bas qu'on ne l'oye mie,
Il samble que criés aus lous :
12   **M**ort de moy etc.

Rondel [143 (LI)]

1 **E**st ce vers moy qu'envoyez ce souspir ?
M'aporte il point quelque bonne nouvelle ?
Soit mal ou bien, pour Dieu, qu'il ne me celle
4 Ce que lui veuil de mon fait enquerir !

Suis je jugié de vivre ou de morir ?
Soustendra ja Loyauté ma querelle ?
     Est ce vers etc. ?

8 **E**t nuit et jour j'escoute pour ouir
S'auray confort de ma peinne cruelle.
Pire ne peut estre se non mortelle ;
Ditez se riens y a pour m'esjouyr !
12   **E**st ce etc. ?

Rondel [144 (CXCIX)]   [p. 386]

1 **M**'apelez vous cela jeu
D'estre tousjours en ennuy ?
Certes, je ne voy nulluy
4 Qui n'en ait plus trop que peu.

Nul ne desnoue ce neu,
S'il n'a de Fortune apuy :
     M'apelez vous etc. ?

8 Laissez-moi prendre votre pouls ;
n'avez-vous pas attrapé cette maladie ?
— Parlez à voix basse qu'on ne l'entende pas,
11 on dirait que vous criez : Au loup !

Rondeau 143

1 *qu'envoyez* : que vous envoyez
Ne m'apporte-t-il pas quelque bonne nouvelle ?
Qu'elle soit bonne ou mauvaise, de par Dieu, qu'il ne me
[cache pas
4 ce que je veux lui demander concernant mon affaire !
Suis-je condamné à vie ou à mort ?
Est-ce que Loyauté soutiendra un jour ma cause ?

8 Et nuit et jour j'écoute pour savoir
si j'aurai quelque réconfort à mes cruels tourments.
Ils ne peuvent pas être plus terribles que d'être mortels ;
11 dites s'il y a quelque chose pour m'égayer !

Rondeau 144

2 *en ennuy* : en douleur incéssante
nulluy : personne
4 qui n'en [= de douleur] ait bien plus qu'un peu.

Nul ne peut défaire ce nœud,
s'il n'a pas l'aide de Fortune ;

8   Musart[1] qui est pres du feu !
    Et pource je suis celuy
    Qui a mon povoir le fuy,
    Quant je n'y congnois mon preu.
12   M'apelez vous etc. ?

Rondel [145 (LII)]

1   Alons nous esbatre,
    Mon cueur, vous et moy !
    Laissons a par soy
4   Soussi se combatre !

    Tous jours veult debatre
    Et jamés n'est quoy ;
        Alons etc. !

8   On vous devroit batre
    Et moustrer au doy,
    Se dessous sa loy
    Vous laissez abatre ;
12   Alons etc. !

Rondel [146 (CC)]   [p. 387]

1   Aussi bien laides que belles
    Contreffont les dangereuses
    Et, souvent, les precieuses ;
4   Il ont les manieres telles.

    Pareillement les pucelles
    Deviennent tantost honteuses,
        Aussi bien etc.

8 Quel sot, celui qui est assis près du feu !
C'est pourquoi je suis celui
qui le fuit autant qu'il le peut,
11 quand je n'y vois pas d'avantage.

Rondeau 145

1 *esbatre* : divertir, délasser

Laissons Inquiétude combattre
4 seule de son côté !

Toujours elle veut lutter
et jamais elle ne se tient tranquille ;

8 On devrait vous battre
et vous montrer du doigt,
si vous vous laissez réduire
11 à suivre ses lois ;

Rondeau 146

1 Les laides aussi bien que les belles
font semblant d'être dédaigneuses
et, souvent, de grande valeur ;
4 ce sont là leurs manières.

De même, les jeunes filles
deviennent aussitôt timides

8   Les vieilles[1] font les nouvelles
    En paroles gracïeuses
    Et actointanses joyeuses ;
    C'est la condiçon d'elles,
12   Aussi bien etc.

Rondel [147 (LIII)]

1   Ie vous areste de main mise,
    Mes yeulx ! Emprisonnés serés ;
    Plus mon cueur ne gouvernerés
4   Desormais, je vous en avise.

    Trop avez fait a vostre guise ;
    Par ma foy, plus ne le ferés !
        Ie vous etc.

8   En peut bien vous corner prise :
    Pris estes, point n'eschaperés.
    Nul remede n'y trouverés,
    Riens n'y vault apel ne franchise :
12   Ie vous etc.

Rondel [148 (CCI)]   [p. 388]

1   Qui a toutes ses hontes beues,
    Il ne lui chault que l'en lui die ;
    Il laisse passer mocquerie
4   Devant ses yeulx comme les nues.

    S'on le hue par my les rues,
    La teste hoche a chiere lie ;
        Qui a toutes etc.

8 Les vieilles transmettent les nouvelles
   des paroles gracieuses
   et des accueils joyeux ;
11 c'est là leur condition[1]

Rondeau 147

1 Je vous mets la main au collet,
   mes yeux ! On vous jettera en prison ;

4 *avise* : je vous en avertis

   Vous avez trop longtemps agi à votre guise ;
   par ma foi, vous ne le ferez plus !

8 *corner prise* : annoncer au son du cor la prise de la bête
   eschaperés : vous n'échapperez pas

11 *appel* : requête en justice
   franchise : privilège accordé par un seigneur

Rondeau 148

1 *Qui* : voir le *Testament Villon*, v. 2 : *que toutes mes hontes
   j'euz beues* (bues). Il s'agit, semble-t-il, des plus anciennes occurrences d'une locution qu'on retrouve chez
   La Fontaine (*Contes et Nouvelles* I, 2), Saint-Simon
   (*Mémoires : Le mariage du duc de Chartres*) et Victor
   Hugo (*Légende des siècles*, XX).
   il n'accorde aucune importance à ce qu'on peut lui en dire ;
   comme les nuages, il laisse passer
4 la moquerie devant ses yeux.
   par my : dans les rues [même rime dans le *Testament*, v. 7]
   il hoche joyeusement la tête

8   Truffes sont vers lui bien venues;
    Quant gens rient, il fault qu'il rie.
    Rougir on ne le feroit mie;
    Contenances n'a point perdues,
12   Qui a toutes etc.

Rondel [149 (LIV)]

1   En mes païs, quant me treuve a repos,
    Je m'esbaïs et n'y sçay contenance,
    Car j'ay apris traveil dez mon enfance,
4   Dont Fortune m'a bien chargié le dos.

    Que voulez que vous die a brïefs mos?
    Ainsi m'est il, ce vient d'acoustumance;
          En mez etc.

8   Tout a part moy en mon penser m'enclos
    Et fais chasteaulz en Espaigne et en France.
    Oultre lez montz forge mainte ordonnance,
    Chascun jour j'ay plus de mille propos
12   En mez etc.

Rondel [150 (CCII)]   [p. 389]

1   Repaissez vous en parler gracïeux
    Avec dames qui mengüent poisson,
    Vous qui jeusner par grant devocïon:
4   Ce venredi ne povez faire mieux!

    Se vous voulez de deesses ou dieux
    Avoir confort ou consolacïon,
          Repaissez vous etc.!

8 *truffes* : moqueries, blagues

10 On ne réussirait en aucune manière à le faire rougir ;
il n'a pas perdu contenance

Rondeau 149

1 En mon pays, quand je suis au repos,
je m'étonne et ne sais quelle attitude adopter,
car, depuis mon enfance, j'ai connu le poids des tracas,
4 dont Fortune m'a bien chargé le dos.

Que voulez-vous que je vous dise en peu de paroles ?
Il en est ainsi pour moi, cela vient de l'habitude ;

8 Tout seul pour moi, je m'enferme dans mes pensées
et fais : *faire (ediffier) chasteaulx en Espaigne* est attesté
tout au long des xiv et xv siècles.
de l'autre côté des monts, je forge mainte ordonnance,
chaque jour je fais plus de mille projets

Rondeau 150

1 Rassasiez-vous de paroles gracieuses
avec les dames qui mangent du poisson,
vous qui jeûnez par grande dévotion :
4 ce vendredi vous ne pouvez rien faire de mieux !

Si vous voulez être réconfortés
ou consolés par les dieux ou les déesses

8 Lire vous voy fais merencolïeux
　De Troïlus, plains de compassïon.
　D'Amour martir fu en sa nascïon :
　Laissez l'en paix, il n'en est plus de tieux !
12　　　　Repaissez vous etc. !

Rondel [151 (LV)]

1 Alez vous ant, allez, alés,
　Soussy, Soing et Merencolie !
　Me cuidez vous toute ma vie
4 Gouverner comme fait avés ?

　Ie vous prometz que non ferés ;
　Raison aura sur vous maistrie.
　　　　Alez etc. !

8 Se jamais plus vous retournés
　Avecques vostre compaignie,
　Je pri a Dieu qu'il vous maudie
　Et ce par qui vous revendrés.
12　　　　Alez etc. !

Rondel [152 (CCIII)]　　　　　　　[p. 390]

1 [H]au ! guette, mon euil ! — Et puis quoy ?
　— Voyez vous riens ? — Ouyl, assés.
　— Qu'est ce ? — Cela que vous savés ;
4 Cler le vous puis moustrer au doy.

　— Regardez plus avant un poy,
　Vos regars ne soyent lassés !
　　　　[H]au ! guette etc.

8 Je vous vois lire l'histoire mélancolique
  Troïlus : héros du *Filostrato* de Boccace, texte traduit en
    français par Louis de Beauveau. Voir ball. 60, v. 10.
  nascion : nation [= les Troyens]
  Laissez-le en paix, il n'y en a plus comme lui !

Rondeau 151

1 Allez-vous-en, allez, allez,
  Inquiétude, Peine et Mélancolie !
  Croyez-vous me gouverner toute ma vie
4 comme vous l'avez fait [jusqu'à présent] ?

  Je vous promets que vous ne le ferez pas ;
  Raison vous aura en sa puissance.

8 Si jamais vous deviez revenir
  avec votre compagnie,
  je prie Dieu qu'il vous maudisse,
11 vous et ce qui vous fera revenir.

Rondeau 152

1 Ah ! regarde, mon œil ! — Et quoi donc ?
  — Ne voyez vous rien ? — Si, fort bien.
  — Qu'est-ce ! ? — Ce que vous savez ;
4 je peux clairement vous le montrer du doigt.

  — Regardez un peu plus loin,
  afin que vos regards ne se fatiguent pas !

8 — **A**cquitté me suis comme doy
   Il a ja plusieurs ans passés,
   Sans avoir mez gagez cassés.
   — Bien avez servi, sur ma foy :
12   [**H**]au guette etc.

Rondel [153 (LVI)]

1 **S**e vous voulés que tout vostre deviengne,
   En me moustrant quelque joyeus samblant
   Ditez ce mot : « Je vous tiens mon servant ;
4 Servez si bien que contente m'en tiengne ! »

   Devoir feray, comment qu'il m'en aviengne,
   Tresloyalment dez ores en avant,
        Se vous etc.

8 **S**ans que Merci ne Grace me soustiengne,
   S'en loyalté je faulz ne tant ne quant,
   Punissez moy tout a vostre talant ;
   Et se bien sers, pour Dieu, vous en souviengne,
12   **S**e vous etc.

[**R**]ondel
[154 (CCIV)]   [p. 391]

1 **Q**ue nous en faisons
   De telles manieres,
   Et doulces et fieres
4 Selon les saisons ?

   En champs ou maisons,
   Par bois et rivieres,
        Que nous etc. ?

8 — J'ai fait mon devoir comme il faut,
   voilà déjà plusieurs années,
10 sans qu'on m'ait licencié.

Rondeau 153

1 Si vous voulez que je vous appartienne en tout,
  dites-moi, en m'accueillant avec joie :
  Je vous considère comme mon serviteur ;
4 servez-moi de manière à ce que je sois satisfaite !

  Désormais je ferai mon devoir
  de façon très loyale, quoi qu'il arrive

8 Si, sans être soutenu par Pitié et Grâce,
  je vous manque tant soit peu de loyauté,
  talant : selon votre désir ;
11 et si je vous sers bien, souvenez-vous-en, au nom de Dieu !

Rondeau 154

1 Qu'en faisons-nous
  de telles manières,
  douces ou farouches
4 selon les saisons ?

8 Ung temps nous taisons,
Tenans assez chieres
Noz joyeuses chieres ;
Puis nous rapaisons.
12   Que nous etc. ?

Rondel [155 (LVII)]

1 A l'autre huis
Souvent m'envoye Esperance
Et me tense,
4 Quant en tristesse je suis.

Iours et nuys,
Ce lui demande alegence,
        A l'autre etc.

8 Oncques puis
Que failli ma desirance,
De plaisance
Mon cueur et moy sommes vuys ;
12   A l'autre etc.

Rondel [156 (CCVI)]   [p. 392]

1 Vendez autre part vostre dueil !
Quant est a moy, je n'en (n')ay cure ;
A grant marché, oultre mesure,
4 J'en ay assez contre mon vueil.

Ia n'entrera dedens le sueil
De mon penser, je le vous jure :
        Vendez etc. !

8 Un certain temps nous nous taisons,
  faisant très attention à
  garder nos mines joyeuses ;
11 puis nous nous calmons.

Rondeau 155

1 Souvent Espérance m'envoie
  [frapper] à l'autre porte,
  et elle me gronde,
4 quand je suis triste.

  Jour et nuit,
  si je lui demande d'être soulagé,

8 Depuis le jour où
  j'ai perdu l'objet de mon désir,
  mon cœur et moi sommes
11 privés de plaisir ;

Rondeau 156

1 Allez vendre ailleurs votre tristesse !
  Quant à moi, il ne m'importe pas ;
  contre ma volonté, j'en reçois assez
4 au rabais et en trop grande quantité.

  Jamais il ne passera le seuil
  de ma pensée, je vous le jure :

8   Desconforté, la lerme a l'ueil,
    Ailleurs quiere son avanture!
    Plus ne vous mene vie dure,
    Puisque mal vous fait son acueil!
12   Vendez etc.!

Rondeau [157 (LVIII)]

1   Comme j'oÿ que chascun devise:
    On n'est pas tousjours a sa guise;
    Beau chanter si ennuye bien;
4   Jeu qui trop dure ne vault rien;
    Tant va le pot a l'eaue qu'i brise.

    Il couvient que trop parler nuyse,
    Se dit on, et trop grater cuise;
8   Rien ne demeure en ung maintien,
            Comme j'oÿ etc.

    Apres chault temps vient vent de bise,
    Apres hucques robbe de Frise.
12 Le monde de passé revien:
    A son vouloir joue du sien
    Tant entre gens layz que d'Eglise,
            Comme j'oÿ etc.

Rondel. Clermondois (CCV)   [p. 393]

8 Déconforté, la larme à l'œil,
  qu'il aille chercher ailleurs son aventure !
  Qu'il ne vous mène plus la vie dure,
11 puisque son accueil vous blesse !

Rondeau 157

1 Voilà ce que j'entends dire partout :
  on n'est pas toujours à son aise ;
  un beau chant finit par ennuyer ;
4 *vault* : vaut rien
  la cruche va à l'eau jusqu'à ce qu'elle se brise [comparer
    à Villon, *Ballade des proverbes*, v. 2. On relèvera dif-
    férents parallélismes entre les deux textes.]
  Trop parler ne peut que nuire,
  dit-on, et trop gratter démange ;
8 rien n'est stable

11 *hucques* : capes avec capuchon — *robbe de Frise* :
    vêtement de dessus en étoffe de laine à poils pour l'hiver.
    Cf. Michault Taillevent, *La Bien Allée,* vv. 193-194[1].
12 le monde en revient au passé :
  il agit à sa guise
  aussi bien entre les laïcs qu'entre les gens d'Eglise

Clermondois : le comte de Clermont, le futur Jean II, duc de
Bourbon (à partir de 1456).

Rondeau [158 (LIX)]

1 Ad ce premier jour de l'annee
  De cueur, de corps et quanque j'ay,
  Priveement estreneray
4 Ce qui me gist en ma pensee.

  C'est chose que tendray cellee
  Et que point ne descouvr[er]ay
        Ad ce premier etc.

8 Avant que soit toute passee
  L'annee, je l'aproucheray
  Et puis a loisir conteray
  L'ennuy qu'ay, quant m'est eslongnee
12   Ad ce premier etc.

Rondel double[1] [159 (LX)]   [p. 394]

1 Que voulez vous que plus vous die,
  Jeunes assotez amoureux?
  Par Dieu, j'ay esté l'un de ceulx
4 Qui ont eu vostre maladie.

  Prenez exemple, je vous prie,
  A moy qui m'en complains et deulx:
        Que voulez vous etc.?

8 Et pource, de vostre partie
  — Se voulez croire mes conseulx -,
  D'abregier conseiller vous veulx
  Voz faiz en sens ou en folie:
12   Que voulez vous etc.?

  Plusieurs y treuvent chiere lie
  Mainteffoiz et plaisans acueulx:
        Que voulez vous?

Rondeau 158

1 *Ad ce premier* : comparer au début du rondeau 91.
  de cœur, de corps et de tout ce qui est à moi,
  en secret je ferai cadeau de
  ce à quoi je pense.

  C'est une chose que je garderai secrète
  et que je ne révélerai pas

8 Avant que l'année ne soit complètement
  passée, je m'approcherai d'elle,
  et je lui dirai, en prenant mon temps,
11 la douleur dont je souffre, quand elle est loin de moi.

Rondeau double 159

1 Que faut-il que je vous dise encore,
  assotez : devenus sots [par amour]

5 Prenez-moi en exemple, je vous en prie,
  moi qui m'en plains et m'en afflige :

8 C'est pourquoi, de votre côté
  — si vous voulez suivre mes conseils —,
  je veux vous conseiller d'abréger
11 *faiz* : vos entreprises

13 Plusieurs y trouvent souvent des visages
  souriants et un accueil agréable :

16 **M**ais au derrain Merencolie
   De ses huis fait passer les ceulx
   En dueil et soussi, Dieu scet quieulx !
   Lors ne chault de mort ou de vie :
20   **Q**ue voulez vous etc. ?

Rondel [160 (CCVII)]   [p. 395]

1 **M**ais que vostre cuer soit mien,
   Ne doit le mien estre vostre ?
   — Ouil, certes, plus que sien[1].

4 — Que vous semble ? diz je bien ?
   — Vray comme la Patenostre,
       Mais que etc.

   — Content et joyeux m'en tien,
8 Foy que doy saint Pol l'apostre.
   Je ne desire autre rien,
       Mais que etc.

Rondeau [161 (LXI)]

1 **A** ce jour de saint Valentin,
   Que prandré je, per ou non per ?
   D'Amours ne quiers riens demander ;
4 Pieça j'eus ma part du butin.

   [**V**]eu[2] que plus resveille matin
   Ne vueil avoir, mais reposer
       A ce jour.

16 *derrain* : à la fin
   fait passer le seuil de ses portes
   en tristesse et douleur, Dieu sait à quel point !
19 Alors il ne m'importe plus de vivre ou de mourir :

Rondeau 160

1 Mais si votre cœur m'appartient,
  le mien ne doit-il pas vous appartenir ?
  — Oui, certes, plus qu'à lui-même.

4 *diz* : dis-je
  Patenostre : expression proverbiale : vrai comme l'Evangile.

  — J'en suis content et joyeux,
8 par la foi que je dois à saint Paul l'apôtre.
  Je ne désire rien d'autre

Rondeau 161

1 En ce jour de la saint Valentin,
  choisirai-je une compagne ou est-ce que je resterai seul ?
  Je ne veux rien demander à Amour ;
4 voilà longtemps que j'ai eu ma part de la récolte.

5 *resveille matin* : un réveille-matin. Alain Chartier intitule
    un de ses poèmes : *Le Debat de Reveille Matin* (voir la
    fin du texte, avec la rime *matin/butin*).
  vueil : je ne veux plus

8 **I**eunes gens voisent au hutin
   Leurs sens ou folie esprouver !
   Vieulx suis pour a l'escolle aller ;
   J'entans assés bien mon latin,
12   **A** ce jour.

Rondel [162 (CCVIII)]   [p. 396]

1 **P**our Dieu ! boutons la hors,
   Ceste Merencolie
   Qui si fort nous guerrie
4 Et fait tant de grans tors !

   Monstrons nous les plus fors,
   Mon cueur, je vous en prie,
         Pour Dieu, etc. !

8 **T**rop lui avons amors
   D'estre en sa compagnie ;
   Ne nous amusons mie
   A croire ses rappors !
12   **P**our Dieu ! etc.

Rondel [163 (LXII)]

1 **C**ontre le trait de Faulceté
   Convient harnoys de bonne espreuve,
   Artillerie forgé neufve,
4 Chascun jour, en soutiveté.

   A ! Jhesus, benedicite !
   Nul n'est qui seurement se treuve
         Contre le trait etc.

8 Que les jeunes gens aillent à la dispute [sens érotique]
pour mettre leur bon sens ou leur folie à l'épreuve !
Je suis trop vieux pour aller à l'école ;
11 je connais assez bien mon latin

Rondeau 162

1 Pardieu ! mettons-la à la porte,
cette Mélancolie
qui nous combat avec tant de rudesse
4 et cause tant de graves torts !

monstrons : montrons-nous

8 Nous lui témoignons trop d'affection
en restant en sa compagnie ;
ne perdons pas de temps
11 à croire ses rapports !

Rondeau 163

1 Contre la flèche que tire Fausseté,
il faut une armure à toute épreuve,
une artillerie chaque jour
4 à nouveau fondue de manière subtile.

Ah ! Jésus, donnez votre bénédiction !
Personne ne peut vivre en sécurité
à portée de la flèche, etc.

8   **A**u derrain fera Loyaulté
    Faulseté de son penser veufve;
    Pour raison fault que Dieu s'esmeuve,
    Monstrant sa puissance et bonté
12   **C**ontre le trait etc.

Rondel [164 (CCIX)]   [p. 397]

1   **A**quitez vostre conscience
    Et gardez aussi vostre honneur!
    Ne laissez mourir en douleur
4   Ce qui avoir vostre aide pense!

    Puis que avez le povoir en ce
    De l'ayder par grace et doulceur,
            Aquittez etc.!

8   **O**n criera sur vous vengence,
    Se souffrez murdrir en rigueur
    Ainsi a tort ung povre cueur;
    Assez [a] porté pascïence.
12   **A**quictez etc.!

Rondel [165 (LXIII)]

1   **E**n ne peut servir en deux lieux,
    Choisir convient: Ou ça ou la!
    Au festu tire qui pourra
4   Pour prandre le pis ou le mieulx!

    Qu'en dictes vous, jeunes et vieulx?
    Parle qui parler en vouldra:
            En ne peut etc.

8 A la fin Loyauté enlèvera tout fondement
  à la pensée de Fausseté ;
  au nom de la raison il faut que Dieu entre en action,
11 démontrant sa puissance et sa bonté

Rondeau 164

1 Soulagez votre conscience
  et sauvez aussi votre honneur !

4 *pense* : espère

  Puisque vous avez le pouvoir
  de l'aider par votre grâce et votre douceur,

8 On demandera vengeance de vous,
  si vous laissez ainsi assassiner à tort
  un pauvre cœur par vos rigueurs ;
11 il a assez souffert.

Rondeau 165

1 Nul ne peut servir en deux lieux,
  il faut choisir : Ou ici ou là-bas !
  Que ceux qui en ont l'occasion, tirent à la [courte] paille
4 pour le pire ou le meilleur !

  dictes : dites-vous
  vouldra : voudra

8 [L]es¹ faiz de ce monde sont tieulx :
Qui bien fera, bien trouvera ;
Chascun son paiement aura,
Tesmoing les deesses et dieux.
12   En ne peut etc.

Rondel [166 (CCX)] [p. 398]

1 Le trucheman de ma pensee,
Qui est venu devers mon cueur,
De par Reconfort, son seigneur,
4 Lui a une lectre aportee.

Puis a sa creance contee
En langaige plain de doulceur
   Le trucheman etc.

8 Responce ne lui est donnee
Pour le present, c'est le meilleur ;
Il aura, par conseil greigneur,
Son ambassade despeschee,
12   Le trucheman etc.

Rondeau [167 (LXIV)]

1 Quant tu es courcé d'autres choses,
Cueur, mieulx te vault en paix laisser ;
Car s'on te vient araisonner,
4 Tost y treuves d'estranges gloses.

De ton desplaisir monstrer n'oses
A aucun pour te conforter,
   Quant [tu] es etc.

8 Les affaires de ce monde sont ainsi faites :
Celui qui pratiquera le bien, sera récompensé ;
chacun sera payé selon son mérite,
11 ainsi qu'en témoignent les déesses et les dieux.

Rondeau 166

1 *trucheman* : l'interprète
qui est venu chez mon cœur
de la part de Réconfort, son seigneur,
4 lui a apporté une lettre.

Puis il lui a remis ses lettres de créance
en un langage plein de douceur

8 Il ne lui est pas fait réponse
pour le moment, cela vaut mieux ;
une assemblée plus importante
11 lui enverra une ambassade

Rondeau 167

1 *courcé* : courroucé
cœur, il vaut mieux te laisser en paix ;
araisonner : interpeller
4 tu fais aussitôt d'étranges commentaires.

Tu n'oses [même] pas révéler un peu de ton déplaisir
à quelqu'un pour qu'il te réconforte

8 De tes levres les portes closes
Penses de saigement garder,
Que dehors n'eschappe parler
Qui descuevre le pot aux roses,
12   Quant [tu] es etc.

[R]ondel [168 (CCXI)]   [p. 399]

1 Le trucheman¹ de ma pensee,
Qui parle maint divers langaige,
M'a rapporté chose sauvaige
4 Que je n'ay point acoustumee.

En françoys la m'a tranlatee
Comme tressouffisant et saige
     Le trucheman etc.

8 Quant mon cueur l'a bien escoutee,
Il lui a dit : « Vous faittes raige,
Oncques mais n'ouy tel messaige !
Venez vous d'estrange contree ? »
12   Le trucheman etc.

Rondeau [169 (LXV)]

1 I'ayme qui m'ayme, autrement non ;
Et non pour tant je ne hay rien,
Mais vouldroye que tout fust bien
4 A l'ordonnance de Raison.

Ie parle trop, las ! se faiz mon !
Au fort en ce propos me tien :
     I'ayme qui etc.

8 Tu fais attention que les portes
de tes lèvres restent sagement fermées,
afin que n'échappe pas une parole
11 qui découvre le pot aux roses

Rondeau 168

1 *trucheman* : même refrain qu'au rondeau 166.
qui parle beaucoup de langues différentes,
m'a raconté une chose grossière
4 à laquelle je ne suis pas habitué.

Il me l'a traduite en français
comme un homme sage et très capable

9 il lui a dit : Vous êtes hors de sens,
jamais je n'ai entendu un tel message !
11 Venez-vous d'une contrée étrangère ?

Rondeau 169

1 J'aime qui m'aime, voilà tout ;
néanmoins je ne déteste personne,
et voudrais au contraire que tout fût bien
4 selon le décret de Raison.

Je parle trop, hélas ! C'est bien vrai !
J'en reste à mon propos :

8   De pensees son chapperon
    A brodé le povre cueur mien.
    Tout droit de devers lui je vien,
    Et m'a baillé ceste chançon :
12   J'ayme qui etc.

Rondel [170 (CCXIII)]   [p. 400]

1   Comme le subgiet de Fortune
    Que j'ay esté en ma jennesse,
    Encores le suis en viellesse :
4   Vers moy la treuve tousjours une.

    Ie suis ung de seulx soubz la lune,
    Qu'elle plus a son vouloir dresse
         Comme le etc.

8   Ce ne m'est que chose commune :
    Obeir fault a ma maistresse.
    Sans machier, soit joye ou tristesse,
    Avaler me fault ceste prune,
12   Comme le etc.

Rondeau [171 (LXVI)]

1   Ce qui m'entre par une oreille,
    Par l'autre sault com est venu,
    Quant d'y penser n'y suis tenu ;
4   Ainsi Raison le me conseille.

    Se j'oy dire : « Vecy merveille :
    L'ung est long, l'autre court vestu » ,
         Ce qui m'entre etc.

8 Mon pauvre cœur a brodé
de pensées son chaperon.
Je viens tout droit de chez lui,
11 et il m'a donné cette chanson :

Rondeau 170

1 En ma jeunesse j'ai été
le sujet de Fortune,
et je le suis encore en ma vieillesse :
4 à mon égard elle est toujours la même.

5 *soubz* : sous la lune [Le règne réservé à Fortune est le monde
sublunaire. Fortune est souvent présentée comme étant
muable comme la lune].
je suis un de ceux qu'elle dirige le plus selon sa volonté
8 Ce n'est que la loi commune :
je dois obéir à ma maîtresse.
Sans mâcher, qu'elle m'apporte joie ou tristesse,
11 je dois avaler cette prune

Rondeau 171

2 *sault* : sort. Expression proverbiale qui apparaît déjà
chez Deschamps, ball. C (vv. 27-28), sur l'inutilité de
sermonner un méchant.
quand je devrais y penser
5 Si j'entends dire : C'est étonnant :
l'un porte des vêtements longs, l'autre des vêtements courts

8   **M**ais paine pert et se travaille,
    Qui devant moy trayne ung festu;
    Comme ung chat suis viel et chenu,
    Legierement pas ne m'esveille :
12   [**C**]e qui m'entre etc.

        **Rondel du conte
        de Clermont (CCXII)**   [p. 401]

        Rondel [172 (LXVII)]

1   **Q**uelque chose derriere
    Couvient tousjours garder;
    On ne peut pas monstrer
4   Sa voulenté entiere.

    Quant on est en frontiere
    De dangeureux parler,
            Quelque chose etc.

8   **C**e Pansee ligiere
    Veult mots trop despencer,
    Raison doit espargnier,
    Comme la tresoriere;
12   **Q**uelque chose etc.

        **Rondel du conte
        de Clermont (CCXIV)**   [p. 402]

8 Mais celui qui me tend un piège,
   s'évertue en vain et perd sa peine ;
   chat : la comparaison explique rétrospectivement la méta-
      phore du vers 8. *Traisner un festu devant vieil chat* signi-
      fie tendre un piège.
   je ne me réveille pas facilement.

Comte de Clermont : le futur Jean II, duc de Bourbon (dès
1456). — Le rondeau reprend le refrain des rondeaux 166
et 168 : *Le trucheman de ma pensee.*

Rondeau 172

1 Il faut toujours garder
   quelque chose pour soi ;
   on ne peut pas révéler
4 sa pensée tout entière.

   Quand on est sur le point
   de laisser échapper une parole imprudente

8 Si Pensée la légère
   veut dépenser trop de mots,
   Raison doit économiser
11 en tant que trésorière ;

Comte de Clermont : le futur Jean II, duc de Bourbon (dès
1456). Refrain du rondeau : *De bien ou mal, le bien faire
l'emporte.*

Rondel [173 (LXVIII)]

1 Que cuidez vous qu'on verra,
   Avant que passe l'annee?
   Mainte chose demenee
4 Estrangement, ça et la.

   Veu que des cy et des ja
   Court merveilleuse brouee,
         Que cuidez vous etc.?

8 Viengne que advenir pourra!
   Chascun a sa destinee,
   Soit que desplaise ou agree;
   Quant nouveau monde viendra,
12   Que cuidez vous etc.?

Rondel par le duc
d'Orleans [174 (CCXV)]   [p. 403]

1 Quant oyez prescher le renart,
   Pensez de voz oyes garder
   Sans a son parler regarder,
4 Car souvent scet servir de l'art,

   Contrefaisant le papelart
   Qui scet ses parolles farder.
        Quant oyez etc.

8 Les faiz de Dieu je metz a part,
   Ne je ne les veuil retarder,
   Ne contre le monde darder:
   Chascun garde son estandart!
12   Quant oyez etc.

Rondeau 173

1 *cuidez* : croyez-vous

Beaucoup d'étranges choses
4 se passeront, çà et là.

Vu qu'il y a un étonnant brouillard
de « si » et de « jamais » [*cf.* rondeaux 114, v. 11 et 123, v. 5.]

8 Advienne que pourra !
Qu'il le veuille ou non,
10 à chacun son destin ;

Rondeau 174

1 Quant vous entendez prêcher le renard,
songez à garder vos oies
sans prêter attention à ses paroles
4 *art* : la rime *art/Renart* apparaît dès les premières branches
du *Roman de Renart*, et l'*art maistre Renart* est au moyen
âge une périphrase pour la ruse, la tromperie.
contrefaisant l'hypocrite [religieux]
qui sait farder ses paroles

8 Les affaires divines, je les laisse de côté,
et je ne veux ni les retarder
ni en menacer le monde :
11 que chacun garde sa bannière !

Rondel
pour Estampes [175 (LXIX)]

1   Ie suis mieulx pris que par le doy
    Et fort enserré d'un anneau;
    S'a fait ung visaige si beau
4   Que m'a tout conquesté a soy.

    Ie rougis — et bien l'aparçoy —
    Ainsi q'un amoureux nouveau;
        Ie suis mieulx etc.

8   Et d'amourectes, par ma foy,
    J'ay assemblé ung grant fardeau,
    Qu'ay mussees soubz mon chappeau.
    Pour Dieu! ne vous mocqués de moy:
12   Ie suis mieulx etc.

Rondel par maistre
Jehan Cailleau (CCXVI)   [p. 404]

Rondeau [176 (LXX)]

1   [M]arché¹ nul autrement
    Avecques vous, Beauté,
    Se de vous Loyaulté
4   N'a le gouvernement.

    Puis que mes jours despens
    A vous vouloir amer,
    [E]t aprés m'en repens,
8   Qui en doit on blasmer?

Rondeau 175

Etampes: Jean de Bourgogne, comte de Nevers, neveu de Philippe le Bon qui lui a cédé le comté d'Etampes en 1434.

1 Je suis mieux pris que si on me tenait par le doigt
et mieux emprisonné que si j'étais rivé à un anneau ;
c'est l'ouvrage d'un visage si beau
4 qu'il m'a complètement conquis.
aparçoy : je m'en aperçois bien

9 j'en ai réuni un grand paquet,
et je les ai cachées sous mon chapeau.
mocqués : moquez

Jehan Cailleau: médecin, ami et conseiller de Charles d'Orléans qui lui accorde une rente dès 1442.

Rondeau 176

1 Plus de marché
avec vous, Beauté,
si Loyauté ne vous
4 gouverne pas.

Puisque je passe mes jours

8 *blasmer* : blâmer, critiquer

Riens, fors vous seullement,
A qui tiens feaulté,
Quant monstrés cruaulté,
12 Veu qu'Amour le deffent;
        [**M**]arché nul etc.

Rondel par le duc d'Orleans
[177 (CCXVII)]

[p. 405]

1 **L**as! le fault il? esse ton vueil,
Fortune, qu'aye douleur mainte?
De l'ueil me soubzris, mais c'est fainte
4 Et soubz decepte doulx accueil.

Ay je tort, quant reçoy tel dueil,
S'ainsy je dy en ma complainte:
        Las! le fault il? etc.

8 **T**ue moy, puis en mon sercueil
Me boute! C'est chose contrainte;
Lors n'y aura dieu, saint ne sainte
Qui n'apparçoive ton orgueil.
12   **L**as! le fault il? etc.

Rondeau [178 (LXXI)]

1 **A**s tu ce jour ma mort juree,
Soussy? Je te pry, tien te quoy,
Car a tort ma douleur par toy
4 Est trop souvent renouvellee.

A belle ensaigne desploiee
Me court sus, et ne sçay pour quoy.
        As tu ce jour etc.?

Personne, si ce n'est vous
à qui je suis fidèle,
quand vous faites preuve de cruauté,
12 alors qu'Amour l'interdit ;

Rondeau 177

1 *vueil* : ta volonté, ton désir
aye : que j'aie
tu me souris de l'œil, mais c'est une feinte
4 et un doux accueil trompeur.

Ai-je tort, quand je connais une telle douleur,
de dire dans ma complainte :

8 Tue-moi, puis jette-moi dans
mon cercueil ! Il faut qu'il en soit ainsi :
lors : alors
11 *apparçoive* : qui ne remarque

Rondeau 178

1 As-tu en ce jour juré ma mort,
Tourment ? Je t'en prie, reste tranquille

5 Tu m'attaques, ta belle bannière[1] déployée
au vent, et je ne sais pas pourquoi.

8 La guerre sera tost finee,
   Se tu veulx, de toy et de moy,
   Car je me rens ; or me reçoy !
   Hola ! paix, puis qu'elle est criee !
12   As tu ce jour etc. ?

Rondel [179 (CCXVIII)]   [p. 406]

1 Ne fais je bien ma besoingne ?
   Quant mon fait cuide avancer,
   Je suis a recommancer
4 Et ne sçay commant m'esloingne.

   Fortune tousjours me groingne
   Et ne fait riens que tanser ;
        [N]e fais je bien etc. ?

8 Certes, tant je la ressoingne,
   Car mon temps fait despenser
   Trop en ennuyeux penser,
   Dont en rongeant mon frain froingne.
12   [N]e fais je bien etc. ?

Rondel [180 (LXXII)]

1 Quant commanceray a voler
   Et sur elles me sentiray,
   En si grant aise je seray
4 Que j'ay doubte de m'essorer.

   Beau crier aura et leurrer,
   Chemin de plaisant vent tendray,
        Quant etc.

8 La guerre entre toi et moi
  sera bientôt terminée, si tu le veux,
  car je me rends ; reçois-moi donc !
11 Holà ! paix, puisqu'elle est officiellement annoncée !

Rondeau 179

1 *besoingne* : travail
  Quand je crois faire avancer mon affaire,
  voilà que je dois recommencer
4 et j'ignore comment je m'en suis éloigné.

  groingne : me fait la moue
  tanser : me quereller

8 Certes, je la redoute beaucoup,
  car elle me fait passer mon temps
  trop souvent en pensées douloureuses
11 de sorte que je me cabre en rongeant mon frein [expres-
  sion courante en moyen français].

Rondeau 180

2 *elles* : sur des ailes
  je me sentirai tellement à l'aise
4 que je crains de prendre mon envol.

  leurrer : tendre l'appât pour faire revenir l'oiseau de
  chasse.
  je suivrai le chemin du vent plaisant

8　La mue m'a fallu garder
　　Par long temps ; plus ne le feray,
　　Puis que doulx temps et cler verray.
　　On le me devra pardonner,
12　　　　　Quant etc.

[R]ondel [181 (CCXIX)]　　　　　　　　[p. 407]

1　Ie ne hanis pour autre avaine
　Que de m'en retourner a Blois ;
　Trouvé me suis, pour une fois,
4　Assez longuement en Touraine.

　　I'ay galé a largesse plaine
　　Mes grans poissons et vins des Grois ;
　　　　　Ie ne hanis etc.

8　A la court plus ne prendray paine
　Pour generaulx et Millenois ;
　Confesser a present m'en vois
　Contre la peneuse sepmaine :
12　　　　Ie ne hanis etc.

Rondel [182 (LXXIII)]

1　Ie congnois assez telz debas
　Que l'ueil et le cueur ont entre eulx.
　L'un dit : « Nous serons amoureux »,
4　L'autre dit : « Je ne le vueil pas. »

　　Raison s'en rit, disant tout bas :
　　« Escoutez moy ces malleureux ! »
　　　　　Ie congnois etc.

8 *mue* : cage où se déroule la mue de l'oiseau
longtemps ; je ne le ferai plus,
puisque je verrai le temps doux et clair.
11 On devra me le donner tout entier

Rondeau 181

1 Je ne hennis pour aucune autre avoine
que de retourner à Blois

4 *longuement* : longtemps

Je me suis régalé de tout cœur
Grois : Les Grois (Loir-et-Cher)

8 A la coúr je ne me donnerai plus de peine
generaulx [des finances] : commis itinérants chargés de
surveiller la levée des impôts.
Millenois : les Milanais
à présent je m'en vais me confesser
11 à l'approche de la semaine sainte :

Rondeau 182

1 Je connais assez ces débats
ueil : les altercations entre le cœur et l'œil ou entre le
corps et le cœur sont fréquentes dans la littérature de
l'époque. Exemples contemporains : Michault Taillevent,
Debat du cœur et de l'œil (1444) ; Villon, *Debat de Villon
et de son cœur*. — *Cf.* rondeaux 8, 243.
5 *s'en rit* : s'en moque

8 Lors m'en vois plus tost que le pas
    Et les tanse si bien tous deux
    Que je les laisse treshonteux.
    Maintesfois ainsi me combas;
12   Ie congnois etc.

Rondel [183 (CCXX)]   [p. 408]

1 Que pensé je? Dictes le moy!
    Adevinez, je vous en prye!
    Autrement ne le saurez mye;
4 Il y a bien raison pourquoy.

    A parler a la bonne foy,
    Je vous en foiz juge et partye:
       Que pensé je etc.?

8 Vous ne saurez, comme je croy;
    Car heure ne suiz ne demye
    Qu'en diverse merencolye.
    Devisez! je me tairay quoy:
12   Que pensé je etc.?

Rondel [184 (LXXIV)]

1 Cueur, que fais tu? Revenge toy
    De Soussy et Merencolie!
    C'est deshonneur et vilenie
4 De lachement se tenir coy.

    Ie t'aideray, tant qu'est a moy,
    Voulentiers; or ne te fains mie!
       Cueur etc.?

8 Alors j'y vais le plus vite possible
et les réprimande si bien tous les deux
que je les laisse très honteux [de ce qu'ils ont fait].
11 *maintesfois* : souvent

Rondeau 183

1 Qu'est-ce que je pense ? Dites-le-moi !
Devinez, je vous en prie !
Sans cela, vous ne le saurez pas ;

5 A parler sincèrement,
je vous en fais juge et partie ;

8 Vous ne saurez [le faire], à ce que je crois ;
car il n'y a pas d'heure ni même de demi-heure
où je ne sois en une autre mélancolie.
11 Parlez ! je resterai silencieux ;

Rondeau 184

1 *revenge* : venge-toi
de Tourment et Mélancolie !
vilenie : contraire de *noblesse* ; action digne d'un *vilain*
4 de rester lâchement tanquille

En ce qui me concerne, je t'aiderai
volontiers ; n'hésite donc pas !

8 **N**'espargne riens ! Scez tu pourquoy ?
Pource qu'abregeras ta vie,
Se lez tiens en ta compaignie.
Desconfitz les et prens leur foy !
12   Cueur etc. ?

Rondel [185 (CCXXI)] [p. 409]

1 **P**laindre ne s'en doit leal cueur,
S'Amours a servy longuement,
Recevant des biens largement
4 Et pareillement de douleur.

    [**N**]'est[1] ce raison que le seigneur
    Ait tout a son commandement ?
        Plaindre ne s'en doit etc.

8 [**S**]e[2] plus a deservi doulceur
Que ne trouve a son jugement,
En gré prengne pour payement
Moins de proufit et plus de honneur !
12   Plaindre ne s'en doit etc.

Rondel [186 (LXXV)]

1 **P**ar lez portes dez yeulx et dez oreilles,
Que chascun doit bien sagement garder,
Plaisir mondain va et vient sans cesser
4 Et raporte de diverses merveilles.

    Pource, mon cueur, s'a Raison te conseilles,
    Ne le laissez point devers toy entrer
        Par etc. !

8 N'économise rien ! Sais-tu pourquoi ?
   Parce que tu abrégeras ta vie,
   si tu les gardes en ta compagnie.
11 Il te faut les vaincre et exiger qu'ils te rendent hommage !

Rondeau 185

1 Un cœur loyal ne doit pas se plaindre,
   s'il a longtemps servi Amour
   et reçu généreusement des biens
4 et autant de douleurs.

   N'est-il pas juste que le seigneur
   ait tout à ses ordres ?

8 Si, à son avis, il a mérité
   plus de douceur qu'il n'en obtient,
   qu'il prenne en gré, en guise de salaire,
11 moins de profit et plus d'honneur !

Rondeau 186

1 *lez, dez* : les, des

   sans cesser : sans arrêt
4 *merveilles* : des nouvelles étonnantes

   C'est pourquoi, mon cœur, demande conseil à Raison,
   et ne le laisse pas entrer chez toi

8 **A** celle fin que par lui ne t'esveilles
   — Veu qu'il te fault desormais reposer —,
   Dy lui : « Va t'en, sans jamais retourner !
   Ne revien plus, car en vain te traveilles
12   Par etc. ! »

Rondel [187 (CCXXII)]

[p. 410]

1 **E**n faictes vous doubte ?
   Point ne le devez,
   Veu que vous savez
4 Ma pensee toute.

   Quant mon cueur s'i boute
   Et vostre l'avez,
        En faictes etc. ?

8 **D**angier nous escoute ;
   Sus, tost achevez !
   Ma foy recevez ;
   Ja ne sera route.
12   **E**n faictes etc. ?

Rondel
[188 (LXXXVI)]

1 **A** qui les vent on,
   Ces gueines dorees ?
   Sont il achetees
4 De nouvel ou non ?

   Par prest ou par don
   En fait on livrees ?
        A qui etc. ?

8 Afin qu'il ne te réveille pas
veu : vu que, étant donné que
dy : dis-lui :
11 Ne reviens plus, car tu t'évertues en vain !

Rondeau 187

1 En doutez-vous ?
Il ne le faut pas,
Vu que vous connaissez
4 toute ma pensée.

Quand mon cœur y entre
et qu'il est à vous,

8 Rigueur nous écoute ;
allons, finissez-en vite !
Recevez mon hommage ;
11 jamais je ne trahirai mon serment.

Rondeau 188

1 A qui les vent-on,
ces chaînes dorées ?
il : elles
4 *de nouvel* : récemment

prest : prêt
les livre-t-on ?

8   **A**lant au pardon,
Je lez ay trouvees ;
De telles denrees,
C'est petit guerdon.
12   **A** qui etc. ?

Rondel
[189 (CCXXIII)]   [p. 411]

1   **E**n faictes vous doubte
Que vostre ne soye ?
Se Dieu me doint joye
4   Au cueur, si suis toute.

Rien ne m'en deboute,
Pour chose que j'oye.
      En faictes etc. ?

8   **D**angier et sa route
S'en voisent leur voye,
Sans que plus les voye !
Tousjours il m'escoute.
12   **E**n faictes etc. ?

Rondel [190 (LXXVII)]

1   **A** qui vendez vous voz coquilles ?
Entre vous, amans pelerins ?
Vous cuidez bien par voz engins
4   A tous pertuis trouver chevilles.

Sont ce coups d'esteufs ou de billes
Que ferez, tesmoing voz voisins ?
      A qui etc. ?

8 *pardon* : récompense [pardon d'amour], mais aussi indul-
   gence, fête où l'on gagne les indulgences comme à
   l'occasion du jubilé célébré à Rome en 1450.
10 une telle marchandise,
   c'est une petite récompense.

Rondeau 189

1 *En faictes* : voir le refrain du rondeau 187.
   que je ne vous appartienne ?
   Par Dieu qui me remplit le cœur
4 de joie, je suis toute vôtre.

   Quoi que j'entende,
   rien ne m'en détourne.

8 Que Rigueur et sa troupe
   passent leur chemin,
   sans que je les revoie jamais !

Rondeau 190

1 *coquilles* : les coquilles étaient l'emblème des pèlerins qui
   se rendaient à Saint-Jacques-de-Compostelle.
   Par vos ruses vous croyez bien
4 trouver des chevilles[1] à tous les passages.

   Est-ce que ce sont des coups de balles ou de boules[2]
   que vous ferez avec vos voisins comme témoins ?

8 On congnoist tous voz tours d'estrilles
   Et bien clerement voz latins ;
   Trotés, reprenés voz patins
   Et troussés voz sacs et voz quilles !
12   A qui etc. ?

Rondel [191 (CCXXIV)]   [p. 412]

1 Avez vous dit — laissez me dire ! —,
   Amans qui devisez d'amours :
   « Saincte Marie ! que de jours
4 J'ay despenduz en martire ! »

   Vous mocquez vous ? Je vous voy rire.
   Cuidez vous qu'il soit le rebours ?
        Avez vous dit etc. ?

8 Parler n'en puis que ne souppire ;
   Raconter vous y sçay cent tours
   Qu'on y a sans joyeux secours,
   S'au vray m'en voulez ouyr lire.
12   Avez vous dit etc. ?

Rondel [192 (LXXVIII)]

1 Envoiez nous un doulz regart
   Qui nous conduie jusqu'a Blois !
   Nous le vous rendrons quelque fois,
4 Quoy que l'atente nous soit tart.

   Puis qu'en emportés l'estandart
   De la doulceur, que bien congnois,
        Envoyez etc. !

  8 On connaît toutes vos tromperies[1]
    et fort bien votre jargon ;
    allez, reprenez vos chaussures
 11 et chargez vos sacs et vos bâtons !

Rondeau 191

  1 Avez-vous dit — laissez-moi parler ! —,
    amants qui parlez d'amour :
    Sainte Vierge ! combien de jours
  4 ai-je dépensé en martyre !

  6 Croyez-vous que ce soit le contraire ?

  8 Je ne peux pas en parler sans soupirer ;
    je peux vous raconter cent ruses
    qu'on y trouve sans réconfort de joie,
 11 si vous voulez m'écouter lire [verbe désignant l'acti-
    vité du magister qui enseigne] la vérité à ce sujet.

Rondeau 192

  2 *conduie* : qui nous conduise
    quelque fois : une fois
  4 bien que l'attente soit longue pour nous.

    l'estandart : la bannière. Voir rondeau 178.
    de la douceur, que je connais bien,

8   Et pry Dieu que toutez vous gart
    Et vous doint bons jours, ans et mois,
    A voz desirs, vouloirs et chois !
    Aquittez vous de vostre part :
12   Envoyez etc. !

Rondel de Nevers (?) [p. 413]

Rondel [193 (LXXIX)]

1   Pource qu'on joute a la quintaine
    A Orleans, je tire a Blois ;
    Je me sens foulé du harnois
4   Et veulx reprandre mon alaine.

    Raisonnable cause m'y maine,
    Excusé soye ceste fois ;
        Pource etc.

8   Ie vous promet que c'est grant paine
    De tant faire « baille lui bois » ;
    Eslongner quelque part du mois
    Vault mieulx pour avoir teste saine ;
12   Pource etc.

Rondel par Monseigneur
[194 (CCXXV)] [p. 414]

1   En la forest de longue actente,
    Par vent de Fortune dolente,
    Tant y voy abatu de bois
4   Que, sur ma foy, je n'y congnois
    A present ne voye ne sente.

8 Je prie Dieu qu'il vous garde toutes
   et vous accorde de bons jours, années et mois,
   comblant vos souhaits, désirs et espoirs !
11 De votre côté faites votre devoir :

Nevers : Charles, comte de Nevers, cousin germain du duc de
Bourgogne. — Refrain du rondeau composé vers 1456 :
En la forest de longue actente. Cf. ball. 79.

Rondeau 193

1 *joute a la quintaine* : la *quintaine* est un poteau ou mannequin
   contre lequel on joute.
   je me sens fatigué de l'armure
4 et veux reprendre mon souffle.

6 qu'on m'en tienne quitte pour cette fois ;

8 *paine* : une grande fatigue
   baille lui bois : donne-lui une lance, cri répété lors de la
   joute où les lances étaient en bois.
   Il vaut mieux s'éloigner une partie du mois
11 pour garder la tête en bonne santé.

Rondeau 194

1 *En la forest* : voir déjà ballade 79, v. 1. — Dans le *Livre du
   cuer d'amours espris* (1457) de René d'Anjou, Cœur traverse
   la *forest de longue actente* au cours de sa quête.
4 que, par ma foi, je n'y reconnais
   à présent ni chemin ni sentier.

Pieça y pris joyeuse rente;
Jeunesse la payoit contente.
8 Or n'y ay qui vaille une nois,
        En la forest etc.

Vieillesse dit, qui me tourmente:
« Pour toy n'y a pesson ne vente
12 Comme tu as eu autresfois;
Passez sont tes jours, ans et mois.
Souffize toy et te contente
        En la forest etc. !

Rondel [195 (LXXX)]

1 **D**es arreraiges de plaisance,
Dont trop endebté m'est Espoir,
Se quelques part j'en peusse avoir,
4 Du surplus donnasse quictance.

Mais au pois et a la balance
N'en puis que bien peu recevoir,
        Des arreraiges etc.

8 **U**sure ou perte de chevance
Mectroye tout a non chaloir,
Se je savoye a mon vouloir
Recouvrer prestement finance
12   **D**es arreraiges etc.

Rondel par madame d'Orleans
(CCXXVI)   [p. 415]

Jadis j'y jouissais d'une rente de joie ;
Jeunesse la payait au comptant.
8 Maintenant je n'y trouve rien qui ait la valeur d'une noix

11 *pesson* : sorte de petite monnaie — *vente* : droit qui se
percevait sur les denrées
13 *passez* : passés
Tiens-t'en satisfait et ne demande pas plus !

Rondeau 195

1 Si je pouvais obtenir une partie
des arrérages de plaisir,
pour lesquels Espoir est fort endetté à mon égard,
4 je le tiendrais quitte du reste.

au pois : au poids
je ne peux en recevoir que bien peu

8 *chevance* : gain, profit, moyens
il ne m'importerait pas du tout,
si à mon gré je pouvais
11 bientôt rentrer en possession

Madame d'Orléans : Marie de Clèves, la troisième femme de
Charles d'Orléans qui l'épousa en 1440. — Même refrain
que le rondeau 194 : *En la forest de longue actente.*

Rondel [196 (LXXXI)]

1 **R**escouez ces deux povres yeulx
Qui tant on nagé en plaisance
Qu'ilz se nayent sans recouvrance !
4 Je les tiens mors ou presque tieulx.

Vidés les tost, se vous ait Dieulx,
En la sentine d'alegeance !
      Rescouez etc. !

8 **C**ourés y tous, jennes et vieulx,
Et a cros de bonne esperance
De les tirer hors c'om s'avance !
Chascun y face qui mieulx mieulx !
12   **R**escouez etc !

Rondel Fredet (CCXXVII)   [p. 416]

Rondel [197 (LXXXII)]

1 **A** recommancer de plus belle
J'en voy ja les adjournemens
Que font vers vieulx et jennes gens
4 Amours et la saison nouvelle.

Chascun d'eulx — aussi bien lui qu'elle —
Sont tous aprestés sur les rens
      A recommancer etc.

8 **C**omme toute la chose est telle,
Je congnois telz esbatemens
Assez, de pieça m'y entens ;
Ce n'est que ancienne querelle.
12   **A** recommancer etc.

Rondeau 196

1 *Rescouez* : sauvez
    qui ont si longtemps nagé dans le plaisir
    qu'ils se noient sans secours !
4 Je les crois morts ou presque.

    Laissez-les vite aller, au nom de Dieu
    dans le sentier du soulagement !

8 *Courés* : courez-y tous
    a cros : avec les ancres, crochets
    qu'on s'approche pour les tirer hors de l'eau !
11 Que chacun fasse de son mieux !

Fredet : Guillaume ? En contact avec Blois entre 1444 et 1451. Son rondeau (*En la forest de longue actente*) figure dans le *Jardin de Plaisance*, f. 89vo, avec celui de Blosseville, qui ne se trouve pas dans notre manuscrit.

Rondeau 197

1 Pour recommencer de plus belle,
    adjournemens : assignation à comparaître à un jour fixe
        devant un tribunal.
    vers : à l'égard de
4 *saison nouvelle* : le printemps
    eulx : chacun d'eux
    est tout prêt sur les tribunes

8 Vu que toute l'affaire est ainsi,
    je connais bien ces divertissements,
    il y a longtemps que je les pratique ;
11 ce n'est qu'un vieux sujet de plainte.

Rondel Orlians
[198 (CCXXVIII)]   [p. 417]

1 En la forest de longue actente,
   Forvoyé de joyeuse sente,
   Par la guide dure Rigueur
4 A esté robbé vostre cueur,
   Comme j'entens, dont se lamente.

   Par Dieu ! j'en cognois plus de trente
   Qui chascun d'eulx, sans que s'en vente,
8 Est vestu de vostre couleur
        En la forest etc.

   Et en briefz motz, sans que vous mente,
   Soiez seur que je me contente,
12 Pour alegier vostre doleur,
   De traictier avec le seigneur
   Qui les brigans[1] soustient et hente.
        En la forest [etc.]

Rondeau [199 (LXXXIII)]

1 Ainsi doint Dieux a mon cueur joye
   En ce que souhaidier vouldroye,
   Et a mon penser reconfort,
4 Comme voulentiers prisse accort
   A Soussy qui tant me guerroye.

   Mais remede n'y trouveroye
   Et, qui pis est, je n'oseroye
8 Descouvrir les maulx qu'ay a tort ;
        Ainsi etc. !

Rondeau 198

1 *En la forest* : voir rondeau 194 et suivants.
  sorti du chemin de joie,
  votre cœur a été volé
4 par la cruelle guide Rigueur,
  fait dont il se lamente, comme je l'entends.

  cognois : j'en connais
  dont chacun, sans qu'il s'en vante,
8 est revêtu de votre couleur

  Bref, sans vous mentir,
  soyez certain que je me contenterai,
12 pour soulager votre douleur,
  de traiter avec le seigneur
  brigans : montre, avec le chiffre *trente*, qu'il s'agit là d'une
    réponse au rondeau de Fredet[1].
14 *hente* : fréquente

Rondeau 199

1 Que Dieu accorde la joie à mon cœur,
  là où je la souhaiterai,
  et qu'il accorde un réconfort à ma pensée,
4 de même que je me mettrais volontiers d'accord
  avec Tourment qui me combat tellement.

  Mais je ne saurais y trouver un remède
  et, ce qui est pire, je n'aurais jamais le courage
8 de révéler les maux dont je souffre injustement ;

Quant je lui dy : « Dieu te convoye,
Laisse m'en paix ! Va t'en ta voye !
12 Par ton enchantement et sort
Gueres mieulx ne vaulx vif que mort ;
Je languis quelque part que soye ! » —
        Ainsi etc. !

Rondel [200 (CCXIX)]   [p. 418]

1 Se vous voulez m'amour avoir
A tousjours mais sans departir,
Pensez de faire mon plaisir
4 Et jamais ne me decevoir !

Bien tost sauray apercevoir
Au paraler vostre desir,
        Se vous voulez etc.

8 Assez biens povez recevoir,
S'en vous ne tient, sans y faillir ;
Vous estez pres d'y avenir,
Faisant vers moy leal devoir,
12   Se vous voulez etc.

Rondel [201 (LXXXIV)]

1 Maudit soit mon cueur, se j'en mens !
Quant a mon lesir estre puis
Et avecques Pensee suis,
4 En mez maulx prens alegemens.

Car Soussis, plains d'encombremens,
Boutons hors et leur fermons l'uis !
        Maudit soit etc. !

Quand je lui dis : Que Dieu t'accompagne,
laisse-moi en paix ! Passe ton chemin !
12 A cause du sort que tu m'as jeté
je ne vaux guère plus en vie que mort ;
je languis où que je sois ! —
voilà comment etc.

Rondeau 200

1 Si vous voulez avoir mon amour
pour toujours et sans infidélité,
songez à vivre selon ma volonté
4 et ne me trompez jamais !

Après tout, je serai bientôt en mesure
de connaître vos intentions

8 Vous ne manquerez pas d'obtenir
beaucoup de biens, s'il ne tient qu'à vous ;
vous êtes sur le point d'y arriver,
11 en remplissant loyalement votre devoir envers moi.

Rondeau 201

1 *se* : si je mens à ce sujet !
Quand j'ai le temps
et me trouve avec Pensée,
4 je me trouve soulagé de mes souffrances.

Chassons donc Tourment et sa suite d'embarras
et fermons-leur la porte [au nez] !

8 **A**ssez y treuve esbatemens ;
Lors lui dy : « Ma maistresse », et puis :
« Serons nous ainsi jours et nuis ?
G'y donne mez consentemens. »
12   **M**audit soit etc. !

Rondel Fredet (CCXXX) [p. 419]

Rondel [202 (LXXXV)]

1 **E**n la querelle de plaisance
J'ay veu le rencontre des yeulx
Qui estoient, ainsi m'aid Dieux,
4 Tous pres de combatre a oultrance,

[**R**]angez[1] par si belle ordonnance
Qu'on ne sauroit deviser mieulx ;
    En la etc.

8 **S**'Amours n'y mectent pourveanse,
De pieça je les congnois tieulx
Qu'au derrenier, jennes ou vieulx,
Mourront tous par leur grant vaillance
12   **E**n la etc.

Rondel [203 (CCXXXI)] [p. 420]

1 **P**ar l'aumosnier plaisant Regart
Donnez l'aumosne de doulceur
A ce povre malade cueur
4 Du feu d'amours, dont Dieu nous gart !

Nuit et jour sans cesser il art ;
Secourez le, pour vostre honneur,
    Par l'aumosnier etc. !

8 Elle y trouve un grand divertissement ;
alors je lui dis : Ma maîtresse, serons-nous
dorénavant ainsi jour et nuit ?
11 J'y donne mon consentement.

Fredet : Guillaume ? En contact avec Blois entre 1444 et
1451. Rondeau : *J'actens l'aumosne de doulceur par l'aumosnier de doulx Regart.* Voir rondeau 203.

Rondeau 202

1 *querelle :* dispute
j'ai vu le combat des yeux
qui étaient, de par Dieu,
4 tout prêts à se battre à outrance [jusqu'à la victoire].

rangés en si bel ordre
qu'il n'est pas possible de les disposer mieux ;

8 Si Amour ne prend aucune mesure de précaution,
ils sont capables — il y a longtemps que je les connais —
de faire mourir tout le monde,
11 jeunes ou vieux, par leur grande vaillance.

Rondeau 203

1 *l'aumosnier :* il s'agit d'une réponse au précédent rondeau
de Fredet, p. 202.
donnez : faites donner
4 *gart :* sauve, protège

art : il brûle
aidez-le, au nom de votre honneur

8 **S**'il vous plaisoit, de vostre part,
Prier Amours qu'en sa langueur
Pourvoyent a vostre faveur,
Aydié sera plus tost que tart
12   Par l'aumosnier etc.

Rondel [204 (LXXXVI)]

1 **D**e la maladie des yeux,
Feruz de pouldre de plaisir
Par le vent d'amoureux desir,
4 Est fort a guerir, se m'aid Dieux !

Toutes gens, et jeunes et vieulx,
S'en scevent bien a quoy tenir
          De la etc.

8 **I**e n'y congnois remedes tieulx
Que hors de presse soy tenir
Et la compaignie fuir ;
Qui plus en saura, dye mieulx
12   **D**e la etc. !

Rondel [205 (CCXXXII)]   [p. 421]

1 **C**e n'est que chose acoustumee,
Quant Soussy voy vers moy venir ;
Se tost ne lui venoye ouvrir,
4 Il romproit l'uis de ma pensee.

Lors fait d'escremie levee
Et puis vient mon cueur assaillir ;
          Ce n'est etc.

8 Si vous vouliez bien, de votre côté,
   supplier (les) Amour(s) qu'il(s) veille(nt) au nécessaire
   pour calmer ses souffrances et que ce soit en votre faveur,
11 l'aumônier l'aiderait plus vite, sans attendre.

Rondeau 204

2 *feruz*: blessé par la poussière de plaisir. Expression
  forgée sur la locution *jeter de la poudre el vis*, qui
  figure déjà dans le *Roman de Renart*.
4 est difficile à guérir, mon Dieu !
5 Tous les gens, et jeunes et vieux,
  savent bien à quoi s'en tenir
  en ce qui concerne la, etc.

8 Je ne connais pas de meilleur remède
  que de rester loin de la foule
  et de fuir la compagnie ;
11 que celui qui en sait plus, fasse une meilleure proposition

Rondeau 205

1 Ce n'est là qu'une habitude,
  quand je vois Tourment arriver chez moi ;
  si je n'allais aussitôt lui ouvrir,
4 il briserait la porte de ma pensée.

Alors il fait un assaut d'escrime
et vient ensuite attaquer mon cœur ;

8 **A**donc prent d'espoir son espee
   Mon cueur pour dez coups soy couvrir
   Et se deffendre et garentir.
   Ainsi je passe la journee;
12   Ce n'est etc.

Rondel [206 (LXXXVII)]

1 **P**ar m'ame, s'il en fust en moy,
   Soussi, Dieu scet que je feroye!
   Moy et tous de toy vengeroye:
4 Il y a bien rayson pour quoy.

   [R]iens¹ ne dy qu'ainsi que je doy,
   Et telle est la voulenté moye.
            Par m'ame etc.!

8 **U**n chascun se complaint de toy;
   Pource voulentiers fin prendroye
   Avecques toy, se je povoye.
   Je n'y vois qu'a la bonne foy;
12   **P**ar m'ame etc.!

Rondel [207 (CCXXXIII)]   [p. 422]

1 **C**hascun devise a son propos;
   Quant a moy, je suis loing du mien,
   Mais mon cueur en espoir je tien
4 Qu'il aura une fois repos.

   Souvent dit, me tournant le dos:
   « Je doubte que n'en sera rien:
            Chascun etc.

8 Alors mon cœur tire son épée forgée d'espoir
  pour éviter les coups,
  se défendre et se protéger.

Rondeau 206

1 Sur mon âme, si cela dépendait de moi,
  Tourment, Dieu sait ce que je ferais !
  Je me vengerais moi et tous les autres, de toi :
4 il y a de bonnes raisons à cela.

  Je ne fais que parler comme je dois,
  et telle est ma volonté.

8 Chacun se plaint de toi ;
  c'est pourquoi j'en finirais volontiers
  avec toi, si je le pouvais.
11 Je ne fais qu'agir de bonne foi ;

Rondeau 207

1 Chacun parle selon son désir ;
  quant à moi, j'en suis bien loin,
  mais j'espère que mon cœur
4 trouvera un jour le repos [qu'il mérite].

6 Je crains qu'il n'en soit rien :

8   **T**enez l'uys de pensee clos !
    Faites ainsi pour vostre bien ;
    Soussi vous vouldroit avoir sien.
    Ne creés, n'escoutez sez mos ;
12   Chascun etc. »

Rondel [208 (LXXXVIII)]

1   **M**on cueur se plaint qu'il n'est payé
    De sez despens pour son traveil
    Qu'il a porté si nompareil
4   Qu'oncquez tel ne fut essayé.

    [**S**]on[1] payement est delayé
    Trop longtemps ; sur ce quel conseil ?
        Mon cueur etc.

8   **P**uis qu'il n'est de gages rayé,
    Mais prest en loyal apareil
    Autant que nul soubz le soleil,
    Se mieulx ne peut, soit defrayé !
12   **M**on cueur etc.

Rondel
[209 (CCXXXIV)]   [p. 423]

1   **E**nnemy, je te conjure,
    Regart qui aus gens cours sus :
    Viellars aux mentons chanus,
4   Dont suis, n'avons de toy cure.

    Ieune, navré de blesseure
    Fu par toy. N'y revien plus,
        Ennemy etc. !

8 Gardez la porte de pensée fermée !
 Agissez ainsi pour votre bien ;
 Tourment voudrait que vous soyez en son pouvoir.
11 Ne le croyez pas, n'écoutez pas ses paroles ;

Rondeau 208

1 Mon cœur se plaint qu'on ne rembourse pas
 les dépenses causées par la peine
 sans égale dont il a souffert,
4 si grande que personne n'en a jamais éprouvé [de
 telle.
 Il y a trop longtemps qu'on renvoie
 son paiement ; quel conseil donner en ce cas ?

8 Puisqu'on ne lui a pas retiré sa pension,
 mais qu'il est prêt et loyalement disposé,
 plus que personne sous le soleil,
11 A défaut de mieux, qu'on lui rembourse ses frais !

Rondeau 209

1 Regard ennemi qui attaque les gens,
 je t'en conjure :
 Les vieillards aux mentons blancs,
4 dont je suis, ne s'intéressent pas à toi.

 Dans ma jeunesse tu m'as
 blessé. Ne passe plus par là !

8 **V**a querir ton avanture
Sus amans nouveaulz venus !
Nous vieulz avons obtenus
Saufconduitz de par Nature ;
12   Ennemy etc.

Rondel
[210 (LXXXIX)]

1 **E**n loyaulté me payera
Dez servicez qu'ay fais sans faindre ;
Ou j'auray cause de me plaindre,
4 Qui mon guerdon delayera.

   [B]on Droit pour moy tant criera
Qu'au[x] cieulz fera sa vois ataindre ;
   En loyauté etc.

8 **Q**uant Fortune s'effrayera,
Dieu a povoir de la reffraindre ;
Et Rayson, qui ne doit riens craindre,
De moy aider s'essayera
12   **E**n loyauté etc.

Rondel [211 (CCXXXV)]   [p. 424]

1 **D**es amoureux de l'observance,
Dont j'ay esté ou temps passé,
A present m'en treuve lassé
4 Du tout, sy non de souvenance

   Ou je prens d'en parler plaisance[1],
Quoy que suis de l'ordre cassé
      Des amoureux etc.

8 *querir* : chercher
chez des amants tout frais !
Nature nous a accordé, à nous autres vieux,
11 *saufconduitz* : permission donnée par l'autorité de séjourner
à un endroit sans être arrêté.

Rondeau 210

1 Elle me paiera loyalement
les services que j'ai rendus sans me dérober ;
ou alors j'aurais de bonnes raisons pour me plaindre,
4 si quelqu'un faisait attendre ma récompense.

criera : criera en public
ataindre : parvenir

8 *effrayera* [< *exfridare*, perdre son état de tranquillité] :
s'indignera, se mettra en colère
reffraindre : retenir, modérer
tâchera de m'aider
12 me payant loyalement

Rondeau 211

1 *observance* : discipline religieuse [sévère, comme celle des
Franciscains]. — Voir le refrain de la ballade 77.
à présent j'en ai vraiment
4 assez, sauf en souvenir

où je puise le plaisir d'en parler,
quoique je sois exclu de l'ordre

8 Souvent y ay porté penance
Et si pou de biens amassé
Que, quant je seray trespassé,
A mes hoirs lairray peu chevance[1]
12   Des amoureux etc.

Rondel [212 (XC)]

1 Mon cuer, n'entrepren trop de choses !
Tu peus penser ce que tu veulz
Et faire selon que tu peuz
4 Et dire ainsi comme tu oses.

Qui vouldront sur ce trouver gloses,
Je m'en rapporteray a eulz ;
    Mon cuer etc. !

8 Se ces raisons garder proposes,
Tu feras bien par mes conseulz.
Laisse les embesoingnez seulz,
Il est temps que tu te reposes !
12   Mon cuer etc. !

Rondel [213 (CCXXXVI)]   [p. 425]

1 Ostez vous de devant moy,
Beaulté, par vostre serment,
Car trop me temptez souvent !
4 Tort avez, tenez vous quoy !

Toutes les foys que vous voy,
Je suis je ne sçay comment :
    Ostez vous etc. !

8 Souvent j'y ai fait pénitence
et amassé si peu de biens
que, quand je mourrai,
11 je laisserai peu de richesses à mes héritiers

Rondeau 212

1 Mon cœur, n'entreprends pas trop de choses !
peus : tu peux
et agir comme tu peux
4 et dire ce que tu as le courage de dire.

Ceux qui voudront faire des commentaires là-dessus,
je m'en remettrai à eux ;

8 Si tu as l'intention d'accepter ces arguments,
conseulz : en suivant mes conseils
embesoignez : ceux qui sont dans le besoin

Rondeau 213

1 Beauté, au nom de votre serment,
ôtez-vous de devant mes yeux,
car vous me tentez trop souvent !
4 Vous avez tort, restez tranquille !

Chaque fois que je vous vois,
je me sens je ne sais trop comment :

8   Tant de plaisirs j'apparçoy
    En vous, a mon jugement,
    Qu'il troublent mon pensement.
    Vous me grevez, sur ma foy :
12   Ostez vous etc. !

Rondel [214 (XCI)]

1   Comment ce peut il faire ainsy,
    En une seule creature,
    Que tant ait des biens de nature,
4   Dont chascun en est esbahy ?

    Oncques tel chief d'euvre ne vy
    Mieulx acomply oultre mesure ;
         Commant etc. ?

8   Mes yeulx cuiday qu'eussent manty,
    Quant apporterent sa figure
    Devers mon cuer en pourtraiture ;
    Mais vray fut, et plus que ne dy.
12   Commant etc. ?

Rondel [215 (CCXXXVII)]   [p. 426]

1   Plaisant Regard, mussez vous,
    Ne vous moustrez plus en place !
    Mon cueur craint vostre menace,
4   Dont maintes fois l'ay rescous.

    Vostre attrait soubtil et douls
    Blesse sans qu'on lui mefface ;
         Plaisant etc. !

8 *apparçoy* : j'aperçois, je remarque

jugement : à mon goût

pensement : la faculté de réfléchir, penser logiquement

11 *grever* : vous me gênez, importunez

Rondeau 214

1 Comment est-il possible

qu'en une seule créature

biens de nature : ceux-ci appartiennent aux *moyens biens* et
   s'opposent aux petits biens (de Fortune) et aux vrais
   biens (provenant de Dieu). En font partie : la beauté,
   la force, la mémoire, le bon sens, etc.[1]

4 *esbahy* : étonné

Jamais je n'ai vu un tel chef-d'œuvre,

réalisé avec plus de perfection ;

8 Je croyais que mes yeux m'avaient menti,

quand ils ont apporté à mon cœur

un portrait de sa personne ;

11 mais c'était vrai, et plus que je ne le dis.

Rondeau 215

1 *mussez* : cachez-vous,

ne vous faites plus voir sur la place !

4 dont je l'ai souvent délivré/garanti.

Vos attraits subtils et doux

le blessent sans lui faire de mal ;

8 Se ditez : « Je fais a tous
  Ainsi, car je m'y solace »,
  A tort — sauve vostre grace —
  Ne devez donner courrous,
                12 Plaisant etc. !

Rondel [216 (XCII)]

1 Ne m'en racontez plus, mes yeulx,
  De beaulté que vous prisez tant,
  Car plus voys ou monde vivant
4 Et mains me plaist, ainsi m'aist Dieux !

  Trouver je ne me sçay en lieux
  Qu'il m'en chaille ne tant ne quant ;
        Ne m'en etc. !

8 Qu'est ce cy ? deviens je des vieux ?
  Ouy, certes ! D'or en avant
  J'ay fait mon karesme prenant
  Et jeusne de tous plaisirs tieulx.
12   Ne m'en etc. !

Rondel [217 (CCXXXVIII)]   [p. 427]

1 Ie ne vous voy pas a demy,
  Tant ay mis en vous ma plaisance ;
  Tous jours m'estes en souvenance
4 Puis le temps que premier vous vy.

  Assez ne puis estre esbahy
  Dont vient si ardant desirance.
        Je ne etc.

8 Même si vous dites : J'agis ainsi
   envers tous, car j'y prends plaisir,
   vous ne devez — s'il vous plaît —
11 pas causer de peine sans raison.

Rondeau 216

1 Ne m'en parlez plus, mes yeux,
   de la beauté que vous estimez tellement,
   car plus je vis sur cette terre,
4 moins elle me plaît, de par Dieu !

Je peux me trouver n'importe où,
je ne peux m'y intéresser tant soit peu ;

8 Qu'est-ce à dire ? est-ce que je fais partie des vieux ?
   Certes oui. Dorénavant
   karesme prenant : les trois jours gras qui précèdent le
      mercredi des Cendres.
11 et je jeûne, m'abstenant de tous ces plaisirs-là.

Rondeau 217

1 *a demy* : à moitié
   tant mon plaisir réside en vous ;
   en tout temps vous êtes en mon souvenir
4 depuis le jour où je vous ai vue pour la première fois.

Je ne peux pas assez m'étonner
d'où vient un désir si brûlant.

8 Fin de compte, puisqu'est ainsy,
Fermons noz cueurs en alïance;
Quant plus ay de vous acointance,
Plus suis, ne sçay comment, ravy.
12   Je ne etc.

Rondel [218 (XCIII)]

1 Si hardis, mez yeulx,
De riens regarder
Qui me puest grever:
4 Qu'en valés vous mieulx?

Estroit, se m'aid Dieux,
Vous pense garder,
    Si hardis etc.

8 Vous devenés vieulx
Et tous jours troter
Voulez sans cesser.
Ne soyez plus tieulx,
12   Si hardis etc.!

Rondel [219 (XCIV)]   [p. 428]

1 Mon cuer, pour vous en garder,
De mes yeulx qui tant vous temptent,
Afin que devers vous n'entrent,
4 Faitez les portes fermer!

S'il vous viennent raporter
Nouvellez, pensez qu'il mentent,
    Mon cueur etc.

8 En fin de compte, puisqu'il en est ainsi,
  décidons-nous à unir nos cœurs ;
  plus je vous fréquente,
11 plus je suis, je ne sais comment, en extase.

Rondeau 218

1 Si hardis, mes yeux,
  à regarder quelque chose
  qui pourrait me blesser :
4 croyez-vous en avoir plus de valeur ?

  De par Dieu, j'ai l'intention
  de vous garder à l'étroit

8 Vous devenez vieux
  et pourtant vous voulez toujours
  trotter sans jamais vous arrêter.
11 Ne vous comportez plus ainsi !

Rondeau 219

1 *garder* : préserver, protéger
  temptent : tentent
  afin qu'ils n'entrent pas chez vous

5 S'ils viennent vous apporter
  des nouvelles, pensez qu'ils mentent

8 Mensongez scevent conter
Et trop de plaisir se vantent ;
Folz sont qui en eulx s'atendent.
Ne lez veuillez escouter,
12   Mon cuer etc. !

Rondel [220 (XCV)]

1 N'est ce pas grant trahison
De mes yeulx en qui me fye,
Qui me conseillent folye
4 Maintes foys contre raison ?

Que male part y ait on
D'eulx et de leur tromperie !
    N'est ce pas etc. ?

8 Mieulx me fust en ma maison
Estre seul, a chiere lye,
Qu'avoir telle compaignie
Qui me bat de mon baston !
12   N'est ce pas etc. ?

Rondel [221 (XCVI)]   [p. 429]

1 Rendez compte, Viellesse,
Du temps mal despendu
Et soctement perdu
4 Es mains dame Jeunesse !

Trop vous court sus Foiblesse ;
Qu'est Povair devenu ?
    Rendez compte etc. !

8 Ils savent trop bien dire des mensonges
et se vantent volontiers d'avoir du plaisir ;
ils sont fous ceux qui leur font confiance.
11 Ne les écoutez donc pas !

Rondeau 220

1 N'est-ce pas une grande trahison
de la part de mes yeux, en qui j'ai confiance,
de me conseiller souvent
4 des folies contraires à la raison ?

Qu'on les prenne en mauvaise part,
eux et leur tromperie !

8 Il vaudrait mieux que je reste seul
chez moi, le visage gai,
qu'avoir une telle compagnie
11 qui me bat avec mon propre bâton.

Rondeau 221

2 *despendu* : dépensé
et stupidement perdu
4 *es* : entre les mains.

Faiblesse vous attaque trop violemment ;
qu'est devenue Puissance ?

8 Mon bras en l'arc se blesse,
   Quant je l'ay estandu;
   Par quoy j'ay entendu
   Qu'il couvient que jeu cesse.
12   Rendez compte etc. !

   Tout vous est en destresse
   Desormais chier vendu;
        Rendez compte etc. !

16 Des tresors de liesse
   Vous sera peu rendu,
   Riens qui vaille ung festu :
   N'avez plus que sagesse !
20   Rendez compte etc. !

              **Rondel du seigneur
              de Torcy (XCVII)**   [p. 430]

              **[R]ondel du duc d'Orleans
              [222 (XCVIII)]**

1 Mais que mon propos ne m'enpire,
   Il ne me chault des faiz d'amours ;
   Voisent a droit ou a rebours,
4 Certes, je ne m'en fais que rire.

   En ne peut de riens m'escondire ;
   Aide ne requiers ne secours,
        Mais que etc.

8 Quant j'oy ung amant qui souspire :
   « Aha ! » dis je, « Voilà des tours
   Dont usay en mes jennes jours.
   Plus n'en vueil, bien me doit souffire,
12   Mais que etc. »

8 Le bras me fait mal,
   quand je tends l'arc;
   ainsi j'ai compris
   qu'il faut que le jeu s'arrête.

13 Désormais on vous vend tout
   au prix fort et dans la douleur;

16 Vous n'aurez plus guère
   de richesses du trésor de joie,
   rien qui ne vaille plus qu'un brin de paille:
   Il ne vous reste que la sagesse!
20 *Rendez*: il s'agit d'un *rondeau double* comme le rondeau 159
   auquel est aussi réservée une page entière. Les dix lignes
   en dessous du rondeau 221 sont restées libres.

Torcy: Jean d'Estouteville, seigneur de Torcy (après 1449),
grand-maître des arbalétriers sous Charles VII. — Refrain:
Mais que mon mal si ne m'empire.

Rondeau 222

1 A conditon que mes projets n'en aillent pas plus mal,
  peu m'importent les affaires d'amour;
  qu'elles aillent bien ou mal,
4 certes, je ne fais qu'en rire.

  On ne peut rien me refuser;
  je ne demande ni aide ni secours

8 *j'oy*: j'entends
  tours: manœuvres, ruses
  usay [passé simple]: dont je me servais
11 Je n'en veux plus, il faut bien que cela me suffise

**Rondel du conte
de Cleremont (XCIX)**   [p. 431]

Response d'Orleans [223 (C)]

1 **C**'est une dangereuse espergne
   D'amasser tresor de regrés ;
   Qui de son cueur les tient trop prés,
4 Il couvient que mal lui en preigne.

   [V]eu¹ qu'ilz sont si oultre l'enseigne,
   Non pas assez nuysans mais trés,
          C'est une etc.

8 **S**e je mens, que l'en m'en repreigne !
   Soient essaiez, puis aprés
   On saura leurs tourmens segrés.
   Qui ne m'en croira, si l'apreigne :
12   **C**'est une etc.

Rondel a Fredet [224 (CI)]   [p. 432]

1 **L**e fer est chault, il le fault batre ;
   Vostre fait que savez va bien.
   Tout le saurez, sans celer rien,
4 Se venez vers moy vous esbatre.

   Il a convenu fort combatre,
   Mais, s'il vous plaist, parfait le tien :
          Le fer est chault etc.

8 **C**onvoitise vouloit rabatre
   Escharsement et trop du sien ;
   Mais ung peu j'ay aidié du mien,
   Qui l'a fait cesser de debatre :
12   **L**e fer est chault etc.

Cleremont : Jean II, duc de Bourbon à partir de 1456. Parmi les collaborateurs les plus actifs du manuscrit. Refrain : *J'amasse ung tresor de regrés.*

Rondeau 223

1 C'est une économie dangereuse
   que d'amasser un trésor de regrets ;
   celui qui les tient trop près de son cœur,
4 il faut qu'il en tombe malade.

Etant donné qu'ils nuisent bien plus qu'ils n'en ont
l'apparence, non pas beaucoup, mais énormément

8 Si je mens, qu'on me corrige !
   Qu'on les essaie, et ensuite
   on connaîtra leurs tourments secrets.
11 Que celui qui ne veut pas me croire, l'apprenne
                                    [à ses dépens] :

Rondeau 224

Fredet : Guillaume ? Poète en contact avec Blois entre 1444 et 1451.

1 Il faut battre le fer pendant qu'il est chaud ;
   l'affaire que vous savez avance bien.
   Vous saurez tout, sans qu'on vous cache rien,
4 si vous venez vous divertir auprès de moi.
5 Il a fallu se battre dur,
   mais, s'il te plaît, termine [aussi] de ton côté :

8 *rabatre* : faire baisser le prix
   avarement, et beaucoup de ce qu'elle devait payer ;
   mais j'ai un peu aidé de mon argent,
11 [ce] qui l'a conduite à cesser la dispute :

Rondel de Fredet (CII)

Response audi Fredet
[225 (CIII)]

[p. 433]

1 Se regrettez voz dolens jours,
  Et je regrette mon argent
  Que j'ay delivré franchement,
4 Cuidant de vous donner secours.

  Se ne sont pas lez premiers tours
  Dont Convoitise sert souvent,
  .   Se regrettés etc.

8 Mais se vous n'avez voz amours,
  Puis que Convoitise vous ment,
  Le mien recouvreray briefment
  Ou mettray le fait en droit cours ;
12   Se regrettés etc.

Rondel a Daniel [226 (CIV)]

1 Vous dictes que j'en ayme deulx,
  Mais vous parlez contre raison ;
  Je n'ayme fors ung chapperon
4 Et ung couvrechef : plus n'en veulx,

  C'est assez pour ung amoureux.
  Mal me louez, ce faictes mon :
      Vous dictes etc.

8 Certes, je ne suis pas de ceulx
  Qui partout veulent a foison
  Eulx fournir en toute saison.
  N'en parlez plus, j'en suis honteux :
12   Vous dictes que etc.

Fredet : voir rondeau précédent. — Refrain : *Je regrette mez dolans jours* — souvenir de *Job*, 7, 6?

Rondeau 225

1 Si vous regrettez vos jours passés dans l'affliction,
  moi, je regrette mon argent
  que j'ai généreusement donné,
4 croyant vous apporter du secours.

tours : ruses
auxquelles Convoitise a souvent recours

8 Mais si vous n'avez pas obtenu vos amours,
  parce que Convoitise vous ment,
  je rentrerai bientôt en possession de mon argent
11 ou alors je mettrai l'affaire en bonne voie;

Rondeau 226

Daniel : Daniel du Solier? Domestique du duc qui figure dans les comptes de la maison (années 1449, 1455, 1456).

1 *deulx* : deux
3 *fors* : si ce n'est
  chapperon : au xve siècle une sorte de grand chapeau avec une bande d'étoffe tombant sur l'épaule.
4 *couvrechef* : morceau de toile fine que les femmes disposaient sur leurs cheveux. — *veulx* : je veux
6 Vous me louez mal, eh ! oui, c'est ce que vous faites :

8 Certes, je ne fais pas partie de ceux
  qui partout et en toute saison
  veulent se fournir en abondance.

[Rondeaux (CV à CVIII)]   [pp. 434-435]

Rondel [227 (CIX)]   [p. 436]

1 Celle que je ne sçay nommer
   Com a mon gré desireroye,
   Ce jour de l'an de biens et joye
4 Plaise a Dieu de vous estrener !

   S'amie vous veuil apeller,
   Trop simple nom vous bailleroye,
           Celle etc.

8 De ma dame nom vous donner
   Orgueilleuse je vous feroye ;
   Maistresse point ne vous vouldroye :
   Comment dont doy je a vous parler,
12   Celle etc. ?

Rondel [228 (CX)]

1 A ce jour de saint Valentin,
   Que l'en prent per par destinee,
   J'ay choisy — qui tresmal m'agree —
4 Pluye, vent et mauvais chemin.

   Il n'est de l'amoureux butin
   Nouvelle ne chançon chantee,
           [A] ce jour etc.

8 [B]ourges¹ me donne ce tatin,
   Et a plusieurs de ma livree ;
   Mieulx vauldroit en chambre natee
   Dormir, sans lever sy matin,
12   [A] ce jour e[tc.]

Rondeaux: d'Olivier de La Marche et George Chastelain, poètes à la cour de Bourgogne, et de Vaillant, poète en contact avec René d'Anjou. Au sujet des *amoureux de l'observance*[1].

Rondeau 227

1 [A] celle que je suis incapable de nommer
  à mon gré, comme je le souhaiterais,
  que Dieu lui accorde biens et joie
4 en ce jour de l'an !

  Si je voulais vous appeler amie,
  je vous donnerais un nom trop simple

8 En vous donnant le nom de ma dame,
  je vous rendrais orgueilleuse ;
  je ne voudrais pas de vous comme maîtresse :
11 comment donc dois-je m'adresser à vous ?

Rondeau 228

1 En ce jour de la Saint Valentin
  où l'on prend le compagnon que vous donne le destin,
  j'ai choisi — ce qui me déplaît fort —
4 la pluie, le vent et le mauvais chemin.

  Il n'y a ni nouvelle ni chanson qu'on chante
  du butin amoureux

8 *tatin* : coup
  et à plusieurs [serviteurs] qui portent ma livrée ;
  natee : aux planchers et parois garnis de nattes. Synonyme
    de confort : comparer au *Testament Villon*, v. 1474.
11 dormir, sans se lever si tôt

**Rondel
de Bouciquault (CXI)** [p. 437]

**Rondel d'Orlians
[229 (CXII)]**

1 Ce n'est pas par ypocrisie,
Ne je ne suis point apostat,
Pour tant se change mon estat
4 Es derreniers jour[s] de ma vie.

I'ay gardé ou temps de jeunesse[1]
L'observance des amoureux;
Or m'en a bouté hors Viellesse
8 Et mis en l'ordre douloreux

Des chartreux de Merencolye,
Solitaire, sans nul esbat.
A briefz motz, mon fait va de plat
12 Et, pource, ne m'en blasmés mye:
Ce n'est pas etc.

Rondel Bousiquault (CXIII) [p. 438]

**[Rondeau] de monseigneur
d'Orleans [230 (CXIV)]**

1 A quiconque plaise ou desplaise,
Quant Vieillesse vient les gens prendre,
Il couvient a elle se rendre
4 Et endurer tout son malaise.

Bousiquault : Boucicaut, seigneur de Breuildoré, neveu du
maréchal de Boucicaut, un des auteurs des *Cent Ballades*,
lui aussi fait prisonnier à Azincourt. Sujet du rondeau : *les
amoureux ... de l'observance*.

Rondeau 229

1 *ypocrisie* : hypocrisie. L'accusation figure dans le rondeau de
   Boucicaut à qui Charles d'Orléans répond ici.
   apostat : celui qui a abjuré sa religion
   même si je change d'état
4 dans les derniers jours de ma vie.
   A l'époque de ma jeunesse j'ai suivi
   la règle des amoureux ;
   maintenant Vieillesse m'en a retiré
8 et placé dans l'ordre douloureux

   des chartreux de Mélancolie,
   solitaire, sans la moindre distraction.
   Bref, mon affaire se réduit à rien
12 et, pour cette raison, ne m'en blâmez pas :

Bousiquault : répond au rondeau précédent. Le rondeau 230
est une nouvelle réponse aux critiques de Boucicaut :

Rondeau 230

1 A qui que cela plaise ou déplaise

   il faut se rendre à elle
4 et subir tout son tourment.

Nul ne puet faire son devoir
De garder d'Amours l'observance,
Quant avecques son bon vouloir
8 Il a povreté de puissance.

Plus n'en dy, mieulx vault que me taise,
Car j'en ay a vendre et revendre ;
Ung chascun doit son fait entendre.
12 Qui ne puet ne puet ; si s'appaise,
    À quiconque etc. !

[Rondeaux (CXV et CXVI)]   [p. 439]

Orleans [Rondeau 231 (CXVIII)]   [p. 440]

1 [L]es[1] malades cueurs amoureux
Qui ont perdu leurs appetis,
Et leurs estomacs refroidis
4 Par soussis et maulx douloureux,

[D]iete[2] gardent sobrement
Sans faire exces de trop douloir !
Chaulx electuaires souvent
8 Usent de conforté vouloir,

Sucres de penser savoureux
Pour renforser leurs esperiz !
Ainsi peuvent estre gueriz
12 Et hors de danger langoureux,
    Les malades cueurs etc.

Rondel de Jehan, monseigneur
de Lorraine (CXVII)

puet : peut
observer la discipline d'Amour,
quand, avec [toute] sa bonne volonté,
8 il est démuni de pouvoir.

dy : je n'en dis pas plus
vendre...revendre : j'en ai en grande abondance.
Chacun doit être attentif à ses propres affaires ;
12 celui qui est impuissant est impuissant ; qu'il se calme !

Rondeaux : de Fredet (*Le truchement de ma pensee,*
cf. rondeaux 166 et 168) et Simonnet Caillau, écuyer du duc,
avec le refrain : *pour bref tels maulx d'amours guerir.*

Rondeau 231

3 *estomacs* : à rapprocher de la ballade d'Oton de Grandson,
      Froit estomac et pommom eschauffé[1]
4 par des tourments et de grands maux
   qu'ils observent une diète convenable
   sans faire des excès de trop grande douleur !
   electuaires : remède préparé en mélangeant des poudres [ici
      faites de désir réconforté] dans du miel.

9 des sucres faits de douces pensées
   pour donner de nouvelles forces à leurs esprits !
   gueriz : guéris
12 et hors du danger de languir

Lorraine : Jean de Calabre, fils du roi René d'Anjou, porte
le titre de Lorraine après 1453. Refrain inspiré de celui de
Simonnet Caillau : *pour brief du mal d'amer guerir.*

Recepte [Rondeau 232 (CXIX)]

[p. 441]

1　**P**our tous voz maulx d'amours guerir
　　Prenez la fleur de souvenir
　　Avec le just d'une ancollie,
4　Et n'obliés pas la soussie,
　　Et meslez tout en desplaisir !

　　L'erbe de loing de son desir,
　　Poire d'angoisse pour refreschir,
8　Vous envoye Dieu, de vostre amye !

　　Pouldre de plains pour adoucir,
　　Feille d'aultre que vous choisir
　　Et racine de jalousie,
12　Et de tretout la plus partie
　　Mectés au cuer avant dormir,
　　　　　Pour tous etc.

Rondeau
[233 (CXX)]

1　**P**uis que tu t'en vas,
　　Penser, en message,
　　Se tu fais que sage,
4　Ne t'esgare pas !

　　Au mieulx que pourras
　　Pren le seur passage,
　　　[**P**]uis que etc. !

8　**T**out beau, pas a pas,
　　Reffrain ton courage,
　　Qu'en si long voyage
　　Ne deviengnes las,
12　　　**P**uis que etc. !

Rondeau 232 : recette

1 *Pour* : voir les refrains de Jean de Lorraine et Simonnet
   Caillau ci-dessus.
   ancollie : le jus de l'ancolie, fleur de l'amour, souvent
      évoquée par les poètes (et pas seulement médiévaux)
      en relation avec la mélancolie[1].
4 *soussie* : la fleur de souci
6 l'herbe d'être loin de ce qu'on désire
   poire d'angoisse : aussi un instrument de torture. Comparer
      au *Testament Villon*, v. 740 : *menger d'angoisse mainte
      poire.*
8 *de vostre amye* : de la part de votre amie
   Poudre de plaintes pour calmer,
   feuille de choisir un autre que vous
   et racine de jalousie,
12 et de tout cela déposez la plus grande partie
   dans le cœur avant de vous endormir

Rondeau 233

2 Pensée, mon messager,
   agis avec sagesse et
4 ne t'égare pas !

   Dans la mesure du possible
   choisis le passage sûr

9 refrène ton désir,
   afin que tu ne fatigues
   pas au cours d'un si long voyage.

Rondeau [234 (CXXI)]   [p. 442]

1 **L'**ueil et le cuer soient mis en tutelle,
  Sitost qu'ilz sont rassotez en amours,
  Combien qu'il a plusieurs qui font les lours
4 Et ont trouvé contenance nouvelle

  Pour mieulx embler priveement plaisance :
  Mommerie sans parler de bouche,
  En beaulx abiz d'or cliquant d'acointance,
8 Soubz visieres de semblant qu'on n'y touche,

  [F]aignent[1] souvant l'amoureuse querelle.
  Ainsi l'ay veu faire en mes jennes jours ;
  Vestu m'y suis a droit et a rebours.
12 Je jangle trop, au fort je me rapelle :
          L'ueil et le cuer etc. !

Jehan, monseigneur
de Lorraine (CXXII)

Rondeau [235 (CXXIII)]   [p. 443]

1 **C**hose qui plaist est a demi vendue,
  Quelque cherté qui coure par païs ;
  Jamais ne sont bons marchans esbaÿz,
4 Tousjours gaignent a l'alee ou venue.

  Car[2] quant les yeulx, qui sont facteurs du cueur,
  Voyent plaisir a bon marchié en vente,
  Qui les tiendroit d'achacter leur bon eur ?
8 Et deussent ilz engagier biens et rente,

  Et a rachact toute leur revenue !
  De Lascheté seroient bien traÿs,
  Et devroient d'Amours estre haÿs !
12 Marchandise doit estre maintenue :
          Chose qui plaist etc.

Rondeau 234

1 Que l'œil et le cœur soient placés sous tutelle,
du moment qu'ils sont devenus sots en amour,
bien qu'il y en ait plusieurs qui font les niais
4 et ont trouvé une nouvelle façon de se comporter

pour mieux dérober le plaisir en secret :
mommerie : mascarade, bal masqué
en beaux habits d'or clinquant d'amitié,
8 sous des visières d'apparence à ne pas y toucher,

faisant souvent semblant de soutenir la cause amoureuse.
Je l'ai vu faire ainsi dans ma jeunesse ;
à cette époque je me suis revêtu à l'envers et à l'endroit.
12 Je plaisante trop, d'ailleurs je me rappelle :

Lorraine : Jean de Calabre, fils du roi René d'Anjou. Il porte
le titre de Lorraine à partir de 1453.

Rondeau 235

1 Une chose qui plaît est à moitié vendue,
quelle que soit la cherté qui règne dans le pays ;
esbaÿz : ébahis, étonnés
4 ils gagnent toujours [quelque chose] en allant ou en venant.

facteurs : les agents, les messagers

qui les empêcherait d'acheter leur bonheur ?
8 Même s'ils devaient engager leurs biens et leur rente et

tous leurs revenus, se réservant le droit de les racheter[1].
Ils seraient [alors] bien trahis par Lâcheté,
et Amour devrait bien les haïr !
12 *maintenue* : conservée, protégée ; il faut s'en occuper

Rondeau [236 (CXXIV)]

1 Chose qui plaist est a demi vendue,
A bon compte souvent ou chierement;
Qui du marchié le denier a Dieu prent,
4 Il ne peut plus mectre rabat ne creue.

D'en debatre n'est que paine perdue;
Prenez ore qu'aprés on s'en repent!
Chose qui plaist etc.

8 S'aucun aussi monstre sa retenue
Et au bureau va faire le serment,
Les officiers n'y font empeschement,
Mais demandent tantost la bien venue:
12 Chose qui plaist etc.

Rondel de Jehan,
monseigneur de Lorraine
(CXXV)

[p. 444]

Rondel
de monseigneur d'Orleans
[237 (CXXVI)]

1 L'abit le moyne ne fait pas;
L'ouvrier se congnoist a l'ouvrage,
Et plaisant maintien de visage
4 Ne monstre pas tousjours le cas.

Aler tout soubrement le pas
N'est que contrefaire le sage:
L'abit le moine etc.

Rondeau 236

2 à bon marché souvent ou au prix fort;
  denier a Dieu: pieuse contribution après laquelle on ne peut
    plus modifier le marché.
4 *rabat ne creue*: rabais ni augmentation.

En discuter, ce n'est que peine perdue;
prenez maintenant, car après on s'en repent!

8 Si quelqu'un fait aussi voir sa lettre de retenue [indiquant
    qu'il est au service d'un seigneur. Voir la *Retenue
    d'Amours*, premier texte du recueil],
10 les officiers ne l'en empêchent pas,
  mais lui demandent aussitôt le cadeau de bienvenue:

Lorraine: Jean de Calabre, fils du roi René d'Anjou. Refrain
du rondeau: *L'abit le moine ne fait pas*, comme au rondeau
suivant:

Rondeau 237

2 *congnoist*: se connaît
  et un visage à l'expression plaisante
4 ne révèle pas toujours l'affaire.

Marcher en homme sobre,
ce n'est qu'imiter le sage:

8 Soubtil sens couchié par compas,
Enveloppé en beau langage,
Musse le vouloir du courage.
Cuidier deçoit en mains estas :
12   L'abit le moine etc.

Rondel de Jehan,
monseigneur de Lorraine
(CXXVII)   [p. 445]

[Rondeau]
de monseigneur d'Orleans
[238 (CXXVIII)]

1 De fol juge brefve sentence ;
On n'y saroit remedÿer,
Quant l'advocat Oultrecuidyer
4 Sans raison maintesfoiz sentence.

Aprés s'en repent et s'en tence ;
C'est tart et ne se puet widyer :
De fol juge etc.

8 Fleurs portent odeur et sentence,
Et savoir vient d'estudÿer ;
Ce n'est[1] ne d'anuyt ne d'yer.
J'en dy ce que mon cuer sent en ce :
12   De fol juge etc.

[Rondeaux
(CXXIX et CXXX)]   [p. 446]

[Rondeaux
(CXXXI à CXXXIV)]   [pp. 447-448]

8 Un sens subtil inscrit avec art,
  enveloppé dans un beau langage,
  cache ce à quoi aspire le désir.
11 Celui qui croit les autres, il est trompé dans presque
  toutes les couches sociales :

Lorraine : Jean de Calabre, fils du roi René d'Anjou. Refrain
du rondeau : *De fol juge briefve sentence.*

Rondeau 238

1 De juge fou, sentence brève ;
  on ne saurait y remédier
  Oultrecuidyer : Prétention
4 sans raison porte souvent des jugements.

  s'en tence : s'en préoccupe
  widyer : libérer, débarrasser [< vider]

8 Les fleurs ont parfum et odeur,
  et le savoir vient des études ;
  cela ne date ni d'hier ni d'aujourd'hui.
11 J'en dis ce que mon cœur ressent en cette question [vers
  de neuf syllabes !] :

Rondeaux : de Marie de Clèves, épouse de Charles d'Orléans,
et de Guiot Pot, chambellan du duc. — Refrain des deux
rondeaux : *L'abit le moine ne fait pas.* Voir rondeau 237.

Rondeaux : quatre rondeaux reprenant le refrain : *En la forest
de longue actente.* Voir le rondeau 198 et le début de la
ballade 79.

Rondel de monseigneur
[239 (CXXXV)]   [p. 449]

1 Crié soit a la clochete,
   par les rues, sus et jus :
   « Fredet ! » On ne le voit plus :
4 Est il mis en oubliete ?

   Iadis il tenoit bien conte
   De visiter ses amis :
   Est il roy ou duc ou conte
8 Quant en oubly les a mis ?

   [B]anny[1] son de trompete,
   Comme marié confus,
   Entre chartreurs ou reclus
12 A il point fait sa retrete ?
           Crié soit etc. !

       [Rondeau de]
       Fredet (CXXXVI)

       [Rondeau d']Orleans
       [240 (CXXXVII)]   [p. 450]

1 En l'ordre de mariage
   A il desduit ou courrous ?
   Commant vous gouvernez vous ?
4 Y devient on fol ou sage ?

   Soit aux vielx ou jennes d'age,
   Rapporter m'en vueil a tous :
           En l'ordre etc. ?

Rondeau 239

2 *sus et jus* : en haut et en bas
 Fredet : poète en relation avec Blois entre 1444 et 1451.
4 *oubliete* : cachot ménagé dans le sous-sol d'un donjon.

Jadis il ne négligeait pas
d'aller voir ses amis

8 *quant* : du moment qu'il les a oubliés ?

Mari confus,
banni à sons de trompette,
n'a-t-il pas trouvé une retraite
12 parmi les chartreux ou les reclus [personne vivant retirée
dans une cellule pour y mener une vie de prière.]

Fredet : réponse aux critiques du rondeau précédent : *Se
veoir ne nous voys plus, / Helas ! ce fait mariage.*

Rondeau 240

1 *l'ordre* : dans l'ordre [au sens religieux du terme]
y trouve-t-on plaisir ou peine ?
 gouvernez : arrangez-vous ?

5 Que ce soit aux vieux ou aux jeunes,
je veux m'en rapporter à tous :

8 Le premier an, c'est la rage,
Tant y fait plaisant et douls;
Aprés ... ...¹ j'ay la tous,
Cesser me fait le langage;
12 En l'ordre etc.

**Rondel de Jacques,
bastart de la Trimoille
(CXXXVIII)**

**Le cadet d'Alebret
[Rondeau (CXXXIX)]**   [p. 451]

**[Rondeau de]
monseigneur d'Orleans
[241 (CXL)]**

1 Dedans l'abisme de douleur
Sont tourmentees povres ames
Des amans et, par Dieu, mes dames,
4 Vous leur portez trop de rigueur.

Ostez les de ceste langueur
Ou ilz sont en maulx et diffames,
       Dedens etc.

8 Se n'y monstrez vostre doulceur,
Vous en pourrez recevoir blasmes;
Tost orra prieres de fames
Dangier, des dyables le greigneur,
12   Dedens etc.

8 La première année, c'est la joie,
   tant c'est plaisant et doux ;
   après ... ... j'ai la toux,
11 elle m'empêche de parler

Jacques : Jacques, bâtard de La Trémoille était présent à la victoire de Formigny (1450). Refrain du rondeau : *En la forest de longue actente.*

Alebert : fils de Charles II, seigneur d'Albret, et d'Anne, fille de Bernard VII d'Armagnac. — Refrain du rondeau : *Dedans l'abisme de douleur.*

Rondeau 241

1 *l'abisme* : Dante aussi présente l'enfer comme *la valle d'abisso dolorosa* (*Inferno*, IV, 8).

4 vous êtes trop sévères à leur égard.

Tirez-les de cet abattement
où elles [= les âmes] vivent en souffrance et ignominie

8 Si vous ne faites pas preuve de douceur en cette affaire,
   vous pourriez bien en être blâmées ;
   bientôt Suspicion, le plus important des diables,
11 entendra des prières de femmes

[Rondeaux
(CXLI, CCXXXIX, CCXL)]   [pp. 452-453]

Rondel Orleans [242 (CCXLI)]   [p. 453]

1 Que je vous aime maintenant,
  Quant je congnois vostre maniere
  Venant de voulenté legiere,
4 Enveloppee en faulx semblant !

  Ie ne m'y fie tant ne quant,
  Veu qu'en estes bien coustumiere.
        Que je vous etc.

8 N'en peut chaloir, tirez avant !
  Parfaictez comme mesnagiere,
  De haulte lisse bone ouvriere !
  Plus vous voy, plus vous prise tant :
12   Que je vous aime etc.

Rondel Orleans [243 (CCXLII)]   [p. 454]

1 Cuer ! — Qu'esse la ? — Ce sommes nous voz yeux.
  — Qu'aportez vous ? — Grand foison de nouvelles.
  — Quelles sont ilz ? — Amoureuses et belles.
4 — Je n'en vueil point. — Voire ? — Non, se m'aist
                                        [Dieux !

  — D'ou venez vous ? — De plusieurs plaisans lieux.
  — Et qu'i a il ? — Bon marchié de querelles.
        — Cuer ! etc.

8 — C'est pour jeunes. — Aussi esse pour vieux.
  — Trop sont vieulx soulz ! — Pieça n'en eustes telles.
  — Si ay, si ay. — Au moins escoutez d'elles !
  — Paix, je m'endors ! — Non ferez pour le mieux.
12   — Cuer ! etc.

Rondeaux: Gilles des Ormes (au service du duc dès 1455) reprend le refrain *Dedens l'abisme de douleur*; les autres sont de Philippe de Boulainvilliers (attaché à la maison de Bourbon, puis de Beaujeu) et de Jean II, duc de Bourbon.

Rondeau 242

1 *Que*: combien
   du moment que je connais votre manière
   qui procède d'une volonté inconstante
4 et est enveloppée de fausse apparence !
   Je ne m'y fie pas le moins du monde,
   vu que vous la pratiquez habituellement.

8 Il ne peut vous importer, continuez ainsi !
   Achevez comme une administratrice,
   comme une bonne ouvrière qui fait des tapisseries (de haute
11 Plus je vous vois, plus je vous estime :   [lice)

Rondeau 243

1 — Cœur ! — Qu'est-ce là ? — C'est nous, vos yeux.
   foison: quantité
   ilz: elles (les nouvelles)
4 — Je n'en veux pas. — Vraiment ? — Non, de par Dieu !

6 — Et que s'y passe-t-il ? — Bon marché de plaintes

8 — C'est pour les jeunes. — C'est aussi pour les vieux.
   — Les vieux en' sont pleinement rassasiés ! — Voilà
       [longtemps que vous n'avez eu de telles nouvelles.
   — Que si, que si. — Ecoutez-en au moins certaines !
   — Paix, je m'endors ! — Vous ne le ferez pas, pour votre bien
12 *Cuer*: sur les débats du cœur et des yeux, voir la note
       au rondeau 182. Dans le manuscrit les répliques sont
       séparées par des points ou de légers traits verticaux.

Rondel Orleans [244 (CCXLIII)]

Le cuer : Soussy, beau sire, je vous prie.   1
Soussy : De quoy ? que me demandez vous ?
Le cuer : Ostez moy d'anuy et courrous !
Soussy : Ou vous estes ? Non feray mie.   4

Soussy : Tenir je vous vueil compagnie.
Le cuer : Las ! non faictes ! Soyez moy douls,
   Soussy etc.

Soussy : Parlez en a Merencolie !   8
Le cuer : Conseil premier entre vous.
Soussy : Espoir y pourroit plus que nous.
Le cuer : Faictes dont qu'il y remedie,
   Soussy etc.   12

Rondel Orleans [245 (CCXLIV)] [p. 455]

1 Quant Leauté et Amour sont ensamble
 — Et on les scet a deu entretenir
 En tems et lyeu, et pour lui retenir —,
4 Il font, par Dieu, feu grejois, ce me semble.

J'en congnois deus qui portent grant atour,
Qui contre droyt en emportent le bruit.

Helaz, voire ! et ne font pas se tour,
8 Car traïson en leur cuers tousjours bruit.

Garder se fault que nul ne les resemble,
Ne nulle aucy qu'il veulst a bien venir ;
Pour ce conclus, pour au point revenir,
12 Que jamais mal entre amoureux n'assemble,
   Quant Leauté etc.

Rondeau 244

1 *Soussy* : Souffrance. — *beau sire* : placé entre deux points.
   Ceux-ci servent ici de virgules aux vers 4 et 6, ils
   marquent la fin de la phrase.
   Tirez-moi du tourment et de la peine !
4 Où vous êtes ? Je ne le ferai en aucun cas.
   Je veux vous tenir compagnie.
   Hélas ! ne le faites pas ! Soyez doux à mon égard

9 Conseillez-vous d'abord entre vous.

11 Faites donc qu'il y remédie [à mon état]

Rondeau 245

1 *Leauté* : Loyauté
   — et qu'on sait les entretenir à deux
   en un endroit et en même temps, et les garder pour soi —
4 *grejois* : le feu grégeois est une composition à base
   incendiaire qui brûle même au contact de l'eau.
   J'en connais deux qui portent de grands ornements
   et qui en remportent la renommée à tort.

   Hélas, en vérité ! cette manœuvre ne leur réussit pas,
8 car la trahison retentit toujours dans leurs cœurs.

   Il faut faire attention qu'aucun homme ne leur ressemble,
   ni aucune femme qui veut accéder à l'idéal ;
   voilà pourquoi je conclus, pour en revenir à l'argument,
12 que jamais le mal ne se joint à deux amoureux

Rondel Orleans [246 (CCXLV)]

1 Plus tost accointé que cogneu,
   Plus tost esprouvé que nourry,
   Plus tost plaisant que bien choisy
4 Est souvent en grace receu.

   Mains tost que riche despourveu
   Se treuve, garny de soussy;
       Plus tost etc.

8 Assez tost meschant est recreu;
   Assez tost entreprent hardy;
   Assez tost senti qui s'ardy:
   Tout ce mal est de chascun sceu.
12   Plus tost etc.

Le cadet. Rondel (CCXLVI)   [p. 456]

Rondel de monseigneur
[247 (CCXLVII)]

1 A ce jour de saint Valentin,
   Bien et beau Karesme s'en va;
   Je ne sçay qui ce jeu trouva,
4 Penser m'y a pris au matin.

   Et puis pour jouer a tintin
   Avecques moy tost se leva,
       A ce jour etc.

8 Soussy m'a cuidé ung tatin
   Donner, mais pas ne l'acheva;
   Bien garday que ne me greva.
   Maledicatur en latin,
12   A ce jour etc.!

Rondeau 246

1 Plutôt trouvé que connu,
  plutôt reconnu à l'épreuve qu'éduqué,
  plutôt séduisant que bien choisi,
4 un tel homme obtient souvent la faveur.

  Moins vite qu'un riche il se trouve
  dépourvu [de moyens], accablé de peine ;

8 Le malheureux est bien vite fatigué ;
  un homme hardi entreprend bien vite quelque chose ;
  il l'a bien vite senti, celui qui s'est brûlé ;
11 chacun connaît de tels maux.

  Le cadet : le cadet d'Albret. Fils de Charles II d'Albret et
  d'Anne, fille de Bernard VII d'Armagnac. Il sera exécuté en
  1473 pour avoir défendu Lectoure contre Louis XI.

Rondeau 247

2 *Bien et beau Karesme s'en va* est un jeu[1] où, chaque jour de
    carême, celui qui le premier prononce ces paroles, gagne
    le prix convenu.
4 Pensée m'y a attrapé ce matin.
  Puis elle se leva vite
  pour jouer à cache-cache avec moi.

8 Peine a cru pouvoir me donner un coup,
  mais elle n'y est pas parvenue ;
  j'ai fait bien attention qu'elle ne m'accable pas.
11 Qu'elle soit maudite en latin

Rondel de
monseigneur d'Orleans
[248 (CCXLVIII)]

[p. 457]

1 **A** ce jour de saint Valentin
  Venez avant, nouveaux faiseurs !
  Faictes de plaisirs ou douleurs
4 Rymes en françoys ou latin !

  Ne dormez pas trop au matin !
  Pensez a garder voz honneurs
      A ce jour etc. !

8 **H**eur et Maleur sont en hutin
  Pour donner pers cy et ailleurs;
  Autant aux maindres qu'aux greigneurs
12 Veullent deppartir leur butin
      A ce jour etc.

Rondel Orleans
[249 (CCXLIX)]

1 **A** ce jour de saint Valentin
  Qu'il me couvient choisir ung per
  Et que je n'y puis eschapper,
4 Pensee prens pour mon butin.

  [E]lle[1] m'a resveillé matin
  En venant a mon huis frapper
      A ce jour etc.

8 **E**nsemble nous arons hutin,
  S'elle veult trop mon cuer happer;
  Mais, s'Espoir je peusse atrapper,
  Je parlasse d'autre latin,
12 **A** ce jour etc.

Rondeau 248

2 *faiseurs* : poètes [comme *facteurs*, et autres dérivés de *faire*]
  Ecrivez, en latin ou en français,
4 des rimes de plaisirs ou de douleurs !

  Ne dormez pas trop longtemps le matin,
  songez à sauvegarder votre honneur

8 Bonheur et Malheur se querellent
  pour accorder des compagnons ici et ailleurs ;
  ils veulent distribuer leur trésor en donnant
11 autant aux gens d'autorité qu'aux gens de basse condition

Rondeau 249

2 où je dois choisir un compagnon
  et que je ne peux pas me récuser,
4 je choisis Pensée pour ma part de butin.

  matin : tôt [la rime *Saint Valentin : matin*, fréquente dans
    ces rondeaux, apparaît déjà chez Oton de Grandson[1].
  huis : ma porte

8 *hutin* : querelle, dispute
  happer : saisir
  mais, si je pouvais attraper Espoir,
11 je parlerais un autre langage

[R]ondel
par Benoit Damien (CCL) [p. 458]

Rondel par monseigneur
[250 (CCLI)]

1 Au plus fort de ma maladie
  Des fievres de merencolie,
  Quant d'anuy j'ay frissonné fort,
4 J'entre en chaleur de desconfort
  Qui me met tout en resverie.

  Lors je jangle mainte folie
  Et meurs de soif de chiere lie ;
8 De mourir seroye d'accort
      Au plus etc.

  Adoncques me tient compaignie
  Espoir, dont je le remercie,
12 Qui de me guerir se fait fort,
  Disant que n'ay garde de mort
  Et qu'en riens je ne m'en soussie
      Au plus etc.

[Rondeaux
(CCLII et CCLIII)] [p. 459]

[R]ondel de monseigneur
a madame d'Ang[olesme]
[251 (CCLIV)] [p. 460]

1 A ce jour de saint Valentin,
  Puis qu'estes mon per ceste annee,
  De bien eureuse destinee
4 Puissions nous partir le butin !

Benoît Damien (Damiano) : échanson du duc (1456) qui lui accorde une faveur marquée. — Refrain : *Au plus fort de ma maladie.*

Rondeau 250

1 *Au plus fort* : un rondeau, au f. 81ro du *Jardin de Plaisance*,
   a le même refrain : *Au plus fort de ma maladie/ Il m'est
   prins une telle envie.*
   d'anuy : de douleur
4 *desconfort* : découragement, chagrin
   qui me fait complètement tomber en délire.

6 Alors je bavarde en disant mille folies,
   et, le visage gai, je meurs de soif,
8 *seroye* : je serais

   adoncques : alors
   Espoir, ce dont je le remercie,
12 qui se fait fort de me guérir,
   dit que je ne dois pas craindre la mort
   et qu'il ne faut pas que je me fasse le moindre souci.

Rondeaux : deux rondeaux de Benoît Damien, échanson du duc. Sans lien direct avec les rondeaux qui précèdent ou suivent.

Rondeau 251

Angolesme : Marguerite de Rohan, épouse de Jean d'Angoulême, le frère de Charles d'Orléans.

2 *per* : ma compagne,
   puissions-nous partager entre nous le trésor
4 d'un destin bienheureux !

Menez a beau frere hutin
Tant qu'ayez la pense levee,
   A ce jour etc.

8 Ie dors tousjours sur mon coissin
Et ne foys chose qui agree
Gueres a ma malassenee,
Dont me fait les groings au matin,
12   A ce jour etc.

Rondel de Tignonville
(CCLV)

Rondel Orleans
[252 (CCLVI)]   [p. 461]

1 Contre fenoches et nox buse
Peut servir ung tantost de France ;
 Da ly parolles de plaisance,
4 Au plus sapere l'en cabuze.

[F]a¹ cossy maintes foiz s'abuze,
Grandissime fault pourveance
   Contre fenoches etc.

8 Sta fermo toutes choses uze.
Aspecte ung poco par savance,
La rasone fa l'ordonnance ;
De quella medicine on uze
12   Contre etc.

Querellez votre beau-frère
jusqu'à ce que vous éveilliez la pensée ! [la panse ?]

8 *coissin* : coussin
  et je ne fais que des choses qui ne plaisent
  guère à ma dame mal lotie,
11 cause pour laquelle elle me fait la moue le matin

Tignonville : Guillaume de Monceau dit Thignonville, écuyer
panetier de Marie de Clèves. — Rondeau à l'occasion de
la Saint Valentin.

Rondeau 252[1]

1 *fenoches* : terme d'injure [*finocchio*, fenouil] : personne
  incapable, stupide. — *nox buze* : noix vide
  peut servir un « tantôt » de France ;
  sers-lui des paroles plaisantes,
4 on trompe en sachant plus.
  On abuse souvent de « fais ainsi »,
  il faut être très prévoyant

8 « Tiens-toi tranquille » use toute chose,
  « Attends un peu » par sagesse,
  la raison s'occupe de l'ordre ;
11 de ce remède on se sert

Rondel Orleans [253 (CCLVII)]

1 Ce premier jour du mois de may,
  Quant de mon lit hors me levay
  Environ vers la matinee,
4 Dedans mon jardin de pensee
  Avecques mon cueur seul entray.

  Dieu scet s'entrepris fu d'esmay!
  Car en pleurant tout regarday
8 Destruit d'ennuyeuse gelee,
       Ce premier etc.

  En gast fleurs et arbres trouvay;
  Lors au jardinier demanday
12 Se Desplaisance maleuree
  Par tempeste, vent ou nuee
  Avoit fait tel piteux array,
       Ce premier etc.

Rondel Orleans
[254 (CCLVIII)]

[p. 462]

1 Qui est celluy qui s'en tendroit
  De bouter hors merancolie,
  Quant toute chose reverdie
4 Par les champs devant ses yeulx voit?

  Ung malade s'en gueriroit
  Et ung mort revendroit en vye.
       Qui est celluy etc.?

8 En tous lieux on le nommeroit
  Meschant endormy en follie;
  Chasser de bonne compaignie
  Par raison chascun le devroit.
12   Qui est celluy etc.?

Rondeau 253

2 quand je me levai de mon lit
   environ à l'heure des matines,
4 j'entrai seul avec mon cœur
   dans le jardin de ma pensée.

   Dieu sait si je fus saisi de crainte !
   En pleurant je vis tout détruit
8 par une fâcheuse gelée

   Ravagés je trouvai les fleurs et les arbres ;
   alors je demandai au jardinier
12 si Souffrance la malheureuse
   était cause de ce pitoyable arrengement
   par tempête, vent ou nuages

Rondeau 254

1 Qui donc se retiendrait
   de chasser Mélancolie,
   quand, de ses yeux, il voit
4 reverdir toute chose dans les champs ?

6 et un mort ressusciterait

8 Partout on l'appellerait
   un homme malheureux, endormi dans sa folie ;
   à raison chacun devrait la [= Mélancolie] chasser
11 des bonnes compagnies.

Rondel Orleans [255 (CCLIX)]

1 Allez vous musser maintenant,
    Ennuyeuse Merencolye !
    Regardez la saison jolye
4 Qui par tout vous va reboutant !

    [E]lle se rit en vous mocquant,
    De tous bons lieux estes bannye :
        Allez etc. !

8 Iusques vers Karesme prenant,
    Que jeusne les gens amaigrye
    Et la saison est admortye,
    Ne vous monstrez ne tant ne quant !
12   Alez etc. !

Rondel Orleans [256 (CCLX)]

[p. 463]

1 Qui est celluy qui d'amer se tendroit,
    Quant Beaulté fait de morisque l'entree,
    De plaisance si richement paree
4 Qu'a l'amender jamés nul n'avendroit ?

    Cueur, demy mort, les yeulx en ouvreroit,
    Disant : « C'est cy raige desesperee !
        Qui est cellui etc. ? »

8 Lors quant Raison enseigner le vendroit,
    Il lui diroit : « A ! vielle rassoctee,
    Laissés m'en paix ! Vous troublez ma pensee
    Pour riens ; en ce nulluy ne vous croiroit.
12   Qui est cellui etc. ? »

Rondeau 255

1 *musser* : vous cacher
ennuyeuse : pénible
saison jolye : le printemps
4 qui vous repousse partout !

Elle se moque et vous raille
bannye : exilée, chassée

8 Jusqu'aux alentours de carême-prenant [les trois jours gras
    qui précèdent le mercredi des Cendres],
quand les gens amaigris jeûnent
et que la saison est comme morte,
11 ne vous faites voir sous aucun prétexte !

Rondeau 256

1 Qui est celui qui pourrait s'empêcher d'aimer,
morisque : danse grotesque avec bonds, d'origine espagnole,
    en vogue en Europe dès le xive siècle. En temps
    de carnaval elle sert souvent de début aux danses[1].
4 que personne ne réussirait jamais à l'améliorer ?
Le cœur, à demi mort, ouvrirait les yeux pour cela,
disant : C'est là un entrain désespéré !

8 Alors, quand Raison viendrait lui faire la leçon,
il lui dirait : Ah ! vieille sotte,
laissez-moi en paix ! Vous troublez ma pensée
11 pour rien ; personne ne croirait ce que vous dites.

Rondel Orleans [257 (CCLXI)]

1 **B**on fait avoir cueur a commandement,
　Quant il est temps, qui scet laisser ou prendre
　Sans trop vouloir sotement entreprendre
4 Chose ou ne gist gueres d'amendement.

　Quel besoing est, quant on est a son aise,
　De se bouter en soussy en meschief?

　Ie tiens amans pour folx — ne leur desplaise —
8 De travailler sans riens mener a chief.

　C'est par Espoir ou par son mandement,
　Qui tel mestier leur conseille d'aprendre;
　Il fait pechié, on l'en devroit reprendre.
12 J'en parle au vray, a mon entendement:
　　　Bon fait avoir etc.

Rondel Orleans [258 (CCLXII)]

[p. 464]

1 **I**e vous entens a regarder
　Et part de voz penser congnoys;
　Essayé vous ay trop de foys,
4 De moy ne vous povez garder.

　Cuidez vous par voz motz farder
　Mener les gens de deux en troys?
　　　Ie vous etc.

8 **V**ous savez tirer et tarder;
　Rage faictes et feu gregoys:
　Bien gangnez voz gages par moys.
　Parachevez sans retarder!
12　　　**I**e vous etc.

Rondeau 257

1 Il fait bon avoir un cœur à ses ordres,
lequel, quand il est temps, sait laisser ou prendre
sans trop vouloir sottement entreprendre
4 quelque chose où il n'y a guère de profit.

Quelle nécessité y a-t-il, quand on est à son aise,
de se jeter en peine et malheur?

folx : fous
8 *chief* : mener à bien

mandement : commandement, précepte

11 *pechié* : péché — *reprendre* : blâmer, critiquer
J'en dis la vérité, selon ce que je comprends :

Rondeau 258

1 Je sais qui vous êtes en vous regardant
et connais une partie de vos pensées;
je vous ai trop souvent mis à l'épreuve,
4 vous ne pouvez pas vous garder de moi.

Croyez-vous faire des gens ce que vous voulez
en donnant un faux lustre à vos mots?

8 Vous savez faire avancer et retarder;
vous faites la fête et lancez des feux grégeois[1];
vous méritez bien vos gages chaque mois.
11 Terminez sans plus tarder!

Rondel Orleans
[259 (CCLXIII)]

1 **P**lus de desplaisir que de joye,
　Assez d'ennuy, souvent a tort,
　Beaucoup de soucy sans confort,
4 Oultraige de peine, ou que soye !

　Trop de douleur a grant monjoye,
　Foison de trespiteux rapport,
　　　Plus de desplaisir etc.

8 **T**ant de grief que je ne diroye,
　Mains amant ma vie que mort :
　Pis que mourir, n'esse pas fort ?
　Telz beaux dons Fortune m'envoye :
12　　　Plus de desplaisir etc.

[R]ondel Orleans
[260 (CCLXIV)]   [p. 465]

1 Pour mon cueur qui est en prison,
　Mes yeulx vont l'aumosne querir ;
　Guerez n'y pevent acquerir,
4 Tant petitement les prise on.

　Reconfort, qui est l'aumosnier,
　Et Espoir sont allez dehors.
　On ne donna point l'aumosne hier :
8 Refuz estoit portier alors
　　　Pour mon cuer etc.

　Il est si plain de mesprison ;
　De rien ne le fault requerir.
12 Tousjours tient sa vielle aprison
　　　Pour mon cuer etc.

Rondeau 259

1 Plus de déplaisir que de joie,
  pas mal de souffrance, souvent à tort,
  beaucoup d'inquiétude sans aucun réconfort,
4 excès de peine, où que je sois !

  monjoye : en surabondance
  une grande quantité d'informations pitoyables

8 Une peine telle que je ne saurais l'exprimer,
  aimant moins ma vie que la mort ;
  une vie pire que la mort, n'est-ce pas dur ?
11 Voilà les beaux dons que Fortune m'envoie :

Rondeau 260

2 mes yeux vont demander l'aumône ;
  ils n'obtiennent pas grand-chose,
4 tant on les estime peu.

  Réconfort, qui est l'aumônier,
  et Espoir sont sortis.
  Hier, l'aumône n'a pas été distribuée,
8 Refus était alors portier

  Il est tellement injuste ;
  il ne faut rien lui demander.
12 Il observe toujours son ancienne hostilité

Rondel Orleans
[261 (CCLXV)]

1 **F**ortune, sont ce de voz dons,
  Engoisses que vous aportés ?
  A present vous en deportés ;
4 Ce sont trop douloureux guerdons.

  D'entrer ceans vous deffendons ;
  Dures nouvelles rapportés,
        Fortune etc.

8 **E**t oultre plus vous commandons
  Que les cueurs ung peu supportés ;
  Jouez vous et vous deportés
  Autre part, baillant telz pardons !
12   Fortune etc.

Rondel Orleans
[262 (CCLXVI)]   [p. 466]

1 **E**t commant l'entendez vous,
  Annuy et Merencolie ?
  Voulez vous toute ma vie
4 Me tourmenter en courrous ?

  Le plus mal eureux de tous
  Doy je estre ? Je le vous nye.
        Et commant etc. ?

8 **D**e tous poins accordons nous !
  Ou, par la vierge Marie,
  Se Raison n'y remedie,
  Tout va sen dessus dessous.
12   Et commant etc. ?

Rondeau 261

1 Fortune, est-ce qu'elles font partie de vos dons,
  engoisses : angoisses. [A rapprocher de la *poire d'angoisse*
      au vers 7 du rondeau 232.]
  A présent vous vous en réjouissez ;
4 ce sont des récompenses par trop douloureuses.
5 Nous vous défendons d'entrer ici ;
  vous apportez des nouvelles cruelles

8 Et en plus nous vous demandons
  que vous secouriez un peu les cœurs ;
  jouez de mauvais tours et amusez-vous
11 ailleurs, accordant de telles indulgences !

Rondeau 262

1 Et comment l'entendez-vous,
  Douleur et Mélancolie ?

4 *courrous* : en contrariété, peine

  Dois-je être le plus malheureux
  de tous ? Je le conteste.

8 Accordons-nous en toute chose !

10 *se* : si
   tout ira sens dessus dessous.

Rondel Orleans
[263 (CCLXVII)]

1 Voire, dea ! je vous ameray,
   Anuyeuse Merencolie ;
   Et servant de Plaisance lie
4 Par vous plus ne me nommeray.

   Foy que doy a Dieu, si seray
   Tout sien, soit ou sens ou folie :
         Voire, dea ! etc.

8 Jamais ne m'y rebouteray
   En voz lactz, se je m'en deslie !
   Et se Bon Eur a moy s'alie,
   Je fai[s]¹ a vous... Mais non feray,
12   Voire, dea ! etc.

Rondel Orleans
[264 (CCLXVIII)]   [p. 467]

1 Fortune, passez ma requeste,
   Quant assez m'aurez tort porté !
   Ung peu je soye deporté,
4 Que Desespoir ne me conqueste !

   Veu que je me suis en la queste
   D'amours loyaument deporté,
         Fortune, etc. !

8 Mon droit, sans que plus y acqueste,
   Aux jeunes gens j'ay transporté.
   Se riens est de moy rapporté,
   Je vous prie qu'on en face enqueste :
12   Fortune, etc. !

Rondeau 263

1 En vérité, certes ! je vous aimerai
   pénible Mélancolie ;
   et pour vous je ne m'appellerai plus
4 serviteur de Plaisir le joyeux.

   Par la foi que je dois à Dieu, je lui appartiendrai
   donc en tout, que ce soit sens ou folie :

8 Jamais je ne me laisserai reprendre
   dans vos filets, si j'arrive à m'en libérer !
   Et si Bonheur fait alliance avec moi,
11 je vous fais... mais non, je ne le ferai pas,

Rondeau 264

1 Ratifiez ma requête, Fortune,
   quand vous m'aurez assez causé de tort !
   Que je puisse me divertir un peu,
4 de sorte que Désespoir ne me conquière pas !

   Vu que j'ai loyalement renoncé
   à la quête d'amour

8 Mon droit, sans que j'en profite plus longtemps,
   je le remets aux jeunes gens.
   Si on rapporte quoi que ce soit à mon sujet,
11 je vous demande qu'on en fasse l'objet d'une enquête

Rondel Orleans [265 (CCLXIX)]

1 De quoy vous sert cela, Fourtune ?
   Voz propos sont puis longs, puis cours ;
   Une foiz estes en decours,
4 L'autre plaine comme la lune.

   On ne vous treuve jamais une ;
   Nouveltez sont en voz cours :
         De quoy etc. ?

8 S'est vostre maniere commune,
   Car, quant je vous requier secours,
   Vous fuyez ; aprés vous je cours,
   Et pitié n'a en vous aucune.
12   De quoy etc. ?

Rondel Orleans [266 (CCLXX)]   [p. 468]

1 Serviteur plus de vous, Merancolie,
   Je ne seray, car trop fort y traveille ;
   Raison le veult et ainsi me conseille
4 Que le face pour l'aise de ma vie.

   A Nonchaloir vueil tenir compaignie,
   Par qui j'auray repos sans que m'esveille :
         Serviteur plus etc.

8 Se de vous puis faire la departie
   Et il seurvient quelque estrange merveille,
   Legierement passera par l'oreille.
   Au contraire jamais nul ne me die :
12   Serviteur plus etc.

Rondeau 265

1 A quoi cela vous sert-il, Fortune ?
   Vos propos sont une fois longs, une fois courts ;
   en descours : dans votre décroît [comme la lune]
4 *l'autre* : une autre fois

   Vous n'êtes jamais la même à nos yeux ;
   dans vos cours se trouvent les nouveautés :

8 C'est votre comportement habituel
   car, quand je vous appelle au secours,
   vous fuyez ; je cours après vous,
11 et vous ne faites preuve d'aucune pitié.

Rondeau 266

1 Je ne serai plus votre serviteur,
   Mélancolie, car j'y souffre trop ;
   Raison le veut et me conseille ainsi
4 de vous quitter pour vivre à mon aise.

   Je veux tenir compagnie à Indifférence,
   par qui je connaîtrai le repos sans jamais me réveiller :

8 *faire la departie* : vous quitter. — Comparer au sous-titre du
   Songe en Complainte (v. 275 ss) : *La departie d'Amours.*
   et qu'il arrive quelque étonnante merveille,
   elle entrera facilement par l'oreille.
11 Au contraire, que personne ne me dise jamais :

Rondel Orleans [267 (CCLXXI)]

1 **P**ourquoy moy, plus que les autres ne font,
   Doy je porter de Fortune l'effort?
   Par tout je vois criant: «Confort, Confort!»
4 C'est pour nyent; jamais ne me respont.

   [**M**]e[1] couvient il(z) tousjours ou plus parfont
   De dueil nager, sans jamais venir a bon port?
         Pourquoy moy etc.?

8 [**J'**]appelle[2] aussi, et en bas et amont,
   Loyal Espoir, mais je pense qu'il dort;
   Ou je cuide qu'il contrefait le mort.
   Confort n'Espoir, je ne sçay ou ilz sont:
12   **P**ourquoy moy etc.?

[R]ondel Orleans
[268 (CCLXXII)]   [p. 469]

1 **P**ourquoy moy, mains que nulluy
   Que je congnoisse aujourd'uy,
   Auray je part en liesse,
4 Veu qu'ay despendu jeunesse
   Longement en grant anuy?

   Doy je dont estre celluy
   Qui ne trouvera en luy
8 Bon eur qu'a peu de largesse?
         Pourquoy moy etc.?

   I'ay leal Desir süy
   A mon povoir, et füy
12 Tout ce qui a tort le blesse.
   Desormais, en ma veillesse,
   Demouray je sans apuy?
         Pourquoy moy etc.?

Rondeau 267

1 Pourquoi faut-il que je sois, moi, plus que tout autre,
   en butte aux actions de Fortune?
   Partout je crie: Réconfort, Réconfort!
4 C'est en vain; jamais il ne me répond.

   Dois-je toujours nager dans le deuil
   le plus profond, sans jamais arriver à bon port?

8 *amont*: en haut

10 ou je crois qu'il fait semblant d'être mort.
   Réconfort et Espoir, je ne sais pas où ils sont:

Rondeau 268

1 Pourquoi, moins que tout autre
   que je connais aujourd'hui,
   aurai-je, moi, droit à la joie,
4 puisque j'ai longtemps dépensé
   ma jeunesse en grande peine?

   Dois-je donc être celui
   qui ne trouvera en soi
8 le bonheur qu'en petite quantité?

   J'ai suivi Désir loyal
   autant que j'ai pu, et fui
12 tout ce qui le blesse à tort.
   Vieux désormais,
   resterai-je sans appui?

Rondel Orleans[1]
[269 (CCLXXIII)]

1 C'est pour rompre sa teste
   De Fortune tanser,
   Qui a riens ne s'areste.

4 Trop seroit fait en beste;
       C'est pour etc.

   Quant elle tient sa feste,
   Lez aucuns fait danser
8 Et les autres tempeste.
       C'est pour etc.

Rondel [270 (CCLXXIV)]   [p. 470]

1 Du tout retrait en hermitage
   De nonchaloir, laissant folie,
   Desormais veult user sa vie
4 Mon cueur que j'ay veu trop volage.

   Et savez vous qui son courage
   A changié? S'a fait maladie.
       Du tout etc.

8 Fera il que fol ou que sage?
   Qu'en dictes vous, je vous en prie?
   Il fera bien, quoy que nul die;
   Moult y trouvera d'avantage,
12   Du tout etc.

Rondeau 269

1 C'est vouloir se casser la tête
    que de faire des reproches à Fortune,
    qui ne s'arrête nulle part.

4 Ce serait trop agir comme une bête :

    lez aucuns : certains — *danser* : dans la *Danse aux Aveugles*
       (1464) de Pierre Michault, l'humanité doit d'abord danser
       devant Cupidon, puis devant Fortune et finalement
       devant Atropos.
8 *tempeste* : elle maltraite

Rondeau 270

1 Complètement retiré dans l'ermitage
    d'indifférence, renonçant à sa folie,
    voilà où mon cœur, que j'ai connu si volage,
4 veut désormais passer sa vie.

    courage : sa pensée, son attitude
    a changé ? C'est la maladie qui l'a fait.

8 Agira-t-il en fou ou en sage ?
    dictes : dites-vous
    Il fera bien, quoi qu'on dise ;
11 il y trouvera de grands avantages.

Rondel [271 (CCLXXV)]

1 Sans faire mise ne recepte
 Du monde, dont compte ne tien,
 Mon cueur en propos je maintien
4 Que mal et bien en gré accepte.

 Se Fortune est mauvaise ou bonne,
 A chascun la fault endurer ;
 Quant Raison y mectra la bonne,
8 Elle ne pourra plus durer.

 Rien n'y vault, engin ne decepte ;
 Au derrain on congnoistra bien
 Qui fera le mal ou le bien.
12 Grans ne petiz je n'en excepte,
  Sans faire etc.

Rondel [272 (CCLXXVI)]

[p. 471]

1 Esse tout ce que m'apportez
 A vostre jour, saint Valentin ?
 N'auray je que d'espoir butin,
4 L'actente des desconfortez ?

 Petitement vous m'enhortez
 D'estre joyeulx ad ce matin :
  Esse tout etc. ?

8 Nulle rien ne me rapportez,
 Fors bona dies en latin.
 Vielle relique en viel satin :
 De telz presens vous deportez.
12   Esse tout etc. ?

S. Cailleau. Rondel (CCLXXVII)

Rondeau 271

1 Sans en aucune manière tenir compte
  du monde, qui ne m'importe pas,
  je maintiens mon cœur dans cette disposition
4 qu'il prenne tout en gré, le mal et le bien.

  Que Fortune soit bonne ou mauvaise
  chacun doit la supporter ;
  quand Raison y mettra bon ordre,
8 elle ne pourra plus résister.

  Rien n'y sert, ni ruse ni tromperie ;
  on finira bien par savoir
  qui fera le bien et qui le mal.
12 Je n'en excepte ni petits ni grands

Rondeau 272

1 Est-ce tout ce que vous m'apportez
  en votre jour, saint Valentin ?
  N'aurai-je que le trésor d'espoir,
4 l'attente des malheureux ?

  Vous m'incitez peu
  à être joyeux ce matin :

8 Vous ne me rapportez rien du tout,
  si ce n'est « bonjour » en latin.
  Vieille relique en vieux satin :
11 voilà les présents que vous vous amusez à donner.

S. Cailleau : Simonnet Cailleau, écuyer, probablement de la
  famille noble des Caillau de Picardie.

[R]ondel Orleans [273 (CCLXXX)] [p. 472]

1 Quant pleur ne pleut, souspir ne vente
  Et que cesse la tourmente
  De dueil, par le doulx temps d'espoir
4 La nef de desireux Vouloir
  A port eureux fait sa dessente.

  Sa marchandise met en vente
  Et a bon marché la presente
8 A ceulx qui ont fait leur devoir,
      Quant pleur etc.

  Lors les marchans de longue actente,
  Pour engaiger et corps et rente,
12 En ont ce qu'en pevent avoir ;
  D'en acheter font leur povoir,
  Tant que chascun cueur s'en contente,
      Quant pleur etc.

[Rondeaux (CCLXXVIII et CCLXXIX)] [pp. 472-473]

Orleans [Rondeau 274 (CCLXXXI)] [p. 473]

1 [Q]uant pleur ne pleut, souspir ne vente,
  Le bruit sourt de jeux et risee,
  Et Joye vient, appareillee
4 De recevoir d'espoir sa rente,

  [A]ssignee sur longue actente,
  Mais aprés loyaument paiee,
      [Q]uant pleur etc.

Rondeau 273

1 Quand il ne pleut pas de pleurs, que le soupir ne vente pas
et que cesse la tourmente
de douleur, le navire appartenant à Désir empressé
4 fait escale au port heureux par le doux temps d'espoir.

10 Alors les marchands qui vendent la longue attente,
mettant en gage corps et biens,
en ont autant qu'ils peuvent en avoir ;
ils en achètent le plus possible,
14 jusqu'à ce que chaque cœur s'en contente.

Rondeaux : 1) de François Faret, échanson, attaché à la
maison dès 1449 ; 2) de Benoît Damien, au service du duc
au moins à partir de 1450, échanson en 1456.

Rondeau 274

1 *Quant* : même refrain au rondeau 273.
s'élève le bruit des jeux et des rires,
et Joie vient, prête
4 à recevoir sa rente d'espoir,

fixée à la date de longue attente,
mais ensuite payée loyalement

8   La, reconfort est mis en vente,
    Et Plaisance fait sa livree
    De biens si richement ouvree
    Que Dueil fuyt et s'en malcontente,
12   [Q]uant pleur etc.

Jehan, monseigneur de Lorraine.
Rondel (CCCXLV)

[p. 474]

Orleans [Rondeau 275 (CCCXLVI)]

1   Quant je congnois que vous estes tant mien
    Et que m'aymez de cueur si loyaument,
    Je feroye vers vous tropt faulcement,
4   Se sans faindre ne vous aymoie bien.

    [E]ssaiez moy se vous fauldray en rien,
    Gardant tousjours mon honneur seulement,
        Quant etc.

8   Se me dictes : « Las ! je ne sçay combien
    Vostre vouloir durera longuement »,
    Je vous respons, sans aucun changement,
    Qu'en ce propos me tendray et me tien,
12   Quant je congnois etc.

Pour monseigneur
de Beaujeu
Rondel [276 (CCLXXXII)]

[p. 475]

1   Puis qu'estes de la confrarie
    D'Amours, comme moustrent voz yeulx,
    Vous y trouvez vous pis ou mieux ?
4   Qu'en dictes vous de telle vie ?

8 Là, on vend du réconfort,
  et Plaisir se fait une livrée
  si richement ornée de biens
11 que Douleur, mécontente, s'enfuit.

Jehan: Jean de Calabre, fil du roi René d'Anjou. Refrain du rondeau: *Chose qui plait est a demy vendue.* Voir les rondeaux 235 et 236.

Rondeau 275

1 Quand je sais que vous êtes tellement mien
  et que vous m'aimez si loyalement de tout votre cœur,
  je serais bien perfide à votre égard,
4 si je ne vous aimais pas bien et sans feinte.

Mettez-moi à l'épreuve pour voir si je vous manquerai en
                                        [quelque chose,
à la seule condition de respecter toujours mon honneur

8 Si vous me dites: Hélas! je ne sais pas
  combien de temps vous serez de cet avis,
  respons: je réponds
11 que je suis et resterai dans cette disposition d'esprit

Rondeau 276

Beaujeu: Pierre de Beaujeu, quatrième fils de Charles de Bourbon et d'Agnès de Bourgogne. Il a une maison à Blois.
1 *confrarie*: la confrérie
  moustrent: montrent, révèlent
  vous y trouvez-vous mieux ou moins bien?
4 Qu'en dites-vous d'une telle vie?

[S]ouffler vous y fault l'alquemye,
Ainsi que font jennes et vieux,
     Puis qu'estes etc.

8 Me cuidez par nygromancye
Estre invisible? Se m'aist Dieux,
On congnoistra en temps et lieux
Commant jourez de l'escremye,
12   Puis etc.

Rondel Orleans
[277 (CCLXXXIII)]

1 Dedans l'amoureuse cuisine
Ou sont les bons frians morceaux,
Avaler les convient tous chaux
4 Pour reconforter la poitrine.

Saulce ne fault ne cameline
Pour jennes apettiz nouveaux
     Dedans etc.

8 Il souffist de tendre geline,
Qui soit sans octz ne veilles peaux,
Mainssee de plaisans cousteaux;
C'est au cueur vraye medecine
12   Dedans etc.

Rondel Orleans
[278 (CCLXXXIV)]   [p. 476]

1 Ou le trouvez vous en escript,
Se dient a mon cueur mes yeulx,
Que nous ne soions vers vous tieulx
4 Que devons de jours et de nuyt?

l'alquemye : faire de l'alchimie en soufflant aux fourneaux
jennes : jeunes

8 Croyez-vous être invisible à mes yeux
 par magie ? Que Dieu m'aide,
 on saura en temps et lieu
11 comment vous jouerez de l'escrime [sous-entendus éroti-
                                                        ques].

Rondeau 277

2 où sont les bons morceaux friands,
 il faut les avaler tout chauds

5 *cameline* : sauce forte à la moutarde
 jennes : jeunes

8 Il suffit d'une tendre et jeune poule
 qui soit sans os et n'ait pas de vieilles peaux,
 émincée avec de plaisants couteaux ;
11 c'est un vrai remède pour le cœur

Rondeau 278

1 Où le trouvez-vous par écrit,
 voilà ce que mes yeux[1] disent à mon cœur,
 que nous ne soyons pas à votre égard
4 tels que nous devons l'être, jour et nuit ?

Se ne vous conseillon prouffit,
Nous en croirés vous ? nennyl, Dieux !
        Ou le trouvez etc. ?

8 Quant rapportons quelque deduit
Que nous avons veu en mains lieux,
Prenez en ce qui vous plaist mieux,
L'autre lessez ! Esse mau dit ?
12   Ou le trouvez vous etc. ?

Rondel Orleans [279 (CCLXXXV)]

1 L'eaue de pleur, de joye ou de douleur,
Qui fait mouldre le molin de pensee,
Dessus lequel la rente est ordonnee,
4 Qui doit fournir la despense du cueur ;

Despartir fait farine de doulceur
D'avecques son de dure destinee,
        L'eaue de plour etc.

8 Lors le mosnier, nommé Bon ou Mal Eur,
En prant prouffit, ainsi que luy agree ;
Mais Fortune, souvent desmesuree,
Lui destourbe maintesfoiz par rigueur
12   L'eaue de pleur etc.

Rondel Orleans
[280 (CCLXXXVI)]   [p. 477]

1 En verrai ge jamais la fin
De voz euvres, Merancolie ?
Quant au soir de vous me deslie,
4 Vous me ratachez au matin.

Si nous ne vous conseillons pas le profit,
nous croirez-vous ? certes non, par Dieu !

8 *deduit* : divertissement, plaisir (notamment amoureux) —
    Dans le *Roman de la Rose* le jardin d'amour appartient
    à *Deduit*.
    que nous avons vu en plusieurs lieux,
    prenez-en ce qui vous plaît le plus,
11 laissez le reste ! Est-ce mal dit ?

Rondeau 279

2 qui fait moudre le moulin de ma pensée,
  sur lequel est ordonnée la rente
4 qui doit fournir l'argent nécessaire à la dépense du cœur ;

  elle fait séparer la farine de douceur
  du son de dure destinée

8 Alors le meunier, nommé Bonheur ou Malheur,
  en tire profit, ainsi qu'il lui plaît ;
  mais Fortune, souvent démesurée,
  lui trouble souvent par cruauté
12 l'eau de pleurs, etc.

Rondeau 280

1 *ge* : je
  de vos œuvres, Mélancolie ?
  deslie : je me délie, me libère

I'amasse mieulx autre voisin
Que vous qui sy fort me guerrie.
    En verrai ge etc.?

8 Vers moy venez en larrecin
Et me robez plaisance lie;
Suis je destiné en ma vie
D'estre tousjours en tel hutin?
12   En verrai ge etc.?

[R]ondel Orleans [281 (CCCXLVII)]

1 [S] ouper ou baing et disner ou bateau,
En ce monde n'a telle compaignie;
L'un parle ou dort et l'autre chante ou crie,
4 Les autres font balades ou rondeau.

[E]t y boit on du viel et du nouveau,
On l'appelle le desduit de la pie;
    [S]ouper ou baing etc.

8 [I]l ne me chault ne de chien ne d'oyseau;
Quant tout est fait, il fault passer sa vie
Le plus aise qu'on peut, en chiere lie.
A mon advis, c'est mestier bon et beau,
12   . . . .[1]

Rondel Orleans [282 (CCLXXXVII)]   [p. 478]

1 — Qu'est cela? — C'est Merencolye.
— Vous n'entrerez ja! — Pourquoy? — Pource
Que vostre compaignie acourse
4 Mes jours, dont je foys grant folye.

5 Je préférerais un autre voisin
  que vous qui me combattez si âprement.

8 *en larrecin* : furtivement, en cachette
  et me volez le plaisir de joie ;
  est-ce mon destin de vivre
11 toujours en une telle querelle ?

Rondeau 281

1 *Souper* : souper [le soir !] au bain. Dans les stations
  thermales, les étuves, les bains chauffés privés, on servait
  les repas aux gens dans le bain. En général, les bains
  étaient associés pour les gens de l'époque à une vie
  lascive. — *disner* : et dîner [à midi !] en bateau
5 Et on y boit du vin vieux et du vin nouveau,
  cela s'appelle le plaisir de la pie [= le plaisir de boire :
  voir l'expression, fréquente à l'époque, de *croquer la pie*,
  se soûler]
8 Ni le chien ni l'oiseau [= la chasse] ne m'importent ;
  quand tout est joué, il faut passer sa vie
  le plus à son aise qu'on peut, joyeusement.
11 A mon avis, c'est une belle et bonne occupation

Rondeau 282

1 *Qu'est cela* : des points indiquent en partie l'alternance
  des répliques.
1 — Qu'est-ce que cela ? — C'est Mélancolie.
  — Jamais vous n'entrerez ! Pourquoi ? — Parce que
  votre compagnie raccourcit
4 mes jours, en quoi je fais une grande folie.

— Se me chassez par Chiere Lye,
Brief revendray de plaine cource.
   — Qu'est cela? etc.

8 Il fault que Raison amolye
Vostre cueur et plus ne se cource;
Ainsi pourrez avoir ressource,
Mais que vostre mal sens deslye.
12   — Qu'est cela? etc.

Rondel Orleans
[283 (CCCXLVIII)]

1 [E]n yver, du feu, du feu!
Et en esté, boire, boire!
C'est de quoy on fait memoire,
4 Quant on vient en aucun lieu.

Ce n'est ne bourde ne jeu.
Qui mon conseil vouldra croire?
   [E]n yver, etc.!

8 Chaulx morceaulx faiz de bon queu
Fault en froit temps, voire, voire;
En chault, froide pomme ou poire,
C'est l'ordonnance de Dieu.
12   [E]n yver, etc.!

Rondel Orleans
[284 (CCLXXXVIII)]   [p. 479]

1 Ne cessés de tenser, mon cueur,
Et fort combatre ces faulx yeulx
Que nous trouvons, vous et moy, tieulx
4 Qu'ilz nous font trop souffrir douleur.

Si vous me chassez par votre bonne mine,
je reviendrai bientôt à toute allure.

8 Il faut que Raison adoucisse
votre cœur et ne se courrouce plus ;
ainsi vous pourrez être secouru,
11 à condition toutefois qu'elle vous libère de votre folie.

Rondeau 283

1 *En hyver...* à rapprocher du *Testament Villon*, vv. 1686-1687.

C'est de quoi on parle,
4 quand on se retrouve en un endroit quelconque.

Ce n'est ni une blague ni un jeu.
Qui voudra croire mon conseil ?

8 En vérité, en vérité, par un temps froid il faut
des morceaux chauds préparés par un bon cuisinier ;
10 par un temps chaud, une pomme froide ou une poire

Rondeau 284

1 *tenser* : réprimander. — Pour d'autres débats entre le cœur
et les yeux, voir les rondeaux 8, 182, 243, 278.
3 *tieulx* : tels

Estrectement commandez leur
Qu'ilz ne troctent en tant de lieulx :
　　　Ne cessés etc. !

8 **E**t leur monstrez telle rigueur
Qu'ilz vous craingnent, car c'est le mieulx
Qu'ilz obeissent — se m'aist Dieux ! —
A vous, vous monstrant leur seigneur.
12　　　**N**e cessés etc. !

Rondel Orleans
[285 (CCLXXXIX)]

1 **I**e ne voy rien qui ne m'anuye
Et ne sçay chose qui me plaise ;
Au fort, de mon mal me rapaise,
4 Quant nul n'a sur mon fait envye.

D'en tant parler, ce m'est follie,
Il vault trop mieulx que je me taise :
　　　Je ne voy etc.

8 **V**ouldroit aucun changer sa vie
A moy pour essaie(e)r mon aise ?
Je croy que non, car plus mauvaise
Ne trouveroit, je l'en deffye :
12　　　Je ne voy etc.

Rondel Orleans [286 (CCXC)]　　　　[p. 480]

1 **N**e bien ne mal, mais entre deulx
J'ay trouvé aujourd'ui mon cueur
Qui parmi Confort et Douleur
4 Se seioit ou meilleu d'entre eulx.

5 *estrectement* : étroitement, sévèrement
  qu'ils ne trottent pas en tant d'endroits :

8 Et faites preuve à leur égard d'une telle dureté
  qu'ils vous craignent, car il vaut mieux
  qu'ils vous obéissent à vous — avec l'aide de Dieu —,
11 en vous avouant pour leur seigneur.

Rondeau 285

1 Je ne vois rien qui ne m'ennuie pas,
  et je ne connais rien qui me fasse plaisir ;
  au reste, ma souffrance se calme un peu,
4 quand personne n'est envieux de ma situation.

  C'est une folie d'en parler tant,
  il vaut bien mieux que je me taise :

8 Est-ce que quelqu'un voudrait échanger sa vie
  avec la mienne pour voir combien je vis à l'aise ?
  Je pense que non, car il ne trouverait
11 pas de vie plus malheureuse, je l'en défie :

Rondeau 286

1 Ni bien ni mal, mais entre les deux,
  voilà comment j'ai trouvé aujourd'hui mon cœur
  qui était assis juste au milieu
4 entre Réconfort et Douleur.

Il me dit : « Qu'esse que tu veulx ? »
Peu respondy pour le meilleur ;
    Ne bien ne mal etc.

8 Aux dames et aus paons faiz veulx,
Se Fortune me tient rigueur ;
De sa foy requerray Bon Eur
Qu'il s'aquicte, quant je me deulx ;
12   Ne bien ne mal etc.

Rondel Orleans [287 (CCXCI)]

1 Fermez luy l'uis au visaige,
Mon cueur, a Merancolye !
Gardez qu'elle n'entre mye
4 Pour gaster nostre mesnaige !

Comme le chien plain de raige,
Chassez la, je vous en prye !
    Fermez etc. !

8 C'est trop plus nostre avantaige
D'estre sans sa compaignie,
Car tousjours nous tanse et crye
Et nous porte grant dommaige :
12   Fermez etc. !

Rondel Orleans [288 (CCXCII)]

[p. 481]

1 Ou milleu d'espoir et de doubte
Les cueurs se mussent plusieurs jours
Pour regarder les divers tours
4 Dont Dangier souvent les deboute.

Il me dit : Qu'est-ce que tu veux ?
Je ne répondis que peu afin que tout reste pour le mieux ;

8 Je fais un vœu aux dames et aux paons — *paons* : à cause
   de l'association avec l'orgueil, la vanité[1], qui s'exprime
   à travers leur besoin d'admiration.
10 je demanderai à Bonheur
   qu'il tienne son serment, quand je me plains ;

Rondeau 287

1 *l'uis* : la porte
  Merancolye : Mélancolie
  Faites attention à ce qu'elle n'entre en aucun cas
4 dévaster notre demeure !

  Chassez-la comme un chien
  enragé, je vous en prie !

8 C'est un avantage incomparable
  pour nous de ne pas être en sa compagnie,
  car elle crie et réprimande sans cesse
11 *dommaige* : dommage

Rondeau 288

1 La plupart du temps les cœurs se cachent
  entre espoir et crainte [= indication de lieux comparable à
                                        « entre ciel et terre »]
  pour observer les différentes ruses
4 avec lesquelles Rigueur les chasse.

[L]'oreille[1] je tens et escoute
Savoir que, sur ce, dit Secours
          En milleu etc.

8 Eslongnié de mondaine route
Me tiens, comme né en decours ;
Entre les aveugles et sours
Dieu y voye ! Je n'y voy goute
12   En milleu etc. !

Rondel Orleans
[289 (CCXCIII)]

1 Devenons saiges desormais,
Mon cueur, vous et moy, pour le mieulx !
Noz oreilles, aussi noz yeulx,
4 Ne croyons de legier jamais !

Passer fault nostre temps en paix,
Veu que sommes du renc des vieulx :
          Devenons etc. !

8 Se nous povoions par souhaiz
Rasjeunir, ainsi m'aide Dieulx,
Feu grejoix ferions en mains lieux.
Mais les plus grans coups en sont faiz :
12   Devenons etc. !

Rondel [290 (CCXCIV)]   [p. 482]

1 Qui le vous a commandé,
Soussy, de me mener guerre ?
Avant qu'on vous aille querre,
4 Venez sans estre mandé !

Je tends l'oreille et j'écoute
pour savoir ce que, à ce sujet, dit Secours

8 Je vis loin de la route mondaine,
comme celui qui est né sous une mauvaise étoile ;
entre les aveugles et les sourds,
11 Dieu puisse y voir clair ! Je n'y vois goutte

Rondeau 289

1 *saiges* : sages
mieulx : pour le mieux
Nos oreilles, nos yeux aussi,
4 ne les croyons jamais facilement !

6 *renc* : l'assemblée

8 Si nous pouvions, avec l'aide de Dieu,
rajeunir à volonté
feu gregoix : le feu grégeois, expression de la joie : voir
les rondeaux 245 et 258.
11 *faiz* : faits

Rondeau 290

1 Qui vous l'a ordonné,
Tourment, de me faire la guerre ?
Avant même qu'on aille vous chercher,
4 vous venez sans être appelé !

M'ordonnez vous almandé,
Quant Mort de son dart m'enferre?
    Qui le vous etc.?

8 Pour Dieu, tost soit amendé
Le mal qui tant fort me serre!
Aprés que seray en terre,
Vous en sera demandé:
12   Qui le vous etc.?

Orleans [Rondeau 291 (CCCXLIX)]

1 [C]es beaux mignons a vendre et a revendre,
Regardez les! sont ilz pas a louer?
Au service sont tous pres d'eulx louer
4 Du dieu d'Amours, si luy plaist a les prendre.

  [S]on escolle saront bien tost aprandre;
Bons escollers je les vueil avouer,
    Ces beaulx etc.

8 [E]t s'ilz faillent, il(z) les pourra reprandre,
Quant ilz vouldront trop nycement jouer
Et sus leurs bras la chemise nouer,
Tant qu'au batre ne se puissent deffendre,
12   Ces beaulx etc.

Rondel maistre
Jehan Cailleau (CCCL)   [p. 483]

Me nommez-vous [au poste d'] homme commandé,
quand Mort me perce de son dard?

8 Par Dieu, que bientôt s'améliore
le mal qui me fait tant souffrir!
Quand je serai sous terre,
11 on vous en demandera compte:

Rondeau 291

1 *mignons*: élégants
regardez-les! ne faut-il pas les louer?
Ils sont tous prêts à s'engager au service
4 du dieu d'Amour, s'il lui plaît de les prendre.

Ils apprendront bien vite sa leçon;
je veux [bien] reconnaître qu'ils sont de bons écoliers

8 Et s'ils font une faute, il pourra les corriger,
quand ils voudront jouer trop sottement
et nouer les bras de leur chemise
11 de sorte qu'ils ne pourront pas se défendre au combat

Jehan Cailleau: médecin, ami et conseiller de Charles
d'Orléans. Refrain repris du rondeau 273: *Quant pleur ne
pleut, souspir ne vente.*

Orleans [Rondeau 292 (CCCLI)] [p. 484]

1 — D'Espoir, il n'en est nouvelles.
— Qui le dit? — Merencolie.
— Elle ment. — Je le vous nye.
4 — A! A! vous tenez ses querelles!

— [N]on faiz, mais parolles telles
Courent, je vous certiffie:
  [D]'Espoir etc.

8 — [P]arlons doncques d'autres! — Quelles?
— De celles dont je me rie.
— Peu j'en sçay. — Or je vous prie
Que m'en contez des plus belles.
12 — [D]'Espoir etc.

Orleans
[Rondeau 293 (CCCLII)]

1 Une povre ame tourmentee
Ou purgatoire de soussy
Est en mon corps; qu'il soit ainsy,
4 Il y pert et nuyt et journee.

Piteusement est detiree
Sans point cesser, puis la, puis cy,
  [U]ne povre etc.

8 Mon cueur en a paine portee
Tant qu'il en est presque transy;
Mais esperance j'ay aussi
Qu'au derrenier sera sauvee
12 [U]ne povre etc.

Rondeau 292

1   — D'Espoir, il n'y a pas de nouvelles.

> *Qui le dit?* : l'alternance des répliques est marquée par des
> points. *Cf.* rondeaux 282, 244, 243. —   *Merencolie* :
> Mélancolie
>
> *nye* : je le nie

4   — Ah! ah! vous prenez son parti!
      — Non, mais de telles rumeurs
      courent, je vous l'assure.

8   — Parlons donc d'autres nouvelles! — Desquelles?
      — De celles dont je me moque.
      — J'en connais peu. — Je vous prie donc
11 que vous m'en racontiez de plus belles.

Rondeau 293

2 au purgatoire de tourment [*cf.* refrain de la ball. 24],
  est dans mon corps; qu'il en soit ainsi,
4 cela se voit nuit et jour.

Sans arrêt elle est pitoyablement
tirée et çà et là

8 *paine* : peine, souffrance — *portee* : endurée
  transy [de *transir*, passer de vie à trépas] : mort

11 *derrenier* : qu'à la fin

Maistre Jehan Caillau
(CCCLIII)   [p. 485]

Orleans [294 (CCCLIV)]

1 [P]our empescher le chemin
  Il ne fault qu'un amoureux
  Qui, en penser desireux,
4 Va songant soir et matin.

  [D]onnez lui ung bon tatin,
  Il s'endort, le maleureux.
            [P]our empescher etc.

8 [D]'eaue tout plain ung bassin
  Eust il dessus ses cheveux,
  D'un cop d'esperon ou deux
  Ne veult chasser son roussin
12   [P]ou[r] empescher etc.

Orleans [Rondeau 295 (CCCLV)]   [p. 486]

1 — [Q]u'esse la? Qui vient si matin?
  — Se suis je. — Vous, saint Valentin?
  Qui vous amaine maintenant?
4 Ce jour de Karesme prenant
  Venez vous departir butin?

  [A] present nulluy ne demande
  Fors bon vin et bonne viende,
8 Banquetz et faire bonne chiere,

Jehan Caillau: docteur, ami et conseiller du duc d'Orléans.
Refrain: *Espoir, ou est? — En chambre close*. A rapprocher
du rondeau 292, lui aussi dialogué.

Rondeau 294

1 *empescher*: obstruer
   il suffit d'un amoureux
   qui, suivant son désir en pensée,
4 s'en va rêvant soir et matin.

   tatin: un bon coup

8 Même s'il avait un bassin tout plein
   d'eaue sur les cheveux,
   d'un coup d'éperon ou deux,
11 il ne voudrait faire avancer son roussin [= cheval trapu]

Rondeau 295

1 — Qu'est-ce là? qui vient si tôt?
   — C'est moi. — Vous, saint Valentin[1]?
   amaine: amène
4 *Karesme prenant*: les trois jours gras avant le mercredi des
      Cendres. En 1458 il y a coïncidence entre Mardi gras et
      la Saint Valentin.
   Venez-vous distribuer votre trésor?
   En ce moment personne ne demande rien,
   si ce n'est du bon vin et de de la bonne viande,
8 des banquets et faire bonne chère

[C]ar Karesme vient et commande
A Charnaige, tant qu'on le mande,
Que pour ung temps se tire arriere.

12 [C]e nous est ung mauvais tatin,
Je n'y entens nul bon latin ;
Il nous fauldra dorenavent
Confesser, penance faisant :
16 Fermons lui l'uys a tel hutin !
        Qu'esse la etc. ?

[Rondeau 296 (CCCLVI)]

1 [C]ommandez qu'elle s'en voise,
Mon cueur, a Merencolie,
Hors de vostre compaignie,
4 Vous laissent en paix sans noise.

[T]ropt a esté, dont me poise,
Avecques vous ; c'est folie.
        Commandez etc. !

8 [O]ncques ne vos fut courtoise,
Mais les jours de vostre vie
A traictez en tirannie ;
Sang de moy, quelle bourgoise !
12   [C]ommandez etc. !

**Bourbon jadis Clermont
(CCCLVII)**
                                [p. 487]

Karesme : le combat entre Carême et Charnaige [person-
     nification des jours gras] est attesté en littérature dès le
     XIIIᵉ et figure dans certains *Jeux de Carnaval* du XVᵉ.
à Charnaige, jusqu'à ce qu'on le fasse appeler,
qu'il se retire pour un certain temps.
12 *latin* : propos

penance : faire pénitence
16 Fermons-lui la porte, à un tel désagrément !

Rondeau 296

1 *voise* : qu'elle s'en aille
Merencolie : Mélancolie
loin de votre compagnie
4 *noise* : sans vous chercher querelle

Elle a été, ce qui me pèse,
trop longtemps avec vous ; c'est de la folie.

8 Jamais elle n'a été aimable envers vous,
mais elle a gouverné en tyran
tous les jours de votre vie ;
11 bon sang, quelle bourgeoise [= femme rustre, discourtoise] !

Bourbon : Jean II, duc de Bourbon, comte de Clermont
jusqu'en 1456. Refrain : *Je gis au lit d'amertume et
doulleur.*

**Responce d'Orleans
a Bourbon
Rondeau
[297 (CCCLVIII)]**   [p. 488]

1 [C]omme parent et alyé
  Du duc Bourbonnais a present,
  Par ung rondeau nouvellement
4 Me tiens pous requis et payé.

  [P]ar une gist malade, mis
  Ou lit d'amertume et grevance,

  [R]equerant tous ses bons amis,
8 S'il meurt, qu'on demande vengeance.

  [Q]uant a moy, j'ay ja deffié
  Celle qui le tient en tourment;
  Et aprés son trespassement
12 Par moy sera bien hault cryé,
        [C]omme parent etc.

Orleans [Rondeau 298 (CCCLIX)]

1 [Q]uant ung cueur se rent a beaux yeulx,
  Criant mercy piteusement,
  S'ilz le chastient rudement
4 Et il meurt, qu'en valent ilz mieulx?

  [B]atu de verges de beaulté,
  De lui font sang partout courir;

  [M]ais qu'il n'ait fait desleaulté,
8 Pitié le devroit secourir.

Rondeau 297

1 *alyé* : allié. — *parent* : le duc de Bourbon s'était allié par
   mariage (en secondes noces) à la maison d'Armagnac.
   Bourbonnais : de Bourbon
   nouvellement : récemment
4 je considère qu'il a demandé mon aide et m'a payé.
5 A cause d'une femme il est couché, malade
   au lit d'amertume et de souffrance.

7 *requerant* : faisant appel à

9 Quant à moi, j'ai déjà lancé un défi
   à celle qui le tient en tourment ;
   et après son trépas
12 je le proclamerai tout haut

Rondeau 298

1 Quand un cœur se rend à de beaux yeux,
   demandant pitoyablement grâce,
   s'ils le punissent avec cruauté
4 et qu'il meurt, en ont-ils accru leur valeur ?

  Battu[1] par les verges de beauté,
6 le sang lui coule de partout ;

7 Mais à condition qu'il n'ait pas été déloyal

[S]'il n'a point hanté entre tieulx
Qui ne s'acquictent loyaument,
Doit estre tel pugnissement,
12 A mon advis, en autres lieux,
      [Q]uant etc.

Rondel du sen[echal]
(CCCLX)   [p. 489]

[R]esponse d'Orleans
au sen[echal]
[Rondeau 299
(CCCLXI)]   [p. 490]

1 [B]eau pere, benedicite !
Je vous requier confession,
Et en humble contriccion
4 Mon pechié sera recité :

[E]n moy n'a eu mercy ne grace
Prenant de ma beaulté orgueil.

[A]mours me pardoint ! Ainsi face !
8 Desormais repentir m'en vueil.

[R]effus a mon cueur delité ;
J'en feray satisfacïon.
Donnez m'en absolucïon
12 Et penance, par charité !
      [B]eau pere, etc. !

[Ronde]l de Blosseville (CCCLXII)

Bourbon (CCCLXIII)   [p. 491]

9 S'il n'a pas fréquenté de ces gens
  qui ne font pas loyalement leur devoir,
  une telle punition doit se faire,
12 à mon avis, en d'autres lieux

Senechal: probablement Pierre de Brézé, grand sénéchal de
Normandie, arrêté en 1461 sur ordre de Louis XI. Refrain:
Ma fille de confession.

Rondeau 299

1 Beau père, votre bénédiction!
  Je demande à me confesser à vous,
  et je vous raconterai mon péché
4 *contriccion*: contrition

  mercy: grâce, pitié
  tirant orgueil de ma beauté.

  Qu'Amour me pardonne! qu'il le fasse ainsi!
8 *vueil*: je veux

  Mon cœur a pris plaisir au refus;
  satisfacīon: réparation du tort causé au prochain.
  Donnez-moi l'absolution
  et [indiquez-moi] la pénitence [à faire], par charité!

Blosseville: Jean de Saint-Maard, vicomte de Blosseville?
Semble avoir été protégé par Pierre de Brézé, au rondeau
duquel il répond ici.

Bourbon: Jean II, duc de Bourbon depuis 1456. — Refrain:
Je sens le mal qu'il me convient porter.

[R]esponce d'Orleans a Bourbon
[Rondeau 300 (CCCLXIV)]   [p. 492]

1 [A] voz amours hardyement en souviengne,
  Duc de Bourbon : se mourez par rigueur,
  Jamais n'auront ung si bon serviteur,
4 Ne qui vers eulz tant loyaument se tiengne.

  [D]ieu ne vueille que tel meschief adviengne !
  Ilz perdroient leur regnon de doulceur ;
      [A] voz amours etc.

8 [S]'il est jangleur qui soctement me tiengne
  Que Bourbonnois ont souvent legier cueur,
  Je ne respons, fors que pour vostre honneur ;
  Esperance convient que vous soustiengne.
12   [A] voz amours etc.

Orleans [Rondeau 301 (CCCLXV)]

1 [D]escouvreur d'ambusche, sot oeil,
  Pourquoy as tu passé le sueil
  De ton logis sans mandement,
4 Et par oultrageux hardement
  As entrepris contre mon vueil ?

  [D]emourer en repos je vueil
  Et en paix faire mon recueil,
8 Sans guerre avoir aucunement,
      [D]escouvreur etc.

  [E]n aguet se tient Bel Acueil
  Et, se — par puissance ou orgueil —
12 Une foiz en ses mains te prent,
  Tu fineras piteusement
  Tes jours en la prison de dueil,
      [D]escouvreur etc.

Rondeau 300

1 Que vos amours s'en souviennent hardiment,
   duc de Bourbon : si vous mourez pour cause de cruauté,
   jamais [plus] elles n'auront un si bon serviteur,
4 ni quelqu'un qui se comporte aussi loyalement à leur
   [égard.

   Que Dieu ne laisse pas arriver un tel malheur !
   Elles en perdraient leur renom de douceur ;

8 S'il y a un médisant qui prétend sottement
   que les Bourbonnais ont souvent le cœur volage,
   je ne réponds pas, sauf pour défendre votre honneur ;
11 Il faut qu'Espoir vous soutienne.

Rondeau 301

1 Découvreur de troupes en embuscade, sot œil, — *sot œil* :
   voir le début du rondeau 141.
   mandement : sans être appelé
4 Et [pourquoi] l'as-tu entrepris contre ma volonté,
   avec une audace qui m'outrage ?

   Je désire demeurer en repos
   et écrire mon recueil en paix,
8 sans avoir la moindre guerre

   Bel Accueil est en embuscade
   et, si — par orgueil ou par force —
12 il te prend un jour entre ses mains,
   tu finiras mal
   tes jours dans la prison de tristesse

Maitre Berthault de Villebresnme
(CCCLXVI) [p. 493]

[R]ondel d'Orleans
[302 (CCCLXVII)] [p. 494]

1 [A]mours, a vous ne chault de moy,
  N'a moy de vous; c'est quicte et
                [quicte.
  Ung vieillart jamais ne proffitte
4 Avecques vous, comme je croy.

  [P]uis que suis absolz de ma foy
  Et jeunesse m'est interditte,
      Amours etc.

8 [J]eune sceu vostre vieille loy;
  Vieil, la nouvelle je deppitte,
  Ne je crains la mort subitte
  De Regard. Qu'en dictes vous?
               [Quoy?
12   Amours etc.

Orleans
[Rondeau 303 (CCCLXVIII)]

1 [J]'ay pris le logis, de bonne heure,
  D'espoir pour mon cueur aujourd'uy,
  Affin que fourriers d'Annuy
4 Ne le preignent pour sa demeure.

  [V]eu que nuyt et jour il labeure
  De me gaster, et je le fuy,
      J'ay pris etc.

Villebresme: conseiller du duc d'Orléans, prévôt de Blois.
Il fit plusieurs voyages à Asti (1456-1458). Refrain: *Puis
que Atropos a ravy Dyopee*.

Rondeau 302

1 Amour, je ne vous importe pas,
ni vous à moi; nous sommes quittes.

Avec vous un vieillard ne profite
4 jamais, à ce que je crois.

Puisqu'on m'a relevé de mon engagement
et que je suis interdit de jeunesse

8 Jeune, j'ai connu votre ancienne loi;
vieux, je méprise la nouvelle,
et je ne crains pas la mort subite que provoque
11 Regard. Qu'en dites-vous? Quoi?

Rondeau 303

1 Aujourd'hui j'ai occupé de bonne heure
le logis d'espoir pour mon cœur,
afin que les fourriers[1] de Tourment
4 ne le choisissent pas comme demeure.

Comme il s'efforce nuit et jour
à me nuire, je le fuis

8 [B]on Eur, avant que mon cueur meure,
    L'aidera ; il se fye en luy.
    Autrepart ne quiers mon apuy ;
    En actendant qu'il me sequeure,
12   J'ay pris etc.

        [R]ondel de Fraigne
          (CCCLXIX)   [p. 495]

            Orleans
          [Rondeau 304
           (CCCLXX)]

1 [E]scoutez et laissés dire,
    Et en voz mains point n'enpire
    Ce mal ; retournés le en bien !
4 Tout yra, n'en doubtez rien,
    Si bien qu'il devra souffire.

    [D]ieu, comme souverain mire,
    Fera mieulx qu'on ne desire,
8 Et pourverra : tout est sien.
        Escoutez etc.

    [C]hascun a son propos tire,
    Mais on ne peut pas eslire :
12 Je l'ay trouvé ou fait mien.
    Aufort content je m'en tien,
    Car aprés pleurer vient rire.
        Escoutez etc.

        [Rondeaux
    (CCCLXXI à CCCLXXIII)]   [pp. 496-497]

8 Bonheur l'aidera avant que mon cœur
   ne meure ; il a confiance en lui.
   Je ne cherche pas d'appui ailleurs ;
11 en attendant qu'il vienne à mon secours

Fraigne : Bourbonnais de petite noblesse (Guillaume ?, mort
en 1468). Refrain : [*M*]*on œil m'a dit qu'il me deffie.*

Rondeau 304

1 *Escoutez :* réponse au rondeau de Fraigne.
   et qu'entre vos mains ce mal n'empire
   pas ; transformez-le en bien !
4 Tout ira si bien, n'en doutez pas,
   qu'il faudra en être satisfait.

   Dieu, en tant que médecin suprême,
   fera mieux qu'on ne le souhaite,
8 et il y pourvoira : tout dépend de lui.

   Chacun suit son dessein,
   mais on ne peut pas choisir :
12 j'en ai fait l'expérience dans mes affaires.
   Du reste, j'en suis satisfait,
   car après les pleurs vient le rire.

Rondeaux : de Benoît Damien et Villebresme, qui reprennent
les italianismes du rondeau 252 ; de Jean II de Bourbon,
Prenez l'ommage de mon cueur.

[R]ondel d'Orleans
[305 (CCCLXXIV)]

[p. 497]

1   [E]n arrierefief sobz mes yeulx,
   Amours, qui vous ont fait hommage,
   Je tiens de mon cueur l'eritage;
4   A vous sommes et serons tieulx,

   [V]oz vrais subgez, voire des vieulx,
   Soit nostre prouffit ou dommage
      [E]n arrierefief etc.

8   [J]'appelle deesses et dieux
   Sur ce vers vous en tesmoingnage;
   Se voulez, j'en tiendray ostage.
   Vous puis je dire ou faire mieulx?
12   [E]n arrierefief etc.

Rondel d'Orleans
[306 (CCCLXXV)]

[p. 498]

1   [J]'en baille le denombrement
   Que je tiens soubz vous loyaument,
   Loyal Desir et bon Vouloir;
4   Mais j'ay trop engagié povoir,
   Se je n'en ay relievement.

   [J]e vous ay servy longuement
   En y despendant largement
8   Des biens que j'ay peu recevoir;
      J'en baille.

Rondeau 305

1 *arrierefief* : le fief d'un vassal [= fief *mouvant*], dépendant
du fief du seigneur [= Amour] - *Sobz* : sous.
je garde l'héritage de mon cœur ;
4 nous sommes à vous et resterons ainsi

vos loyaux sujets, des anciens en vérité,
que ce soit à notre avantage ou en notre défaveur

8 A ce sujet je cite les dieux et les déesses
pour qu'ils en portent témoignage devant vous ;
Si vous le désirez, j'en retiendrai en otage.

Rondeau 306

1 J'offre le décompte de
ce que je tiens loyalement de vous,
Désir loyal et bonne Volonté ;
4 mais j'y ai trop engagé de forces,
si on ne me relève pas de mon hommage.

Je vous ai longtemps servi
en dépensant généreusement
8 de ces biens que j'ai pu recevoir ;

[V]ieillesse m'assault fellement
Et me veult a destruisement
12 Mener ; maiz, veu qu'ay fait devoir,
Que m'aiderez, j'ay ferme espoir,
A mes droiz : voiez les comment !
    J'en baille.

Orleans
[Rondeau 307
(CCCLXXVI)]

1 [J]e suis a cela
Que Merancolie
Me gouvernera.

4 [Q]ui m'en gardera ?
    Je suis etc.

[P]uis qu'ainsi me va,
Je croy qu'a ma vie
8 Autre ne sera.
    Je suis etc.

Orleans
[Rondeau 308 (CCCLXXVII)]   [p. 499]

1 [O]n ne peut chastier les yeux
N'en chevir, quoy que l'en leur dye ;
Dont le cueur se complaint et crye,
4 Quant s'esgarent en trop de lieux.

[S]eront il tousjours ainsi, Dieux ?
Rien n'y vault s'on les tanse ou prye ;
    [O]n ne peut etc.

Vieillesse m'attaque perfidement
et veut me conduire à la ruine ;
12 mais, comme j'ai rempli mon devoir,
j'ai l'espoir certain que vous m'aiderez
à obtenir mon droit : occupez-vous des moyens !

Rondeau 307

1 J'en suis arrivé là
que Mélancolie
me gouvernera.

4 Qui m'en gardera ?

Puisque cela se passe ainsi pour moi,
je crois que dans ma vie
8 il n'y aura plus rien d'autre.

Rondeau 308

1 On ne peut pas punir les yeux
ni en jouir, quoi qu'on leur dise ;
le cœur s'en plaint et se lamente,
4 quand ils s'égarent en trop d'endroits.

6 Il ne sert à rien de les réprimander ou de les prier ;

8   [Q]uant aux miens, ilz sont desja vieux
Et assez lassez de follye.
Les yeux jeunes fault qu'on les lye
Comme enragiez: n'est ce le mieux?
12   [O]n ne puet etc.

Orleans
[Rondeau
309 (CCCLXXVIII)]

1   [S]ont les oreilles estouppees?
Rapportent il au cueur plus rien?
Ouyl, plus tost le mal que bien,
4   Quant on ne les tient gouvernees.

[S]e leurs portes ne sont fermees,
Tout y court de va et de vien:
      [S]ont les oreilles etc.?

8   [L]es miennes seront bien gardees
De Non Challoir, que portier tien;
Dont se plaint et dit le cueur mien:
« On ne me sert plus de pensees:
12   [S]ont les oreilles etc.? »

Orlians
[Rondeau 310 (CCCLXXIX)]

[p. 500]

1   [T]el est le partement des yeulx,
Quant congié prennent doulcement,
D'eulx retraire piteusement
4   En regretz privez pour le mieulx.

[L]ors divers se dient adieux,
Esperans revenir briefment:
      [T]el est etc.

8 Quant aux miens, ils sont déjà vieux
  et fort fatigués de faire des folies.
  Les jeunes yeux, il faut qu'on les attache

11 *enragiez*: enragés, fous

Rondeau 309

1 *estouppees*: bouchées
  Ne racontent-elles plus rien au cœur?
  Si, plutôt le mal que le bien,

4 quand on ne les tient pas sous contrôle.

  se: si
  tout y court dans un incessant va-et-vient:

8 Les miennes sont bien gardées
  par Indifférence, qui est mon portier;
  mon cœur s'en plaint et dit:

Rondeau 310

1 *partement*: le départ, la séparation

  de se retirer pitoyablement

4 dans leurs regrets privés pour le mieux.

  Alors plusieurs se disent adieu,
  espérant revenir bientôt:

8 [E]t si laissent en plusieurs lieux
Des lermes par engagement
Pour payer leur deffrayement
En gectant souspirs, Dieu scet quieulx !
12   [T]el est etc.

Orlians
[Rondeau 311 (CCCLXXX)]

1 [P]our moustrer que j'en ay esté
Des amoureux aucunesfoiz,
Se may, le plus plaisant des moys,
4 Vueil servir ce present esté.

[Q]uoy que Soucy m'ait arresté,
Sans son congié je m'y envoiz
      Pour moustrer etc.

8 [P]our ce je me tiens apresté
A deduiz en champs et en bois ;
S'Amours y prent nulz de ses droiz,
Quelque bien m'y sera presté
12   Pour monstrer etc.

Orlians
[Rondeau 312 (CCCLXXXI)]   [p. 501]

1 [T]ant ay largement despendu
Des biens d'amoureuse richesse
Ou temps passé de ma jeunesse,
4 Que trop chier m'a esté rendu.

[C]ar lors a rien je n'ay tendu
Qu'a conquesté foison lyesse,
      Tant ay etc.

8 Et ils laissent en plusieurs endroits
   des larmes comme engagement
   deffrayement : action de payer les frais
11 en poussant des soupirs, Dieu sait lesquels !

Rondeau 311

1 Pour faire voir que parfois
   j'ai fait partie des amoureux,
   je veux, en ce printemps-ci, servir
4 ce mai, le plus séduisant des mois.

   Quoique Tourment m'ait arrêté,
   je m'y rends sans sa permission

8 C'est pourquoi je me tiens prêt
   à me divertir aux champs et aux bois ;
   si Amour y fait valoir certains de ses droits,
11 on m'en prêtera quelque richesse

Rondeau 312

1 J'ai si généreusement dépensé

   ou : au temps, à l'époque
4 et on me l'a restitué à un prix trop fort.

   A cette époque je n'ai rien recherché d'autre
   que d'avoir de la joie en abondance

8 [C]ommandé m'est et deffendu
Desormais par dame Vieillesse
Qu'aux jennes gens laisse prouesse;
Tout leur ay remiz et vendu,
12　　　　Tant ay etc.

Orlians [Rondeau 313
(CCCLXXXII)]

1 [F]yez vous y, se vous voulez,
En Espoir qui tant promet bien,
Mais souventesfoiz n'en fait rien,
4 Dont mains cueurs se sentent foulez.

[Q]uant Desir les a affollez,
Au grant besoing leur fault du sien;
　　　[F]yez vous y etc.

8 [L]ors sont de destresse affollez;
J'aymeroye, pour le cueur mien,
Mieulx que deux tu l'aras, ung tien.
Quant les oiseaulx s'en sont vollez,
12　　　[F]yez vous y etc.

Orleans [314 (CCCLXXXIII)]　　　　　　　[p. 502]

1 [J]aulier des prisons de Pensee,
Soussy, laissez mon cueur yssir !
Pasmé l'ay veu esvanouir
4 En la fosse desconfortee.

[M]ais que seurté vous soit donnee
De tenir foy et revenir,
　　　Jaulier [etc.]

8 Ceci m'est désormais interdit
par dame Vieillesse qui m'ordonne
de laisser les jeunes gens faire des prouesses ;
11 je leur ai tout remis et vendu

Rondeau 313

1 Faites-lui confiance, si vous le voulez,
à Espoir qui promet tant d'avantages,
souventesfoiz : souvent
4 raison pour laquelle beaucoup de cœurs se sentent
[maltraités
Quand Désir les a blessés,
il leur fait défaut en cas de besoin extrême ;

8 Alors ils perdent la raison à force de douleur ;
j'aimerais, pour mon cœur,
plutôt un tiens que deux tu l'auras.
11 Quand les oiseaux se sont envolés

Rondeau 314

1 *jaulier* : geôlier. — *Pensee*, personnification : le seigneur au
service duquel est *Soussy*.
Peine, laissez sortir mon cœur !
Je l'ai vu tomber évanoui
4 dans la fosse de déconfort.
Mais à condition que vous ayez la garantie
qu'il tiendra son serment et reviendra,

8　[S]'il mouroit en prison fermee,
　　Honneur n'y povez acquerir.
　　Vueillez au moins tant l'eslargir
　　Qu'ait sa finance pourchassee,
12　　　　　Jaulier [etc.] !

[Rondeaux (CCCLXXXIV à CCCLXXXVI)] [pp. 502-503]

Orleans [315 (CCCLXXXVII)] [p. 504]

1　[D]onnez l'aumosne aux prisonniers,
　　Reconfort et Espoir aussy !
　　Tant feray au jaulier Soussy
4　Qu'il leur portera voulentiers.

　　[I]lz n'ont ne vivres ne deniers,
　　Crians de fain ; il est ainsy.
　　　　[D]onnez etc. !

8　[M]eschans ont esté mesnagiers
　　Tenuz pour debte jusques cy.
　　Faictes les euvres de mercy
　　Comme vous estes coustumiers :
12　　　　[D]onnez etc. !

[Rondeaux (CCCLXXXVIII et CCCLXXXIX)] [pp. 504-505]

8 *mouroit* : s'il mourrait,
vous n'y trouveriez pas d'honneur.
Veuillez l'élargir au moins le temps nécessaire
11 jusqu'à ce qu'il ait réuni son argent [sa rançon]

Rondeaux : rondeaux de trois personnes au service de Charles d'Orléans (Simonnet Cailleau, Thignonville et Gilles des Ormes) au sujet du *Jaulier des prisons de Pensée*.

Rondeau 315

1 Faites l'aumône aux prisonniers,
vous, Réconfort, et vous aussi, Espoir !
J'interviendrai auprès du geôlier Peine de sorte
4 qu'il la leur portera volontiers.

deniers : argent. Le *denier* était la base du système monétaire occidental au moyen âge.
criant de faim ; c'est ainsi.

8 Pour cause de dette, les malheureux
ont été tenus avec économie jusqu'à présent.
Faites les œuvres de charité,
11 comme vous en avez l'habitude :

Rondeaux : Benoît Damien, échanson, fait écho au rondeau 315 [*N'oubliez pas les prisonniers*] ; Huguet le Voys, secrétaire, reprend le refrain du rondeau 314.

Orleans [316 (CCCXC)] [p. 505]

1 [B]annissons Soussy, ce ribault,
   Batu de verges par la ville !
   C'est ung crocheteur trop habille
4 Pour embler joye qui tant vault.

   [C]opper une oreille lui fault :
   Il est fort larron entre mille.
       [B]annissons etc. !

8 [S]e plus ne revient, ne m'en chault !
   Laissez le aller sans croix ne pille !
   Le deable l'ait ou trou Sebille,
   Point n'en saille, pour frait ne chault !
12   [B]annissons etc. !

Orleans [317 (CCCXCI)] [p. 506]

1 [D]es vieilles defferres d'Amours
   Je suis a present, Dieu mercy !
   Vieillesse me gouverne ainsy,
4 Qui m'a condempné en ses cours.

   [J]e m'esbahys, quant a rebours
   Voy mon fait, disant : « Qu'est ce sy ? »
       [D]es vieilles etc.

8 [M]on vieulx temps convient qu'ait son cours,
   Qui en tutelle me tient sy
   Du jaullier appelé Soussy,
   Que rendu me tiens pour tousjours.
12   [D]es vieilles etc.

Rondeau 316

1 *ribault* : vagabond, goujat
 battu de verges à travers la ville !
 crocheteur : voleur
4 à voler la joie qui vaut tant.

 Il faut lui couper une oreille :
 c'est un voleur expert entre mille.

8 S'il ne revient plus, peu m'importe !
 sans croix ne pille : sans face [*la croix figurait sur l'envers de
  la monnaie*] ni pile, donc : sans un sou.
 trou Sebille : la grotte de la Sibylle de Norcia qu'Antoine de
  La Sale évoque dans une partie[1] de *La Salade* (1444).
11 qu'il n'en sorte pas, pour cause de froid ou de chaleur.

Rondeau 317

1 *defferres* : vieux fers à cheval, objets sans valeur

4 qui m'a condamné à sa cour.

 Je m'étonne, quand je vois mon affaire
 aller à l'envers, et je dis : Qu'est-ce que ceci ?

8 Il faut que mes vieux jours suivent leur cours,
 me tenant ainsi sous la tutelle
 du geôlier appelé Peine,
11 de sorte que je considère avoir capitulé pour toujours.

Orleans [318 (CCCXCII)]

1 [C]omme monnoye descriee
  Amours ne tient conte de moy.
  Jeunesse m'a laissié ; pour quoy
4 Je ne suis plus de sa livree.

  [P]uis que telle est ma destinee,
  Desormais me fault tenir coy
      [C]omme etc.

8 [P]lus ne prens plaisir qu'en pensee
  Du temps passé, car, sur ma foy,
  Ne me chault du present que voy :
  Car vieillesse m'est delivree
12   [C]omme etc.

Orleans [319 (CCCXCIV)]   [p. 507]

1 [L]aissez Baude buissonner !
  Le vieil briquet se repose,
  Desormais travailler n'ose,
4 Abayer ne mot sonner.

  [O]n luy doit bien pardonner :
  Ung vieillart peult peu de chose.
      Laissez etc. !

8 [E]t Vieillesse emprisonner
  L'a voulu en chambre close ;
  Par quoy j'entens que propose
  Plus peine ne luy donner.
12   Laissez etc. !

H. Le Voys [Rondeau (CCCXCIII)]

Rondeau 318

1 *descriee* : n'ayant plus cours. A rapprocher du *Testament Villon*, v. 540 : *ne que monnoye qu'on descrye*, refrain que la belle Heaulmiere applique aux vieilles filles de joie.

Jeunesse m'a abandonné ; c'est pourquoi
4 je ne porte plus sa livrée.

destinee : mon destin,
6 je dois désormais me tenir tranquille

8 Je ne prends plus plaisir qu'au souvenir
du temps passé, car, ma foi,
le présent que je vois m'est indifférent ;
11 c'est que la vieillesse m'est offerte
comme une monnaie hors d'usage.

Rondeau 319

1 *Baude* : nom de chien, de l'adjectif *baud* : gai, présomptueux.
briquet : le type de chien décrit au rondeau 84.

désormais il n'ose pas travailler,
4 aboyer ni souffler un mot.

Il faut bien l'excuser :
peult : peut

8 Et Vieillesse a voulu
l'enfermer dans une chambre close ;
j'entends dire par là qu'elle ne doit pas
11 continuer à vouloir le faire souffrir plus.

H. Le Voys : Hugues Le Voys, secrétaire et favori du duc apparaît dans sa maison en 1455. Refrain repris du rondeau 318 : [C]*omme monnoye descriee*.

Orleans [Rondeau 320 (CCCXCV)]   [p. 508]

1 [Q]uant me treuve seul, a par moy,
   Et n'ay gueres de compaignye,
   Ne demandez pas si m'enuye :
4 Car ainsi est il, sur ma foy !

   [E]n riens plaisance n'apersoy,
   Fors comme une chose endormye,
        [Q]uant etc.

8 [M]ais s'entour moy pluseurs je voy,
   Et qu'on rit, parle, chante ou crye,
   Je chasse hors Merencolye,
   Que tant haÿr et craindre doy,
12   Quant etc.

Rondel d'Orleans
[321 (CCCXCVI)]

1 [T]rop ennuyez la compaignie,
   Douloureuse Merancolie,
   Et troublez la feste de Joye !
4 Foy que doy a Dieu, je vouldroie
   Que fussiez du païs banye !

   [V]ous venez sans que l'on vous prie,
   Bon gré, maulgré, a l'estourdie :
8 Alez ! que plus on ne vous voye !
        Trop ennuyez etc.

   [S]oucy avecques vous s'alye ;
   Si lui dy ge que c'est folie.
12 Quel mesnage ! Dieu vous convoye
   Si loings, tant que je vous renvoye
   Querir ! — Quant ? — Jamaiz en ma vie :
        Trop ennuyez etc.

Rondeau 320

1 Quand je me trouve seul, pour moi,
  et que je n'ai guère de compagnie,
  ne demandez pas si je m'ennuie :
4 ma foi, il en est ainsi !

5 Je ne trouve plaisir à rien,
  si ce n'est comme une personne endormie

8 Mais si autour de moi je vois plusieurs gens
  rire, parler, chanter ou bavarder,
  je chasse Mélancolie
11 que je dois tellement craindre et haïr

Rondeau 321

2 *douloureuse* : qui cause de la douleur
  Joye : la fête organisée par Joie
4 Par la foi que je dois à Dieu, je voudrais
  qu'on vous exile hors du pays !

Vous venez sans être invitée,
  bon gré, mal gré, à l'étourdie :
8 Partez ! qu'on ne vous voie plus !

Peine fait alliance avec vous ;
  je lui dis pourtant que c'est de la folie.
12 Quelle union ! que Dieu vous accompagne
  très loin, jusqu'à ce que je vous fasse
  rappeler ! — Quand ? — Jamais de la vie :

**Orleans [Rondeau 322
(CCCXCVII)]** [p. 509]

1 [E]scollier de Merencolye,
 Des verges de soussy batu,
 Je suys a l'estude tenu
4 Es derreniers jours de ma vye.

 [S]e j'ay ennuy, n'en doubtez mye,
 Quant me sens vieillart devenu,
  [E]scollier etc.

8 [P]itié convient que pour moy prie,
 Qui me treuve tout esperdu;
 Mon temps je pers et ay perdu
 Comme rassoté en follye,
12 [E]scollier etc.

**H. Le Voys
[Rondeau (CCCXCVIII)]**

**Orleans
[Rondeau 323 (CCCXCIX)]** [p. 510]

1 [E]t fust ce ma mort ou ma vie,
 Je ne puis de mon cueur chevir
 Qu'i ne vueille conseil tenir
4 Souvent avec Merencolie.

 Si luy dy je que c'est folie,
 Mais comme sourt ne veult oïr,
  Et fust ce etc.

Rondeau 322

1 Ecolier de Mélancolie[1],
  battu avec les verges de peine,
  je suis tenu à étudier
4 aux derniers jours de ma vie.

  Que je souffre, n'en doutez pas,
  quand je sens que je suis devenu un vieillard

8 Il faut que Pitié prie pour moi
  qui suis complètement déconcerté ;
  j'ai perdu et perds mon temps
11 comme un homme devenu sot et fou

H. Le Voys : Hugues le Voys, secrétaire et favori du duc.
Refrain : [E]*scollier de Merencolye*.

Rondeau 323

1 Et même si c'est une question de mort ou de vie,
  je ne peux pas venir à bout de mon cœur,
  pour qu'il renonce à se réunir
4 souvent avec Mélancolie.

  dy : je dis
  mais, comme un sourd, il ne veut pas écouter

8   A Grace pource je supplie
     Qu'i lui plaise me secourir ;
     Au paraller ne puis fournir,
     Se ne m'aide par courtoisie,
12   Et fust ce etc.

Orleans [Rondeau
324 (CCCC)]

1   Allez vous en dont vous venez,
    Annuyeuse Merencolie !
    Certes, on ne vous mande mie ;
4   Trop privee vous devenez.

    [S]oussi avecques vous menez ;
    Mon huys ne vous ouvreray mie.
         Allez vous en etc.,

8   [C]ar mon cueur en tourment tenez,
    Quant estes en sa compaignie !
    Prenez congié, je vous en prie,
    Et jamais plus ne retournez !
12   Allez vous en etc. !

Orleans [325 (CCCCI)]   [p. 511]

1   [A] qui en donne l'en le tort,
    Puis que le cueur en est d'acort,
    Se les yeulx vont hors en voyage
4   Et rapportent aucun messaige
    De Beaulté plaine de confort ?

    [I]lz crient : « Reveille qui dort ! »
    Lors le cueur ne dort pas si fort
8   Qu'i ne die : « J'oy compter rage. »
         A qui etc. ?

8 C'est pourquoi je demande à Pitié
   qu'elle veuille bien venir à mon secours ;
   en fin de compte, je ne peux pas le mener à bien,
11 si elle ne m'aide pas dans sa bonté [*par courtoisie*] : expression
   formulaire, n'est pas loin de notre *s'il vous plaît*]

Rondeau 324

1 *dont* : d'où
  annuyeuse : pénible, fâcheuse
  Certes, on ne vous dit pas de venir ;
4 *privee* : familière

  Vous amenez Peine avec vous ;
  jamais je ne vous ouvrirai la porte.

8 C'est que vous tourmentez mon cœur,
  quand vous êtes en sa compagnie !

11 *retournez* : revenez

Rondeau 325

1 A qui donnera-t-on tort,
  puisque le cœur est d'accord
  que les yeux partent en voyage
4 et rapportent quelque message
  de Beauté pleine de réconfort ?

  Ils crient : Qu'il se réveille, celui qui dort !
  (Alors) le cœur ne dort pas si profondément
8 qu'il ne dise : J'entends dire des folies.

[A]doncques desir picque et mort.
Savez commant? Jusqu'a la mort.
12 Mais le cueur, s'il est bon et saige,
Remede y treuve et avantaige;
Bien ou mal en vient oultre bort.
          A qui en donne etc.?

Orleans
[Rondeau 326 (CCCCII)]

1 [D]oyvent ilz estre prisonniers
Les yeulx, quant ilz vont assaillir
L'ambusche de plaisant Desir,
4 Comme hardis avanturiers?

[V]eu qu'i sont d'Amours souldoyers
Et leurs gaiges fault desservir,
          Doyvent ilz etc.?

8 [I]lz se tiennent siens si entiers
Qu'au besoing ne pevent faillir;
Jusques a vivre ou a mourir
Ilz le font bien et voulentiers.
12   Doyvent ilz etc.?

Orleans
[Rondeau 327 (CCCIII)]   [p. 512]

1 [N]'oubliez pas vostre maniere!
Non ferez vous, je m'en fays fort,
Ennuy armé de desconfort,
4 Qui tousjours me tenez frontiere.

[V]enez combatre a la barriere
Et fetes a coup vostre effort:
          [N]'oubliez pas etc.!

Alors le désir l'aiguillonne et le mord.
Savez-vous comment? jusqu'à en mourir.
12 *saige* : sage
y trouve un remède et son profit;
il en tire bien ou mal outre mesure

Rondeau 326

1 Les yeux doivent-ils être
prisonniers, quand, comme de hardis aventuriers,
ils vont attaquer
4 la troupe embusquée de Désir le séducteur?

Comme ils sont les soldats d'Amour
et qu'ils doivent mériter leurs gages

8 Ils lui sont si entièrement dévoués
qu'ils ne peuvent pas manquer au besoin;
à la vie, à la mort,
11 ils le font bien et volontiers.

Rondeau 327

1 Ne quittez pas votre manière d'agir !
Vous ne le ferez pas, je m'en fais fort,
Tourment armé de déconfort,
4 qui occupez toujours ma frontière.

barriere : sépare les adversaires lors d'un tournoi. — D'où
le nom de *lice* [> *listja* (francique), barrière].
et exécutez sur-le-champ votre acte d'agression :

8   [Q]uant mectez sus vostre banyere,
      Cueurs loyaulx guerriez si fort
      Que les faictes retraire ou fort
      De douleur a piteuse chiere.
12   [N]'oubliez pas etc.[1]!

Orleans
[Rondeau 328 (CCCCIV)]   [p. 513]

1 [C]hiere contrefaicte de cueur,
    De vert perdu et tanné painte,
    Musique notee par fainte,
4 Avec faulx bourdon de maleur :

    [Q]ui est il ce nouveau chanteur
    Qui si mal vient a son actainte,
       [C]hiere etc. ?

8 [J]e ne tiens contre ne teneur,
    Enroué, faisant faulte mainte,
    Et mal entonné par contraincte :
    C'est la chappelle de douleur,
12   [C]hiere etc.

[R]ondel
du grant senechal (CCCCV)

Orleans
[Rondeau 329 (CCCCVI)]   [p. 514]

1 [I]l n'est nul si beau passe temps
    Que se jouer a sa pensee,
    Mais qu'elle soit bien despensee
4 Par Raison ; ainsi je l'entens.

 8 Quand vous laissez flotter votre bannière[1],
   vous combattez si fort les cœurs loyaux
   que vous les contraignez à se retirer au fort
11 appelé Douleur, la mine défaite.

Rondeau 328

 1 Visage à l'image du cœur,
   peint de vert sombre et de brun[2]
   par fainte : par tromperie
 4 *faulx bourdon* : suite d'accords de sixte, une technique de
   composition en vogue au xve siècle.

 6 qui parvient si mal à ses fins

 8 *contre* : celui qui chante la contreteneur, la voix la plus
   haute. — *teneur* : celui qui chante la voix la plus basse,
   celle qui « tient » la mélodie.
   enroué, faisant beaucoup de fautes,
   et mal en voix par contrainte :
11 *chappelle* : désigne l'ensemble des musiciens et chanteurs[3].

Senechal : probablement Pierre de Brézé, grand sénéchal de
Normandie. Il sera arrêté en 1461 sur ordre de Louix XI.
Refrain : [*Q*]*ui trop embrasse pou estraint.*

Rondeau 329

 1 Il n'y a pas de passe-temps plus agréable
   que de jouer à sa pensée,
   mais à condition que Raison la dépense
 4 bien ; c'est ainsi que je l'entends.

[S]'elle a fait nulz despens contens,
Par Espoir soit recompensee ;
        Il n'est etc.

8 [E]lle dit : « A ce je m'actens
  — Veu qu'ay leaulté pourpensee —
  Que de mes soussiz dispensee
  Seray, malgré les malcontens. »
12   Il n'est nul etc.[1]

[Rondeaux (CCCCVII à CCCCIX)]   [pp. 515-516]

Orleans [Rondeau 330 (CCCCX)]   [p. 517]

1 [P]our Dieu, faictez moy quelque bien,
  Veu que m'a desrobé Veillesse,
  Plaisance ! Car en ma jeunesse
4 Savez que vous amoye bien.

  Pour vous n'ay espargnay du myen ;
  Or suis pouvre, plain de foiblesse :
        Pour Dieu, etc. !

8 [D]evoir ferez, comme je tien,
  Car j'ay despendu a largesse
  Pieça mon tresor de lyesse ;
  Et maintenant je n'ay plus rien.
12   Pour Dieu, etc. !

Si elle a fait quelques dépenses au comptant,
qu'elle en soit dédommagée par Espoir ;

8 Elle dit : Je m'attends à cela
— vu que j'ai pensé agir loyalement —
que je serai dispensée de mes tracas,
11 malgré les mécontents.

Rondeaux : trois rondeaux sans liens directs avec les textes de Charles d'Orléans. Tous sont de Fraigne, Bourbonnais de petite noblesse. Le reste de la page 516 est blanc.

Rondeau 330

1 Au nom de Dieu, Plaisir, faites-moi
quelque bien, vu que Vieillesse m'a
détroussé ! Vous savez, n'est-ce pas,
4 qu'en ma jeunesse je vous aimais bien.

Pour vous je n'ai pas économisé mes biens ;
maintenant je suis pauvre, plein de faiblesse :

8 Vous ferez votre devoir, j'en suis certain,
car j'ai jadis généreusement dépensé
mon trésor de joie ;
11 et maintenant je n'ai plus rien.

Orleans
[Rondeau 331 (CCCXI)]

1 [C]'est la prison Dedalus
  Que de ma merencollie ;
  Quant je la cuide fallie,
4 G'i rentre de plus en plus.

  [A]ucunes fois je conclus
  D'i bouter Plaisance lie ;
      C'est la prison [etc.]

8 [O]ncques ne fut Tantalus
  En si trespeneuse vie,
  Ne — quelque chose qu'on die —
  Chartreux, hermite ou reclus ;
12   C'est la prison etc.

[Rondeaux
CCCCXII à CCCCXIV)]   [pp. 518-520]

Orleans [Rondeau 332 (CCCCXV)]   [p. 521]

1 [A] ! que vous m'anuyés, Viellesse !
  Que me grevez plus que oncques mes !
  Me voulés vous ce tousjours mes
4 Tenir en courroux et rudesse ?

  [J]e vous faiz loyalle promesse
  Que ne vous aimeray jamés :
      A ! que [vous] m'anuyés, Viellesse !

Rondeau 331

1 Il en est de ma mélancolie
  comme de la prison de Dédale[1] ;
  quand je crois y avoir échappé,
4 voilà que je m'y enfonce plus profondément.

  Parfois j'en arrive à conclure
  qu'il faut y jeter Plaisir le joyeux ;

8 Jamais Tantale n'a connu une vie
  si trespeneuse : aussi pénible. [Tantale, tourmenté par la
    soif et la faim, était condamné à ne pas pouvoir goûter
    à l'eau et aux fruits à sa portée].
  ni — quoi qu'on en dise —
11 un chartreux, un ermite ou un reclus [vivant isolé dans une
                                                  cellule]

  Rondeaux : trois rondeaux d'Anthoine de Cuise, jeune écuyer
  non identifié, qui composa des rondeaux après 1450.
  Certains sont dans la collection du B.N. fr. 9223.

Rondeau 332

1 Ah ! combien vous me pesez, Vieillesse !
  que vous me faites souffrir plus que jamais !
  Voulez-vous toujours plus me tenir
4 en contrariété et cruauté ?

  Je vous fais la sincère promesse
  que je ne vous aimerai jamais ;

8 [V]ous m'avez banny de jeunesse ;
   Rendre me convient desormais.
   Et faites vous bien? Nennil, mais
   De tous maulx on vous tient maistresse.
12   A ! que vous m'anuyés, Viellesse !

[Rondeaux (CCCCXVI à CCCCXIX)]   [pp. 522-524]

Orleans [333 (CCCCXX)]   [p. 525]

1 [T]emps et temps m'ont emblé jennesse
   Et laissé es mains de Viellesse
   Ou vois mon pouvre pain querant ;
4 Aage ne me veult tant ne quant
   Donner l'aumosne de liesse.

   [P]uis qu'elle se tient ma maistresse,
   Demander ne luy puis promesse ;
8 Pource n'enquerons plus avant !
        Temps etc.

   [J]e n'ay repast que de foiblesse,
   Couchant sur paille de destresse :
12 Suy je bien payé maintenant
   De mes jennes jours cy devant ?
   Nennil, nul n'est qui le redresse ;
        Temps et temps etc.

Orleans [Rondeau
334 (CCCCXXI)]

1 [A]sourdy de non chaloir,
   Aveuglé de desplaisance,
   Pris de goute de grevance,
4 Ne sçay a quoy puis valoir.

8 Vous m'avez exilé [du pays] de la jeunesse ;
désormais, il faut que je me rende [à vous].
Et faites-vous bien ? Que non, mais
11 on vous considère comme la maîtresse de tous les maux.

Rondeaux : quatre rondeaux de Jean Meschinot (vers 1420-
1491), poète au service du duc de Bretagne. Œuvre principale : *Les Lunettes des Princes* (1460).

Rondeau 333

1 Chaque époque [de la vie] m'a volé un peu de ma jeunesse
pour m'abandonner [finalement] aux mains de Vieillesse
chez qui je vais mendier mon pauvre pain ;
4 Age ne veut en aucune manière
me faire l'aumône de joie.

Puisqu'elle se considère comme ma maîtresse,
je ne peux pas lui demander de promesse ;
8 ne cherchons donc pas à en savoir davantage !

Je n'ai que des repas de faiblesse
et je couche sur la paille de détresse :
12 suis-je bien payé maintenant
pour mes jeunes jours passés ?
Non, il n'y a personne qui y remédie ;

Rondeau 334

1 Assourdi à force d'indifférence,
aveuglé de déplaisir,
souffrant de la goutte de douleur,
4 j'ignore à quoi je peux servir.

Voullez vous mon fait savoir?
Je suis pres que mis en trance,
        Asourdy etc.

8 Se le medecin Espoir,
  Qui est le meilleur de France,
  N'y met briefment pourveance,
  Viellesse estainct mon povoir,
12   Assourdy etc.

Orleans
[Rondeau 335 (CCCCXXII)]   [p. 526]

1 [D]edens la maison de Doleur,
  Ou estoit trespiteuse dance,
  Soussy, Viellesse et Desplaisance
4 Je vis dancer comme par cueur.

  [L]e tabourin nommé Maleur
  Ne jouoit point par ordonnance
        Dedens la maison etc.

8 [P]uis chantoient chançons de pleur,
  Sans musicque ne accordance;
  D'ennuy, comme ravy en trance,
  M'andormy lors pour le meilleur
12   Dedens la maison etc.

Simonnet Cailleau
[Rondeau (CCCCXXIII)]

Voulez-vous connaître mon cas ?
Je me trouve presque en délire

10 n'y pourvoit pas rapidement,
Vieillesse éteindra ma force de vivre

Rondeau 335

1 *Doleur* : Douleur [propriétaire de la maison]
où il y avait une danse très pitoyable,
Peine, Vieillesse et Déplaisir,
4 je les vis danser comme [s'ils savaient la danse] par cœur.

tabourin : le joueur de tambourin. [Dans le rondeau 117, le
tambourin est associé à la joie de la fête. Dans la *Danse
aux aveugles* (1464) de Pierre Michault, Fortune est
accompagnée de deux musiciens, Eur et Maleur.]
ordonnance : de façon ordonnée, en mesure
8 *chançons de pleur* : dans le *Passe Temps* (1440 ?) Michault
Taillevent[1] oppose les *virelais de flours* de la jeunesse
aux *ballade de plours* de la vieillesse (strophe XIII).
accordance : sans accord
de douleur, comme plongé en délire,
11 je m'endormis alors pour le meilleur.

Simonnet Cailleau : jeune écuyer, sans doute de la famille
noble des Caillau de Picardie. — Il reprend le refrain du
rondeau 335 : *Dedens la maison de Douleur.*

Orleans
[Rondeau 336 (CCCXXIV)] [p. 527]

1 [J]e vous sans et congnois venir,
  Anuyeuze Merencolie;
  Maintez fois, quant je ne vueil mye,
4 L'uys de mon cueur vous fault ovrir.

  [P]oint ne vous envoye querir;
  Assez hay vostre conpaignie.
     Je vous sans etc.

8 [J]ennes pevent paine souffrir
  Plus que viellars; pource vous prie
  Que n'ayez plus sur nous envie,
  Ne nous vueilliez plus assaillir.
12   Je vous sans etc.[1]

Orleans
[Rondeau 337 (CCCCXXV)] [p. 528]

1 [M]entez, menteurs a carterons!
  Certes, point ne vous redoubtons,
  Ne vous, ne voustre baverye.
4 Loyaulté dit, de sens garnye:
  « Fy de vous et de voz raisons! »

  [O]n ne vous prise deux boutons,
  Et pource nous vous deboutons,
8 Eslongnant nostre compaignie:
     Mentez, menteurs etc.!

  [V]oz parlez, pires que poizons,
  Boutent partout feu en maisons;
12 Que voulés vous que l'en vous die?
  Dieu tout puissant si vous mauldie,
  Vous donnant de maulx jours foisons!
     Mentés, menteurs etc.

Rondeau 336

1 Je sens et sais quand vous venez,
 anuyeuze : pénible
 souvent, quand je n'en ai pas la moindre envie,
4 je dois vous ouvrir la porte de mon cœur.

Je ne vous fais pas chercher ;
je hais fort votre compagnie.

8 Les jeunes peuvent mieux supporter la souffrance
 que les vieux ; c'est pourquoi je vous demande
 de ne plus être jalouse de nous
11 et que vous ne cherchiez plus à nous attaquer.

Rondeau 337

1 Mentez, menteurs impudents !
 Certes, nous ne vous redoutons pas,
 ni vous, ni votre bavardage.
4 Loyauté dit, pleine de bon sens :
 raisons : propos, discours

6 On ne vous estime pas à la valeur de deux boutons[1]
 et c'est pourquoi nous vous chassons,
8 vous écartant de notre compagnie.

Vos discours, pire que des poisons,
mettent partout le feu aux maisons ;
12 *die* : on dise
 Que Dieu le Tout-Puissant vous maudisse
 en vous offrant un grand nombre de jours néfastes !

Gilles des Ourmez
[Rondeau (CCCCXXVI)]   [p. 529]

Rondel
[338 (CCCCXXVII)]   [p. 530]

1   [D]es soucies de la court
    J'ay acheté au jourd'uy ;
    De deulx bien garny j'en suy,
4   Quoy que mon argent soit court.

    [A] les avoir chacung court,
    Mais, quant a moy, je m'enfuy :
            Des soucies etc.

8   [J]e deviens viel, sourt et lourt,
    Et quant me treuve en ennuy,
    Non Chaloir est mon apuy,
    Qui maintesfoiz me secourt
12   Des soucies de la court.

Orleans [Rondeau 339 (CCCCXXVIII)]

1   [T]out plain ung sac de joyeuse promesse,
    Soubz clef fermé en ung coffin d'oublie ;
    Qui ne poursuit, certes, c'est grant folie,
4   Tant qu'on en ayt par raison a largesse.

    Craindre ne fault Fortune la diverse
    Qui Passe Temps avecques elle alie :
            [T]out ung sac etc.

Gilles des Ourmez: Gilles des Ormes, au service du duc dès
1455, reprend le thème du mensonge du rondeau 337:
[*P*]*our bien mentir souvent et plaisemment.*

Rondeau 338

1 *soucies* (n.f.): fleurs de soucis? Jeu de mots sur *souci* (n.
   m.) à rapprocher des rondeaux 91 et 232.
   deulx: de deuil, tristesse
4 bien que je sois à court d'argent.

   Chacun court pour les avoir,
   mais, en ce qui me concerne, je m'enfuis:

8 *lourt*: lourd [d'esprit et de corps]
   et quand j'ai des tracas,
   Indifférence est mon appui,
11 qui vient souvent à mon secours

Rondeau 339

2 mis sous clé dans un petit coffre d'*oublies* [pâtisseries,
   avec jeu de mots sur oubli: voir ball. 81, v. 13];
   si on ne les recherche pas jusqu'à ce qu'on en ait, de droit,
4 en quantité, c'est, certes, une grande folie.
   diverse: l'instable
   qui fait alliance avec Passe Temps[1];

8   [C]onseil requier a gens plains de sagesse;
     Qui mieulx sera, si leur plaist, c'om le die!
     Car bon Espoir, quoy c'on le contrarie,
     A droit vendra et trouvera richesse
12   [T]out plain etc.

[Rondeaux
(CCCCXXIX et CCCCXXX)]   [p. 531]

[Rondeau 340 (CCCCXXXI)]   [p. 532]

1 [D]ieu les en puisse guerdonner,
    Tous ceulx qui ainsi tourmenter
    Font — de vent, de naige et de pluye —
4 Et nous et nostre compaignye,
    Dont peu nous en devons louer.

    [M]ais il fauldra qu'au paraller,
    Commant qu'il en doye tarder,
8 Que nous ou eulx en pleure ou rie.
       Dieu les etc.!

    [O]r ça, il fault parachever
    Et, puis qu'il est trait, avaler!
12 On congnoistra qu'est de clergie
    D'Orleans, trait de Lombardie:
    Tous biens faiz convendra trouver.
       Dieu les etc.!

[Rondeau 341 (CCCCXXXII)]

1 [P]renons congié du plaisir de noz yeulx,
   Puis qu'a present ne povons mieulx avoir!
   De revenir faisons nostre devoir,
4 Quant Dieu plaira, et sera pour le mieulx.

8 Je demande conseil aux gens pleins de sagesse ;
qu'on désigne celui qui sera le meilleur, s'ils
[le veulent bien !

Bon Espoir, bien qu'on le contrarie,
11 viendra à bon droit et trouvera un trésor

Rondeaux : de Benoît Damien (Damiano), au service du duc dès 1450. Echanson en 1456, en faveur encore en 1464.

Rondeau 340

1 Que Dieu puisse les récompenser,
tous ceux qui déchaînent une telle tourmente
— de vent, de neige et de pluie —
4 sur nous et notre compagnie,
car nous n'avons guère à nous en louer.

Mais en fin de compte il faudra,
même si cela doit se faire attendre longtemps,
8 que nous ou eux en pleurions ou rions.

parachever : terminer, en finir [définitivement]
trait : puisqu'il [le vin] est tiré
On saura ce qu'il en est de la science
d'Orléans, du trait d'esprit de Lombardie :
14 il faudra trouver toutes les bonnes actions.

Rondeau 341

1 Prenons congé du plaisir de nos yeux
povons : nous pouvons
Pensons à faire un retour sur nous-mêmes,
4 quand il plaira à Dieu, et tout sera pour le mieux.

[I]l fault changer aucunefoiz les lieux
Et essayer, pour plus ou moins savoir :
          Prenons congé etc. !

8 Ainsi parlent les jennes et les vieulx ;
Pource chascun en face son povoir !
Nul ne mecte sa seurté en espoir,
Car aujourd'uy courent les eurs tieulx quieulx.
12   . . . .

[Rondeau 342
(CCCCXXXIII)]   [p. 533]

1 [M]'apelez vous cela jeu,
En froit d'aler par pays ?
Or pleust a Dieu qu'a Paris
4 Nous feussions enprés le feu !

[N]ostre prouffit veullent peu,
Qui en ce point nous ont mis :
          M'apelez vous etc. ?

8 [D]eslyer nous fault ce neu
Et desployer fais et dis,
Tant qu'aviengne mieulx ou pis !
Passer convient par ce treu :
12   M'apelez vous etc.[1] ?

[Rondeau 343
(CCCCXXXIV)]   [p. 534]

1 [D]e Veillesse porte livree
Qu'elle m'a, puis ung temps, donnee,
Quoy que soit contre mon desir ;
4 Mais maulgré myen le faut souff[r]ir,
Quant par Nature est ordonnee.

Il faut parfois changer d'endroit
et y faire ses expériences, pour en savoir plus ou moins :

8 *jennes* : les jeunes
Que chacun fasse donc son possible !
Que personne ne voie en l'espoir une garantie,
11 car de nos jours les chances courent à leur gré.

Rondeau 342

1 Appelez-vous cela un jeu,
de voyager par le froid ?
pleust : plût [subjonctif de l'imparfait]
4 que nous soyons à Paris, près du feu !

Ceux qui nous ont mis en cet état
ne pensent guère à notre bien-être :

8 Il nous faut défaire ce nœud
et agir en faits et en paroles
jusqu'à ce que la situation s'améliore ou empire !
11 Il faut en passer par là [*treu* : trou] :

Rondeau 343

1 Je porte une livrée [aux couleurs] de Vieillesse,
qu'elle m'a donnée il y a un certain temps,
bien que ce soit contre ma volonté ;
4 mais je dois l'accepter malgré moi,
puisque Nature l'ordonne ainsi.

[E]lle est d'annuy si fort brodee —
Dieu scet que l'ay chiere achaptee,
8 Sans gueires d'argent de plesir !
     De Veillesse etc.

[P]ar moy puist estre bien usee
En eur et bonne destinee,
12 Et a mon soubhait parvenir,
Tant que vivre puisse et mourir
Selon l'escript de ma pensee !
     De Veillesse [etc.]

Orleans
[Rondeau 344 (CCCCXXXV)]   [p. 535]

1 [S]alués moy toute la compaignie
Ou a present estez a chiere lye !
Et leur dites que voulentiés seroye
4 Avecques eulx, mais estre n'y pourroye
Pour Viellesse qui m'a en sa ballie.

[A]u temps passé Jennesse sy jolie
Me gouvernoit. Las ! or n'y suy ge mye
8 Et, pour cela, pour Dieu, que escuzé soye !
     Salués moy etc. !

[A]moureus fus, or ne le suy ge mye,
Et en Paris menoye bonne vie :
12 Adieu bon temps, ravoir ne vous saroye !
Bien sanglé fus d'une estrete courroye
Que par age convient que la deslie :
     Saluez moy toute la compaignie !

Cette livrée est tellement brodée de tracas —
Dieu sait que je l'ai payée cher,
8 n'ayant guère d'argent de plaisir.

Que je puisse bien l'employer
en chance et bon destin
12 et à réaliser mon désir,
de sorte que je puisse vivre et mourir
selon ce qu'écrit ma pensée !

Rondeau 344

1 Saluez-moi toute la compagnie
où, tout joyeux, vous vous trouvez à présent !
Et dites-leur que je serais volontiers
4 avec eux, mais que je ne le pourrai pas
à cause de Vieillesse qui me tient en son pouvoir.

Autrefois Jeunesse, si belle,
me gouvernait. Hélas ! je n'y suis plus maintenant
8 et, pour cette raison et au nom de Dieu, excusez-moi !

Je fus amoureux, maintenant je ne le suis plus,
et à Paris je menais une bonne vie :
12 Adieu bon temps, je ne saurais vous rattraper !
J'étais bien serré à la taille par une courroie mince,
il convient que je la délie pour cause d'âge :
Saluez-moi toute la compagnie !

Bourbon [deux rondeaux[1]]   [p. 536]

P. Danchie [Rondeau]   [p. 537]

*   *
*

Bourbon: Jean II, duc de Bourbon dès 1456. Refrain du premier rondeau: [*G*]*ardez vous bien du cayement* — un écho du refrain du rondeau 14?

Danchie: Pierre d'Anché, seigneur de la Brosse (famille du Poitou)? Le rondeau *Gardez vous bien de ce Fauveau*[1] a connu un évident succès: on le retrouve dans le *Jardin de Plaisance* et dans la *Chasse et Depart d'Amours.*

Notes

Page 30

1. *La Chasse d'Amours*, vv. 2797-98 et 2802-04 : Au temps passé le fort Sanson conquistes,/Le roy David et Salomon le saige ;/ (...)/Donc si ce jeune enfant qui ne passe aage/ Bien surmonter tous deux ne me sçavez,/ Toute perdue vostre puissance avez.

Page 31

1. Sans titre dans le manuscrit : la proposition se base sur le sous-titre qui précède le vers 400.

2. Dans le /O/ historié de *ou* figure un blason aux armes d'Orléans, en très mauvais état.

3. Passé simple descriptif déjà archaïque au XVᵉ siècle ; il s'explique par la présence d'« après ce » et de « quant ».

4. Dans le *Roman de la Rose* de Guillaume de Lorris, l'âge de Jeunesse est précisé : elle a un peu plus de douze ans (vv. 1257-1260).

Page 35

1. Comparer au proverbe : *On ne peult pas se garder de son heur* (J.W. Hassel, *Middle French Proverbs, Sentences, and Proverbial Phrases*, 1982, nᵒ H30).

Page 37

1. *Gent* est souvent associé à *beau* et à *gracieux* : pratiquement intraduisible, *gent* désigne la beauté physique et renvoie en même temps à des vertus sociales.

2. Désigne, selon le contexte, une maison (en ville ou à la campagne) ou un château entouré d'un domaine.

3. Au moyen âge Vénus est fréquemment associée à la luxure. Le dieu d'Amour (identifié ici à Cupidon, voir v. 401) renvoie à l'amour courtois hérité des troubadours.

Page 39

1. Dans sa bibliothèque, Charles d'Orléans en avait aussi bien un

exemplaire en latin que la traduction française due à Simon de Hesdin (1377), héritée de son père.

Page 41

1. *Tout* (même écriture) est ajouté dans la marge gauche.
2. Terme d'héraldique : les armes du roi de France sont *d'azur semé de fleurs de lis d'or*.
3. Comparer au *Livre du cuer d'amours espris* (1457) de René d'Anjou : parmi les blasons des chevaliers enterrés à l'hôpital d'Amour figure celui de « Loÿs, duc d'Orleans » que son « desir emprint d'aler au dieu d'Amours » (éd. p. S. Wharton, 1980, p. 132).

Page 43

1. *Vous* ajouté dans la marge gauche du manuscrit.
2. Samson séduit par Dalila (*Juges* XVI, 4-31) et Salomon entraîné au péché par des étrangères (*III Rois* XI) sont souvent cités en exemple pour dénoncer l'empire des femmes.

Page 44

1. *La Chasse d'Amours*, v. 2853 : Il vous convient le Dieu d'Amours servir.
2. *Cf.* Jean de Garencières, refrain de la ballade XIII : Je hez ma vie et desire ma mort. — *Cf. La Chasse d'Amours*, vv. 2894-2900 qui reprennent et amplifient les vers 232-235.

Page 46

1. *La Chasse d'Amours*, v. 2909-10 : Mon bel enfant, tu as tresgrant besoing/ D'ung medecin, car je te voy malade.
2. *La Chasse d'Amours*, vv. 2925-27 : Or maintenant où est ton cueur allé/ Quant Beaulté seulle devant tous te surmonte ?/ Ton grant orgueil est bien tost ravallé.

Page 48

1. *La Chasse d'Amours*, v. 3030 : Car ta querelle vers le Dieu soustiendray.
2. *La Chasse d'Amours*, v. 3063 : courtoisement.

Page 50

1. *La Chasse d'Amours*, v. 3077 : Dame Beaulté si raisonnablement.
2. *La Chasse d'Amours*, vv. 6318-26 : Premierement, de cueur et bouche/ Loyaulment sans nulle reprouche/ Amour servirez jours et nuitz,/ Sans espargner dueil et ennuiz,/ Peine, courroux et tout soucy,/ Et si avez le cuer transy,/ Souffrerez sans vous repentir/ Les maulx qu'Amour fera sentir/ A vostre cueur par mal ou jeu.
3. *La Chasse d'Amours*, vv. 6327-28 : Secondement, en ung seul lieu/ Vous aymerez trefermement.

Page 51

1. Terme féodal. L'*hommage lige* est l'hommage que le vassal prête au seigneur auquel il se doit en priorité.

2. Métaphore empruntée au jeu de paume : la *volée* s'oppose au *bond*.

Page 52

1. *La Chasse d'Amours*, vv. 6347-50 : Tousjours tiendrez secretement/ Le conseil d'Amour et edict/ Et garderez en faict et dict/ Vostre bouche de mal parler.

2. *La Chasse d'Amours*, vv. 6380-83 : Soubz fiance de les trouver/Bons amans, aussi les prouver/Secretz, ainsi que convenance/Ont fait devant.

Page 54

1. *La Chasse d'Amours*, v. 6428 : coint et jolly.

2. *La Chasse d'Amours*, vv. 6478-79 : D'apprendre tous gracieux tours/ Qui pourront servir en amours. — Mais pas d'allusion à la danse, aux chansons et ballades — souvenir d'Oton de Grandson, ballade : Je fis rondeaux, baladez, virelais,/ Ou temps passé que j'amay par amour (*Recueil de Neuchâtel*, ball. 10) ?

Page 55

1. Opposée à l'*avarice*. Voir les commandements d'Amour dans le *Roman de la Rose*, vv. 2199-2220, et le *Breviaire des Nobles* d'Alain Chartier : Largesse est la onzième dame.

Page 56

1. *La Chasse d'Amours*, vv. 6596-99 : Dieu Cupido et Amour la Deesse,/ Ayans puissance sur mondaine liesse,/ Salut de cuer, par nostre hardiesse/ A tous amans.

2. *La Chasse d'Amours*, vv. 6600-01 : Sçavoir faisons a tous caÿmans [= mendians]/ Que cest enfant, l'ung de noz reclamans.

3. *La Chasse d'Amours*, v. 6613 : A noz subgectz par cestuy mandement. — Les vers qui précèdent suivent presque mot à mot le texte de Charles d'Orléans.

Page 57

1. *Livre messire Ode*, ballade adressée à la dame : « requerir vostre humblesse pardon » (p. 416) ; *Breviaire des Nobles*, ballade VIII : Courtoisie est « humble et joyeuse ».

2. Ce vers (même écriture) a été ajouté dans la marge gauche.

3. Décisions royales qui ont pris la suite des diplômes : la charte (scellée de cire verte sur lacs de soie), la lettre ordinaire (scellée de cire jaune sur double queue de parchemin), le mandemement (scellé de cire jaune sur simple queue).

Page 58

1. *La Chasse d'Amours*, vv. 6624-28 : les personnifications énumérées sont : Dangier, Faulx Rapport, Faulx Semblant, Faulse Craintise et Ennuy.

2. *La Chasse d'Amours*, v. 6671 : Faict et donné au Chasteau de Plaisance. — Aucune allusion à la Saint Valentin.

3. *La Chasse d'Amours*, vv. 6678-79 : Par Cupido et Amour sans desdaings/ A ce presens plusieurs plaisir[s] mondains.

Page 59

1. Vers ajouté dans la marge gauche.

Page 65

1. E. Schulze-Busacker, *Proverbes et expressions proverbiales dans la littérature narrative du moyen âge français*, 1985, nᵒ 1637.

Page 66

1. Ballade 4, *Chasse et Depart d'Amours* (éd. A. Piaget, *Romania* 21 (1892) 588-589 :
v. 4 : Yeulx sont armez pour mieulx sur luy saillir
v. 5 : Contre tous deux pourroit bien defaillir
v. 16 : Ma grant maistresse qui veult mon cueur tolir
v. 18 : De ses deux yeulx par regard m'amollir
v. 19 : La garnison du cueur fist abollir
Un envoi de cinq vers complète la ballade.

Page 67

1. Voir J.W. Hassel, *Middle French Proverbs, (...)*, 1982, nᵒˢ pp. 166-168 : notre passage ne figure pas parmi les exemples cités.

Page 71

1. *Serement* compte pour deux syllabes. *Cf.* ball. 7, v. 16.

Page 74

1. Ballade 7, envoi. *Chasse et Depart d'Amours* (éd. A. Piaget, *Romania* 21 (1982) 588) : Prince, vueillez moy supporter/Soit en avril, en mars ou may,/Sans laisser ainsi emporter/Mon cueur qui est maistre de moy.

Page 75

1. Indication ajoutée dans la marge droite, à côté du vers 28.

Page 77

1. La ballade compte 5 strophes et un envoi. Il s'agit d'un *chant royal*, genre jugé supérieur à la ballade dans les traités de l'époque : voir E. Langlois (éd.), *Recueil d'arts de la seconde rhétorique*, Genève, 1974, pp. 21, 172, 242.

Page 79

1. Traduction du ms. de Grenoble, f. 22ro : formam et gestus.

Page 80

1. *Cf.* Villon, *Lais*, vv. 47-48 : Au fort, je suys martir,/ Du nombre des amoureux sains.

Page 83

1. Le *guerdon*, terme hérité des trouvères, est rare chez Charles d'Orléans (*cf.* ball. 15, 21, 33, 39, 68, 71) : c'est la récompense que la dame doit à l'amant loyal pour son service d'amour.

Page 84

1. *Cf.* Jean de Garencières, ballade IX, v. 19 : Desir m'assault et amour si me presse.

Page 85

1. Traduction du ms. de Grenoble, f. 40vo : tantum tardat.
2. Danger, personnification héritée du *Roman de la Rose*, représente un pouvoir hostile qui fait souffrir : il peut suggérer le refus de la dame, la jalousie ou le soupçon [voir le ms. de Grenoble qui traduit d'habitude par *mala suspicio*].

Page 89

1. Traduction du ms. de Grenoble, f. 41vo : quod debes effice.

Page 97

1. Traduction du ms. de Grenoble : sepe fui nixus [*niti* : faire des efforts] aliquod solamen habere.

Page 98

1. *Cf.* Jean de Garencières, rondeau III, v. 1 : Ennuy, soucy, courroux et desplaisance.

Page 102

1. *Cf.* Alain Chartier, *La Belle Dame sans Mercy*, vv. 25-28 : Je laisse aux amoureux malades/Qui ont espoir d'alegement/Faire chançons, dis et balades,/Chascun a son entendement.

Page 103

1. L'ordre — non chronologique — du manuscrit fait ressortir les liens entre les ballades 20 et 21 : l'une et l'autre thématisent la fonction de *l'écriture poétique*. A rapprocher du dixième commandement dans la *Retenue d'Amour*.

Page 107

1. Par manque de place le refrain a été transcrit de façon incomplète dans la marge droite, à côté du vers 23.

Page 114

1. *Cf.* Oton de Granson, *Livre messire Ode*, v. 2271 : De choisir la non per de France [rime avec *plaisance*].

Page 115

1. *Détresse* désigne un état de contrainte plus fort que celui de la *desplaisance*. Voir Jean de Garencières, ballade XVI, vv. 31-32 : Que tous les jours veoir ma desplaisance / Devant mes yeulx, et ma dure destresse.

Page 116

1. Rapprocher le début de la ball. VI de Garencières :
v. 9 : Ne mon las cuer ne puet joye recouvrer
vv. 16-17 : Pour ce qu'Amours me font tant desirer / A vous veoir, gente dame sans per.
    2. *Cf.* Alain Chartier, *Chançon nouvele* (éd. A. Piaget, 1949², n° XIII), vv. 1-3 : Au feu ! au feu ! au feu ! qui mon cuer art / Par ung brandon tiré d'un doulz regart / Tout enblambé d'ardant desir d'Amours.
    3. *Cf.* Alain Chartier, *Chançon nouvele*, v. 13 : Avancez vous ou vous vendrez trop tart !

Page 121

1. Traduction du ms de Grenoble, f. 55 : inque diffugium statui.

Page 137

1. *Cf.* A. Langfors, *Les incipits des poèmes français antérieurs au xvie siècle*, Paris, 1917.

Page 138

1. Le premier mot de l'envoi, *tresor*, et le titre *l'envoy* ont été transcrits après coup dans le prolongement du vers 26.

Page 139

1. Au moyen âge *noir* ne désigne pas seulement la couleur (du deuil), mais signifie aussi *livide, triste. Cf.* Oton de Grandson, *Recueil de Paris*, VII, 6e ballade, v. 26 : mon cueur est mat, pensiz et noir.

Page 142

1. *Cf.* Jean de Garencières, ballade IX, vers 17 : Car quant je voy que sa belle jeunesse.

Page 145

1. Traduction du ms. de Grenoble, f. 55 : inque diffugium statui.

2. Traduction du ms. de Grenoble, f. 56: Ah! miserere mei.

Page 147

1. Traduction du ms. de Grenoble, f. 56vo: ferox.

Page 148

1. Manuscrit: Le.

Page 152

1. Personnification discutable. *Cf.* ball. 51, vv. 23-24: *par sagesse ... me gouverneray*. Mais il y a glissement définitif à l'*abstractum agens* dans les vers suivants.

Page 154

1. Manuscrit: Le.
2. Dès sa première apparition dans le *Roman de la Rose* Danger est présenté comme *uns vilains* (v. 2809).

Page 156

1. Reste de la page (15 lignes) en blanc.

Page 158

1. Manuscrit: Le.

Page 161

1. Traduction du ms. de Grenoble, f. 59vo: punctum qui fertur nomen habere mores.

Page 165

1. *Chansons des XVe et XVIe siècles*, éd. p. F. Ferrand, 1986, n° XXII, vv. 9-10.
2. Traduction du ms. de Grenoble, f. 60vo: te cogat abesse.

Page 167

1. Traduction du ms. de Grenoble, f. 61: cum divo causas hoc cor amore tenet / Quem sociare cupit.

Page 170

1. Pour l'extase amoureuse, *cf.* Jean de Garencières, début de la ball. III: Belle, quand je sui devant vous/Je sui comme un homme esperdu,/Mais ce me fait joye et amours (...).
2. Reste de la page (13 lignes) en blanc.

Page 174

1. Refrain incomplet: *Ou temps* est transcrit dans le prologement du vers 23.

Page 186

1. Manuscrit : E[l]as !

Page 187

1. Édition : *La Complainte...*, éd. p. R. M. Bidler, *Le Moyen Français* 18 (1986).

Page 190

1. Le refrain incomplet a été transcrit après coup dans la prolongation du vers 15.

Page 195

1. Traduction du ms. de Grenoble, f. 70 : sicut fors illo tempore nostra tulit.

Page 200

1. *Jardin de Plaisance*, f. 201ᵛᵒ : ung iour mauldit.
2. Brit. Museum, ms. Lansdowne 380 : chevauchoye.
3. *Jardin de Plaisance*, f. 201ᵛᵒ : noblesse.

Page 202

1. *Jardin de Plaisance*, f. 201ᵛᵒ : Tout est perdu (seulement le premier refrain).
2. *Jardin de Plaisance*, f. 201ᵛᵒ : eust tel hardement.

Page 206

1. *Cf.* Oton de Grandson, *Livre messire Ode*, vv. 1240-1242 : Par ung lundy assez matin, / L'endemain de saint Valentin / Que tous oyseaulx prennent leur per.

Page 210

1. Lacune de deux vers (rime en — ee) que Pierre Champion n'a pas relevée dans son édition.

Page 216

1. Début du refrain ajouté (même écriture) dans la prolongation du vers 17.

Page 223

1. Bien que la *complainte*, de longueur fort inégale, ne corresponde à aucune forme métrique fixe, elle est considérée comme un genre lyrique à la fin du moyen âge. La présente complainte s'apparente à celles d'Oton de Grandson avec sa nette préférence pour les strophes de 8 à 10 vers décasyllabiques.
2. *Cf.* G. Angeli, *La maschera di Lancillotto*, 1989, chap. II, 2.

Page 241

1. Il est exceptionnel de raconter une histoire dans une suite de ballades : les six ballades du *Congé d'Amour* (après 1440 ?) de Michault Taillevent n'ont pas la structure narrative qui caractérise la *Departie*, malgré la thématique commune aux deux poèmes.

Page 253

1. En Occident, le saule (pleureur) peut être associé à la mort et à la tristesse.

Page 255

1. Sur la notion de *passetemps*, voir : J.-C. Mühlethaler, *Poétiques du quinzième siècle,* Paris, 1983, pp. 26-32.

Page 260

1. *Cf.* Oton de Grandson, *Recueil de Neuchâtel*, ballade X, vv. 1-2 : Je fiz rondeaux, baladez, virelais, / Ou temps passé que j'amay par amour.

Page 261

1. *Le Mariage Rutebeuf,* v. 45 (début 1261) ; *Complaincte de la mort de maistre George Chastellain,* lg. 377 (daté de 1476).

Page 262

1. Seule la partie inférieure des lettres est visible : le feuillet a été coupé.
2. Lecture hypothétique : lettres pratiquement effacées.

Page 267

1. *faiee*, participe passé de *fa(i)er* : enchanter, ensorceler. *Cf.* l'adjectif *fée* dans les contes : La clé de Barbe-Bleue était *fée*.

Page 269

1. Sainte Thaïs, courtisane égyptienne convertie au christianisme par le moine Paphnuce. Est-ce la même *Thaÿs* que Villon évoque dans la *Ballade des dames du temps jadis* ?

Page 270

1. En tête de la page 125 figure le titre de *balade* : le scribe a profité de l'espace réservé à une autre composition pour transcrire les derniers vers de la ballade 76, laissant libre le reste de la page.
2. Le refrain trouve un écho dans le titre d'une œuvre de la seconde moitié du xve siècle : *L'Amant rendu cordelier à l'observance d'amour* (éd. p. A. de Montaiglon, Paris, 1881).

Page 275

1. Voir: *Les Œuvres de Pierre Chastellain et de Vaillant*, éd. p. R. Deschaux, Genève, 1982.

Page 276

1. Incipit de plusieurs rondeaux (pp. 413-417 du manuscrit). Dans le *Livre du cuer d'amours espris* (1457) du roi René d'Anjou, Cœur passe aussi par la forêt de Longue Attente.

Page 290

1. Adjectif dérivé de *percuter*, frapper violemment. *Perclus* (Pierre Champion) est une faute de lecture.
2. Correction d'après le ms. 375 de la Bibliothèque de Carpentras, f. 64. Leçon de notre ms.: *Tout*.

Page 292

1. Erreur du rubricateur: Le.

Page 298

1. Correction. Dans notre manuscrit et celui de Carpentras (n° 375) on lit: n'oreray (haranguer, tenir un discours).

Page 299

1. Cf. le substantif *atainte*, plainte en justice.

Page 302

1. Avec cette pièce commence une série de ballades non rubriquées.

Page 311

1. *Prince* et *envoi* sont des synonymes: « Chans royaux... sont de 5 couples et le Prince, qui est appelez l'Envoy » (*Recueil d'arts de seconde rhétorique*, éd. p. E. Langlois, Paris, 1902, p. 21).

Page 312

1. Même rime dans le *Livre messire Ode*, vv. 1190-1194: A l'entree de ma jeunesse, / A mon premier commancement / J'estoie destraint de leesse / Et de trouver esbatement.

Page 314

1. Le reste de la page est blanc.

Page 315

1. Guillaume Coquillart, *L'Enqueste d'entre la Simple et la Rusée*, vv. 216-218, date son œuvre du 11 novembre 1478 (*Œuvres*, éd. p. M. J. Freeman, Paris/Genève, 1975, p. 68).

Page 316

1. Le reste de la page est blanc.

Page 318

1. Les trois pages suivantes (159, 159bis, 159ter) sont restées blanches.
2. Aucune poésie n'est transcrite à la page 174.

Page 321

1. Il s'agit non pas d'une ballade, mais d'un chant royal avec cinq strophes et un envoi.

Page 327

1. Cf. rondeau 51.
2. Ms. de Grenoble, f. 76ro : ut quod debemus istum faciamus in annum.

Page 331

1. Ms. de Grenoble, f. 100vo : stramine maturens carceris ut fierem.

Page 337

1. *Le Blason de couleurs*, éd. p. H. Cocheris, Paris, 1860. — Comparer au rondeau du *Jardin de Plaisance*, f. 117vo : Noir et tanné sont mes couleurs / De gris ne vueil plus porter. Voir aussi les rondeaux 119 et 328.

Page 346

1. La rubrique a été ajoutée après coup, à côté du vers 24.

Page 348

1. Ms. : **Benvoy.**— La fausse lettrine témoigne du travail mécanique de l'illustrateur qui y voit le titre de la prochaine ballade.

Page 351

1. P. Champion, *Vie de Charles d'Orléans,* pp. 308-310 ; E. McLeod, *Charles of Orleans,* pp. 241-244.

Page 353

1. *Cf. Les Douze Mois Figurez* [éd. J. Morawski, *Archivum Romanicum* 10 (1926)] avec l'âge-limite de 48 ans ; Pierre Chastellain, *Le Temps Recouvré* (ds : *Les Œuvres,* éd. R. Deschaux, Genève, 1982), vv. 407-413, avec l'âge-limite de 43 ans.
2. Ms. de Grenoble, f. 105vo : jactus quos superans jacio.
3. Ms. de Grenoble, f. 105vo : ille meos nimium constanter rejecit ictus.

Page 355

1. Il s'agit d'une *sotte ballade*, comparable à celle que citent *Les Règles de la Seconde Rhétorique* (ds : E. Langlois, *Recueil d'arts de seconde rhétorique,* 1974, p. 38).

2. Ms. de Grenoble, f. 106ro : qui vultus palet vino confectus amaro.

3. Ms. de Grenoble, f. 106ro : qui mendici instar lacer est.

4. Vin apprécié au moyen âge, à l'égal des vins de Bourgogne et de Bordeaux : cf. D. Chassenieux et J.-Y. Vif, *La route des vins de Saint-Pourçain*, Moulins : Pottier, 1991, pp. 18-20. À la citation d'Henri d'Andeli, *La Bataille des vins*, et au renvoi à Jean Bruyant, on ajoutera : Jean Maillart, *Le Roman du Comte d'Anjou* (1316), éd. p. M. Roques, Paris, 1931, vv. 1155-1156.

Page 359

1. On remarquera les changements du refrain d'une strophe à l'autre.

Page 361

1. Il s'agit d'un chant royal (cinq strophes et un envoi).

Page 367

1. Le chant royal, plus ample que la ballade, est mieux adapté à la dimension narrative de cette poésie.

Page 368

1. Ms. : *revendroye*. Correction d'après le ms. de Grenoble.

Page 375

1. *Regime sanitatis* fait pendant à *Tacuinum sanitatis*, titre d'un livre de médecine qui figurait dans la bibliothèque du duc : il s'agit de l'actuel ms. B.N.lat. 6977.

2. L'histoire de Philomèle et de sa sœur Procné, l'une changée en rossignol, l'autre en hirondelle, est racontée par Ovide au livre VI des *Métamorphoses* ; le duc en possédait un exemplaire en français.

Page 385

1. D'Oton de Grandson à Charles d'Orléans, le débat entre le cœur et les yeux est un motif littéraire souvent traité.

Page 388

1. La rubrique *rondel* apparaît ici pour la première fois ; elle est placée au-dessous du rondeau de sorte qu'elle précède la chanson transcrite dans la partie inférieure.

Page 415

1. Rondeau mis en musique par Claude Debussy (1908) ainsi que par Guy Ropartz (1927), élève de César Franck.

Page 419

1. J. Morawski, *Proverbes français antérieurs au xvᵉ siècle*, Paris, 1925, nᵒ 1523. Source = *Matth.* 6, 24.

Page 420

1. Manuscrit : Sieuls.

Page 424

1. La dernière strophe ne comptant, elle aussi, que trois vers et le refrain, il ne nous semble pas justifié de supposer, comme le fait Pierre Champion, une lacune d'un vers après le vers 2.

Page 426

1. Avec cette page commence une section réservée aux rondeaux ; c'est là que sont transcrits les rondeaux les plus anciens.

Page 427

1. Voir : *The English Poems of Charles of Orleans*, éd. p. R. Steele et M. Day, Oxford University Press, 1970, pp. 220-225.

Page 436

1. *La Chasse et le depart d'Amours* (B.N. Rés. Vélins 583, fol. ee$_1$vo) : vieille.
2. *La Chasse et le depart d'Amours,* fol. ee$_1$vo : font.

Page 440

1. Vers gratté et corrigé.

Page 442

1. *La Chasse et le depart d'Amours* (B.N. Rés. Vélins 583, fol. ee$_2$ro : un seul *la*).

Page 451

1. La tête rasée est un attribut traditionnel du fou au moyen âge : voir par exemple l'initiale du psaume *Dixit insipiens in corde suo* dans les Bibles illustrées.

Page 461

1. La massue est un attribut traditionnel du fou au moyen âge : *Au plus fol la machue* (J. Morawski, *Proverbes français,* n° 186).

Page 464

1. *La Chasse et le depart d'Amours* (B.N. Rés. Vélins 583), fol. ee$_4$vo : Estienne le Grant.

Page 465

1. Tout le texte joue sur des termes de grammaire à double sens :
— *copulative* : renvoie à la fois à la copulation et à la copule [*copula* : ce qui unit comme les verbes copules].
— *genitif* : à rapprocher de *gignere*, enfanter, procréer, dont sont dérivés *génital, génitoires.*

— *ablative* : renvoie à *ablation*, action d'enlever, mot attesté dans ce sens dès le XIVᵉ siècle.

Page 466

1. Lettrine selon le ms. : *E*.
2. Le vers manque dans l'édition Champion.

Page 469

1. Le texte est transcrit chez P. Champion, *Vie de Charles d'Orléans*, 1911, pp. 542-548.
2. *Etymologiarum sive Originum Libri XX*, 15, 10, 3.

Page 470

1. Manuscrit : Dieulx.

Page 471

1. *A gogo :* altération par redoublement de *gogne* [= plaisanterie, divertissement] = « se dit de choses plaisantes qu'on a en abondance » (Furetière).

Page 473

1. L'image remonte à *Matthieu* 7, 15.
2. Comparer au début du rondeau 158.

Page 476

1. *Jardin de Plaisance,* f. 116ʳᵒ, reprise de la première strophe avec deux variantes : avoir pour *ouvrir* (v. 2) et certes pour *de beaulté* (v. 3) ; le reste du rondeau, sauf le refrain, n'a rien à voir avec le texte de Charles d'Orléans.

Page 485

1. Voir ball. 94, v. 24. Sorte de jeu quitte ou double, décrit chez Chrétien, *Chevalier de la Charrete*, éd. p. M. Roques, vv. 2702-2709. — Joue évidemment aussi sur *faillir*, manquer son but.

Page 492

1. Manuscrit : Quant.

Page 504

1. Manuscrit : demander. — A nos yeux, les corrections proposées par P. Champion ne s'imposent pas : *vous* (v. 1) ; *son* (v. 5).

Page 505

1. *Mon* : faut-il vraiment corriger, avec Pierre Champion, en *son*, évitant ainsi la structure en dialogue ?

Page 507

1. Proverbe à comparer au vers 11 du rondeau n° 114.

Page 515

1. Locution courante à l'époque. Sens : il faut vous servir, parmi les choses agréables, quelque chose de désagréable. Comparer à : *en entendre des vertes et des pas mûres.*

Page 524

1. *Jardin de Plaisance,* f. 115ᵛᵒ : tu voys et si ne sçay pourquoy.
2. Manuscrit : Venversés.

Page 528

1. Pierre Champion lit : On s'art qui est pres du feu.

Page 530

1. Correction d'après le ms. B.N. fr. 1104, f. 81ᵛᵒ. Notre manuscrit : Des veilles.

Page 531

1. Allusion au rôle d'entremetteuse que jouent souvent les vieilles dans la tradition de la nouvelle en Europe ; voir aussi la figure de la Vieille dans la *Roman de la Rose* de Jean de Meun.

Page 535

1. Dans le manuscrit un trait vertical marque la fin de la réplique.

Page 541

1. *Michault Taillevent,* éd. p. R. Deschaux, Genève, 1975, p. 263.

Page 542

1. Entre la rubrique et le texte dix lignes blanches.

Page 544

1. Il ne faut pas, comme le pense Pierre Champion, supposer une lacune d'un vers après le vers 2 : la dernière strophe ne compte, elle aussi, que trois vers suivis du refrain.
2. Manusrit : Neu.

Page 550

1. Manuscrit : Des.

Page 552

1. B.N. fr. 9223, fol. 27ᵒ : Le trichement.

Page 560

    1. Manuscrit : Parche.

Page 563

    1. *Cf.* ballades 25, 93 et rondeaux 27, 192, 327.

Page 570

    1. Manuscrit : Cest.
    2. Manuscrit : Ne.

Page 575

    1. Équivoque érotique. Voir Rabelais qui, plus explicite, parle de la *vivificque cheville qui pour lors les coupploit* (prologue du *Tiers Livre*).
    2. Équivoques érotiques sur le jeu de paume et le billard.

Page 577

    1. À l'époque un *estrille-Fauveau* est une expression proverbiale pour désigner les flatteurs. Dans sa bibliothèque le duc avait un exemplaire de l'*Estrille-Fauveau* [= B. N. fr. 571 : *L'Histoire de Fauvain* par Raoul le Petit, éd. p. A. Langfors, Paris, 1914].

Page 584

    1. B.N. nouv. acq. fr. 15771, f. 32 : *larrons.*

Page 585

    1. Les deux rondeaux se suivent aussi dans la collection du ms. B.N. fr. 9223, ff. 20vo-21ro.

Page 588

    1. Manusctit : Langez.

Page 592

    1. Manuscrit : Viens.

Page 594

    1. Manuscrit : Con.

Page 596

    1. *Jardin de Plaisance,* f. 82ro : Je n'en ay plus que souvenance ; / Tousjours prens d'en parler plaisance (vv. 4-5).

Page 598

    1. *Jardin de Plaisance,* f. 82ro : finance.

Page 601

1. Voir le *Mireour du Monde* (éd. p. F. Chavannes, Lausanne, 1845, pp. 219-224), qui se confond en partie avec la *Somme le Roi* de frère Laurent (confesseur du roi Philippe III) : ils sont parmi les ouvrages moraux les plus répandus à la fin du moyen âge. La *Somme le Roi* figure dans la bibliothèque de Charles d'Orléans.

Page 610

1. Manuscrit : Neu. Un *v* en marge signale l'erreur.

Page 614

1. Manuscrit : Sourges.

Page 615

1. Voir les rondeaux 211, 229, 230 et la ballade 77.

Page 616

1. B. N. nouv. acq. fr. 15771, f. 3 : *J'ay servi toute ma jeunesse.*

Page 618

1. Manuscrit : Des.
2. Manuscrit : Siete. Un *d* à côté du S signale l'erreur.

Page 619

1. *Oton de Grandson, sa vie et ses poésies*, p. 286.

Page 621

1. Voir A. Planche, *Charles d'Orléans*, 1975, pp. 196-197.

Page 622

1. Manuscrit : Laignent.
2. On remarquera le rentrement du vers pour marquer le début de la strophe : un cas exceptionnel dans le manuscrit.

Page 623

1. La *vente à rachat* correspondra à la *vente à réméré* [du latin *re-emere*, racheter] où il est convenu que le vendeur peut racheter le bien au même prix, dans un délai fixé.

Page 626

1. *n'est* est suivi d'une croix. On la retrouve dans la marge droite, suivie de la négation pas : pour remplacer *ne* ?

Page 628

1. Manuscrit : Ianny.

Page 630

1. Espace laissé en blanc. Dans la marge gauche, à côté du vers : *foiz toussir.* Le vers aurait ainsi une syllabe de trop.

Page 637

1. Il figure parmi les jeux de Gargantua (*Gargantua*, chap. 22). Rabelais l'emploie encore au début du prologue du *Quart Livre.*

Page 638

1. Manuscrit : Ille.

Page 639

1. Le *Livre messire Ode* (de Grandson), vv. 1240-1241 ; la *Complainte amoureuse de Sainct Valentin*, strophe 15.

Page 642

1. Manuscrit : Ia.

Page 643

1. Rondeau farci d'expressions piémontaises.

Page 647

1. Une intéressante représentation de la fin du xvᵉ siècle est due au graveur Israhel van Meckenem. — Voir : M. Bernhard, *Martin Schongauer und sein Kreis*, 1980, pp. 316-317 (et les planches).

Page 649

1. Le feu grégeois est associé chez Charles d'Orléans à la fête, à la joie : voir les rondeaux 245 et 289.

Page 654

1. Manuscrit : fait.

Page 658

1. Manuscrit : De.
2. Manuscrit : Lappelle.

Page 660

1. Titre dans la marge droite, à côté du refrain du rondeau précédent.

Page 669

1. Reprise du débat entre les yeux et le cœur : voir les rondeaux 8, 182, 243 et 284.

Page 672

   1. Le refrain manque.

Page 679

   1. Voir W. Ziltener, *Repertorium der Gleichnisse und bildhaften Vergleiche*, 1983, entrée : « Pfau », et la définition qu'en donne Brunet Latin, *Li Livres dou Tresor*, partie V, chap. « Dou paon ». Ce livre figurait dans la bibliothèque de Charles d'Orléans.

Page 680

   1. Manuscrit : S'oreille.

Page 687

   1. Comme dans les autres rondeaux dialogués (*cf.* note au rondeau 292), l'alternance des répliques est ici signalée par un point que renforce, au vers 2, un trait vertical.

Page 691

   1. *Batu* : comparer au rondeau 322, v. 2.

Page 697

   1. Au sujet des *fourriers*, voir le rondeau 101.

Page 713

   1. Voir le *Paradis de la reine Sybille*, trad. p. F. Mora, Paris : Stock, 1983.

Page 719

   1. C'est aussi le vers initial de la ballade 91.

Page 724

   1. La moitié inférieure de la page est restée blanche.

Page 725

   1. Voir la note au rondeau 178, vers 5.
   2. Couleurs de la tristesse : voir le rondeau 119, v. 2, ainsi que le rondeau 52 et l'envoi de la ballade 105.
   3. Pour l'emploi de métaphores musicales, voir les rondeaux 21 et 109.

Page 726

   1. La moitié inférieure de la page est restée blanche.

Page 729

   1. Le labyrinthe que Dédale a construit pour le Minotaure. Son histoire, ainsi que celle de Tantale, sont rapportées dans les *Métamorphoses* d'Ovide, dont un exemplaire en français figurait dans la bibliothèque du duc d'Orléans.

Page 733

1. Le *Contrepassetemps Michault* (ou *Temps Perdu*, de Pierre Chastellain, réponse au *Passe Temps* de Taillevent) se trouvait dans la bibliothèque de Jean d'Angoulême, frère de Charles d'Orléans : ces poèmes devaient être connus dans ce milieu.

Page 734

1. La moitié inférieure des pages 527-529 est restée blanche.

Page 735

1. Expression courante : voir J.W. Hassel, *Middle French Proverbs, Sentences, and Proverbial Phrases*, 1982, n° B166.

Page 737

1. Passe Temps est ici la fuite du temps personnifiée. Dans d'autres textes, ainsi au théâtre, c'est une personnification des loisirs (*cf.* rondeau 329). Sur l'ambivalence du terme, voir J.-C. Muhlethaler, *Poétiques du quinzième siècle*, 1983, chap. 1.1.5.

Page 740

1. La moitié inférieure des pages 533-535 est restée blanche.

Page 744

1. Les trois derniers textes du manuscrit sont publiés en appendice par Pierre Champion, aux pages 594-595 du volume II.

Page 745

1. Allusion à Fauvel, ce cheval maléfique dont le duc avait l'histoire dans sa bibliothèque : voir la note au rondeau 190.

INDEX DES NOMS PROPRES

Le nombre avant le point indique le numéro du poème
(ballade ou rondeau), les nombres après le point se réfèrent aux
vers.
— Ref. = refrain.
— Rub. = rubrique.
— Entre parenthèses : personne ou personnification désignée
par une périphrase.

1. La *Retenue d'Amours* (RA)
et le *Songe en Complainte* (SC)

2. Les noms propres dans les ballades

3. Les noms propres dans les rondeaux

INDEX DES PERSONNIFICATIONS

Dans son édition Pierre Champion a employé la majuscule de manière abusive. Chez Charles d'Orléans l'allégorie oscille entre la personnification et la simple métaphore : il y a d'un côté les *abstracta agentia* comme *Dangier* ou *Amour*, de l'autre on rencontre les images du type *la forest de longue actente*, métaphores de la situation (psychologique) du moi. Les cas limites sont nombreux : dans *le port de desir*, Desir est-il le propriétaire ?... Est-ce Plaisir qui a fabriqué la *pouldre de plaisir* ?... Nous avons pour l'essentiel suivi les suggestions d'Armand Strubel[1], distinguant entre personnifications et réifications : seules les premières ont droit à la majuscule dans l'édition. Signalons quelques particularités :

a) les personnifications traditionnelles comme *Fortune* ont droit à la majuscule.

b) bien que le cœur et les yeux fonctionnent souvent comme des *abstracta agentia*, nous avons renoncé à mettre la majuscule : l'emploi — les rares apostrophes exceptées (ball. 104 ; ro. 105, 167, 184, etc.) — de l'article défini ou de l'adjectif possessif s'y oppose. Le rondeau 244 est significatif à cet égard : les deux interlocuteurs sont désignés l'un par *Soussy* (sans article !), l'autre par *le cuer*. Ce dernier n'est pas vu comme une personnification, il est une synecdoque du *moi* et rejoint son interlocuteur de la ballade 33, *l'amant*.

---

1. A. Strubel, « En la forest de longue actente : Réflexions sur le style allégorique de Charles d'Orléans », ds : *Styles & valeurs. Pour une histoire de l'art littéraire au moyen âge*, éd. par D. Poirion, Paris, SEDES, 1990, pp. 167-186.

c) la *cité de gracïeux desir* (RA, v. 454) et le *chastel de plaisant recept* (SC, v. 414) sont calqués sur le modèle du *château de Blois*, de la *ville d'Orléans*. Lorsque le terme abstrait doit être considéré comme un toponyme (voir ball. 50, v. 4), nous avons choisi la solution suivante : pas de majuscule dans le texte afin d'éviter la confusion avec les personnifications, mais emploi de la majuscule dans la traduction.

Dans l'index qui suit, nous indiquons entre parenthèses (*RoRo*), quand une personnification figure déjà dans le *Roman de la Rose*. Un adjectif qui accompagne seulement certaines occurrences de la personnification, ne fait pas partie du nom allégorique : nous le signalons entre parenthèses, sauf pour *(Bon) Eur*, vu l'impossibilité d'employer *eur* seul en français moderne et la tendance à écrire *maleur* en un mot dans le manuscrit. La possibilité de souligner l'indépendance de l'adjectif se justifie par un exemple comme *Esperance l'asseuree* (ro. 140), structure qu'on connaît des noms de rois (*Charles V le Sage*), ou aussi par l'emploi détaché de l'adjectif *ennemy* (ro. 209), placé seul en tête de la poésie.

1. La *Retenue d'Amours* (RA)
et le *Songe en Complainte* (SC)

Aage (Age) : RA. 13 ; SC. 19, 106.
Amour (*RoRo*. Dieu d') : RA. 43, 51, 56, 67, 106, 123, 140, 143, 146, 156, 171, 191, 216, 240, 241, 261, 267, 274, 277, 283, 286,, 301, 311, 379, 386, 387, 390, 391 ; SC. 37, 39, 49, 57, 72, 74, 83, 134, 142, 151, 158, 161, 257, 276, 323, 347, 356, 364, 372, 419, 423, 432, 441, 472, 483.
Beau(l)té (*RoRo*) : RA. 88 (gente), 201 (plaisant), 211, 219, 240, 250, 254, 271, 301, 311.
Bel Accueil (*RoRo*) : RA. 125, 151.
Bonne Foy : RA. 387 ; SC. 239.
Compaignie (*RoRo*) : RA. 121.
Confort : SC. 435, 439, 447, 480, 518. — Voir *Reconfort*.
Courrous : SC. 30.

2. Les personnifications dans les ballades

Bel Accueil (*RoRo*): 84. 20.
Bon Eur (Bonheur): 46. 22; 80. 12; 92. ref. — Voir *Eur*.
Bonne Foy: 30. 5.
Bonté: 9. 19.
Bon Temps: 82. 13.
Compaignie: 91. 19 (bonne).
Confort: 25. 12; 93. 9; 122. 17. — Voir *Reconfort*.
Convoitise (*RoRo*): 117. 26.
Dangier (*RoRo*): 12. 22; 14. 10; 16. 7, 13; 17. 23; 18. 27; 20.
    17; 22. 17, 28; 23. 9; 24. 7, 27; 25. 24; 26. 14; 28. 14, 36; 29.
    1, 7, 14, 20; 31. 9; 37. 16; 38. 31; 44. 1; 47. 24; 48. 17; 50.
    7, 17, 27; 51. 19, 26; 58. 2; 68. 3, 22, ref.; 79. 22.
Desir: 12. 10; 54. 11 (franc); 30. 10 (joyeux); 86. 9
    (amoureux).
Desplaisance: 93. 9.
Desplaisir: 19. 1; 38. 7. — Voir *Plaisance, Plaisir*.
Destresse: 14. 10; 26. 14; 29. 13; 43. 17; 95. 10.
Devoir: 78. 5.
Doulceur: 122. 22.
Douleur (*RoRo*): 19. 1; 38. 7; 122. 6.
Droit (*RoRo*): 50. 21 (bon); 96. 2.
Dueil: 11. 3; 24. 27; 25. 5; 26. 4; 38. 31; 94. 10.
Dur(e)té: 26. 23.
Ennui: 38. 3; 104. 6.
Esperance (*RoRo*): 11. 8; 22. 12; 25. 15.
Espoir: 12. 17; 14. 24; 19. 10; 23. 1 (loyal), 14; 24. 11; 29. 11;
    37. 3; 39. 12; 41. 1; 46. 19; 52. 1, 28; 56. 29; 72. 36; 78. 2;
    80. 6, 15; 92. 6; 93. 15; 94. 10; 113. 13; 122. 17.
Eur: 94. 11. — Voir *Bon Eur*.
Follye (Folie): 91. 26; 94. 4; 103. 4.
Fortune (*RoRo*): 26. 22; 28. 7; 38. 4; 39. 20; 40. 1, 26; 41. 3,
    26; 42. 14; 43. 3; 46. 17; 55. 20, 25; 58. 5, 20; 61. 7; 63. 5;
    75. ref.; 76. 38; 79. 21; 83. 25; 87. 1; 88. 1; 89. 2; 90. 1; 92.
    5; 104. 9; 108. 23; 113. 12; 121. 18; 122. 25.
Honneur (*RoRo*): 9. 19.
Gentillesse (*RoRo*): 9. 19.
Grace: 92. 12.

Vieillesse (*RoRo*): 80. 22; 82. 7; 86. 22; 95. 3; 96. 1; 105. 20; 113. 15.

Vouloir: 82. 17 (bon); 92. ref. (loyal).

Yver (Hiver): 102. 3.

3. Les personnifications dans les rondeaux

Aage (Age): 333. 4.

Amour (*RoRo*. Dieu d'): 45. 8; 47. 9; 50. 3; 51. ref.; 52. 11; 53. 10; 56. ref.; 58. 10; 59. 3; 93. 2; 124. 5; 130. ref.; 150. 10; 161. 3; 176. 12; 185. 2; 197. 4; 202. 8 (plur.); 203. 9 (plur.); 230. 6; 235. 11; 245. ref.; 276. 2; 291. 4; 299. 7; 302. ref.; 305. 2; 311. 10; 317. ref.; 318. 2; 326. 5.

Avril: 37. 3.

Beau(l)té (*RoRo*): 176. 2; 213. 2; 256. 2; 325. 5.

Bel Accueil (*RoRo*): 8. 8; 27. 4; 301. 10.

Bon Eur: 263. 10; 279. 8; 286. 10; 303. 8. — Voir *Eur*, *Mal Eur*.

Chiere Lye: 19. 10; 108. 10; 282. 5.

Confort: 19. 9; 36. 3; 61. 10; 126. 8; 136. 9; 267. 3, 11; 286. 3. — Voir *Reconfort*.

Conseil: 137. 6.

Convoitise (*RoRo*): 224. 8; 225. 6, 9.

Courroux: 134. 4; 136. 2.

Dangier (*RoRo*): 17. 11; 99. 8; 140. 2; 187. 8; 189. 8; 241. 11; 288. 4.

Desespoir: 57. 10; 264. 4.

Desir: 127. 5; 268. 10 (leal); 306. 4 (loyal); 313. 5; 326. 3 (plaisant).

Desiriers: 140. 11.

Desplaisance: 2. ref.; 119. 10; 253. 12; 335. 3.

Desplaisir: 44. 4; 86. 10.

Destresse: 17. 3.

Deuil: 131. 5; 274. 11; 301. 14.

Do(u)leur (*RoRo*): 53. 4; 286. 3; 335. ref.

Droit: 210. 5 (bon).

Pensement : 100. 3 (annuyeulx).

Penser : 44. ref. ; 106. 8 ; 233. 2 ; 247. 4.

Pitié (*RoRo*) : 298. 8 ; 322. 8.

Plaisance : 35. 8 ; 104. ref. ; 131. 2 ; 263. 3 (lie) ; 274. 9 ; 330. 3 ; 331. 6 (lie).

Plaisir : 60. 9 ; 186. 3 (mondain).

Povair (Pouvoir) : 221. 6.

Raison (*RoRo*) : 1. 13 ; 13. 11 ; 39. 10 ; 46. 5 ; 85. 9 ; 151. 6 ; 169. 4 ; 171. 4 ; 172. 10 ; 182. 5 ; 186. 5 ; 210. 10 ; 256. 8 ; 262. 10 ; 266. 3 ; 271. 7 ; 282. 8 ; 329. 4.

Reconfort : 25. 3 (joyeux) ; 166. 3 ; 260. 5 ; 315. 2. — Voir *Confort*.

Ref(f)us : 126. 11 ; 260. 8.

Regart : 31. ref. ; 138. ref. ; 203. ref. (plaisant) : 209. 2 (ennemy) ; 215. ref. (plaisant) ; 302. 11

Rigueur : 198. 3 (dure).

Secours : 288. 6.

Secret : 39. 10.

Sens : 137. 11.

Soin(g) : 3. 2 ; 4. 2 ; 32. ref. ; 151. 2.

Souspir : 14. 2 ; 45. ref. (petit) ; 127. ref.

Soussy : 3. 2 ; 4. 2 ; 32. ref. ; 35. 3 (plur.) ; 44. 4 ; 102. 8 ; 110. 2 ; 145. 4 ; 151. 2 ; 178. 2 ; 184. 2 ; 199. 5 ; 201. 5 ; 205. 2 ; 206. 2 ; 207. 10 ; 244. ref. marge ; 247. 8 ; 290. 2 ; 311. 5 ; 314. 2 ; 315. 3 ; 316. ref. ; 317. 10 ; 321. 10 ; 324. 5 ; 335. 3.

Vie : 136. 2 (malle).

Vieillesse (*RoRo*) : 194. 10 ; 221. ref. ; 229. 7 ; 230. 2 ; 306. 10 ; 312. 9 ; 317. 3 ; 319. 8 ; 330. 2 ; 332. ref. ; 333. 2 ; 334. 9 ; 335. 3 ; 343. ref. ; 344. 5.

Vouloir : 22. 3 (leal) ; 273. 4 (desireux) ; 306. 4 (bon).

Vueil : 27. ref. (decevant).

Yver (Hiver) : 37. 9, ref.

INDEX DES DATES

1. La *Retenue d'Amours* (RA) et le *Songe en Complainte* (SC)

2. Les dates dans les ballades

3. Les dates dans les rondeaux

INDEX DES PROVERBES ET SENTENCES

J'ai tost ma sentence donnee (ro. 111) : proverbes et sentences jouent un rôle important dans l'œuvre de Charles d'Orléans. Leur emploi a souvent un côté à la fois ludique et social : différents rondeaux (nᵒˢ 111, 157, 165) contiennent des suites de proverbes ; les collaborateurs du manuscrit reprennent volontiers un proverbe-refrain employé par le duc, faisant de celui-ci le leitmotiv de tout un groupe de poésies.

On trouvera dans cette liste (par ordre alphabétique) seulement les proverbes et sentences que leur structure impersonnelle et leur autonomie syntaxique permettent de détacher de leur contexte respectif. N'y figurent pas les proverbiales locutions[1] comme *resveillier le chat qui dort* (ro. 61), *baster aux corneilles* (ro. 68), *entre deux meurez une verte* (ro. 132), *faire chasteaulz en Espaigne* (ro. 149), *oïr prescher le renart* (ro. 174), etc., qui sont intégrées à des unités syntaxiques plus larges.

Entre crochets nous indiquons le numéro du proverbe dans le recueil de James W. Hassel[2] (= H.). Il est indiqué en italique, quand il n'apparaît pas tel quel chez Charles d'Orléans, mais est assez proche pour avoir servi de matrice au poète forgeant sa

---

1. C. Duneton, *La Puce à l'oreille*, Le Livre de Poche, en explique certaines qui ont survécu jusqu'à nos jours. Nous n'avons malheureusement pas pu travailler avec le *Dictionnaire des locutions en moyen français* (Montréal CERES, 1991) de Giuseppe Di Stefano : notre texte était déjà chez l'éditeur.

2. J. W. Hassel Jr., *Middle French Proverbs, Sentences and Proverbial Phrases*, Toronto, Pontifical Institute of Mediaeval Studies, 1982.

(propre?) sentence. Les mêmes remarques valent pour les renvois au recueil de Joseph Morawski[3] (= Mor.), nécessaires lorsque aucun proverbe correspondant ou du moins apparenté n'est relevé par James W. Hassel.

1. La *Retenue d'Amours* (RA)
et le *Songe en Complainte* (SC)

SC. 1-2 : *Apres le jour, qui est fait pour traveil,*
           Ensuit la nuit pour repos ordonnee. [H. *T80*]
RA. 295-296 : *Chascun seigneur qui est plain de noblesse*
               Doit departir mercy a grant largesse.
RA. 70 : *Contre vouloir nul n'est contraint d'amer.* [H. *A68*]

2. Proverbes et sentences dans les ballades

33. 26-27 : *Bien doit estre dame chierie,*
             Qui loyaument fait son devoir.
60. ref. : *Ce monde n'est que chose vaine.* [H. M164]
105. ref. : *Encore est vive la souris.* [H. S118]
86. 27 : *En tout fault avoir finement.*
109. 21 : *Foul s'y fie.* [Mor. 795]
110. 21 : *Guerre ne sert que de tourment.*
55. 24-25 : *(...) Il est foul qui se fie*
             En Fortune qui a fait a maint tort. [H. F132]
61. 34-35 : *Il n'est fueille ne fleur qui dure*
             que pour un temps. [H. *F97*]
86. 26 : *Il n'est si beau jeu qui ne cesse.* — 112: 6. [H. *J11*:
          variante non relevée. Voir ro. 157. 4.]
86. 25 : *Le temps passe comme le vent.* [H. T29]
42. 31 : *Qui dolent est ne sert que d'encombrance.*
56. ref. : *Saint Gabriel, bonne nouvelle.* [H. G1]

3. J. Morawski, *Proverbes français antérieurs au xve siècle*, Paris, E. Champion, 1925.

3. Proverbes et sentences dans les rondeaux

118. 5-6 :   *Fol, tant qu'il reçoit,*
             Ne croit rien qu'il voye. [H. F152]

157. 6-7 :   *Il couvient que trop parler nuyse,* [H. P51]
             Se dit on, et trop grater cuise. [H. G53]

128. 6 :   *[Puisqu'] il est trait, il sera beu.* [H. T78 : voir ro.
                                             340. 11.]

157. 4 :   *Jeu qui trop dure ne vault rien.* [H. J11]

237. ref. :   *L'abit le moyne ne fait pas.* [H. H1]

224. ref. :   *Le fer est chault, il le fault batre.* [H. F51]

237. 2 :   *L'ouvrier se congnoist a l'ouvrage.* [H. O24]

236. 14 :   *Marchandise doit estre maintenue.*

319. 10 :   *Mieulx que deux tu l'aras, ung tien.* [H. T53]

65. 1-2 :   *Mieulx vault mentir pour paix avoir*
             Qu'estre batu pour dire voir. [H. M118]

128. 11 :   *Nul n'est trahy qu'en esperance.* [H. E76]

165. ref :   *Nul ne peut servir en deux lieux.* — *Cf.* 40. 8-9.
                                         [H. *M34*]

157. 2 :   *On n'est pas tousjours a sa guise.*

40. 8-9 :   *On ne peut desservir deux cures* — *Cf.* 165. ref.
             Ne prendre gaiges en deux cours. [H. *M34*]

111. 1-5 :   *Onquez feu ne fut sans fumee,* [H. F69]
             Ne doloreus cueur sans pensee,
             Ne reconfort sans esperance,
             Ne joyeus regart sans plaisance,
             Ne beau soleil qu'aprez nuee. [H. T22]

144. 8 :   *On s'art qui est pres du feu.* [H. *F72*]

65. 8-9 :   *Parler boute feu en maisons*
             Et destruit paix. [H. *P22* : cf. ro 337. 10-11.]

34. ref. :   *Petit mercier, petit pannier.* [H. M123]

172. 1-2 :   *Quelque chose derriere*
             Couvient tousjours garder. [H. *G14*]

148. 1-2 :   *Qui a toutes ses hontes beues,*
             Il ne lui chault que l'en lui die. [H. H69]

165. 9 :   *Qui bien fera, bien trouvera.* [H. B92]

66. 11 :   *Qui est descouvert, mal se cache.*

230. 12 :   *Qui ne puet ne puet.* [H. P147 : exemple
                                         non relevé]

*   *
*

TABLE

Lettres gothiques

Collection dirigée par Michel Zink

La collection Lettres gothiques *se propose d'ouvrir au public le plus large un accès à la fois direct, aisé et sûr à la littérature du Moyen Âge.*

Un accès direct en mettant chaque fois sous les yeux du lecteur le texte original. Un accès aisé grâce à la traduction en français moderne proposée en regard, à l'introduction et aux notes qui l'accompagnent. Un accès sûr grâce aux soins dont font l'objet traductions et commentaires. La collection Lettres gothiques *offre ainsi un panorama représentatif de l'ensemble de la littérature médiévale.*

La Chanson de la croisade albigeoise

Cette chronique de la croisade contre les Albigeois sous la forme d'une chanson de geste en langue d'oc a été composée à chaud dans le premier quart du XIIIᵉ siècle. Commencée par un poète favorable aux croisés — Guillaume de Tudèle —, elle a été poursuivie par un autre — anonyme — qui leur est hostile. La traduction qu'on lira en regard du texte original est l'œuvre d'un poète. Elle restitue le rythme, la passion, la couleur de la *Chanson*. « Écrite... dans la langue dont on usait dans les cours et les cités méridionales, ce langage admirable, sonore, ferme, dru, qui procure jouissance à seulement en prononcer les mots rutilants, à en épouser les rythmes, *La Chanson de la croisade* est l'un des monuments de la littérature occitane » (Georges Duby).

La Chanson de Roland

La Chanson de Roland est le premier grand texte littéraire français, celui qui a fixé pour toujours dans les mémoires la mort de Roland à Roncevaux. Composée, telle que nous la connaissons, à la fin du XIᵉ siècle, c'est la plus ancienne, la plus illustre et la plus belle des chansons de geste, ces poèmes épiques chantés qui situent tous leur action trois siècles en arrière, à l'époque carolingienne, sous le règne de Charlemagne ou de son fils. *La Chanson de Roland* est un poème d'une âpre grandeur, dense et profond, jouant avec une sobre puissance de ses résonances et de ses échos. L'édition et la traduction qu'en donne ici Ian Short sont l'une et l'autre nouvelles.

Tristan et Iseut

Les poèmes français - La saga norroise

Peu de légendes ont marqué l'imaginaire amoureux de notre civilisation aussi fortement que celle de Tristan et Iseut. Ce volume réunit les romans et les récits en vers français qui en constituent, au XIIᵉ siècle, les monuments les plus anciens: les romans de Béroul et de Thomas, la *Folie Tristan*, le lai du *Chèvrefeuille* et celui du *Donnei des Amants* (ou « Tristan rossignol »). On y a joint, traduite pour la première fois en français, la saga norroise du XIIIᵉ siècle, version intégrale d'une histoire dont les poèmes français ne livrent que des fragments.

Journal d'un bourgeois de Paris

Ce journal a été tenu entre 1405 et 1449 par un Parisien, sans doute un chanoine de Notre-Dame et un membre de l'Université. Vivant, alerte, souvent saisissant, il offre un précieux témoignage sur la vie quotidienne et les mouvements d'opinion à Paris à la fin de la guerre de Cent Ans, au temps des affrontements entre Armagnacs et Bourguignons, au temps de Jeanne d'Arc. Publié intégralement pour la première fois depuis plus d'un siècle, ce texte, écrit dans une langue facile, n'est pas traduit, mais la graphie en est modernisée et il est accompagné de notes très nombreuses dues à l'une des meilleures historiennes de cette période.

MARIE DE FRANCE

Lais

Contes d'aventure et d'amour, les *Lais*, composés à la fin du XIIᵉ siècle par une mystérieuse Marie, sont d'abord, comme le revendique leur auteur, des contes populaires situés dans une Bretagne ancienne et mythique. Les fées y viennent à la rencontre du mortel dont elles sont éprises; un chevalier peut se révéler loup-garou ou revêtir l'apparence d'un oiseau pour voler jusqu'à la fenêtre de sa bien-aimée. Mais la thématique universelle du folklore est ici intégrée à un univers poétique à nul autre pareil, qui intériorise le merveilleux des contes de fées pour en faire l'émanation de l'amour.

Lancelot du Lac

Lancelot enlevé par la fée du lac, élevé dans son château au fond des eaux. Lancelot épris, Lancelot amant de la reine Guenièvre. Lancelot exalté par son amour jusqu'à devenir le meilleur chevalier du monde. Lancelot dépossédé par son amour de tout et de lui-même. Quelle autre figure unit aussi violemment l'énigme de la naissance, le voile de la féerie, l'éclat de la chevalerie, le déchirement de l'amour?

L'immense roman en prose de *Lancelot*, composé autour de 1225, n'était jusqu'ici accessible que dans des éditions très coûteuses et dépourvues de traduction, des extraits traduits sans accompagnement du texte original, ou à travers des adaptations lointaines. Le présent volume offre au lecteur à la fois le texte original, complet et continu jusqu'au baiser qui scelle l'amour de Lancelot et de la reine, et une traduction de François Mosès qui joint l'exactitude à l'élégance.

Le Livre de l'Échelle de Mahomet

Le Livre de l'Échelle de Mahomet appartient à la littérature du *miraj*, ensemble de récits en arabe relatant l'ascension jusqu'à Dieu du prophète Mahomet durant un voyage nocturne. L'original en est perdu, mais on en connaît une traduction latine du XIIIe siècle. C'est elle qui est éditée et traduite en français dans le présent volume.

Ce beau texte étrange et envoûtant est d'un intérêt exceptionnel. Il illustre une tradition islamique à la fois importante et marginale. Il est riche d'un imaginaire foisonnant. Il témoigne des efforts de l'Occident médiéval pour connaître l'Islam et mérite particulièrement à ce titre l'attention du lecteur d'aujourd'hui.

CHRÉTIEN DE TROYES
Le Conte du Graal
ou le roman de Perceval

Voici l'œuvre dernière, restée inachevée (c. 1181), du grand romancier d'aventure et d'amour qu'est Chrétien de Troyes. Paradoxe d'une mort féconde. Énigme demeurée intacte. Œuvre riche de toutes les traditions : biblique et augustinienne, antique et rhétorique, celtique et féerique. Est-ce un roman d'éducation ou le mystère d'une initiation ? Brille-t-il par le cristal de sa langue ou par la merveille d'une femme ?

Une édition nouvelle, une traduction critique, la découverte d'un copiste méconnu du manuscrit de Berne, autant d'efforts pour restituer au lecteur moderne les puissances d'abîme et d'extase du grand œuvre du maître champenois.

CHRÉTIEN DE TROYES
Le Chevalier de la Charrette

Le roman du *Chevalier de la Charrette*, rédigé entre 1177 et 1179 par notre premier grand romancier, draine la légende de Tristan pour opérer la transmutation qui ouvrira bientôt aux grands secrets du Graal.

La tour où Lancelot entre en adoration du Précieux Corps de sa Reine enclôt le mystère à partir duquel le roman médiéval prend désormais un nouveau tour.

C'est aussi la mise en œuvre sublime de ce qu'il faut reconnaître comme la plénitude d'un discours amoureux. Lequel s'autorise d'Aliénor d'Aquitaine et de sa fille, Marie de Champagne, ainsi que des Dames du Midi.

Une « haute parole » empruntée au roman *Lancelot du Lac* en prose du XIIIe siècle en résume l'éthique avec des accents dignes de Freud : « *Les hommes d'honneur partent en quête de la vérité des merveilles qui les épouvantent.* »

FRANÇOIS VILLON
Poésies complètes

Villon nous touche violemment par son évocation gouailleuse et amère de la misère, de la déchéance et de la mort. Mais c'est aussi un poète ambigu, difficile moins par sa langue que par son art de l'allusion et du double sens. La présente édition, entièrement nouvelle, éclaire son œuvre et en facilite l'accès tout en évitant le passage par la traduction, qui rompt le rythme et les effets de cette poésie sans en donner la clé. Toute la page qui, dans les autres volumes de la collection, est occupée par la traduction est utilisée ici pour donner en regard du texte des explications continues que le lecteur peut consulter d'un coup d'œil sans même interrompre sa lecture.

GUILLAUME DE LORRIS
JEAN DE MEUN

Le Roman de la Rose (à paraître)

IMPRIMÉ EN FRANCE PAR BRODARD ET TAUPIN
Usine de La Flèche (Sarthe).
LIBRAIRIE GÉNÉRALE FRANÇAISE - 6, rue Pierre-Sarrazin - 75006 Paris.

ISBN : 2 - 253 - 05981 - 1   ⟐ 30/4531/7